원전으로 읽는 우리 고전 3

팔찌의 인연

쌍천기봉

⑧

원전으로 읽는 우리 고전 3

팔찌의 인연

쌍천기봉
8

장시광 옮김

이담
Books

역자 서문

    역자가 <쌍천기봉>을 처음 접한 것은 1993년도, 대학원 석사과정 1학기 때였다. 막 입학하였는데 고전소설을 전공하는 이지하, 김탁환, 정대진 선배 등이 <쌍천기봉>으로 스터디를 하고 있는 것이었다. 당시에는 무슨 내용인지도 모른 채 선배들 손에 이끌려 스터디 자리 한 구석을 차지하고서 소설 읽기에 동참하였다. 그랬던 것이, 후에 이 작품으로 석사논문을 쓰고, 이 작품을 포함하여 박사논문을 쓰기에 이르렀다. <쌍천기봉>은 역자에게는 전공에 발을 들여놓도록 하고, 학업의 징검다리 역할을 한 실로 은혜로운(?) 소설이 아닐 수 없다.

    역자가 <쌍천기봉>에 매력을 느낀 것은 무엇보다도 발랄하고 개성이 강한 인물들의 존재와 그에 기인한 흥미의 배가 때문이었다. 아버지가 정해 주는 중매결혼보다는 마음에 드는 여자를 발견하고 멋대로 결혼한 이몽창이 가장 매력적이다. 남편에게 무조건 복종하기보다는 자신의 주체적 의지를 강조하며 남편에게 저항하는 소월혜도 매력적이다. 비록 당대의 윤리에 저촉되어 후에 징치를 당하지만, 자신의 애정을 발현하려고 하는 조제염과 같은 인물에게서는 측은한 마음이 든다. 만일 이들 발랄하고 개성 강한 인물들이 존재하지 않고, 윤리를 체화한 군자형, 숙녀형 인물들만 소설에 등장했다면 <쌍천기봉>은 윤리 교과서 외의 존재 의미를 지니지 못했을 것이다.

역자는 이러한 <쌍천기봉>을 현대 독자들도 알았으면 하는 바람을 가지고 틈틈이 번역을 하였다. 북한에서는 1983년도에 이미 번역본이 출간되었는데 일반인들이 접하기 쉽지 않고, 또 북한 어투로 되어 있어 한국에서도 새로운 번역본의 출간이 필요하다는 생각에 번역을 시작한 것이다. 2004년에 시작하였으나 천성이 게으른 탓에 다른 일 때문에 제쳐 두고 세월만 천연한 것이 벌써 13년째다. 이제는 마냥 미룰 수만은 없다는 생각에 '결단'을 내리고 작업을 매듭지으려 한다.

이 책은 총 2부로 구성되어 있다. 1부에는 현대어 번역본을, 2부에는 주석(註釋) 및 교감(校勘) 본을 실었다. 저본은 한국학중앙연구원 소장본(18권 18책)이고 교감 대상본은 국립중앙도서관 소장본(19권 19책)이다. 2부의 작업은 현대어 번역의 과정을 보여준다는 의미와 더불어 전공자가 아닌 분들도 흥미롭게 읽을 수 있도록 하려는 취지에서 덧붙인 것이다.

이 번역, 교감본을 내는 데 여러 분의 도움과 격려를 받았다. 원문의 일부 기초 작업은 우리 학교에서 공부 중인 김민정, 신수임, 남기민, 유가 등이 수고해 주었다. 이 동학들과는 <쌍천기봉> 강독 스터디를 약 1년 전부터 꾸준히 해 오고 있는데, 이제는 원문을 능수능란하게 읽어 내는 모습에 보람을 느낀다. 역자에게도 자신을 돌아보게 한 스터디가 되었음은 물론이다. 어학을 전공하는 목지선 선생님과 우리 학교 한문학과 황의열 선생님은 주석 작업이 완료된 원문을 꼼꼼히 읽고 해결이 안 된 부분들을 바로잡아 주셨다. 이 자리를 빌려 감사드린다. 2004년도에 대학 동아리 웹사이트에 <쌍천기봉> 번역문 일부를 연재한 적이 있는데 소설이 재미있다는 반응이 꽤 있었다. 그 당시 응원하고 격려해 준 선후배들에게 늘 빚진 마음이 있었다. 감사드린다.

<쌍천기봉>이라는 거질을 번역하는 작업은 역자의 학문적 여정에서

특별한 의미가 있다. 그런 면에서, 역자가 고전문학을 공부하도록 이끌어 주시고 지금까지도 격려와 질책을 아끼지 않으시는 정원표 선생님과 박일용 선생님, 이상택 선생님께 고개 숙여 감사드린다. 역자의 건강을 위해 노심초사하시는 양가 부모님께는 늘 죄송하고 감사한 마음뿐이다. 마지막으로 동지이자 반려자인 아내 서경희에게 감사한 마음을 전한다.

차례

제1부

현대어역

✻ 일러두기 ✻

1. 번역의 저본은 제2부에서 행한 교감의 결과 산출된 텍스트
   이다.
2. 원문에는 소제목이 없으나 내용을 고려하여 권별로 적절한
   소제목을 붙였다.
3. 주석은 인명 등 고유명사나 난해한 어구, 전고가 있는 어구에
   달았다.
4. 주석은 제2부의 것과 중복되는 것은 가급적 삭제하거나 간명하게
   처리하였다.

쌍천기봉 卷 15

가장 이현이 죽고, 이빙성은 모함받아 내쫓기고 이관성은 천하의 호걸을 모아 임금을 복위시키다

차설. 태사 이현이 진 부인의 영구(靈柩)를 모시고 무사히 길을 떠나 금주에 이르러 옛집에 머물렀다. 경치는 예전과 조금도 다름이 없었으나 사람의 일이 이미 변하였으므로 슬픔을 더욱 이기지 못해 통곡하며 날을 보내니 눈물이 다 되어 피가 되고 기운이 끊어질 듯하여 하루를 지탱하지 못할 지경이 되었다. 승상 형제가 망극하여 또한 숙식을 전폐(全廢)하고 밤낮으로 태사를 모시며 태사에게 대의(大義)를 지킬 것을 애걸하였다. 태사가 자식들의 행동에 감동하여 슬픔을 억지로 참으려 하였으나 모친의 음성과 모습이 눈에 삼삼하여 심장이 뛰놀고, 모친을 잊으려 하였으나 그렇게 하지 못하니 승상 등이 한갓 망극할 뿐이었다.

세월이 흘러 장사지내는 날이 다다라 진 부인의 영구를 땅속에 묻게 되었다. 태사가 이에 승상을 데리고 친히 장소를 가려 그 부친인 이 시랑을 천장(遷葬)[1]하여 진 부인과 합장(合葬)하였다. 태사가 매우 슬퍼하고 세상에 머물 뜻이 없어 묘 앞에 엎드려 한바탕 통곡에 피를 말이나 토하고 혼절하였다. 이에 승상이 급히 붙들어 구호하였

---

1) 천장(遷葬): 무덤을 다른 곳으로 옮김.

으나 조금도 살아날 기미가 없었다. 무평백 등이 정신없이 약물을 내와 구호하니 태사가 한나절 후에야 겨우 정신을 차렸다.

그러나 태사가 끝내는 이 때문에 병이 생기고 말았다. 자리에 누운 채 병이 오랫동안 낫지 않아 증세가 매우 위태로운 지경이 되었다. 정신이 혼미하고 기력이 없어져 미음(米飮)이 목을 넘기지 못하고 피를 그치지 않고 토했으니 승상 형제의 망극함을 어찌 표현할 수 있겠는가. 승상 형제가 밤낮으로 눈물을 흘리며 초조해하였다.

10여 일에 이르자, 태사가 스스로 살지 못할 줄 알고 겨우 정신을 차려 승상을 불렀다. 승상이 앞에 이르자 경계하며 말하였다.

"내 본디 슬픈 인생으로 부친을 참혹히 이별하고 모친을 모시고서 화란(禍亂)을 두루 겪었으니 그 온갖 슬픔과 원망은 헤아릴 수 없었다. 그러니 내가 지금까지 살아 있는 것은 인생이 모진 것이라 하지 않겠느냐? 그러나 다만 스스로 슬픔을 억제하여 자당(慈堂)을 우러러 지금까지 구차하게 연명하였던 것이다. 이제 너희 형제가 조정의 중신이 되고 손자들이 다 과거에 급제하였으니 이러한 영화와 부귀는 사람들이 부러워할 것이라 죽는 것이 나쁨이 없다. 내 아이는 모름지기 돌아가는 늙은 아비를 위해 과도하게 슬퍼하지 말고 나의 모친 제사를 힘써 받들어 네 아비의 넋을 위로하라. 자식으로서 초막에서 머물며 3년 동안 죽을 먹으며 지내는 것은 자고로 떳떳한 일이다. 그런데 나의 죄악이 갈수록 깊어서 내 죽고 싶은 것이 아닌데 나의 천명(天命)이 다 되어 죽으니 이 또 큰 불효요, 남은 한이로구나. 너희는 내가 이르지 않아도 늙은 어미와 두 아우를 잘 보호할 것이니 내 번거롭게 이르지 않는다. 너희는 다시금 몸을 보중하도록 하라."

승상이 두 번 절해 명령을 들으니 눈물이 낯에 가득하여 비가 오는 것 같았다. 태사가 이에 탄식하고 말하였다.

"부자(父子)의 오늘 이별은 슬프나, 사물이 쇠(衰)하는 것은 예로부터 늘 있었던 일이니 사람의 힘으로 할 바가 아니다. 그러니 너는 슬픔을 참도록 하거라."

이렇게 말한 후 승상의 손을 잡고서 한참을 탄식하다가 무평백과 소부에게 말하였다.

"너희는 오늘부터 관성을 나로 알아 서로 위로하며 몸을 보전하고 매사에 관성의 말을 거역하지 마라."

두 사람이 울면서 명령을 들었다. 태사가 또 부마 등 손자들에게 각각 잘 있으라 이르고 경 시랑을 어루만지며 슬픈 빛을 띠고 말하였다.

"네 나의 슬하(膝下)에 있은 지 오래되었으되 부자(父子) 사이에 아주 작은 일도 뜻이 맞지 않은 일이 없어 친부자와 다름이 없었구나. 내 오늘 구천(九泉)으로 돌아가니 떠나는 정이 어찌 슬프지 않겠는가마는 설마 어찌하겠느냐? 너는 모름지기 관성 등을 보호하여 나의 부탁을 저버리지 마라. 이제 임종을 맞아 네 누이와 위엄이를 보지 못하는 것이 한으로 남는구나."

경 시랑이 울면서 말하였다.

"소자가 생부모를 참혹히 이별하고 대인을 우러러 여생을 지내더니 이제 귀체가 위독하시어 소자의 마음이 마디마디 끊어집니다. 그런데 또 하교(下敎)가 이와 같으시니 더욱 천지가 아득해 아버님의 명령 들을 바를 알지 못하겠나이다."

태사가 길이 탄식하고 말을 않다가 이윽고 상서에게 명령해 정 부인을 부르라 하니 부마가 앞으로 나아와 절하고 말하였다.

"할머님이 함께 나오시겠다고 고하나이다."

태사가 말하였다.

"내가 상복을 입고 있으니 어찌 부인을 대하겠느냐?"

경 시랑이 울며 고하였다.

"비록 상례(喪禮)에는 구애되나 영원한 이별을 당해 어찌 보지 않으십니까?"

태사가 대답하지 않고 문후를 시켜 말을 전했다.

"'학생이 부인과 40여 년을 함께 살다 오늘 황천(黃泉)으로 돌아가니 학생은 상중(喪中) 죄인이라 부인을 보아 예의를 무너뜨리지 못할 것이오. 훗날 지하에서 보기를 기약하고 부인은 자녀를 거느려 길이 무양하시오.'라고 전하라."

문후가 들어가 태사의 유교(遺教)를 고하니 부인이 회답하였다.

"첩이 어린 나이에 부모를 여의고 허다한 화란을 두루 겪다가 영화를 누린 것은 시어머님과 부자(夫子)[2]의 덕택이었습니다. 그런데 이제 시어머님이 돌아가시고 부자께서 마저 하늘에 오르려 하시니 첩의 운명이 기구함을 한탄할 뿐 감히 부자를 뵈어 상례(喪禮)를 어길 수 있겠나이까? 당당히 부자의 뒤를 좇는 것이 첩의 소원입니다."

태사가 다시 말을 전하였다.

"학생이 오늘 죽는 것은 응당 천명이요, 상을 당해 너무 슬퍼서 죽는 것이 아니니 부인처럼 뛰어난 식견을 지닌 사람이 어찌 이를 모르시오? 만일 학생을 따라 목숨을 버리는 일이 있다면 학생이 비록 죽어 지하의 음혼(陰魂)이 되어 있어도 부인과의 의리를 끊어 서로 보지 않을 것이오. 하물며 선친의 제사를 부인이 받들지 않는다면 이는 며느리의 도리에 어긋나는 일이고 학생의 죄는 그 때문에

---

2) 부자(夫子): 남편을 높여 부르는 말.

더욱 심해질 것이오. 마땅히 한마디 말을 생이 살아 있을 때 해 주기 바라오.”

문후가 이대로 아뢰었다. 부인이 이때 천지가 아득하여 스스로 태사의 뒤를 따를 뜻이 있었으므로 회답할 말이 없어 대답하지 않고 피눈물만 줄줄 흘릴 뿐이었다. 문후가 유 부인의 행동을 태사에게 고하니 태사가 또 말을 전하였다.

“부인이 또한 예의를 알 터인데 무슨 까닭으로 나의 임종 유언에 대답하지 않는 것이오? 학생의 죄악이 참으로 깊어 모친의 삼년상을 마치지 못하고 죽으니 남은 한이 영원히 없어지지 않을 것이오. 부인이 마저 죽는다면 이는 모친이 평소에 사랑하시던 큰 은혜와 지아비의 뜻을 저버리는 일이니 나의 가는 넋을 위로하는 행동이 아니오. 부인의 평일 유순하던 행동이 어디로 간 것이오? 나의 길이 오래지 않을 것이니 부인은 어서 결단을 하시오.”

부인이 자리를 떠나 태사의 병든 자리를 향해 예를 하고서 상서를 돌아보고 가서 아뢰라 하였다.

“첩의 팔자가 참으로 기구하니 마땅히 고초를 달게 여겨 군자의 밝은 가르침을 가슴속에 새기겠나이다.”

상서가 태사에게 부인의 말을 고하니 태사가 고개를 끄덕이며 다 듣고 기쁜 빛을 띠고는 승상에게 말하였다.

“오늘 내가 죽는 것은 천명이니 너는 몸을 보호하여 삼년상을 무사히 마치고 국가가 위급한 때를 당하면 충성을 다해 있는 힘을 다 쏟아라.”

이렇게 말한 후 정 부인을 불러 한바탕 유언을 마치고 승상의 손을 잡은 채 목숨이 다하니 향년(享年) 62세였다.

승상이 부친을 붙들고 기운이 막혀 엎어지니 부마 등이 황망히 승상을 붙들어 구호하였다. 초혼(招魂)3)과 발상(發喪)4)을 하니 통곡 소리가 천지를 뒤흔들었다. 승상 등 세 형제와 경 시랑은 매우 슬퍼서 마치 천지가 뒤집힌 듯하여 가슴을 두드리고 머리를 부딪치며 소리를 내지 못할 지경이었다.

이때 부마가 조모의 혼절 소식을 급히 고하였다. 승상이 혼미한 중이었으나 정신을 차려 두 아우를 보니 무평백 한성이 인사를 더욱 차리지 못하고 있으므로 자식들에게 명령해 구호하라 하고 자신은 바삐 내당으로 갔다. 유 부인이 기운이 끊어질 듯하고 몸이 차가워 정신을 차리지 못하고 있으니 정 부인이 머리를 풀고 부인을 붙들어 눈물을 비처럼 흘리고 있었다. 승상이 크게 놀라 급히 나아가니 부인이 일어나 휘장 밖으로 피하였다. 비로소 승상이 태부인을 붙들고 문정후를 불러 청심환을 가져오라 하고 더욱 오열하며 어찌할 줄을 모르니 이때의 슬픈 광경은 차마 보지 못할 정도였다.

이윽고 상서가 청심환을 풀어서 유 부인에게 드리고 소부와 무평 백이 좌우에서 붙들어 구호하였다. 식경이 지난 후 유 부인이 겨우 깨어났으나 승상 등이 머리를 풀어헤치고 슬퍼하며 가슴을 치고 있는 모습을 보고 자신의 가슴을 쳐 또 혼절하였다. 승상 형제가 망극함을 이기지 못하고 겨우 구해 유 부인에게 잠깐 생기가 있자, 승상이 슬피 울며 말하였다.

"저희가 아버님을 여의고 우러르는 바가 어머님께 있는 줄 생각

---

3) 초혼(招魂): 사람이 죽었을 때에, 그 혼을 소리쳐 부르는 일. 죽은 사람이 생시에 입던 윗옷을 갖고 지붕에 올라서거나 마당에 서서, 왼손으로는 옷깃을 잡고 오른손으로는 옷의 허리 부분을 잡은 뒤 북쪽을 향하여 '아무 동네 아무개 복(復)'이라고 세 번 부름.

4) 발상(發喪): 상례에서, 죽은 사람의 혼을 부르고 나서 상제가 머리를 풀고 슬피 울어 초상난 것을 알림. 또는 그런 절차.

하시고 어머님께서는 슬픔을 억제하시기를 바라옵니다. 만일 어머님마저 세상을 버리신다면 소자가 대인의 유교(遺敎)를 저버린 죄를 무릅쓰고 인간 세상에 머무르지 못할 것입니다. 그러니 어머님은 부친께서 재삼 끼치신 유교를 생각하시고 소자 등의 망극한 사정을 살피소서."

부인이 승상 형제의 슬픈 모습과 말에 오장이 끊어지는 듯하여 피눈물이 삼삼해 말을 못 하였다. 이윽고 정신을 수습해 일어나 앉아 승상과 무평백 등을 어루만져 각각에게 미죽(糜粥)5)을 권하며 말하였다.

"늙은 어미가 본디 목숨이 질긴 데다 시어머님의 경계와 상공(相公)의 유교(遺敎)를 받들었으니 천명(天命)이 다하지 않는다면 그 전에 스스로 죽지는 않을 것이다. 그러니 너희는 모름지기 스스로 몸을 보중하여 선군(先君)의 유언을 저버리지 말고 늙은 어미의 서러운 마음을 위로하라. 너희가 선군이 돌아가시기 전에 음식을 끊은 지 여러 날이었다. 이제 물이 엎질러진 것 같으니 설마 어찌하겠느냐? 죽음(粥飮)을 한번 마셔 늙은 어미의 마음을 잠깐 위로하라."

승상이 유 부인에게 먼저 다 드실 것을 고하니 부인이 잠깐 입에 댄 후 승상 형제에게 권해 죽음을 먹여 내보냈다. 그리고 총부(冢婦)6) 정 씨와 함께 상례에 쓰일 의복 등을 다스려 예(禮)대로 차렸다. 승상 이관성은 아버지를 잃은 망극한 슬픔으로 인간 세상에 머물러 있음을 슬퍼해 초연히 부친을 따를 듯하였다. 또한 무평백 이한성은 본심이 약하고, 소부 이연성은 작은 서러움도 참지 못하는데 더욱이 평소 부친의 자애를 받아 효성이 출천(出天)함을 겸했으니

---

5) 미죽(糜粥): 미음이나 죽 따위를 통틀어 이르는 말.
6) 총부(冢婦): 종자(宗子)나 종손(宗孫)의 아내.

슬픔을 어찌 억제할 수 있겠는가. 밤낮으로 통곡하며 자주 혼절하고 깨면 피를 토해 기운이 끊어질 듯하였다.

승상은 때로는 울고 때로는 미음을 찾아 정신을 억지로 차려 친히 염빈(殮殯)[7]을 극진히 하여 입관하였다. 소부와 무평백은 종일토록 통곡하였으나 승상은 대의를 굳게 잡아 다만 모친을 붙들어 오로지 위로하는 데 힘썼다. 유 부인이 너무 슬퍼할 때는 승상이 부인을 붙들고 슬피 오열하였으니 피눈물이 낯을 덮어 흘렀다. 이에 유 부인이 도리어 서러움을 마음속에 담고 자식들을 어루만져 위로하며 성복(成服)[8]을 지냈다. 승상 형제가 최복(衰服)[9]으로 들어와 유 부인을 뵈니 부인이 그 모습을 차마 보지 못해 목이 쉬도록 통곡하고 말하였다.

"박명(薄命)한 인생이 끝내 가군(家君)을 여의고 너희의 이와 같은 모습을 보니 이 서러움을 어찌 참을 수 있겠느냐?"

무평백 등이 유 부인의 서러워하는 모습을 보고 눈물을 비처럼 흘리며 말을 하지 못하였으나 승상은 울음을 그치고 온화한 말로 부인을 위로하였다.

"오늘 광경은 실로 차마 보지 못할 슬픈 모습이오나 아버님의 임종 유언이 극히 명백하시니 어머님은 슬픔을 참으시고 아버님의 유언을 받들어 행하심이 도리에 맞을 것입니다. 그러니 어머님은 대의(大義)를 생각하소서."

그리고 두 아우를 돌아보아 말하였다.

---

7) 염빈(殮殯): 시체를 염습하여 관에 넣어 안치함.
8) 성복(成服): 초상이 나서 처음으로 상복을 입음. 보통 초상난 지 나흘 되는 날부터 입음.
9) 최복(衰服): 아들이 부모, 조부모, 증조부모, 고조부모의 상중에 입는 상복.

"이제 아버님을 여읜 지 삼사 일이 훌쩍 지났으니 사람의 자식으로서 참지 못할 지경이다. 그러나 이미 물이 엎질러진 것 같으니 어찌 이처럼 과도하게 슬퍼해 모친의 마음을 돋우는 것이냐?"

두 사람이 눈물을 거두고 절해 형의 명령을 받들었다.

유 부인이 슬피 탄식하고 잠깐 진정하여 베개에 기대었다. 승상이 손을 주물러 부인이 잠드는 것을 보고 물러나 여막(廬幕)으로 나왔다. 부친의 자취가 아득하고 검은 관과 붉은 명정(銘旌)[10]이 처량하니 승상의 슬픈 마음이 더욱 깊어졌다. 이에 나아가 관을 붙들고 머리를 대어 소리를 머금으니 피눈물이 베옷을 적시더니 문득 혼절해 거꾸러졌다. 승상이 본디 매사에 단엄하고 천성이 대의(大義)를 꿰뚫고 부친의 유언과 평소의 예를 중시하였으므로 어지럽게 울지 않고 빈렴(殯殮)[11]을 친히 하고 모친을 위로하려 겉으로 지나치게 슬퍼하는 모습을 보이지 않았다. 그러나 그 속은 이미 녹아서 재가 되었으므로 갑자기 정신을 잃어 수습하지 못한 것이다. 부마 등이 황망히 승상을 붙들어 상막(喪幕)에서 나와 약을 흘리고 주물러 구하였으나 조금도 살아날 기미가 없으니 무평백과 경 시랑, 소부 등이 두려워하고 겁을 내어 어찌할 줄을 몰랐다. 부마 형제는 눈물을 비처럼 흘려 참으로 정신이 없더니 상서가 말하였다.

"대인께서 요사이 겉으로는 온화하신 듯하였으나 속으로는 매우 애를 태우고 계셨으니 어지간한 약으로는 생도(生道)를 바라지 못할 것입니다. 소질이 마땅히 약을 쓰겠나이다."

---

10) 명정(銘旌): 죽은 사람의 관직과 성씨 따위를 적은 기. 일정한 크기의 긴 천에 보통 다홍 바탕에 흰 글씨로 쓰며, 장사 지낼 때 상여 앞에서 들고 간 뒤에 널 위에 펴 묻음.
11) 빈렴(殯殮): 염함.

말을 마치고는 왼팔을 찔러 피를 승상의 입에 흘려 넣었다. 한참 지나자, 승상이 겨우 정신을 차리고 일어나 앉아 아우들과 자식들이 정신없어하는 모습을 보고 눈물을 흘리며 말하였다.

"내가 목숨이 질겨 아버님을 여의고도 며칠을 견뎠으니 어찌 지레 죽겠는가? 형님과 두 아우는 마음을 놓으소서."

경 시랑이 손을 잡고 눈물을 흘려 말하였다.

"우형(愚兄)은 생부모를 참혹히 이별하고 여생을 보전해 사랑으로 보살펴 주신 대인의 은혜를 입어 부모님이 안 계신 줄을 잊고 있었다. 그런데 대인께서 중도에 세상을 버리시니 실로 죽어 설움을 잊으려 하였으나 대인의 유교(遺敎)를 받들어 현제(賢弟)를 크게 바라고 있으니, 현제는 우형의 외로운 처지를 생각하여 천금과 같은 몸을 스스로 보중해 우형의 고독함을 위로하라."

승상이 오열하며 대답을 못 하고 무평백 등은 눈물을 금치 못하였다.

승상이 겨우 진정하고 내당에 들어가 모친을 위로하였다. 하루 네 번 통곡을 할 적에 소리가 슬프고 처량하여 상복에 피눈물이 어룽지니 보는 사람들이 참담히 여겼다.

승상이 이로부터 제사를 파하고 물러나면 두 아우를 위로하고 미음을 찾아 스스로 몸을 보호하며 세월을 보냈다.

정 부인이 시어머니 유 부인을 모셔 밤낮으로 위로하고 아침저녁 제사를 친히 다스려 받들며 시아버지의 은택을 생각하고 눈물을 흘리지 않는 날이 없었다.

태사의 부음(訃音)이 경사에 이르렀다. 이때 국가가 크게 그릇되어 황제가 북벌(北伐)하다가 오랑캐에게 잡혀 돌아오지 못하였다. 이 사이에 황제의 아우 경태(景泰)12)가 즉위하여 정사를 다스렸으므로 경태는 태사의 흉문(凶聞)을 들었으나 예관(禮官)을 시켜 치제(致祭)[13]하지 않았다.

초왕비 위염과 철 상서 부인[14]이 부친의 부음을 듣고 모두 함께 머리를 풀어헤치고 슬피 울면서 발을 구르고 남쪽을 바라보며 종일토록 통곡하였다. 자녀들이 모두 위로하며 성복(成服)을 지내니 문학사 부인[15]이 또한 이르러 제사에 참여해 매우 서러워하였다.

초왕비가 부친을 다시 뵙지 못하고 여읜 것을 참으로 애통해하여 장례 지내는 날이 다가오자 초왕과 함께 금주로 가려 하고 철 부인 또한 상서와 함께 갔다. 문 부인도 학사와 함께 두 숙모를 따라 길을 나섰다. 이때 빙성 소저에게 부음을 알렸으나 문지기가 막고서 들이지 않으니 그 가운데 빙성의 고초를 알 만하였다.

초왕비와 문 소저가 더욱 슬퍼해 다시 전하지 못하고 금주에 이르렀는데 온 길이 멀었으므로 벌써 장사지내는 날이 수십 일밖에 남지 않았다. 초왕비와 철 부인이 태사의 관을 붙들고 목이 쉬도록 통곡하다가 기절하였다. 승상 등이 또한 통곡하여 그 슬픈 소리가 크게 울리니 길을 가는 사람이 발을 멈추어 가지 않고 눈물을 흘렸다.

이들이 한바탕을 통곡하고 들어가 유 부인과 정 부인을 붙들고 우니 눈에서 피가 났다. 이에 유 부인이 두 딸을 어루만져 울며 말하였다.

---

12) 경태(景泰): 중국 명나라 제7대 황제인 대종(代宗)의 연호(1449~1457). 이름은 주기옥(朱祁鈺). 제5대 황제인 선종(宣宗) 선덕제(宣德帝, 1425~1435)의 아들이며 제6대 황제인 영종(英宗) 정통제(正統帝, 1435~1449)의 이복아우임. 1449년에 오이라트족의 침략으로 정통제가 직접 친정을 나가 포로로 잡힌, 이른바 토목(土木)의 변(變)으로 황제로 추대됨. 정통제가 풀려나 돌아온 뒤에도 황위를 물려주지 않다가 정통제를 옹립하려는 세력이 일으킨 정변으로 폐위되고 폐위된 지 한 달 후에 급사함.

13) 치제(致祭): 임금이 제물과 제문을 보내어 죽은 신하를 제사 지내던 일.

14) 철 상서 부인: 이현의 양녀로 철염에게 시집간 경혜벽을 이름.

15) 문 학사 부인: 문복명에게 시집간, 이관성의 딸 이빙옥을 이름.

"늙은 어미가 목숨이 모질어 네 부친을 여의고 오늘 완연히 살아 너희를 보니 목숨이 모진 것이 심하지 않으냐?"

두 부인이 목이 쉬도록 울고 위로할 뿐이었다.

초왕과 철 공이 영궤(靈几)에 통곡하고 승상 등 삼 형제를 붙들어 초상을 당해 슬퍼하는 마음을 조문하고 눈물을 흘리며 위로하니 승상 등 삼 형제가 이에 오열하며 말을 이루지 못하였다.

장사지내는 날이 다가와 영궤를 모시고 성분(成墳)16)하였다. 흰 차일(遮日)은 너른 묘를 덮었고 붉은 명정(銘旌)은 솔 사이에 나부꼈다. 근처 고을의 수령들이 행렬을 거느려 호상(護喪)17)하고 네 명의 상인(喪人)과 여덟 명의 복인(服人)이 상례(喪禮)를 차리니 그 통곡 소리가 금주 한 고을을 흔들고 행렬의 거룩함은 고금(古今)에 드물었다.

장례를 마치고 목주(木主)18)를 모시고 집에 돌아오니 승상 등은 아버지를 잃은 슬픔에 인간 세상에 머물고 싶은 뜻이 없었다. 유 부인은 태사가 젊어서부터 온갖 슬픔을 두루 겪고 길에서 고생을 무릅써 일찍이 큰 한을 품고서 즐기며 지낸 적이 없다가 이렇듯 중도에 돌아간 것이 뼈에 사무치도록 슬펐다. 간장이 마디마디 끊어질 듯하여 누우나 앉으나 탄식이 끊임없으니 승상이 근심하여 자기의 슬픈 마음을 힘껏 억제하고 모친을 위로하였다. 정 부인은 철 부인, 혜아 부인19)과 함께 밤낮으로 유 부인을 모셨으니 그 질박한 효도를 참으로 지성으로 하였다. 공주와 소 씨 등이 뒤를 따라 효도로 유 부인

---

16) 성분(成墳): 흙을 쌓아 올려서 무덤을 만듦.

17) 호상(護喪): 초상 치르는 모든 일을 주장하여 보살핌.

18) 목주(木主): 신주(神主)의 이름을 적은 나무패.

19) 혜아 부인: 이관성 아내 정몽홍의 조카 정혜아로서 이관성의 막내동생 이연성의 아내임. 곧 정몽홍과 정혜아는 숙질 사이이자 동서 사이임.

받들기를 게을리하지 않고 부마 등이 밤낮으로 모친 정 부인을 모시고 감히 사실(私室)에 모일 생각을 하지 않아 그럭저럭 겨우 몸을 부지하였다. 초왕비와 철 부인이 머무르며 모친을 위로하였다.

문 소저가 하루는 상막(喪幕)에 나아가 부친을 뵙고 말하다가 틈을 타 빙성 소저의 말을 아뢰니 승상이 탄식하고 말하였다.

"내 지금 하늘이 무너지는 고통을 만나 정신이 없으니 어찌 다른 일을 생각하겠느냐? 빙성은 기골이 강하니 한갓 위태롭게 될 아이가 아니다. 그러니 너는 근심하지 않아도 될 것이다."

이에 소저가 절하고 물러났다.

이때 빙성 소저가 부모를 이별하고 시가에 돌아와 슬픔을 이기지 못해 자리에 엎드려 밤낮 울며 탄식을 그치지 않았다. 요생이 그 사정을 불쌍히 여겼으나 부친의 위엄을 두려워해 감히 사실(私室)에서 만나지 못하고 우울함을 이기지 못하였다.

요 태상이 전에는 이 승상의 낯을 꺼려 소저를 박대하지 않았다. 그러나 지금은 승상 일가가 남쪽으로 내려가고 공 씨가 준 뇌물이 수중에 가득하며, 금완의 이간질하는 말이 잠시도 끊이지 않으니 혹 그 말을 곧이들어 이 씨를 꾸짖지 않는 날이 없고 이 씨를 보채는 것이 끝없는 지경에 이르렀다. 그러니 빙성의 고초를 어찌 헤아릴 수 있겠는가. 그러나 소저는 안색을 바꿔 싫어하는 빛이 없이 공손하게 순종하기만 일삼았다. 이에 공 씨가 더욱 미워해 빙성 해칠 계교를 밤낮으로 생각하였다.

하루는 요생이 부친이 나간 틈을 타 이 씨의 침소에 이르러서 보니 소저가 눈썹에 시름이 가득한 채 등불 아래 단정히 앉아 있었다. 생이 나아가 섬섬옥수를 잡고 길이 탄식하며 말하였다.

"그대는 재상 집안의 귀한 여자요 부귀와 영화가 지극하거늘 학생이 망령되이 사모하여 그대에게 장가든 후 그대의 신세가 이렇듯 괴로우니 그대가 필연 생을 깊이 원망하겠구려."

소저가 새로이 놀라고 부끄러워 묵묵히 대답하지 않았다. 생이 더욱 사랑하여 함께 잠자리에 나아가니 그 애틋한 정이 태산 같았다.

이때, 공 씨가 생이 오지 않는 것을 보고 의심하여 가만히 이 씨 침소에 가 엿보고 분함을 참지 못하였다. 그래서 이튿날 새벽에 이 소저 침소에 이르러 칼을 들고 생에게 달려들며 말하였다.

"대인께서 그대에게 명령하여 첩의 침소에 있으라고 하셨는데 그대가 어찌 감히 요사한 계집의 침소에 이른 것인가?"

그러고서 앞으로 달려들어 옷을 찢었다. 생이 이에 발끈 성을 내고 벌떡 일어서서 크게 꾸짖었다.

"시기하는 계집이 어찌 끝내 지아비도 모른단 말인가?"

공 씨가 더욱 노해 난간에 머리를 부딪쳐 발악하였다.

이때 태상이 종가 제사에 갔다 돌아오니 금완이 맞이해 내달아와 말하였다.

"셋째낭군이 공 소저를 지금 쳐서 소저가 기절하였나이다."

태상이 크게 놀라 급히 홍각에 이르러 보니 공 씨가 낯에 피를 가득 흘리고 울며 말하는 것이었다.

"어제 대인께서 나가신 후에 낭군이 요녀(妖女)와 침소에 이르러 첩 죽일 것을 의논하기에 첩이 연고를 물으려 하니 이 씨가 낭군을 부추겨 첩을 이렇게 치도록 했나이다."

태상이 다 듣고는 매우 노해 생을 잡아 내리라 하니 공 씨가 거짓으로 고하였다.

"낭군이 저를 쳤으나 이는 모두 이 씨가 부추겨서 한 것이니 낭군의 본심이 아닙니다. 이 씨를 다스리시고 낭군의 천금같이 중한 몸을 상하게 하지 마소서."

태상이 크게 어질게 여겨 생을 용서하고 이 씨를 섬돌 아래에 내려 꿇리고 죄를 따져 물었다.

"너 천한 것이 재상 집안의 딸이라 하고 그 위세를 믿고서 정실을 업신여기니 내 이를 괘씸하게 여긴 지 오래되었다. 또 너의 여러 오라비의 무리가 드세고, 조그마한 벼슬에 기대 나를 면전에서 심하게 모욕하였으나 이 늙은이의 형세가 미미하여 네 오라비들과 겨루기가 싫어 너를 가만히 둔 것이었다. 그런데 네 갈수록 방자하고 교만하여 어리석은 남자를 달래 정실을 저렇듯 치도록 하니 네 죄를 알겠느냐?"

소저가 머리를 조아리고 편안한 모습으로 꿇어 꾸짖는 말을 들을 뿐이요, 한마디를 내뱉어 다투는 일이 없으니 태상이 말하였다.

"네 죄는 죽일 만하되 관대히 은전(恩典)을 쓰니 후원 춘영당에 들어가 잘못을 뉘우치고 스스로를 책망하도록 하라."

소저가 공손히 사죄하고 유모 경란과 시녀 벽란, 매섬을 데리고 후원으로 갔다. 태상이 또 생을 꾸짖어 공 씨를 잘 대우해 주라 이르고서 말하였다.

"너를 마땅히 엄중히 다스릴 것이나 공 씨의 뜻이 아름다워 용서하니 이후에는 그런 행동을 하지 마라."

생이 공 씨를 괘씸해하고 이 씨의 처지를 참혹히 여겼으나 감히 내색하지 못하고 고개를 조아려 사죄하고 물러났다. 급사 형제는 부친이 이 씨를 가둔 것에 마음이 더욱 불편했으나 부친의 사나운 위엄을 두려워해 한마디를 못 하고 서로 탄식만 할 뿐이었다.

이때 공 씨는 작은 계교로 이 씨를 갇히게 하고는 크게 기뻐하며 다시 이 씨 해칠 계책을 도모하였다. 이에 금완이 말하였다.

"이 씨가 비록 잠시 갇혔으나 저 부형의 세력이 당당하니 만일 이 씨가 좋은 때를 얻는다면 낭자의 형세는 계란을 쌓아 놓은 듯 위태하게 될 것입니다. 이때를 틈타 이 씨를 제거하는 것이 상책이나 범사에 큰일을 하지 않으면 되지 않으니 이리이리 하면 어떻겠습니까?"

공 씨가 크게 기뻐해 손을 이마에 얹어 사례하며 말하였다.

"서모의 묘한 계책은 장량(張良)20)과 와룡(臥龍)21)이라도 미치지 못할 것이니 참으로 나의 자방(子房)22)입니다. 이 은혜를 무엇으로 갚을 수 있겠나이까?"

금완이 웃으며 말하였다.

"첩이 전부터 낭자의 후대(厚待)를 입었으니 어찌 은혜를 갚지 않을 수 있겠습니까? 또 이녀(李女)는 한낱 요사스럽고 악한 여자로서 집에 있으면서 첩의 마음을 어지럽히고 낭자의 금실을 방해하니 이는 식견 있는 자가 가만히 눈을 깜박이며 볼 만한 일이 아닙니다."

공 씨가 더욱 기뻐해 말을 꾸며대며 금완 칭찬을 그치지 않았다.

이때는 늦봄이었다. 금완이 공 씨와 의논해 초인(草人)을 만들고 요 공의 생월일시(生月日時)를 써 초인의 뱃속에 넣고 술법을 행하였다. 그러자 요 공이 며칠 내에 기운이 평안하지 않아 자리에 누워

---

20) 장량(張良): 중국 한(漢)나라 고조 때의 재상(?~B.C.168). 자는 자방(子房)이고 시호는 문성공(文成公). 일찍이 유방 밑에서 모사로 있으면서 소하(蕭何)와 함께 한나라 창업에 힘썼고, 그 공으로 유후(留侯)에 책봉됨.

21) 와룡(臥龍): 중국 삼국시대 촉한 유비의 책사인 제갈량(諸葛亮, 181~234)을 이름. 와룡은 별호이고 자(字)는 공명(孔明). 유비를 도와 오(吳)나라와 연합하여 조조(曹操)의 위(魏)나라 군사를 대파하고 파촉(巴蜀)을 얻어 촉한을 세웠음. 유비가 죽은 후에 무향후(武鄕侯)로서 남방의 만족(蠻族)을 정벌하고, 위나라 사마의와 대전 중에 오장원(五丈原)에서 병사함.

22) 자방(子房): 장량의 자(字).

신음하니 금완이 일렀다.

"요사이 후원의 경치가 아름다우니 어르신은 잠깐 노닐고 즐기시면서 병든 회포를 위로하심이 마땅할까 합니다."

태상이 이 말을 따라 자식들을 데리고 후원에 이르니 화초가 무성해 볼 만하였다. 공이 두루 거닐다가 홀연 보니 누군가 한 곳에 물을 떠 놓고 초인(草人)을 만들어 세워 두었다. 공이 괴이하게 여겨 살펴보니 초인의 뱃속에 자기의 생월일시(生月日時)가 붉은색으로 써져 있고 또 축사(祝辭)[23]가 있었다. 공이 보니 다음과 같은 내용이었다.

'이 씨 빙성은 삼가 천지의 신께 고합니다. 첩은 본디 재상가의 귀한 딸로서 그 귀함은 만금의 옥도 비하지 못할 것인데 운수가 불행하여 학생 요익의 재실이 되었습니다. 그 비천하게 된 것도 슬픈 일인데 시아비 요화가 흉악하고 불량하여 첩을 참혹히 보채다가 또 후원 깊은 곳에 가두었으니 이 자는 전생의 원수입니다. 밝은 신령께서 그 넋을 잡아 아비대지옥(阿鼻大地獄)[24]에 넣어 주신다면 첩이 마땅히 명절마다 향불을 갖추어 은혜에 사례하겠나이다.'

요 공이 다 보고 얼굴이 흙빛이 되어 요익을 돌아보아 말하였다.

"너는 이런 참으로 간악한 아내를 얻어 아비를 해치도록 하니 이 무슨 까닭이냐?"

생이 간사한 계교를 짐작하였으나 내색하지 않고 고개를 조아려 죄를 청하며 말하였다.

"더러운 이 자식이 사리에 밝지 못해 처자의 어질지 못함을 알지

---

23) 축사(祝辭): 귀신에게 비는 글.
24) 아비대지옥(阿鼻大地獄): 팔열지옥(八熱地獄)의 하나로 오역죄를 짓거나, 절이나 탑을 헐거나, 시주한 재물을 축내거나 한 사람이 가는데, 한 겁(劫) 동안 끊임없이 고통을 받는다는 지옥.

못하고 끝이 없는 변이 이에 이르렀으니 죽기를 청하나이다.”

태상이 대로(大怒)하여 서헌(書軒)에 돌아와 소저를 잡아다 섬돌 아래에 꿇리고 크게 꾸짖었다.

“너 요사스러운 자가 비록 사리에 밝지 못하나 너처럼 시아비를 감히 해치는 며느리가 어디 있단 말이냐? 이 죄는 목을 베어 죽여도 용납할 수 없을 것이다. 마땅히 법부(法部)에 고해 처치하도록 할 것이다.”

말을 마치고 친히 붓과 벼루를 내어와 고소장을 쓰려고 하자 급사가 급히 무릎을 꿇고 간하였다.

“이제 이 씨의 죄악이 명백하나 지금 임금께서는 북쪽 변방에서 어려움을 겪으시고 국가는 흉흉합니다. 이러한 때에 이런 윤리와 기강에 관련된 옥사를 이루실 수 있겠나이까? 더군다나 아버님은 이 상국의 낯을 보지 않으려 하시나이까? 원컨대 살피소서.”

태상이 장자의 말을 듣고 옳게 여겨 한참을 생각에 잠겼다. 소저가 이러한 일을 당해 입이 있으나 잘못 없음을 밝힐 말이 없어 눈물을 흘리며 죽기를 청하였다. 좌우에서 보는 사람들이 불쌍히 여기지 않는 이가 없었으나 입을 봉하고 말을 하지 않았다.

태상이 이 씨에게 또 일렀다.

“너를 마땅히 법부(法部)에 고하고 다스릴 것이나 큰 은덕을 드리우니 너는 조금도 원망하는 마음을 먹지 말고 내 집에 있지 마라.”

그러고서 드디어 이 씨를 밀어 문밖으로 내쳤다.

소저가 천지간에 윤상(倫常)[25]의 대죄(大罪)를 얻어 즉시 죽지 못하고 대낮에 쫓겨나 유모 경란 등과 문밖에 나와 서로 붙들고 통곡

---

25) 윤상(倫常): 인륜의 떳떳하고 변하지 아니하는 도리.

하며 어찌할 줄을 몰랐다. 이에 시녀 벽란이 말하였다.

"날이 어두워지기를 기다려 친정으로 가 철 부인을 뵙고 변통을 하소서."

소저가 이 말을 듣고 이날 황혼에 주인과 종이 서로 붙들어 친정에 이르러서 보니 철씨 집안과 친정이 다 비어 있었다. 늙은 유모 두어 명이 나와서 일렀다.

"부인과 상서께서는 몇 달 전에 금주 태사 어르신의 상사(喪事)를 만나셔서 초왕비와 문 학사 부인과 함께 금주로 가셨나이다."

소저가 바야흐로 조부가 돌아가신 줄을 알고 크게 통곡하고 말하였다.

"숙모와 언니가 어찌 내게는 부음을 안 알리고 홀로 가셨는고?"

유모가 말하였다.

"문 부인이 사람을 요씨 집안에 보내셨으나 문지기가 막고 들이지 않아 그저 오니 과도히 슬퍼하다가 가셨나이다."

소저가 다 듣고 금완이 막은 줄 알고 부모가 슬퍼할 것을 생각해 더욱 설움을 이기지 못해 무수히 울고 협문을 통해 정 각로 집안에 이르렀다.

이때 각로 정연은 노환이 심했다. 각로의 장자 상서 정문한이 국사가 그릇된 것을 보고 고향에 돌아가려 하였으나 부친이 길에 오르는 것이 어려워 다만 벼슬을 갈고 문을 닫아 손님을 사절하고 형제와 함께 부모 섬기는 것으로 일을 삼았다. 그러던 중 태사의 흉문이 들리자 각로가 크게 슬퍼하고 정 상서는 누이 부부인 정몽홍, 이관성과 그 사위 이연성을 염려해 침식이 편안하지 않았다. 그런데 정 상서가 이날 빙성 소저를 보고 크게 놀라 함께 각로에게 들어가 뵙고 연고를 물었다. 소저가 이에 눈물을 뿌리고 자초지종을 고하고 말하였다.

"이 조카는 인륜에 중죄를 지은 사람입니다. 조부께서 돌아가신 줄을 알지 못하다가 이제야 소식을 들었으니 부모님이 슬퍼하시는 모습이 눈앞에 선합니다. 숙부의 은덕을 입어 금주로 가기를 바라나이다."

정 상서가 말하였다.

"요 태상이 이렇듯 사리에 밝지 못해 죄 없는 너를 몰아 내쳤으니 참으로 통탄할 만한 일이로구나. 금주로 가는 것은 아직 생각해 보아야겠구나."

각로와 여 부인이 소저를 어루만지며 눈물을 흘려 말하였다.

"우리가 노년에 네 부친과 네 어미와 헤어져 마음이 베이는 듯하던 차에 태사의 흉문을 들었구나. 네 부모처럼 효성스러운 사람들이 그 몸을 부지하지 못할 것이니 어찌 슬프지 않겠느냐?"

소저가 슬피 울고 말을 못 하였다.

이튿날 소저가 상서에게 금주로 보내줄 것을 청하니 상서가 한참을 생각하다가 말하였다.

"내 너를 금주로 보내기를 주저하는 것이 아니다. 너의 적국인 공씨가 너를 그렇듯 허탄한 일로 모함하여 사족의 부녀를 대낮에 내쫓았으니 남을 해치려는 그 마음은 끝을 누르기 어려운 법이다. 만일 자객이 따른다면 그 해를 벗어나기가 어려울 것이니 내가 잠깐 계교를 행해 허실을 안 후에 너를 보내야겠구나."

소저가 숙부의 소견이 고명(高明)한 줄 깨달아 사례하였다.

정 상서가 일부러 작은 수레를 꾸미고 집안사람들과 남자 종들에게 명령하여 이리이리 하라고 하였다. 종들이 명령을 듣고 수레를 밀어 남쪽으로 향하였다.

종들이 한 산 밑에 이르자 홀연 수십 명의 강도가 내달려왔다. 네다섯 명의 종들이 짐짓 수레를 버리고 달아나자 강도들이 기뻐 날뛰며 수레의 장막을 헤치고 보았다. 한 아름다운 여자가 있으므로 도적들이 칼을 들어 죽이려 하니 그 여자가 슬피 울고 빌며 말하였다.

"내 본디 그대들과 원한이 없는데 무슨 까닭으로 젊은 목숨을 살해하려 하는 것이오? 만일 풀어준다면 저승에 가서라도 은혜를 갚을 것이오."

도적들이 말하였다.

"너는 요 태상 둘째아들의 재실이 아니냐?"

매섬이 말하였다.

"그렇소만 그대들이 어찌 아시오?"

사람들이 서로 돌아보아 웃고 말하였다.

"우리가 그대와 원한이 없으나 이미 사람의 청을 들어 허락하였으니 이를 바꾸지 못할 것이다."

말이 끝나기 전에 수풀에서 열 명 남짓한 장사가 무리를 지어 와 말하였다.

"우리가 좀 전에 그대들의 말을 다 들었소. 그대들이 비록 사람의 청을 들고서 저 여자를 죽이려 하나 그대들에게 이익이 되는 일이 없을 것이오. 우리는 원래 남경으로 장사를 다니고 있는데 배를 타고 우두섬이라 하는 곳에 이르면 사람을 죽여 제를 지낸다오. 그대들이 저 여자를 죽이기보다는 금백(金帛)을 받고서 우리에게 저 여자를 파는 것이 어떠하오?"

도적들이 그 말을 듣고는 크게 기뻐하며 값을 받아 돌아갔다.

원래 금완과 공 씨가 소저가 가는 곳을 살펴 소저가 정씨 집안으로 갔다가 금주로 내려간다는 말을 듣고 노복 수십 명을 시켜 소저를 쫓아가 죽이라 한 것이었다. 정 상서가 이미 이를 짐작하고 매섬을 불러 수레 장막 속에 넣어 네다섯 명의 남자 종을 시켜 수레를 이끌고 가도록 보냈다. 또 믿음직한 가인(家人) 만충을 시켜 열 명 남짓한 사내종을 거느려 장사꾼의 모양을 하고 매섬을 구하라 하니 만충이 상서의 계교대로 하여 매섬을 구한 것이었다.

만충이 매섬을 데리고 집안에 이르러 전말을 자세히 고하니 상서가 웃으며 말하였다.

"흉악한 사람의 계교는 방비하였으나 백금(百金)을 제대로 잃었구나."

이에 모두 웃었다.

상서가 셋째아들 세한에게 명령하였다.

"소저를 금주로 데려다주고 오너라."

세한은 당시 벼슬이 중서사인(中書舍人)으로 벼슬을 갈고 한가히 있었는데 아버지의 명령을 받아 금주로 가게 되었다. 각로 부부는 공 씨의 흉악한 꾀를 괘씸해하고 손녀의 처지를 매우 슬퍼하였다. 이에 각로가 말하였다.

"문이26)의 계교로 이번 환란은 겨우 벗어났으나 천 리 길에 부인 여자의 여정이 위태로울 것 같구나. 빙성이가 남복을 하고 한 필 튼튼한 나귀를 몰아간다면 길을 가는 데 좋을 듯한데 네 생각은 어떠하냐?"

상서가 대답하였다.

"밝으신 가르침이 지극히 마땅하십니다. 조카는 어떻게 생각하느냐?"

─────────
26) 문이: 각로 정연이 장자인 상서 정문한을 이처럼 표현한 것임.

소저가 대답하였다.

"소녀가 규방 여자의 몸으로서 목숨을 크게 여겨 바르지 못한 방법을 행함은 예를 벗어나는 일이나 부모님을 뵙는 것이 하루가 바쁘니 명대로 하겠나이다."

상서가 기뻐해 즉시 천리마(千里馬)를 준비하고 믿음직한 장정 십여 명을 시켜 소저를 모시고 가라 하였다. 소저가 흰 도포에 검은 두건을 하고 모든 사람에게 하직하니 옥 같은 얼굴에 당찬 풍채는 옥청(玉淸)의 신선이 티끌 세상에 내려온 듯하였다. 각로 부부가 더욱 사랑하고 정 상서 등이 등을 두드려 연연해하다가 손을 나누니 슬픈 마음을 헤아릴 수 없었다.

여 부인이 소저의 손을 잡고 울며 말하였다.

"늙은 할미가 네 어미를 떠난 후 그 화려한 모습이 눈가에 삼삼하여 잊으려 해도 잊지 못하니 너는 돌아가 내 말을 일러 어쨌거나 삼년상을 마치고 상경하여 나를 보고 반기라 전하라."

소저가 눈물을 흘려 절해 사례하고 중서와 함께 금주로 갔다.

이때, 요생은 이 씨가 쫓겨나는 것을 보았으나 감히 한마디 말을 못 하고 속으로 참혹해하였다. 그리고 훗날 부마 형제를 볼 낯이 없음을 생각해 분하고 우울한 마음에 공 씨를 씹어 먹고 싶었으나 감히 내색하지 못하였다. 심복 종을 시켜 이 씨가 가는 거처를 살펴 이 씨가 정씨 집안으로 갔다는 말을 듣고 마음을 놓았다.

하루는 공 씨가 거짓 놀라는 빛으로 생에게 말하였다.

"아까 들으니 이 씨가 금주로 가다가 도적을 만나 행방을 모른다 하더이다."

생이 이 말을 듣고 크게 놀라 낯빛이 변하였다. 급히 웃옷을 입고 정씨 집안에 이르니 정 공이 그가 온 뜻을 짐작하고 좋은 낯빛으로 생을 청해 서로 보았다. 요생이 예를 마치자 상서가 일렀다.

"천한 조카가 존부(尊府)에 죄를 얻어 쫓겨난 후 감히 그대의 신선 같은 풍채를 우러러 바라보지 못하고 있더니 오늘이 무슨 날이기에 그대가 이른 것인가?"

요생이 자리를 피해 대답하였다.

"소생이 사리에 밝지 못해 영질(令姪)이 이 지경에 이르게 하였으니 그 죄는 죽어 마땅합니다. 하오나 아까 들으니 이러이러한 말이 있으므로 소생이 놀라움을 이기지 못해 당돌히 여기에 이르렀으니 적실한 소식을 알고자 하나이다."

정 상서가 정색하고 말하였다.

"천한 질녀는 일찍이 나의 누이로부터 예의를 가르침 받아 조그만 일도 착하지 않은 일이 없었네. 그런데 질녀가 그대의 집에 가 어떠한 죄를 얻었는지 알지 못하겠네만 그대의 가풍(家風)은 아내에게 죄가 있든 없든 당당한 사족의 여자를 대낮에 몰아 내쫓는 것인가? 이 늙은이가 감히 질녀를 편들어 그대를 한스러워하는 것이 아니라 그 일이 온당치 못한 것을 미흡하게 여겨 조카에게 힐문하나 대답하지 않아서 시비에게 물으니 대강 영친(令親)27)을 시살(弑殺)28)하려다가 발각되었다 하네. 이 늙은이가 도리어 그대 집안의 어진 덕에 감사하고 질녀의 죄가 강상(綱常)의 윤리에 관계되어 있으니 하루도 서울에 두지 못할 것이므로 제집으로 보냈더니 가다가 도적을 만나 해를 입었다 하네. 이 늙은이가 저의 죄를 생각지 못하고 숙질의 의리에 참혹함을 이기지 못하나 이 또한 스스로 지은 재앙이라 누구를

---

27) 영친(令親): 상대의 어버이를 높여 이르는 말.
28) 시살(弑殺): 웃사람을 죽임.

원망하며 한하겠는가? 가만히 생각해 보니, 조카가 죄를 지은 것이 등한한 일이 아닌데 벌이 가벼운 것을 하늘이 밉게 여겨 중도에 제 목숨을 앗아간 것이네. 늙은이가 헤아리건대, 그대의 마음이 통쾌하여 신선이 되어 올라갈 듯할까 했더니 오늘 와 물으니 그대의 높은 덕에 감사하나 그대가 사람의 자식이 되어 아비 해하려 하던 처자를 생각하는 것은 도리에 어긋난 일인가 하네."

요생이 다 들으니 정 공의 말마다 자기에게 부끄러움을 더하게 하였다. 수치스러움은 이를 것도 없고 소저가 도적에게 죽었다는 말을 들으니 놀라서 뼈가 저리고 온몸이 아픔을 이기지 못해 놀란 넋이 하늘에 사무쳤다. 하물며 천신만고 끝에 소저를 만나 새로운 정을 채 펴기도 전에 그 얼음처럼 맑고 옥처럼 고운 몸이 속절없이 도적의 손에 떨어져 옥이 부서진 것에 참으로 애통해하여 검은 관(冠)을 숙이고 별 같은 눈에서는 눈물이 비처럼 흘러 앉은 자리에 고였다. 정 공이 속으로 우습게 여겨 눈동자를 똑바로 하여 볼 뿐이요 말을 하지 않으니 요생이 한참 후에야 겨우 진정하여 몸을 일으켜 두 번 절하고 말하였다.

"소생이 일개 보잘것없는 선비로서 운혜 선생[29]의 큰 은혜를 입어 옥녀를 허락받아 선생의 사위가 되었으니 선생의 은혜와 지우(知遇)[30]를 마음속에 새겼습니다. 그런데 운수가 불행하여 집안에 요사스러운 처첩이 변을 일으켜 이 씨가 소생의 집안을 하직했습니다. 이것이 소생이 일부러 즐겨서 한 일이 아니요, 형세가 마지못해 그렇게 된 것인데 대인께서는 어찌 소자를 심하게 비웃으며 조롱하시는 것입니까? 이는 모두 소생의 죄라 황공하여 죽으려 해도 죽을 땅

---

29) 운혜 선생: 이관성을 이름. 운혜는 별호.
30) 지우(知遇): 남이 자신의 인격이나 재능을 알고 잘 대우함.

이 없으니 어찌 입술과 혀로 변명하겠습니까? 그러나 이 씨가 설사 그 죄를 정말로 지었다 해도 이 씨는 존대인의 금옥과 같은 조카딸인데 어찌하여 수천 리 길에 아녀자를 홀로 보내셨다가 향이 사라지고 옥이 부서지는 탄식이 있게 한 것입니까? 의심컨대, 대인처럼 의기와 자상함을 지니신 분이 그 조카를 허술하게 험한 길에 보내지는 않으셨을 것이니 진실로 그러한 것입니까? 소자를 속이지 마소서."

정 공이 다 듣고는 정색하고 말하였다.

"그대가 진실로 늙은이를 허망한 사람으로 아는 것인가? 이 늙은이가 어찌 그대를 잘 속이겠는가? 당초에 조카가 잠시도 이곳에 있으려 하지 않기에 이 늙은이가 겨우 만류하여 두어 날을 묵었다가 금주로 간 것이 분명하고 더욱이 조카가 도적의 환란을 만난 것은 사람들 중에 모르는 이가 없으니 그대가 이 늙은이의 말을 믿지 않는다면 길에 사람을 보내 탐지하는 것이 옳을 것이네."

요생이 이 말을 듣고 더욱 낙심하여 낯빛이 찬 재와 같이 되어 말을 하지 않았다. 정 상서가 한편으로 불쌍히 여기는 마음이 있어 안색을 온화하게 하고 위로하였다.

"지금 조카딸의 액운이 참으로 비참하고 도적의 소굴에서 벗어나기가 어려울 것이나 이 늙은이가 잠깐 사람의 관상을 볼 줄 아니 조카딸의 기골로 마침내 중도에 부질없이 죽을 상은 아니네. 다만 운수가 이롭지 않아 전후에 재앙이 계속 생긴 것이니 이번에 도적을 만난 것도 천명이네. 그러나 조카딸은 또한 몸을 보전했을 것이니 그대는 속절없이 애를 태우지 말고 마음을 평안히 하여 세월을 견뎌 훗날 그 만날 때를 기다리게. 10년을 기다려도 만나지 못한다면 이 늙은이가 사람 속인 죄로 눈알을 빼 사죄하겠네. 그러므로 지혜로운 자는 생이별에 슬퍼하지 않으니 그대가 당당한 일세의 풍류남아로서 한 여자를 위해 구구하게 사모하는 것은 옳지 않으니 그대는 스스로 살피게."

요생이 밝게 깨달아 사례하며 말하였다.

"대인의 말씀이 금옥과 같으시니 마땅히 마음속에 새겨 잊지 않겠습니다. 그러나 이런 사연을 장인어른과 문후 등이 듣는다면 천리 밖에서 소생을 한스러워함이 어찌 작겠나이까?"

정 공이 말하였다.

"이 승상과 백균 등은 사리를 아니 어찌 딸과 누이를 위해 편벽되게 그대를 한하겠는가? 이 상국은 하물며 초상을 당한 지극한 슬픔때문에 이 말을 듣는다면 더 가슴 아파할 것이니 이 늙은이가 기별을 보내지 않을 것이네."

요생이 절해 사례하고 돌아갔다.

요 태상이 갔던 곳을 물으니 요생이 대답하였다.

"소자가 조금 전에 들으니 이 씨가 금주로 가다가 도적을 만나 행방을 모른다 하기에 진가를 알려고 정씨 집안에 가 알아보았더니 과연 이 씨가 도적을 만난 것이 옳다 합니다."

태상이 놀라 한참을 생각하다가 일렀다.

"이씨 집에서 제 죄는 알지 못하고 나를 원망하겠구나."

이에 생이 탄식하고 서당에 돌아와 형제들에게 말하고 슬픔을 이기지 못한 채 말하였다.

"이 씨가 재상 집안의 귀한 딸로서 잘못하여 저의 그물에 걸려 그 신세가 이렇듯 기구하니 훗날 무슨 낯으로 부마 형제를 보겠나이까?"

요 급사와 한림이 서로 탄식함을 마지않으니, 생이 이렇게 말하고서 생각하였다.

'내 천신만고 끝에 이 씨를 얻었으나 하루도 편히 지내지 못하고 그 말하는 모습도 보지 못한 채 사별한 것처럼 되었으니 내 타고난 인생의 기구함이 심하지 않은가. 정 공의 말대로 10년을 기다려 이 씨를 만나지 못하면 머리를 깎고 인간 세상에 있지 않을 것이다.'

이렇게 생각하고는 이 씨의 옥 같은 용모를 차마 잊기 어려워 억지로 참고 사람들과 말하며 웃었으나 생각은 오로지 이 씨에게 미쳐 즐기는 때가 없이 항상 지나가는 구름을 보며 눈물을 흘릴 따름이었다.

이때 빙성 소저는 중서와 함께 무사히 길을 가 금주에 이르렀다. 중서가 소저와 함께 승상 앞에 나아가 두 번 절하니 승상이 딸을 보고 크게 놀라 중서와 조문의 예를 마친 후 물었다.

"늙은이가 경사를 떠난 후 산천이 멀어 장인어른의 안부도 자주 듣지 못했더니 조카가 무슨 까닭으로 여기에 이르렀으며 딸아이는 어찌 음양을 바꿔 여기에 온 것이냐?"

소저는 두 줄기 눈물이 줄줄 흘러 말을 못 하고 중서가 자리를 피해 대답하였다.

"숙부께서 남쪽으로 말머리를 돌리신 후부터 할아버님과 할머님께서 밤낮으로 우려하시고 가친께서도 숙부를 잠시를 잊지 못하셨으니 소질 등의 마음인들 어찌 덜하겠습니까? 능히 이르러 숙부를 뵙지 못했더니 뜻밖에도 표매(表妹)[31]가 이러이러한 환란을 만나 진퇴유곡하고 원수의 해가 심하므로 집안에 두지 못하고 소질이 아버님의 명을 받아 데리고 왔나이다."

승상이 다 듣고 소저를 돌아보아 말하였다.

---

31) 표매(表妹): 외종 누이. 정세한에게 이빙성은 고종사촌이므로 이렇게 말한 것임.

"네가 이렇게 될 줄은 내 이미 짐작했던 일이니 너는 한하지 말고, 들어가 의복을 바꿔 입고 조용히 나와 네 아비를 보라."

소저가 명령을 듣고 안으로 들어가니, 승상과 소부가 각로와 상서의 안부를 묻고 새로이 탄식하기를 마지않았다.

이때 문 어사가 시절이 요란함을 보고 사직하고서 하남으로 내려오니 문 소저가 그를 따라 금주에 와 있었고, 초왕비와 철 부인이 태사의 초기(初忌)[32]를 지내고 가려 하여 함께 머물고 있었다.

빙성 소저가 내당에 들어가 부모와 존당을 뵈니 유 부인을 비롯해 모두 크게 놀라고 정 부인이 급히 소저를 붙들어 연고를 물었다. 소저가 눈물을 뿌리며 연고를 고하고 울며 일렀다.

"소녀가 시가에서 쫓겨난 며느리가 되었으나 친정에 돌아갈 일이 기뻐 조부모와 부모를 뵈올까 했더니 이제 조부께서 돌아가시고 부모와 조모의 기운이 위태로우시니 안 뵌 것만 같지 못합니다. 또 불초 소녀가 조부의 큰 은택을 입은 것이 자못 두터운데 조부의 임종을 당해 영결하지 못하고 부음(訃音)을 듣지 못해 한 번 울지 못하고, 장례를 지낼 적에 관을 붙들어 영결하지 못하고 육식(肉食)을 넘치도록 다 먹었으니 소녀의 죄는 여러 가지입니다."

유 부인이 어루만져 눈물을 흘리고 말하였다.

"나는 목숨이 살아 있어 너를 보거늘 네 조부는 그사이 모습이 안 보이시니 어찌 슬프지 않으냐? 그러나 네가 죽을 위기를 면하고 여기에 이른 것이 다행한 일이니 너는 슬퍼 마라."

문 소저가 말하였다.

"그때 우리가 경사에서 조부의 흉음을 듣고 네게 부음을 전했으

---

32) 초기(初忌): 첫 기제(忌祭). 죽은 지 1년 만에 지내는 제사.

나 문지기가 막고 들이지 않아 부음 전하러 간 사람이 빈손으로 왔으니 우리가 너의 고초를 거의 알았단다. 우리가 이리로 내려왔으나 그 일이 마음속에 맺혀 있었는데 이제 너를 보니 한이 없구나."

정 부인은 눈물을 머금고 탄식할 뿐 말을 하지 않았다. 즉시 정 중서를 청해 보고 부모의 안부를 묻고 부모가 자신을 그리워하고 있다는 말을 듣고는 잠자코 눈물이 줄줄 흐름을 깨닫지 못하였다.

중서가 며칠을 묵고 돌아가게 되었는데, 중서가 처음 도착했을 때 승상에게 상서 정문한의 말을 다음과 같이 전달한 바 있었다.

"'이제 외로운 임금께서 파천(播遷)33)하시어 사막에서 오랑캐를 벗하고 계시니 형은 탁고대신(托孤大臣)34)으로서 가만히 눈만 비비고 보고 있는가?'라고 하셨나이다."

당시에는 승상이 눈물만 흘리고 묵묵히 있었다. 중서가 길을 떠날 적에 승상이 중서의 손을 잡고 눈물이 낯에 가득한 채 오랫동안 오열하다가 천천히 말하였다.

"조카는 돌아가 형에게 고하라. '사람의 신하가 되어 국가를 잊은 것이 아니나 내가 반평생 중 지금 초토(草土)35)에 있으니 국사(國事)를 의논할 바가 아니요, 천명과 운수가 그런 후에는 외로운 나무를 받들지 못할 것이니 형은 홀로 관성을 꾸짖지 말고 그 때를 기다리소서.'라고 하라."

말을 마치자 오열하기를 마지않았다. 중서가 또한 울고 명을 받으니 승상이 말하였다.

"'내 요사이 생각하니 형의 운수가 참으로 불길하니 모름지기 칠

---

33) 파천(播遷): 임금이 도성을 떠나 다른 데로 옮김.
34) 탁고대신(托孤大臣): 선왕이 죽으며 어린 태자를 부탁한 신하.
35) 초토(草土): 거적자리와 흙 베개라는 뜻으로, 상중에 있음을 이르는 말.

년을 두문불출하여 병이 들었다 핑계하고 소인이 엿보는 기미를 막으소서.'라고 하라."

중서가 두 번 절해 하직하고 드디어 경사로 갔다.

빙성 소저가 조용히 나와 부친을 뵈니 승상이 지난 일을 묻고 탄식하며 소부 등은 요 태상을 괘씸해하여 말하였다.

"제 훗날 무슨 낯으로 형님을 뵈려 한답니까?"

승상이 한숨짓고 탄식하며 말하였다.

"아우는 말을 가볍게 마라. 이것은 빙성의 액운이니 어찌 남을 한하겠느냐?"

제공(諸公)이 탄식하고 답하지 않았다.

소저가 부모를 모셔 평안히 지내며 요씨 집안에 갈 마음을 먹지 않았다.

소저가 금주에 온 지 여덟 달 만에 홀연 한 명의 남자아이를 낳았다. 용모가 곤륜산의 옥 같고 기골이 맑으니 승상이 놀라고 기뻐하며 말하였다.

"딸아이가 비록 요씨 집안에서 내쫓겨났으나 이 아이를 요행히 얻었으니 족히 일생을 의탁할 수 있겠구나."

정 부인과 모든 형제가 크게 기뻐하였다.

그럭저럭 광음(光陰)을 보내 진 부인과 태사의 삼년상을 지냈다. 승상 등이 지극히 슬퍼하여 인간 세상에 머물 뜻이 없었으나 모친을 위하여 슬픔을 많이 억제하고 유 부인은 도량이 너른 사람이라 설움을 참아 자식들을 보호하여 삼 년을 무사히 지냈다. 유 부인은 늙었어도 소년의 옥 같은 얼굴을 비웃을 정도였으나 이제는 생기가 다 사라지고, 승상의 관옥(冠玉) 같던 안색도 시든 풀과 같이 되었으니 그 깊이 슬퍼한 줄을 알 수 있었다.

유 부인이 자식들에게 고기를 먹게 하고 각각 침소에 가기를 권하니 제공(諸公)이 만사가 꿈과 같았으나 모친의 명령을 받들어 사실(私室)로 돌아갔다. 정 부인은 시아버지가 죽은 후로 삼 년을 시어머니를 밤낮으로 모시고 위로하며 애통해하여 지내다가 오늘 사실에서 승상을 보니 사람의 일이 이러한 데에 억장이 무너져 눈물이 옷깃을 적시니 승상의 마음이야 더욱 이를 수 있겠는가. 피눈물이 흰 도포의 소매를 적셨다. 한참이 지난 후에야 승상이 겨우 진정하고 말하였다.

"학생의 죄악이 쌓여 엄군(嚴君)을 여의고 여전히 살아 오늘 부부가 서로 보니 학생의 간장이 토목과 같음을 알겠소. 그러나 부인이 모친을 모셔 삼년상을 견디시게 하였으니 내 부인의 은혜에 감동함이 옅지가 않소."

부인이 길이 탄식하고 말이 없었다.

이때 부마 등은 부친이 밤낮으로 슬퍼하기에 감히 사실을 찾지 못하다가 태사의 기년(朞年) 후에 조모가 권하니 부마와 시랑, 한림, 시독은 이따금 사실을 찾았다. 그러나 상서 이몽창은 소 부인을 삼 년 내에는 전혀 발길을 끊어 안부를 묻지 않고 소 부인이 경사에서 잉태해 내려와 남자아이를 낳았으나 들이밀어 보지도 않았다. 그리고 밤낮으로 부친을 곁에서 모셔 이미 삼년상을 지내고 승상이 모친 침소에 들어가는 것을 보고서야 바야흐로 부인 침소를 찾아 들어갔다.

이때 부인은 임 씨와 함께 방 안에서 서로 말하고 있었다. 상서가 좌우를 시켜 임 씨의 아들 취문을 데려오라 하여 앞에 앉히고 옥침을 베고 누워 임 씨의 손을 잡고 취문을 사랑하니 임 씨가 크게 두려워하여 온 마음이 바늘방석 위에 앉은 듯하였다. 그러나 소 부인은 속으로 상서의 행동을 미친 것처럼 여길지언정 안색이 조금도 변하지 않았다. 밤이 깊었으므로 방문을 닫으려 하니 상서가 노해 말하였다.

"학생이 난간에 누워 있는데 무슨 까닭으로 방자하게 문을 닫으려 드는가?"

그러고서 임 씨를 돌려보내고 방으로 들어가 침상에 올라 누워 말을 않고 밤을 지내고 나갔다. 부인이 그 행동을 우습게 여길 뿐이요, 입을 열어 시비하지 않았다.

이날 밤에 상서가 방에 들어왔는데, 부인은 일찌감치 돌아와 새로 낳은 아이를 앞에 앉히고 웃으면서 기뻐하고 있었다. 이때 부인의 옥 같은 얼굴은 등불 아래에 빛나고 영롱한 광채는 어두운 방을 밝히는 듯하였다. 상서가 새삼 매우 기이하게 여기고 방에 들어가서 앉으니 부인이 천천히 상서를 맞아 멀리 자리를 이루었다. 상서가 이에 말하였다.

"부인이 삼 년 동안 학생을 안 보아 시원했을 것이니 얼마나 영화롭게 있었겠소?"

부인이 대답하기가 새로이 어색하였으나 억지로 참고 천천히 대답하였다.

"첩이 불민하여 만사가 군(君)의 뜻에 맞지 않아 군의 마음에 영합하지 못하니 그 무슨 영화라 하겠나이까?"

상서가 정색하고 말하였다.

"부인이 이제는 지아비가 있는 줄 알아 지아비를 섬길 수 있겠소?"

부인이 한참을 가만히 있다가 대답하였다.

"첩이 융통성이 없어 맑은 이야기와 아름다운 말로 군의 안전에 설파하지 못하는 도리가 있거니와 여자 되어 감히 가부(家夫)를 가볍게 보는 일이 있겠나이까?"

상서가 정색하고 말하였다.

"부인이 한갓 공교롭고 능란한 말로 생을 제어하니 생이 구차하여 말을 안 하겠소. 그러나 부부가 범사에 그림자 좇듯 하여 지아비는 온화하고 지어미는 순종하는 도리를 해야 한다고 하였으니 부인에게는 그것이 어디에 있단 말이오?"

부인이 대답하였다.

"이르시는 바가 다 옳지만 군자는 묵묵하고 여자는 단정함도 성인의 가르침에서 벗어나는 일이 아닙니다."

상서가 어이없어 오랫동안 잠자코 있다가 다시 일렀다.

"학생이 용렬하여 부인의 세차고 독한 성질을 매양 관대히 용서했으나 이후에 이런 일이 있다면 결단코 용서하지 않을 것이니 학생의 오늘 말이 평생의 맹세가 될 것이오."

부인이 사죄해 말하였다.

"첩이 가슴이 막혀 알지 못했더니 마땅히 오늘 말씀을 받들어 명심할 것이니 군도 또한 중도에 위엄을 잃지 마소서."

상서가 다 듣고는 다시 할 말이 없어 선뜻 침상에 나아가니 부인이 또 내색하지 않았다.

이때 정통(正統)36) 황제가 북쪽 변방에 간 지 오륙 년에 이르렀다. 경태(景泰)37)가 정통 황제를 맞이해 올 뜻이 아득하고 태자와 황후

---

36) 정통(正統): 중국 명(明)나라 제6대 황제인 영종(英宗) 때의 연호(1435~1449). 영종은 후에 연호를 천순(天順, 1457~1464)으로 바꿈.

37) 경태(景泰): 중국 명나라 제7대 황제인 대종(代宗)의 연호(1449~1457). 제5대 황제인 선종(宣宗) 선덕제(宣德帝, 1425~1435)의 아들이며 제6대 황제인 영종(英宗) 정통제(正統帝, 1435~1449)의 이복아우임. 1449년에 오이라트 족의 침략으로 정통제

를 별궁에 내쳐 모욕하였다. 이 승상이 임하(林下)에 갈건포의(葛巾布衣)[38]로 한가한 백성이 되어 있었으나 임금을 사모하는 마음은 하루하루 깊어져 매일 북쪽을 바라보고 눈물을 흘렸다. 그러나 천도가 정해져 있으므로 하릴없어하였다.

이 해가 지나고 봄이 이르니 승상이 뜻을 결정하여 대사(大事)를 이루려 하였다. 하루는 유 부인에게 고하였다.

"신하가 되어 충(忠)이 으뜸이거늘 하물며 저는 세 조정의 탁고(托孤)[39]를 받아 여느 신하와 다릅니다. 그런데 이제 성상께서 파천(播遷)하시어 변방에 오래 머물러 계시나 회복을 도모하지 못하니 제가 무슨 낯으로 훗날 구천(九泉)에 가 선제(先帝)를 뵙겠나이까? 이제 천하를 돌아보아 의기 있는 호걸을 모아 외로운 임금을 회복시키려 합니다. 아버님 삼년상이 지난 지 해포 되었고 임종 시의 유교(遺敎)가 자못 분명하시니 유교를 저버림은 더욱 옳지 않습니다. 모친께서는 저를 염려하지 마시고 몇 달을 평안히 계시기를 바라나이다."

유 부인이 어루만져 눈물을 흘리며 말하였다.

"네 말이 옳으니 내 어찌 소소한 이별을 아쉬워하겠느냐? 모름지기 충성을 다해 힘을 다 쏟아 나라에서 입은 은혜를 갚도록 하거라."

승상이 절해 명령을 받고 드디어 부마와 상서에게 자기 뒤를 좇도록 하였다. 무평백은 병을 치료하고 있으므로 가지 못하고 소부는 아들 몽석이 마침 병들어 가지 못하니 피차 애달픔이 끝이 없었다.

날을 가려 승상이 갈건포의(葛巾布衣)로 길에 오를 적에 모친에게

가 직접 친정을 나가 포로로 잡힌, 이른바 토목(土木)의 변(變)으로, 황제로 추대됨. 정통제가 풀려나 1년 뒤에 돌아온 뒤에도 황위를 물려주지 않다가 정통제를 옹립하려는 세력이 일으킨 정변으로 폐위되고 폐위된 지 한 달 후에 급사함.
38) 갈건포의(葛巾布衣): 거친 베로 만든 두건과 베옷.
39) 탁고(托孤): 선왕이 죽으면서 태자를 부탁함.

하직하였다. 옛날 양친이 집에 있어 길을 떠나면 자기 손을 잡던 일이 떠오르니 새로이 슬픈 회포가 간장을 마디마디 끊었다. 억지로 참아 하직하고 두 아우를 경계하여 몸 보중할 것을 당부하였다.

두 아들 몽현, 몽창과 함께 길을 나서 하남에 이르렀다. 사람이 많이 다니고 여염집이 많아 매우 번화하였다. 승상이 다방을 찾아 차를 먹고 일어나려 하는데 홀연 한 소년이 밖에서 들어오는 것이었다. 소년을 보니 눈이 모나고 낯빛은 희며 코가 높고 눈썹이 길어 범상치 않게 생겼다. 승상이 벌써 알아보고 피차 인사하여 자리를 정하니 그 사람이 승상의 초탈한 눈빛과 부마 등의 용모를 보고 크게 놀라 물었다.

"오늘 무슨 행운으로 여러 신선을 만났습니다. 시골 동네에 사는 미천한 눈에는 보통사람이 아닌가 싶으니 존성(尊姓)과 대명(大名)을 듣고 싶나이다."

승상이 흔쾌히 말하였다.

"우연히 도중에 어진 선비를 만난 것이 기특한 일이니 우리 성명은 천천히 이를 것이오. 어진 선비께서는 어느 땅 사람이며 성명은 어떻게 되시는지요?"

그 사람이 말하였다.

"소생은 본토 사람 유잠입니다. 일찍이 부모님이 다 돌아가시고 친척이 또 드물어 거처를 정한 데가 없습니다. 오늘 우연히 세 분 대인을 만났으니 처음 보건대 눈빛이 영롱하시니 조정의 고관대작께서 미행(微行)40)하시는 것이 아닙니까?"

승상이 다 듣고 크게 기특히 여겨 말하였다.

---

40) 미행(微行): 지위가 높은 사람이 무엇을 몰래 살피기 위하여 남루한 옷차림을 하고 남모르게 다님

"이곳이 말할 만한 곳이 아니니 잠깐 늙은이를 좇아 와 대화하는 것이 어떠하오?"

유생이 응낙하고 승상을 따라 산에 이르러 소나무 아래에 앉았다. 유생이 다시 근본을 물으니 승상이 말하였다.

"늙은이는 다른 이가 아니라 옛 승상 이관성이요, 이 두 아이는 늙은이의 천한 자식들이라오. 늙은이가 임금께서 북쪽 변방으로 옮아가신 후 조정에 있어도 할 일이 없으므로 고향에 내려가 호미를 메고 땅 파기로 업을 삼고 있었소. 요사이 봄을 맞아 마음이 울적하여 천하 강산을 유람하려 나섰다가 뜻밖에도 현사(賢士)를 만났으니 어찌 기쁘지 않겠소?"

유생이 황망히 두 번 절하고 말하였다.

"일찍이 이름을 우레같이 들었으나 신선 같은 풍채를 우러러 뵈올 길이 아득하더니 오늘 무슨 행운으로 존안(尊顔)을 뵈어 어진 말씀을 들으니 평생의 영화입니다."

승상이 그 말과 예법에 맞는 태도가 온순함을 크게 사랑하여 한나절이 되도록 대화를 나누었다. 유생의 의기와 말이 시속에서 크게 벗어나 있으므로 승상이 이에 그 손을 잡고 탄식하며 말하였다.

"그대는 일찍이 임금이 중한 줄을 아오?"

유생이 대답하였다.

"선비가 벼슬을 하니 어찌 임금이 중한 줄을 모르겠나이까? 오늘 대인의 말씀을 들으니 소회가 있으나 드러내지 않으시는 것 같습니다. 아무 일이라도 소생에게 이르신다면 소생이 죽기를 무릅쓰고 좇을 것이니 듣기를 원하나이다."

승상이 눈물을 흘리고 오열하며 말하였다.

"늙은이가 불민한 몸으로 임금의 은혜를 입은 것이 고금을 기울

여 보아도 쌍이 없거늘 이제 임금께서 북쪽 오랑캐에게 욕을 보셨으
나 신하가 되어 편안히 있으니 하늘이 밉게 여겨 늙은이에게 재앙을
내리실 것이오. 어리석은 마음에 마음을 진정시키기 어려워 이렇듯
길을 다니며 행여 하늘이 우리 주상을 도와 의기 있는 호걸을 만나
게 한다면 함께 의병을 일으켜 야선(也先)[41]을 치고 옛 임금을 회복
시키려 하오. 천하에 나를 아는 이가 없음을 안타까워하더니 오늘
그대를 보니 의기와 충심(忠心)이 거의 옛사람을 이기니 그대는 늙
은이를 좇아 국가를 붙들겠소?"

유생이 이 공의 충성스러운 마음을 보고 크게 감동하여 두 번 절
하고 말하였다.

"의(義)를 즐기는 것은 대장부가 할 일이요, 임금을 구하는 것은
충성을 오롯이 하는 것입니다. 대인의 말씀을 들으니 소생처럼 나무
나 돌 같은 위인인들 차마 마음이 움직이지 않겠나이까? 마땅히 목
숨을 버려 주상을 구할 것입니다만, 알지 못하겠습니다. 어느 때인
줄 알고 명령을 기다리겠나이까?

승상이 다 듣고 자기의 팔을 맞잡아 예한 후 말하였다.

"오늘이 무슨 날이기에 이러한 어진 선비를 만났는고? 늙은이가
헤아리건대, 천수(天數)가 정해진 때가 있으니 때가 아닌 때는 아무
리 힘써도 무익하오. 내년이 우리 주상께서 극히 이로울 것이니 현
사(賢士)는 내년 봄에 금주 화록촌으로 와 늙은이를 찾으시오."

유생이 응낙하고 날이 늦었으므로 손을 나누니 피차 헤어지는 정
이 아련하였다.

---

41) 야선(也先): 몽골족의 하나인 오이라트 부족의 족장 이름 에센(?~1454)을 이름. 에
   센은 무역 문제로 명나라와 갈등을 벌이다 자기 부족을 토벌하러 온 정통 황제를
   1449년에 잡아서 1450년에 조건 없이 풀어 줌.

승상이 유생과 이별하고 두 아들과 함께 하남을 떠나 두루 돌아 남창(南昌)에 이르니 풍경이 매우 아름다웠다. 유람하여 한 곳에 가니 큰 집이 소나무와 대나무 사이에 영롱하고 안에서는 노랫소리가 진동하였다. 이때 여덟아홉 살이나 한 아이가 시름을 머금고 문밖에 거적을 깔고 앉아 있으니 옥 같은 얼굴에 봉황의 눈을 하고 몸에서는 빛이 나 기이하였다. 보통 아이와는 크게 달랐으므로 승상이 자연히 마음이 동해 나아가니 그 아이가 문득 몸을 움직여 공손히 예를 하였다. 상서가 가까이 가서 보고 크게 사랑하여 손을 잡고 말하려 하더니 홀연 안으로부터 서동(書童)이 내달아,

"공자야! 부르신다."

하니 그 아이가 급히 일어나 들어갔다. 상서가 자연히 슬픈 마음을 이기지 못해 돌아오며 이웃에게 물으니 그 이웃이 대답하였다.

"그 집은 전날 형부상서를 했던 유 씨 어른의 댁이라오. 유 어른이 칠 년 전에 벼슬을 갈고 내려왔는데 새로운 임금이 즉위하여 승상을 하러 올라갔다가 숙질(宿疾)이 있어 벼슬을 그만두고 작년에 내려왔습니다만 세력을 믿고 민간에 폐를 끝없이 끼치고 있지요. 그 어른에게 한 아들이 있는데 그 어른이 첩의 참소를 들어 매양 아들을 중히 두드려 내치니 아까도 공자가 매를 맞고 내쳐 앉아 있던 것이라오."

승상이 다 듣고는 그 '어른'이 유영걸인 줄 알고 크게 이상하게 여기고 놀라니 상서가 말하였다.

"유영걸이 전날 설최와 함께 마음을 함께해 대옥(大獄)을 바꾼 것은 큰 죄였습니다만 일이 우리 집에 간섭함이 있어 사형에 처하지 않았더니 제 이제 경태(景泰)의 벼슬을 받아 저렇듯 탐욕스럽고 포악합니다. 만일 나라를 회복한 후에는 그 죄를 물어 벌을 내려야겠

습니다. 그러나 그 자식의 사람됨이 저렇듯 기이한데 제 아비가 사랑하지 않는다 하니 천도(天道)를 탄식할 만합니다."

이 아이는 경문인데 부자(父子)가 서로 보고도 모르니 어찌 안타깝지 않은가. 경문이 문후 같은 어질고 통달한 아비를 모르고 현명하지 못한 유영걸을 아비로 알아 무수한 고난을 겪고 있으니 이 모두 전생의 죄가 크기 때문이었다.

승상이 남창을 떠나 절강의 소주, 항주에 이르니 이른바 천하의 명승지였다. 이때는 봄이었으니 온갖 꽃은 산을 덮었고 푸른 버들은 실을 드리운 듯하였다. 승상이 대지팡이에 짚신 차림으로 세 서동과 두 아들을 이끌어 산에 오르니 높은 봉우리와 깊은 골짜기는 구름 낀 하늘에 솟았고 층을 이룬 바위에서 흐르는 폭포는 잔잔히 흘렀으며 오색 꽃은 울을 선 듯하였다. 부마 형제가 맑은 시를 지어 읊으며 부친을 모시고 깊이 들어가며 구경하니 날이 저무는 줄을 깨닫지 못하고 산중에서 나가지 않았다.

홀연 멀지 않은 솔숲에서 냄새가 나므로 찾아가니 열 명 남짓한 협객이 군사 수백 명을 데리고 바야흐로 소를 잡고 돼지를 죽이며 술을 거르고 있었다. 부마가 수풀 사이에서 보고 고하였다.

"무심코 저 무리에 갔다가는 욕을 볼 것이니 나가는 것이 좋겠습니다."

승상이 웃으며 말하였다.

"저 무리가 또 사람이니 남을 마음대로 모욕하겠느냐? 너희는 내가 하는 것을 보라."

드디어 두 아들을 물리치고 앞으로 천천히 나아가 팔을 들어 말하였다.

"귀한 분들을 학생이 뵈나이다."

사람들이 눈을 들어서 보니 한 사내가 갈건(葛巾)을 쓰고 몸에는 흰 도포를 입고 손에는 대지팡이를 짚고 서 있는 것이었다. 두 눈썹은 와잠(臥蠶)[42]을 본떠 강산의 정기를 아울렀고 두 눈에서는 눈빛이 밝아 온 세상을 꿰뚫을 듯하였으며, 두 귀밑은 깨끗한 옥에 맑은 달과 같고 검은 수염은 배 아래에 내려왔으며, 붉은 입술에 흰 이가 표표하고 시원한 골격은 옥청(玉淸)[43]의 신선이 내려와도 미치지 못할 정도였다. 저 무리가 산속에 사는 무딘 눈을 가지고도 매우 놀라 바삐 답례하고 말하였다.

"높으신 신선께서는 어디로부터 강림하신 것입니까?"

승상이 웃고 그들을 붙들어 말하였다.

"이 늙은이가 어찌 신선이겠소? 우연히 산을 유람하다가 길이 여러분이 있는 곳을 범하였으니 여러분께 전혀 죄를 청하고자 하니 어찌 이렇듯 의심하는 것이오? 믿지 못하겠거든 천한 자식과 세 서동을 보시오."

말이 끝나기도 전에 두 소년이 베로 만든 두건과 짚신 차림으로 나아오니 눈에 띄는 풍채는 학을 탄 신선 같았다. 사람들이 급히 맞이해 진중(陣中)에 들어가 상좌(上座)에 앉히고 말하였다.

"우리는 평생 의기를 사모하였으나 천하에 우리를 아는 이가 적고, 이 고을의 태수가 포학한 정치를 심하게 하므로 분노가 격발하여 산속에 들어앉아 노략질로 일을 삼고 있었습니다."

그리고서 자신들의 이름을 말하니 으뜸은 전신이요, 그 다음은 등공이요, 셋째는 마륭이요, 넷째는 왕패요, 다섯째는 엄팽이요, 여섯째는 성한이요, 일곱째는 배안이요, 여덟째는 요모요, 아홉째는 석중

42) 와잠(臥蠶): 누워 있는 누에 같다는 뜻으로, 길고 굽은 눈썹을 이르는 말.
43) 옥청(玉淸): 도교에서, 신선이 산다는 삼청의 하나로, 상제가 있는 곳.

이니 모두 당대의 늠름하고 준수한 영웅들이었다.

승상이 다 듣고 존경의 뜻을 표해 말하였다.

"오늘 무슨 행운으로 여러 영웅을 만났으니 평생의 기쁜 일이오만 알지 못하겠소, 여러분이 당당한 선비 무리로서 과거를 보지 않고 이렇듯 떠돌아다니는 것이오?"

전신이 말하였다.

"우리가 용렬하여 문자를 터득하지 못해, 칠 년 전에 과거를 보러 서울에 가니 승상 이 공이 이백(李白)⁴⁴⁾의 시(詩)로 제목을 내었습니다. 시간이 겨우 두어 시는 하니 지을 의사가 없이 나와 이 공의 태산과 북두칠성 같은 명망을 들으며, 이미 문과는 못 하게 되었으니 무과나 하여 이 공이 밝히 다스리는 조정에 다녀보려 하여 돌아와 무예를 익혀 다 이루었습니다. 그런데 이제 임금께서 북쪽 변방에 계시고 이 공은 고향에 돌아갔습니다. 지금 황제가 제 형을 내치고 스스로 하는 정사가 어리석어 어진 신하를 멀리하고 소인을 가까이 하니 천하의 수령이 다 그 뜻을 받아 탐욕만 일삼고 있습니다. 저희가 그런 어지러운 조정에 과거를 보아 부질없고, 또 이 고을 수령이 하는 행동을 보니 분노와 한이 가득해 마을의 의로운 선비를 모아 고을을 치려던 참이었나이다."

승상이 이 말을 듣고 크게 기뻐하며 전신의 손을 잡고 말하였다.

"나는 과연 전 조정 승상 이관성이오. 지금 임금께서 북쪽 변방에서 오랑캐로 벗하심을 듣고 신하 된 자로서 마음을 놓지 못해 천하를 돌며 의기 있는 호걸을 얻어 야선을 치고 임금을 구하려 했더니 어찌 여러분과 같은 좋은 의사(義士)를 만날 줄 알았겠소?"

---

44) 이백(李白): 중국 당(唐)나라의 시인으로 본명은 이태백(李太白)이며 호는 청련거사 (青蓮居士).

사람들이 크게 놀라 일시에 절하고 말하였다.

"저희가 눈이 있으나 태산을 몰라보고 승상 어르신께 소홀히 대했으니 용서하소서. 저희가 또한 이 마음을 둔 지 오래되었으나 함께 대사를 의논할 사람이 없어 한스러워하더니 어르신께서 이 뜻을 두셨다면 저희가 목숨을 버려 돕겠나이다."

승상이 칭찬하며 말하였다.

"어진 선비로구나! 공 등의 뜻이 이러하니 이는 성상(聖上)의 큰 복인가 하오."

전신 등이 평생 사모하던 이 공을 만나 크게 기뻐하며 술과 고기를 내어와 권하니 승상이 흔쾌히 술을 많이 마셨다. 이날 밤을 그곳에서 지내고 다음 날 갈 적에 사람들이 절하고 이별하며 말하였다.

"어느 때 군대를 일으키실 것이며 저희는 어느 곳으로 가 따르면 되겠나이까?"

승상이 말하였다.

"내년 봄에 금주 화록촌으로 오면 자연히 계교를 알려 줄 것이오."

사람들이 이에 응낙하였다.

승상이 전신 등과 이별하고 항주를 떠나 두루 구경하다가 장사(長沙)에 이르러 바로 악양루(岳陽樓)에 올라 사해(四海)를 두루 보니 초나라 산이 일천(一千) 척이요 동정호가 일만 구비였다. 강물에 파도가 가득하여 흰 깁을 편 듯하였으니 풍경이 지극히 맑고 깨끗하였다.

승상이 천하를 굽어보고 홀연히 눈물을 흘리고 탄식하며 말하였다.

"굴원(屈原)[45]은 임금을 위해 멱라수(汨羅水)[46]에 빠지는 것을 달

---

45) 굴원(屈原): 중국 전국(戰國)시대 초(楚)나라의 인물(B.C.340~B.C.278). 초나라 회왕(懷王) 밑에서 좌도(左徒)의 벼슬을 맡아 국사를 보좌하였는데, 회왕이 진나라 소왕의 방문 요청을 받았을 적에 굴원은 방문을 반대하였으나 회왕이 막내아들 자란의 권유에 따라 방문하였다가 억류되어 병사함. 이후 굴원은 회왕의 큰아들 경양왕

게 여겼다. 그런데 나는 평소에 임금의 은혜를 등한치 않게 입고서도 이제 주상이 칠 년 동안 북쪽 땅에서 고초를 겪으시게 하였으니 낯을 들어 해를 보는 것이 부끄럽구나. 그런데도 지금 좋은 경치를 보고 있으니 불충(不忠)이 심하구나."

부마 형제가 슬퍼하며 아버지를 위로하였다.

"지금 임금의 칠 년 고초는 다 하늘이 정한 운수니 어찌 인력으로 하겠나이까? 대인께서는 부질없이 근심하지 마소서."

승상이 슬퍼하며 대답하지 않았다.

홀연 누대 아래에서 네댓 명의 소년이 칼등을 타고 술병을 메고서 노래를 부르며 나왔다. 승상이 바삐 나아가 읍(揖)을 하니 그 소년들이 눈을 흘겨 떠 보고 답례도 하지 않고 방약무인(傍若無人)으로 늘어앉았다. 부마 형제가 매우 괘씸해했으나 나중을 보려 하여 가만히 있고 승상은 다시 읍하고 말하였다.

"우연히 산을 유람하는 객으로서 이곳에 이르렀더니 그대들은 어떤 사람들이오?"

그중 한 사람이 벌떡 일어서서 꾸짖었다.

"우리가 모든 어른 누구에게나 지나치게 공손하게 대하겠느냐? 너같은 초라한 선비를 죽인들 관계가 있겠느냐?"

이렇게 말하고 달려드니 문후가 급히 앞으로 와 발로 차 그 사람을 거꾸러뜨렸다. 그러자 그중 한 사람이 크게 노하여 달려들며 말하였다.

"우리 용맹이 천하에 겨룰 자가 없는데 오늘 풋내기 앞에서 욕을

이 자란과 상관대부의 모략으로 자신을 강남으로 추방하자 돌을 안고 멱라수에 빠져 죽음.

46) 멱라수(汨羅水): 굴원이 나라의 장래를 근심하다 빠져 죽은 강의 이름.

볼 줄 어찌 알았겠는가?"

상서가 크게 꾸짖어 말하였다.

"너희 쥐무리 같은 것들이 이 승상 운혜 선생과 부마도위 일청 선생, 병부상서 문정후 죽청 선생을 아느냐?"

처음에 맞고 거꾸러졌던 자가 일어나며 말하였다.

"네 그 말을 또 하라. 네가 그 사람들의 이름을 어찌 아는 것이냐?"

상서가 대답하였다.

"너도 아느냐?"

그 사람이 말하였다.

"이는 곧 전 조정의 승상으로 덕택이 천하에 유명하니 어찌 모르겠느냐?"

상서가 말하였다.

"그렇다면 이 승상이 너희가 이렇듯 무례한 줄 아신다면 너희 이름을 흠모하겠느냐?"

그 사람이 말하였다.

"우리가 처음부터 어찌 이러했겠느냐? 칠 년 전부터 임금이 현명하지 못하고 수령들이 포학한 정치를 하므로 우리가 그에 따라 사납게 됨을 면치 못했으나 만일 이 승상이 조정에 계신다면 우리가 그 덕을 따라 착한 길에 들어서게 될 것이다."

상서가 또 말하였다.

"이 승상을 너희가 뵌다면 어찌하겠느냐?"

대답하였다.

"이 승상이 금주 고향에 가셨다 하는데 어디에 가 뵐 수 있겠느냐?"

상서가 가리켜 말하였다.

"저기 앉아 계신 이가 이 승상이다."

그 사람이 냉소하고 말하였다.

"이 승상이 금주에서 이곳에 무엇 하러 오셨겠느냐? 네가 이름을 거짓으로 칭하여 이른 것이다. 내 일찍이 들으니 성상께서 승상을 대승상 황태부라 하시고 옥책(玉冊)[47]에 어인(御印) 친 것을 내려 주셨는데 이 승상이 몸에 품고서 잃어버리지 않는다고 하니 네게 그것이 있느냐?"

상서가 급히 부친의 주머니를 열고 내어 보이니 장생전(長生殿)[48]의 어인(御印)을 친 것이 분명하여 붉은빛이 낮에 보였다. 사람들이 매우 놀라 급히 머리를 땅에 두드리며 말하였다.

"저희가 눈은 있으나 망울이 없어 대인께 심상치 않은 죄를 얻었으니 죽기를 청하나이다."

승상이 아무렇지 않은 듯이 웃고 친히 붙들어 말하였다.

"아까 천한 자식이 여러분의 뜻을 많이 어겼으니 참으로 부끄러움을 이기지 못하고 있거늘 그대들이 어찌 죄를 청하는 것인가? 학생이 조정에서 벼슬할 적에 조금도 일컬을 만한 일이 없고 지금에 이르러 임금을 북쪽 변방에 버리고서 모시고 돌아오지 못하니 불충(不忠)이 천고에 없는데 그대들이 어디에 가서 헛된 이름을 듣고 이토록 칭찬하는 것인가? 그대들은 원컨대 성명을 일러 주시게."

사람들이 그 온화한 말과 준수한 얼굴을 대해 마음속 깊이 존경하고 복종하여 뼈가 녹는 듯하였다. 다시 두 번 절해 죄를 청하고 각각 이름을 고하였다. 첫째는 장성립이요, 둘째는 최수현이요, 셋째는 소

---

47) 옥책(玉冊): 존호(尊號)를 올릴 때에, 송덕문(頌德文)을 쓴 간책(簡策).

48) 장생전(長生殿): 원래 당나라 궁중의 침전(寢殿)을 가리키는데 여기에서는 일반적인 궁중의 의미로 쓰임.

공보요, 넷째는 서관남이요, 다섯째는 순수환이니 다 한결같이 얼굴은 분을 바른 듯하고 눈은 샛별 같았으며 입은 단사(丹沙)를 찍어 놓은 듯하였다.

승상이 그 이름을 듣고 사례해 말하였다.

"학생이 오늘 무슨 복으로 현사(賢士) 등을 만났는고? 여러 공이 이렇듯 출중한 인재로서 어찌 초목과 같이 늙을 수 있겠는가? 훗날 푸른색의 관복을 입고 현달(顯達)할 것이니 학생이 본 바 처음이로다."

사람들이 사례해 말하였다.

"저희는 한낱 협객으로서 함부로 행동하며 도박하는 무리이니 어찌 감히 출세하기를 바라겠나이까? 오늘 대승상을 뵌 것도 평생의 영화입니다."

승상이 기쁜 빛으로 웃으며 말하였다.

"옛날에 장비(張飛)[49]는 돼지를 잡던 장사꾼으로서 지위가 공후에까지 이르렀으니 이제 그대들의 생각이 쾌활하고 초탈하여 백운(白雲) 같으니 장래에 현달하지 못할 리 있겠는가? 제공의 기상이 시원해 결단코 산림에 파묻혀 죽지는 않을 것이니 행여 학생의 말을 미쳤다고 여기지 말게."

사람들이 사례하고 문후를 보고 사죄하니 상서가 자약히 웃고 말하였다.

"아까는 희롱한 것이었으니 이처럼 사죄하여 훈훈한 분위기를 상하게 할 일은 아니네."

모두가 더욱 감사하여 가져온 술을 권하니 승상이 흔쾌히 술을 마

---

49) 장비(張飛): 중국 삼국시대 촉한의 무장(?~221). 자는 익덕(益德). 유비, 관우와 함께 도원(桃園)에서 결의하고 유비를 섬김.

셔 조금도 사양하지 않고 한나절을 대화하였다. 승상의 말이 다 의리에 맞으니 사람들이 더욱 칭찬하고 복종하여 서로 사랑함을 마지 않았다.

술이 얼큰해지자, 승상이 홀연 눈물을 흘려 슬퍼하니 장성립이 웃으며 말하였다.

"어르신께서 어찌하여 이런 좋은 경치를 대해 슬퍼하시는 것입니까?"

승상이 탄식하고 말하였다.

"학생이 임금이 사막에서 고초를 받으시는데 임금을 구해 회복할 길이 없어 슬퍼하는 것이라네."

성립이 대답하였다.

"어르신께서 어찌 의병을 모아 야선을 치고 황상(皇上)을 회복하지 않으십니까?"

승상이 대답하였다.

"이 뜻이 있으나 천하에 임금을 붙들어 옛 자리로 회복시키려 하는 충신이 없으니 어찌 홀로 대사를 이루겠는가?"

성립이 비분강개하여 말하였다.

"저희가 비록 재주가 없고 또한 백 걸음 밖에서 버들잎을 겨누어 뚫는 능력은 없으나 병서를 잠깐 보았으니 어르신께서 대사를 이루려 하신다면 목숨을 버려 돕고자 하나이다."

승상이 크게 기뻐해 절하고 말하였다.

"학생이 오던 길에 여러 호걸을 만나 이 일을 약속했더니 또 어찌 이런 충성 가득한 영걸(英傑)을 만날 줄 알았겠는가? 제공 등이 임금을 위한 뜻이 있거든 내년 봄에 금주로 와 나를 찾는 것이 어떠한가?"

사람들이 일시에 머리를 조아려 말하였다.

"임금을 사랑하고 의리를 좇음은 장부의 예삿일이니 어르신께서 어찌 이런 과도한 예를 차리시는 것입니까?"

승상이 재삼 사례하여 언약을 굳게 정한 후 서로 손을 나누었다.

승상 일행이 군산(君山)[50])에 오르니 경치가 워낙 빼어나 이루 바라볼 수가 없었다. 회사정(懷沙亭)[51])에 오르니 승상이 강개함을 이기지 못해 붓과 벼루를 내어와 칠언절구(七言絶句)[52]) 대여섯 수를 지어 벽에 붙였다. 글의 뜻이 임금을 안타까워하고 굴원(屈原)의 충심(忠心)을 본받으려는 것이었으니 격조(格調)[53])가 고상(高尙)하고 구법(句法)이 상쾌하여 먹의 빛이 강물에 빛나니 진실로 기이한 재주였다. 부마와 상서가 끝을 이어 또한 글을 지어 벽에 붙이고 정자 앞으로 올라가니 날이 저물었다. 이에 상서가 고하였다.

"여기에서 옥룡관이 멀지 않으니 거기로 가 밤을 지내고 저녁밥을 얻어먹는 것이 어떠하나이까?"

승상이 그 말을 따라 옥룡관에 이르렀다. 산천이 더욱 아름다운데 푸른 기와는 반공(半空)에 닿았고 붉은 기둥이 땅을 의지하여 크기가 유달랐다.

상서가 동자를 시켜 문을 두드리게 하니 젊은 도사가 나왔다. 상서가 이에 물었다.

"네 스승 운사가 있느냐?"

---

50) 군산(君山): 동정호 안에 있는 섬.

51) 회사정(懷沙亭): 중국 호남성(湖南省) 상음현(湘陰縣)의 북쪽에 있는 강인 멱라수(汨羅水) 변에 있는 정자. 초(楚)나라 굴원(屈原)이 나라의 장래를 근심하고 회왕(懷王)을 사모하여 노심초사한 끝에 <회사부(懷沙賦)>를 짓고 멱라수에 빠져 죽은 것으로부터 정자 이름이 유래함.

52) 칠언절구(七言絶句): 한시(漢詩)에서, 한 구가 칠언으로 된 절구. 모두 4구로 이루어져 있음.

53) 격조(格調): 격식과 운치에 어울리는 가락.

도사가 대답하였다.

"안에 계시거니와 어떤 행차가 산사에 이른 것입니까?"

상서가 말하였다.

"운사에게 이 상서가 와 계시다고 일러라."

도사가 들어가더니 이윽고 운사가 학발(鶴髮)을 나부끼고 흰 옷에 흰 관(冠) 차림으로 나와 합장 예배하고 말하였다.

"어르신을 이별한 지 10년이 거의입니다. 오늘 어찌 이르셨으며 두 분 어르신은 누구십니까?"

상서가 말하였다.

"옛날에 도사의 후의를 입어 다시 살아난 은혜가 자못 크되 속세의 금백(金帛)으로 감히 사례하지 못하고 한 번 돌아갔더니 산천이 가로막고 궁벽한 곳이 가려 신선의 풍모를 우러러 볼 수 있으리라 믿지 못했네. 그랬더니 오늘 가친과 가형을 모시고 두루 돌아다니다가 길이 마침 이곳을 지나가게 되었으니 매우 다행이네."

운사가 놀라 승상과 부마를 향해 절하고 말하였다.

"산중의 어리석은 백성이 일찍이 알지 못해 맞이하는 예를 잃었으니 사죄하나이다."

드디어 청해 객실에 들이고 저녁밥을 깨끗이 하여 올렸다. 승상이 소 씨와 상서 구한 은혜를 사례하니 운사가 고개를 조아리고 말하였다.

"소 부인과 상서의 복록(福祿)이 두터운 덕으로 두 분이 다 물에 빠졌어도 다시 살아난 것이니 어찌 소도(小道)의 공이라 하겠나이까?"

승상이 재삼 사례하였다.

이날 밤은 이곳에서 지내고 다음 날 갈 적에 운사가 승상이 집 떠난 지 오랜 줄을 알고 기이한 과실 두어 가지와 반찬을 갖춰 올리고 상서를 향해 각별히 말을 부쳐 말하였다.

"소도(小道)가 소 부인과 함께 2년을 함께 있다가 헤어졌으니 정이 애틋하여 이른 아침과 밤 깊이 잠을 이루지 못했습니다. 부인의 옥안(玉顔)을 능히 뵈올 길이 없으니 마음에 부인을 능히 잊지 못하겠나이다."

상서가 그 의기(義氣)를 칭찬하고 그곳을 떠나 군산을 저물도록 둘러보았다. 날은 저물고 인가(人家)는 없는데 좌우에 절만 겹겹이 무궁하니 부마가 고하였다.

"절에 들어가 잠깐 쉬고 가소서."

승상이 말하였다.

"내 당당한 대신으로서 부득이 미행(微行)하고 있으나 불가(佛家)에 들어갈 수 있겠느냐? 소나무 그늘에서 밤을 지내야겠다."

드디어 두 아들을 붙들고 소나무 아래 바위 위에 앉았다. 달은 벌써 산 위로 오르고 찬 이슬은 잔잔히 내리며 온 세상이 고요한데 호랑이, 표범, 이리의 무리가 어지럽게 왕래하여 사람으로 하여금 머리털이 쭈뼛하게 하였다. 그러나 승상은 편안한 모양으로 단정히 앉아 입으로 시구(詩句)를 조용히 외고 부마 형제가 자약히 모시고 서서 움직이지 않았다.

이윽고 한 장부가 머리에 복건(幅巾)54)을 쓰고 옷을 벗고서 범을 죽여 끌고 오다가 승상을 보고 크게 놀라 말하였다.

"여러분은 귀신이오? 어찌 이런 깊은 산, 험한 곳에서 밤에 앉아 있는 것이오?"

승상이 일어나 읍하고 말하였다.

---

54) 복건(幅巾): 예전에, 유생들이 도포에 갖추어서 머리에 쓰던 건(巾).

"마침 산을 유람하는 객(客)이더니 인가가 없어 이곳에 앉아 있거니와 장사는 어떤 사람이기에 깊은 밤에 범을 죽여서 가지고 오는 것인가?"

그 사람이 말하였다.

"위태하도다. 이곳은 호랑이들이 종횡하는 곳이니 사람들이 해가 지면 나다니지 못하는 곳입니다. 그런데 여러분이 야심토록 있었으나 해를 입지 않았으니 기특합니다. 제 집이 머지않으니 잠깐 가는 것이 어떻겠습니까?"

승상이 흔쾌히 그 사람을 따라 몇 리는 가니 여남은 칸 초가집이 정결하고 화초가 무성히 피어 있었다. 그 사람이 승상 등을 청해 초당에 앉히고 가동(家童)을 불러 술과 음식을 내오게 해 은근히 접대하며 말하였다.

"내 비록 일개 용렬한 남자나 사람을 사랑하는 뜻은 옅지 않습니다. 오늘 귀객(貴客)이 산속에서 고초 겪는 것을 불쌍히 여기니 성명이나 알고자 합니다."

승상이 저 무식한 것의 말을 듣고 잠깐 희미히 웃고 말하였다.

"주인의 애대(愛戴)[55]함을 입으니 아뢸 바를 알지 못하니 귀한 성을 알고자 하네."

장사가 말하였다.

"성명은 남궁 염입니다. 우리 조상이 송나라 때 명장(名將)이더니 여러 대를 거치며 문호가 쇠미(衰微)[56]해짐을 면치 못해 여러 대 시골 사람으로 내려왔습니다. 저에게 이르러 쓸데없는 용력으로 무예를 통하였으나 지금 국사가 어지럽고 임금께서 파천하시어 사막에

---

55) 애대(愛戴): 웃어른으로 인정하고 소중하게 떠받듦.
56) 쇠미(衰微): 쇠퇴하고 미약해짐.

계시니 제가 심히 분하여 과거를 보지 않고 산중에 들어 범을 잡는 것으로 업을 삼고 있나이다."

승상이 탄식하고 말하였다.

"옛 임금이 비록 파천하였으나 벼슬을 안 하고 있다면 새 임금인들 못 섬기겠는가?"

남궁 염이 분개해 말하였다.

"새 임금이 환관의 말을 듣고 포학한 정치를 행하니 어찌 이런 임금을 섬기겠습니까?"

승상이 크게 기특히 여겨 이에 나아와 앉아 말하였다.

"나는 과연 전임 승상 이관성이네. 고향에 초상을 치르러 내려간 사이에 임금의 가마가 북으로 옮아가셨으니 하늘을 우러러 통곡하나 베풀 계교가 없었네. 뜻이 막혀 천하를 다 돌아다니며 충성스러운 호걸을 모아 임금을 구하려 하여 이 길을 난 것이네. 오던 길에 여러 호걸을 만나 대사(大事)를 면전에서 약속했으니 장사가 또한 한 팔 힘을 도울 수 있겠는가?"

염이 놀라 급히 절하고 말하였다.

"전날 승상의 어진 이름이 깊은 산골짜기에도 들렸으나 뵐 길이 없음을 한스러워하더니 오늘 뵐 줄 어찌 뜻하였겠나이까? 이르신 말씀은 의기 있는 자가 힘쓰는 것이니 어찌 좋지 않겠나이까?"

승상이 크게 기뻐 금주로 좇아 올 것을 당부하였다.

이날 밤을 지내고 이튿날 돌아올 적에 말 위에서 천지에 사례하여 말하였다.

"요행히 여러 장사를 얻었으니 이제는 임금님을 복위시키는 것에 의심이 없겠구나."

그러고서 수레의 채를 재촉해 금주에 이르니 벌써 추팔월이었다.

유 부인이 승상을 보낸 지 어느덧 반년이 되니 밤낮으로 먹고 잘 적에 걱정이 가득하여 내내 근심하였다. 그런데 승상이 무사히 돌아온 것을 보고 일가 사람들이 크게 기뻐하며 모두 맞이하였다. 승상이 내당에 바삐 들어가 모친 무릎 아래 절하고 그사이 길이 그리워하던 회포를 고하였다. 제수(弟嫂)와도 예를 마친 후, 소부 등과 시랑 등 모든 사람이 나와 예를 마쳤다. 유 부인이 이에 승상을 어루만지며 슬피 말하였다.

"너희 충성이 집을 돌아보지 않을 정도였으니 일은 이룰 수 있겠느냐?"

승상이 대답하였다.

"하늘의 도우심을 힘입어 수십 명의 호걸을 만나 약속을 받았으니 그 무예와 재주는 한신(韓信)과 팽월(彭越)57)에 지지 않을 것입니다. 제가 선제(先帝)의 부탁을 저버리는 일은 없을 것 같아 잠깐 마음을 놓았나이다."

그러고서 산을 유람하며 전신 등을 만난 일을 자세히 아뢰니 유 부인이 탄식하고 말하였다.

"이는 우리 아들의 충성을 하늘이 감동한 결과로구나."

소부 이연성 등이 이에 감탄함을 마지않았다.

일가가 한 집에 모여 이별의 회포를 풀더니 승상이 다시 말하였다.

"이제 설사 의병을 일으키려 해도 멋대로 행하지는 못할 것이니 다섯 아이 중에 누가 황제 계신 곳에 가 이 일을 아뢰고 오겠느냐? 이제 가도 내년 봄에야 올 수 있을 것이니 지금 보내려 한다."

상서가 승상의 소리에 응해 대답하였다.

---

57) 한신(韓信)과 팽월(彭越): 모두 중국 한(漢)나라 때의 명장으로 이들은 유방(劉邦)이 한나라를 세우는 데 큰 공을 세웠음.

"소자가 약관에 나라의 은혜를 태산같이 입었으나 조그만 일도 갚지 못했습니다. 북쪽 변방은 이곳에서 오천여 리니 제가 아니면 갈 사람이 없을 것입니다."

승상이 허락하니 모두 상서의 몸을 위태롭게 여겼다.

이날, 상서가 사실(私室)에 돌아와 부인과 손을 잡아 지극히 반기니 부인이 또한 조용히 화답하였다.

며칠 후에 상서가 북쪽으로 가니 천금을 주머니에 넣고 종 소연과 초복을 데리고 천리마(千里馬)를 갖추어 길을 나섰다. 유 부인이 울며 몸 보중할 것을 이르니 상서가 두 번 절하고 아뢰었다.

"신하가 임금을 위해 죽는 이도 있으니 어찌 가는 길을 피하겠나이까?"

승상과 정 부인이 의리로써 경계한 후 표문(表文)을 써 주고서 임금에게 진상(進上)[58]할 것을 약간 갖추어 맡기니 상서가 받아 소매에 넣고 가벼운 걸음으로 북쪽을 향해 갔다.

길이 경사를 지나니 명공거경(名公巨卿)[59]이 수레바퀴를 끌며 어지럽게 왕래하는 것을 보고 상서가 가만히 꾸짖어 말하였다.

"저것들이 평소에 옛 임금의 녹(祿)을 먹다가 이제는 아득히 잊어버리고 새 임금에게 아첨하니 참으로 통탄스럽구나."

이렇게 말하며 탄식하였다.

길을 계속 가니 날이 점점 추워 눈이 가득히 쌓이고 겨울의 찬바람은 살을 엘 듯이 차가웠다. 지나는 길은 끝없이 험했으나 상서는 조금도 괴로워하지 않고 만일 도적의 환을 만나면 잘 방비하여 벗어났다. 비록 큰 눈이 오나 쉬지 않고 갔는데 북녘은 추운 것이 여름에

---

58) 진상(進上): 진귀한 물품이나 지방의 토산물 따위를 임금이나 고관 따위에게 바침.
59) 명공거경(名公巨卿): 이름난 재상과 높은 벼슬아치.

도 남쪽 지방과 차이가 컸으니 하물며 엄동(嚴冬)을 당해 추운 정도를 이를 수가 있겠는가. 그러나 상서는 괴로움을 잊은 채 가을 8월 25일에 길을 떠나 겨울 12월 20일 정도에 북쪽 변방에 이르렀으니 그 사이에 겪은 고초는 이루 기록하지 못할 정도였다.

상서가 한적하고 외진 시골집을 얻어 행장을 정돈하였다.

다음 날 대궐 근처에 가 보니 야선이 용상에 앉아 모든 오랑캐에게 조회를 받고 있었다. 물어볼 길이 없어 돌아와 가게 주인인 오랑캐에게 금은을 주고 물었다.

"너희 임금이 천조(天朝) 황제를 이곳에 가두었다고 하니 황제가 어디에 계신고?"

오랑캐가 말하였다.

"여기에서 50리만 가면 그곳에 마을이 있고 그 곁에 작은 집을 지어 황제를 가두었소."

상서가 듣고 즉시 소연 등과 함께 찾아가니 과연 큰 마을 곁에 작은 집이 있는데 사방으로 담을 하늘같이 쌓고 가시로 둘러쳤다. 상서가 이를 보고 눈물을 비처럼 흘리고 한참이나 머리를 숙이고 섰다가 겨우 눈물을 거두고 문 지킨 오랑캐에게 절하고 말하였다.

"나는 북경 사람으로, 황후(皇后)의 글월을 맡아 천자께 전하려 하니 불쌍히 여겨 문을 열어 주게."

그 오랑캐가 말하였다.

"우리 임금께서 엄히 지키라 하였으나 어찌 열어주겠는가마는 네 진실로 황후 글월만 가져왔느냐?"

상서가 주머니에서 황금 한 정(錠)[60]을 내어 주고 승상의 표문을

---

60) 정(錠): 황금을 세는 단위.

보이고 말하였다.

"이 글월 한 장뿐이니 원컨대 그대는 불쌍히 여기게."

오랑캐가 금을 보고 크게 기뻐하였으니, 오랑캐가 원래 북경 글을 몰랐으므로 상서가 승상의 표문을 거침없이 보여준 것이다. 오랑캐가 의심하지 않고 문을 열어 주니 상서가 소연을 시켜 가져온 것을 지우고 들어갔다. 작은 방이 황량하고 누추하기 짝이 없는데 문을 적막하게 닫아 두었다. 상서가 나아가 문을 두드리니 작은 내시 한 명이 나와 일렀다.

"내 황상(皇上)을 모시고 이곳에 있은 지 6년인데 아무도 와 묻는 이가 없더니 어떤 사람이 요란히 문을 두드리는 것이오?"

상서가 눈을 들어 보니 옛날 경사에 있던 내시 조승이었다. 급히 손을 잡고 일렀다.

"태감(太監)이 나를 모르는가?"

조승이 눈을 비벼 자세히 보고는 크게 놀라 말하였다.

"군후께서 어디에서 이곳에 이르신 것입니까?"

상서가 말하였다.

"오랑캐가 들을까 두려우니 다만 폐하께 아뢰라."

조승이 들어가 임금에게 고하였다.

이때 천자는 내시 왕진(王振)[61]의 말을 들어 야선(也先)을 쳤으나 경영군(京營軍)[62] 20만은 몰살당하고 왕진도 또한 죽었다. 야선이

---

61) 왕진(王振): ?~1449. 중국 명나라 영종(英宗), 즉 정통제(正統帝, 1436~1449) 때의 환관. 왕진이 정통제에게 당시 몽골계 부족으로 에센의 지휘 아래 세력을 확장하던 오이라트 족을 친히 정벌하라고 권하자 정통제가 장군들의 충고를 무시하고 친정하였으나 토목보(土木堡)에서 오이라트 족의 매복에 걸려 정통제는 붙잡히고 왕진 자신은 전사함.

62) 경영군(京營軍): 임금이 거느리는 군대.

자기를 잡아서 이곳에 가두자 내시 조승이 죽음을 무릅쓰고 함께 갇혀 임금을 좇아 섬겼다. 그러나 춘하추동에 하루 두 번 내오는 밥이 배를 채우지 못하고 옷을 얻어 입지 못했으니 그 광경이 참으로 비참하였으나 임금은 이런 곡절을 내색하지 않았다. 임금이 이렇듯 고초를 겪으니 하루가 삼추(三秋) 같아 지난 일을 뉘우치고 태후를 그리워하며 황후와 태자를 잊지 못해 팔채(八彩)[63] 용안에 눈물이 흐르지 않은 적이 없었다. 이에 탄식하며 말하였다.

"이관성이 조정에 있었다면 이러했겠는가?"

임금이 이처럼 간장을 태우며 속절없는 세월을 보낸 지 팔 년이 되었다. 이제 겨울을 맞아 옷이 다 떨어져 추위를 차마 이기지 못하다가 오늘 천만뜻밖에도 이몽창이 왔다는 말을 들으니 정신이 날아갈 듯하여 어서 들어오라 하였다. 상서가 전립(氈笠)[64]을 쓰고 들어와 네 번 절하고 눈을 들어 보니 임금이 앉은 자리는 헐기에 이르렀고 옷은 살을 가리지 못했으며 용안에는 눈물 자취가 처량하고 우뚝한 코는 생기 없이 모습만 남아 있었다. 상서가 급히 나아가 임금의 무릎을 붙들고 소리를 삼켜 눈물을 흘리니 마치 강물이 흐르는 것 같았다. 임금이 역시 눈물을 흘리고 말하였다.

"짐이 사리에 밝지 못해 승상의 밝은 말을 듣지 못하고 부질없이 정벌하다가 몸이 이에 이르렀으니 살아서 승상을 볼 낯이 없고 죽어 지하에 돌아가 조종(祖宗) 신령을 뵙기가 부끄럽도다. 북녘 풍상(風霜)을 무릅써 고초를 겪은 지 칠팔 년인데 오늘 경이 천 리를 멀게 여기지 않고 이르렀는고?"

---

63) 팔채(八彩): 여덟 빛깔의 눈썹이라는 뜻으로, 제왕의 얼굴을 찬미하는 말. 중국 고대 순임금의 눈썹에 여덟 가지 색채가 있었다는 데서 유래함.
64) 전립(氈笠): 모직물로 만든 삿갓.

상서가 울며 머리를 두드려 말하였다.

"폐하께서 이러하신 것은 다 신 등의 죄니 다시 아뢸 말씀이 있겠나이까? 오늘 아비 명을 받아 여기에 이르렀사옵니다. 그런데 성상(聖上)께서 욕을 보심이 이 지경에 이르렀으니 신의 간담이 마디마디 찢어질 듯하나이다."

이에 소연을 불러 바삐 행낭을 열고 두어 벌 의복을 내어 드려 추위를 진정하게 하고 마른고기와 과실을 내어 드리니 임금이 눈물을 흘리고 말하였다.

"승상이 충성을 다하고 경이 천 리를 멀게 여기지 않아 이런 바람과 눈을 무릅쓰고 이르러 짐을 보호하니 참으로 금석(金石)에 박아 후세에 전함 직하도다."

또 승상의 표문을 보니 다음과 같았다.

'죄신(罪臣) 이관성은 머리를 두드리고 피눈물을 흘려 성황성공(誠惶誠恐)65) 백 번 절하고 주상 폐하께 아뢰나이다. 신이 불민(不敏)한 위인으로 선조(先朝)66)의 택하심을 입어 조그만 공도 없이 벼슬이 삼공(三公)67)에 이르러 밤낮으로 근심을 이기지 못하였나이다. 그런데 불행히도 선제(先帝)께서 일찍 세상을 버리시며 국가의 크고 작은 일을 다 신에게 맡기셨습니다. 신이 스스로 불초함을 알아 폐하를 보전치 못할 줄 근심하였으나 선제의 명령을 받들어 몸을 버려 폐하 은혜를 갚으려 한 것이 신의 평생 굳은 마음이었습니다. 그런데 불행히 신이 부친상을 당해 남쪽으로 간 후에 환관의 무리가 폐

---

65) 성황성공(誠惶誠恐): 진실로 황공하다는 뜻으로, 임금에게 올리는 글의 첫머리에 쓰는 표현.

66) 선조(先朝): 선대의 왕조.

67) 삼공(三公): 중국에서, 최고의 관직에 있으면서 천자를 보좌하던 세 벼슬. 나라별로 가리키는 벼슬이 달랐는데 통상 재상을 가리킴.

하를 북쪽의 비루한 사람이 되시게 하였습니다. 신이 남녘 한 가에서 이 소식을 바람결에 듣고 하늘을 우러러 통곡하였으니 이는 모두 신이 승상의 자리에 있으면서 사람을 알아서 쓰지 못했기 때문입니다. 신이 일만 번 죽어도 그 죄를 다 갚지 못할 것입니다.

신하가 되어 임금께서 북쪽 변방에서 고초를 겪으시게 하고서 마음을 놓고 있었던 것이 아니오라 신이 상복을 입고 있어 사람 무리 속에 다니지 못하는 죄인이 되었기에 감히 큰 계교를 내지 못했던 것입니다. 삼년상을 지낸 후에는 때가 이르지 못했고, 또 천명이 정해진 때가 있으므로 신의 약한 힘으로 하릴없이 팔짱을 끼고 평안히 편한 집에 누워 있은 지 10년이 거의 되었습니다. 신이 평안히 앉아 있었으니 터럭을 다 뽑아도 죄가 남아 있을 것이요, 하늘이 반드시 신에게 재앙을 내리실 것입니다. 천한 마음이 밤낮으로 두려움을 이기지 못해 어리석은 계교를 내어 열 명 남짓한 의사(義士)를 얻어 군을 모아 야선(也先)을 치고 폐하(陛下)를 구하려 합니다. 그러나 폐하의 명이 없으므로 주저하여 삼가 표를 올리니 엎드려 바라건대, 성상께서는 밝히 살피소서. 붓과 벼루를 임해 피눈물이 눈을 가리니 황공하여 죄를 기다리고 아뢸 바를 알지 못하겠나이다.'

임금이 다 보고 슬퍼하며 말하였다.

"선생이 나를 사랑함이 이와 같거늘 짐이 무상하여 그 뜻을 저버렸으니 훗날 무슨 낯으로 서로 보겠는가? 야선 칠 것을 짐에게 아뢰었는데 짐이 고초 겪은 것이 세월이 오랠수록 심하니 만일 나에게 태양을 보게 한다면 짐이 큰 자리를 사양할 것이라 어찌 나에게 물어 알 일이겠는가? 경(卿) 부친의 공은 진실로 금석(金石)에 박아 후세에 전할 것이다."

상서가 눈물을 흘리며 고개를 조아려 말하였다.

"신하가 되어 이는 예삿일이니 폐하께서 어찌 이런 감당하지 못할 말씀을 하시나이까?"

임금이 눈물을 흘리며 말하였다.

"짐이 사리에 밝지 못해 동기 사이에 변이 일어나 경왕(景王)68)이 설사 대위(大位)를 이었어도 짐을 돌아보아 생각지 않고 태학사(太學士) 우겸(于謙)69) 등이 짐을 없는 사람같이 대하니 어찌 통탄스럽지 않은가? 황태후의 기체(氣體)는 어떠하시며 태자는 어디에 있다 하던고?"

상서가 절하고 아뢰었다.

"양전(兩殿) 태후께서는 아직 옥체(玉體) 무양(無恙)하시고 황후 낭랑과 태자께서는 심궁(深宮)에 갇혀 계시나 몸은 겨우 보전하고 계신가 하나이다."

임금이 눈물을 흘려 말하였다.

"짐이 늦게야 태자를 얻어 사랑을 채 펴지 못하고 이별한 지 8년이 되었으니 어찌 슬프지 않겠는가? 황숙께서 또한 무양(無恙)하신가?"

상서가 대답하였다.

"공주께서는 아직 평안하십니다."

---

68) 경왕(景王): 중국 명나라의 제7대 황제인 대종(代宗) 경태제(景泰帝, 1449~1457)를 이름.

69) 우겸(于謙): 중국 명나라 절강 항주부 전당 사람으로 자는 정익(廷益)이고, 호는 절암(節庵). 선종(宣宗) 때 한왕 주고후의 반란을 진압하고 영종(英宗) 때 토목의 변으로 황제가 에센에게 잡히자 주도적으로 북경을 사수하고 성왕을 황제로 옹립하니 그가 곧 대종(代宗) 경태(景泰) 황제임. 에센이 쳐들어오자 우겸이 전투를 지휘하여 에센의 동생 패라 등을 죽이고 영종이 1450년에 돌아오자 영종을 상왕으로 추대하는 한편, 반란군들을 진압하는 공을 세움. 경태제가 병중에 있는 동안 영종이 복위하자 모함을 받아 투옥되었다가 태학사 왕문과 함께 처형됨. 우국충절의 표상으로 꼽히는 인물로 악비, 장황언과 함께 '서호삼걸(西湖三杰)'로 불림.

임금이 지난 일을 물으며 눈물을 멈추지 못하니 상서가 간하였다.

"폐하의 이러하심이 다 천수(天數)에 매인 것이니 인력으로 벗어날 수 있겠나이까? 이제 8년 고초를 겪으셨으니 과도히 용체(龍體)를 상하게 하지 마소서."

임금이 슬피 탄식하고 말하였다.

"전날에 짐이 참언(讒言)70)을 듣고 무고(無故)히 경을 변방에 내쳤더니 지금은 경이 이런 극심한 추위를 무릅쓰고 천 리를 멀다 여기지 않고 이르러 짐의 추위와 기갈을 구해 주었도다. 그 충성에는 감격하나 지난 일을 생각하면 부끄러움이 아울러 생기도다."

상서가 바삐 고개를 조아리고 머리를 두드려 말하였다.

"자고로 신하가 되어 임금이 죄 주신 것을 한하겠나이까? 하물며 그때 신이 황이(皇姨)를 박대한 죄목이 뚜렷한 데다 한 해 겨울과 한 해 봄을 적거(謫居)했다 온 것을 지금 일컬으실 바가 아니옵니다."

임금이 탄식하였다.

이렇듯 말하며 저녁이 되자, 오랑캐가 한 그릇 조밥을 주니 그릇을 채우지 못하고 반찬은 아무것도 없었다. 또 개고기 삶은 국을 타서 주니 상서가 이를 보고 눈물이 내를 이루어 말하였다.

"폐하께서 어찌 이 지경에 이르신 줄을 알았겠나이까? 진실로 생각지 못한 바였나이다."

임금이 탄식하였다.

상서가 가져온 마른고기를 내어 진어(進御)71)하게 하니 임금이 탄식하며 말하였다.

"8년 만에 이 고기를 먹어 보니 목숨이 질긴 줄을 알겠도다."

---

70) 참언(讒言): 남을 헐뜯어서 죄가 있는 것처럼 꾸며 윗사람에게 고하여 바치는 말.
71) 진어(進御): 임금이 먹고 입는 일을 높여 이르는 말.

상서가 두어 날 묵고 가니 임금이 울며 말하였다.

"경은 돌아가 상국에게 이르라. 짐이 사리에 밝지 못해 이에 이르렀으니 누구를 탓하리오? 모든 신하가 하나도 짐을 돌아보는 이가 없었는데 승상이 수고를 생각지 않고 의병을 일으켜 짐을 구하려 하니 충성이 빛나고 공이 크니 다시 무엇을 이르겠는가? 비답(批答)[72]을 하려 하나 경이 보다시피 붓과 벼루가 없으니 어찌 쓸 수 있겠는가? 어서 군대를 일으키라고 전하라."

그러고서 슬피 우니 상서가 크게 울고 차마 떠나지 못하다가 겨우 길을 떠났다. 길을 가 북쪽 지경을 떠나 종일토록 말 위에서 하늘을 우러러 통곡하니 소리가 강개(慷慨)하고 슬퍼 하늘에 사무치니 길 가던 사람들이 걸음을 멈추고 눈물을 흘리지 않는 이가 없었다.

상서가 밤낮으로 달려 금주에 이르니 벌써 봄이 되었다.

이때 승상이 상서를 보내고 금주 태수 임소철을 보고,

"이제 임금께서 멀리 떠나 갇히셨으니 신하가 되어 마음을 놓을 수 없네. 의병을 일으키려 하니 그대가 또 충성스러운 마음을 품었다면 군사를 빌려 주게."

라고 하니 임 태수가 말하였다.

"소생이 어찌 충성이 덜하겠나이까? 마땅히 몸을 버려 임금의 은혜를 갚을 것입니다."

드디어 군사 삼천 명을 조발(調發)[73]해 주었다. 전신, 장성립, 유잠, 남궁 염 등이 날을 이어 이르니 승상이 크게 기뻐하여 각각 신의가 굳음을 칭찬하고 사례하였다.

그러고서 상서를 기다리더니 봄 2월에 상서가 이르렀다. 상서가

---

72) 비답(批答): 임금이 상주문의 말미에 적는 가부의 대답.
73) 조발(調發): 군사로 쓸 사람을 강제로 뽑아 모음.

승상을 보고 눈물을 흘려 임금이 고초 겪는 줄을 고하였다. 승상이 다 듣고 북쪽을 바라보고 목이 쉬도록 통곡하였다. 이에 내당에 들어가 유 부인에게 고하였다.

"제가 이미 몸을 국가에 허락하여 사사로운 정을 돌아보지 못하니 오늘 어머님을 떠나는 마음이 베어지는 듯하나 그래도 어찌하겠나이까?"

그러고서 두 아우를 돌아보아 경계하였다.

"내 이제 북으로 가면 사생(死生)을 알 수 없을 것이니 더욱이 언제 올지 말할 수 있겠느냐? 모름지기 어머님을 모셔 효성을 다하고 우형(愚兄)을 염려하지 말라."

무평백과 소부가 절하여 경계를 받고, 유 부인이 어루만져 보중(保重)할 것을 이르고 눈물을 드리워 이별하였다.

승상이 부마 등 아들 삼 형제를 데리고 소매를 떨치고 나왔다. 전신 등 열 사람을 전군(前軍)으로 삼고 유잠을 삼군중(三軍中) 서기(書記)로 삼았으며, 자기는 중군(中軍)이 되고 장성립 등을 후군(後軍)으로 삼았으며, 남궁 염을 선봉으로 삼고 부마와 시랑을 좌우호위장군(左右護衛將軍)으로 삼고 상서를 참모로 삼아 당일 군사를 내어 북쪽을 향해 갔다. 지나는 길에 군현의 수령들이 이 승상의 충성과 절의에 감동하여 군량미를 내어 돕고 승상을 극진히 공경하였다.

승상이 북쪽 땅에 이르러 성 밖에 진을 치고 격서를 보내니 내용은 다음과 같았다.

'천조(天朝) 승상 이 모는 호왕(胡王)에게 각별히 글을 보내노라. 전날 천자께서 군대를 거느려 너희를 치신 것은 본뜻이 아니었거늘 너희가 망령되이 천자를 8년을 가두어 모욕을 주었다. 내 이제 의병을 일으켜 죄를 물으러 왔으니 호왕은 어서 항복하여 뉘우치는 일이

없도록 하라.'

야선(也先)이 다 보고 크게 놀라 대원수(大元帥) 가야출과 의논하려 하였다. 원래 야선이 가야출을 원수로 삼아 사흘 길을 나가 우두성에 진을 치도록 했는데 상서가 처음 왔을 적에 이를 보고 부친에게 고하고 친히 일천 명의 군사를 거느려 길을 막았다. 야선이 부린 사자(使者)가 돌아와 그대로 고하니 야선이 크게 놀라 어찌할 줄을 몰랐다. 이때 승상 조가격이 계교를 일렀다.

"일이 이에 이르러 할 수 없으니 차라리 천자를 순순히 보내고 다시 군대를 일으켜 천조(天朝)를 범해도 늦지 않을 것입니다."

야선이 그 말을 옳게 여겨 난가(鑾駕)[74]를 갖추어 천자를 맞아 전날의 죄를 사과하고 성을 열어 항복하였다. 승상이 대궐에 들어가 천자를 뵙고 머리를 땅에 부딪쳐 피를 흘리며 죄를 청하니 임금이 붙들고 울며 말하였다.

"오늘 경의 충성은 고금에 비슷한 이가 없으니 짐이 무엇으로 갚겠는가?"

승상이 울며 말하였다.

"폐하로 하여금 8년 고초를 겪으시게 한 것은 다 신의 죄니 죽기를 원하나이다."

임금이 더욱 위로하였다. 승상이 야선 죽일 것을 청하니 임금이 말하였다.

"이미 전날의 죄를 뉘우쳤으니 또 어찌 살생을 하겠는가?"

승상이 벌써 하늘이 정한 운명이 있는 줄 알고서 야선을 죽이지 않고 결장(決杖)[75]하여 그 죄를 다스리고 10여 일 머물러 오랑캐 땅

---

74) 난가(鑾駕): 천자가 타는 가마.
75) 결장(決杖): 죄인에게 곤장을 치는 형벌을 집행하던 일.

에 임금의 교화를 밝혔다.

어가(御駕)를 모시고 경사로 돌아와 북문(北門) 밖에 진을 치고 글을 경태(景泰)에게 보내었다.

'왕이 일찍이 옛글을 읽어 오륜이 중함을 알 것이니 형을 북녘에 가두고 스스로 참람되게 왕위를 이은 것이 옳은 일인가? 이제 황제가 이르셨으니 어찌하려 하는가?'

또 백관에게 글을 날렸다.

'슬프다! 상황(上皇)76)의 녹(祿)을 누가 먹지 않았는가마는 위급한 때를 당해 상황을 받드는 이가 없으니 의로운 선비가 입술을 깨물며 분하게 여기도다. 이제 어가가 북문 밖에 와 계시니 장차 어찌하려 하는가? 군대를 내어 친다면 자웅을 결하리라.'

경태(景泰)가 이 글을 보고 크게 부끄러워하고 분하여 어찌할 바를 몰랐다. 백관이 이 승상의 글을 보고 크게 감동하여 서로 의논하여 경태를 별궁에 내치고 난가(鑾駕)를 갖추어 북문 밖에 가 어가를 맞았다. 이에 맞이하는 피리 소리가 낭랑하고 백관이 관복을 바르게 하니 패옥 소리가 맑게 울렸다. 백관이 난가 앞에서 국궁(鞠躬)77)해 네 번 절하고 모두 죄를 청하니 임금이 대답하지 않았다.

임금이 승상과 함께 대궐에 들어가 종묘에 배알(拜謁)하고 즉위하여 연호를 고쳐 천순(天順)78)이라 하고 내전에 들어가 양전(兩殿) 태후(太后)에게 머리를 땅에 두드리며 사죄하였다. 양전 태후가 이에 울고 말하였다.

---

76) 상황(上皇): 자리를 물려주고 들어앉은 황제를 이르던 말. 여기에서는 정통 황제를 가리킴.
77) 국궁(鞠躬): 윗사람이나 위패(位牌) 앞에서 존경하는 뜻으로 몸을 굽힘.
78) 천순(天順): 중국 명나라 영종(英宗) 때의 연호(1457~1464). 정통(正統) 연호를 쓰던 영종이 토목의 변으로 오이라트 족의 에센에게 잡혀 있다가 복위한 후에 정한 연호.

"임금이 8년 고초를 겪었으되 경태(景泰)가 사리에 밝지 못해 어미를 알지 못하므로 입을 잠그고 천시(天時)를 기다렸도다. 그런데 이제 이관성의 큰 뜻과 고금에 없는 충성에 힘입어 우리가 예전처럼 모였으니 어찌 기쁘지 않은가?"

임금이 눈물을 흘려 대답하였다.

"북쪽 변방에서 고초를 겪은 것은 다 신의 죄 때문이니 어찌 다른 사람을 한하겠나이까?"

그러고서 황후와 태자를 별택(別宅)에 가 맞아 와 지난 일을 이르며 회포를 풀고 반기기를 마지않았다.

황제가 다음 날 조회를 열어 경태의 무리 중 괴수는 처참(處斬)[79] 하고 더러는 멀리 내쳤다. 그리고 경태에 대해서는 죄를 묻지 않으니 경태가 근심과 분함을 이기지 못해 스스로 죽었다. 임금이 이에 왕의 예로 장례를 치러 주라고 하였다.

임금이 이날 조서를 내렸다.

'짐이 환관의 참소와 아첨을 곧이들어 위험한 땅에 갔다가 군사를 함몰시키고 8년 고초를 겪었으나 평소에 녹을 먹던 자 가운데 그 누가 짐이 있는 줄 알았는가? 다만 승상 이 모가 남녘에 있으면서 큰 충성과 기특한 계교를 베풀어 의병을 일으켜 짐으로 하여금 태양을 보도록 하였다. 또 그 아들 몽창은 길의 눈바람과 험난함을 생각지 않고 짐이 있는 곳에 이르러 짐의 고초와 기갈을 면하게 하였다. 이 두 사람의 공은 역대를 돌아보아도 비슷한 이가 없으니 특별히 중하게 갚아 후인이 알게 하리라.'

그러고서 승상을 천하병마절제사(天下兵馬節制使) 대승상(大丞相)

---

79) 처참(處斬): 목 베어 죽이는 형벌에 처함. 또는 그 형벌.

황태부(皇太傅) 충현왕(忠賢王)에 봉하고 상서를 우승상(右丞相) 문정 공에 봉하니 승상 부자가 크게 놀라 머리를 두드리고 울며 아뢰었다.

"신 등이 폐하를 모시고 옛 땅에 돌아온 것은 신하 된 자의 도리 로 마땅한 일이온데 어찌 이런 봉작(封爵)을 감당할 수 있겠나이까? 폐하 계신 아래에서 몸을 부술지언정 이런 큰 벼슬은 받지 못하겠나 이다."

임금이 급히 내시를 시켜 붙들게 하고 힘써 타일렀다.

"짐이 오랑캐 땅에서 욕을 볼 적에 수많은 관료 중에서 한 명도 짐을 돌아보고 생각하는 이가 없었도다. 그러나 경은 임금을 안타까 워하는 뜻이 철석같아 수고롭게 천하의 호걸을 얻어 짐을 고국에 돌 아오게 하였으니 그 은혜를 만에 하나라도 갚으려 하는 것이요, 경 의 아들 몽창은 천 리를 멀게 여기지 않고 짐을 찾았으니 공덕이 또 한 작지 않도다. 그러니 경이 어찌 작은 벼슬을 이처럼 굳이 사양하 는가?"

승상이 관(冠)을 벗고 머리를 조아려 울면서 말하였다.

"폐하를 8년 동안 고통을 겪으시게 하며 용체(龍體)를 힘드시게 한 것은 다 신의 죄니 후세 사람이 그 불충함을 침 뱉고 꾸짖을 것 입니다. 그러니 왕의 봉작을 차마 더욱 받들지 못할 것입니다. 성상 께서 만일 신의 뜻을 앗으신다면 이곳에서 죽어 신의 뜻을 밝힐 것 입니다. 몽창은 하물며 어리고 재주가 없는 데다 조그마한 공(功)도 없으니 어찌 재상의 작위를 받겠나이까? 앞서 효소(孝昭)[80] 황제께 서 붕(崩)하시고 조정을 맡을 사람이 없으므로 신이 무고(無故)히 청 춘에 재상의 작위를 감히 받들었으나 지금 몽창은 미미한 몸으로서

---

80) 효소(孝昭): 중국 명나라 제4대 황제 인종(仁宗, 1424~1425)의 시호. 이관성은 앞에 서 인종이 죽은 후 다음 황제 선종(宣宗, 1425~1435) 때 좌승상에 임명된 바 있음.

진실로 정승의 재목이 아닙니다. 훗날 공이 있거든 그때 상을 주시어 칭찬하셔도 늦지 않나이다."

임금이 이 공의 말이 사리에 마땅함을 알고 그 말을 따라 전지(傳旨)를 거두어들이고 말하였다.

"경이 이렇듯 짐의 정을 막으니 다시 무엇으로 짐의 마음을 표할 수 있으리오?"

그러고서 또 말하였다.

"교방(敎坊)의 악공(樂工)을 보내 경의 어머니가 자식 잘 낳은 것을 드러내려 하니 이를 또 사양하겠는가?"

승상이 눈물을 머금고 대답하였다.

"성은(聖恩)이 이러하시고 신이 어버이를 기쁘게 하는 것을 사양하겠나이까? 다만 늙은 어미가 지금 하늘을 향해 부르짖는 고통81)을 만나면서부터 머리를 내어 하늘의 해를 보지 않으니 어찌 성은을 감당하려 하겠나이까?"

임금이 위로하고 부마를 각별히 탑하(榻下)에 불러 공주의 안부를 묻고 멀리 가 수고한 것을 너그러이 위로하였다. 부마가 사은(謝恩)하고 물러나 태후를 문안하니 태후가 바삐 불러서 보고 슬피 울며 말하였다.

"계양을 삼년상이 지나면 곧 만나볼 줄 여겼으나 이제 8년이 지나도록 보지 못했으니 어찌 서럽지 않은가? 짐이 오늘 경을 보니 무슨 한이 있겠는가?"

부마가 역시 느껴 슬퍼하였다.

임금이 조서를 내려 소부, 한림 등을 옛 벼슬로 부르고 남방 뭇

---

81) 하늘을~고통: 유 부인의 남편인 태사 이현의 죽음을 가리킴.

고을의 수령을 시켜 유 부인 일행을 보호해 보내라 하였다. 그리고 전신, 장성립, 유잠 등을 다 장군에 봉하여 내외의 군을 다스리도록 하였다.

승상이 본부에 돌아오니 경치는 옛날과 다름이 없으나 이미 사람들이 변해 있었다. 부친이 거처하던 곳을 둘러보며 목이 쉬도록 눈물을 흘려 길이 그리워하는 정을 이기지 못하였다. 정 각로와 정 상서 등이 협문(夾門)을 통해 모두 이르러 조상(弔喪)하고 각로는 승상을 어루만지며 탄식하고 말하였다.

"이 늙은이는 지금까지 세상에 있거니와 영대인(令大人)은 벌써 구천(九泉)의 사람이 되셨으니 옛일을 생각하면 마음이 끊어지는 듯함을 이기지 못하겠네. 내 그대처럼 효성스러운 사람이 초상에 너무 슬퍼해 몸을 보전하지 못할까 밤낮으로 우려하더니, 이제 그대가 삼년상을 무사히 마치고 고금에 드문 공을 이뤄 임금을 돌아오시게 하였으니 그 충성스러운 마음은 만대에 없어지지 않을 것이네."

승상은 정 공이 백발이 뚜렷하나 살갗은 눈 같아서 예전과 달라진 것이 없음을 보니 상서 등의 유복함을 부러워해 눈물이 눈에 맺힐 사이가 없이 흘렀다. 한참 지난 후에 절하고 사례해 말하였다.

"소서(小壻)가 죄악이 깊어 가친께서 중도에 돌아가심을 보았으나 가친을 좇지 못하고 여전히 살아 임금의 파천(播遷)하심을 일찍이 구하지 못했으니 불충하고 불효함이 소서와 같은 이가 없는데 오늘 말씀을 이처럼 과도하게 하시나이까? 슬하를 떠난 지 8년의 춘추가 지났으나 기력이 예전과 똑같으시니 복이 많으심을 우러러 공경하나이다."

정 상서가 또한 승상의 손을 잡고 사례하였다.

"학생이 팔십 부모를 버리지 못하고 화를 두려워해 형의 계교대로 문을 닫고 객을 사절하여 몸을 보전하였네. 그러나 임금을 구하지 못해 죽어 구천(九泉)에 돌아가 선제(先帝)를 뵐 낯이 없더니 이제 그대가 큰 계교를 베풀어 주상이 옛 자리를 이으시게 하였으니 학생 등이 어찌 부끄럽지 않은가?"

승상이 길이 탄식하고 말하였다.

"형이 어찌 이런 말을 하는가? 소제가 군대를 일으켜 황상을 모셔 돌아온 것은 신하 된 자의 마땅한 예삿일이네. 형의 충성이 어찌 관성만 못하겠는가마는 황상의 액운이 천수(天數)에 정해진 바라 형은 다시 이런 말을 내지 마시게. 그런데 악장께서 연세가 높으시나 기골이 강건하시니 형 등의 유복함을 부러워하네."

말을 마치자 눈물을 낯을 가리니 정 공이 역시 눈물을 계속 흘리며 말하였다.

"예전에 태사 형과 함께 관포(管鮑)[82]의 지기(知己)를 작게 여겼었네. 그런데 이제 나는 나이가 많아도 살아 있는데 이형은 아직 인간 세상 백 년이 멀었거늘 속절없이 유명(幽明)이 가렸으니 어찌 슬프지 않은가? 그러나 이는 다 천수(天數)요 또한 영자당(令慈堂)[83]이 계시니 현서(賢壻)는 모름지기 스스로 몸을 조심하여 영당(令堂) 부인께 불효를 끼치지 말라."

승상이 손을 들어 사례하고 이별의 회포를 풀었다.

문득 빈객이 모여들었다. 정 각로와 승상이 일어나 예를 파하니

---

82) 관포(管鮑): 관중(管仲)과 포숙아(鮑叔牙). 관중(管仲, ?~B.C. 645)은 중국 춘추시대 제(齊)나라의 재상으로 이름은 이오(夷吾). 환공(桓公)이 즉위할 무렵 환공의 형인 규(糾)의 편에 섰다가 패전하여 노(魯)나라로 망명하였는데, 환공을 모시고 있던 포숙아의 진언(進言)으로 환공에게 기용되어 환공(桓公)을 중원(中原)의 패자(霸者)로 만드는 데 일조함. 관중과 포숙아는 잇속을 차리지 않은 사귐으로 유명하여 이로부터 관포지교(管鮑之交)라는 말이 나옴.

83) 영자당(令慈堂): 상대방의 어머니를 높여 이르는 말. 여기에서는 유 부인을 이름.

백관이 승상을 향해 요란하게 충성을 일컬으며 하례하였다. 승상이 이에 기뻐하지 않고 다만 답례할 뿐이었다.

승상이 부마를 금주로 보내 이 소식을 고하고 모친을 모셔 오라고 하였다.

쌍천기봉 卷 16

요익은 이빙성의 생존 사실을 모르고
이관성 육 부자는 반역한 동오를 무찌르다

이보다 앞서 소인들이 정 공을 해치려 했는데, 상서가 이 승상의 말을 들은 후에는 병을 조리한다는 핑계로 문을 잠그고는 자식들의 출입도 못 하게 하고 고요히 들어앉아 있으면서 마침내 소인의 해를 벗어났다. 이날 밤에 상서가 승상에게 이 말을 이르며 승상의 신명함을 입에 침이 마르도록 칭찬하고 이어 요생의 말을 이르니 승상은 잠자코 웃으며 말을 하지 않았다.

다음 날 아침 일찍 승상이 내당에 들어가 여 부인을 뵈니, 부인이 승상을 보고 반가움이 극하여 태사공의 별세를 위로하고 말을 하면서도 눈물을 계속 흘리며 딸의 안부를 물었다. 승상이 감사한 마음을 이기지 못해 몸을 굽혀 그사이 안부를 묻고 여 부인이 묻는 말에 순순히 응답하여 사위의 의리를 지극히 하였다.

문후 등이 요 태상의 행동을 괘씸하게 여겼는데, 문후 몽창은 연소배와 달라 남 이기기를 좋아하는 마음과 우스갯소리가 없었으나 시랑 몽원은 나이가 아직 젊고 본디 호화롭게 성장하여 이런 일에 통탄함을 참기 어려웠다. 그래서 이날 즉시 요부에 이르러 자기 이름을 전했다.

이때, 태상은 이 씨를 내치고 조금도 그 억울함을 생각하지 않았다. 요생은 밤낮으로 애를 태웠으나 억지로 참고 세월을 잊은 듯이 지냈으나 밤이나 낮이나 긴 한숨과 짧은 탄식으로 세월을 보낼 뿐이었다.

그런데 홀연 이 승상이 어가(御駕)를 모시고 와 임금을 대궐에 편안히 거처하게 하고 작위가 예전과 같게 되었음을 들었다. 이 소식을 들은 요 공은 매우 놀라 어찌할 줄을 몰랐다. 이날 이 시랑이 이르러 이름을 전달함을 듣고 낯이 달아올랐으나 겨우 안색을 바로 하고 이 시랑을 청하여 인사를 마쳤다. 이에 시랑이 물었다.

"학생 등이 고향에 내려가 오래지 않아 조부의 상사(喪事)를 만났습니다. 또 나라가 그릇되어 임금이 북쪽 땅에 파천(播遷)1)하셨습니다. 이는 국가의 녹을 먹는 신하로서 망극한 일이므로 먹은 음식을 목에 편히 내리지 못할 때라 사사로운 염려를 돌아보지 못해 그사이 누이의 안부를 묻지 못했습니다. 이제야 경사에 돌아와 이르렀으니 누이는 평안히 있나이까?"

태상은 이 시랑이 빼어난 기상에 관복을 바르게 하여 엄정히 묻는 것을 보니 두려워하며 이리저리 생각하여 두루 돌려댈 말이 없었다. 그래서 낯을 붉히고 입맛을 다시며 무슨 말을 할 듯 할 듯 하다가 아무 말도 못 하니 시랑이 또 일렀다.

"소생이 존부(尊府)에 이른 것은 전혀 누이를 보려고 해서이니 대인께서는 어서 누이를 불러서 보여 주시기를 바라나이다."

태상이 하릴없어 이에 대답하였다.

"과연 영매(令妹)에게 이러이러한 과실이 있어 이 늙은이가 마지

---

1) 파천(播遷): 임금이 도성을 떠나 다른 곳으로 옮겨가던 일.

못해 내쳤으니 영매가 규방의 여자로서 어디로 갔겠는가? 금주로 간 줄 알았으니 어찌 영매의 거처를 나에게 묻는 겐가?"

시랑이 다 듣고는 매우 놀라서 말하였다.

"누이의 죄목이 그러하다면 내쫓으신 것이 옳으니 소생이 무슨 말을 하겠나이까? 그러나 누이를 금주로 보냈다 하셨으나 누이가 금주에 오지 않았으니 소생은 실로 알지 못하니 밝히 일러 주시기를 바라나이다."

태상이 말하였다.

"정 공이 족하(足下)의 고향으로 보냈다 하였으니 내가 어찌 알겠는가?"

시랑이 차갑게 웃고 요생을 돌아보아 꾸짖었다.

"자평[2]이 전에 소매(小妹)를 잊지 못해 발분망식(發憤忘食)[3]하여 아내로 얻고서 끝내 그 몸을 보전치 못하게 함은 어째서인가? 아내에게 죄가 있다면 법률을 살펴 천 리나 만 리나 그 부모, 동기를 찾아 보내는 것이 옳다. 그런데 네 집에서는 죄가 있건 없건 간에 허실을 조사하지 않고 사족 부녀를 대낮에 내쫓았으니 네 집 법률은 고금에 없는 듣는바 처음이로구나. 혈혈(孑孑)한 아녀자가 수천 리 길을 가지 못해 길가의 흙이 되었을 것이다. 마땅히 등문고(登聞鼓)[4]를 쳐 소매(小妹)를 신원(伸冤)[5]하여 구천(九泉)의 죽은 넋을 위로할 것이니 그때 네가 무슨 말을 하려 하느냐? 전날 우리가 현명하지 못해 너를 잘못 사귀어 천금 같은 누이를 너와 결혼시켜 이 지경에 이르렀

---

2) 자평: 요익의 자(字).

3) 발분망식(發憤忘食): 어떤 일에 열중하여 끼니까지 잊고 힘씀.

4) 등문고(登聞鼓): 중국에서 제왕이 신하들의 충간(忠諫)이나 원통함을 듣기 위하여 매달아 놓았던 북. 진(晉)나라에서 시작하여 당나라, 송나라, 명나라 때도 두었음.

5) 신원(伸冤): 원통한 일을 풂.

으니 이를 생각이나 했겠느냐? 이때를 당해 너는 우리의 원수다."

말을 마치고 소매를 떨쳐 일어나니 태상 부자가 입이 있으나 무슨 말을 하겠는가. 시랑이 관청에 고소하려 한다는 말을 듣고 태상은 눈이 둥그렇게 되어 입을 벙끗도 못 하고 앉아 고개만 끄덕일 뿐이었다.

시랑이 돌아와 상서에게 수말을 이르고 박장대소하니 상서가 웃으며 말하였다.

"누이를 이미 우리 집에 두고는 태상을 면박(面駁)한 것은 옳지 않다."

차설. 부마가 이틀 갈 길을 하루에 가 금주에 이르러 소식을 고하고 가는 길을 재촉하였다. 유 부인이 승상을 보내고 밤낮으로 하늘에 빌어 승상이 무사히 돌아오기를 바라더니 이 소식을 듣고 기쁨이 지극하여 태사가 보지 못하는 것을 새로이 가슴 아파 하여 몇 줄기 눈물을 쏟았다. 그리고 두 아들과 며느리, 손자며느리 들을 거느려 태사와 진 부인 묘 앞에서 통곡해 하직하고 길에 올랐다. 무평백 등이 이미 옛 벼슬로 올라 길을 가니 그저 지나는 바라도 영화가 가득할 텐데 하물며 천자가 조서를 내려 보호해 보내라 하였으니 지나는 길에 각 고을의 수령들이 행렬을 거느려 고을의 경계까지 모셨다. 붉은 칠을 한 바퀴 달린 수레가 10리에 벌여 있고 부마, 경 시랑, 철 상서, 초왕 등이 뒤를 좇고 무평백 등이 모시고 가니 그 행렬의 화려함과 빛나는 광채는 천고에 겨룰 쌍이 없었다.

경사에 이르러 승상이 두 아들과 함께 10리 밖에 나가 맞이해 함께 모시고 집안에 이르렀다. 승상이 친히 모친을 붙들어 덩에서 나오게 한 후 절하고 이별 후 존문(尊門)을 물으니 그 온화한 안색과 반기는 빛이 낯에 넘치니 부인이 급히 손을 잡고 어루만지며 슬피 말하였다.

"네가 나라를 위해 불모의 땅을 향하였으니 늙은 어미가 밤낮으로 너희가 무사히 돌아오기를 하늘께 축원했단다. 네 이제 큰 공을 세우고 늙은 어미를 옛집에 이르게 하니 집의 모습은 여전하나 그사이 네 부친의 모습이 어디에 갔는고?"

말을 마치자 목이 쉬도록 울고, 무평백 등이 흘린 눈물이 앉은 자리에 고였다. 승상이 안색을 더욱 온화하게 하여 간하였다.

"지난 일은 이미 물이 엎질러진 것과 같습니다. 이제 더욱이 먼 길에 고생을 하고 오셨으니 애를 태우지 마시고 마음을 넓게 가지시기를 바라나이다."

부인이 억지로 참고 지난 일을 물어 기뻐하고 승상의 행동을 매우 기특히 여겼다.

정 부인이 바로 친정으로 가 부모를 뵙고 매우 반기니 도리어 눈물이 나는 것을 참지 못하였다. 각로 부부가 붙들어 슬퍼하니 부인이 한참이나 지난 후에 슬픔을 진정하고 부모를 우러러보니 건강함이 예전과 다름이 없어 다행함을 이기지 못하였다. 종일토록 모시고 그리던 말을 다하였다.

다른 며느리들도 각각 친정으로 돌아갔다.

소 상서는 벼슬을 버리고 동경으로 갔더니 천자가 새로 즉위하여 옛 벼슬로 불렀으나 미처 오지 못하였다.

최 숙인이 태사의 삼년상 내에 감히 가지 못하고 상서와 함께 고향으로 내려갔다가 옛 임금이 즉위하여 전의 신하들을 찾으므로 상서를 따라 막 경사에 왔다. 숙인이 바로 이씨 집안에 이르러 승상을 보고 하도 우니 눈에서 피가 날 정도였다.

계양 공주가 궐내에 들어가 태후를 뵈니 태후는 흰머리가 뚜렷하여 노쇠함이 심하였다. 이에 공주가 태후를 붙들고 목이 쉬도록 울며 말을 못 하였다. 태후가 공주의 손을 잡고 울며 말하였다.

"짐은 네가 삼년상을 지내고 올 줄 알았더니 그사이에 일이 그릇되어 임금은 북쪽으로 가시고 어리석은 임금이 정사를 이으며 소인이 나라의 권력을 잡았도다. 짐이 한 목숨을 지탱했다가 너를 다시 보니 천만다행이로구나."

공주가 울며 아뢰었다.

"불초한 신이 어머님을 칠팔 년을 떠나 길이 그리워하는 정이 하루가 삼 년 같더니 오늘 대궐에서 조회하니 저녁에 죽어도 한이 없겠나이다."

태후가 위로하고 임금이 이윽고 들어와 공주를 보았다. 공주가 네 번 절하는 예를 마치고 오랑캐에게 욕본 것을 일컬으니 임금이 슬픈 빛으로 말하였다.

"이는 다 짐이 사리에 밝지 못해 선제(先帝)께서 남겨 주신 가르침을 저버려 몸이 죽을 땅에 빠진 것이었습니다. 이 공의 힘으로 옛 자리를 이었으나 황숙(皇叔)을 뵙는 것이 부끄럽습니다."

공주가 이에 사례하였다.

태후가 바삐 흥문 등을 보고 싶어 하니, 공주가 이미 오자이녀를 두었으므로 다 불러들여 와 태후에게 뵈니 한결같이 빼어나 곤륜산의 옥과 같았다. 그중에서 흥문의 신장과 체격이 어른의 기상을 지니고 있었다. 얼굴은 가을하늘 같고 성품은 점잖으니 태후가 매우 사랑하였다. 공주가 한 달을 머무르며 이별의 회포를 풀고 돌아갔다.

장 부인도 친정에 가 부모를 만나 즐겼으나 셋째딸 필주 소저가 다섯 살이었는데 오던 길에 잃고 큰 우환으로 삼았다. 이 일은 본전

(本傳)[6]에 자세히 있으니 이 전에는 기록하지 않는다.

며칠 뒤에 소 공이 옛 집에 돌아오니 상서가 백 리 밖에 나가 맞이하고 매우 반겼다. 소 공이 바로 이씨 집안으로 가 이 공을 보고 태사의 상사(喪事)를 조문하고 승상의 충성을 칭찬하니 승상이 말없이 눈물을 드리웠다. 소 부인이 친정에 돌아와 부모를 만나 매우 반겼다. 소저는 그사이에 삼자일녀를 두었으므로 소 공 부부가 매우 기뻐하였다.

이때 임금이 날을 가려 유 부인을 위해 사연(賜宴)[7]하라 하니 승상이 비록 즐겁지 않았으나 어버이를 기쁘게 하는 데 이르러는 사양하지 못해 조용히 부인에게 고하니 부인이 크게 놀라고 말하였다.

"미망인(未亡人)이 소천(所天)[8]을 따라 죽지 않은 것은 임종(臨終) 때 부탁한 말을 차마 저버리지 못해서였다. 모진 목숨이 살아 이제 경사에 이르러 화려한 집에 있다 한들 너의 부친을 생각하면 일마다 마음이 끊어지는 듯하였다. 그러나 너희를 돌아보아 좋은 듯이 있었으니 이는 네 어미의 본마음이 아니다. 하물며 네 부친의 분묘가 아직 마르지 않았고 삼년상이 지난 지 오래지 않았는데 네 사람의 자식이 되어 축하연을 베풀어 나를 즐기게 하려 하느냐? 네 어미가 또 어떤 사람이기에 수연(壽宴)[9]을 감당하겠느냐? 네 또 임금을 구한 공으로 스스로 착한 척하여 노랫가락을 울리고 잔치를 핑계로 고기를 먹는 것은 절대로 옳지 않다. 임금을 구하는 것은 신하 된 자의 도리로 마땅한 일이니 임금 맞아온 공으로 잔치를 한다면 삼척동자

---

6) 본전(本傳): <쌍천기봉>의 후편인 <이씨세대록>을 이름.
7) 사연(賜宴): 나라에서 잔치를 베풀어 줌.
8) 소천(所天): 아내가 남편을 이르는 말.
9) 수연(壽宴): 장수를 축하하는 잔치.

를 대해도 부끄러울 것이요, 또 네 아비를 생각한다면 네 아비가 돌아가신 지 10년이 안 되었거늘 차마 잔치를 베풀어 즐기고 싶은 생각이 나겠느냐? 너의 행동은 자못 도리를 잃었으니 이는 또 네 부친의 교훈이 없어서로구나."

말을 마치자 단엄한 기운이 설상가상 같았다. 승상이 생전에 모친이 낯빛을 고쳐 말하는 것을 보지 못했다가 오늘 준엄한 꾸중을 들으니 황공함은 차치하고 진실로 사리에 당연하고 자기가 미처 생각지 못한 불초한 일이라 이에 깨달아 관(冠)을 벗고 고개를 조아려 죄를 청하였다.

"임금께서 성은(聖恩)으로 신하의 집에 간절히 권하시므로 여러 번 사양하지 못하였습니다. 제가 즐겨서 한 것이 아니더니 어머님의 가르침이 이와 같으시니 어찌 두 번 그른 일이 있겠나이까?"

부인이 정색하고 말이 없으니 승상이 재삼 사죄하고 이 뜻으로써 사연을 고하고 사양하였다. 임금이 이에 탄식하고 말하였다.

"선생의 어짊이 자부인(慈夫人)의 태교(胎敎) 덕분이로다. 경의 어머니가 이렇듯 속세 밖의 인물처럼 작은 일에 얽매이지 않으니 짐이 무엇으로 갚으리오?"

유 부인이 집안을 다스림에 법령의 엄숙함이 예전보다 더하며 승상을 엄히 경계함이 전날과 차이가 컸다.

하루는 철 부인이 물었다.

"모친께서 어찌하여 오라비의 오롯한 행동을 그르다고 하시나이까?"

부인이 탄식하고 말하였다.

"딸아이는 알지 못하느냐? 전날은 선군(先君)께서 계셔서 밝은 말씀으로 아랫사람을 부리면 자식들이 명령을 기다리지 않아도 그 행동에 그른 것이 없었다. 그런데 지금은 네 부친이 안 계시니 내 한갓 자모(慈母)의 사랑만 과도하다면 자못 자식들의 행실이 풀어질 것이니 이는 어찌 선태사(先太師)의 맑은 덕을 떨어뜨리는 일이 아니겠느냐?"

철 부인이 머리를 숙이고 탄복하였다.

승상이 모친의 이 같은 경계를 받들어 정대한 행실이 더욱 옥석같아 겸손하고 근실함이 전보다 배나 더해지니 유 부인이 기뻐하였다. 그리고 자기는 비록 높게 지은 집에 있으면서 자식들의 봉양을 받았으나 방 안에는 대자리와 대상을 놓고 조금도 화려한 것을 몸에 가까이하지 않고 눈으로는 좋은 것을 보지 않으면서도 자식들이 문안할 때는 시녀를 시켜 비단 방석을 놓아 앉게 했다. 승상이 모친이 화려한 색을 가까이하지 않으므로 비단 방석을 물리치면 부인이 말하였다.

"나는 화려한 색을 가까이하지 않지만 너희도 어미를 따라서 같이 하는 것은 옳지 않다."

이에 승상이 깨달아 그 명령을 받들었다.

하루 네 번 문안에 자손이 수없이 많아 자연히 붉은 치마와 문채 나는 옷이 분분하였으나 자손들에게 구슬과 옥, 보석으로 치장하지 못하게 하였다. 그리고 자기의 내외 친척을 까닭 없이 보는 일이 없고 사계절의 경치를 얼굴을 내밀어 보지 않았다. 그 예법의 엄숙함이 이와 같으니 당시 부녀자 중에 과부로 사는 자들이 유 부인을 본받았다.

승상이 모친의 이런 모습을 보고 더욱 마음을 가다듬고 뜻을 낮추어 사계절 옷은 더러워지지 않을 정도로만 입고 두 명의 동자를 시켜 자신을 모시게 하였다. 공적인 일이 많아 손님이 구름 같았으나 간략하게 하려 하고 자기 집의 화려함과 부귀를 사람들에게 조금도 자랑하지 않았으니 집 안의 부녀자들이 또한 그렇게 하였다.

승상이 다시 조정에서 정사(政事)를 잡으니 다스림이 분명하고 결단함이 귀신 같아 물이 동쪽으로 흐르는 것 같았다. 이에 조정이 엄숙해지고 천하 사람들이 머리를 북쪽으로 돌려 그 덕택을 칭송하였다.

이보다 앞서 승상 유영걸이 경태(景泰)[10]를 도와 불분명한 옥사(獄事)를 판결한 것이 무궁하였는데 승상이 자세히 살펴보고 그가 모함하여 해친 자를 발탁해 썼다. 13성의 어사가 유 공을 논핵(論劾)[11]하며 그 죄를 자세히 조사하여 고하니, 임금이 금의위(錦衣衛)[12]로 유영걸을 잡아 오게 해 실상을 추문(推問)[13]하고 담당 관청에서는 죽이기를 의논하였다. 이때 유영걸의 아들 현명이 10살이었는데 등문고를 쳐 아비의 죄를 대신하겠다고 하니 승상이 그 효성에 크게 감동하여 공을 변방으로 귀양 보냈다. 현명은 다른 이름이 경문인데, 이 사연은 다 <이씨세대록>에 있다.

이때 요생은 이 시랑의 꾸짖음을 듣고는 부끄러웠다. 이 씨의 종적을 7년이 되도록 듣지 못했으니 이 씨를 사모하는 마음으로 병이 들려 했고 또 승상을 볼 낯이 없어 이씨 집안에 가지 못하였다.

---

10) 경태(景泰): 중국 명나라 제7대 황제인 대종(代宗)의 연호(1449~1457). 제5대 황제인 선종(宣宗) 선덕제(宣德帝, 1425~1435)의 아들이며 제6대 황제인 영종(英宗) 정통제(正統帝, 1435~1449)의 이복아우임. 1449년에 오이라트 족의 침략으로 정통제가 직접 친정을 나가 포로로 잡힌, 이른바 토목(土木)의 변(變)으로, 황제로 추대됨. 정통제가 풀려나 돌아온 뒤에도 황위를 물려주지 않다가 정통제를 옹립하려는 세력이 일으킨 정변으로 폐위되고 폐위된 지 한 달 후에 급사함.

11) 논핵(論劾): 잘못을 따지고 꾸짖음.

12) 금의위(錦衣衛): 금위군(禁衛軍)에 딸린 감옥. 금위군은 천자의 궁성을 지키던 군대임.

13) 추문(推問): 어떠한 사실을 자세하게 캐며 꾸짖어 물음.

이해 7월에 알성과(謁聖科)14)가 있어 천하의 인재를 뽑았다. 요생이 전날 경태(景泰) 밑에서 벼슬하는 것을 싫어하여 7년 동안 과거를 보지 않았다가 바야흐로 과거장에 나아가 둘째로 뽑혔다. 당일에 급제자의 이름이 불려 좌우에서 일산을 받드는, 임금이 하사한 소년들을 이끌고 집에 이르니 태상이 기쁨을 이기지 못해 친척을 모아 축하하였다.

이튿날 요생이 행렬을 거느리고 뭇 각로의 집안을 돌다가 길에서 이 시랑을 만났다. 시랑은 문연각(文淵閣)15) 공무에 참여하고 넷째 아우인 한림 몽상과 함께 수레를 천천히 몰아 집으로 가던 중이었다. 시랑이 요생을 보고는 마음에 괘씸하게 여겨 하리(下吏)를 시켜 신래(新來)를 부르니 요생이 마지못해 말에서 내려 앞에 이르러 시랑을 보았다. 시랑이 다른 말은 하지 않고 요생을 잡아 앞세우고 창부(倡夫)16)와 재인(才人)17)을 뒤세워 감히 집으로는 가지 못하고 공주궁에 이르러 요생을 문밖에 세우고 들어가 공주에게 아뢰었다.

"소생이 호탕한 흥을 참지 못해 한 명의 신래를 잡아 놀려 하니 옥주께서는 막지 않으시겠나이까?"

공주가 옷깃을 여미고 사례해 말하였다.

"도련님이 하시는 일을 첩이 어찌 막겠나이까?"

시랑이 사례하고 나와 서동을 시켜 부마와 상서를 청하니 오지 않고 시독 몽필만 왔다. 함께 자리를 잡고 시독에게 명해 요생을 괴롭도록 보채라 하니 시독이 명령을 듣고 난간 가에 앉아 재인과 창부

---

14) 알성과(謁聖科): 임금이 문묘의 공자 신위에 참배하고 치르던 과거.
15) 문연각(文淵閣): 내각(內閣)의 하나로, 명나라 때 성조(成祖)가 도읍을 남경(南京)에서 북경(北京)으로 옮기면서 서적을 보관하고 천자가 강독(講讀)하는 장소로 이용됨.
16) 창부(倡夫): 남자 광대.
17) 재인(才人): 재주 부리는 사람.

에게 호령하여 요생을 진퇴(進退)[18]하도록 하고 요생의 낮에 먹을 바르도록 했다. 시랑이 보며 웃고 시독은 입을 가리고 다만 보챘다. 이에 요생이 듣지 않고 한 곳에 서 있으니 시독이 대로하여 창부에게 크게 호령하였다.

"인륜(人倫)을 모르는 금수가 과거에 급제하는 것이 불가하거늘 신래가 사관(史官)의 보챔을 거스르는 것인가?"

요생이 속으로 분노하여 연못가로 나아가 세수를 깨끗이 하고 당(堂)으로 내빼니 부마와 상서는 없고 시랑 몽원 등 세 명만 있었다. 시독이 요생의 행동을 보고 거짓으로 노해 말하였다.

"어린 것이 어른의 명령을 거슬러 이처럼 당돌하게 구는 것이냐?"

탐화(探花)[19]가 정색하고 말하였다.

"형 등이 한갓 말 잘하는 줄을 뽐내며 소제(小弟)를 모욕하는고?"

한림 몽상이 일렀다.

"우리가 용렬하나 먼저 계수나무 가지를 꺾었다. 후에 급제한 이를 보채는 것은 지금까지 늘 있었던 일이니 너를 언제 알았다고 용서하겠느냐?"

탐화가 낯빛을 바꾸며 말하였다.

"그대 등의 말은 글을 읽지 않은 사람의 말이로다."

시랑이 갑자기 성을 내어 눈을 비스듬히 떠 말하였다.

"네 어찌 우리에게 글을 못하는 사람이라 하는 것이냐? 너는 눈으로 글을 읽고서도 정실을 대낮에 몰아 내쳤다. 그 죄에 맞는 법이 있

---

18) 진퇴(進退): 과거에 급제한 사람을 축하하는 뜻으로 그 선진(先進)이 찾아와서 과거 급제자에게 세 번 앞으로 나오고 세 번 뒤로 물러나게 했던 일.

19) 탐화(探花): 원래 과거 시험에서 갑과에 셋째로 급제한 사람을 뜻하나 여기에서는 두 번째로 급제한 요익을 지칭함.

을 듯하되 아버님께서 사람과 원한 맺는 것을 하지 말라고 하시며 우리를 근심하시기에 너를 고이 두었던 것이다. 그러니 우리가 누이 죽인 원한을 잊고 급제한 데 나아가 하례하며 너를 모셔다 술과 음식으로 대접하랴? 너를 가만히 두는 것이 은덕인 줄 잊고 너는 이런 외람된 말을 하는 것이냐?”

탐화가 얼굴빛을 바꾸고 말하였다.

“자고로 아내 내친 죄를 묻는 법률이 어디에 있느냐? 그대가 그때 집으로 와 나의 일로 아버님을 비웃고 조롱하며 꾸짖었으니 내 사리에 밝지 못해 재상 집안의 여자를 얻어 욕이 부모님께 미친 것을 뉘우치고 있다.”

시독 몽필이 노해 말하였다.

“네 낮은 벼슬을 하는 사람으로 감히 우리 형을 면전에서 모욕하는 것이냐? 당초에 누이를 우리가 밀어 맡기지 않았으니 뉘우친다는 말이 어디로부터 나온 말이냐?”

한림 몽상이 말하였다.

“남의 규수를 사모하여 뱃속에 병이 생겨 죽어가는 것을 우리 부모님께서 어진 덕을 펴시고 둘째형이 다시 살려 주는 은혜를 펴 부모님께 조언하여 천금 같은 누이를 너에게 주어 네 병이 나았다. 그러니 네 적어도 사람의 염통이 있다면, 그 은혜를 잊고 누이를 몰아 내치고서 우리에게는 한마디 사죄도 하지 않고 이렇듯 말을 차이 나게 할 수 있단 말이냐? 너는 속이 빠진 것이로다.”

탐화가 낯빛을 바꾸어 말하였다.

“그대들이 세력을 믿고 이렇듯 나를 업신여겨 말을 마음 내키는 대로 하는 것이냐? 며느리가 그릇된 짓을 해 부형이 처치하신 것을 사람의 아들이 되어 무엇이라 할 것이며, 또 그것이 그대들에게 사죄할 일인가? 가친께서 비록 벼슬이 높지 않으시나 그대들이 그렇게 행동하는 것이 옳으냐?"

이 시랑이 다시 꾸짖었다.

"네가 부형을 팔아 죄를 면하려 하니 더욱 짐승의 마음에 개의 행실을 지녔구나. 그러나 네 집 부자(父子)를 사람이라 하고 우리가 책망하겠느냐?"

탐화가 이 말을 듣고는 대로하여 눈을 높이 뜨고 말을 하려 하였다. 이때 문득 두 귀인이 금관(金冠)을 비스듬히 쓰고 흰 옷을 나부끼며 손에는 백옥주미(白玉麈尾)20)를 쥐고 당에 오르며 시랑 등을 꾸짖었다.

"너희가 누구와 요란히 구는 것이냐?"

시랑 등이 황망히 일어서고 요생이 또한 두 사람이 병부와 부마인 줄 알고 인사를 차리지 않을 수 없어 일어나 예를 하였다. 두 사람이 답례하고 부마가 놀라 말하였다.

"그대가 어찌 오늘 이른 것인가?"

탐화가 억지로 참고 대답하였다.

"우연히 과거에 급제하여 아까 백운 형에게 잡혀 왔습니다."

상서가 일렀다.

"옛날에 그대와 붕우의 도리로 문경(勿頸)의 사귐21)이 있고, 그다음엔 누이를 그대에게 의탁시켜 동기의 의리가 없지 않았네. 그런데 우리가 7년을 고향에 갔다가 돌아오니 그사이에 사람의 일이 변해 그대가 아득히 그쳐 우리를 찾지 않았네. 우리가 매양 그대의 신선

---

20) 백옥주미(白玉麈尾): 사슴꼬리에 백옥으로 장식한 자루를 단 것.

21) 문경(勿頸)의 사귐: 친구를 위해 자기의 목을 베어 줄 정도의 사귐. 중국 전국시대 조(趙)나라 염파(廉頗)와 인상여(藺相如)의 고사. 문경지교(勿頸之交).

같은 풍모를 생각하고 있었으나 우러러 바라지 못하고 있더니 오늘 그대를 보니 반가운 정을 이기지 못하겠네."

요 탐화가 더욱 부끄러워하고 이 씨를 생각하니 슬픈 마음이 흘러넘쳐 무릎을 바로 하고 단정히 앉아 대답하였다.

"소제(小弟)가 어찌 군후(君侯)와의 옛날 정을 잊었겠나이까? 다만 지은 죄가 가볍지 않아 스스로 부끄러워하고 낯이 두꺼움을 헤아려 일찍이 이르러 보지 못한 것입니다."

상서가 말하였다.

"우리가 일찍이 그대를 유감스럽게 여긴 적이 없었으니 죄라 함은 무슨 말인고?"

요생이 더욱 속으로 부끄러워하여 잠자코 있다가 한참 후에 말하였다.

"현매(賢妹)가 7년이 되도록 거처를 모르니 어찌 형을 대해 죄가 없겠나이까?"

상서가 온화한 소리로 말하였다.

"누이가 떠돌아다니는 것은 다 저의 팔자요, 죄가 있건 없건 간에 영존(令尊)[22]께서 죄를 정한 것이니 그대의 죄가 아니요, 그대로부터 비롯된 일이 아니니 그대가 우리를 이렇듯 아는 것을 부끄러워하네."

부마가 말하였다.

"여자가 한 번 집의 문을 나서면 사생(死生)이 시가에 달려 있으니 존문(尊門)에서 누이를 죽인다 한들 어찌하겠는가? 다만 영대인(令大人)께서 산과 바다와 같은 은혜를 베풀어 큰 죄를 용서하시고 목숨을 살려 본집에 내치셨거늘 누이의 운명이 기구하여 중도에 잃

---

22) 영존(令尊): 남의 아버지를 높여 부르는 말.

어버린 것이 그대의 탓이겠는가? 이후에는 이런 괴이한 마음을 먹지 말고 예전처럼 왕래하여 교도를 잇기를 바라네."

요생이 부마와 상서 두 사람의 말을 듣고 감격함이 지극해 눈물을 흘리고 몸을 일으켜 절하고 말하였다.

"소제가 영형(令兄)의 지우(知遇)²³⁾를 입어 영매(令妹)와 혼인한 후 하루도 화락하지 못하고 이별한 지 칠팔 년이 되었으나 소식도 듣지 못하고 있으니 이 마음을 누구에게 비출 수 있겠나이까? 두 형의 말은 소제를 감격하게 하나 백운 등이 남은 땅이 없도록 괴롭히니 소제가 괴로움을 이기지 못하겠나이다."

이 시랑이 정색하고 말하였다.

"네 말이 어디로부터 나온 것이냐? 큰형과 둘째형이 어진 덕을 베풀어 너를 용서하셨다 한들 내 말이 다 옳으니 어찌 괴롭힌다고 하느냐?"

부마가 시랑을 돌아보아 꾸짖고 또 요생이 눈물을 흘린 일과 그가 한 말을 우습게 여겨 잠시 웃고 말하였다.

"아직 어른이 안 된 아이들이라 그러니 그대는 신경 쓰지 말게."

상서가 또한 웃고 말하였다.

"우리 마음인들 그대를 고마워하겠는가마는 물이 엎질러진 것 같으니 그대를 한하지는 않네."

요생이 사례하고 말하였다.

"장인어른을 뵙고자 하나 날이 이미 저물었으니 훗날 이르러 배현(拜見)하겠나이다."

그러고서 하직하니 부마 등이 훗날 볼 것을 언약하고 손을 나누

---

23) 지우(知遇): 남이 자신의 인격이나 재능을 알고 잘 대우함.

었다.

요생이 집에 돌아오니 태상이 저물게야 온 연고를 물었다. 생이 이에 대답하였다.

"예부시랑 이몽원이 그 누이를 내친 한 때문에 소자를 잡아다 보챘는데 겨우 면하고 왔나이다."

태상이 당초에 이 시랑으로부터 면전에서 책망을 들은 후엔 행여 시랑이 관청에 진정할까 하여 이리저리 고민을 하였다. 그런데 그 후에 기척이 없고 이 승상이 임금 앞에서 아뢰어 요 급사 형제를 발탁해 옛 벼슬에 두는 것을 보고 감격함을 이기지 못해 이 씨 내친 것을 뉘우치고 서로 볼 안면이 없어 이 승상을 가서 보지 못하였다. 이에 생의 말을 듣고 말하였다.

"전에 이 씨에게 비록 죄가 있으나 내가 너무 급히 처치하여 이 씨의 자취가 묘연하니 저 집에서 나를 한스러워하는 것이 그르지 않다. 그러니 너는 이씨 집안에 왕래하면서 사위의 도리를 차리는 것이 옳다."

탐화가 절해 명령을 들었다.

요생이 다음 날 승상부에 이르러 명첩(名帖)을 통하니 승상이 흔쾌히 들어오라 청하였다. 요생이 들어가 보니 승상이 의자에 기대 앉아 있고 좌우로 무평백, 소부 등이 앉았으며 아래로 부마 등 다섯 형제가 시립(侍立)하고 있었다.

요생이 당(堂)에 올라 두 번 절하니 승상이 손을 들어 답례하고 의자에서 내려와 앉았다. 요생이 말을 하려 하니 낯이 벌게졌고 이 씨를 생각하면 슬픈 마음이 요동쳐 이마에 먼저 근심 어린 기색이 가득하고 목이 메어 두 눈을 낮추고 붉은 입술을 깨문 채 한참을 한 마디도 하지 못했다. 생들이 속으로 웃고 승상이 그 기색을 살피니 승상은 본디 관대한 도량으로 작은 일을 꺼리는 일이 없었으므로 흔쾌히 일렀다.

"서로 손을 나눈 지 7년 만에 이 늙은이가 경사에 돌아온 지 여러 날이 되었네. 바로 그대를 찾으려 하였으나 하늘을 향해 부르짖는 고통24)을 지낸 후로 몸에 병이 때때로 생기고 공사(公事)가 번다해 그대를 찾지 못했네. 그랬더니 오늘은 그대가 우리 집에 이르러 나를 찾은 겐가?"

요생이 더욱 부끄러움과 슬픔이 번갈아 생겨 별 같은 눈에서 눈물이 떨어졌다. 이에 일어나 두 번 절하고 말하였다.

"소서(小壻)가 어질지 못한 위인으로 외람된 마음을 내었으나 악장(岳丈)께서 큰 은덕을 드리워 천금 같은 소저를 소서에게 허락하셨으니 죽을 때까지 그 은혜를 잊지 않으려 하였습니다. 그런데 시운(時運)이 불행하고 소서의 타고난 운명이 기구하여 아내가 요씨 집안을 하직한 지 칠 년에 소식이 끊겼으니 소서가 무슨 낯으로 악장을 뵙고 싶은 마음이 있었겠나이까? 마음속으로 스스로 부끄러워서 상경한 지 오래되었으나 배현(拜見)치 못했더니 오늘 천한 몸이 과거에 급제해 백관(百官) 중에 머릿수를 채웠으니 당돌히 이르러 소서의 죄를 청하나이다."

말을 마치자 눈물이 줄줄 흘렀다. 승상이 가을 물결 같은 정신을 기울여 그 행동을 처음부터 끝까지 보다가 요생의 말이 그쳐지니 빙그레 웃고 천천히 말하였다.

"딸아이가 헤어져 떠돌아다닌 것은 저의 팔자요 액운이니 살아 있다면 장래에 만나지 못할까 근심할 것이 없네. 영존(令尊)께서 딸

---

24) 하늘을~고통: 부모나 조부모, 임금의 상사에 주로 쓰이는 말. 여기에서는 부친 이현의 상사를 이름.

의 죄를 처치하셨는데 자네가 자식이 되어 아내의 아비를 대해 구구히 사죄하기를 이렇듯 하니 이는 도리를 어긴 것이네. 당당한 남자가 처자를 생각해 눈물을 계속 흘리는 것은 더욱 마땅치 않으니 내 비록 속이 좁으나 자식을 위해 자네를 유감하겠는가? 모름지기 몸을 옥처럼 지니고서, 딸아이에게 진실로 죄가 있다면 말 것이지만 죄가 없다면 그 억울함을 벗는 날 부부가 서로 모일 것이니 행여 나의 우직함을 괴이하게 여기지 말게."

요생이 승상의 말을 듣고 감격함이 지극할 뿐만 아니라 부끄러움이 지극하여 승상의 현명한 말에 크게 깨달아 다시 일어나 절하고 말하였다.

"소서가 어리석고 사리에 밝지 못해 죄를 사림(士林)에 얻었더니 악장께서 밝게 가르쳐 주셨으니 이를 폐간에 새기겠나이다. 그러나 아내가 억울한 것은 분명합니다. 집안에 여러 처첩이 제 아버님의 지혜를 가려서 그런 것이니 아내에게 어찌 죄가 있겠나이까?"

승상이 잠깐 웃고, 소부가 일렀다.

"그대가 질녀(姪女)에게 정이 취하여 이처럼 질녀가 억울하다 하고 있으나 질녀가 참으로 억울한 줄 어찌 알겠는가?"

탐화가 정색하고 말하였다.

"부부는 하루에 그 뜻을 안다고 하였나이다. 소생이 설사 불민하나 이 씨의 심지를 모르겠나이까? 다만 악장 말씀이 이 씨가 죄를 벗는 날이면 만날 것이라 하셨으니 혹 이 씨의 거처를 아시는 것입니까?"

승상이 잠시 웃고 말하였다.

"운수가 흥하면 만사가 다 뜻과 같이 될 것이네. 내 딸이 죄를 벗는 날이면 그 길함을 알게 될 것이니 또 어찌 어버이 찾는 것이 더디겠는가? 헤어짐과 만남에 때가 있으니 현서(賢壻)는 다만 기다리고, 나에게 번거롭게 묻지 말라."

요생이 사례하고 생들과 함께 서당으로 가니 소부가 웃고 승상에게 고하였다.

"자평이 저렇듯 질녀를 위해 애를 태우고 갈망하니 권도(權道)로 질녀가 여기에 있음을 이르는 것이 어떠합니까?"

승상이 웃고 말하였다.

"자평의 뜻은 어여쁘나 딸아이의 죄가 벗겨지기 전에 그 아비를 해하려 했다는 죄목을 가지고서 그 자식과 동거하는 것은 금수(禽獸)도 하지 않는 일이다. 자평은 어린 남자라 생각지 못하고 있으나, 어른이 되어 이미 그른 줄을 알고서 딸아이를 잘못 인도해서야 되겠느냐? 딸아이가 이곳에 있는 줄을 안다면 자평이 참지 못할 것이니 너희는 입을 꼭 다물고 있거라."

소부가 미미히 웃으며 말하였다.

"소제(小弟)의 뜻도 이러합니다."

부마 등이 요생과 서당에서 말하는데 좌우로 어린아이들이 가득하였다. 빙성 소저의 아들 형벽이 여섯 살로 또한 자리에 있으니 완연히 요생과 다름이 없었다. 요생이 아이들을 보고 칭찬하다가 형벽을 보고 문득 놀라서 말하였다.

"이 아이는 어찌 나와 같은고?"

원래 생들의 뜻이 승상의 마음과 같았으므로 시독 몽필이 웃고 대답하였다.

"천하에 혹 똑같이 생긴 사람이 없겠는가?"

요생이 말하였다.

"비록 같다고 해도 이처럼 웃는 모습과 소리까지 같을 수 있겠는가? 어쨌거나 어느 형의 아들인고?”

한림이 말하였다.

“내 둘째아들이네.”

사람들이 그 말을 듣고 서로 보며 웃으니 요생이 수상히 여겨 말하였다.

“어찌들 웃는가?”

문후가 말하였다.

“조카를 너와 똑같다고 하니 자연히 웃음이 난 것이다.”

한림이 말하였다.

“이 아이가 너를 닮아서 무엇에 쓰겠느냐? 무섭고 끔찍한 말을 마라.”

요생이 웃고 말하였다.

“소제(小弟)에게 무슨 허물이 있다고 이렇듯 논박하는고?”

한림이 흰 눈자위를 내보이며 냉소하고 말하였다.

“허물도 없는데 아내 잃은 것이 되었느냐?”

탐화가 탄식하고 말하였다.

“소제가 그렇게 하려 해서 한 것이 아닌데 이 지경에 이른 것이니 형들은 너무 유감하지 말라.”

시독이 말하였다.

“유감하지 않으려 하다가도 또 누이를 생각하면 마음이 재 같아지니 잊으려 해도 못 하겠다.”

말을 마치고는 사람들이 묵묵히 탄식하니 탐화가 또한 슬퍼해 눈물을 머금고 형벽을 가까이 앉혀 쓰다듬으며 사랑하다가 돌아갔다.

이에 형벽이 한림에게 물었다.

“숙부께서는 어찌 그 손님을 대해 소질(小姪)을 아들이라 하신 것이나이까?"

한림이 말하였다.

"네가 내 아들이나 다를 게 있겠느냐?"

형벽이 말하였다.

"비록 그러하나 인륜을 어지럽힘이 옳지 않고, 금주에 있을 적에 숙부들께서 경사에 가면 제가 부친을 만날 것이라 하시더니 지금까지 기척이 없나이까?"

숙부들이 그 영리함을 사랑하여 말하였다.

"아까 그 사람이 네 아비를 해쳐 네 아비가 멀리 외직으로 내쳐졌으므로 그리 일렀는데, 이후에 그 손님이 오거든 보지 마라."

형벽이 명령을 받들었다.

이후에 생이 왕래하여 생들과 서로 따르며 사귀고 피차 사랑하는 것이 이전보다 덜하지 않았다.

이때 야선(也先)이 이 승상에게 매를 맞는 모욕을 당하고 마음에 분함을 이기지 못해 대원수 개야률을 불러 병마를 조련하고 방을 붙여 이름난 장사를 모았다. 10여 일이 되지 않아 최충석, 설한륜, 야률, 태혼, 필열 등을 모아 무술을 익혀 원수 갚기를 꾀하더니 설한륜이 말하였다.

"이관성은 지모를 가진 장상(將相)이니 가볍게 범하지 못할 것입니다. 제가 일찍이 동오(東吳) 사람이라 그 나라의 일을 익히 압니다. 동오왕 주창은 태조께서 봉하신 바라 이제 큰 뜻을 품어 군량(軍糧)과 무장(武裝)을 모으고 있으니 대왕께서 만일 글로써 그를 격동하신다면 동오왕이 군대를 일으켜 경사를 범할 것입니다. 그때를 틈타 군대를 합쳐 황성(皇城)을 치면 묘하지 않겠나이까?"

야선이 크게 기뻐하고 이에 글을 닦아 한륜을 동오에 보냈다. 한륜이 밤낮으로 길을 가 오나라에 이르러 글월을 오왕에게 전하고 폐백을 올렸다. 오왕이 글월을 뜯어 보니 다음과 같은 내용이었다.

'북한왕 야선은 두 번 절하고 고개를 조아려 동오왕 전하께 글을 바칩니다. 사해(四海) 안은 다 형제의 나라라 우리가 하늘의 뜻을 받드는 데 사사로운 감정이 있겠습니까? 옛날 주공(周公)25)이 천하를 다스리니 교화가 흘러 사해 밖에서 응해 월상국(越裳國)26)이 흰 꿩을 조공하였으니 우리가 또한 옛 풍속을 우러러보아 천조(天朝)에 귀순해 다른 뜻이 없었습니다. 그런데 예전에 황제가 까닭 없이 정벌하여 외국을 핍박하고 작년에는 승상 이관성이 이르러 과인을 매로 치니 포악함이 걸주(桀紂)27)보다 더해 천하 사람들이 다 원망하는 마음을 품었습니다. 대왕은 태조의 자손이시고 신명함이 뛰어나시다 하니 의병을 일으켜 천조를 치신다면 과인이 또한 한 팔 힘을 써서 돕겠습니다.'

오왕이 다 보고 크게 기뻐해 설한륜을 정성껏 대접하고 예물을 성대히 주며 답글을 써서 주었다.

한륜이 돌아간 후 오왕이 뭇 신하를 모아 의논하였다.

"이제 과인은 고황제(高皇帝)의 적통 자손으로, 천자가 주색에 빠져 사람의 도리를 하지 않고 덕을 잃었으니 가만히 앉아서 태조께서

---

25) 주공(周公): 중국 주(周)나라 문왕(文王)의 아들이자 무왕(武王)의 동생이며 성왕(成王)의 숙부인 주공단(周公旦)을 이름. 성은 희(姬)이고 이름은 단(旦). 무왕이 죽은 후 조카인 성왕을 잘 보필하며 7년 섭정을 통해 주나라를 흥성시킴.

26) 월상국(越裳國): 구체적인 지역은 알려져 있지 않음. 『한서(漢書)』, 「평제기(平帝紀)」에 주공이 섭정하던 시기에 월상씨(越裳氏)가 흰 꿩 한 마리와 검은 꿩 2마리를 바친 기록이 있음.

27) 걸주(桀紂): 걸주. 중국 하나라의 마지막 왕인 걸(桀)과 은나라의 마지막 왕인 주(紂)로, 모두 포악한 임금으로 알려져 있음.

천하를 고르게 하신 공을 저버리지 못할 것이오. 의병을 일으키려 하니 제공(諸公)의 뜻은 어떠하오?"

신하들이 고개를 조아리고 배무(背舞)[28]하여 마땅함을 칭하였다. 오왕이 크게 기뻐해 즉시 군사를 조련하여 군대를 내었다. 대장군 주빈을 수군도독으로 명해 명장 3백 명과 수군 7만 명을 일으켜 오강으로부터 수로(水路)로 나아가게 하고, 승상 오세영을 천하병마사 평북대원수로 삼아 명장 1천 명과 육군 1만 명을 거느려 전군(前軍)이 되게 하고, 병부상서 서유문에게는 군사 2만 명을 거느려 후군(後軍)이 되게 하고, 예부상서 우문에게는 군사 2만을 거느려 우익이 되게 하고, 스스로 장수 8천과 군사 7만을 거느려 중군(中軍)이 되어 경사를 바라보고 나아가니 그 세력이 풍우와 같아 바로 절강을 건넜다.

이 소식이 눈 날리듯 경사에 이르렀다. 황제가 크게 놀라 문덕전(文德殿)[29]에서 조회를 베풀어 신하들을 모아 의논하였다. 마침 이 승상은 모부인이 감기가 들어 곁에서 모시며 약을 바쳐야 했으므로 미처 조회에 참여하지 못하였다. 뭇 관리가 가지런히 서서 항렬을 갖추니 임금이 손으로 용상(龍床)을 쳐 말하였다.

"반역자가 이제 중원을 범해 수륙(水陸)으로 나아오니 그 세력이 누란(累卵)[30]의 위급함 같도다. 경 등은 어떻게 하려 하는가?"

신하들이 오왕의 군세(軍勢)가 크게 떨친 줄을 들었으므로 다 손발을 떨며 대답하지 못하니 그 나머지 중에 충심을 품은 자가 있어

---

28) 배무(背舞): 임금에게 절하는 예식을 행할 때 추는 춤.
29) 문덕전(文德殿): 원래 송나라 때의 궁전 이름이나 여기에서는 일반적인 궁전 이름으로 쓰임.
30) 누란(累卵): 계란을 쌓아 놓음.

도 대신이 미처 말을 하지 않았으므로 발설하지 않았다. 이에 임금이 대로하여 일어서며 말하였다.

"경들이 평소에 나라의 녹을 먹다가 오늘 나라가 위급한 때를 당하였는데 이처럼 불충한가? 짐이 마땅히 친히 정벌하리라."

드디어 한림학사 이몽상을 탑하(榻下)에 불러 조서를 초(草)하라 하니 한림이 섬돌 아래 엎드려 응하지 않았다. 임금이 재촉하니 한림이 머리를 땅에 부딪쳐 말하였다.

"감히 조서를 초(草)하지 못하겠나이다."

임금이 이에 크게 성내어 일렀다.

"경이 어찌 짐의 명령을 거역하는가?"

한림이 고개를 조아리고 아뢰었다.

"지금 미친 도적이 창궐(猖獗)[31]하였으나 보잘것없고 하찮은 것들입니다. 마땅히 대신을 부르시어 지혜와 용맹이 있는 좋은 장수를 보내 정벌하셔도 오래지 않아 개선가를 불러 돌아올 것이온데 친히 정벌하심은 결코 옳지 않나이다."

임금이 잠깐 깨달아 깊이 생각하였다. 그사이에 이 승상이 잰걸음으로 빨리 나아와 탑하에서 네 번 절을 하니 그 정돈된 낯빛과 가다듬은 모습이 엄숙하여 어지러운 기운을 다 태워 버렸다. 임금이 도타운 빛으로 공경하여 이에 각 고을에서 보고한 문서를 보이고 말하였다.

"오왕이 황실의 지친(至親)으로서 이렇듯 사리에 밝지 못하니 승상은 장차 어찌 처치하려 하오?"

승상이 손으로 문서를 잡아 다 보고서 물러나 절하고 아뢰었다.

---

31) 창궐(猖獗): 세력 따위가 걷잡을 수 없이 퍼짐.

"지금 오왕이 창궐한 것은 하루아침의 계교가 아니니 뜻이 커서 군량을 모은 지 오래되었을 것입니다. 하물며 동오는 호걸이 모이는 곳이니 어진 인물이 적지 않을 것이므로 큰 근심이요, 등한히 볼 바가 아닙니다. 그런데 임금께서는 여러 해 도성을 떠나 계시고 간신이 조정을 혼탁하게 해 인재는 조정에서 물러나고 창고는 비어 있습니다. 그러니 우리가 승전한다고 말하는 것은 결코 근거가 없습니다. 그러나 하늘의 뜻이 미친 도적을 용납하지 않을 것이니 신이 정승의 인수를 드리고 다섯 아들과 지난번에 북쪽으로 정벌했던 장성립 등을 거느려 도적을 치려 하나이다."

임금이 말하였다.

"선생의 기이한 꾀와 비밀스러운 계책은 짐이 안 지 오래고 몽창의 재주가 남보다 뛰어남도 밝히 알고 있으니 한 번 가면 분명히 개선가를 부르며 돌아올 것이오. 그러나 알지 못하겠도다, 국정은 누구에게 맡겨야 하겠소?"

승상이 대답하였다.

"전에 상서 정문한을 발탁하셨으나 문한이 묵은 병이 오랫동안 낫지 않아 폐하의 명을 받들지 못하였나이다. 그러나 문한이 충성을 다해 나라의 은혜를 갚으려는 마음은 급암(汲黯)[32]을 낮게 여기니 국정을 어찌 근심하겠나이까?"

임금이 크게 기뻐하고 즉시 명령을 내려 승상을 천하절도총병병마사 정동대원수로 삼고, 부마 이몽현을 부원수로 삼고, 문정후 이몽창을 수군도독으로 삼아 수군을 막으라 하고, 몽원을 호위장군으로 삼고, 몽상을 몽창의 막하 부도독으로 삼고, 몽필은 승상 막하 편

---

32) 급암(汲黯): 중국 전한(前漢) 무제 때의 간신(諫臣)(?~B.C.112). 자는 장유(長孺). 성정이 엄격하고 직간을 잘하여 무제로부터 '사직(社稷)의 신하'라는 말을 들음.

장(偏將)[33]으로 삼았다.

승상이 사은(謝恩)하고 물러나 집으로 돌아갔다.

유 부인의 병이 심하지 않아 며느리들에게 바둑을 두게 해 구경하고 있었다. 승상이 들어와 모친을 모시고 앉았는데 근심하는 모습이 가득하고 가슴이 슬픔으로 막혀 관(冠)을 숙이고 묵묵히 말을 하지 않았다. 유 부인이 눈을 들어 그 모습을 보고는 천천히 물었다.

"내 아이가 아까 명을 받아 조정에 들어갔더니 무슨 연고가 있는 것이냐?"

승상이 부인의 물음에 놀라 무릎을 꿇고 대답하였다.

"동오왕 주창이 군사 10만을 일으켜 수륙으로 승승장구하여 나아오니 국가의 큰 근심입니다. 제가 네 조정의 은혜를 입은 것이 등한하지 않으나 조그만 공도 없는 것이 송구하여 자식들과 함께 동쪽으로 나아가 도적을 치려 하온데 어머님을 떠나는 것이 슬퍼서 주저하나이다."

부인이 다 듣고는 정색하며 말하였다.

"우리 아이가 이제 어린아이가 아니니 어미 품 떠나는 것을 구애할 것이며, 신하가 되어 나라의 은혜를 이때 안 갚고 어느 때 갚으려 기다리며 머뭇거리는 것이냐? 네 부친이 초상에 슬퍼하여 온몸을 버리기에 이르렀으나 임종 때 너에게 국가를 부탁하셨거늘 오늘 어찌 이런 녹록한 말을 하는 것이냐?"

승상이 밝게 깨달아 사례하고 명령을 받들어 말하였다.

"어머님의 금옥 같으신 경계가 저의 아득하던 흉금을 시원하게 하였으니 어찌 어머님의 명을 어기는 일이 있겠나이까?"

---

33) 편장(偏將): 대장을 돕는 한 방면의 장수.

이튿날 아침에 부인이 작은 잔치를 베풀어 승상 6부자를 전송하였다. 떠나보내는 마음이 참으로 슬펐으나 조금도 내색하지 않고 흔쾌히 경계하여 몸 보중하기를 당부할 뿐이었다. 승상이 모친의 이 같은 모습을 보고 감히 슬픈 말을 못 하고 순순히 사례할 뿐이었다.

한바탕 이별을 마치고 물러나 중당에 이르러 부인을 청해 편안한 낯빛으로 일렀다.

"학생이 임금의 명령을 받들어 불모의 땅으로 향하니 사생을 기약하지 못하겠소. 그러니 부인은 어머님을 모시고 길이 무양하시오."

부인이 옷깃을 여미고 말하였다.

"군(君)은 모름지기 미친 도적을 어서 평정하고 돌아와 어머님을 기쁘시게 하기를 바라나이다."

승상이 다 듣고는 읍(揖)하고 나갔다.

부마 등 다섯 사람이 모친에게 하직할 적에, 떠나는 마음이 자연히 슬프고 경황이 없어 눈물이 옷 앞에 떨어짐을 면치 못하니 부인이 정색하고 꾸짖었다.

"네 부친이 백발의 늙은 어버이를 떠나되 슬픈 기색을 보이지 않은 것은 정이 없어서가 아니다. 나라의 은혜를 중히 여겨서 그런 것이니 너희가 어찌 군대의 장수가 되어 이처럼 녹록한 모습을 보이는 것이냐?"

바야흐로 부마와 문후가 눈물을 머금었다가 이 말을 듣고 자리를 피해 사죄하고 아우들을 이끌고 총총히 나가니 그 처자의 얼굴인들 볼 수 있겠는가. 처자들의 옥 같은 얼굴에 눈물이 줄줄 흘렀으나 홀로 공주와 소 부인은 온화한 기운이 조금도 변하지 않았다.

각설. 이 승상 부자 여섯 사람이 교장(敎場)에 이르러 군사를 조련할 적에 장성립을 선봉으로 삼고, 전신을 부선봉으로 삼았으며 마룡

등 아홉 사람은 어영군(御營軍)을 거느리게 해 경사에 두었다. 전임 하남절도사 조귀인을 후군 구응사(救應使)[34]로 삼고 몽원을 호위장군으로 삼았다. 대오와 기치(旗幟)를 자욱하게 차려 점고를 마치고 어막(御幕)에 가 하직하였다. 임금이 동문 밖까지 나와 승상을 전별할 적에 친히 상방검(尙方劍)[35]을 내려주며 말하였다.

"부원수 이하, 사이가 가깝고 멀거나 신분이 귀하고 천함을 헤아리지 말고 명령을 어기는 자가 있으면 먼저 목을 베고 후에 아뢰도록 하라. 경의 지혜와 용맹은 짐이 이르지 않아도 알 것이나 전쟁터는 흉한 곳이니 적을 경솔히 여기지 말 것이며 위세가 꺾여 천조의 위엄을 추락시키지 말라."

또 향온(香醞)[36]을 가득 부어 사주(賜酒)하고 말하였다.

"경은 먼 길에 보중하여 임금의 군대를 잘못되게 하지 말기를 바라노라."

승상이 고개를 조아려 절하고서 말하였다.

"신이 간뇌도지(肝腦塗地)[37]하오나 오늘 베푸신 성은을 다 갚지 못할 것이옵니다. 미친 도적은 염려할 바가 아니니 성상께서는 근심하지 마시고 용체(龍體)에 만복이 깃드시기를 바라나이다."

임금이 흔쾌히 위로하였다.

---

34) 구응사(救應使): 전쟁에서 아군에 호응하여 구원하는 역할을 하는 관리.

35) 상방검(尙方劍): 상방서(尙方署)에서 특별히 제작한, 황제가 쓰는 보검. 천자가 대신을 파견하여 중대한 안건을 처리하도록 할 때 늘 상방검을 하사함으로써 전권을 주었다는 표시를 하였고, 군법을 어긴 자가 있을 때 상방검으로 먼저 목을 베고 후에 임금에게 아뢰도록 하였음.

36) 향온(香醞): 멥쌀, 찹쌀 식힌 것에 보리와 녹두를 넣고 빚은 술. 내국법온(內局法醞)이라고도 함.

37) 간뇌도지(肝腦塗地): 참혹한 죽임을 당하여 간장(肝臟)과 뇌수(腦髓)가 땅에 널려 있다는 뜻으로, 나라를 위하여 목숨을 돌보지 않고 애를 씀을 이르는 말.

부원수 몽현과 수군대도독 이몽창, 부도독 이몽상이 융복을 갖추고 어전(御前)에 하직하니 임금이 부마를 각별히 위로하며 말하였다.

"경은 대원수 막하에 있으니 우려는 덜겠지만 황숙(皇叔)과 흥문 등이 외롭게 있음을 염려하노라. 짐이 마땅히 잘 보호해 줄 것이니 경은 안심하고 무사히 성공하기를 바라노라."

부마가 고개를 조아리고 절하여 말하였다.

"신이 선제(先帝)로부터 간택되어 벼슬이 높고 부귀가 지극하되 국가를 위해 조금의 공도 갚은 적이 없었사오니 오늘 출정(出征)하는 것을 괘념하겠나이까? 공주에게는 여러 천한 아이가 있고 어머니가 집에 있으니 외로움은 없을까 하나이다."

임금이 또 수군도독 이몽창을 위로하며 말하였다.

"경이 이에 수전(守戰)을 홀로 감당하니 그 위태함은 태산으로써 새알을 누르는 것 같거니와 짐이 경의 웅대한 재주와 큰 방략(方略)을 아니 근심하지 않노라."

도독이 잰걸음으로 빨리 나아와 네 번 절하였다.

모두 한꺼번에 하직하고 군대를 이끌고 가니 만조백관이 뒤를 따라 물가에 이르러 손을 나누었다. 각로 정문한이 승상의 손을 잡고 말하였다.

"형의 재주는 본디 알거니와 모름지기 어서 정벌하고 돌아와 주상의 근심을 덜도록 하게."

승상이 사례하고 말하였다.

"소제(小弟)가 비록 불학무식하나 조정의 일은 형을 믿어 근심이 없네. 내 몸이 무사하고 삼군의 장수들이 다 역량이 절륜(絕倫)하니 적의 예봉을 넉넉히 대적할 수 있을 것이네. 길이 제형(諸兄)이 염려해 주는 뜻을 저버리지 않겠네."

상서가 재삼 연연해하였다.

소부와 무평백이 울며 승상을 붙들고 이별하니 소부는 자약하였으나 무평백이 말하였다.

"오늘 형님께서 멀리 전쟁터로 향하시니 소제의 마음이 마디마디 끊어지는 듯합니다. 오늘 이별에 만날 기약이 있겠나이까?"

이에 승상이 경계하였다.

"내 나라를 위해 사지(死地)로 향하게 되어 모친의 봉양과 집안일을 전혀 현제(賢弟)를 믿거늘 어찌 이렇듯 속 좁게 구는 것이냐?"

무평백이 슬피 울어 눈물을 금치 못하니 승상이 홀연 의심하여 소부를 경계해 말하였다.

"자희[38]가 요사이 정신이 쇠약하고 낯빛이 좋지 않으니 불길함이 많구나. 너는 모름지기 그 옆을 떠나지 말고 붙들어 보호해 자희에게 잘못된 일이 없도록 하라."

소부가 절하여 명령을 듣고 선뜻 조카들을 위로하고 발걸음을 돌렸다. 그러나 무평백은 차마 승상을 떠나지 못하니 승상이 크게 괴이하게 여기고 역시 마음이 슬퍼 이에 말하였다.

"현제가 전날에는 비록 본심은 약하나 매사에 단엄하더니 어찌 이처럼 아녀자의 모습을 하는 것이냐? 내 오래지 않아 돌아올 것이니 현제는 근심하지 마라."

무평백이 더욱 슬피 울고 이별하였다.

승상이 슬픔을 이기지 못했으나 자기가 소임을 맡아 말소리와 얼굴빛을 바꿀 바가 아니었으므로 무평백과 헤어지고 동쪽 언덕에 이르렀다. 상서가 수군을 거느려 강변에서 하직하니 승상이 경계하였다.

---

38) 자희: 이한성의 자(字).

"네 젊은 나이로 이런 위태한 곳으로 가면서 무거운 임무를 맡았으니 사생(死生)을 기약하지 못할 것이다. 조심하고 삼가 임금의 은혜와 네 아비의 뜻을 길이 저버리지 말라."

상서가 두 번 절해 명령을 듣고 자약히 뱃머리를 돌리고 북을 울렸다. 깃발을 가득 꽂고 순풍(順風)을 받아 전선(戰船) 8백 척을 거느리고 물결 사이로 은은히 동쪽으로 향하니 대오가 정돈되고 법도가 어긋나지 않아 위엄이 가득하였다. 오늘 승상 부자가 물과 뭍을 통해 험한 땅으로 향하게 되어 사생을 알지 못하니, 이들 부자처럼 하늘이 내린 효성을 지닌 자들의 마음이 어떠하겠는가마는 아비는 온화하고 아들은 자약하여 좋은 곳으로 나아가듯 하니 이 어찌 천고에 기특한 일이 아니겠는가.

승상이 대군을 거느려 강을 건너 밤낮으로 길을 가 형주에 이르니 오왕의 대군이 이미 성을 빼앗고 진을 베풀고 있었다. 승상이 성의 10리 밖에 진을 치고 격서(檄書)39)를 보낼 적에 장수들이 다 오나라의 위엄을 두려워해 사자로 가는 것을 두려워하였다. 이때 호위장군 몽원이 분연히 일어나 군복을 바로 하고 오군의 진영에 이르러 자신이 사자로 왔음을 통보하였다.

오왕은 이때 천조(天朝)의 군대가 이르렀다는 말을 듣고 장수들을 모아 의논하고 있었다. 사자가 왔다는 말을 듣고 위엄을 자랑하려 하여 자리를 고치고 검극(劍戟)을 빼곡히 베풀고 좌우를 시켜 몽원을 불러들였다. 시랑이 천천히 걸어 장막 안으로 들어가니 좌우에서 호위하는 장수들이 비단 투구와 황금 갑옷을 입고 긴 창과 큰 칼을 잡아 시위(侍衛)하고 있었다. 또한 오왕 주창은 황룡포(黃龍袍)40)를

---

39) 격서(檄書): 적군을 달래거나 꾸짖기 위한 글.

40) 황룡포(黃龍袍): 누런빛의 비단으로 지은, 황제가 입던 정복. 가슴, 등, 어깨에 용무

입고 구룡관(九龍冠)[41]을 썼으며 황옥(黃玉)의 교의(交椅)[42]에 몸을 기대 앉아 있는데 앞뒤로는 병사들이 삼이 벌여 있듯 늘어서 있었다. 진실로 머리털이 쭈뼛할 정도였으나 시랑은 안색이 자약하여 조금도 두려워하는 빛이 없고 주창의 참람한 모습이 한심해 눈을 낮추고 장막 앞에 서서 말을 하지 않으니 그 단엄한 기운은 한 무리의 엄하고 세찬 모습을 압도하였다. 오왕이 그 풍채와 기골을 보고 크게 놀라 눈을 씻고 자세히 보았다. 이 시랑이 가는 몸에 붉은 비단 갑옷을 입고 머리에는 자금소요건(紫金逍遙巾)[43]을 썼으니 옥 같은 골격은 사람의 시선을 빼앗고 태양을 가릴 정도였다. 왕이 경탄하여 이에 물었다.

"그대는 어떠한 사람이며 격서를 가져왔으면 어찌 바치지 않는 것이냐?"

시랑이 정색하고 말하였다.

"나는 천조 대원수 휘하 호위장군 이몽원이오. 지금 왕이 어찌하여 예를 차리지 않고 격서를 먼저 찾는 것인가?"

오왕이 말하였다.

"양국이 교전할 적에 사자를 뜰에 세워 대접함은 예삿일이니 그대가 어찌 내가 예를 알지 못한다고 하는 것인가?"

시랑이 성을 내어 말하였다.

"왕은 지방의 번왕(藩王)[44]이요, 나는 천조의 대장이니 나를 어찌

___

늬를 수놓았음.

41) 구룡관(九龍冠): 아홉 마리의 용이 새겨진 관.

42) 교의(交椅): 의자.

43) 자금소요건(紫金逍遙巾): 자금으로 만든 소요건. 자금은 적동(赤銅)의 다른 이름으로, 적동은 구리에 금을 더한 합금이고, 소요건(逍遙巾)은 죽림칠현 등의 청담파(淸談派)가 유흥할 때에 쓰던 두건임.

당 아래에 세우는 것이오? 양국이 교전한다는 말은 더욱 옳지 않소. 왕은 작은 나라의 제후요, 이 원수는 천자의 명을 받아 이에 이르렀으니 왕은 임금을 배신하고 반역의 신하라 이런 무례한 말을 하는 것이오?"

오왕이 다 듣고는 꾸짖어 말하였다.

"천자가 어리석고 도리를 알지 못해 포학한 정치를 행하므로 내 천명(天命)을 받들어 정벌하는 것이거늘 너 어린 것이 방자한 말을 하느냐?"

시랑이 차갑게 웃고 말하였다.

"자고로 임금이 포악한데 신하가 치는 일은 희귀하오. 무왕(武王)은 성인이시되 은나라 주(紂)45)를 치실 적에 백이(伯夷)와 숙제(叔齊)가 말고삐를 잡고 간(諫)하며46) 포악함으로써 포악함을 다스린다47)라고 하였소. 지금 왕에게는 무왕과 같은 큰 덕이 없고 천자께서는 거룩하고 현명하시어 은나라 주(紂)와 같은 잔인하고 난폭함이 없소. 내 비록 부리가 누런 새 새끼와 같은 어린아이나 고사(古史)를 읽어 임금과 신하의 의리가 중한 줄을 알고 있거늘 왕은 천승(千乘)48)의 임금이요, 동오는 예악을 갖춘 나라니 왕이 이를 모른단 말

---

44) 번왕(藩王): 작위와 봉지를 받은 왕.

45) 주(紂): 중국 은나라의 마지막 천자로, 이름은 제신(帝辛)이고 주(紂)는 시호(諡號)임. 제후인 주나라 무왕(武王)에게 살해당하고 이로 인해 은나라는 망하게 됨.

46) 백이(伯夷)와~간(諫)하며: 백이와 숙제는 모두 고죽군(孤竹君)의 아들로 왕위를 사양하고 주나라로 갔는데 무왕이 당시 천자국인 은(殷)나라를 정벌하려 하자, 무왕이 탄 말의 고삐를 붙들고 제후로서 천자를 정벌하는 것이 적절치 못함을 간함. 무왕이 듣지 않자 두 사람은 주나라의 녹을 받은 것을 부끄럽게 여겨 수양산에 들어가 고사리만 뜯어 먹다가 굶어 죽었다 함.

47) 포악함으로써~다스린다: 백이와 숙제가 수양산에서 굶주려 죽기 전에 지은 노래에 나오는 가사. 무왕이 주왕을 친 것이 이에 해당한다는 말임.

48) 천승(千乘): 천 대의 병거라는 뜻으로, 제후를 이르는 말. 제후는 천 대의 병거를 낼

이오?"

왕이 대로하여 말하였다.

"너 어린 것이 과인을 이처럼 업신여기는 것이냐? 어쨌거나 격서를 내라. 보고 결정하겠다."

시랑이 웃고 말하였다.

"이는 대조정 대신의 글이니 왕이 사자를 접대하지 않으면 내 머리가 베여도 글은 내어 주지 못하겠소."

왕이 더욱 노하니 원수 오세영이 아뢰었다.

"중국 선비는 본디 교만하니 제 소원대로 자리를 주시고 격서를 보소서."

왕이 드디어 시랑을 당에 올리고 방석을 주어 마주 앉았다. 시랑이 바야흐로 소매에서 격서를 내어 주니 오왕이 어린 내시를 시켜 받아 펴게 해서 보니 다음과 같았다.

'천조(天朝) 대원수 이관성은 오국 전하께 글을 바칩니다. 대왕은 일찍이 황실의 지친(至親)으로서 선조(先朝)로부터 큰 은혜를 입어 왕으로 봉해졌거늘 무엇이 부족하여 군사를 일으켜 천조를 범하여 스스로 대역(大逆)에 빠진 것입니까? 천자께서 매우 놀라시어 학생을 시켜 정벌하라 하셨으니 왕께서 만일 군대를 멈추고 갑옷을 버려 항복한다면 왕의 온 집안과 친척들이 무사하겠지만 그렇지 않으면 대군이 한 번 움직일 것입니다. 그렇게 되면 옥석을 가리지 않을 것이니 그 스스로 생각하소서.'

왕이 다 보고, 예법에 맞는 태도가 공손하고 말이 사리에 맞아 문장이 장강(長江)과 대해 가운데 비단을 흩트린 것과 같은 것을 보고

만한 나라를 소유하였음.

마음에 항복하고 경탄하여 한참 동안 말을 못 했다. 이윽고 붓을 들어 답서(答書)를 작성해서 주고 시랑을 술과 음식으로 정성껏 대접해 보냈다. 시랑이 약관의 어린 백면서생(白面書生)으로서 오왕과 같은 흉한 사람을 제어하였으니 시랑의 사람됨을 여기에서 밝히 알수 있다.

시랑이 돌아가 답서를 부친에게 드리니 승상이 답서를 펴 보았다.

'동오왕은 두 번 절하고 이 원수 막하에 글을 올리노라. 전에 합하(閤下)를 기리는 이름이 멀리 우리나라에까지 진동하였으니 매양 우러러 공경하되 얼굴을 보지 못했더니 오늘 천서(天書)를 받으니 진실로 이름 아래 헛사람이 아닌 줄을 깨닫노라. 과인이 비록 오국의 번왕이나 아랫사람이 위를 범하지 못하는 줄은 자못 알거니와 이제 천자께서 어질지 않고 정치를 포학하게 하므로 이를 참지 못해 군사를 일으켜 정벌하는 것이니 그대는 괴이하게 여기지 말고 자웅을 겨루라.'

승상이 다 보고는 웃고 말하였다.

"오왕이 또한 예를 알 것이나 필연 누군가 그 뜻을 낚아 부추기는 이가 있도다. 저의 소원대로 속히 결전하여 승패를 보리라."

이에 삼군(三軍)의 대소 장수와 함께 행렬을 엄정히 하고 오왕이 전투 청하기를 기다렸다. 오왕이 또한 군대의 장수를 엄히 인솔하여 진 앞에 나와 승상을 청하였다. 명군(明軍)의 진중에서 큰 북이 세 번 울리고 대포 소리가 하늘을 움직이더니 진문이 크게 열렸다. 그 가운데에서 백모황월(白旄黃鉞)[49]과 황금 도끼며 온갖 칼과 창이 빽빽이 별이 흐르듯 나와 좌우로 삼이 벌여 있듯 늘어서 있고 북소리

---

49) 백모황월(白旄黃鉞): 털이 긴 쇠꼬리를 장대 끝에 매달아 놓은 기와 누런 도끼.

가 맑고 낭랑하게 나더니 호위장수 수십 명이 수레를 밀고 나왔다. 사면에 주렴(珠簾)50)을 반만 걷고 수레 위에 한 사람이 자금통천관(紫金通天冠)51)을 쓰고 몸에는 백릉의(白綾衣)52)를 입고, 위에 홍금수라전(紅錦繡羅氈)53)을 껴입고 손에는 산호채를 들었다. 두 눈의 맑은 기운이 멀리 적국에 쏘이고 기상이 호탕하여 당당히 가을 물결과 같았다. 양편에는 두 명장이 쇄자갑(鎖子甲)54)을 입고 황금 투구를 쓰고 서리 같은 보검을 들고 비룡 같은 말을 타고서 좌우에 서 있으니 옥 같은 골격과 풍채가 절대미인이 단장을 하고 서 있는 것 같았다.

오왕이 이 승상의 위풍과 군법의 삼엄함을 보고 놀라며 그 눈빛을 공경하고 우러러보아 이에 몸을 굽혀 말하였다.

"과인이 천명을 받들어 하늘에 응하고 사람을 따르고 있거늘 원수가 무슨 까닭으로 수만 리 밖까지 부질없이 군대를 이끌고 와 과인을 막는가?"

승상이 정색하고 말하였다.

"왕의 말이 사리를 알지 못하는 것이오. 지금 주상께서 대위(大位)를 이어 걸주(桀紂)55)의 정사가 없고 사방의 제후를 어루만지기를

---

50) 주렴(珠簾): 구슬을 꿰어 만든 발.

51) 자금통천관(紫金通天冠): 자금으로 만든 통천관. 자금은 적동(赤銅)의 다른 이름으로, 적동은 구리에 금을 더한 합금임. 통천관은 원래 황제가 정무(政務)를 보거나 조칙을 내릴 때 쓰던 관으로, 검은 깁으로 만들었는데 앞뒤에 각각 열두 솔기가 있고 옥잠(玉簪)과 옥영(玉纓)을 갖추었음.

52) 백릉의(白綾衣): 희고 얇은 비단으로 만든 옷.

53) 홍금수라전(紅錦繡羅氈): 붉은 비단으로 된 털옷.

54) 쇄자갑(鎖子甲): 쇄자갑. 갑옷의 하나. 사방 두 치 정도 되는 돼지가죽으로 된 미늘을 작은 고리로 꿰어 만듦.

55) 걸주(桀紂): 중국 하나라의 걸왕과 은나라의 주왕. 곧 천하의 폭군을 비유하는 말.

못 미칠 듯이 하고 계시거늘 왕이 방자하게 군대를 크게 일으켜 큰 나라의 경계를 범하고 일러, '하늘에 응하고 사람을 따른다.'라고 하니 이는 식견 있는 자가 할 말이 아니오. 왕이 무슨 덕이 있어 문무성탕(文武成湯)56)을 따른다고 말하는 것이오?"

왕이 두려워 잠자코 말이 없더니 원수 오세영이 분연히 말을 몰고 내달아 말하였다.

"우리 임금께서 이미 천명을 받으셨거늘 네가 어찌 잡말을 하는 것이냐?"

이에 천조 선봉 장성립이 내달아 맞아 말하였다.

"너희는 나라를 배반한 역적이니 내 한칼에 오왕의 머리를 벨 것이다."

말을 마치고 두 장수가 어우러져 십여 합이나 싸우니 성립의 기운은 더욱 강해지고 세영은 점점 손의 힘이 풀어져 창 쓰는 법이 어지러워졌다. 오 진중에서 부장 오환이 내달아 세영을 도우니 성립이 대로하여 크게 소리치고 한칼로 오환을 찔러 내리치니 세영이 더욱 넋이 빠져 말을 돌려 달아나자 성립이 승승장구하여 쫓아가 적들을 죽였다. 오왕이 분기탱천하여 대장군 석충과 부장군 석명에게 명해 싸우라 하니 두 장수가 천리마를 타고 방천극(方天戟)57)을 들고 내달아 장성립을 에워싸고 쳤다. 그 흉악하고 사나움이 태산에서 맹호가 발톱을 허비고58) 날뛰는 듯하니 성립이 왼쪽으로 막고 오른쪽으

---

56) 문무성탕(文武成湯): 주(周)나라의 문왕(文王)과 무왕(武王), 은(殷)나라의 탕왕(湯王)을 이름. 성탕(成湯: 탕왕의 다른 이름)은 제후로서 하(夏)나라의 천자 걸왕(桀王)을 치고서 상(商)나라의 첫 황제가 되었고, 무왕은 제후로서 은나라의 천자 주왕(紂王)을 치고서 주나라의 첫 황제가 되었음. 문왕은 무왕의 아버지로서 성인으로 추앙받음.

57) 방천극(方天戟): 언월도(偃月刀)나 창 모양으로 만든 옛날 중국 무기의 하나.

58) 허비고: 손톱이나 날카로운 물건 따위로 긁어 파고.

로 응하였으나 제어하지 못하였다. 이몽현이 진중에서 바라보고 분한 기운이 솟구쳐 차림을 바로 하고 손에 3척 양인도(兩刃刀)[59]를 들고 말을 달려 나갔다. 석명을 맞아 두어 합을 싸우다가 양인도를 들어 석명의 투구를 내려쳤다. 석충이 대로하여 부마에게 달려드니 부마가 또 두어 합을 싸우다가 석충을 베어 내리쳤다. 부마는 옥 같은 얼굴에 헌걸찬 풍채가 출중한데, 가는 허리는 바람에 부치고 옥 같은 섬수(纖手)는 칼을 이기지 못할 듯하였으나 전투에서 두 장수를 베는 데 조금도 두려워함이 없었다. 오왕이 크게 놀라 사람을 시켜 외치게 하였다.

"너는 어떤 사람이냐?"

부마가 크게 외쳤다.

"나는 천조 부원수 이몽현이다. 반역자를 이때 죽이지 않고 어느 때를 기다리겠느냐?"

말을 마치자, 군대를 몰아 짓밟으니 오왕이 미처 손발을 놀리지 못하고 갑옷과 투구를 벗어 던진 채 성안으로 들어갔다. 부마가 장성립과 함께 한바탕 습격해 죽이고 개선가를 부르며 돌아갔다.

오왕이 성에 들어가 군사를 점고(點考)[60]하니 맹장 셋과 군사 수천 명이 죽었다. 이에 슬픔과 분함을 이기지 못해 말하였다.

"내 군대를 일으키고서 이처럼 패한 적이 없더니 오늘날 풋내기의 꾀에 속을 줄 알았겠는가? 내 반드시 원수를 갚고야 말겠다."

오세영이 말하였다.

"저 풋내기가 비록 용맹이 있으나 지혜와 꾀가 없을 것이니 오늘밤에 그 진을 습격하면 이관성을 잡을 수 있을 것입니다."

---

59) 양인도(兩刃刀): 양쪽에 날이 있는 검.

60) 점고(點考): 명부에 일일이 점을 찍어가며 사람의 수효를 조사함.

왕이 기뻐하고 이날 밤에 군사 5천을 거느려 가만히 성문을 열고 명나라 진으로 나아갔다.

이때 장성립이 돌아가 공을 바치니 승상이 말하였다.

"이제 잠깐 저들의 날카로운 기세를 꺾었으나 오세영은 가볍게 볼 사람이 아니다. 그 뜻이 깊어 측량하지 못하니 그대들은 한때 이긴 것을 기뻐하지 말고 멀리까지 생각해야 할 것이다."

성립 등이 절하고서 마땅함을 일컫고 부마가 또한 기미를 알아 이에 고하였다.

"제가 건상(乾象)을 보니 적이 오늘 밤에 필시 올 것이니 방비를 굳게 해야 할 것입니다. 제가 이리이리 하겠나이다."

승상이 허락하고 또 장수들을 불러 일일이 계교를 가르치니 장수들이 명령을 듣고 물러났다.

이날 밤 삼경(三更)에 오왕이 과연 군사를 거느려 명군의 진중에 쳐들어왔으나 한 명도 보이지 않고 다만 등불만 휘황할 뿐이고 영중(營中)이 비어 있었다. 오왕이 매우 놀라 급히 군사를 물려 수십 보는 가니 문득 한 대장이 수천 명의 군사를 거느리고 길을 막고서 크게 소리 질렀다.

"오왕은 도망치지 마라. 천조 대선봉 장성립에 여기에 있다."

오왕이 대로해 달려들어 싸우니 장성립이 두어 합을 싸우다가 문득 달아났다. 왕이 분노하여 쫓으려 하자 오세영이 말리며 말하였다.

"이 사람이 도망가는 것은 정말 못 이겨서가 아니라 꾀가 있어서 그런 것이니 경솔히 따르지 마소서."

왕이 옳게 여겨 말을 돌이키니 성립이 돌아서서 무수히 욕을 하였다. 왕이 대로하여 뒤쫓아 가더니 몇 리는 가서 전군(前軍) 수천 명이 지함(地陷)⁶¹⁾에 빠졌다. 왕이 매우 놀라 급히 달아나 수십 리는 가니 사람과 말 들이 피곤하였으므로 잠깐 쉬었다. 그런데 홀연 수풀 사이에서 수천 개의 초롱(-籠)[62]과 일만 개의 햇불이 한꺼번에 일어나니 햇빛을 우습게 여길 정도였다. 한 장수가 청총마(靑驄馬)[63]를 비스듬히 타고 서리 같은 보검을 들고서 길을 막아 꾸짖었다.

"반역자가 어디로 가는 것이냐?"

오왕이 넋이 몸에 붙지 않아 눈을 바로 해 자세히 보니 이는 곧 부원수 이몽현이었다. 왕이 분기가 충천하여 이를 갈고 말하였다.

"풋내기가 짐을 어찌 이처럼 업신여기는가?"

말을 마치고는 서로 싸웠다. 부마가 군대를 지휘하여 오나라 병사를 태반이나 죽이고 오왕은 대패하여 달아나니 부마가 따라가지 않고 돌아갔다.

이후 계속하여 명군이 큰 공을 세우니 삼군의 대소 장졸이 크게 즐기며 기뻐하는 소리가 열렬하였다. 승상이 장졸들에게 크게 상을 내리고 잔치하여 호군(犒軍)[64]하니 모두 더욱 기뻐하였다.

이때 장성립이 고하였다.

"이제 역적이 날카로운 기세를 잃었으니 이 틈을 타 성을 치지 않고 어느 때를 기다리겠나이까?"

승상이 대답하였다.

"무릇 떨어지고 만남에 때가 있으니 내 자연히 계교를 쓸 것이다."

그러고서 수십 일을 병사를 주둔시킨 채 움직이지 않고 나가지 않았다. 오왕이 또한 두 번 싸움에 군사를 몇 천 명을 죽이고 마음이

---

61) 지함(地陷): 움푹 가라앉아 꺼지게 만든 함정.
62) 초롱(-籠): 촛불이 바람에 꺼지지 않도록 겉에 천 따위를 씌운 등. 주로 촛불을 켜기 때문에 붙여진 이름.
63) 청총마(靑驄馬): 갈기와 꼬리가 파르스름한 백마.
64) 호군(犒軍): 군사들에게 음식을 주어 위로함.

편치 않아 성을 굳이 지키고 나오지 않았다.

십여 일이 지났다. 이때 대장군 서유문은 성 동문 밖 오 리 정도 떨어진 곳에서 군사를 조련하고 있었다. 오왕이 두 번 패해 나오지 않는다는 말을 듣고 즉시 들어가 고하였다.

"승패는 전쟁에서 늘 있는 일입니다. 대왕께서 이제 두 번 패했다 하여 군사를 내지 않으시니 어느 때에 대업(大業)을 이루려 하시나이까?"

왕이 말하였다.

"내 이 뜻이 없는 것이 아니라 명나라 진에 기특한 장수가 많아 경솔히 대적하지 못하는 것이다."

유문이 분연히 말하였다.

"제가 일찍이 들으니 천조 대원수는 승상 이관성이요, 부원수는 부마 이몽현이라 하니 이관성은 불과 창(窓) 아래의 서생이요, 이몽현은 더욱이 규방의 아리따운 손이니 저들이 어찌 진 치는 법을 알겠나이까? 그런데 대왕께서 일을 허술히 하시고 저 어린아이는 마침 운이 좋아 두어 번을 이긴 것입니다. 누가 이 유문의 용맹에 맞설 수 있겠나이까? 대왕은 속히 전투를 청하소서."

오왕이 옳게 여겨 사자(使者)를 명나라 진에 보내 싸움을 청하였다. 이에 승상이 회답하였다.

"오늘은 마침 연고가 있으니 청컨대 하루를 허락하면 내일 전투를 할 터이니 기다리라."

사자가 돌아가 이대로 고하니 서유문이 웃으며 말하였다.

"벌써 겁을 먹은 것이로다. 저들의 원대로 하리라."

이때 명군의 삼군 장수들이 여러 날 싸움이 그친 데 민망하다가 오군이 싸우자 하는 말에 크게 기뻐하더니 승상이 허락하지 않음을 보고 의아하여 물었다.

"원수께서는 군중에 연고가 없는데 무슨 까닭으로 싸움을 지체하십니까?"

원수가 웃고 말하였다.

"오늘은 아군에 이로움이 없으니 싸워서 무익하고 내일은 크게 길(吉)하니 계교를 세워 성을 빼앗을 것이니 그대들은 안심하라."

이에 모두 말없이 물러났다.

이튿날 장수들이 갑옷을 갖추고 장막 앞에 나아와 명령을 들었다. 이에 승상이 일렀다.

"내 일찍이 들으니 서유문은 오국의 명장이라 한 번에 제어하지 못할 것이니 선봉 장성립과 부선봉 전신이 맞아 싸우되 이리이리 하면서 구태여 이기려 하지 말고 그 기운이 다하도록 하라."

또 부마를 불러,

"이리이리 하라."

하고 또 호위장군 몽원을 불러 말하였다.

"여기에서 10리만 가면 형산이 있으니 거기에 가 매복했다가 이리이리 하라. 오왕이 패해 반드시 그곳으로 갈 것이다."

드디어 자기는 대소 장수를 거느려 계교를 행하고 편장군(偏將軍) 이하에게 명해 진을 물려 돌아가는 계교를 하라 하였다. 장수들이 각각 계교를 듣고 자기 진으로 돌아갔다.

이때 서유문이 명군이 전투 청하기를 기다리더니 초탐군(哨探軍)65)이 보고하였다.

"명군이 진을 물려 돌아가나이다."

---

65) 초탐군(哨探軍): 염탐꾼.

유문이 웃고 말하였다.

"이는 반드시 군량이 다 떨어져 그런 것이니 이때를 틈타 쫓아가리라."

오세영이 말하였다.

"이관성은 지혜와 꾀를 갖춘 장수니 그중에 꾀가 있을 것이오."

서유문이 말하였다.

"꾀가 있다 한들 관계할 것이며 하물며 10만 군이 몇 만 리를 와 군량이 다 떨어졌으니 이때를 버리고 어느 때를 기다리겠습니까?"

오왕이 옳게 여겨 크게 대군을 일으켜 명진을 향해 가니 그 기세가 폭풍우와 같았다.

이한이 승상의 계교대로 진중에 기치(旗幟)를 엄정히 세우고 천천히 군대를 물렸다. 그러다가 오나라 군대를 만나 정신없이 도망쳤다. 서유문이 크게 군사를 몰아 쫓아가니 이한이 나는 듯 달아나 말발에 티끌이 일지 않을 정도였다. 유문이 점점 멀리 따라가 한 산의 모퉁이를 도니 이한은 간 데 없고 후군(後軍)이 크게 어지러웠다. 범 같은 장수 두 사람이 수만 군사를 거느려 적군을 무찌르고 있는 것이었다. 유문이 크게 놀라 말을 돌려 두 진이 대해 자세히 보니 그 장수의 눈이 모나고 나룻이 길며 위풍이 당당하고 앞의 큰 기에는 금자(金字)로 '천조 대선봉 장성립이라.'라고 써져 있었다. 유문이 크게 꾸짖어 말하였다.

"어린 것이 어찌 내 군대를 요란하게 하는 것이냐?"

성립이 칼을 들어 크게 웃고 말하였다.

"내 우리 대원수의 명령을 받들어 너희 쥐 무리를 무찌르려 하니 반역자가 어찌 잡부리66)를 놀리느냐?"

유문이 대로(大怒)하여 말을 달려 나아가 맞아 싸운 지 불과 몇 합 만에 성립이 패해 달아났다. 유문이 10여 리를 따라가니 오왕이 중군(中軍)에서 크게 외쳤다.

"풋내기의 패함이 계교가 있는 것이니 장군은 따라가지 말라."

유문이 이에 싸움을 그치고 돌아가니 성립이 돌아서서 눈을 부릅 뜨고 이를 갈며 말하였다.

"오늘 도적 주창을 잡지 않고 어느 때를 기다리겠는가?"

전신이 또한 말을 타고 나와 오왕을 크게 모욕하였다. 오왕이 대로하여 유문에게 명해 싸우라 하니 유문이 칼을 들고 싸워 10여 합이나 하여 성립이 또 패해 달아났다.

오왕이 분을 이기지 못해 따라가더니 5리는 가서 문득 한 장수가 수천 명의 군사를 거느려 뒤를 막고 성립이 또 내달아 유문을 대적하고 전신이 군마를 몰아 크게 짓치니 유문이 참으로 감당하지 못하였다. 명군의 뒤를 막던 장수는 구응사군(救應使軍)67) 구익이니 날램이 나는 새와 같아서 적군을 풀 베듯 베었다.

오왕이 크게 패해 겨우 포위를 헤치고 내달려 성 아래에 이르러 문을 열라고 하였다. 그런데 성 위에서 포 소리가 일어나며 큰 북이 울려서 보니 천조의 깃발과 황룡기가 가득 꽂혀 있는 것이었다. 한 장수가 머리에 자금사자(紫金獅子)68)가 그려진 투구를 쓰고 몸에는 홍금수전포를 입고 홀(笏)69)을 들고 수레 위에 걸터앉아 크게 꾸짖었다.

---

66) 잡부리: '잡된 부리'라는 뜻으로 '부리'는 새나 짐승의 주둥이를 뜻하므로 여기서는 '입'을 낮추어 부르는 말로 쓰임.
67) 구응사군(救應使軍): 뒤에서 구원하고 호응하는 군대.
68) 자금사자(紫金獅子): 자금으로 그려진 사자. 자금은 적동(赤銅)의 다른 이름으로, 적동은 구리에 금을 더한 합금임.
69) 홀(笏): 벼슬아치가 임금을 만날 때에 손에 쥐던 물건.

"반역자가 이제도 항복하지 않으려는가?"

오왕이 이 모습을 보고 분기가 가득하여 이를 갈며 자세히 보니 이는 곧 부원수 이몽현이었다. 옥 같은 얼굴에 헌걸찬 풍채가 멀리 성 아래에까지 쏘였다. 오왕이 업신여겨 군사를 거느려 성에 오르려 하니 성 위에서 화살과 돌이 비 오듯 하여 군사가 많이 죽었다. 오왕이 하릴없이 군대를 물리고 유문에게 말하였다.

"이미 성을 빼앗겼으니 소주(蘇州)로 달아나 다시 의논해야겠다."

이렇게 말하고 패잔병을 거두어 소주로 향해 갔다. 10여 리를 가 한 곳에 이르러 바야흐로 앞뒤에 군마가 없고 산천이 수려하므로 군사를 쉬게 해 점고(點考)해 보니 겨우 1천 명만 남아 있었다. 왕이 이에 통곡하고 말하였다.

"죄 없는 군사들이 속절없이 과인을 위해 백사장에 몸을 버리고 혼백이 구름 사이의 외로운 넋이 되었구나."

이처럼 슬픔을 이기지 못하더니 말이 끝나기도 전에 수풀 사이에서 대포 소리가 나며 수십 명의 군사가 한 떼를 지어 수레를 밀고 나왔다. 수레 위에 원수 이 공이 자줏빛 두건에 흰 옷을 입고 앉아 비단부채를 들어 왕을 가리키며 일렀다.

"왕이 천명을 받은 임금이라 하더니 어찌 오늘 이렇듯 패했으며 대장부가 아녀자처럼 우는 것은 어찌 된 일이오?"

왕이 이에 대로하여 좌우를 명해 승상이 탄 수레를 빼앗으라 하니 오국 원수 오세영이 분연히 말을 놓아 내달아 이 승상을 취하려 하였다. 승상이 부채로 한 번 부치니 수만 명의 군사가 한꺼번에 달려와 적군을 잠깐 사이에 물밀 듯이 무찔렀다. 왕이 형세가 급해 정신없이 장수들을 불러 외쳤다.

"어찌 한 명도 도적을 잡지 못하느냐?"

말을 마치자 분한 기운이 막혀 거꾸러지니 서유문이 위로하여 말하였다.

"승패는 전쟁터에서 늘 있는 일입니다. 한 번 패했다고 이처럼 노하십니까? 소주에 돌아가 구원병을 부르고 회복해도 어렵지 않을 것입니다."

왕이 겨우 정신을 차려 일어나 앉아 하늘을 우러러 탄식하였다.

"하늘이 나를 망하게 하시는 것이로다."

이렇게 말하고 패잔병을 거느리고 천천히 행하여 형산에 이르렀다. 이곳은 다른 길은 없고 작은 길이 있는데 길이 매우 험하였으므로 오왕이 말 위에서 탄식하였다.

"이관성이 귀신같은 재주와 묘책이 기특하다 하나 지극하지는 못하구나. 이곳에 만일 매복을 했다면 우리 목숨이 어찌 남아났겠는가?"

말이 끝나지 않아서 수풀 사이에서 북소리와 뿔피릿소리가 함께 울리며 흰 깃발이 나부끼는데 깃발에는 금색 글자로 크게 '천조 호위장군 이몽원이라.'라고 써져 있었다. 깃발 아래에 한 장수가 금갑홍금포(金甲紅錦袍)[70]를 바로 하고 서리 같은 보검을 들고 말을 천천히 몰아 나오고 있었다. 가을 물결 같은 눈매에, 별 같은 눈과 붉은 입술에 흰 이는 절대미인 같고 가는 허리는 바람에 나부꼈다. 이몽원이 수천 명의 호위장수를 거느려 길을 막고 꾸짖었다.

"이 원수의 귀신같은 재주와 묘책이 어찌 기특하지 못한가?"

이 말에 사람들이 낯빛을 잃고 정신이 없어 각각 죽을힘을 다해 싸웠다. 몽원이 장졸들을 지휘하여 모든 군사를 사로잡고 오왕과 서유문 등을 거의 잡게 되었더니 홀연 후군이 어지러우며 5만여 명의

---

70) 금갑홍금포(金甲紅錦袍): 금으로 만든 갑옷에 붉은 비단 도포.

군사가 오국 깃발을 갖추고 들어왔다. 오왕이 장차 위급하게 되었다가 이 모습을 보고 크게 기뻐하여 물으니, 이는 곧 태자로서 부왕의 성이 포위되었음을 듣고 구하러 왔다가 이 땅에 와 만난 것이었다. 왕이 크게 기뻐 군대를 합쳐 이몽원을 쳤다. 시랑은 당초에 아버지 명령을 듣고 이곳에 매복하였는데 오왕이 패해 이 길로 올 줄 알았다가, 자기 군사가 수천이 넘지 못하므로 많은 적군을 감당하지 못해 군사를 거두어 형주로 돌아갔다.

이때 승상은 형주성에 들어가 백성들을 어루만지고 군사들에게 백성들의 재산을 조금도 범하지 않도록 하고, 모든 군사에게 음식을 먹이고 상을 주었다. 이윽고 시랑이 들어와 수말을 자세히 고하고 오왕 잡지 못한 죄를 청하니 승상이 잠자코 있다가 말하였다.

"내 당초에 너를 그곳에 매복시켰으니 오왕이 반드시 잡힐 줄 알았다. 그런데 공교롭게 오왕이 구원병을 만난 것은 아직 하늘의 운수가 이르지 못해서이니 그 때를 기다려야겠다. 그러나 너의 죄도 없지는 않다."

그러고서 장군 인수(印綬)[71]를 거두고 백의종군(白衣從軍)하게 하였다. 이렇게 된 것이 그의 죄가 아니었으나 승상이 법령을 이처럼 하니 장수들이 등에서 땀이 흘렀다. 그리고 몽원의 무죄함을 간절히 빌었으나 승상이 끝내 듣지 않았다. 승상이 며칠을 머무르며 군사를 쉬게 하고 유잠을 머무르게 해 지키게 하고 밤낮으로 성을 쳤다.

이때 오왕은 아들의 구조를 입어 소주성에 들어와 원수 갚을 일을 의논하였다. 그런데 며칠도 안 돼 명군이 성을 친다는 말을 듣고 낯빛이 바뀌어 말을 못 하니 서유문이 말하였다.

---

71) 인수(印綬): 병권(兵權)을 가진 무관이 발병부(發兵符) 주머니를 매어 차던, 길고 넓적한 녹비 끈.

"형주는 오국으로는 목구멍과 같은 땅인데 이제 저들에게 빼앗겼으니 소신이 태자와 함께 성을 굳게 지킬 것이니 대왕께서는 오 원수와 함께 지름길로 형주에 이르러 성을 치소서."

오왕이 옳게 여겨 즉시 2만 명의 군사를 거느려 지름길로 형주에 가 급히 성을 치니 유잠이 정신없이 군대를 정돈하여 죽음을 각오하고 막았다.

이때 승상은 오왕이 오랫동안 나오지 않는 것을 괴이하게 여겨 가만히 헤아리다가 크게 놀라 장수들을 불러 말하였다.

"이제 오왕이 오래 나오지 않으니 이는 반드시 형주를 습격하려 해서이다. 이때를 틈타 계교를 행해야겠다."

그러고서 호위장군 이몽원을 불러 일렀다.

"네가 5천 명의 군사를 거느려 이곳에 있다가 며칠이 지나 큰 안개가 끼게 되면 그때 이리이리 하라."

그리고 드디어 군사를 거느려 형주에 이르니 과연 오왕이 성을 철통같이 싸고 급히 성을 쳐 참으로 위급하던 차였다. 승상이 대군을 거느려 단번에 습격해서 죽이니 오군이 아무 생각이 없다가 이 난리를 만나 미처 수미(首尾)가 서로 응하지 못하고 명군에게 절반이 넘는 군사가 죽어 피가 흘러 내가 되고 주검이 산같이 쌓였다. 오왕이 대패하여 이에 패잔병을 거느려 소주로 향하니 승상도 뒤쫓아 가 소주에 이르렀다.

호위장군 몽원이 부친의 계교를 따라 안개가 끼는 때를 타 군사를 시켜 운제(雲梯)72)를 놓고 한꺼번에 성에 불을 놓았다. 오국 태자가 서유문과 함께 겨우 달아나 절강에 이르러 배를 겨우 준비해 부왕을

---

72) 운제(雲梯): 성(城)을 공격할 때 쓰는 높은 사다리.

기다렸다. 이때 오왕은 태자로부터 소주를 빼앗겼다는 말을 듣고 더욱 정신을 잃고 급급히 강을 건넜다.

승상이 오왕을 따라갔으나 미치지 못하고 소주성에 들어가 삼군에 크게 상을 내리고 잔치하여 대소 장졸들에게 먹이니 장수들이 그 덕을 칭송하며 고하였다.

"전날 호위장군이 조그만 죄도 없이 벼슬을 잃어 저희 마음이 편치 않더니 이제 큰 공을 이루었으니 복직시키는 것이 마땅합니다."

승상이 허락하여 몽원에게 인수를 도로 주었다. 군사들에게 수십 일을 쉬게 하고 첩서를 경사에 아뢰고 절강을 건너겠다는 뜻을 베풀어 사신을 보냈다. 그리고 전선(戰船)을 정비해 삼군의 대소 장수를 거느려 물을 건너려 하였다.

이때는 칠월 보름이었는데 늦은 장맛비가 수십여 일을 장대처럼 내려 그치지 않았다. 승상이 감히 물을 건너지 못하고 비가 개기를 기다리느라 강어귀에 진을 쳤다.

각설. 수군대도독 이몽창이 황금 도끼를 받들어 그 아우 한림학사 몽상을 부도독으로 삼고, 명장 최수현을 수군선봉으로 삼고, 어영중군 서광남을 부선봉으로 삼고, 남궁 염을 편장군으로 삼고 병부주사 호함을 독량관(督糧官)73)으로 정하여 수군 7만을 점고하고 전선(戰船) 8백 척을 조발(調發)74)하여 대오와 기치를 정돈하고 임금 앞에서 하직하였다. 임금이 이에 상방검(尙方劍)75)을 내리고 먼저 목을

---

73) 독량관(督糧官): 군량을 총괄하는 관리.

74) 조발(調發): 군사로 쓸 사람을 강제로 뽑아 모음.

75) 상방검(尙方劍): 상방서(尙方署)에서 특별히 제작한, 황제가 쓰는 보검. 중국 고대에 천자가 대신을 파견하여 중대한 안건을 처리하도록 할 때 늘 상방검을 하사함으로써 전권을 주었다는 표시를 하였고, 군법을 어긴 자가 있을 때 상방검으로 먼저 목

베고 후에 아뢰라는 전지를 내렸다.

이몽창이 배를 동쪽을 향해 두고 부친 앞에서 길이 하직하고 순풍을 받아 나아갔다. 바람이 순하고 물결이 고요하여 며칠을 흘러가더니 전당강(錢塘江) 어귀에 다다르자 홀연 큰바람이 가운데에서 솟아나며 모래와 돌이 날아다녔다. 강물이 높아 여러 척 배가 뒤집히려 하자 삼군 사졸이 경황이 없어 어찌할 줄을 몰랐다. 상서가 기미를 알아 즉시 좌우에 명해 소, 양, 돼지 등을 잡아 물에 넣고는 군복을 벗고 학창의(鶴氅衣)76)에 윤건(綸巾)77) 차림으로 뱃머리에 앉아 제문을 지어 제를 지내니 그 글은 다음과 같았다.

'유세차 천순(天順)78) 원년(元年) 추칠월에 천조 병부상서 추병흠차(追兵欽差)79) 동오(東吳) 수군대도독 이몽창은 1척 깁을 넣어 용신에게 던지도다. 우리 태조(太祖)80) 고황제(高皇帝)81)께서 천명을 받들어 한 척의 검을 짚으시고 호주(濠州)82)에서 일어나시어 뭇 영웅을 감화하여 더러운 오랑캐를 쓸어 버려 전국을 통일하시니 천하가 임금이 계신 북쪽을 우러러보았도다. 크신 덕이 한없이 넓어 천하를 다스리시니 초목에 이르기까지 우순풍조(雨順風調)83)하였도다.

을 베고 후에 임금에게 아뢰도록 하였음.

76) 학창의(鶴氅衣): 소매가 넓고 뒤 솔기가 갈라진 흰옷의 가를 검은 천으로 넓게 댄 웃옷.

77) 윤건(綸巾): 윤자(綸子)로 만든 두건의 하나.

78) 천순(天順): 중국 명나라 영종(英宗) 때의 연호(1457~1464). 정통(正統) 연호를 쓰던 영종이 토복의 변으로 오이라트 족의 에센에게 잡혀 있다가 복위한 후에 정한 연호.

79) 추병흠차(追兵欽差): 황제의 명령으로 군대를 뒤따라 보내던 파견인.

80) 태조(太祖): 중국 명나라를 건국한 주원장(朱元璋, 1328~1398)의 묘호(廟號).

81) 고황제(高皇帝): 중국 명나라 태조 주원장의 시호(諡號)를 줄여 부른 말.

82) 호주(濠州): 주원장(朱元璋)의 고향. 주원장은 원나라 말기(元末) 천력(天曆) 원년(元年)인 1328년에 호주(濠州) 안휘성(安徽省) 봉양현(鳳陽縣)에서 가난한 농부 주세진과 진 씨의 넷째아들로 태어남.

지금 황제에 이르러 천명의 운수가 있거늘, 이제 조그마한 도적이 참람(僭濫)되게도 대군을 일으켜 대국을 범하니 천자께서 분노하시어 불초한 이 몸에 큰 소임을 맡겼도다. 장차 돛을 높이 달고 돛단배를 띄워 여러 겹 대해(大海)를 지났으나 한 점 바람이 없더니 오늘 너 용신이 작은 성을 내어 삼군의 대소 군졸을 정신없게 하니 네 만일 오왕 역신(逆臣)이 천명을 받은 임금이라 여긴다면 오늘 7만 군사와 3천 대장의 목숨을 앗고, 천조(天朝)의 운수가 아직 멀었다면 이 물을 어서 건너가게 하라. 도적을 무찌르고 돌아가는 날에 한 잔 술로 사례할 것이다.'

부도독 몽상이 다 읽으니 소리가 맑고 열렬하여 형산(荊山)의 옥이 구르며 높은 하늘에서 봉황이 우는 듯하니 삼군이 무릎을 치며 감탄하였다.

이윽고 바람이 자고 물결이 고요해지며 비가 그쳤다. 상서가 크게 기뻐하고 다시 전선을 모으고 징을 울려 밤낮으로 가 삼강(三江) 어귀에 이르렀다.

이튿날 명나라 군대에서 한 장수가 푸른색 두건을 쓰고 몸에는 전포(戰袍)[84]를 입고서 한 척 작은 배를 타고 이르러 격서를 보내니 주빈이 떼어서 보았다.

'천조 흠차(欽差)[85] 대도독(大都督) 이 모는 글을 써 오국 장군 휘하에 올리노라. 지금 천자께서 거룩하고 현명하시어 교화가 제후국에 밝게 흐르거늘 반역한 신하 주창이 망령되이 천명을 거역하여 죄

---

83) 우순풍조(雨順風調): 비가 때맞추어 알맞게 내리고 바람이 고르게 분다는 뜻으로, 농사에 알맞게 기후가 순조로움을 이르는 말.

84) 전포(戰袍): 장수가 입던 긴 웃옷.

85) 흠차(欽差): 황제의 명령으로 보내던 파견인.

를 천하에 얻었도다. 내 들으니 장군은 충성스럽고 의로운 선비라 하니 모름지기 나무를 지켜 토끼를 기다리는 화를 취하지 말라. 내 이제 대군 7만을 거느려 이르렀으니 삼군의 대소 장수가 다 한신(韓信)과 팽월(彭越)[86]의 지략(智略)이 있어 지푸라기 같은 도적을 오래지 않아 무찌를 것이다. 그때에는 옥과 돌을 구분하지 않을 것이니 널리 생각하라.'

주빈이 다 보고는 대로하여 물었다.

"그대는 어떤 사람인가?"

그 사람이 대답하였다.

"소장(小將)은 이 도독 막하 호위장군 소공보외다."

주빈이 노해 말하였다.

"상말에 이르기를, '황제는 수레의 바퀴가 돌 듯이 한다.'라 하였다. 지금 천자는 포학하고 어리석은데 우리 주상께서는 어질고 효성스러우며 큰 덕이 있어 천명을 받으셨으니 이몽창은 어떤 도적놈이기에 대장군을 이리 심하게 능욕하는 것인가? 너를 베어 위엄을 보이리라."

소공보가 소리를 높여 꾸짖었다.

"너는 임금을 배신한 역신(逆臣)의 무리로서 감히 천조 대도독을 꾸짖고 욕하느냐? 대장부가 세상에 나 처신할 적에 죽기를 두려워해 말하지 않는 자를 내 비웃었다. 지금 황제께서는 태조 고황제의 법을 이으시어 요(堯)임금과 순(舜)임금의 풍모가 있어 남훈곡(南薰曲)[87]을 부르실 것이요, 승상 이 공이 하는 모든 일은 엄숙하여 손

---

86) 한신(韓信)과 팽월(彭越): 두 사람 모두 한(漢)나라 고조(高祖) 휘하의 명장(名將)으로 수훈을 세웠으나, 뒤에 의심을 사 죽임을 당함.

87) 남훈곡(南薰曲): 순(舜)임금이 오현금(五弦琴)을 타며 불렀다는 <남풍가(南風歌)>를

님이 오면 한 번 머리 감을 때 세 번 머리를 움켜쥐며 나오고, 한 번 밥 먹을 때 세 번 먹던 밥을 내뱉는 모습[88]이 있으니 지금 황제가 어리석다면 이와 같겠느냐? 지금 이 도독이 와룡선생(臥龍先生)[89]의 신출귀몰하는 재주로 이길 것이니 너희 도적은 강물을 보탤 뿐이로다."

주빈이 대로하여 좌우를 꾸짖어 소공보를 베려 하니 빈의 참모 성훈은 지식이 고명(高明)한 자요, 천수(天數)를 살펴 오왕이 이롭지 않음을 알았으므로 명(明)에 항복할 뜻이 있어 이에 말려 말하였다.

"자고로 두 나라가 교전할 때 사자(使者)를 죽이는 일이 없으니 장군은 저 어린 장수의 말에 신경 쓰지 마시고 사자를 돌려보내소서. 인심이 변할까 두렵나이다."

빈이 그 말을 옳게 여겨 이에 용서하여 소공보를 돌려보냈다. 성훈이 뱃머리에 나와 공보의 손을 잡고 지극히 위로하니 공보가 손을 들어 사례하고 돌아갔다. 소공보가 도독에게 수말을 자세히 고하니 도독이 이에 웃으며 말하였다.

"제 또 그 임자를 위해서 한 일이니 그 일을 책망치 못할 것이다."

이튿날 양 진영의 군대가 서로 마주하였다. 주빈이 바라보니 좌우로 무수한 배가 이루 헤아리지 못할 정도요, 가운데 한 척 대선이 꾸민 것은 사치스럽지 않으나 맑고 시원한 것이 사뿐히 구름을 탈 듯하였다. 좌우에는 범 같은 장수 50여 명이 갑옷을 견고히 하고 긴 창과 큰 칼을 잡아 둘러 서 있고, 가운데 한 사람이 자금봉시투구(紫

이름.

88) 손님이~모습: 중국 주(周)나라의 주공(周公)이 아들 백금(伯禽)에게 한 말로, 그가 일찍이 성왕(成王)을 도와 섭정(攝政)할 때 현사(賢士)를 만나는 것을 중시해 이렇게 하며 손님을 맞았다는 것임.

89) 와룡선생(臥龍先生): 중국 삼국시대 촉한 유비의 책사인 제갈량(諸葛亮, 181~234)을 이름. 와룡은 별호이고 자(字)는 공명(孔明).

金鳳翅--)[90]를 쓰고 몸에는 백포은갑(白袍銀甲)[91]에 홍금수화의(紅錦繡畵衣)[92]를 껴입었으니 풍채가 가을하늘의 밝은 달과 오나라와 초나라의 강산 정기를 아우른 듯하였다. 한 번 보니 마음이 상쾌하여 맑은 기운이 진 가득히 쏘이고, 온갖 창과 칼의 엄숙함이 적을 이길 듯하였으니 주빈이 속으로 항복하여 이에 외쳐 물었다.

"너는 어떤 어린 것이기에 방자하게 수군도독인 체하고 나의 대군을 막는 것이냐?"

상서가 말을 전했다.

"나는 천자의 명령을 받들어 무지한 도적을 치러 왔으니 네가 어찌 알지 못한다 하느냐?"

주빈이 성난 소리로 꾸짖었다.

"예로부터 천하는 한 사람의 천하가 아니요, 나라의 흥망성쇠는 자고로 늘 있었다. 지금 우리 대왕께서는 옥제(玉帝)께서 명하신 태평 천자로서 헌걸찬 병졸과 용맹한 장수를 거느리고 천하를 정벌하려 하신다. 그러니 너 어린아이는 보잘것없는 재주를 스스로 알아 피하는 것이 마땅하거늘 망령되게도 너처럼 어린 것이 대도독이라 칭하고 나의 범 같은 위엄을 범하고 있구나. 네가 또 하늘의 뜻을 알아 항복함이 옳거늘 어찌 나와 겨루려는 생각을 하는 것이냐?"

상서가 웃으며 말하였다.

"네 말이 당돌하여 사리를 모르니 누가 동오(東吳)에 인재가 많다고 일렀는가? 이 말이 참으로 헛된 위엄만 있는 말이로다. 네 말에

---

90) 자금봉시투구(紫金鳳翅--): 자금으로 만들고 봉의 깃으로 꾸민 투구. 자금은 적동(赤銅)의 다른 이름으로, 적동은 구리에 금을 더한 합금임.

91) 백포은갑(白袍銀甲): 흰 도포로 덮인 은 갑옷.

92) 홍금수화의(紅錦繡畵衣): 붉은 비단에 수를 놓은 옷.

주창 역적이 천명을 받았다 하였으니 네 나와 자웅을 겨뤄 만일 나를 이기지 못한다면 그때도 주창이 천명을 받았다고 하겠느냐?"

주빈이 대로해 말하였다.

"우리 주상은 어질고 현명하며 덕이 있는 임금이거늘 네 어찌 이렇듯 무례한가?"

상서가 눈을 들어 몽상을 보니, 몽상이 부하 군사를 거느려 배를 움직여 나아갔다. 주빈이 또한 부장(副將) 주돈을 내보내 양편의 배가 어우러져 싸웠다. 상서가 저의 허실을 알려 하여 전후에 호위한 전선(戰船)을 다 내니 주빈이 또한 자기 군사를 다 내어 양편이 마주 보고 진을 쳤다. 징과 북 소리가 진동하고 함성이 크게 일어나니 진실로 천하에 보기 드문 장관이었다. 양편이 수백 합을 싸웠으나 승부를 보지 못하였으므로 상서가 징을 쳐 군사를 거두어 5리나 물려 진을 치니 몽상이 분하여 말하였다.

"소제(小弟)가 죽음을 무릅쓰고 주돈 필부를 죽이려 했거늘 형이 어찌 군사를 거두셨나이까?"

상서가 말하였다.

"전쟁터는 흉한 곳이다. 범사에 계교를 써야 하니 불과 한때의 용맹과 힘을 뽐내는 것은 한 꾀 없는 용렬한 사람일 뿐이다. 옛날 관우(關羽)가 천 리를 혼자 가면서 다섯 관문을 지나며 여섯 장수를 목 베는 용맹이 있었으나[93] 천성이 조급하고 꾀가 없어 마침내 몸을 보전하지 못했다. 지금 우형(愚兄)이 수중에서 패하는 일이 있게 되면

---

93) 옛날~있었으나: 조조(曹操)에게 항복했던 관우(關羽)가 유비(劉備)가 원소(袁紹)에게 의탁하고 있다는 소식을 듣고 조조에게 하직 인사를 하러 찾아갔으나 조조가 번번이 회피패를 걸어 두고 관우를 만나 주지 않자, 관우가 부득이하게 인수를 걸어 두고 그동안 조조에게서 받은 금은보화를 봉해 놓고 떠나, 다섯 관문을 지나면서 자신을 막는 조조의 부하 여섯 장수를 죽인 일을 말함.

벗어날 길이 없으니 조용히 생각하여 계교를 써야 할 것이요, 하물며 주빈은 보통 무장이 아니라 경솔히 대적해서는 안 될 것이니 현제(賢弟)는 작은 분을 참고 일마다 우형의 뜻을 좇으라."

몽상이 밝게 깨달아 절하고 물러났다.

상서가 고요히 영중(營中)에 있으면서 조용히 생각하여 계교를 정하니 누가 감히 엿보겠는가. 주빈이 날마다 사람을 시켜 싸우자 하였으나 상서가 들은 체도 하지 않고, 주빈이 때때로 소졸(小卒)을 보내 모욕하였으나 상서가 응하지 않으니 장수들이 분노하여 싸울 것을 청하였다. 이에 상서가 말하였다.

"무릇 싸움에 경솔함은 병법에서 경계한 바니 제군은 내 뜻을 어지럽게 하지 말라. 자연히 계교를 쓸 것이다."

이에 장수들이 하릴없어 물러났다.

며칠 후에 상서가 장수들과 함께 주빈과 마주해 진을 쳐 각각 장수 한 명씩 내어 싸웠다. 오나라 장수는 활과 화살을 가졌으나 명나라 장수는 다만 칼과 창을 가져 대적하니 주빈이 비웃으며 말하였다.

"네 일찍이 천조의 흠차(欽差) 대장이라 하면서 활과 화살도 갖추지 못한 것이냐?"

상서가 대답하였다.

"마침 준비하지 못했으나 오늘 안에 20만 개의 화살을 만들기가 어렵겠는가?"

주빈이 크게 웃고 말하였다.

"너 어린 것이 참으로 담이 큰 척하는구나. 네가 정말로 오늘 안에 10만 개의 화살을 우리나라의 화살 모양으로 만든다면 내 마땅히 네게 항복하겠다."

상서가 말하였다.

"대장부가 말을 내면 소매가 따르기 어려우니 만일 내가 화살을 만들어 내게 보이지 못한다면 내 마땅히 머리를 베어 네게 사죄할 것이다."

주빈이 기뻐하며 재삼 언약하고 돌아갔다.

상서가 또한 진중에 이르니 장수들이 근심하며 말하였다.

"도독께서 평소에는 계교를 너무 신중히 하시더니 오늘은 말씀을 이리 경솔히 하시나이까? 도독께서는 10만 개의 화살을 오늘 내에 만들 수 있겠나이까?"

상서가 웃으며 말하였다.

"내 어찌 이를 못 하겠는가? 마음에 생각해 둔 것이 있으니 행여나 비웃지 말라."

장수들이 근심하지 않는 이가 없었으나 상서의 꾀를 알지 못했으므로 묵묵히 물러났다.

이날 밤에 큰 안개가 바다를 덮어 지척을 분간하지 못하였다. 상서가 바야흐로 작은 배를 타고 배 안에는 벤 풀을 가득 쌓아 두고 두어 편장(偏將)과 함께 배를 저어 오군의 수채(守寨)[94]에 가까이 가 북을 치고 함성을 질러 진지를 탈취할 듯한 행동을 하였다. 주빈이 이 소리를 듣고 크게 놀랐으나 안개가 자욱하여 앞을 가렸으므로 어찌할 줄을 몰라 첫 계교를 잊고 장수들에게 명해 모두 화살을 쏘라 하니 배 안에 화살과 돌이 비 오듯 하여 순식간에 화살 10만 개가 찼다.

상서가 바야흐로 환희하여 사뿐히 노를 저어 돌아가니 대소 장졸들이 놀라지 않는 이가 없어 모두 절하고 말하였다.

---

94) 수채(守寨): 지키고 있는 진(陣).

"도둑의 신기한 묘책은 귀신이라도 헤아리지 못할 것입니다. 그런데 오늘 밤에 안개가 낄 줄은 어찌 아셨나이까?"

상서가 웃으며 말하였다.

"무릇 장수가 천문(天文)[95]을 모르고 어찌 대장이 되겠는가? 내 벌써부터 헤아린 바로다."

드디어 화살을 등불 아래에서 자세히 보니 만들어진 것이 기묘하고 부리에 못을 박아 사람이 맞으면 즉사할 것이요, 무게가 가볍지 않았으나 날래기가 새와 같았다. 상서가 이에 탄식하며 말하였다.

"동오(東吳)에 인재가 많다는 말을 들었더니 과연 빈말이 아니로구나. 우리나라에 화살이 적지 않으나 이는 본 바 처음이니 이 화살들이 우리의 한 팔 힘을 돕겠구나."

다음 날, 주빈과 진을 마주해 상서가 말하였다.

"내 오늘 오국 화살 모양으로 화살을 만들었으니 네가 이제는 항복해야 할 것이다."

말을 마치고 무수한 화살을 뱃전에 쌓으니 주빈이 바야흐로 계교에 빠진 줄 알고 분한 기운이 가득해 이를 갈며 말하였다.

"풋내기가 어찌 이처럼 나를 속였단 말이냐? 내 어찌 너에게 머리를 굽혀 항복하겠느냐?"

상서가 빙그레 웃고 말하였다.

"네 항복하지 않는다면 내가 구태여 억지로 항복받지는 않을 것이나 네가 차후엔 천하에 신의 없는 무장이 될 것이다."

주빈이 부끄러워하는 빛이 낯에 가득한 채 진중으로 들어갔다.

상서가 대소 장졸을 지휘하여 따라가 치니 편장군 남궁 염의 용맹

---

95) 천문(天文): 천체의 현상.

이 삼군 중 으뜸이었으나 주빈이 중군에서 북을 울려 싸움을 돕고 오국 명장이 철통같이 막았으므로 남궁 염이 수채를 파괴하지 못하고 엿보지도 못하였으니 수채가 태산과 같이 굳건하였다.

남궁 염, 최수현 같은 명장이 감히 수채를 무너뜨리지 못하니 상서가 문득 군대를 거느려 진중에 와 장수들에게 말하였다.

"이제 주빈이 수전(水戰)에 익숙한 것이 옛날 조조(曹操)[96]와 같은 무리가 아니니 계교를 쓰려 해도 황개(黃蓋)[97]의 고육계(苦肉計)[98]를 감당할 이가 없음을 탄식하노라."

평서장군 순수환이 나아와 말하였다.

"소장이 비록 충성이 없으나 고육계를 감당할 수 있으니 도독은 어찌 생각하시나이까?"

상서가 수환의 손을 잡고 칭찬하였다.

"장군의 충성스러운 마음이 이와 같으니 내가 무슨 일을 근심하겠소?"

그러고서 계교를 자세히 알려 주고 눈물을 흘려 탄식하며 말하였다.

"내 대사를 위해 사람의 살을 헐어 부모가 남겨 준 몸을 상하게

---

96) 조조(曹操): 155~220. 중국 삼국시대 위나라의 시조로, 자는 맹덕(孟德). 황건의 난을 평정하여 공을 세우고 동탁(董卓)을 벤 후 실권을 장악함. 208년에 적벽대전(赤壁大戰)에서 유비와 손권의 연합군에게 크게 패하여 중국이 삼분된 후 216년에 위왕(魏王)이 됨.

97) 황개(黃蓋): 중국 삼국시대 동오(東吳)의 대장. 자는 공복(公覆)이며 천릉(泉陵, 지금의 호남성 영릉) 사람. 손견을 따라 군사를 일으키고 후에는 손책을 수행하여 강남을 경영하며 손씨 집안의 숙장(宿將)으로서 여러 차례 전공을 세움. 건안 13년(208), 적벽대전 중에는 화공을 실행하자는 건의를 한 후, 고육계를 써서 조조에게 거짓 항복을 하고 기회를 틈타 불을 질러 조조 군을 크게 무찌름.

98) 고육계(苦肉計): 자기 몸을 괴롭게 해 적을 속이는 계책. 삼국시대 동오의 노장 황개가 조조를 속이기 위해 썼던 수법. 황개가 주유와 짜고 일부러 주유의 의견에 반대 의사를 표명해 주유에게 곤장 50대를 맞고 조조에게 항복 편지를 쓰자 조조가 황개에게 속음.

하니 어찌 슬프지 않은가?"

장수들이 이 모습을 보고 다 깊이 감격하여 죽음으로써 갚을 뜻이 있었다.

상서가 이후에는 밤낮 배 안에서 풍류를 즐기고 술을 먹으며 매일 잔치하고 즐기면서 군대를 돌보지 않았다. 이 계교를 심복 장수를 제외한 나머지는 몰랐으므로 순수환이 근심하는 빛으로 대장군 남궁 염 등을 찾아가 말하였다.

"우리가 9만 리 물길을 통해 여기에 이른 것은 원수의 귀신 같은 묘책에 힘입어 도적을 무찌를까 했던 것인데 이제 도독의 뜻이 전날과 다르니 장차 어찌합니까? 우리는 미미한 장졸이라 감히 간하지 못하지만 장군들은 어찌 간하지 않는 것입니까?"

남궁 염 등이 잠자코 있다가 말하였다.

"우리 또한 모르는 바가 아니네. 다만 도독의 위엄 있는 풍모가 남과 다르니 감히 그 뜻을 거스르지 못하는 것이네."

순수환이 분한 낯빛으로 나아가 말하였다.

"대장부가 되어 할 말을 품고서 주장(主將)의 잘못을 간하지 않을 수 있겠습니까?"

이에 몸을 내달려 들어가니 상서는 바야흐로 노래를 시켜 놓고 술을 마시고 있었다. 수환이 이에 말하였다.

"천자께서 도독에게 명령하여 반역의 신하를 치라고 하셨거늘 이제 술 마시고 노래함은 무슨 일입니까?"

상서가 말하였다.

"연일 싸우나 이기지 못하고 또 싸워 무익하므로 시원하게 술이나 마시고 있는 것이다."

수환이 분노해 말하였다.

"도독께서는 비록 나이가 어리나 국가의 중책을 받들어 물에서 진을 쳤습니다. 마땅히 밤낮으로 근심하며 도적을 쳐야 하거늘 어찌 풍악을 낭자하게 하고 술을 취하게 마시며 도적 치는 것을 강구하지 않는 것이나이까? 슬프다! 7만 군사가 하루아침에 물고기의 밥이 될 것이로다."

상서가 대로하여 사나운 소리로 꾸짖었다.

"천자께서 상방검(尙方劍)을 주시어 부도독 이하 명령을 어기는 자를 다 베라 하셨다. 네가 오늘 나의 막하 소장(小將)이 되어 이처럼 주장(主將)을 모욕하니 이 죄는 용서하지 못하겠다."

이에 무사를 꾸짖어 수환을 내쳐 목을 베라 하니 좌우 장수들이 모두 꿇어 애걸하였다.

"순 장군이 실언한 죄는 대단히 크나 목숨이 중함을 생각하여 관대한 은전을 쓰소서."

상서가 분노를 그치지 않으니 모두가 일시에 애걸하였다. 상서가 명령해 죽이는 것을 멈추고 수환을 앞으로 끌고 나오게 해 결박하고 힘센 무사에게 명령해 곤장 50대를 치도록 하였다. 수환이 입으로부터 독한 말이 그치지 않아 상서의 분노를 돋우니 상서가 더욱 노하여 또 곤장 10여 대를 더 친 후 내쳤다. 피가 땅에 고이고 수환이 인사를 모르게 되니 막하 장수들이 붙들어 본영에 돌아가 구호하고, 삼군의 장졸들은 상서에게 원망하는 마음을 품었다.

수환이 괴로이 말하며 막하 편장(偏將) 능환을 불러 말하였다.

"신체와 머리카락, 피부는 부모에게서 받은 것이라고 성인께서 이르셨으니, 내 이 도독을 따라 성공하기를 바라다가 이렇듯 살이 헐어 부모께서 남겨 주신 몸을 상하게 했구나. 이제 이 도독의 포악함이 극하고 음란하여 만사를 잊었으니 군사들이 반드시 함몰당할 것이다. 내 어찌 나무를 지켜 토끼를 기다리는 환난을 취하겠느냐? 너는 모름지기 항복 문서를 가지고 오나라 진영에 가 내 말을 이르고 드리라."

능환이 이 말을 듣고 이윽히 말을 하지 않다가 말하였다.

"이 도독이 설사 일을 잘못하였으나 사람의 신하가 되어 어찌 차마 반역한 신하에게 항복할 수 있겠나이까? 전날 장군의 충성과 의리를 보건대 소장이 이를 참으로 괴이하게 여기나이다. 만일 황개의 고육계를 본받는다면 제가 또 감택(咸澤)[99]이 거짓 항복 문서 드린 것을 본받을 것이지만, 장군께서 진심으로 항복하려 하신다면 장군께서 이 환의 머리는 벨 수 있겠으나 제가 이 일은 따르지 않을 것입니다."

순수환이 문득 일어나 앉아 능환의 손을 잡고 말하였다.

"내 어찌 반역한 신하에게 항복할 뜻이 있겠느냐? 과연 황개를 본받으려는 것이다. 네 만일 말을 잘해 이 일이 잘된다면 너의 일을 으뜸 공으로 삼을 것이다."

능환이 바야흐로 환히 깨달아 말하였다.

"소장이 비록 용렬하나 감택(咸澤)을 따라 일을 이루겠나이다."

그리고서 당일에 항복 문서를 가지고 작은 배를 저어 오나라 진영에 이르니, 전후좌우에 군졸과 갑옷, 칼과 창 등이 과연 엄숙하게 배치되어 있었다.

군사가 능환을 인도하여 주빈의 앞에 이르렀다.

이때 주빈은 세작(細作)[100]을 시켜 정탐하도록 하니 명나라 진영

---

99) 감택(咸澤): 중국 삼국시대 오(吳)의 장군. 적벽대전 직전에 주유(周瑜)의 명으로 조조에게 거짓 항복 문서를 바쳐 조조를 속임.

100) 세작(細作): 간첩.

에 풍류 소리가 진동하고 이몽창이 군대의 일을 돌보지 않는다 하므로 의심하였다. 그러던 중 또 순수환이 매를 맞고 삼군의 무사가 상서를 원망한다는 말을 듣고 문득 기뻐하며 말하였다.

"내 이제야 이몽창을 이길 수 있겠구나. 젊은 명사가 적은 지식이 있다 한들 화려한 집에서 부귀를 누리며 미녀를 곁에 두어 매우 교만하다가 전쟁터에서의 싸움을 어찌 견딜 수 있겠는가?"

그러고서 능환을 보고 물었다.

"너는 어떤 사람인고?"

환이 대답하였다.

"소장은 정서장군 순 공이 부리는 사람입니다."

말을 마치기도 전에 품에서 한 봉서(封書)를 내어 드렸다. 주빈이 떼어 보니 다음과 같은 내용이었다.

'정서장군 순수환은 피눈물을 흘리고 고개를 조아려 삼가 오국 수군대도독 주 장군께 아룁니다. 자고로 대장부는 충(忠)이 으뜸이라 하나 이는 여러 가지입니다. 옛날 한신(韓信)[101]이 초(楚)나라를 버리고 한(漢)나라로 갔으나 후인이 불충(不忠)이라 하지 않았나이다. 지금 도독 이몽창이 대대로 내려오는 집안의 명망을 믿고 자청(自請)하여 수군도독을 하고 있으나 본디 부귀한 집안의 자제로 지혜와 꾀가 없고 하물며 요사이에는 전쟁터에서의 싸움에 우울해하여 풍악과 가무를 일삼고 있습니다. 자고로 어진 새는 나무를 가려 깃들인다 하였으니 소장이 이를 본받으려 하나 차마 불충(不忠) 두 글자를 듣지 못해 두어 말로 간하니 이몽창이 가죽과 살이 낭자하도록 매를 때려 소장을 내쳤습니다. 목숨이 조석(朝夕)에 있으나, 가만히

---

101) 한신(韓信): 진(秦)나라 말에 초(楚)나라의 항량(項梁)과 항우(項羽)를 섬겼으나 중용되지 않자 유방(劉邦)의 군에 들어가 큰 공을 세움.

생각해 보니 목숨은 하늘에 달려 있으니 장독(杖毒)[102]으로 지레 죽을 것은 아닙니다. 원컨대 도독께서는 소장을 거두어 말장(末將)으로 두어 쓰시기를 바라나이다.'

주빈이 다 보고 반신반의하며 말하였다.

"순 장군이 진실로 동오(東吳)를 모시려 한다면 내 마땅히 자리를 사양할 것이나 혹 예전 황개의 고육계를 행하려 하는 것은 아닌가?"

능환이 고개를 조아리고 피눈물을 흘리며 말하였다.

"옛날에 황개(黃蓋)가 나라를 위해 몸을 상하게 한바 이것은 역대에 한 명이니 하물며 지금 세상에 또 어찌 있겠나이까? 순 장군이 충성이 특히 열렬하나 살이 문드러지도록 맞았으니 도독께서는 살피소서. 옛날에 주유(周瑜)[103]는 지혜와 용맹을 갖춘 훌륭한 장수였습니다. 그러나 이몽창은 문무(文武)에 걸쳐 재주가 참으로 없는데 편장군 남궁 염이 지혜와 용맹을 갖추어 군대에 기강이 있는 것입니다. 이 도독이 전날에 안개가 낄 줄 알고 화살을 빼앗은 것도 다 염의 지혜 덕분이었습니다. 이 도독은 실은 기름 뱃속에 옥의 낯을 한 자일 뿐입니다."

주빈이 한참을 생각한 후에 말하였다.

"네 돌아가 순 장군께 고하라. 후히 물으시니 감격함이 많으나 허실을 알기가 어려우므로 내가 장군을 의심하는 것은 아니나 일을 허술히 하지 못할 것이니 장군은 행여 노하지 말고 여기에 와 매 맞은 곳을 보이시라 하라."

---

102) 장독(杖毒): 곤장 따위로 매를 몹시 맞아서 생긴 상처의 독.

103) 주유(周瑜): 중국 삼국시대 오(吳)나라의 인물. 자는 공근(公瑾). 문무(文武)에 능하였으며, 유비의 청으로 제갈공명과 함께 조조의 위나라 군사를 적벽(赤壁)에서 크게 무찔렀음.

능환이 속으로 일이 어려움을 탄식하고 돌아갔다. 수환을 보고 자세히 이르니 수환이 가만히 웃고 또한 능환을 매우 칭찬하였다.

순수환이 즉시 자신의 군사들을 거느리고 오나라 진영에 이르렀다. 주빈이 수환을 맞이해 상좌(上座)에 앉히고 말하였다.

"오늘 장군의 천신(天神) 같은 용모를 보니 참으로 한신(韓信)과 경포(黥布)104)의 위풍(威風)이라 공경하거니와 거짓으로 항복하려는 마음이 없이 정말로 오나라를 모시려 하는 게요?"

순수환이 몸을 굽혀 말하였다.

"복(僕)이 일찍이 강동에 인재가 많다고 들었더니 도독을 뵈니 주랑(周郞)105)의 나약함을 압도하시니 우러러 항복하나이다. 지금 천자께서 실덕하시고 태자께서는 나이가 어리시며 천하가 크게 어지러우니 만민이 도탄에 빠져 끓는 가마의 고기와도 같습니다. 그런데 오왕 전하께서는 어질고 덕이 크셔서 태조 고황제께서 한 척의 검을 짚고서 천하를 통일한 것을 본받으려 하십니다. 그렇거늘 승상 이관성은 천시(天時)를 모르고 참람되게 군대를 일으켜 육지로 나아갔으니 어찌 오왕 전하의 헌걸찬 용맹을 감당할 수 있겠나이까? 하물며 이몽창은 태평한 때의 한낱 조정의 학사(學士)로서 망령되이 수군을 거느려 도독을 맡았으나 저에게는 본디 지혜와 꾀가 없습니다. 허다한 장수들이 도와 수채(守寨)를 온전히 하였으나 이것이 어찌 저의

---

104) 경포(黥布): 원래 이름은 영포(英布)로 중국 한나라의 개국공신임. 진나라 말에 평민 집안에서 나 법에 연좌되어 경형(黥刑)을 받아 경포로 불림. 초나라의 항량(項梁)을 섬기다가 항량이 죽은 후 항우(項羽) 밑에서 큰 공을 세워 제후인 구강왕(九江王)이 되어 육(六)에 도읍을 세움. 후에 한왕(漢王) 유방(劉邦)의 부하인 수하(隨何)에게 설득당해 유방의 휘하로 들어가 회남왕(淮南王)이 되어 항우를 공격해 해하(垓下)에서 초나라 군을 무찌르는 데 큰 공을 세움. 경포는 개국공신 팽월과 한신이 죽임을 당하는 것을 보고 두려움을 느끼고 황제로부터 자신이 반란을 일으킬 것이라는 의심을 받자 실제로 반란을 일으켰으나 살해당함.

105) 주랑(周郞): 주유(周瑜).

공이겠습니까? 하물며 화려한 집에서 음주하던 버릇이 없지 않아 군대의 일을 날로 폐하고 방자하게 미녀, 풍악으로 즐기므로 소장이 격분함을 이기지 못해 두어 말로 간하였는데 도독이 이토록 살이 문드러지도록 소장에게 형벌을 가하였습니다. 이제 몽창에게 설사 주랑의 꾀가 있으나 소장이 황개를 본받지 못할 것인데, 하물며 무식하고 태만한 사람을 위해서 그러하겠나이까? 진심으로 도독을 도울 것이니 원컨대 소장을 막하에 용납해 주시기를 바라나이다."

말을 마치자, 상처를 내어 뵈고 얼굴에는 피눈물이 가득하였다. 주빈이 그 사리에 딱 맞는 말을 듣고서 상처를 보니 살이 다 무너지고 뼈가 은연히 비쳤다. 주빈이 이에 다시 의심하지 않고 놀라 말하였다.

"장군의 높은 뜻은 한신(韓信)에 지지 않는구려. 우리 대왕이 현명하고 사리에 밝으시니 장군이 만일 나를 도와 공을 이룬다면 제후에 봉해지는 것을 어찌 근심하겠소?"

수환이 사례하고 수십 일을 자리에서 조리하였다. 주빈이 친히 붙들어 구호하는 것이 진심에서 우러나왔으니 수환이 그 의기에 깊이 감동하였다.

순수환이 10여 일을 조리하고 일어나 주빈에게 말하였다.

"소장이 이리 온 후에 주 도독의 큰 은혜를 많이 입었으니 원컨대 군대를 거느려 명나라 진을 습격해 무찌르고자 하나이다."

주빈이 또 그 허실을 알고 싶어서 허락하였다.

수환이 군사를 거느려 명나라 진에 나아가 불의에 습격하니 상서가 짐짓 대오를 잃어 정신없이 달아나고 독량관(督糧官)[106] 호암이

---

106) 독량관(督糧官): 군량을 총괄하는 관리.

전면의 배에 있다가 사로잡혔다. 수환이 이에 군량 수백 석을 얻어 돌아와 공을 바치며 말하였다.

"이몽창이 바야흐로 술을 마시며 즐기거늘 갑자기 습격하니 정신 없이 달아나고 이 장수를 잡아 왔으니 도독께서 처치하소서."

주빈이 크게 기뻐해 호암을 베려 하자 호암이 슬피 울며 살려달라 하니 수환이 말하였다.

"저 모기 같은 미미한 장졸을 죽여 부질없으니 소장에게 주시면 소졸(小卒) 항렬에 두겠나이다."

주빈이 허락하고 크게 잔치를 베풀어 수환의 공에 사례하였다.

두어 날 후, 장맛비가 크게 와 큰물이 흘렀으므로 감히 배를 띄우지 못해 두 편의 진에서 고요히 있었다. 수환이 살펴보니 선봉 주돈과 부도독 최강이 수전(水戰)에 가장 익숙해 수채(守寨)의 전면을 굳게 지킨 것이 철통같았다. 수환이 상서의 계교를 좇아 반첩계(反諜計)[107]를 행하니 일이 비밀스러워 아무도 몰랐다.

주빈이 하루는 밤에 칼을 지니고 두루 다니다가 최강의 진에 이르니 대소 장졸이 잠이 깊이 들었는데 한 작은 군사가 손에 무엇을 들고 오는 것이었다. 주빈이 물으니 그 군사가 문득 몸을 돌려 달아났다. 주빈이 노해 나아가 빼앗으니 그 군사가 놀라고 두려워 서간을 놓고 내쳐 달아나니 그가 누구인 줄 알지 못하였다.

주빈이 진영에 돌아와 서간을 떼어 보니 선봉 주돈이 최강과 함께 의논하여 자기를 죽이고 권력을 빼앗자고 한 말이었다. 주빈이 크게 놀라고 의심하여 어찌할 줄을 몰랐더니 이날 밤에 장막 밖에서 누가 가만히 일렀다.

---

107) 반첩계(反諜計): 두 사람이나 나라 따위의 중간에서 서로를 멀어지게 하는 술책. 반간계(反間計).

"최 장군이 준 금을 지금까지 나누지 않았는가?"

한 사람이 대답하였다.

"아직 이루지도 못하고 나누랴? 오늘 밤에 일을 행할 것이네."

주빈이 이 말을 듣고 대로하여 그 말하던 자를 찾았으나 간 곳이 없고 여러 군사가 두루 순라(巡邏)를 돌고 있었으니 어찌 알겠는가.

주빈이 노기가 발해 급히 북을 쳐 군사를 모으고 최강과 주돈을 결박시켜 꿇리고 꾸짖었다.

"내가 임금의 명령을 받아 너희와 함께 대사를 이루려 하였거늘 너희가 어찌 내 목숨을 도모하여 발칙한 뜻을 품었던 것이냐?"

두 장수가 천만뜻밖에 이 말을 듣고 크게 놀라 서로 돌아보고 괴이하게 여겼다. 주빈이 이를 보고 군사들의 말을 더욱 곧이들어 두 장수에게 40대씩의 곤장을 맹타하여 각각에게 공차(公差)를 딸려 멀리 충군(充軍)[108]하였다. 두 사람이 한마디 말도 못 하고 죄를 받아 돌아가니 순수환이 매우 기뻐하여 앞에 나아가 말하였다.

"소장이 비록 재주 없으나 수채(守寨) 전면을 지켜 그른 일이 없도록 하겠나이다."

주빈이 허락하니 수환이 두 가지의 소임(所任)을 이루고 크게 기뻐 사람을 시켜 명나라 진영에 이를 알렸다. 상서가 크게 기뻐하고 장수들과 약속해 군대를 새로이 정돈하고 날을 가려 전투를 하려 하였다.

이날 밤에 상서가 머리를 풀고 보검을 짚고 단을 쌓은 곳에 나아가 오색기를 좌우로 꽂고 하늘에 서북풍이 불기를 빌고 영중(營中)에 돌아왔다. 얼마 지나지 않아 큰 바람이 일어나 깃발이 동쪽을 가

---

108) 충군(充軍): 죄를 범한 자를 벌로 군역에 복무하게 함.

리키니 장수들이 감탄하며 말하였다.

"도독의 지혜와 꾀는 옛날 제갈공명(諸葛孔明)이 칠성단(七星壇)[109]에서 동남풍을 빌던 재주에 지지 않습니다."

천순(天順) 원년 추팔월(秋八月) 경인(庚寅) 삭(朔) 갑인일(甲寅日)에 흠차(欽差) 수군대도독 이몽창이 군사를 크게 일으켜 오나라 진영을 쳤다. 부도독 이몽상이 먼저 3천 명의 군사를 거느려 주빈의 진영 전면에 이르니 순수환이 벌써 알고 있던 일이라 수채(守寨)를 열어 맞이하였다. 몽상이 손에 큰 창을 들고 뛰어올라 수채(守寨)의 노를 끊고 선봉 최수현이 방패를 들고 뒤이어 올라 철포환을 쏘려 하니 순수환이 크게 소리쳤다.

"주 도독은 금세의 영웅이니 사로잡아 도독의 처분을 기다리라."

남궁 염이 뒤를 좇아 큰 도끼를 들고 선두에 올라 말하였다.

"다만 주빈을 해하지 않는다면 그 나머지 많은 군졸을 어찌 대적하겠소?"

드디어 세 장수가 한꺼번에 용맹을 드러내 적군을 베어 물에 빠뜨렸다. 몽상이 이에 대채(大寨)에 들어가 주빈을 잡으니 주빈이 방비하지 않고 있다가 이 환을 만나 한갓 하늘을 우러러볼 뿐이었다. 몽상이 자기 배에 남궁 염 등을 내려놓고 큰 배에 불을 놓았다. 곁에서 호위했던 배에서는 주장(主將)이 잡힌 줄을 모르고 모두 전열을 갖춰 대적하였다. 상서가 이에 전선(戰船)을 다 거느려 북을 울려 싸움을 돋우며 배마다 대령했던 섶을 가져 불을 놓으니 오나라 배에 불이 다 붙어 붉은빛과 연기가 천지에 자욱하였다. 군사들의 울음소리가 하늘에 사무쳤으며 징소리, 북소리와 함성소리로 바다가 터지는

---

109) 칠성단(七星壇): 적벽대전 당시 오나라와 동맹을 맺은 촉나라의 제갈공명이 위나라를 무찌르기를 천지에 기원하기 위해 쌓은 단의 이름.

듯하고 화살과 돌이 빗발치듯 하였다. 동오(東吳)의 7만 군사가 벗어나 도망하려 하여 혹 배를 떼고 달아나는 이가 많았으나 서북풍이 급히 불어 사람이 따르듯이 불이 다 당겨 붙으니 누린내가 10리에 진동하였다. 이날 밤 동해의 큰 싸움은 고금에 없는 싸움이었다.

밤이 새도록 싸워 오나라 군사가 열에 팔구는 죽고, 나머지 무리는 부도독 몽상이 배를 타고 돌아다니며 낱낱이 잡아 대채(大寨)에 돌아오고, 장수들이 각각 공을 바쳤다. 상서가 교의(交椅)에 앉아 있는데 장수들이 장막 아래에서 머리를 조아리고 말하였다.

"만일 도독의 지혜가 아니었으면 주빈처럼 잡기 힘든 장수를 잡을 수 있었겠나이까?"

상서가 말하였다.

"이는 다 순 장군이 기특해서 그런 것이오. 만일 수채의 전면을 무찌르지 못했으면 마침내 공을 이루지 못했을 것이오."

이에 수환의 손을 잡고 거듭 칭찬하며 사례하였다.

오나라의 노약자를 잡아들이니 상서가 탄식하고 말하였다.

"내가 비록 공을 이뤘으나 오나라 백성을 잔인하게 많이 해쳤으니 그 재앙을 두려워하노라. 너희는 속히 돌아가 좋은 백성이 되고 임금을 배신한 도적 주창을 돕지 말라."

사람들이 백 번 절해 사례하고 돌아갔다.

상서가 이에 주빈을 불러들여 물었다.

"내 일찍이 너의 용맹과 담력을 공경해 우러러 왔으니 항복하여 부귀를 잃지 말도록 하라."

주빈이 눈을 감아 울고 말하였다.

"내 본디 오나라 왕이 군대를 일으킨 것이 정도(正道)가 아닌 줄 알았으나 신하가 되어 이미 그 녹을 먹었으므로 요행히 공을 이룰까

했더니 하늘이 돕지 않아 풋내기의 꾀에 빠졌으니 죽을 따름이다."

상서가 꾸짖었다.

"네 설사 배신한 도적의 녹을 먹었으나 그 하는 일이 정도가 아니라면 돌아감이 마땅했거늘 그를 도와 나에게 항거한 것은 죄가 아니냐?"

주빈이 말하였다.

"당초에 잘못했으나 풋내기에게는 끝까지 항복하지 않을 것이다."

상서가 장수들을 보고 말하였다.

"이 사람의 말이 본심이 아니나 수군도독이 되어 천자의 군대를 막은 죄가 있으니 용서할 수 없도다."

이에 무사에게 명령해 원문(轅門)[110] 밖에 가 베어 효시(梟示)[111] 하도록 하니 슬프구나, 이는 이 상서가 전생의 원수를 갚은 것이다. 순수환이 주빈이 자신을 후하게 대우하던 은혜를 생각해 주빈의 시체를 거둬 염습(殮襲)[112]해 좋은 땅에 묻어 주었다.

상서가 이미 오초(吳楚)를 평정하니 이에 첩서(捷書)[113]를 올리고 또 기쁜 소식을 부친에게 고하고 뒤이어 나아가 합병해서 반란군을 치겠다고 아뢰었다.

부도독 몽상이 주빈 막하의 편장(偏將) 조양의 진을 함몰시키고 한 여자를 얻었으니 곧 조양의 딸로서 이름은 영설이었다. 영설은 꽃이 웃는 듯하고 보름달이 초산(楚山)에 오른 듯하였으며 시부(詩賦)와 노래가 절세하고 용맹과 담력이 절륜(絶倫)했으므로 조양이

---

110) 원문(轅門): 군문(軍門).
111) 효시(梟示): 목을 베어 높은 곳에 매달아 놓아 뭇사람에게 보임.
112) 염습(殮襲): 시신을 씻긴 뒤 수의를 갈아입히고 염포로 묶는 일.
113) 첩서(捷書): 싸움에서 승리한 것을 보고하는 글.

군대에 데려온 것이다. 몽상이 자기 군대에 데려와 잠자리에서 사랑을 맺어 그 애정이 교칠(膠漆)과 같았으나, 있는 곳이 다 각각이었으므로 상서가 그 사실을 아득히 알지 못하였다.

한 달이나 된 후에 대장군 남궁 염이 알고는 상서에게 고하고서 어이없어하니 상서가 매우 놀라고 괘씸해하였다. 또한 부끄러워 이에 남궁 염에게 사죄하였다.

"복(僕)이 사리에 밝지 못해 동생의 어리석음이 이와 같으니 내 무슨 낯으로 대장이라 하겠는가? 동기의 정으로 죽이지는 못하나 엄히 다스리게."

남궁 염이 사양하며 말하였다.

"이제 비록 주빈을 무찔렀으나 동오(東吳)가 아직 진정되지 않았거늘 부도독이 미녀 때문에 군대 일을 게을리하므로 참지 못해 아뢴 것이니 부도독에게 조용히 뉘우칠 것을 이르시고 과도한 행동은 하지 마소서."

상서가 이에 대답하지 않았다.

다음 날 장수들이 문안하는 때를 맞아 장수들에게 흔쾌히 자리를 주고 안색을 엄숙히 한 후 좌우의 무사들에게 명령해 부도독을 묶도록 해 장막 앞에 꿇리니 장수들이 놀라서 물었다.

"부도독이 무슨 죄를 지었나이까?"

상서가 대답하지 않고 차사(差使)를 시켜 본채(本寨)에 가 영설을 잡아오라 하여 부도독과 함께 결박해 꿇렸다. 이때 상서가 노기가 대발하여 수려한 이마가 찬바람이 얼음과 눈 위에 더한 것 같았다. 이에 몽상을 크게 꾸짖었다.

"이씨 집안이 삼대(三代)에 이르기까지 나라의 은혜를 입었으나 조그만 공도 갚은 것이 없었다. 그런데 국가가 불행하여 오왕의 반란을 만나 대인께서 형님, 두 아우와 함께 육로로 나아가셨으니 사생(死生)을 기약하지 못할 지경이다. 우리 형제는 집안의 학발(鶴髮) 조모와 어머니를 떠나 만 길 바다 가운데 군대를 인솔하여 흉한 도적을 요행히 소멸하였으니 마땅히 마음이 임금과 어버이를 생각하며 다른 일에는 겨를을 두지 못할 것이다. 또 전쟁터에서 싸우시는 아버님은 손을 나눈 지 너덧 달에 소식이 요원하다. 아버님을 생각하면 그 안부를 알지 못해 나의 마음이 베어지는 것 같았으니 네 마음도 그런가 했다. 그런데 네 어찌 차마 부모를 아득히 잊고서 일이 도리에 어그러짐을 생각지 못하고, 도적을 치고 그 아비를 죽이고서 그 딸을 집에 두어 날마다 즐긴단 말이냐? 이는 나라를 모욕하고 부모를 잊은 불효한 사람이다. 군법에는 사사로움이 없으니 조금이라도 너그러이 용서할 수 있겠느냐?"

또 영설을 보고 죄를 하나하나 세며 말하였다.

"네 조금이라도 염치가 있다면 아비 죽인 원수와 부부가 될 수 있단 말이냐? 공교로운 말과 좋은 낯빛으로 남자를 빠져들게 했으니 너의 죄가 어찌 가볍겠느냐?"

무사를 꾸짖어 영설을 끌어내 원문(轅門)[114] 밖에 가 그 머리를 베어 죄를 엄히 하라 하였다. 영설이 슬피 울며 사죄를 청하는 모습은 남자의 간장을 마디마디 끊어놓을 지경이었으나 상서가 눈을 들지 않고 재촉해 머리를 베도록 하였다. 그 머리를 몽상의 앞에 놓고 몽상을 때리려 하니 장수들이 황망히 꿇어 빌었다.

"도독에게 비록 죄가 있으나 어찌 중형에 처할 수 있겠나이까? 영설의 목을 베었으니 너그러이 용서해 주시기를 바라나이다."

---

114) 원문(轅門): 군문(軍門).

상서가 들은 체하지 않고 30여 장을 친 후 부도독 인(印)을 빼앗고 본영으로 끌어 내쳤다. 그리고 자신은 인수(印綬)를 풀고 관복을 벗고서 뜰 아래 내려 장수들을 대해 말하였다.

"복(僕)이 임금의 명령을 받들어 대장이 되었으나 아랫사람을 교화하지 못해 행동이 한심하니 어느 낯으로 감히 대도독이라 하겠소? 최 장군과 순 장군이 지혜와 꾀를 잘 갖추었으니 인수를 스스로 가져가 나의 죄를 다스려 주오."

말을 마치자, 장수들이 황망히 고개를 조아리고 말하였다.

"이제 부도독이 소년의 호방한 마음으로 영설을 가까이하신 것이 그르지 않거늘 도독께서 과도히 다스리시고 또 이러하신 것은 결코 옳지 않으니 도독께서 만일 고집하신다면 저희가 다 군대를 흩어버리고 돌아가겠나이다."

상서가 탄식하고 말하였다.

"사제(舍弟)의 허물이 어찌 크게 않겠소? 이 몸이 천조(天朝)의 대장이 되어 도적을 치는데 사제가 그 아비를 죽이고서 그 자식을 탈취하였소. 저의 무식함도 중대하나 그것은 내가 교화하지 못한 탓이니 내 죄가 더 크거늘 공 등이 어찌 이런 말을 하는 것이오?"

장수들이 다시 간하였다.

"이제 도독께서 하시는 일이 그르지 않으나 누가 참람되게 도독의 자리에 앉아 도독을 대신할 자가 있겠나이까? 천자의 조서(詔書)가 있어도 안 할 것이니 재삼 생각하소서."

상서가 눈물을 흘리며 말하였다.

"공 등의 말을 들으니 내 불초함을 더욱 깨닫겠구려. 공 등이 나를 알아주는 것이 이와 같고 날 위한 마음이 이렇듯 극진한데 내 사리에 밝지 못해 그 뜻을 저버렸으니 어찌 한심하지 않겠소?"

드디어 관(冠)을 벗고 경사를 향해 고개를 조아리고 네 번 절한 후 말하였다.

"신이 본디 대장의 재목이 아닌 재주를 갖고 있거늘 성상(聖上)께서 신을 알지 못하시고, 특명으로 대도독 인(印)을 주어 군대를 바르게 교화하여 도적을 치라 하셨나이다. 그런데 이제 부도독 몽상의 죄가 이와 같으니 그 죄는 마땅히 목을 베어 죽이는 것이 옳으나 신이 동기의 정 때문에 법대로 하지 못했으니 신의 죄는 만 번 죽어도 오히려 가볍나이다."

말을 마치고는 더러운 물 한 그릇을 가져오라 하여 다 먹고 다시 동쪽을 향해 꿇어 두 번 절하고 울며 말하였다.

"대인께서 떠나실 적에 소자에게 재삼 조심하라 하고 범법하지 말라고 당부하셨는데 소자가 어리석고 아둔하여 대인의 가르침을 잊고 뜻을 받들지 못했으니 어찌 감히 편안히 죄가 없다고 하겠나이까?"

말을 마치고서 또 한 그릇을 먹으니 장수들이 놀라지 않은 이가 없어 붙잡고 말렸으나 상서가 듣지 않고 다 먹었다. 그러고서 다시 머리를 두드려 사죄한 후 장막에 들어 의관을 갖추고 장졸을 불러 약류(藥類)를 갖추어 몽상에게 보냈다. 장수들이 그 법이 엄숙하고 사사로운 정을 끊어 대의를 세우는 데에 감탄하지 않는 이가 없었다. 이후 군졸들이 더욱 두려워 조심하는 것이 전날보다 더해졌다.

상서가 장수들과 종일토록 말하고 석양에 친히 몽상에게 가 보고 그 상처를 어루만지며 슬피 눈물을 흘려 말하였다.

"현제(賢弟)를 때리면 몸이 아픈 줄을 내 모르는 바가 아니요, 내 인정 없이 현제에게 심하게 하였으나 이는 일의 이치를 돌아보아서 한 일이다. 그리고 여기에 와 구호하는 것은 형제의 정 때문이다. 현제가 어찌 그토록 아버님의 경계를 잊고 그런 해괴한 행동을 할 줄 알았겠느냐? 네 이제 백의로 종군하여 만일 공을 세운다면 옛 벼슬을 주겠으나 그렇지 못한다면 주지 않을 것이니 내 어찌 사사로운 정으로 벼슬을 팔아 도리를 잃겠느냐?”

부도독이 부끄러워 죽으려 해도 죽을 땅이 없었다. 이에 눈물을 무수히 흘리고 말하였다.

“소제(小弟)가 사리에 밝지 못해 부형의 경계를 저버렸으니 죽어도 족합니다. 그러니 어찌 형님께서 법대로 처치하신 것을 원망하겠나이까? 이후에는 마땅히 잘못을 뉘우쳐 그른 행동을 하는 일이 없을 것입니다.”

상서가 재삼 어루만져 슬퍼하며 친히 붙들어 밤낮으로 구호하였다.

10여 일이 지난 후 몽상에게 차도가 있으므로 상서가 기뻐하였으나 벼슬을 주지는 않았다. 장수들이 간절히 애걸하였으나 상서가 그 죄가 중함을 일러 듣지 않고 대소 전선을 거느려 절강에 이르러 부친과 만나려 하였다.

제2부

주석 및 교감

A. 원문

1. 저본은 한국학중앙연구원 소장본(18권 18책)으로 하였다.
2. 면을 구분해 표시하였다.
3. 한자어가 들어간 어휘는 한자 병기를 원칙으로 하였다.
4. 음이 변이된 한자어 및 한자와 한글의 복합어는 원문대로 쓰고 한자를 병기하였다. 예) 고이(怪異). 겁칙(劫-)
6. 현대 맞춤법 규정에 의거해 띄어쓰기를 하되, '소왈(笑曰)'처럼 '왈(曰)'과 결합하는 1음절 어휘는 붙여 썼다.

B. 주석

1. 다음과 같은 경우에 각주를 통해 풀이를 해 주었다.
   가. 인명, 국명, 지명, 관명 등의 고유명사
   나. 전고(典故)
   다. 뜻을 풀이할 필요가 있는 어휘
2. 현대어와 다른 표기의 표제어일 경우, 먼저 현대어로 옮겼다.
   예) 츄천(秋天): 추천.
3. 주격조사 'ㅣ'가 결합된 명사를 표제어로 할 경우, 현대어로 옮길 때 'ㅣ'는 옮기지 않았다. 예) 긔위(氣宇ㅣ): 기우.

C. 교감

1. 교감을 했을 경우 다른 주석과 구분해 주기 위해 [교]로 표기하였다.
2. 원문의 분명한 오류는 수정하고 그 사실을 주석을 통해 밝혔다.
3. 원문의 의미가 분명하지 않은 경우, 국립중앙도서관 소장본을 참고해 수정하고 주석을 통해 그 사실을 밝혔다.
4. 알 수 없는 어휘의 경우 '미상'이라 명기하였다.

빵쳔긔봉(雙釧奇逢) 권지십오(卷之十五)

1면

츠셜(且說). 니(李) 태식(太師ㅣ) 진 부인(夫人) 녕구(靈柩)[1]를 붓드러 일노(一路)에 무ᄉ(無事)히 ᄒᆡᆼ(行)ᄒᆞ야 금쥬(錦州) 니르러 녯집에 안둔(安屯)[2]ᄒᆞᄆᆡ 경믈(景物)은 셕일(昔日)노 더브러 조곰도 다르지 아니ᄒᆞᄃᆡ 인ᄉ(人事ㅣ) 임의 변(變)ᄒᆞ엿ᄂᆞᆫ지라 더옥 슬프믈 니기지 못ᄒᆞ야 통곡(慟哭)으로 죵일(終日)ᄒᆞ니 누쉬(涙水ㅣ) 진(盡)ᄒᆞ야 피 되고 긔식(氣息)[3]이 엄엄(奄奄)[4]ᄒᆞ야 죠셕(朝夕)을 보젼(保全)치 못ᄒᆞ게 되니 승상(丞相) 형뎨(兄弟) 망극(罔極)ᄒᆞ야 역시(亦是) 숙식(宿食)을 젼폐(全廢)ᄒᆞ고 쥬야(晝夜) 붓드러 대의(大義)로 익걸(哀乞)ᄒᆞ니 태식(太師ㅣ) 졔ᄌ(諸子)의 거동(擧動)을 감동(感動)ᄒᆞ야 비록 강잉(强仍)코져 ᄒᆞ나 모친(母親)의 음셩(音聲)과 형용(形容)이 눈에 삼삼[5]ᄒᆞ야 간쟝(肝腸)이 쒸노니 닛고ᄌ ᄒᆞ나 능(能)히 못 ᄒᆞ니 승상(丞相) 등(等)이 ᄒᆞᆫ ᄀ ᄌ 망극(罔極)ᄒᆞᆯ ᄯᆞᆫ이러라.

세월(歲月)이 임염(荏苒)[6]

---

1) 녕구(靈柩): 영구. 시체를 담은 관.
2) 안둔(安屯): 사물이나 주변 따위가 잘 정돈됨. 또는 그렇게 되게 함. 안돈(安頓).
3) 긔식(氣息): 기식. 호흡의 기운.
4) 엄엄(奄奄): 숨이 곧 끊어지려 하거나 매우 약한 상태에 있음.
5) 삼삼: 잊히지 않고 눈앞에 보이는 듯 또렷함.
6) 임염(荏苒): 세월이 흐름.

흐야 쟝일(葬日)이 다드르니 진 부인(夫人) 녕구7)(靈柩)를 지즁(地
中)에 장(葬)홀식 태식(太師ㅣ) 승샹(丞相)을 다리고 친(親)히 디리
(地理)를 갈히여 그 부친(父親) 니(李) 시랑(侍郎)을 쳔쟝(遷葬)8)흐야
합쟝(合葬)흐니 태ㅅ(太師)의 지통(至痛)이 셰간(世間)에 머믈 뜻이
업셔 분젼(墳前)9)에 업듸여 일셩(一聲) 통곡(慟哭)에 피를 말이나 토
(吐)흐고 혼졀(昏絶)흐니 승샹(丞相)이 황망(慌忙)10)이 붓드러 구호
(救護)흐나 일호(一毫) 싱되(生道ㅣ)11) 업스니 무평12)빅 등(等)이 황
황망극(遑遑罔極)13)흐야 약믈(藥物)을 나와 구호(救護)흐미 반일(半
日) 후(後) 겨유 인ㅅ(人事)를 출히나 일노 드듸여 병(病)이 니러 샹
셕(牀席)14)에 침면(沈綿)15)흐니 증셰(症勢) 만분(萬分) 위경(危境)16)
에 이셔 졍신(精神)이 모손(耗損)17)흐고 긔력(氣力)이 피(敗)흐야 미
음(米飮)이 목에 넘어 드지 못흐고 토혈(吐血)18)흐기를 긋치지 아니
흐니 승샹(丞相) 형뎨(兄弟) 망극(罔極)흐믈 엇지 형용(形容)흐리오.

---

7) 구: [교] 원문에는 '궤'로 되어 있으나 문맥을 고려하여 이와 같이 수정함.
8) 쳔쟝(遷葬): 천장. 무덤을 다른 곳으로 옮김.
9) 분젼(墳前): 분전. 무덤 앞.
10) 황망(慌忙): 마음이 몹시 급하여 당황하고 허둥지둥함.
11) 싱되(生道ㅣ): 생도. 살아날 만한 기운.
12) 평: [교] 원문에는 '령'으로 되어 있으나 앞의 예를 따라 이와 같이 수정함.
13) 황황망극(遑遑罔極): 매우 정신이 없음.
14) 샹셕(牀席): 상석. 자리.
15) 침면(沈綿): 병이 오랫동안 낫지 않음.
16) 위경(危境): 위태로운 지경.
17) 모손(耗損): 닳아 없어짐.
18) 토혈(吐血): 피를 토함.

쥬야(晝夜) 눈

믈을 드리워 초조(焦燥)ᄒ더니 십여(十餘) 일(日)에 니ᄅ러는 태ᄉᆡ
(太師ㅣ) 스ᄉ로 사지 못ᄒᆞᆯ 줄 알고 이에 겨유 졍신(精神)을 강작(强
作)19)ᄒᆞ야 승샹(丞相)을 블너 압ᄒᆡ 니ᄅ러 경계(警戒) 왈(曰),

"내 본(本)ᄃᆡ 슬픈 인ᄉᆡᆼ(人生)으로 부친(父親)을 참별(慘別)20)ᄒᆞ고
모친(母親)을 뫼셔 화란(禍亂)을 ᄀᆞᆺ초 격거 쳔단비원(千端悲怨)21)이
층냥(測量) 업ᄉᆞᄃᆡ 지금(至今) 사라시미 인ᄉᆡᆼ(人生)이 모질미 아니리
오마ᄂᆞᆫ 스ᄉ로 슬프믈 억졔(抑制)ᄒᆞ야 ᄌᆞ당(慈堂)을 우러라 지금(只
今)가지 투ᄉᆡᆼ(偸生)22)ᄒᆞ야 너희 형뎨(兄弟) 태각(臺閣) 듕신(重臣)이
되고 손ᄋᆞ(孫兒) 등(等)이 다 뇽각(龍角)을 붓드러23) 영귀(榮貴)ᄒᆞ미
사름에 블워ᄒᆞᆯ 배라 도라가미 낫브미 업ᄉᆞ니 내 ᄋᆞ히(兒孩)ᄂᆞᆫ 모로
미 도라가ᄂᆞᆫ 노부(老父)를 위(爲)ᄒᆞ야 과도(過度)히 훼쳑(毁慼)24)지
말고 모친(母親) 졔ᄉᆞ(祭祀)를 힘뻐 밧드러 네 아븨 넉슬 위로(慰勞)
ᄒᆞ라. 인ᄌᆞ(人子ㅣ) 거려쳘쥭(居廬綴粥)25) 삼년(三年)은

---

19) 강작(强作): 억지로 차림.
20) 참별(慘別): 참혹히 이별함.
21) 쳔단비원(千端悲怨): 천단비원. 온갖 슬픔과 원망.
22) 투ᄉᆡᆼ(偸生): 투생. 구차하게 산다는 뜻으로, 죽어야 마땅할 때에 죽지 아니하고 욕되
    게 살기를 꾀함을 이르는 말.
23) 뇽각(龍角)을 붓드러: 용각을 붙들어. 용의 뿔을 붙잡는다는 것은 곧 과거에 급제함
    을 이름.
24) 훼쳑(毁慼): 너무 슬퍼하여 몸을 상하게 함.
25) 거려쳘쥭(居廬綴粥): 거려철죽. 상제가 무덤 가까이 지은 누추한 초막에서 머물며
    죽을 먹는 일.

ᄌ고(自古)로 덧덧ᄒ거늘 나의 죄악(罪惡)이 가지록 깁허 굿ᄒ야 죽
고져 ᄒᄂᆞᆫ 배 아니로ᄃᆡ 나의 텬명(天命)이 진(盡)ᄒ니 이 쏘 큰 블회
(不孝ㅣ)오 유한(遺恨)이라. 너희 힝ᄉᆡ(行事ㅣ) 내 닐오지 아니나 유
여(裕餘) 늙은 어미와 두 아ᄋᆞᆯ 보호(保護)ᄒ리니 내 번거로이 닐오지
아니ᄒ거니와 다시금 보듕(保重)ᄒ라.”

승샹(丞相)이 ᄌᆡᄇᆡ(再拜)ᄒ야 명(命)을 밧ᄌᆞ오ᄆᆡ 톄뤼(涕淚ㅣ) 만
면(滿面)ᄒ야 비 ᄀᆞᆺ틴니 태ᄉᆞ(太師ㅣ) 탄식(歎息) 왈(曰),

“부ᄌᆡ(父子ㅣ) 금일(今日) 니별(離別)이 늣거오나 믈(物)이 쇠(衰)
ᄒᆞᆷ 즈고(自古)로 덧덧ᄒ니 인녁(人力)으로 홀 배 아니니 슬프믈 강
잉(强仍)ᄒ라.”

ᄒ고 이에 승샹(丞相)의 손을 잡고 탄식(歎息)ᄒᆞᆯ 이윽이 ᄒ다가
무평26)ᄇᆡᆨ과 쇼부(少傅)다려 왈(曰),

“너희 금일(今日) 노붓터 관셩을 날노 알아 서로 위회(慰懷)27)ᄒ야
몸을 보젼(保全)ᄒ고 범ᄉᆞ(凡事)에 그 말을 거역(拒逆)

지 말나.”

냥(兩) 공(公)이 울며 슈명(受命)ᄒᆞᄆᆡ 쏘 부마(駙馬) 등(等) 졔손
(諸孫)을 각각(各各) 됴히 이시믈 닐오고 경 시랑(侍郎)을 어로만져

---

26) 평: [교] 원문에는 '령'으로 되어 있으나 앞의 예를 따라 이와 같이 수정함.
27) 위회(慰懷): 괴롭거나 슬픈 마음을 위로함.

참연(慘然)이 슬허 왈(曰),

"네 나의 슬하(膝下)에 님(臨)ᄒ연 지 오라되 부직(父子ㅣ) 미셰(微細)ᄒᆫ 일도 쁫굿지 아닌 일이 업고 친부즈(親父子)로 다ᄅ미 업시 금일(今日) 내 구원(九原)28)에 도라가니 써나는 졍(情)이 엇지 슬프지 아니리오마ᄂᆞᆫ 현마 엇지ᄒ리오? 모로미 관셩 등(等)을 보호(保護)ᄒ야 나의 부탁(付託)을 져바리지 말나. 이제 님죵(臨終)29)을 당(當)ᄒ야 네 누의와 위염을 보지 못ᄒ니 유한(遺恨)이로다."

경 시랑(侍郞)이 울며 굴오디,

"쇼지(小子ㅣ) 싱부모(生父母)를 참별(慘別)ᄒ고 대인(大人)을 우러라 여싱(餘生)을 지니옵더니 이제 셩톄(盛體) 위위(危危)30)ᄒ시니 쇼즈(小子)의 ᄆᆞ음이 촌단(寸斷)31)ᄒ옵거ᄂᆞᆯ 쏘 하교(下敎) 여ᄎᆞ(如此)ᄒ시니 더옥 텬디(天地)

• • •

6면

망망(茫茫)ᄒ와 슈명(受命)ᄒ올 바를 아지 못ᄒᆞᆯ소이다."

태식(太師ㅣ) 기리 탄식(歎息)ᄒ고 말을 아니터니 이윽고 샹셔(尚書)를 명(命)ᄒ야 뎡 부인(夫人)을 블오라 ᄒ니 부매(駙馬ㅣ) 진젼(進前) 빅왈(拜曰),

"대뫼(大母ㅣ) ᄒᆫ가지로 나오시믈 고(告)ᄒ샤이다."

태식(太師ㅣ) 왈(曰),

---

28) 구원(九原): 저승.

29) 님죵(臨終): 임종. 죽음을 맞이함.

30) 위위(危危): 위태로움.

31) 촌단(寸斷): 마디마디 끊어짐.

"내 몸이 최마(縗麻)32)에 이시니 엇지 부인(夫人)을 디(對)호리오?"

경 시랑(侍郎)이 읍고(泣告) 왈(曰),

"비록 상녜(喪禮)에 구익(拘礙)호오나 쳔츄만셰(千秋萬歲) 영결(永訣)을 당(當)호와 엇지 보지 아니시리잇고?"

태시(太師ㅣ) 부답(不答)호고 문후로 젼어(傳語)호디,

"'혹싱(學生)이 부인(夫人)으로 더브러 亽십여(四十餘) 년(年) 동쥬(同住)호고 금일(今日) 텬하(泉下)33)로 도라가미 죄인(罪人)이라 부인(夫人)을 보와 녜의(禮義)를 문허바리지 못홀지라 타일(他日) 디하(地下)에 보믈 긔약(期約)호고 주녀(子女)를 거느려 기리 무양(無恙)호소셔.' 호라."

문휘 드러가 태亽(太師)의 유

• • •

7면

교(遺敎)를 고(告)호니 부인(夫人)이 회답(回答)호디,

"쳡(妾)이 튱년(沖年)34)에 부모(父母)를 여히고 허다(許多) 화란(禍亂)을 궃초 격고 영화(榮華)를 누리믄 존고(尊姑)와 부즈(夫子)35)의 덕(德)이어늘 이제 존괴(尊姑ㅣ) 기셰(棄世)호시고 부직(夫子ㅣ) 마즈 진텬(在天)코져 호시니 쳡(妾)의 명되(命途ㅣ) 긔구(崎嶇)호믈 탄(嘆)홀 쑨이라 감(敢)히 뵈와 상녜(喪禮)를 어그릇亽리오? 당당(堂堂)이 뒤흘 조초미 쳡(妾)의 원(願)이로쇼이다."

---

32) 최마(縗麻): 부모, 증조부모, 고조부모의 상중에 아들이 입는 상복인 베옷.
33) 텬하(泉下): 천하. 황천(黃泉)의 아래라는 뜻으로, 죽어서 가는 저승을 이르는 말.
34) 튱년(沖年): 충년. 어린 나이.
35) 부즈(夫子): 부자. 남편을 높여 부르는 말.

태싀(太師ㅣ) 다시 젼어(傳語) 왈(曰),

"흑싱(學生)이 금일(今日) 죽으미 응당(應當)ᄒᆞᆫ 텬명(天命)이오, 상
텩(喪慽)[36]에 과상(過傷)ᄒᆞ야 죽으미 아니니 부인(夫人)의 명감(明
鑑)[37]으로 엇지 모로시리오? 만일(萬一) 흑싱(學生)을 ᄯᅡᆯ와 상명(喪
命)[38]ᄒᆞ미 이실진ᄃᆡ 흑싱(學生)이 비록 죽어 디하(地下) 음혼(陰魂)
이나 의(義)ᄅᆞᆯ ᄭᅳᆺ쳐 서로 보지 아니리니 ᄒᆞᆯ믈며 션친(先親)의 제ᄉᆞ
(祭祀)ᄅᆞᆯ 부인(夫人)이 밧드지 아닐진ᄃᆡ ᄌᆞ부(子婦)의 도리(道理) 이
저지고

◦◦

8면

흑싱(學生)의 죄(罪) 더옥 심(甚)ᄒᆞᆯ지라 맛당히 일언(一言)을 싱(生)
의 싱젼(生前)에 결(決)ᄒᆞᆯ지어다."

문휘 이ᄃᆡ로 회주(回奏)ᄒᆞ니 부인(夫人)이 이ᄯᅵ 텬디(天地) 망망
(茫茫)ᄒᆞ야 스스로 태ᄉᆞ(太師)의 뒤흘 ᄯᅡᆯ올 ᄯᅳᆺ이 바야ᄂᆞᆫ지라 능(能)
히 회답(回答)ᄒᆞᆯ 말이 업셔 답(答)지 아니ᄒᆞ고 혈뉘(血淚ㅣ) ᄒᆡᆼ뉴(行
流)ᄒᆞᆯ ᄯᆞ름이라. 문휘 뉴 부인(夫人) ᄒᆡᆼ식(行色)을 태ᄉᆞ(太師)ᄭᅴ 고
(告)ᄒᆞ니 태싀(太師ㅣ) ᄯᅩ 젼어(傳語)ᄒᆞᄃᆡ,

"부인(夫人)이 ᄯᅩᄒᆞᆫ 녜의(禮義)ᄅᆞᆯ 알녀든 엇진 고(故)로 나의 님망
(臨亡)[39] 유언(遺言)을 답(答)지 아니ᄒᆞᄂᆞᇂ? 흑싱(學生)이 죄악(罪
惡)이 태심(太甚)ᄒᆞ야 모친(母親) 삼상(三喪)을 맛지 못ᄒᆞ고 죽으니

---

36) 상텩(喪慽): 상척. 초상을 당해 슬퍼함.
37) 명감(明鑑): 뛰어난 식견.
38) 상명(喪命): 목숨을 잃음.
39) 님망(臨亡): 임망. 죽음을 맞이함.

유한(遺恨)이 유명텬지(幽冥千載)[40]에 민멸(泯滅)[41]치 아닐지라. 부인(夫人)이 마ᄌ 죽을진디 ᄎ(此)는 모친(母親)의 샹시(常時) ᄉ랑ᄒ시던 대은(大恩)과 지아븨 ᄯᅳᆺ을 져바리미니 나의 가는 넉

• • •

9면

슬 위로(慰勞)ᄒ미 아니라. 부인(夫人)이 평일(平日) 유슌(柔順)[42]ᄒ던 힝ᄉ(行事ㅣ) 어딕 밋첫ᄂ뇨? 나의 힝되(行途ㅣ) 오리 지류(遲留)[43]치 못ᄒᆯ 거시니 ᄲᆯ니 결단(決斷)ᄒ소셔."

부인(夫人)이 좌(座)를 ᄯ나 태ᄉ(太師) 병측(病側)을 향(向)ᄒ야 녜(禮)ᄒ고 도라 샹셔(尙書)다려 회주(回奏)ᄒᆷ믈 답(答)ᄒᆯᄉ,

"쳡(妾)이 팔ᄌ(八字ㅣ) 박명(薄命)ᄒ미 극(極)ᄒ니 당당(堂堂)이 고초(苦楚)를 감심(甘心)[44]ᄒ야 군ᄌ(君子)의 명교(明敎)를 폐간(肺肝)에 삭이리이다."

샹셰(尙書ㅣ) 태ᄉ(太師)긔 부인(夫人) 말ᄉᆷ을 고(告)ᄒ니 태ᄉ(太師ㅣ) 고개 조아 듯기를 다ᄒ고 희ᄉ(喜色)을 ᄯᅴ여 승샹(丞相)다려 왈(曰),

"금일(今日) 내 죽으미 명(命)이니 네 몸을 보호(保護)ᄒ야 삼상(三喪)을 무ᄉ(無事)히 맛고 국가(國家)의 위란(危亂)ᄒᆫ ᄯᅢ를 당(當)ᄒ야 진튱갈녁(盡忠竭力)[45]ᄒ라."

---

40) 유명텬지(幽冥千載): 유명천재. 저승 천 년이라는 뜻으로 영원함을 이름.

41) 민멸(泯滅): 자취나 흔적이 아주 없어짐.

42) 유슌(柔順): 유순. 부드럽고 순함.

43) 지류(遲留): 오래 머무름.

44) 감심(甘心): 괴로움 등을 달게 여김.

45) 진튱갈녁(盡忠竭力): 진충갈력. 충성을 다하고 힘을 다함.

ᄒᆞ고 뎡 부인(夫人)을 블너 일쟝(一場) 유언(遺言)을 맛고 승샹(丞相)의 손을 잡고 명(命)이 진(盡)ᄒᆞ니 향년(享年)이 뉵십이(六十二)세(歲)라.

승샹(丞相)이 부친(父親)을

• • •

10면

붓들고 긔운이 막혀 업더지니 부마(駙馬) 등(等)이 황망(慌忙)이 승샹(丞相)을 붓드러 구호(救護)ᄒᆞ고 초혼(招魂)46) 발상(發喪)47)ᄒᆞᄆᆡ 곡셩(哭聲)이 텬디(天地)를 흔들고 승샹(丞相) 등(等) 삼(三) 인(人)과 경 시랑(侍郎)의 참참망극(慘慘罔極)48)ᄒᆞᄆᆡ 텬디(天地) 뒤눕ᄂᆞᆫ 듯ᄒᆞ야 가슴을 두다리고 머리를 부딋이져 쇼릭를 닐우지 못ᄒᆞ더니 부매(駙馬ㅣ) 급(急)히 조모(祖母)의 혼졀(昏絶)ᄒᆞ시믈 고(告)ᄒᆞ니 승샹(丞相)이 혼미(昏迷) 즁(中)이나 정신(精神)을 거두어 냥뎨(兩弟)를 보니 무평49)빅이 더옥 인ᄉᆞ(人事)를 출히지 못ᄒᆞᄂᆞᆫ지라 졔ᄌᆞ(諸子)를 명(命)ᄒᆞ야 구호(救護)ᄒᆞ라 ᄒᆞ고 밧비 ᄂᆡ당(內堂)에 니ᄅᆞ니 뉴 부인(夫人)이 신ᄉᆡᆨ(神色)이 졀닝(絶冷)50)ᄒᆞ야 표연(飄然)이 혼침(昏沈)51)ᄒᆞ엿ᄂᆞᆫ지

---

46) 초혼(招魂): 사람이 죽었을 때에, 그 혼을 소리쳐 부르는 일. 죽은 사람이 생시에 입던 윗옷을 갖고 지붕에 올라서거나 마당에 서서, 왼손으로는 옷깃을 잡고 오른손으로는 옷의 허리 부분을 잡은 뒤 북쪽을 향하여 '아무 동네 아무개 복(復)'이라고 세 번 부름.

47) 발상(發喪): 상례에서, 죽은 사람의 혼을 부르고 나서 상제가 머리를 풀고 슬피 울어 초상난 것을 알림. 또는 그런 절차.

48) 참참망극(慘慘罔極): 끝없이 슬픔.

49) 평: [교] 원문에는 '령'으로 되어 있으나 앞의 예를 따라 이와 같이 수정함.

50) 졀닝(絶冷): 절랭. 기운이 끊어지고 몸이 차가움.

51) 혼침(昏沈): 정신을 못 차림.

라. 뎡 부인(夫人)이 녹발(綠髮)을 플어 지우고 부인(夫人)을 븟드러 누쉬(淚水 ㅣ) 여우(如雨)ᄒ니 승샹(丞相)이 대경(大驚)ᄒ야 급(急)히 나아가미 부인(夫人)이 니러 쟝(帳) 밧긔

피(避)ᄒ니 비로소 승샹(丞相)이 태부인(太夫人)을 븟들고 문졍후ᄅᆯ 블너 쳥심환(淸心丸)[52]을 가져오라 ᄒ고 더옥 오열(嗚咽)ᄒ야 아모리 홀 줄 모로니 ᄎᆞ시(此時) 참담(慘憺)ᄒᆞᆫ 경식(景色)을 ᄎᆞᆷ아 보지 못ᄒᆞ너라.

이윽고 샹셰(尙書 ㅣ) 쳥심원(淸心元)을 프러 드리고 쇼부(少傅), 무평[53]빅이 좌우(左右)로 븟드러 구호(救護)ᄒ니 식경(食頃)이 지난 후(後) 부인(夫人)이 겨유 ᄭᆡ여 승샹(丞相) 등(等)의 피발(被髮)[54] 통흉(痛胸)[55]ᄒᆞᆫ 거동(擧動)을 보고 가슴을 쳐 ᄯᅩ 혼졀(昏絶)ᄒ니 승샹(丞相) 형뎨(兄弟) 망극(罔極)ᄒᆞᆷ믈 니긔지 못ᄒ야 겨유 구(救)ᄒ야 잠간(暫間) 싱되(生道 ㅣ) 잇ᄂᆞᆫ지라 승샹(丞相)이 ᄋᆡ읍(哀泣) 왈(曰),

"ᄒᆡᄋᆞ(孩兒) 등(等)이 야야(爺爺)ᄅᆯ 여희ᄋᆞᆸ고 우러오미 모친(母親) 긔 이ᄉᆞᆸᄂᆞᆫ 줄 싱각ᄒᆞ샤 슬푸믈 돈졀(頓絶)[56]ᄒᆞ시믈 바라ᄋᆞᆸᄂᆞ니 만일(萬一) 태태(太太) 마쟈 인셰(人世)ᄅᆯ 바리실진ᄃᆡ 쇼ᄌᆞ(小子 ㅣ) 대인(大人) 유교(遺敎)ᄅᆯ 져

---

52) 쳥심환(淸心丸): 청심환. 심경(心經)의 열을 푸는 환약.

53) 평: [교] 원문에는 '령'으로 되어 있으나 앞의 예를 따라 이와 같이 수정함.

54) 피발(被髮): 부모가 죽어 머리를 풀어 헤침.

55) 통흉(痛胸): 슬퍼하여 가슴을 침.

56) 돈졀(頓絶): 돈절. 끊어 버림.

12면

바린 죄(罪)를 무릅뻐 인세(人世)에 머무지 못ᄒ올지라 태태(太太)ᄂ 부친(父親)의 재삼(再三) 기치신 유교(遺敎)를 싱각ᄒ시고 쇼ᄌ(小子) 등(等)의 망극(罔極)ᄒᆫ 졍ᄉ(情事)를 슬피소셔."

부인(夫人)이 승샹(丞相) 형뎨(兄弟)의 참담(慘憺)ᄒᆫ 경ᄉᆨ(景色)과 슬픈 말ᄉᆷ에 오늬(五內)[57] 붕졀(崩絶)[58]ᄒ야 혈뉘(血淚ㅣ) 삼삼ᄒ니 말을 못 ᄒ더니 이윽고 졍신(精神)을 슈습(收拾)ᄒ야 니러 안ᄌ 승샹 (丞相)과 무평[59]빅 등(等)을 어로만져 각각(各各) 미쥭(糜粥)[60]을 권 (勸)ᄒ야 골오ᄃᆡ,

"노뫼(老母ㅣ) 본(本)ᄃᆡ 목숨이 이완(已頑)[61]ᄒ고 존고(尊姑)의 경 계(警戒)와 다시 샹공(相公)의 유교(遺敎)를 밧ᄌ와시니 텬명(天命) 이 진(盡)치 아닌 젼(前) 스스로 죽든 아니리니 모로미 여등(汝等)은 스스로 보듕(保重)ᄒ야 션군(先君) 유언(遺言)을 져바리지 말고 노모 (老母)의 셜운 심ᄉ(心思)를 위로(慰勞)ᄒ라. 너히 등(等)이 션군(先 君)의 붕텬(崩天)[62]치 아니신 젼(前)에 졀식(絶食)[63]ᄒ연 지 여러 날 이라

---

57) 오늬(五內): 오내. 오장(五臟).

58) 붕졀(崩絶): 붕절. 끊어질 듯함.

59) 평: [교] 원문에는 '령'으로 되어 있으나 앞의 예를 따라 이와 같이 수정함.

60) 미쥭(糜粥): 미죽. 미음이나 죽 따위를 통틀어 이르는 말.

61) 이완(已頑): 매우 질김.

62) 붕텬(崩天): 붕천. 하늘이 무너진다는 뜻으로, 부모의 죽음을 이름.

63) 졀식(絶食): 절식. 음식을 먹지 않음.

이제 믈이 업침 ᄀᆞᆺᄐᆞ니 현마 엇지ᄒᆞ리오? 죽음(粥飲)⁶⁴⁾을 ᄒᆞᆫ번(-番) 마셔 노모(老母)의 ᄆᆞ음을 잠간(暫間) 위로(慰勞)ᄒᆞ라."

승상(丞相)이 부인(夫人)을 향(向)ᄒᆞ야 몬져 진식(盡食)ᄒᆞ시믈 고(告)ᄒᆞ니 부인(夫人)이 잠간(暫間) 졉구(接口)⁶⁵⁾ᄒᆞᆫ 후(後) 승상(丞相) 형뎨(兄弟)를 권(勸)ᄒᆞ야 먹여 늬여 보늬고 총부(冢婦)⁶⁶⁾ 뎡 시(氏)로 더부러 믈읏 의복(衣服) 상녜(喪禮)를 다ᄉᆞ려 녜(禮)ᄃᆞ로 츌히고 승상(丞相) 등(等)의 호텬디통(號天之痛)⁶⁷⁾이 인셰(人世)에 머무러시믈 슬허 고고(孤高)⁶⁸⁾히 쓸올 ᄃᆞᆺᄒᆞ고 무평⁶⁹⁾빅은 본심(本心)이 쳥약(淸弱)ᄒᆞ고 쇼부(少傅)ᄂᆞᆫ 적은 셜움도 ᄎᆞᆷ지 못ᄒᆞ거늘 더옥 평싱(平生) ᄌᆞ익(慈愛)로 효의(孝義) 츌텬(出天)ᄒᆞ믈 겸(兼)ᄒᆞ야 능(能)히 슬프믈 엇지 졀ᄎᆞ(節遮)⁷⁰⁾ᄒᆞ리오. 쥬야(晝夜) 곡읍(哭泣)ᄒᆞ야 혼졀(昏絶)ᄒᆞ기를 ᄌᆞ로 ᄒᆞ고 ᄭᆡ면 토혈(吐血)ᄒᆞ야 긔식(氣息)이 엄엄(奄奄)ᄒᆞᄃᆡ 승상(丞相)은 ᄯᆡ로 울고 미음(米飲)을 ᄎᆞ져 졍

---

64) 죽음(粥飲): 죽음. 묽은 죽.
65) 졉구(接口): 접구. 입에 댄다는 뜻으로, 음식을 아주 조금 먹음을 이르는 말.
66) 총부(冢婦): 종자(宗子)나 종손(宗孫)의 아내.
67) 호텬디통(號天之痛): 호천지통. 하늘을 향해 부르짖는 고통이라는 뜻으로 부모의 상 당함을 이름.
68) 고고(孤高): 세상일에 초연하여 홀로 고상함.
69) 평: [교] 원문에는 '령'으로 되어 있으나 앞의 예를 따라 이와 같이 수정함.
70) 졀ᄎᆞ(節遮): 절차. 절제하고 막아 버림.

신(精神)을 강작(强作)ᄒ야 친(親)이 념빙(殮殯)[71]을 극진(極盡)이 ᄒ야 임의 입관(入棺)ᄒ니 쇼부(少傅)와 무평[72]빅은 통곡(慟哭)을 죵일(終日)ᄒ나 승샹(丞相)은 대의(大義)ᄅᆞᆯ 굿이 잡아 다만 모친(母親)을 븟드러 위로(慰勞)ᄒ기ᄅᆞᆯ 젼쥬(專主)[73]히 힘쓰고 부인(夫人)이 훼쳑(毀慽)[74]ᄒᆞᄂᆞ 찍ᄂᆞᆫ 승샹(丞相)이 부인(夫人)을 붓들고 오열(嗚咽) 비샹(悲傷)ᄒ야 혈뉘(血淚ㅣ) 낫츨 덥허 흐르니 뉴 부인(夫人)이 도로혀 셜우믈 셔리담아 졔ᄌ(諸子)ᄅᆞᆯ 어로만져 관회(寬懷)ᄒ야 셩복(成服)[75]을 지니고 승샹(丞相) 형뎨(兄弟) 최복(衰服)[76]으로 드러와 뉴 부인(夫人)긔 뵈오민 부인(夫人)이 그 거동(擧動)을 ᄎᆞ마 보지 못ᄒ야 실셩통곡(失聲慟哭) 왈(曰),

"박명(薄命) 인ᄉᆡᆼ(人生)이 필경(畢竟)에 가군(家君)을 여히고 여등(汝等)의 이 ᄀᆞᆺᄐᆞᆫ 거동(擧動)을 보니 이 셜우믈 엇지 ᄎᆞ므리오?"

무평[77]빅 등(等)이 부인(夫人)의 셜워ᄒ시믈 보고 누쉬(淚水ㅣ) 여우(如雨)ᄒ야 말을 닐

---

71) 념빙(殮殯): 염빈. 시체를 염습하여 관에 넣어 안치함.

72) 평: [교] 원문에는 '령'으로 되어 있으나 앞의 예를 따라 이와 같이 수정함.

73) 젼쥬(專主): 전주. 혼자서 일을 주관함.

74) 훼쳑(毀慽): 훼척. 너무 슬퍼하여 몸을 상하게 함.

75) 셩복(成服): 성복. 초상이 나서 처음으로 상복을 입음. 보통 초상난 지 나흘 되는 날부터 입음.

76) 최복(衰服): 아들이 부모, 조부모, 증조부모, 고조부모의 상중에 입는 상복.

77) 평: [교] 원문에는 '령'으로 되어 있으나 앞의 예를 따라 이와 같이 수정함.

우지 못ᄒ되 승상(丞相)은 우름을 긋치고 화열(和悅)ᄒᆫ 말슴으로 위로(慰勞)ᄒ야 ᄀᆞᆯ오되,

"금일(今日) 경상(景狀)이 실(實)노 참블인견(慘不忍見)[78]이오나 대인(大人) 님죵(臨終) 유언(遺言)이 지극(至極) 명빅(明白)ᄒ시니 슬프믈 ᄎᆞᆷ으시고 유교(遺敎)를 봉ᄒᆡᆼ(奉行)ᄒ시미 도리(道理)에 당당(堂堂)ᄒ시니 태태(太太)ᄂᆞᆫ 대의(大義)를 ᄉᆡᆼ각ᄒᆞ소셔."

냥뎨(兩弟)를 도라보와 ᄀᆞᆯ오되,

"이제 야야(爺爺)를 여희옵고 삼ᄉᆞ(三四) 일(日)이 얼푸시 지나니 인ᄌᆞ(人子)의 ᄎᆞᆷ지 못홀 배나 믈이 업침 ᄀᆞᆺ거늘 엇지 이러틋 과훼(過毀)ᄒ야 모친(母親) 심ᄉᆞ(心思)를 도도ᄂᆞ뇨?"

이(二) 인(人)이 눈믈을 거두어 빈ᄉᆞ(拜謝) 슈명(受命)ᄒ고 뉴 부인(夫人)이 텩연(戚然) 탄식(歎息)고 잠간(暫間) 진정(鎭靜)ᄒ야 벼개의 지혀민 승상(丞相)이 손을 쥐믈너 잠드ᄅᆞ시믈 보고 믈너 녀막(廬幕)에 나오민 부친(父親) 형적(形迹)[79]이 묘연(杳然)ᄒ고 검은 관(棺)과 붉은 명

명(銘旌)[80]이 쳐량(凄凉)ᄒ니 승상(丞相)의 슬픈 심ᄉᆡ(心思ㅣ) 날노

---

78) 참블인견(慘不忍見): 참불인견. 슬퍼 차마 볼 수가 없음.

79) 형적(形迹): 형적. 형상과 자취.

80) 명명(銘旌): 명정. 죽은 사람의 관직과 성씨 따위를 적은 기. 일정한 크기의 긴 천에 보통 다홍 바탕에 흰 글씨로 쓰며, 장사 지낼 때 상여 앞에서 들고 간 뒤에 널 위에

빈빈(頻頻)혼지라 이에 나아가 관(棺)을 붓들고 머리를 다혀 소릭를 먹음고 피눈믈이 포의(布衣)를 젹시더니 믄득 혼졀(昏絶)호야 것구러지니 본(本)되 믹식(每事ㅣ) 단엄(端嚴)호고 텬셩(天性)이 대의(大義)를 스못츠며 부친(父親) 유언(遺言)과 샹시(常時) 녜즁(禮重)81)호믈 아는 고(故)로 어즈러이 우지 아니호고 빙념(殯殮)82)을 친(親)이 호고 모친(母親)을 위로(慰勞)호려 것츠로 과상(過傷)호미 업스나 그 속은 임의 녹아 지 되엿는 고(故)로 엄홀(奄忽)83)호야 능(能)히 슈습(收拾)지 못호니 부마(駙馬) 등(等)이 황망(慌忙)이 붓드러 상막(喪幕)에 나와 약(藥)을 쳐 쥐믈러 구(救)호나 일분(一分) 싱되(生道ㅣ) 업스니 무평84)빅, 경 시랑(侍郎), 쇼부(少傅) 등(等)이 황겁(惶怯)85)호야 아모리 홀 줄 모로고 부마(駙馬) 형뎨(兄弟) 눈믈이 비 굿트야 졍(正)히 창황(倉黃)호더니 샹셔(尚書)

* * *

17면

왈(曰),

"대인(大人)이 요스이 것츠로 화열(和悅)호신 둣호나 속으로 심장(心腸)을 믜오 살와 계시니 졈약(-藥)으로 싱도(生道)를 바라지 못호올지라 당당(堂堂)이 쇼질(小姪)이 약(藥)을 쓰리이다."

셜파(說罷)에 왼팔을 질너 피를 입에 흘니니 반향(半晌) 후(後) 승

퍼 믇음.

81) 녜즁(禮重): 예중. 예법의 중요함.

82) 빙념(殯殮): 빈렴. 염함.

83) 엄홀(奄忽): 갑작스럽게 정신을 잃음.

84) 평: [교] 원문에는 '령'으로 되어 있으나 앞의 예를 따라 이와 같이 수정함.

85) 황겁(惶怯): 두려워하고 겁을 먹음.

샹(丞相)이 겨유 정신(精神)을 출혀 니러 안즈 졔뎨(諸弟)와 졔즈(諸子)의 챵황(倉黃)ᄒᆞᆯ믈 보고 슈루(垂淚) 왈(曰),

"내 명완(命頑)ᄒᆞ야 야야(爺爺)ᄅᆞᆯ 여희옵고 슈일(數日)을 견듸엿ᄂᆞ니 엇지 즈레 죽으리오? 형쟝(兄丈)과 냥뎨(兩弟)는 방심(放心)ᄒᆞ소셔."

경 시랑(侍郎)이 집슈(執手) 톄읍(涕泣) 왈(曰),

"우형(愚兄)이 싱부모(生父母)ᄅᆞᆯ 참별(慘別)ᄒᆞ고 여싱(餘生)을 보젼(保全)ᄒᆞ야 대인(大人)의 이휼(愛恤)ᄒᆞ신 은혜(恩惠)ᄅᆞᆯ 닙ᄉᆞ와 부뫼(父母ㅣ) 아니 계시믈 닛더니 대인(大人)이 즁도(中途)에 셰샹(世上)을 바리시니 실(實)노 죽어 셜움을 닛고져 ᄒᆞ나 대인(大人) 유교(遺敎)ᄅᆞᆯ 밧ᄌᆞ와 현뎨(賢弟)

ᄅᆞᆯ 크게 바라ᄂᆞ니 우형(愚兄)의 ᄉᆞ고무탁(四顧無託)[86]ᄒᆞᆫ 졍ᄉᆞ(情事)ᄅᆞᆯ 개렴(介念)[87]ᄒᆞ야 쳔금즁신(千金重身)을 스스로 보듕(保重)ᄒᆞ야 우형(愚兄)의 고독(孤獨)ᄒᆞᆯ믈 위로(慰勞)ᄒᆞ라."

승샹(丞相)이 오열(嗚咽) 부답(不答)ᄒᆞ고 무평[88]빅 등(等)이 눈믈을 금(禁)치 못ᄒᆞ더라.

승샹(丞相)이 겨유 진정(鎭靜)ᄒᆞ야 드러가 모친(母親)을 위로(慰勞)ᄒᆞ고 ᄉᆞ시(四時) 곡읍(哭泣)에 셩음(聲音)이 비졀쳐초(悲絶凄楚)[89]ᄒᆞ야 상복(喪服)에 혈뉘(血淚ㅣ) 어룽지니 견시재(見視者ㅣ) 참담(慘

---

86) ᄉᆞ고무탁(四顧無託): 사고무탁. 사방을 돌아보아도 의탁할 곳이 없음.
87) 개렴(介念): 개념. 어떤 일 따위를 마음에 두고 생각하거나 신경을 씀. 개회(介懷).
88) 평: [교] 원문에는 '령'으로 되어 있으나 앞의 예를 따라 이와 같이 수정함.
89) 비졀쳐초(悲絶凄楚): 비절처초. 매우 슬프고 처량함.

憹)이 넉이더라.

제(祭)를 파(罷)ㅎ고 믈너난즉 냥뎨(兩弟)를 위로(慰勞)ㅎ고 미음(米飮)을 츠져 스스로 몸을 보호(保護)ㅎ야 일월(日月)을 보니더라.

뎡 부인(夫人)이 존고(尊姑)를 뫼셔 쥬야(晝夜) 위로(慰勞)ㅎ고 죠셕(朝夕) 증상(烝嘗)90)을 친(親)히 다스려 제스(祭祀)를 밧들고 존구(尊舅)의 혜튁(惠澤)을 싱각고 눈믈 아니 흘닐 적이 업더라.

태스(太師) 부음(訃音)이 경스(京師)에 니르니 이썬 국개(國家 ㅣ) 크게 그릇되여 황

· ● ●

19면

뎨(皇帝) 븍벌(北伐)ㅎ시다가 오랑캐의게 싸혀 도라오지 못ㅎ시니 뎨(帝)의 아오 경태(景泰)91) 즉위(卽位)ㅎ야 졍스(政事)를 다스리므로 태스(太師)의 흉문(凶聞)을 드르나 녜관(禮官)으로 치제(致祭)92)ㅎ미 업고,

왕비(王妃)와 쳘 샹셔(尙書) 부인(夫人)이 부친(父親) 부음(訃音)을 듯고 ㅎ가지로 모다 피발곡용(被髮哭踊)93)ㅎ고 남(南)으로 바라 통곡(慟哭)을 종일(終日)ㅎ니 각각(各各) 즈녜(子女 ㅣ) 모다 위로(慰勞)

---

90) 증상(烝嘗): '증(烝)'은 겨울제사이고 '상(嘗)'은 가을제사로, 통칭하여 제사를 이름.

91) 경태(景泰): 중국 명나라 제7대 황제인 대종(代宗)의 연호(1449~1457). 이름은 주기옥(朱祁鈺). 제5대 황제인 선종(宣宗) 선덕제(宣德帝, 1425~1435)의 아들이며 제6대 황제인 영종(英宗) 정통제(正統帝, 1435~1449)의 이복아우임. 1449년에 오이라트 족의 침략으로 정통제가 직접 친정을 나가 포로로 잡힌, 이른바 토목(土木)의 변(變)으로, 황제로 추대됨. 정통제가 풀려나 돌아온 뒤에도 황위를 물려주지 않다가 정통제를 옹립하려는 세력이 일으킨 정변으로 폐위되고 폐위된 지 한 달 후에 급사함.

92) 치제(致祭): 치제. 임금이 제물과 제문을 보내어 죽은 신하를 제사 지내던 일.

93) 피발곡용(被髮哭踊): 머리를 풀어 헤치고 슬피 울며 발을 구름.

ᄒ야 셩복(成服)을 지닐식 문 혹스(學士) 부인(夫人)이 흔가지로 니ᄅ러 참제(叅祭)94)ᄒ고 셜워ᄒ미 지극(至極)ᄒ더라.

초왕비 부친(父親)을 다시 뵈옵지 못ᄒ고 여희믈 각골익통(刻骨哀痛)95)ᄒ야 쟝스(葬事) 밋쳐 왕(王)으로 더브러 금쥐(錦州)로 가려 ᄒ고 쳘 부인(夫人)도 쏘흔 샹셔(尙書)로 더브러 흔가지로 힝(行)ᄒ며 문 부인(夫人)도 혹스(學士)로 더브러 두 슉모(叔母)로 길히 올을식 빙셩 쇼져(小姐)의게 통부(通訃)96)ᄒ미 문니(門吏) 막고 드리지

* ● ●

20면

아니ᄒ니 기즁(其中) 고초(苦楚)를 가(可)히 알지라.

초왕비와 문 쇼제(小姐 l) 더옥 슬허 다시 통신(通信)치 못ᄒ고 금쥐(錦州) 니ᄅ니 도뢰(道路 l) 먼 고(故)로 발셔 쟝일(葬日)이 슈십(數十) 일(日)이 가렷더라.

초왕비와 쳘 부인(夫人)이 태스(太師)의 관(棺)을 붓들고 실셩운졀(失聲殞絶)97)ᄒ니 승샹(丞相) 등(等)이 쏘흔 대곡(大哭)ᄒ야 익셩(哀聲)이 되진(大振)98)ᄒ니 힝뇌(行路 l)99) 발을 멈츄어 가지 아니ᄒ고 눈믈을 흘니더라.

일쟝(一場) 통곡(慟哭)ᄒ고 드러가 모친(母親)과 명 부인(夫人)을 붓들고 하 우니 눈의셔 피 나더라. 뉴 부인(夫人)이 냥녀(兩女)를 어

---

94) 참제(叅祭): 참제. 제사에 참여함.

95) 각골익통(刻骨哀痛): 각골애통. 뼈에 사무치도록 매우 슬퍼함.

96) 통부(通訃): 사람의 죽음을 알림.

97) 실셩운졀(失聲殞絶): 실성운절. 목이 쉬도록 울고 기절함.

98) 되진(大振): 대진. 크게 일어남.

99) 힝뇌(行路 l): 행로. 길을 가는 사람.

로만져 우러 왈(曰),

"노뫼(老母ㅣ) 인싱(人生)이 명완(命頑)ᄒ야 네 부친(父親)을 여희고 금일(今日) 완젼(完全)이 사라 여등(汝等)을 보니 인싱(人生)의 모질미 심(甚)치 아니리오?"

냥(兩) 부인(夫人)이 실셩톄읍(失聲涕泣)ᄒ고 위로(慰勞)ᄒ 쌴이러니 초왕과 쳘 공(公)이 녕궤(靈几)에 통곡(慟哭)ᄒ고

∙∙∙

21면

승샹(丞相) 등(等) 삼(三) 인(人)을 붓드러 크게 상텩(喪慽)[100]에 슬프믈 됴위(弔慰)ᄒ고 눈믈을 드리워 위로(慰勞)ᄒ니 승샹(丞相) 등(等) 삼(三) 인(人)이 오열(嗚咽)ᄒ야 말을 닐우지 못ᄒ더라.

쟝일(葬日)이 님긔(臨期)[101]ᄒ미 녕궤(靈几)를 뫼셔 셩분(成墳)[102]ᄒᆯ시 흰 ᄎ일(遮日)은 너른 뫼흘 덥헛고 븕은 명졍(銘旌)은 솔 ᄉ이에 나붓기며 근쳐(近處) 쥬현(州縣) 군목(群牧)[103]이 위의(威儀)를 거ᄂ려 호상(護喪)[104]ᄒ며 네 상인(喪人)과 여둛 복인(服人)이 상녜(喪禮)를 출히니 곡셩(哭聲)이 금쥐(錦州) 일현(一縣)을 흔들고 위의(威儀) 거록ᄒ미 고금(古今)에 희한(稀罕)ᄒ더라.

쟝ᄉ(葬事)를 맛고 목쥬(木主)[105]를 붓드러 집에 도라오니 승샹(丞相) 등(等)의 죵텬디통(終天之痛)[106]이 인셰(人世)에 머믈고져 ᄯᅳ지

---

100) 상텩(喪慽): 상척. 초상을 당해 슬퍼함.
101) 님긔(臨期): 임기. 날이 다다름.
102) 셩분(成墳): 성분. 흙을 쌓아 올려서 무덤을 만듦. 봉분(封墳).
103) 군목(群牧): 뭇 수령.
104) 호상(護喪): 초상 치르는 모든 일을 주장하여 보살핌.
105) 목쥬(木主): 목주. 신주(神主)의 이름을 적은 나무패.

업스며 뉴 부인(夫人)이 태싀(太師ㅣ) 져머셔븟터 천만비원(千萬悲怨)[107]을 굿초 격고 도로(道路) 풍상(風霜)을 무릅뻐 일즉 큰 유한(遺恨)을 품어 즐겨 지닐 젹이 업다가 이러툿

•••

22면

즁도(中途)에 도라가믈 각골통박(刻骨痛迫)[108]ᄒ야 간쟝(肝腸)이 촌절(寸絶)[109]ᄒ니 침좌(寢坐)[110]에 탄식(歎息)ᄒ믈 니긔지 못ᄒᄂ지라 승상(丞相)이 민망(憫惘)ᄒ야 므음을 천만(千萬) 가지로 억졔(抑制)ᄒ야 모친(母親)을 위로(慰勞)ᄒ고 뎡 부인(夫人)이 쳘 부인(夫人)과 혜아 부인(夫人)으로 더브러 쥬야(晝夜) 시측(侍側)ᄒ야 동동(洞洞)[111]ᄒ 효셩(孝誠)이 진실(眞實)노 간측(懇惻)[112]ᄒ며 공쥬(公主)와 소 시(氏) 등(等)이 뒤흘 조ᄎ 효봉(孝奉)[113]ᄒ기를 게얼니 아니ᄒ고 부마(駙馬) 등(等)이 쥬야(晝夜) 모[114]친(母親)을 뫼시고 감(敢)히 ᄉ실(私室)에 모들 의ᄉ(意思)를 아니ᄒ니 이러구러 겨유 부지(扶持)ᄒ미 잇고 초왕비와 쳘 부인(夫人)이 머므러 모친(母親)을 위로(慰勞)ᄒ더라.

---

106) 죵텬디통(終天之痛): 종천지통. 하늘이 끝나는 듯한 슬픔이라는 뜻으로 왕이나 부모의 죽음을 이름.

107) 천만비원(千萬悲怨): 천만비원. 온갖 슬픔과 원망.

108) 각골통박(刻骨痛迫): 뼈에 사무치도록 매우 슬픔.

109) 촌절(寸絶): 촌절. 마디마디 끊어짐.

110) 침좌(寢坐): 잠자리에 눕거나 앉음.

111) 동동(洞洞): 질박하고 성실함.

112) 간측(懇惻): 간절하고 지성스러움.

113) 효봉(孝奉): 효성으로 받듦.

114) 모: [교] 원문에는 '부'로 되어 있으나 문맥을 고려하여 이와 같이 수정함.

문 쇼졔(小姐ㅣ) 일일(一日)은 상막(喪幕)에 나아가 부친(父親)긔 뵈옵고 말솜ᄒ더니 인(因)ᄒ야 빙셩 쇼져(小姐)의 말솜을 술오니 승상(丞相)이 탄왈(嘆曰),

"내 시금(時今)에 텬붕지통(天崩之痛)을 맛나 의ᄉ(意思ㅣ) 혼모(昏耗)115)ᄒ니 어이 타ᄉ(他事)의 넘(念)이 이시

· ● ●

23면

리오? 빙셩이 긔골(氣骨)이 강명(剛明)ᄒ니 일편도히 위ᄐ(危殆)ᄒᆯ 우히(兒孩) 아니라 녀우(女兒)ᄂᆫ 소려(消慮)116)ᄒᆯ지어다."

쇼졔(小姐ㅣ) 비샤(拜謝)ᄒ고 믈너나다.

어시(於時)에 빙셩 쇼졔(小姐ㅣ) 부모(父母)ᄅᆞᆯ 니별(離別)ᄒ고 구가(舅家)에 도라오니 심ᄉ(心思ㅣ) 슬푸믈 니긔지 못ᄒ야 침셕(寢席)에 업ᄃᆡ여 쥬야(晝夜) 읍탄(泣嘆)117)ᄒ믈 마지아니니 뇨ᄉᆼ(-生)이 그 졍ᄉ(情事)ᄅᆞᆯ 참연(慘然)ᄒ나 부친(父親) 위엄(威嚴)을 두려 감(敢)히 ᄉ실(私室)에 못지 못ᄒ고 심ᄉ(心思ㅣ) 울울(鬱鬱)ᄒ믈 니긔지 못ᄒ더라.

뇨 태샹(太常)이 젼일(前日) 니(李) 승상(丞相) 안면(顔面)을 구의(拘礙)ᄒ야 쇼져(小姐)ᄅᆞᆯ 침노(侵擄)118)치 못ᄒ나 도금(到今)ᄒ여ᄂᆞᆫ 승상(丞相) 일개(一家ㅣ) 남(南)으로 나리고 공 시(氏) 회뢰(賄賂)119)

---

115) 혼모(昏耗): 정신이 없음.

116) 소려(消慮): 근심을 없앰.

117) 읍탄(泣嘆): 울고 탄식함.

118) 침노(侵擄): 성가시게 달라붙어 손해를 끼치거나 해침.

119) 회뢰(賄賂): 뇌물.

는 슈즁(手中)에 가득ㅎ야 금완의 니언(離言)[120]흔 말은 일킥(一刻)도 긋지 아니ㅎ니 혹(或)이 곳이드러 니(李) 시(氏)를 슈죄(數罪)[121] 아닐 날이 업고 보치기 극진지도(極盡之度)[122]에 니르러시되 기즁(其中) 고초(苦楚)ㅎ믈 엇지 측냥(測量)ㅎ리

• • •

24면

오마는 쇼졔(小姐ㅣ) 안식(顔色)을 곳쳐 염고(厭苦)[123]ㅎ미 업셔 공슌(恭順)ㅎ기만 일숨으니 공 시(氏) 더옥 뮈워 히(害)흘 계교(計巧)를 쥬야(晝夜) 싱각더니,

일일(一日)은 뇨싱(-生)이 부친(父親)의 나가믈 인(因)ㅎ야 니(李) 시(氏) 침소(寢所)에 니르러 보니 쇼졔(小姐ㅣ) 미우(眉宇)에 시름이 잠겨 촉하(燭下)에 단좌(端坐)ㅎ엿거늘 싱(生)이 나아가 셤슈(纖手)를 잡고 기리 탄왈(嘆曰),

"그뒤 샹문(相門) 귀녜(貴女ㅣ)오, 부귀(富貴) 영홰(榮華ㅣ) 극(極)ㅎ거늘 혹싱(學生)이 망녕(妄靈)도이 ᄉ모(思慕)ㅎ야 취(娶)흔 후(後) 이러틋 신셰(身世) 괴로오니 그뒤 필연(必然) 원망(怨望)ㅎ미 깁흘노다."

쇼졔(小姐ㅣ) 새로이 놀나고 붓그려 믁연(黙然)이 답(答)지 아니ㅎ니 싱(生)이 더옥 년익(戀愛)ㅎ야 흔가지로 샹상(牀上)에 나아가니 견권지졍(繾綣之情)[124]이 태산(泰山) ᄀᆞᆺ더라.

---

120) 니언(離言): 이언. 이간하는 말.

121) 슈죄(數罪): 수죄. 죄를 하나하나 따짐.

122) 극진지도(極盡之度): 끝이 없는 정도.

123) 염고(厭苦): 싫어하고 괴롭게 여김.

ᄎ시(此時), 공 시(氏) 싱(生)의 아니 오믈 보고 의심(疑心)호야 가마니 니(李) 시(氏) 침소(寢所)의 가 여어보고 분(憤)을 참지 못호야 평명(平明)에 니(李) 쇼져(小姐) 곳에 니르러 칼을 들

· ·

25면

고 싱(生)의게 달녀드러 왈(曰),

"대인(大人)이 그딕를 명(命)호샤 쳡(妾)의 곳에 이시라 호야 계시거늘 그딕 엇지 감(敢)이 요녀(妖女)의 곳에 니르럿ᄂᆞ뇨?"

인(因)호야 알프로 나아드러 옷슬 쁘진딕 싱(生)이 발연대로(勃然大怒)[125]호야 넓써 셔 대믹(大罵)[126] 왈(曰),

"투뷔(妬婦ㅣ)[127] 필경(畢竟)은 엇지 지아비를 모로ᄂᆞ뇨?"

공 시(氏) 더옥 노(怒)호야 난간(欄干)에 머리를 부딕이져 발악(發惡)호더니 이썬 태샹(太常)이 종가(宗家) 졔ᄉᆞ(祭祀)의 갓다가 도라오니 금완이 마조 닉다라 왈(曰),

"삼낭군(三郎君)이 공 쇼져(小姐)를 즉금(卽今) 쳐 긔졀(氣絶)호엿ᄂᆞ이다."

태샹(太常)이 대경(大驚)호야 급(急)히 홍각에 니르러 보니 공 시(氏) 낫치 피를 가득이 흘니고 울며 왈(曰),

"작일(昨日) 대인(大人)이 나가신 후(後) 낭군(郎君)이 요녀(妖女)의 침소(寢所)에 니르러 쳡(妾) 죽이믈 의논(議論)호거늘 쳡(妾)이 연

---

124) 견권지졍(繾綣之情): 견권지정. 애틋한 마음.
125) 발연대로(勃然大怒): 갑자기 크게 성을 냄.
126) 대믹(大罵): 대매. 크게 꾸짖음.
127) 투뷔(妬婦ㅣ): 질투하는 아내.

고(緣故)를 뭇고져 ᄒᆞ미 니(李) 시(氏) 낭군(郎君)을 축(囑)ᄒᆞ야 쳡(妾)

을 이러틋 첫ᄂᆞ이다."

태상(太常)이 쳥필(聽畢)에 대로(大怒)ᄒᆞ야 싱(生)을 잡아 나리오라 ᄒᆞ니 공 시(氏) 거줏 고왈(告曰),

"낭군(郎君)이 날을 쳐시나 도시(都是) 니(李) 시(氏)의 도도미니 낭군(郎君)의 본심(本心)이 아니라 니(李) 시(氏)를 다ᄉᆞ리시고 낭군 (郎君)의 쳔금즁신(千金重身)을 상(傷)히오지 말으소셔."

태상(太常)이 크게 어지리 넉여 싱(生)을 샤(赦)ᄒᆞ고 니(李) 시(氏) 를 계하(階下)의 ᄂᆞ리와 ᄭᅮᆯ니고 슈죄(數罪) 왈(曰),

"너 쳔인(賤人)이 샹부(相府) 녀ᄋᆡ(女兒ㅣ)로라 ᄒᆞ고 위셰(威勢)로 인(因)ᄒᆞ야 뎡실(正室)을 만모(慢侮)[128]ᄒᆞ니 내 통ᄒᆡ(痛駭)[129]ᄒᆞ미 오릿딕 너의 여러 오라비 동당(同黨)이 셰고 적은 벼슬을 비러 날을 면욕(面辱)[130]ᄒᆞᄆᆞᆯ 틱심(太甚)이 ᄒᆞ니 노뷔(老夫ㅣ) 형셰(形勢) 미 (微)ᄒᆞ야 결우기 슬흐므로 너를 가마니 두엇거늘 가지록 방즈(放恣) 교만(驕慢)ᄒᆞ야 어린 남즈(男子)를 다릭여 정실(正室)을 져러틋 치니 네 죄(罪)를 가(可)히 아ᄂᆞᆫ다?"

쇼졔(小姐ㅣ) 머리를 좃고 안셔(安舒)[131]

---

128) 만모(慢侮): 거만한 태도로 남을 업신여김.
129) 통ᄒᆡ(痛駭): 통해. 몹시 이상스러워 놀람.
130) 면욕(面辱): 면전에서 욕을 보임.
131) 안셔(安舒): 안서. 편안하고 조용함.

히 쑤러 쳥죄(請罪)홀 쑨이오 일언(一言)을 토(吐)ᄒ야 다토미 업수
니 태샹(太常) 왈(曰),

"네 죄(罪) 죽엄 죽ᄒ되 관젼(寬典)132)을 쓰ᄂ니 후원(後園) 츈영
당에 드러가 개과ᄌ칙(改過自責)133)ᄒ라."

쇼제(小姐ㅣ) 공슌(恭順)이 샤죄(謝罪)ᄒ고 유모(乳母) 경난과 시
녀(侍女) 벽난, 미셤을 다리고 후원(後園)으로 드러가니 태샹(太常)
이 쏘 싱(生)을 칙(責)ᄒ야 공 시(氏) 후ᄃ(厚待)ᄒ믈 닐오고 왈(曰),

"너를 당당(堂堂)이 즁치(重治)134)홀 거시로되 공 시(氏)의 ᄯᅳ시
아름다오미 샤(赦)ᄒᄂ니 츠후(此後)나 그런 거조(擧措)를 말나."

싱(生)이 공 시(氏)를 통한(痛恨)ᄒ고 니(李) 시(氏)의 졍ᄉ(情事)를
참혹(慘酷)히 넉이나 감(敢)이 ᄉ쉭(辭色)지 못ᄒ고 고두(叩頭) 샤죄
(謝罪)ᄒ야 퇴(退)ᄒ니 급ᄉ(給事) 형뎨(兄弟) 니(李) 시(氏) 가도믈
더옥 블평(不平)ᄒ믈 니긔지 못ᄒ되 부친(父親)의 포려(暴戾)135)ᄒ
위엄(威嚴)을 두려 일언(一言)을 못 ᄒ고 서로 탄식(歎息)홀 쑨이라.

이ᄯᅥ, 공 시(氏) 쇼계(小計)로 니(李) 시(氏)를 가도고 크게 깃거 다

시 히(害)홀 모칙(謀策)을 도모(圖謀)홀시 금완 왈(曰),

---

132) 관젼(寬典): 관전. 너그러운 은전.
133) 개과ᄌ칙(改過自責): 개과자책. 잘못을 뉘우치고 스스로를 꾸짖음.
134) 즁치(重治): 중치. 엄하게 다스림.
135) 포려(暴戾): 몹시 우악스럽고 사나움.

"니(李) 시(氏) 비록 일시(一時) 가도이나 뎌 부형(父兄)의 세(勢)
당당(堂堂)ᄒ니 만일(萬一) 득시(得時)136)ᄒ죽 낭ᄌ(娘子)의 형셰(形
勢) 누란(累卵)137)에 급(急)ᄒ미 이실지라 ᄎ시(此時)를 타 가(可)히
졀졔(切除)138)ᄒ미 샹칙(上策)이로딕 범ᄉ(凡事ㅣ) 큰일을 아니면 되
지 못ᄒᄂ니 여ᄎᄎ여ᄎ(如此如此) ᄒ미 엇더ᄒᄂ뇨?"

공 시(氏) 크게 깃거 손을 니마에 언져 샤례(謝禮) 왈(曰),

"셔모(庶母)의 묘계(妙計) 댱냥(張良)139)과 와룡(臥龍)140)이라도
블급(不及)141)ᄒ리니 진짓 나의 ᄌ방(子房)142)이라 이 은혜(恩惠)를
무어ᄉ로 갑흐리오?"

금완이 소왈(笑曰),

"첩(妾)이 젼(前)붓터 낭ᄌ(娘子)의 후딕(厚待)를 닙어시니 엇지 보
은(報恩)치 아니며 니녀(李女)ᄂ 일개(一介) 요악(妖惡)143)ᄒ 녀ᄌ(女
子ㅣ)니 집의 이시민 쳡심(妾心)을 어ᄌ러이고 낭ᄌ(娘子)의 금슬(琴
瑟)을 희지으니 식쟈(識者)의 안ᄌ괄목(眼眥刮目)144)ᄒ 거시 아니니

---

136) 득시(得時): 때를 얻음.
137) 누란(累卵): 계란을 쌓아 놓는다는 뜻으로 매우 위태로운 지경을 이름.
138) 졀졔(切除): 절제. 끊어 없앰.
139) 댱냥(張良): 장량. 중국 한(漢)나라 고조 때의 재상(?~B.C.168). 자는 자방(子房)이
    고 시호는 문성공(文成公). 일찍이 유방 밑에서 모사로 있으면서 소하(蕭何)와 함
    께 한나라 창업에 힘썼고, 그 공으로 유후(留侯)에 책봉됨. 말년에 유방이 자신을
    의심한다는 것을 알고 적송자를 본받아 은거하여 살았음.
140) 와룡(臥龍): 중국 삼국시대 촉한 유비의 책사인 제갈량(諸葛亮, 181~234)을 이름.
    와룡은 별호이고 자(字)는 공명(孔明). 유비를 도와 오(吳)나라와 연합하여 조조(曹
    操)의 위(魏)나라 군사를 대파하고 파촉(巴蜀)을 얻어 촉한을 세웠음. 유비가 죽은
    후에 무향후(武鄕侯)로서 남방의 만족(蠻族)을 정벌하고, 위나라 사마의와 대전 중
    에 오장원(五丈原)에서 병사함.
141) 블급(不及): 불급. 미치지 못함.
142) ᄌ방(子房): 자방. 장량(張良)의 자(字).
143) 요악(妖惡): 요사스럽고 악함.
144) 안ᄌ괄목(眼眥刮目): 안자괄목. 눈을 비비고 봄.

이다."

공 시(氏) 더옥 깃거 교구(巧構)[145) 칭찬(稱讚)ᄒ기를

○ ● ●

29면

긋지 아니ᄒ더라.

이ᄯᅵ 모츈간(暮春間)[146)이라. 금완이 공 시(氏)로 더브러 의논(議論)ᄒ야 초인(草人)을 ᄆᆡᆫ들고 노 공(公)의 싱월일시(生月日時)를 ᄡᅥ 복듕(腹中)의 너코 작법(作法)ᄒ니 노 공(公)이 슈일(數日) ᄂᆡ(內) 긔운이 블평(不平)ᄒ야 상상(牀上)의 누어 신음(呻吟)ᄒ더니 금완이 닐오ᄃᆡ,

"요ᄉᆞᆫ이 원듕(園中) 경쉭(景色)이 아름다오니 노애(老爺ㅣ) 맛당히 잠간(暫間) 유완(遊玩)[147)ᄒ샤 병회(病懷)[148)를 위로(慰勞)ᄒ소셔."

태샹(太常)이 츠언(此言)을 조츠 제ᄌᆞ(諸子)를 더블고 후원(後園)에 니ᄅᆞ러 화최(花草ㅣ) 무셩(茂盛)ᄒ야 보암 즉ᄒ더라. 공(公)이 두로 건니더니 홀연(忽然) 보니 ᄒᆞᆫ 곳에 믈을 ᄯᅥ 노코 초인(草人)을 ᄆᆡᆫ드라 셰윗거늘 공(公)이 고이(怪異)히 넉여 술펴보니 초인(草人)의 속에 ᄌᆞ가(自家) 년월일시(年月日時)를 쥬사(朱砂)로 ᄡᅥ 너코 츅식(祝辭ㅣ)[149) 잇거늘 보니 글와시ᄃᆡ,

'니(李) 시(氏) 빙셩은 삼가 텬황후토(天皇后土)[150)긔 고(告)ᄒᄂᆞ니

---

145) 교구(巧構): 교묘하게 꾸밈.

146) 모츈간(暮春間): 모춘간. 늦봄. 음력 3월.

147) 유완(遊玩): 노닐며 즐김.

148) 병회(病懷): 병을 앓고 있는 동안의 회포.

149) 츅식(祝辭ㅣ): 축사. 귀신에게 비는 글.

150) 텬황후토(天皇后土): 천황후토. 옥황상제와 토지의 신.

첩(妾)이 본(本)되

··•

30면

샹문(相門) 귀녀(貴女)로 귀(貴)ᄒᆞ미 만금(萬金) 쥬옥(珠玉)에 비(比)치
못홀 거시어늘 시운(時運)이 블힝(不幸)하야 혹싱(學生) 뇨익의 직실
(再室)이 되니 쳔(賤)이 됨도 슬허ᄒᆞ거늘 싀아비 뇌홰 흉포(凶暴)[151]
블냥(不良)ᄒᆞ야 쳡(妾)을 참혹(慘酷)히 봇치다가 또 후원(後園) 깁흔
곳에 가도니 이ᄂᆞᆫ 젼셰(前世) 원쉬(怨讐)라. 붉은 신령(神靈)은 만일
(萬一) 그 넉슬 잡아 아비[152]되디[153]옥(阿鼻大地獄)[154]에 너흘진되
쳡(妾)이 당당(堂堂)이 졀일(節日)[155]에 향화(香火)를 ᄀᆞᆺ초와 은혜(恩
惠)를 사례(謝禮)ᄒᆞ리이다.'

ᄒᆞ엿더라.

뇨 공(公)이 간필(看畢)[156]에 면여토식(面如土色)[157]ᄒᆞ야 도라 익
다려 왈(曰),

"이런 대악(大惡)에 안히를 어더 아비를 히(害)하니 이 엇진 연괴

---

151) 흉포(凶暴): 흉악하고 사나움.

152) 비: [교] 원문에는 '미'로 되어 있으나 오기로 보임.

153) 디: [교] 원문에는 '리'로 되어 있으나 오기로 보임.

154) 아비되디옥(阿鼻大地獄): 아비대지옥. 아비지옥은 팔열지옥(八熱地獄)의 하나로 오
역죄를 짓거나, 절이나 탑을 헐거나, 시주한 재물을 축내거나 한 사람이 가는데,
한 겁(劫) 동안 끊임없이 고통을 받는다는 지옥.

155) 졀일(節日): 절일. 철따라 드는 명절. 원단(元旦, 정월 초하루), 상원(上元, 정월 보
름날), 한식(寒食), 상사(上巳, 3월 3일 삼짇날), 욕불(浴佛, 사월 초파일), 단오(端
午), 유두(流頭, 유월 보름날), 추석(秋夕), 중원(中元, 7월 보름날), 중양(重陽, 9월
9일), 동지(冬至), 임금의 탄일 등이 있음.

156) 간필(看畢): 다 봄.

157) 면여토식(面如土色): 면여토색. 얼굴색이 흙빛처럼 됨.

(緣故ㅣ)뇨?"

싱(生)이 간계(奸計)158)를 짐작(斟酌)ᄒ나 ᄉ쇠(辭色)지 아니코 돈
슈(頓首) 쳥죄(請罪) 왈(曰),

"욕ᄌ(辱子ㅣ) 무상(無狀)159)ᄒ와 쳐ᄌ(妻子)의 현우(賢愚)를 아지
못ᄒ고 망극(罔極)ᄒ 변(變)

* * *

31면

이 이에 니ᄅ니 죽ᄉ오믈 쳥(請)ᄒᄂ이다."

태샹(太常)이 대로(大怒)ᄒ야 셔헌(書軒)에 도라와 쇼져(小姐)를
잡아다가 계하(階下)에 ᄭ으러 대민(大罵) 왈(曰),

"너 요인(妖人)이 비록 무상(無狀)ᄒ나 싀아비를 감(敢)이 희(害)ᄒ
ᄂ 며ᄂ리 이시리오? 이 죄(罪) 블용쥬(不容誅)160)라 당당(堂堂)이
법부(法部)의 고(告)ᄒ고 쳐치(處置)ᄒ리라."

셜파(說罷)에 친(親)이 필연(筆硯)을 나와 고쟝(告狀)을 쓰려 ᄒ거
ᄂ 급ᄉ(給事ㅣ) 연망(連忙)이 궤간(跪諫)161) 왈(曰),

"이졔 니(李) 시(氏) 죄악(罪惡)이 명빅(明白)ᄒ나 방금(方今)에 고
군(孤君)162)이 북새(北塞)163)에 곤(困)ᄒ시고 국개(國家ㅣ) 흉흉(洶
洶)164)ᄒ 써 이런 눈긔(倫紀)에 관대(關帶)165)ᄒ 옥ᄉ(獄事)를 닐위

---

158) 간계(奸計): 간사한 계교.

159) 무상(無狀): 무상. 사리에 밝지 못함.

160) 블용쥬(不容誅): 불용주. 목을 베어도 용납받지 못함.

161) 궤간(跪諫): 꿇어앉아 간함.

162) 고군(孤君): 외로운 임금.

163) 북새(北塞): 북새. 북쪽 변방.

164) 흉흉(洶洶): 분위기가 술렁술렁하여 매우 어수선함.

시며 니(李) 샹국(相國) 낯츨 더욱 보지 아니시리잇가? 원(願)컨티 슬
피소셔."

태샹(太常)이 쟝즈(長子)의 말을 듯고 올히 넉여 이윽이 침음(沈
吟)ᄒ니, 쇼제(小姐ㅣ) 츠경(此景)을 당(當)ᄒ야 입이 이시나 폭빅(暴
白)166)홀 말이 업셔 눈물을 흘

∘••

32면

니며 죽으믈 청(請)ᄒ니 좌우(左右)에 보ᄂ니 아니 잔잉이 넉이리 업
ᄉ나 입을 봉(封)ᄒ야 말이 업더라.

태샹(太常)이 니(李) 시(氏)다려 ᄯᅩ 닐오티,

"너를 당당(堂堂)이 법부(法部)에 고(告)ᄒ고 다ᄉ릴 거시로티 대
덕(大德)을 드리오ᄂ니 네 싱심(生心)도 원망(怨望)치 말고 내 집의
잇지 말나."

드티여 미러 문밧(門-)긔 니치니 쇼제(小姐ㅣ) 텬디간(天地間) 눈
샹(倫常)167)의 대죄(大罪)를 어더 즉시(卽是) 죽지 못ᄒ고 빅쥬(白晝)
에 구츅(驅逐)168)ᄒᄆᆯ 만나 유모(乳母) 경169)난 등(等)으로 더브러
문밧(門-)긔 나와 서로 붓들고 통곡(慟哭)ᄒ며 아모리 홀 줄 모로더
니 벽난170) 왈(曰),

"날이 어둡기를 기다려 본부(本府)로 가 쳘 부인(夫人)긔 뵈옵고

---

165) 관대(關帶): 연관되어 있음.

166) 폭빅(暴白): 폭백. 죄나 잘못이 없음을 말하여 밝힘.

167) 눈샹(倫常): 윤상. 인륜의 떳떳하고 변하지 아니하는 도리.

168) 구츅(驅逐): 구축. 내쫓김.

169) 경: [교] 원문에는 '벽'으로 되어 있으나 앞의 예를 따라 이와 같이 수정함.

170) 난: [교] 원문에는 '랑'으로 되어 있으나 앞의 예를 따라 이와 같이 수정함.

구쳐(區處)171) ᄒ샤이다."

쇼졔(小姐ㅣ) ᄎ언(此言)을 듯고 이날 황혼(黃昏)에 노쥬(奴主ㅣ) 서로 붓드러 본부(本府)에 니ᄅ러 보니 쳘부(-府)와 본뷔(本府ㅣ) 다 뷔여 노양낭(老養娘) 두어히 나와 닐오ᄃᆡ,

"부인(夫人)과 샹

• •

33면

셰(尚書ㅣ) 슈월(數月) 젼(前) 금쥐(錦州) 태ᄉ(太師) 노야(老爺) 상ᄉ (喪事)를 맛나샤 초왕비와 문 혹ᄉ(學士) 부인(夫人)으로 더브러 금 쥐(錦州)로 가시니이다."

쇼졔(小姐ㅣ) 바야흐로 조부(祖父)의 졸(卒)ᄒ시믈 알고 크게 통곡 (慟哭)ᄒ고 골오ᄃᆡ,

"슉모(叔母)와 져뎨(姐姐ㅣ) 엇지 내게ᄂᆫ 통부(通訃)172)를 아니ᄒ 고 홀노 가시뇨?"

양낭(養娘) 왈(曰),

"문 부인(夫人)이 사름을 노부(-府)에 보ᄂᆡ시니 문니(門吏) 막고 드리지 아니터라 ᄒ고 그져 오니 과도(過度)히 슬허ᄒ시다가 가시더 이다."

쇼졔(小姐ㅣ) 쳥파(聽罷)에 금완의 막으민 줄 알고 부모(父母)의 이상(哀傷)ᄒ시믈 싱각ᄒ야 더옥 셜우믈 니긔지 못ᄒ야 무슈(無數) 히 울고 협문(夾門)으로조ᄎ 뎡 각노(閣老) 부즁(府中)에 니ᄅ니,

이ᄯᅵ 뎡 각뇌(閣老ㅣ) 노병(老病)이 심(甚)ᄒᄆ로 뎡 상셰(尚書ㅣ)

---

171) 구쳐(區處): 구처. 변통하여 처리함.

172) 통부(通訃): 사람의 죽음을 알림.

국시(國事 |) 그릇되믈 보고 고향(故鄕)의 도라가고져 ᄒᆞᄃᆡ 부친(父親)이 도로(道路)에 올흐시미 어려워 다만 벼슬을 갈고 문(門)을 다

다 손을 사(辭)ᄒᆞ고 형뎨(兄弟)로 더브러 양친(養親)ᄒᆞ믈 일솜더니 태ᄉᆞ(太師)의 흉문(凶聞)을 듯고 각뇌(閣老 |) 크게 슬허ᄒᆞ고 뎡 샹셰(尙書 |) 믜ᄌᆞ(妹子) 부부(夫婦)와 녀셔(女壻)를 념녀(念慮)ᄒᆞ야 침식(寢食)이 편(便)치 아니터니, 이날 빙셩 쇼져(小姐)를 보고 크게 놀나 더브러 각노(閣老)긔 드러가 뵈고 연고(緣故)를 무ᄅᆞ니 쇼졔(小姐 |) 눈믈을 ᄲᅮ리고 슈말(首末)을 고(告)ᄒᆞ야 ᄀᆞᆯ오ᄃᆡ,

"쇼질(小姪)이 인눈(人倫)의 즁죄인(重罪人)이라. 조뷔(祖父 |) 훙(薨)ᄒᆞ시믈 아지 못ᄒᆞ엿다가 이졔야 드르니 부모(父母)의 이상(哀傷)ᄒᆞ시ᄂᆞᆫ 거동(擧動)이 안져(眼底)[173]의 버럿ᄂᆞᆫ 듯ᄒᆞᆫ지라. 슉부(叔父) 은덕(恩德)을 닙어 금쥐(錦州)로 가믈 바라ᄂᆞ이다."

뎡 샹셰(尙書 |) ᄀᆞᆯ오ᄃᆡ,

"노 태샹(太常)이 이러틋 무상(無狀)ᄒᆞ야 너를 무죄(無罪)히 구츅(驅逐)ᄒᆞ야 ᄂᆡ치니 가(可)히 통ᄒᆡ(痛駭)[174]ᄒᆞ도다. 금쥐(錦州)로 가믄 아직 싱각ᄒᆞ야 ᄒᆞ리라."

각노(閣老)와

---

173) 안져(眼底): 안저. 눈 아래.

174) 통ᄒᆡ(痛駭): 통해. 몹시 이상스러워 놀람.

녀 부인(夫人)이 쇼져(小姐)를 어로만져 타루(墮淚)ᄒ야 글오디,

"우리 노년(老年)에 네 부친(父親)과 네 어미를 써나 ᄆᄋᆷ의 버히ᄂᆫ 듯ᄒ던 챠(次) 태ᄉ(太師)의 흉문(凶聞)을 드ᄅ니 네 부모(父母)의 효의(孝義)로 부지(扶持)키를 밋지 못홀지라 엇지 슬프지 아니리오?"

쇼제(小姐ㅣ) 슬피 울고 말을 못 ᄒ더라.

이튿날 쇼제(小姐ㅣ) 샹셔(尚書)를 디(對)ᄒ야 금쥐(錦州)로 가믈 청(請)ᄒ니 상셰(尚書ㅣ) 이윽이 샹냥(商量)175)ᄒ다가 글오디,

"내 너를 금쥐(錦州)로 보니믈 쥬제(躊躇)ᄒ미 아니라 너의 적국(敵國) 공 시(氏) 너를 그러틋 허무(虛無)ᄒᆫ 일노 모히(謀害)ᄒ야 ᄉ족(士族) 부녀(婦女)를 빅쥬(白晝)의 구츅(驅逐)ᄒ니 그 화심(禍心)176)이 긋치 누ᄅ기 어려오니 만일(萬一) 즈긱(刺客)으로 ᄊ로ᄂᆫ 일이 이신즉 버셔나기 어려오리니 아직 내 계교(計巧)를 힝(行)ᄒ야 허실(虛實)을 탐청(探聽)177)ᄒᆫ 후(後) 너를 보니리라."

쇼제(小姐ㅣ) 슉부(叔父)의 소견(所見)이 고명(高明)

ᄒ믈 씨다라 칭샤(稱謝)ᄒ니,

뎡 샹셰(尚書ㅣ) 짐줏 적은 슐위를 숨이고 가인(家人)과 복부(僕

---

175) 샹냥(商量): 상량. 헤아려 생각함.

176) 화심(禍心): 남을 해치려는 마음.

177) 탐청(探聽): 탐청. 살펴 들음.

夫)178)를 명(命)ᄒ야 이리이리 ᄒ라 ᄒ니 제뇌(諸奴 |) 명(命)을 듯고 술위를 미러 남(南)으로 힝(行)ᄒ야 ᄒᆫ 뫼 밋히 니르러 홀연(忽然) 슈십(數十) 인(人) 강되(强盜 |) 닉다르니 슈오(數五) 개(個) 복뷔(僕夫 |) 짐즛 술위를 바리고 다라ᄂ니 강되(强盜 |) 용약(踊躍)179)ᄒ야 거쟝(車帳)180)을 헤치고 보니 일(一) 개(個) 아름다온 녀직(女子 |) 잇거ᄂᆯ 제적(諸賊)이 칼을 드러 죽이고즈 ᄒ더니 그 녀직(女子 |) 슬피 울고 비러 글오ᄃᆡ,

"내 본(本)딕 녈위(列位)로 더부러 원쉬(怨讐 |) 업거ᄂᆯ 엇진 고(故)로 청년(靑年) 인싱(人生)을 살히(殺害)코져 ᄒᄂ뇨? 만일(萬一) ᄒᆫ 목숨을 샤(赦)ᄒᆯ진딕 싱싱(生生)에 은혜(恩惠)를 갑흐리라."

제적(諸賊) 왈(曰),

"네 아니 뇨 태샹(太常) ᄎᄌ(次子)의 직실(再室)인다?"

미섬 왈(曰),

"긔어니와 녈위(列位) 엇지 아ᄂ뇨?"

제인(諸人)이 서로 도라보와 웃고 글오ᄃᆡ,

∙∘∘

37면

"우리 그딕와 원쉬(怨讐 |) 업스나 임의 사롬의 청(請)을 드러 허락(許諾)ᄒ여시니 곳치지 못ᄒ노라."

언미필(言未畢)에 슈플노조ᄎ 열아문 쟝식 무리지어 닉다라 글오ᄃᆡ,

"우리 앗가 제인(諸人)의 말을 다 드러시니 그딕 비록 사롬의 청

---

178) 복부(僕夫): 종으로 부리는 남자.

179) 용약(踊躍): 좋아서 뜀.

180) 거쟝(車帳): 거장. 수레의 장막. 수레 위에 장막을 쳐 거처할 수 있도록 만든 곳.

(請)으로 져 녀자(女子)를 죽이나 유익(有益)ㅎ미 업ᄉ리니 우리 본(本)ᄃᆡ 남경(南京)에 흥판(興販)[181] ᄃᆞᆫ닐 적 비를 타고 우두셤이라 ㅎᄂᆞᆫ ᄃᆡ 니르러ᄂᆞᆫ 사ᄅᆞᆷ을 죽여 제(祭)ㅎ나니 녈위(列位) 아마도 져 녀ᄌᆞ(女子)를 죽이나니 금ᄇᆡᆨ(金帛)을 밧고 우리게 팔미 엇더ㅎ뇨?"

제적(諸賊)이 ᄎᆞ언(此言)을 듯고 대희(大喜)ㅎ야 갑슬 밧아 도라가니 원ᄂᆡ(元來) 금완과 공 시(氏), 쇼져(小姐) 가ᄂᆞᆫ 곳을 슬펴 명부(-府)로 가 금쥐(錦州) ᄂᆞ려가믈 듯고 노복(奴僕) 슈십(數十) 인(人)을 식여 ᄯᆞᆯ와가 죽이라 ㅎ니 뎡 샹셰(尙書 ㅣ) 임의 짐작(斟酌)ㅎ고 미셤을 블너 거쟝(車帳) 속

* * *

38면

에 너허 슈오(數五) 복부(僕夫)를 거ᄂᆞ려 보ᄂᆡ고 ᄯᅩ 근신(勤愼)[182]ᄒᆞᆫ 가인(家人) 만튱으로 ㅎ야금 열아믄 창두(蒼頭)[183]를 거ᄂᆞ려 쟝ᄉᆞ의 입시를 ᄒᆞ고 미셤을 구(救)ᄒᆞ라 ㅎ니 만튱이 샹셔(尙書)의 계교(計巧)ᄃᆡ로 ㅎ야 미셤을 구(救)ㅎ야 다리고 부즁(府中)에 니르러 슈말(首末)을 ᄌᆞ시 고(告)ㅎ니 샹셰(尙書 ㅣ) 소왈(笑曰),

"흉인(凶人)의 계교(計巧)를 방비(防備)ㅎ엿거니와 ᄇᆡᆨ금(百金)을 됴히 일토다."

ㅎ고 모다 웃고 뎨삼ᄌᆞ(第三子) 셰한을 명(命)ㅎ야,

"쇼져(小姐)를 금쥐(錦州)로 다려다가 두고 오라."

ㅎ니 셰한이 즉금(卽今) 벼슬이 즁셔ᄉᆞ인(中書舍人)이러니 갈고

---

181) 흥판(興販): 한꺼번에 많은 물건을 흥정하여 판매함.
182) 근신(勤愼): 힘쓰고 삼감.
183) 창두(蒼頭): 사내종.

한가(閑暇)히 드럿더니 슈명(受命)ᄒ야 금쥐(錦州)로 갈ᄉᆡ 각노(閣老) 부뷔(夫婦ㅣ) 공 시(氏)의 흉(凶)ᄒ 쇠롤 통완(痛惋)[184]ᄒ고 손ᄋ(孫兒)의 졍ᄉ(情事)롤 참상(慘傷)ᄒ믈 마지아냐 각뇌(閣老ㅣ) ᄀᆞᆯ오ᄃᆡ,

"문ᄋ(-兒)의 계교(計巧)로 이번 환난(患難)은 겨유 버셔낫거니와 쳔(千) 니(里) 도로(道路)에 부인(夫人) 녀ᄌ(女子)의 ᄒᆡᆼ되(行途ㅣ) 위틱(危殆)ᄒ니

39면

빙셩이 가(可)히 남복(男服)으로 일(一) 필(四) 건녀(健驢)[185]롤 모라 갈진ᄃᆡ ᄒᆡᆼ노(行路)의 됴흘지라 너ᄂ 엇더ᄒᄂᆢ?"

샹셰(尙書ㅣ) 딕왈(對曰),

"명괴(明敎ㅣ) 지극(至極) 맛당하시니 질ᄋ(姪兒)ᄂ 엇덧케 넉이ᄂᄂᆢ?"

쇼졔(小姐ㅣ) 딕왈(對曰),

"쇼녜(小女ㅣ) 규리(閨裏)에 몸으로 살기롤 크게 넉여 곡경(曲徑)[186]을 ᄒᆡᆼ(行)ᄒ미 녜문(禮文)에 버서나냐[187] 부모(父母)긔 뵈오미 할니 밧분지라 명(命)ᄃᆡ로 ᄒ리이다."

샹셰(尙書ㅣ) 깃거 즉시(卽時) 쳔니마(千里馬)롤 조비(造備)[188]ᄒ고 근신(勤愼)ᄒ 가뎡(家丁) 십여(十餘) 인(人)을 명(命)ᄒ야 뫼셔 가

---

184) 통완(痛惋): 한스러워함.
185) 건녀(健驢): 건려. 튼튼한 나귀.
186) 곡경(曲徑): 개인의 이익을 위하여 취하는 바르지 못한 방법.
187) 냐: [교] 원문에는 '고'로 되어 있으나 문맥을 고려하여 이와 같이 수정함.
188) 조비(造備): 만들어 갖춤.

라 ᄒ니 쇼제(小姐 ㅣ) 빅포흑건(白袍黑巾)[189]으로 모든 디 하직(下直)ᄒ미 옥면영풍(玉面英風)[190]이 옥쳥(玉淸) 신션(神仙)이 툐글에 ᄂ린 듯ᄒ지라. 각노(閣老) 부톄(夫妻 ㅣ) 더옥 ᄉ랑하고 뎡 샹셔(尙書) 등(等)이 등을 두다려 년년(戀戀)ᄒ다가 손을 난호니 비회(悲懷) 츙냥(測量)업더라.

녀 부인(夫人)이 쇼져(小姐)의 손을 잡고 톄읍(涕泣) 왈(曰),

"노뫼(老母 ㅣ) 네 어미를 쩌ᄂ 후(後) 그 화풍셩뫼(華風盛貌)[191] 눈가에 암암(暗暗)[192]

ᄒ야 닛고져 ᄒ여도 닛지 못ᄒᄂ니 너ᄂ 도라가 내 말을 닐너 아모려나 삼상(三喪)을 맛고 샹경(上京)ᄒ야 반기게 ᄒ라."

쇼제(小姐 ㅣ) 타루(墮淚) 빈샤(拜謝)하고 즁셔(中書)로 더브러 금쥐(錦州)로 가니라.

ᄎ시(此時) 노싱(-生)이 니(李) 시(氏) 구츅(驅逐)ᄒ믈 보디 감(敢)이 ᄒ 말을 못 ᄒ고 심하(心下)에 참혹(慘酷)홈과 후일(後日) 부마(駙馬) 형뎨(兄弟) 볼 낫치 업ᄉ믈 싱각고 심ᄉ(心思 ㅣ) 분울(憤鬱)[193] ᄒ야 공 시(氏)를 먹고져 뜻이 이시디 감(敢)히 ᄉ쇠(辭色)지 못ᄒ고 심복(心腹) 시노(侍奴)로 그 가ᄂ 거쳐(去處)를 술펴 뎡부(-府)로 가

---

189) 빅포흑건(白袍黑巾): 백포흑건. 흰 도포와 검은 두건.

190) 옥면영풍(玉面英風): 옥 같은 얼굴과 헌걸찬 풍채.

191) 화풍셩뫼(華風盛貌 ㅣ): 화풍성모. 화려하고 빛나는 풍모.

192) 암암(暗暗): 기억에 남은 것이 눈앞에 아른거리는 듯함.

193) 분울(憤鬱): 분하고 울적함.

믈 듯고 잠간(暫間) 방심(放心)ᄒᆞ더니,

일일(一日)은 공 시(氏) 거즛 추악(嗟愕)[194]ᄒᆞᆫ 식(色)으로 싱(生)을 ᄃᆡ(對)ᄒᆞ야 ᄀᆞᆯ오ᄃᆡ,

"앗가 드ᄅᆞ니 니(李) 시(氏) 금쥐(錦州)로 가다가 도적(盜賊)의게 실산(失散)[195]ᄒᆞ다 ᄒᆞᄂᆞ이다."

싱(生)이 추언(此言)을 듯고 대경실식(大驚失色)[196]ᄒᆞ야 급(急)히 웃옷슬 닙고 명부(-府)에 니ᄅᆞ니 뎡 공(公)이 온 ᄠᅳᆺ을 짐작(斟酌)

···

41면

고 흔연(欣然)이 쳥(請)ᄒᆞ야 서로 볼ᄉᆡ 노싱(-生)이 녜필(禮畢) 후(後) 상셰(尙書ㅣ) 닐오ᄃᆡ,

"쳔(賤)ᄒᆞᆫ 질이(姪兒ㅣ) 존부(尊府)에 죄(罪)ᄅᆞᆯ 어더 츌거(黜去)ᄒᆞᆫ 후(後) 감(敢)이 군(君)의 션풍(仙風)을 우러라 바라지 못ᄒᆞ더니 금일(今日)이 하일(何日)이완ᄃᆡ 그ᄃᆡ 니러랏ᄂᆞ뇨?"

노싱(-生)이 피셕(避席) ᄃᆡ왈(對曰),

"쇼싱(小生)이 무상(無狀)ᄒᆞ와 녕질(令姪)노뻐 이에 니ᄅᆞ게 ᄒᆞ니 죄당가ᄉᆞ(罪當可死ㅣ)[197]어니와 앗가 드ᄅᆞ니 여ᄎᆞ여ᄎᆞ(如此如此)ᄒᆞᆫ 말이 이습ᄂᆞᆫ지라 쇼싱(小生)이 경히(驚駭)ᄒᆞᆷ믈 니긔지 못ᄒᆞ와 당돌(唐突)이 이에 니ᄅᆞ오믄 진적(眞的)[198]ᄒᆞᆫ 소식(消息)을 알고ᄌᆞ ᄒᆞᄂᆞ

---

194) 추악(嗟愕): 차악. 슬픈 일을 당하여 몹시 놀란 상태에 있음.

195) 실산(失散): 뿔뿔이 흩어짐.

196) 대경실식(大驚失色): 대경실색. 크게 놀라 낯빛이 변함.

197) 죄당가ᄉᆞ(罪當可死ㅣ): 죄당가사. 지은 죄는 마땅히 죽임에 처할 만함.

198) 진적(眞的): 진적. 참되고 틀림없음.

이다."

뎡 상셰(尚書ㅣ) 정식(正色) 왈(曰),

"쳔(賤)흔 질익(姪兒ㅣ) 일즉 즈미(姉妹)의 녜의(禮義)로 가른치믈 밧아 미셰(微細)흔 일도 블션(不善)후미 업더니 군(君)의 가즁(家中)의 가 엇던 죄(罪)를 어든지 아지 못후거니와 군(君)의 가풍(家風)이 안히 유죄무죄(有罪無罪) 간(間) 당당(堂堂) 스족지녀(士族之女)를 빅쥬(白晝)에 구축(驅逐)후야 닉치니 노뷔(老夫ㅣ) 감(敢)이 질녀(姪女)를

∙∙

42면

편(便)드러 군(君)을 한(恨)후미 아니로딕 그 스톄(事體) 온당(穩當)치 못후믈 미흡(未洽)후야 질익(姪兒)드려 힐문(詰問)흔즉 부답(不答)이오, 시비(侍婢)다려 무른니 대강(大綱) 녕친(令親)[199]을 시살(弑殺)[200]후다가 발각(發覺)후미라 노뷔(老夫ㅣ) 도로혀 군가(君家)에 관인(寬仁)흔 덕(德)을 감샤(感謝)후고 질녀(姪女)의 죄(罪) 눈긔(倫紀)에 관딕(關帶)[201]후니 후로도 년곡(輦轂)[202]에 두지 못홀지라 져의 집으로 보닉엿더니 가다가 도적(盜賊)을 만나 희(害)후믈 닙다 후니 노뷔(老夫ㅣ) 져의 죄(罪)를 싱각지 못후고 슉질지의(叔姪之義)[203] 참혹(慘酷)후믈 니긔지 못후나 이 쏘 즈작지얼(自作之孽)[204]이라 눌을 원

---

199) 녕친(令親): 영친. 상대의 어버이를 높여 이르는 말.
200) 시살(弑殺): 웃사람을 죽임.
201) 관딕(關帶): 관대. 연관되어 있음.
202) 년곡(輦轂): 연곡. 황제의 수레라는 뜻으로, 황제가 있는 수도를 말함.
203) 슉질지의(叔姪之義): 숙질지의. 삼촌과 조카 사이의 의리.
204) 즈작지얼(自作之孽): 자작지얼. 스스로 만든 재앙.

(怨)ᄒ며 한(恨)ᄒ리오? 그윽이 싱각건디 질익(姪兒ㅣ) 죄(罪) 지으미
등한(等閑)치 아니ᄒ거늘 벌(罰)이 경(輕)ᄒ미 하늘이 뮈이 넉이샤
듕도(中途)에 제 목숨을 아ᄉ가미니 노뷔(老夫ㅣ) 혜건디 군(君)의
ᄆ음이 쾌활(快活)ᄒ야 등션(登仙)ᄒᆯ 둧

• • •

43면

ᄒ야 홀가 ᄒ더니 금일(今日) 와 ᄆ로니 놉흔 덕(德)을 감샤(感謝)ᄒ
나 군(君)이 인직(人子ㅣ) 되여 아비 히(害)ᄒ려 ᄒ던 쳐ᄌ(妻子)를
뉴렴(留念)ᄒ미 잠간(暫間) 도리(道理)의 어긋는가 ᄒ노라."

누싱(-生)이 듯기를 맛ᄎ미 뎡 공(公)이 ᄌᄌ언언(字字言言)이 ᄌ
가(自家)의 븟그러오믈 더으니 참괴(慙愧)ᄒᆷ믄 닐오도 말고 쇼졔(小
姐ㅣ) 도적(盜賊)의게 죽으믈 드ᄅ미 놀나오미 쎄 져리고 일신(一身)
이 알프믈 니긔지 못ᄒ야 놀난 혼(魂)이 구소(九霄)[205]에 ᄉ못ᄎ니
ᄒᆯ며 쳔신만고(千辛萬苦)ᄒ야 신졍(新情)을 치 펴지 못흔 젼(前)에
그 빙ᄌ옥골(氷姿玉骨)[206]이 속졀업시 적슈(賊手)에 쪄러져 옥(玉)이
바아지믈 각골이통(刻骨哀痛)[207]ᄒ야 검은 관(冠)을 숙이고 츄파셩
안(秋波星眼)[208]에 눈믈이 비ᄌ치 흘너 안진 ᄌ리에 고이기를 마지
아니ᄒ니 뎡 공(公)이 그윽이 우이 넉여 셩모(星眸)[209]를 졍(正)히
ᄒ야 볼 ᄯᆞᆫ이오

---

205) 구소(九霄): 높은 하늘.
206) 빙ᄌ옥골(氷姿玉骨): 빙자옥골. 얼음처럼 맑은 자태와 옥처럼 귀한 골격.
207) 각골이통(刻骨哀痛): 각골애통. 뼈에 새겨질 정도로 슬퍼함.
208) 츄파셩안(秋波星眼): 추파성안. 가을 물결 같고 별 같은 눈.
209) 셩모(星眸): 성모. 별 같은 눈동자.

말을 아니ᄒ니 뇨싱(-生)이 반향(半晌)210) 후(後) 겨유 진졍(鎭靜)
ᄒ야 몸을 니러 두 번(番) 졀ᄒ야 골오디,

"쇼싱(小生)이 일개(一介) 궁유(窮儒)211)로 운혜 션싱(先生)212) 대
은(大恩)을 닙어 동상(東床)213)의 옥녀(玉女)를 허(許)ᄒ시니 쇼싱(小
生)이 은혜(恩惠)와 지우(知遇)214)를 폐간(肺肝)에 삭이더니 시운(時
運)이 블힝(不幸)ᄒ와 가간(家間)에 요괴(妖怪)로온 쳐쳡(妻妾)이 작
변(作變)ᄒ와 니(李) 시(氏) 부즁(府中)을 하직(下直)ᄒ니 이거시 쇼
싱(小生)이 짐짓 즐겨 ᄒ미 아니오 형셰(形勢) 마지못흔 일이어늘 대
인(大人)이 엇지 쇼ᄌ(小子)를 디(對)ᄒ야 비우(誹愚)215)ᄒ여 조롱(嘲
弄)ᄒ시믈 심(甚)히 ᄒ시ᄂ뇨? 이 도시(都是) 쇼싱(小生)의 죄(罪)라
황공(惶恐)ᄒ미 욕ᄉ무지(欲死無地)216)ᄒ니 엇지 슌셜(脣舌)217)노 발
명(發明)ᄒ미 이시리잇고? 연(然)이나 니(李) 시(氏) 셜ᄉ(設使) 그 죄
(罪) 젹실(的實)218)ᄒ여도 존대인(尊大人)의 금옥(金玉) ᄀᆺ튼 질이(姪
兒ㅣ)어늘 엇진 고(故)로 슈쳔(數千) 니(里) 도로(道路)에 ᄋ녀ᄌ(兒

---

210) 반향(半晌): 한나절의 반. 반나절.

211) 궁유(窮儒): 곤궁한 선비.

212) 운혜 션싱(先生): 운혜 선생. 이관성을 이름. 운혜는 별호.

213) 동상(東床): 동상. 사위. 중국 진(晉)나라의 태위 극감이 사윗감을 고르는데 왕도
(王導)의 집 동쪽 평상 위에 엎드려 음식을 먹고 있는 왕희지(王羲之)를 골랐다는
고사에서 온 말.

214) 지우(知遇): 남이 자신의 인격이나 재능을 알고 잘 대우함.

215) 비우(誹愚): 비웃음.

216) 욕ᄉ무지(欲死無地): 욕사무지. 죽으려 해도 죽을 땅이 없음.

217) 슌셜(脣舌): 순설. 입술과 혀.

218) 젹실(的實): 적실. 틀림이 없이 확실함.

女子)를 홀노 보늬시다가 향(香)

이 스라지고 옥(玉)이 바아지는 탄(嘆)이 잇게 ㅎ시느뇨? 의심(疑心)
컨대 대인(大人)의 의긔(義氣)와 ㅈ샹(仔詳)ㅎ시므로 그 질ᄋ(姪兒)
를 초솔(草率)219)이 험노(險路)의 아니 보늬시리니 진실(眞實)노 그
러ㅎ미 잇느니잇가? 쇼ㅈ(小子)를 듸(對)ㅎ샤 긔이지 말오소셔."

명 공(公)이 청파(聽罷)에 정싴(正色) 왈(曰),

"군(君)이 진실(眞實)노 노부(老夫)를 허망(虛妄)ᄒ 사룸으로 아나
냐? 노뷔(老夫ㅣ) 엇지 군(君)을 잘 속이리오? 당초(當初) 질익(姪兒
ㅣ) 일시(一時) 이곳에 잇기를 즐겨 아니ㅎ니 노뷔(老夫ㅣ) 겨유 만
뉴(挽留)ㅎ야 두어 날을 극어 금쥐(錦州)로 갈시 분명(分明)ㅎ고 더
옥 적환(賊患)을 만나믄 도로인(道路人)이 모로리 업스니 군(君)이
노부(老夫)의 말을 밋지 아니ㅎ거든 일노(一路)의 사룸을 식여 탐지
(探知)220)ㅎ미 올흐니라."

뇨싱(-生)이 ᄎ언(此言)을 듯고 더옥 낙심(落心)ㅎ야 신싴(神色)이
찬 지 ᄀᆺ튀여 말을 아니ㅎ거늘 명 샹셰(尙書ㅣ) 일단(一端)

어엿비 넉이는 쯧이 이셔 안싴(顏色)을 화(和)히 ㅎ고 위로(慰勞)ㅎ
야 굴오듸,

---

219) 초솔(草率): 어설픔.
220) 탐지(探知): 드러나지 않은 사실이나 물건 따위를 더듬어 찾아 알아냄.

"시금(時今)에 질녀(姪女)의 익화221)(厄禍)222) 참상(慘傷)223)ᄒᆞ고 적혈(賊穴)224)의 버서나미 어려오나 노뷔(老夫ㅣ) 잠간(暫間) 사름의 상(相)을 아ᄂᆞ니 질녀(姪女)의 긔골(氣骨)이 맛ᄎᆞ니 즁도(中途)의셔 힘힘이225) 골몰(汨沒)226)치 아닐 거시로ᄃᆡ 다만 운쉬(運數ㅣ) 블니(不利)ᄒᆞ므로 젼후(前後) 지익(災厄)227)이 샹싱(相生)ᄒᆞ니 금번(今番) 도적(盜賊) 만남도 텬쉬(天數ㅣ)어니와 ᄯᅩᄒᆞᆫ 보신(保身)ᄒᆞ미 이실 거시니 그ᄃᆡ 속졀업시 심댱(心腸)을 슬오지 말고 ᄆᆞ음을 안졍(安靜)이 ᄒᆞ야 일월(日月)을 견ᄃᆡ여 타일(他日) 그 만날 ᄢᅵ를 기다리라. 십(十)년(年)을 그음ᄒᆞ야 만나지 못ᄒᆞᆯ진ᄃᆡ 노뷔(老夫ㅣ) 사름 속인 죄(罪)로 눈을 ᄲᅡᆯ혀 샤죄(謝罪)ᄒᆞ리라. 이러므로 지쟈(知者)ᄂᆞᆫ 싱니(生離)를 슬허 아닛ᄂᆞ니 군(君)이 당당(堂堂)ᄒᆞᆫ 일셰(一世) 풍뉴(風流) 남ᄌᆞ(男子)로 ᄒᆞᆫ 녀ᄌᆞ(女子)를 위(爲)ᄒᆞ야 구구(區區)

히 ᄉᆞ샹(思相)ᄒᆞ미 가(可)치 아니ᄒᆞ니 군(君)은 스ᄉᆞ로 술필지어다."

뇨싱(-生)이 황연(晃然)228)이 ᄭᆡ다라 샤례(謝禮) 왈(曰),

"대인(大人) 말ᄉᆞᆷ이 금옥(金玉) ᄀᆞᆺᄐᆞ시니 당당(堂堂)이 심곡(心曲)

---

221) 화: [교] 원문에는 '회'로 되어 있으나 오기로 보임.

222) 익화(厄禍): 액화. 액으로 입는 재앙.

223) 참상(慘傷): 가슴 아플 정도로 비참함.

224) 적혈(賊穴): 도적의 소굴.

225) 힘힘이: 부질없이.

226) 골몰(汨沒): 잠긴다는 뜻으로 여기에서는 죽음을 이름.

227) 지익(災厄): 재액. 재앙과 액운.

228) 황연(晃然): 밝은 모양.

에 삭여 닛지 아니려니와 이런 스연(事緣)을 악쟝(岳丈)과 문후 등(等)이 드릴진딕 쳔(千) 니(里)의셔 소싱(小生) 한(恨)ᄒ미 엇지 적으리잇가?"

뎡 공(公) 왈(曰),

"니(李) 승샹(丞相)과 빅균 등(等)이 대톄(大體)를 아ᄂ니 엇지 쭐과 누의를 위(爲)ᄒ야 일편도히 한(恨)ᄒ리오? 니(李) 샹국(相國)이 ᄒ믈며 샹텩(喪慽)[229]에 지통(至痛)을 인(因)ᄒ야 이 말을 드른즉 더 샹회(傷懷)[230]ᄒ리니 노뷔(老夫ㅣ) 긔별(奇別)을 통(通)치 아니리라."

뇨싱(-生)이 빅샤(拜謝)ᄒ고 도라오니, 태샹(太常)이 갓던 곳을 뭇거늘 싱(生)이 딕왈(對曰),

"쇼직(小子ㅣ) 앗가 듯ᄌ오니 니(李) 시(氏) 금쥐(錦州)로 가다가 도적(盜賊)의게 실산(失散)ᄒ다 ᄒ거늘 진가(眞假)를 알고져 ᄒ와 뎡부(-府)의 나아가 아오니 과연(果然) 도적(盜賊)의 함몰(陷沒)[231]

...

48면

홀시 올터이다."

태샹(太常)이 놀나 침음(沈吟)ᄒ다가 닐오딕,

"니개(李家ㅣ) 제 죄(罪)ᄂ 아지 못ᄒ고 날을 원(怨)ᄒ리로다."

ᄒ니 싱(生)이 탄식(歎息)ᄒ고 셔당(書堂)에 도라와 형뎨(兄弟)로 더브러 닐오고 슬프믈 니긔지 못ᄒ야 굴오딕,

"니(李) 시(氏) 샹문(相門) 옥녀(玉女)로 그룻 나의 그믈에 걸녀 신

---

229) 샹텩(喪慽): 상척. 초상을 당해 슬퍼함.
230) 샹회(傷懷): 마음속으로 애통히 여김.
231) 함몰(陷沒): 재난을 당하여 없어짐.

셰(身世) 이러툿 츳타232)(蹉跎)233)ᄒ니 타일(他日) 어닉 낫츠로 부마(駙馬) 형뎨(兄弟)ᄅᆞᆯ 보리오?"

뇨 급ᄉ(給事)와 한님(翰林)이 서로 탄식(歎息)ᄒᆞᄆᆞᆯ 마지아니ᄒᆞ더라.

ᄉ잉(生)이 인(因)ᄒᆞ야 ᄉᆡᆼ각ᄒᆞ듸,

'내 쳔신만고(千辛萬苦)ᄒᆞ야 니(李) 시(氏)ᄅᆞᆯ 어더 ᄒᆞ로도 편(便)히 지닉지 못ᄒᆞ고 그 말ᄒᆞᄂᆞᆫ 양도 보지 못ᄒᆞ야 ᄉ별(死別)을 아오로니 부ᄉᆡᆼ(賦生)234)이 긔구(崎嶇)ᄒᆞ미 심(甚)치 아니리오? 뎡 공(公)의 말ᄃᆡ로 십(十) 년(年)을 그음ᄒᆞ야 만나지 못ᄒᆞᆯ진듸 머리ᄅᆞᆯ 븨여 인셰(人世)에 참예(叅預)치 아니리라.'

ᄒᆞ고 그 옥모(玉貌)ᄅᆞᆯ 춤아 닛기

• • •

49면

어려워 강잉(强仍)ᄒᆞ야 언소(言笑)ᄒᆞ나 심ᄉ(心思) 일념(一念)이 니(李) 시(氏)긔 밋쳐 즐길 적이 업셔 샹샹(常常) 가ᄂᆞᆫ 구름을 보와 눈믈을 흘닐 ᄯᆞ름이러라.

이적에 빙셩 쇼졔(小姐ㅣ) 즁셔(中書)로 더브러 일노(一路)의 무ᄉ(無事)히 ᄒᆡᆼ(行)ᄒᆞ야 금쥐(錦州) 니ᄅᆞ러 즁셰(中書ㅣ) 쇼져(小姐)로 더브러 승샹(丞相) 압히 나아가 ᄌ비(再拜)ᄒᆞ듸 승샹(丞相)이 녀ᄋ(女兒)ᄅᆞᆯ 보고 크게 놀나 즁셔(中書)로 더브러 됴샹(弔喪)235)을 맛친 후(後) 문왈(問曰),

---

232) 타: [교] 원문에는 '라'로 되어 있으나 오기로 보임.

233) 츳타(蹉跎): 차타. 미끄러져 넘어짐.

234) 부ᄉᆡᆼ(賦生): 부생. 타고난 삶.

235) 됴샹(弔喪): 조상. 남의 죽음에 대하여 슬퍼하는 뜻을 드러내어 상쥬(喪主)를 위문함.

"노뷔(老夫ㅣ) 경수(京師)를 써난 후(後) 산쳔(山川)이 요원(遙遠)ᄒ야 악장(岳丈) 평문(平問)[236]도 ᄌ로 듯지 못ᄒ너니 현질(賢姪)이 므슴 연고(緣故)로 니르러시며 녀ᄋ(女兒)ᄂ 엇진 고(故)로 음양(陰陽)을 밧고와 이에 왓ᄂ뇨?"

쇼졔(小姐ㅣ) 쌍뉘(雙淚ㅣ) 슴슴ᄒ야 말을 못 ᄒ고 즁셰(中書ㅣ) 피셕(避席) 딕왈(對曰),

"슉뷔(叔父ㅣ) 남(南)으로 물머리를 두로혀시므로붓터 대부(大父)와 대뫼(大母ㅣ) 쥬야(晝夜) 우려(憂慮)ᄒ시고 가친(家親)이 잠시(暫時)를 닛지

못ᄒ시니 쇼질(小姪) 등(等)의 ᄆᆞᆷ인들 엇지 헐(歇)ᄒ리잇가? 시러금 니르러 비견(拜見)치 못ᄒᆞᆸ더니 의외(意外) 표민(表妹) 여ᄎ여ᄎ(如此如此)ᄒᆞᆫ 환난(患難)을 만나 진퇴부득(進退不得)[237]ᄒᆞ고 슈인(讎人)[238]의 희(害) 이러이러ᄒᆞᆫ 고(故)로 부즁(府中)에 두지 못ᄒ야 쇼질(小姪)이 부명(父命)으로 다려 니르럿ᄂᆞ이다."

승샹(丞相)이 쳥파(聽罷)에 도라 쇼져(小姐)다려 왈(曰),

"너의 이러홀 줄 내 임의 짐작(斟酌)ᄒᆞᆫ 일이니 한(恨)치 말고 드러가 의복(衣服)을 갈고 조용히 나와 여부(汝父)를 보라."

쇼졔(小姐ㅣ) 슈명(受命)ᄒ고 안흐로 드러가미 승샹(丞相)과 쇼뷔(少傅ㅣ), 각노(閣老)와 샹셔(尚書)의 안부(安否)를 뭇고 새로이 탄

---

236) 평문(平問): 안부.

237) 진퇴부득(進退不得): 나아가고 물러갈 방법을 얻지 못함.

238) 슈인(讎人): 수인. 원수.

(嘆)ᄒᆞᆷ믈 마지아니ᄒᆞ더라.

ᄎᆞ시(此時), 문 어ᄉᆡ(御使ㅣ) 시졀(時節)이 요란(擾亂)ᄒᆞᆷ믈 보고 ᄉᆞ직(辭職)ᄒᆞ고 하람(河南)에 ᄂᆞ려와시ᄆᆡ 문 쇼졔(小姐ㅣ) 인(因)ᄒᆞ야 이에 잇고 초왕비와 쳘 부인(夫人)이 태ᄉᆞ(太師) 초긔(初忌)239)를 지ᄂᆡ고 가려 ᄒᆞ야

51면

ᄒᆞᆫ가지로 머무더니 빙셩 쇼졔(小姐ㅣ) ᄂᆡ당(內堂)에 드러와 부모(父母) 존당(尊堂)긔 뵈ᄆᆡ 뉴 부인(夫人) 이해(以下ㅣ) 크게 놀나 뎡 부인(夫人)이 밧비 븟들고 연고(緣故)를 무ᄅᆞ니 쇼졔(小姐ㅣ) 옥누(玉淚)를 ᄲᅮ리고 연고(緣故)를 고(告)ᄒᆞ고 울며 닐오ᄃᆡ,

"쇼녜(小女ㅣ) 구가(舅家)의 츌뷔(黜婦ㅣ)240) 되나 친뎡(親庭)의 도라올 일이 깃거 조부모(祖父母)와 부모(父母)를 뵈올가 ᄒᆞ더니 이제 조뷔(祖父ㅣ) 기셰(棄世)ᄒᆞ시고 부모(父母)와 조뫼(祖母ㅣ) 긔ᄉᆡᆨ(氣色)이 위위(危危)241)ᄒᆞ시니 아니 보옴만 ᄀᆞᆺ지 못ᄒᆞ고 블초(不肖) 쇼녜(小女ㅣ) 조부(祖父)의 셩틱(盛澤)242)을 목욕(沐浴)감안 지 ᄌᆞ못 두텁거ᄂᆞᆯ 님죵(臨終) 시(時)를 당(當)ᄒᆞ와 영결(永訣)치 못ᄒᆞ오며 통부(通訃)를 듯잡지 못ᄒᆞ와 ᄒᆞᆫ 번(番) 우지 못ᄒᆞ고 쟝녜(葬禮)를 지닐 졔 관(棺)을 붓드러 영결(永訣)치 못ᄒᆞ고 육식(肉食)을 앙연(盎然)243)

---

239) 초긔(初忌): 초기. 첫 기제(忌祭). 죽은 지 1년 만에 지내는 제사.

240) 츌뷔(黜婦ㅣ): 출부. 쫓겨난 며느리.

241) 위위(危危): 위태로움.

242) 셩틱(盛澤): 성택. 큰 은택.

243) 앙연(盎然): 넘치는 모양.

이 진식(盡食)ᄒ와시니 쇼녀(小女)의 죄단(罪端)[244]이 여러 가지로쇼이다."

뉴 부인(夫人)이 어로만져 타루(墮淚) 왈(曰),

"목

* * *

52면

숨이 사라시니 너를 보거늘 네 조부(祖父)는 그딧 형영(形影)이 아니 계시니 엇지 슬프지 아니리오? 슈연(雖然)이나 네 죽을 곳을 면(免)ᄒ고 이에 니르니 이거시 다힝(多幸)ᄒ지라 슬허 말나."

문 쇼졔(小姐ㅣ) 왈(曰),

"그젹 우리 경ᄉ(京師)의셔 조부(祖父) 흉음(凶音)을 듯고 네게 통부(通訃)ᄒ니 문니(門吏) 막고 드리지 아니터라 ᄒ고 허힝(虛行)ᄒ니 너의 고초(苦楚)ᄒ믈 거의 알지라. 이리 ᄂᆞ려오나 심곡(心曲)에 밋첫더니 이졔 너를 보니 한(恨)이 업슬노다."

뎡 부인(夫人)은 함누(含淚) 탄식(歎息) 쑨이오 말을 아니ᄒ고 즉시(卽時) 뎡 즁셔(中書)를 쳥(請)ᄒ야 보고 부모(父母) 존문(尊門)을 뭇ᄌ와 ᄉᆞ샹(思相)ᄒ시ᄂᆞᆫ 졍ᄉ(情事)를 듯고 즘연(潛然)이 눈믈이 방방(滂滂)[245]ᄒ믈 씨닷지 못ᄒ더라.

즁셔(中書ㅣ) 슈일(數日)을 믁어 도라갈ᄉᆡ 즁셔(中書ㅣ) 당쵸(當初) 샹셔(尙書)의 말숨을 고(告)ᄒ디,

"'이졔 고군(孤君)이 파쳔(播遷)[246]ᄒ샤 사

---

244) 죄단(罪端): 죄의 일단.
245) 방방(滂滂): 줄줄 흐르는 모양.
246) 파쳔(播遷): 파천. 임금이 도성을 떠나 다른 데로 옮김.

막(沙漠)에 호가(胡家)[247]를 벗ᄒ시니 형(兄)은 탁고대신(托孤大臣)[248]으로 안ᄌ괄목(眼眥刮目)[249]ᄒ시ᄂᆞ뇨?' ᄒ시더이다."

승상(丞相)이 타루(墮淚) 묵연(默然)이러니 즁셰(中書ㅣ) 님ᄒᆡᆼ(臨行)의 승상(丞相)이 손을 잡고 누쉬(淚水ㅣ) 만면(滿面)ᄒ야 오열(嗚咽)ᄒᄆᆞᆯ 오릭 ᄒ다가 날호여 ᄀᆞᆯ오ᄃᆡ,

"현질(賢姪)이 도라가 형(兄)의게 고(告)ᄒ라. '인신(人臣)이 되여 국가(國家)를 니ᄌᆞ미 아니로ᄃᆡ 당시(當時) 내 반싱(半生) 즁(中) 초토(草土)[250]에 이시니 국ᄉ(國事)를 의논(議論)ᄒᆞᆯ 배 아니오, 텬명(天命) 긔쉬(氣數ㅣ)[251] 그런 후(後)ᄂᆞ 외로온 남글 밧치지 못ᄒ리니 형(兄)은 홀노 관셩을 칙(責)지 말고 그 ᄯᆡ를 기다리소셔.' ᄒ라."

언파(言罷)에 오열(嗚咽)ᄒᄆᆞᆯ 마지아니니 즁셰(中書ㅣ) 역시(亦是) 울고 명(命)을 밧ᄋᆞ미 승상(丞相) 왈(曰),

"내 요ᄉᆞ이 싱각ᄒ니 형(兄)의 운쉬(運數ㅣ) 심(甚)히 블길(不吉)ᄒ니 모로미 칠(七) 년(年)을 두문(杜門) 칭병(稱病)ᄒ야 쇼인(小人)의 엿ᄂᆞ 긔틀을 막으소

---

247) 호가(胡家): 오랑캐.
248) 탁고대신(托孤大臣): 선왕이 죽으며 어린 태자를 부탁한 신하.
249) 안ᄌ괄목(眼眥刮目): 안자괄목. 눈을 비비고 봄.
250) 초토(草土): 거적자리와 흙 베개라는 뜻으로, 상중에 있음을 이르는 말.
251) 긔쉬(氣數ㅣ): 기수. 길흉화복의 운수.

셔.' ᄒ라."

즁셰(中書ㅣ) 직비(再拜) 하직(下直)고 드딕여 경ᄉ(京師)로 가니라.

빙셩 쇼졔(小姐ㅣ) 조용히 나와 부친(父親)긔 뵈믹 승샹(丞相)이 왕ᄉ(往事)를 뭇고 ᄎ탄(嗟歎)ᄒ며 쇼부(少傅) 등(等)이 뇨 태샹(太常)을 통완(痛惋)252)ᄒ여 왈(曰),

"제 타일(他日) 무ᄉ 낫ᄎ로 형쟝(兄丈)긔 뵈려 ᄒ더뇨?"

승샹(丞相)이 위연(喟然)253) 탄왈(嘆曰),

"현뎨(賢弟)ᄂ 말을 경(輕)히 말나. 이거시 빙셩의 운익(運厄)이라 어이 남을 한(恨)ᄒ리오?"

제공(諸公)이 탄식(歎息) 부답(不答)이러라.

쇼졔(小姐ㅣ) 부모(父母)를 뫼셔 평안(平安)이 지닉고 뇨가(-家)의 가기를 싱각지 아니ᄒ더라. 이리 온 팔(八) 삭(朔) 만에 홀연(忽然) 일(一) 개(個) 남ᄋ(男兒)를 싱(生)ᄒ니 용뫼(容貌ㅣ) 곤옥(崑玉)254) ᄀᆺ고 긔골(氣骨)이 쳥슈(淸秀)ᄒ니 승샹(丞相)이 경희(驚喜)255)ᄒ야 글오딕,

"녀이(女兒ㅣ) 비록 뇨가(-家)에 구튝(驅逐)을 밧아시나 ᄎᄋ(此兒)를 요힝(僥倖) 어드니 족(足)히 일싱(一生)을 의탁(依託)ᄒ노다."

뎡 부인(夫人)과 모든 형뎨(兄弟) 크게 깃

---

252) 통완(痛惋): 괘씸해하고 한스러워함.
253) 위연(喟然): 한숨을 쉼.
254) 곤옥(崑玉): 곤륜산의 옥. 곤륜산은 중국에 있다는 전설상의 산으로 아름다운 옥이 많이 난다고 전해짐.
255) 경희(驚喜): 놀라고 기뻐함.

거ᄒ더라.

이러구러 광음(光陰)을 보닉여 진 부인(夫人)과 태ᄉ(太師)의 삼년
(三年)을 지닉니 승샹(丞相) 등(等)의 각골지통(刻骨之痛)이 인셰(人
世)에 머믈 뜻이 업ᄉ나 모친(母親)을 위(爲)ᄒ야 쳔만(千萬) 관억(寬
抑)ᄒ고 뉴 부인(夫人)이 도량(度量)이 너ᄅ 사ᄅ이라 셜우믈 ᄎᆷ아
졔ᄌ(諸子)를 보호(保護)ᄒ야 삼년(三年)을 무ᄉ(無事)히 낫시나 뉴
부인(夫人)이 늙으나 쇼년(少年) 옥모(玉貌)를 웃던 얼골이 다 소삭
(蕭索)256)하고 승샹(丞相)의 관옥(冠玉) 안ᄉ(顏色)이 니운257) 플 ᄀ
ᄐ야시니 그 이텩(哀戚)258)ᄒ믈 알니러라.

뉴 부인(夫人)이 졔ᄌ(諸子)를 권육(勸肉)259)ᄒ고 각각(各各) 침소
(寢所)의 가믈 권(勸)ᄒ니 졔공(諸公)이 만ᄉ(萬事 ㅣ) 여몽(如夢)ᄒ나
모친(母親) 명(命)을 밧ᄌ와 ᄉ실(私室)노 도라가니 뎡 부인(夫人)이
존귀(尊舅 ㅣ) 망(亡)ᄒ시므로븟터 삼ᄌ(三載)260)를 존고(尊姑)를 밤낫
붓드러 위로(慰勞)ᄒ며 이통(哀痛)ᄒ야 지닉여 금일(今日) ᄉ실(私室)
에 승샹(丞相)을 보믹 인ᄉ(人事 ㅣ) 이러틋 ᄒ믈 붕졀(崩絶)ᄒ야

---

256) 소삭(蕭索): 생기가 사라짐.
257) 니운: 시든.
258) 이텩(哀戚): 애척. 슬퍼함.
259) 권육(勸肉): 고기 먹기를 권함.
260) 삼ᄌ(三載): 삼재. 삼 년.

톄뤼(涕淚ㅣ) 옷깃슬 적시니 승상(丞相)의 ᄆᆞ음을 더옥 닐오리오. 혈뉘(血淚ㅣ) 빅포(白袍) ᄉᆞ미를 적시니 겨유 반향(半晌) 후(後) 진졍(鎭靜)ᄒᆞ여 왈(曰),

"흑싱(學生)의 죄악(罪惡)이 젹츅(積蓄)[261]ᄒᆞ야 엄군(嚴君)을 여희옵고 의구(依舊)히 사라 금일(今日) 부뷔(夫婦ㅣ) 샹견(相見)ᄒᆞ니 간쟝(肝腸)이 토목(土木) ᄀᆞᄐᆞ믈 알니로다. 슈연(雖然)이나 부인(夫人)이 모친(母親)을 뫼와 삼상(三喪)을 부지(扶持)ᄒᆞ시게 ᄒᆞ니 복(僕)의 감은(感恩)ᄒᆞ미 엿지 아니토다."

부인(夫人)이 기리 탄식(歎息)고 말이 업더라.

ᄎᆞ시(此時), 부마(駙馬) 등(等)이 부친(父親)이 쥬야(晝夜) 이훼(哀毀)[262]ᄒᆞ시므로 감(敢)히 ᄉᆞ실(私室)을 ᄎᆞᆽ지 못ᄒᆞ엿더니 태ᄉᆞ(太師) 긔년(朞年) 후(後) 조모(祖母)의 권(勸)ᄒᆞ시므로 부마(駙馬)와 시랑(侍郞)과 한님(翰林)과 시독(侍讀)[263]은 ᄉᆞ실(私室)을 잇다감 ᄎᆞᄌᆞ되 샹셔(尙書)ᄂᆞᆫ 쇼 부인(夫人)을 삼년(三年) ᄂᆡ(內) 미연(昧然)[264]이 긋쳐 뭇지 아니ᄒᆞ고 경ᄉᆞ(京師)의셔 잉팅(孕胎)ᄒᆞ여 ᄂᆞ려와 싱남(生男)ᄒᆞ되 드

---

261) 젹츅(積蓄): 적축. 쌓임.
262) 이훼(哀毀): 애훼. 몹시 슬퍼함.
263) 시독(侍讀): 왕이나 동궁의 앞에서 학문을 강의하던 벼슬.
264) 미연(昧然): 매연. 아득한 모양.

리미러 보지 아니ᄒ고 쥬야(晝夜) 부친(父親)긔 시측(侍側)ᄒ야 임의 삼년(三年)을 지ᄂ고 승샹(丞相)이 모친(母親) 침소(寢所)로 드러가 시믈 보고 바야흐로 부인(夫人) 침소(寢所)를 ᄎᄌ 드러가니,

부인(夫人)이 님 시(氏)로 더브러 방듕(房中)에서 말ᄒ거늘 샹셰(尚書ㅣ) 좌우(左右)로 님 시(氏) ᄋᄌ(兒子) 취문을 다려오라 ᄒ야 알픠 안치고 옥침(玉枕)을 베고 누어 님 시(氏) 손을 잡고 취문을 가ᄎᄒ니 님 시(氏) 크게 공구(恐懼)[265]ᄒ야 만심(滿心)이 침상(針上)의 안준 ᄃᆺᄒᄃ 쇼 부인(夫人)은 심하(心下)에 그 거지(擧止)를 광픽(狂悖)[266]이 넉일지언정 안싁(顏色)을 조곰도 변(變)치 아니ᄒ고 야심(夜深)ᄒ믈 인(因)ᄒ야 방문(房門)을 닷고져 ᄒ니 샹셰(尚書ㅣ) 노왈(怒曰),

"혹싱(學生)이 난간(欄干)에 와(臥)ᄒ엿거늘 엇진 연고(緣故)로 방ᄌ(放恣)히 문(門) 닷고 드나뇨?"

인(因)ᄒ야 님 시(氏)를 도라보ᄂ고 방즁(房中)에 드러가 상(牀)의 올나 누어 말을 아

니코 ᄎᄋ야(此夜)를 지ᄂ고 나가니 부인(夫人)이 그 거동(擧動)을 우이 넉일 쑨이오, 입을 여러 시비(是非)를 아니터라.

---

265) 공구(恐懼): 두려워함.
266) 광픽(狂悖): 광패. 미친 사람처럼 말과 행동이 사납고 막됨.

ᄎ야(此夜)에 샹셰(尚書ㅣ) 드러오니 부인(夫人)이 일즉 도라와 신
ᄋ(新兒)를 압히 안쳐 희소(喜笑)ᄒ니 옥(玉) ᄀᆞᆺ튼 얼골은 쵹하(燭下)
에 바이고 녕농(玲瓏)ᄒᆞᆫ 광ᄎᆡ(光彩)ᄂᆞᆫ 암실(暗室)이 ᄇᆞᆰ은 둣ᄒ니 샹
셰(尚書ㅣ) 새로이 긔이(奇異)히 넉이믈 참지 못ᄒᆞ야 드러 안ᄌᆞ니 부
인(夫人)이 날호여 마ᄌᆞ 먼니 좌(座)를 닐우미 샹셰(尚書ㅣ) 말을 펴
왈(曰),

"부인(夫人)이 삼(三) 년(年)을 흑ᄉᆡᆼ(學生)을 아니 보시니 싀훤ᄒᆞ미
어나 곳이 엇지 영화(榮華)로와 계시뇨?"

부인(夫人)이 ᄃᆡ답(對答)기 새로이 셔의(齟齬)[267]ᄒ나 강잉(强仍)
ᄒᆞ야 날호여 ᄃᆡ왈(對曰),

"쳡(妾)이 블민(不敏)ᄒᆞ여 만ᄉᆡ(萬事ㅣ) 군(君)의 ᄯᅳᆺ에 합당(合當)
치 아니므로 군(君)의 ᄆᆞᄋᆞᆷ을 영합(迎合)지 못ᄒ니 긔 므ᄉᆞᆷ 영홰(榮
華ㅣ)리오?"

샹셰(尚書ㅣ) 졍ᄉᆡᆨ(正色) 왈(曰),

"부인(夫人)이 가(可)히 이

졔나 지아비 잇ᄂᆞᆫ 줄을 아라 셤기랴."

부인(夫人)이 침음(沈吟) ᄃᆡ왈(對曰),

"쳡(妾)이 블통(不通)ᄒᆞ야 쳥담미어(淸談美語)[268]로 군(君)의 안젼
(案前)에 셜파(說罷)치 못ᄒᆞᄂᆞᆫ ᄃᆡ(道ㅣ) 잇거니와 녀ᄌᆡ(女子ㅣ) 되여
엇지 감(敢)이 가부(家夫)를 경시(輕視)[269]ᄒᆞ미 이시리잇가?"

---

267) 셔의(齟齬): 서어. 뜻이 맞지 않아 조금 서먹함.

268) 쳥담미어(淸談美語): 청담미어. 속되지 않은 이야기와 아름다운 말.

샹셰(尚書ㅣ) 정식(正色) 왈(曰),

"부인(夫人)이 흔갓 교혜능변(巧慧能辯)[270]으로 싱(生)을 관속(管束)[271]ㅎ니 싱(生)이 구속(拘束)ㅎ야 말을 아니려니와 부뷔(夫婦ㅣ) 범亽(凡事)를 그림재 좃듯 ㅎ여 부화쳐슌(夫和妻順)[272]ㅎ미 어듸 잇ᄂ뇨?"

부인(夫人)이 딕왈(對曰),

"닐오시ᄂᆞ 배 다 올커니와 군ᄌ(君子)ᄂᆞ 믁믁(默默)ㅎ고 녀ᄌ(女子)ᄂᆞ 단일(端一)[273]홈도 셩교(聖敎)에 버서나미 아니니이다."

샹셰(尚書ㅣ) 어히업셔 냥구(良久) 믁연(默然)타가 다시 닐오딕,

"흑싱(學生)이 용녈(庸劣)ㅎ야 부인(夫人)의 세ᄎ고 초독(楚毒)[274]ㅎ믈 미양 관셔(寬恕)[275]ㅎ거니와 ᄎ후(此後) 이러ㅎ미 이실진딕 결연(決然)이 샤(赦)치 아니리니 흑싱(學生)이 금일(今日) 말

60면

이 평싱(平生) 밍셰(盟誓)니라."

부인(夫人)이 亽샤(謝辭) 왈(曰),

"쳡(妾)이 흉금(胸襟)이 모식(茅塞)[276]ㅎ와 아지 못ㅎ더니 당당(堂

---

269) 경시(輕視): 대수롭지 않게 보거나 업신여김.

270) 교혜능변(巧慧能辯): 공교롭고 능란한 말.

271) 관속(管束): 잘 단속함.

272) 부화쳐슌(夫和妻順): 부화처순. 남편은 온화하고 아내는 순종함.

273) 단일(端一): 단엄하고 한결같음.

274) 초독(楚毒): 세차고 독함.

275) 관셔(寬恕): 관서. 너그럽게 용서함.

276) 모식(茅塞): 모색. 길이 띠로 인하여 막힌다는 뜻으로, 마음이 물욕에 가리어 어리석고 무지함을 비유적으로 이르는 말.

堂)이 금일(今日) 말씀을 밧드러 명심(銘心)ᄒ리니 군(君)이 ᄯᅩᄒᆫ 즁
도(中途)에 위의(威儀)를 일치 마르소셔."

샹셰(尙書ㅣ) 쳥파(聽罷)에 다시 ᄒᆞᆯ 믈이 업셔 가연이 샹요(牀-)에
나아가니 부인(夫人)이 ᄯᅩ ᄉᆞᆨ(辭色)지 아니터라.

어시(於時)에 졍통(正統)[277) 황뎨(皇帝) 븍새(北塞)에 가션 지 오
륙(五六) 년(年)에 니르나[278) 경태(景泰)[279) 마ᄌ 올 ᄯᅳᆺ이 망연(茫然)
ᄒ고 태ᄌ(太子)와 황후(皇后)를 별궁(別宮)에 닉쳐 곤욕(困辱)[280)ᄒ
니 니(李) 승샹(丞相)이 님하(林下)에 갈건포의(葛巾布衣)[281)로 한가
(閑暇)ᄒᆫ 빅셩(百姓)이 되여시나 ᄉᆞ군지심(思君之心)[282)이 일일(日日)
심고(甚高)[283)ᄒ야 ᄆᆡ일(每日) 븍망(北望) 뉴톄(流涕)ᄒ나 시러금 텬
되(天道ㅣ) 뎡(定)ᄒ여시니 힘으로 ᄒᆞ일업셔 ᄒ더니,

이 ᄒᆡ 지나고 봄이 니르니 승샹(丞相)이 ᄯᅳᆺ을 결(決)ᄒ야 대ᄉ(大
事)를 닐우려 ᄒᄆᆞ로 일

---

277) 졍통(正統): 정통. 중국 명(明)나라 제6대 황제인 영종(英宗) 때의 연호(1435~
1449). 영종의 이름은 주기진(朱祁鎭, 1427~1464)으로, 후에 연호를 천순(天順,
1457~1464)으로 바꿈.

278) 졍통(正統)~니르나: 정통 황제가 북쪽 변방에 가신 지 오륙 년에 이르렀으나. 정
통 황제는 1449년에 오이라트 부족을 토벌하러 가 붙잡혔다가[토목의 변] 바로 다
음해(1450)에 석방되어 명나라에 복귀하였으므로 이 부분은 역사적 사실과는 배치
되는 허구임.

279) 경태(景泰): 중국 명나라 제7대 황제인 대종(代宗)의 연호(1449~1457). 이름은 주
기옥(朱祁鈺. 제5대 황제인 선종(宣宗) 선덕제(宣德帝, 1425~1435)의 아들이며
제6대 황제인 영종(英宗) 정통제(正統帝, 1435~1449)의 이복아우임. 1449년에 오
이라트 족의 침략으로 정통제가 직접 친정을 나가 포로로 잡힌, 이른바 토목(土木)
의 변(變)으로, 황제로 추대됨. 정통제가 풀려나 1년 뒤에 돌아온 뒤에도 황위를
물려주지 않다가 정통제를 옹립하려는 세력이 일으킨 정변으로 폐위되고 폐위된
지 한 달 후에 급사함.

280) 곤욕(困辱): 심하게 모욕함.

281) 갈건포의(葛巾布衣): 거친 베로 만든 두건과 베옷.

282) ᄉᆞ군지심(思君之心): 사군지심. 임금을 사모하는 마음.

283) 심고(甚高): 더욱 깊어짐.

일(一日)은 뉴 부인(夫人)긔 고왈(告曰),

 "신지(臣子) 되여 튱(忠)이 읏듬이오, ᄒᆞ믈며 히이(孩兒) 삼조(三朝) 탁고(托孤)284)를 밧아 녀ᄂᆞ 신뇨(臣僚)와 다ᄅᆞ거늘 이제 셩샹(聖上)이 파쳔(播遷)285)ᄒᆞ샤 새외(塞外)에 뉴톄(留滯)286)ᄒᆞ야 계시ᄃᆡ 회복(回復)을 도모(圖謀)치 못ᄒᆞ니 히이(孩兒) 어ᄂᆞ 낫츠로 타일(他日) 구쳔(九泉)의 가 션뎨(先帝)를 뵈오리잇가? 이제 텬하(天下)를 도라 의긔(義氣) 잇ᄂᆞ 호걸(豪傑)을 모화 고군(孤君)을 회복(回復)고져 ᄒᆞ옵ᄂᆞ니 야야(爺爺) 삼년(三年)이 지나션 지 희포 되여숩고 님죵(臨終) 유괴(遺敎) ᄌᆞ못 명명(明明)ᄒᆞ시니 져바리미 더옥 가(可)치 아니ᄒᆞ온지라. 모친(母親)은 히ᄋᆞ(孩兒)를 념녀(念慮)치 마ᄅᆞ시고 슈월(數月)을 평안(平安)이 계시믈 바라ᄂᆞ이다."

 뉴 부인(夫人)이 어로만져 타루(墮淚) 왈(曰),

 "네 말이 올흐니 내 엇지 쇼쇼(小小) 니별(離別)을 앗기리오? 모로미 진튱갈녁(盡忠竭力)287)ᄒᆞ야 나라흘 갑ᄉᆞ오라."

 승샹(丞相)이

빅샤(拜謝) 슈명(受命)ᄒᆞ고 드듸여 부마(駙馬)와 샹셔(尚書)로 뒤흘

---

284) 탁고(托孤): 선왕이 죽으면서 태자를 부탁함.
285) 파쳔(播遷): 임금이 도성을 떠나 다른 데로 옮김.
286) 뉴톄(留滯): 유체. 딴 곳에 가 머물러 있음.
287) 진튱갈녁(盡忠竭力): 진충갈력. 충성을 다하고 힘을 다함.

좃게 ᄒ고 무평[288]빅은 치료(治療)ᄒ기로 못 가고 쇼부(少傅)ᄂᆞᆫ ᄋᆞᄌᆞ(兒子) 몽셕이 맛춤 유병(有病)ᄒᆞ야 못 가ᄂᆞᆫ지라 피ᄎᆞ(彼此)에 이달와ᄒᆞ미 가히 업더라.

날을 갈ᄒᆡ여 승샹(丞相)이 갈건포의(葛巾布衣)로 길ᄒᆡ 올을ᄉᆡ 모친(母親)긔 하직(下直)ᄒᆞᄆᆡ 셕일(昔日) 냥친(兩親)이 ᄌᆡ당(在堂)ᄒᆞ샤 ᄯᅥ날 제 가로 손을 잡으시던 일을 샹도(想到)[289]ᄒᆞᄆᆡ 새로이 비회(悲懷)[290] 촌쟝(寸腸)[291]을 긋ᄎᆞ되 강잉(强仍)ᄒᆞ야 하직(下直)고 냥뎨(兩弟)ᄅᆞᆯ 경계(警戒)ᄒᆞ야 보듕(保重)ᄒᆞᄆᆞᆯ 당부(當付)ᄒᆞ고,

냥ᄌᆞ(兩子)로 더브러 ᄒᆡᆼ(行)ᄒᆞ야 하람(河南)에 니르니 인믈(人物)이 부셩(富盛)[292]ᄒᆞ고 녀염(閭閻)이 만하 극(極)히 번화(繁華)ᄒᆞᆫ지라. 승샹(丞相)이 다방(茶房)을 ᄎᆞᆺ ᄎᆞ(茶)ᄅᆞᆯ 먹고 니러 가고져 ᄒᆞ더니 홀연(忽然) ᄒᆞᆫ 쇼년(少年)이 밧그로셔 드러오거ᄂᆞᆯ 보니 눈이 모나고 낫빗치 희고 코

* * *

63면

히 놉흐며 눈섭이 기러 보ᄆᆡ 심샹(尋常)치 아니ᄒᆞ거ᄂᆞᆯ 승샹(丞相)이 발셔 아라보고 피ᄎᆞ(彼此ㅣ) 읍(揖)ᄒᆞ야 좌(座)ᄅᆞᆯ 뎡(定)ᄒᆞᄆᆡ 기인(其人)이 승샹(丞相)의 표연(飄然)[293]ᄒᆞᆫ 안광(眼光)과 부마(駙馬) 등(等)의 용모(容貌)ᄅᆞᆯ 보고 대경(大驚) 문왈(問曰),

---

288) 평: [교] 원문에는 '령'으로 되어 있으나 앞의 예를 따라 이와 같이 수정함.

289) 샹도(想到): 상도. 생각이 미침.

290) 비회(悲懷): 슬픈 회포.

291) 촌쟝(寸腸): 촌장. 마디마디의 창자.

292) 부셩(富盛): 부성. 많고 성함.

293) 표연(飄然): 초탈한 모양.

"금일(今日) 하힝(何幸)으로 녈위(列位) 존션(尊仙)294)을 맛나니 하방(下邦) 미쳔(微賤)흔 눈에 범인(凡人)이 아니신가 시브니 존셩(尊姓)과 대명(大名)을 드러지이다."

승샹(丞相)이 흔연(欣然) 왈(曰),

"위연(偶然)이 도듕(途中)에셔 현ᄉ(賢士) 만나미 긔특(奇特)흔 일이라 우리 셩명(姓名)은 날호여 닐오리니 현ᄉ(賢士)ᄂ 어닉 짜 사름이며 셩명(姓名)이 무어시뇨?"

기인(其人) 왈(曰),

"쇼ᄉᆼ(小生)은 본토지인(本土之人) 뉴잠이라. 일즉 부뫼(父母ㅣ) 구몰(俱沒)295)ᄒ고 친권(親眷)296)이 쏘 희소(稀少)ᄒ니 거체(居處ㅣ) 뎡(定)흔 딕 업더니 오날 위연(偶然)이 삼위(三位) 대인(大人)을 만나오니 쳐음 보옵건딕 안치(眼彩)의 화광(華光)297)이 녕녕(玲玲)298)ᄒ시니 아니 금ᄌ(金紫)299) 태각(臺閣)300) 대

• •

64면

신(大臣)이 미힝(微行)301)ᄒ시ᄂ니잇가?"

---

294) 존션(尊仙): 존선. 신선을 높여 이르는 말.

295) 구몰(俱沒): 다 죽음.

296) 친권(親眷): 아주 가까운 권속.

297) 화광(華光): 아름다운 광채.

298) 녕녕(玲玲): 영령. 곱고 투명함.

299) 금ᄌ(金紫): 금자. 금인(金印)과 자수(紫綬)라는 뜻으로, 존귀한 사람을 비유적으로 이르는 말. 금인(金印)은 관직의 표시로 차고 다니던 금으로 된 조각물이고, 자수는 고위 관료가 차던 호패(號牌)의 자줏빛 술임.

300) 태각(臺閣): 대각. 중앙 조정의 기구.

301) 미힝(微行): 미행. 지위가 높은 사람이 무엇을 몰래 살피기 위하여 남루한 옷차림을 하고 남모르게 다님

승상(丞相)이 텽파(聽罷)에 크게 긔특(奇特)이 넉여 이에 굴오디,

"이곳이 말홀 곳이 아니니 줌간(暫間) 노부(老夫)를 조ᄎ 와 말ᄒ미 엇더ᄒ뇨?"

뉴싱(-生)이 응낙(應諾)고 승샹(丞相)을 ᄯ라 뫼히 니르러 송하(松下)에 안즈민 뉴싱(-生)이 다시 근본(根本)을 뭇거ᄂᆞᆯ 승샹(丞相) 왈(曰),

"노부(老夫)ᄂᆞ 다ᄅᆞ니 아니라 녜 승샹(丞相) 니관셩이오, 이 냥ᄋᆞ(兩兒)ᄂᆞ 노부(老夫)의 쳔(賤)ᄒᆞᆫ ᄌᆞ식(子息)이라. 노뷔(老夫ㅣ) 고군(孤君)이 븍새(北塞)에 올무신 후(後) 죠뎡(朝廷)의 이시 홀 일 업ᄉᆞ므로 고향(故鄕)에 ᄂᆞ려와 호민를 메고 ᄯᅡ 픽기를 위업(爲業)ᄒᆞ더니 요ᄉᆞ이 츈시(春時)를 당(當)ᄒᆞ야 심시(心思ㅣ) 울젹(鬱寂)ᄒᆞ므로 텬하(天下) 강산(江山)을 유람(遊覽)코져 낫더니 의외(意外)에 현ᄉᆞ(賢士)를 만나니 엇지 깃부지 아니ᄒᆞ리오?"

뉴싱(-生)이 황망(慌忙)이 ᄌᆡᄇᆡ(再拜) 왈(曰),

"일쥭 닐홈을 우레ᄀᆞᆺ치 드ᄅᆞ디 시러곰 션풍(仙風)

· · ·

65면

을 우러라 뵈올 길이 묘망(渺茫)[302]ᄒᆞ더니 금일(今日) 하힝(何幸)으로 존안(尊顔)을 뵈와 현언(賢言)을 듯ᄌᆞ오니 평싱(平生) 영힝(榮幸)[303]이로소이다."

승샹(丞相)이 그 말ᄉᆞᆷ과 녜뫼(禮貌ㅣ) 온슌(溫順)ᄒᆞᄆᆞᆯ 크게 과ᄋᆡ(過愛)ᄒᆞ야 반일(半日)이 되도록 슈작(酬酌)ᄒᆞ민 뉴싱(-生)의 의긔(義

---

302) 묘망(渺茫): 아득함.

303) 영힝(榮幸): 영행. 운이 좋은 영광.

氣)와 언시(言辭ㅣ) 크게 시속(時俗)에 버서나는지라 승상(丞相)이 인
(因)ᄒ야 그 손을 잡고 탄식(歎息) 왈(曰),

"그딕 일즉 님군이 듕(重)ᄒ 줄 아는다?"

뉴싱(-生)이 딕왈(對曰),

"션비 벼슬을 ᄒ믹 어이 님군 듕(重)ᄒ믈 모로리오? 금일(今日) 대
인(大人) 말ᄉᆞᆷ이 소회(所懷) 이시딕 발(發)치 아니시니 아모 일이라
도 쇼싱(小生)을 딕(對)ᄒ야 닐오신즉 죽기를 무릅뼈 조ᄎ리니 듯기
를 원(願)ᄒᄂ이다."

승상(丞相)이 눈물을 흘니고 오열(嗚咽) 왈(曰),

"노뷔(老夫ㅣ) 블민(不敏)ᄒ 몸으로 님군의 은혜(恩惠) 닙ᄉ오미
고금(古今)을 기우려도 ᄡᅡᆼ(雙)이 업거늘 이제 고군(孤君)

· · ·

66면

이 븍디(北地) 오랑캐의게 욕(辱)을 보시딕 신직(臣子ㅣ) 되여 안연
(晏然)304)이 이시니 하늘이 믜이 넉여 앙화(殃禍)305)를 나리오실지
라 어린 쯧의 ᄉᆞᆺ치 누르지 못ᄒ야 이러ᄐᆺ 도로(道路)에 단니믄 힝
(幸)혀 하늘이 우리 쥬상(主上)을 도와 의긔(義氣) 잇는 호걸(豪傑)을
맛날진딕 ᄒᆞᆫ가지로 의병(義兵)을 니ᄅ혀 야션(也先)306)을 치고 녯 님
군을 회복(回復)고져 ᄒ딕 텬하(天下)에 날 알 니 업ᄉᆞᆷ믈 가석(可惜)
ᄒ더니 금일(今日) 군(君)을 보니 의긔(義氣)와 튱심(忠心)이 거의 고

---

304) 안연(晏然): 걱정 없이 편안한 모양.

305) 앙화(殃禍): 어떤 일로 인하여 생기는 재앙.

306) 야션(也先): 야선. 몽골족의 하나인 오이라트 부족의 족장 이름 에센(?~1454)을 이
름. 에센은 무역 문제로 명나라와 갈등을 벌이다 자기 부족을 토벌하러 온 정통
황제를 1449년에 잡아서 1450년에 조건 없이 풀어 줌.

인(古人)의 지는지라 노부(老夫)를 조차 국가(國家)를 붓들소냐?"

뉴싱(-生)이 니(李) 공(公)의 튱심(忠心)을 보고 크게 감동(感動)호야 두 번(番) 절호고 굴오딕,

"의(義)를 즐기믄 대쟝부(大丈夫)의 호올 배오, 님군을 구(救)호믄 튱(忠)을 오로지 호미라. 대인(大人) 말숨을 듯잡건딕 쇼싱(小生)이 셕목(石木) 갓튼 위인(爲人)들 춤아 동(動)치 아

• • •

67면

니리오? 당당(堂堂)이 죽으믈 바려 쥬샹(主上)을 구(救)호려니와 아지 못게라, 어늬 쎠를 아라 딕후(待候)[307]호리잇고?"

승샹(丞相)이 쳥파(聽罷)에 팔을 쏘즈 칭샤(稱謝) 왈(曰),

"금일(今日)이 므슴 날이완딕 이러툿 혼 현수(賢士)를 만낫누뇨? 노뷔(老夫ㅣ) 혜아리건딕 텬쉬(天數ㅣ) 뎡(定)혼 쎠 이시니 그썸 아닌 쎠는 아모리 힘뻐도 무익(無益)호니 닉년(來年)이 우리 쥬샹(主上)긔 극(極)히 니(利)호니 현싀(賢士ㅣ) 가(可)히 명년(明年) 츈(春)에 금쥐(錦州) 화록촌으로 와 노부(老夫)를 초즈라."

뉴싱(-生)이 응낙(應諾)고 날이 느즈믈 인(因)호야 손을 난호니 피츠(彼此) 니졍(離情)[308]이 의의(依依)[309]호더라.

승샹(丞相)이 뉴싱(-生)을 니별(離別)호고 냥즈(兩子)로 더브러 하람(河南)을 써나 두로 노라 남챵(南昌)에 니르러는 경믈(景物)이 심(甚)히 가려(佳麗)호거늘 유람(遊覽)호야 혼 곳에 가니 큰 집이 송쥭

---

307) 딕후(待候): 대후. 웃어른의 명령을 기다림.
308) 니졍(離情): 이정. 헤어지는 정.
309) 의의(依依): 헤어지기가 서운함.

(松竹) 스이에 녕농(玲瓏)ㅎ고 안흐로조추 풍뉴(風流) 소릭 진동(振動)흔

• • •

68면

딕 팔구(八九) 셰(歲)나 흔 우히 시름을 먹음고 문밧(門-)긔 거젹을 싸라 안주시니 옥면봉안(玉面鳳眼)이 녕형신이(瑩炯神異)[310]ㅎ야 크게 범인(凡人)이 아니어늘 승샹(丞相)이 주연(自然) 므음이 동(動)ㅎ야 나아가니 기익(其兒ㅣ) 믄득 몸을 움죽여 공슌(恭順)이 녜(禮)ㅎ니 샹셰(尚書ㅣ) 곳가이 보고 크게 스랑ㅎ야 손을 잡고 말ㅎ고즈 ㅎ더니 홀연(忽然) 안흐로셔 셔동(書童)이 닉다라,

"공직(公子ㅣ)야, 브르신다."

ㅎ니 기익(其兒ㅣ) 급(急)히 니러 드러가니 샹셰(尚書ㅣ) 주연(自然) 므음이 익연(哀然)ㅎ믈 니긔지 못ㅎ야 도라오며 닌이(隣里)다려 무른딕 딕왈(對曰),

"그 집은 젼일(前日) 형부샹셔(刑部尚書) ㅎ엿던 뉴 노야(老爺) 집이라. 뉴 노야(老爺ㅣ) 칠(七) 년(年) 젼(前) 벼슬을 갈고 느려왓더니 칠(七) 년(年) 후(後) 신군(新君)이 즉위(卽位)ㅎ야 승샹(丞相)을 ㅎ야 올나갓다가 슉질(宿疾)[311]이 이셔 갈고 거년(去年)에 느려와시나 셰(勢)를 밋고 민간(民間)에 작폐(作弊)[312]

---

310) 녕형신이(瑩炯神異): 영형. 밝게 빛나고 기이하게 생김.

311) 슉질(宿疾): 숙질. 고질병.

312) 작폐(作弊): 피해를 끼침.

무궁(無窮)ᄒ고 져 대공ᄌ(大公子)ᄂ 그 노야(老爺) 일(一) ᄌ(子ㅣ)
로ᄃ 쳡(妾)의 참소(讒訴)ᄅ 드른즉 ᄆ양 즁(重)히 두ᄃ려 ᄂ치ᄂ니
앗가도 공ᄌ(公子ㅣ) 맛고 ᄂ치여 안ᄌᆺ더이다."

승상(丞相)이 쳥파(聽罷)에 뉴영걸인 줄 알고 크게 통히(痛駭)313)
ᄒ며 샹셔(尚書ㅣ) 왈(曰),

"뉴영걸이 젼일(前日) 셜최로 더부러 동심(同心)ᄒ야 대옥(大獄)을
변(變)ᄒ미 큰 죄(罪)로ᄃ 일이 우리 집에 간셥(干涉)ᄒ미 대단이 극
뉼(極律)을 쓰지 아닛더니 제 이제 경태(景泰)의 벼슬을 밧아 져러틋
탐악(貪惡)314)ᄒ야 만일(萬一) 나라ᄒ 회복(回復)ᄒ 후(後)ᄂ 죄(罪)
ᄅ 셜치(雪恥)ᄒ리라. 연(然)이나 기ᄌ(其子)의 위인(爲人)이 져리 긔
이(奇異)ᄒᄃ 제 아비 ᄉ랑치 아닛ᄂ다 ᄒ니 텬도(天道)ᄅ 탄(嘆)ᄒ
염 죽ᄒ도다."

ᄒ니 ᄎ(此)ᄂ 경문이로ᄃ 부ᄌ(父子ㅣ) 서로 보고 모로니 엇지 가
셕(可惜)지 아니리오. 경문이 문후 ᄀᆺ튼 관인(寬仁)

명달(明達)ᄒ 아비ᄅ 모로고 블명(不明)ᄒ 뉴영걸을 아비로 아라 무
슈(無數) 험난(險難)을 격그니 도시(都是) 젼싱(前生) 죄(罪) 듕(重)ᄒ
미러라.

---

313) 통히(痛駭): 통해. 몹시 이상스러워 놀람.
314) 탐악(貪惡): 탐욕스럽고 악함.

승샹(丞相)이 남챵(南昌)을 써나 졀강(浙江) 소항쥐(蘇杭州)315) 니
ᄅ니 닐온바 텬하(天下) 명승디(名勝地)어ᄂᆯ 츠시(此時) 삼츈(三春)을
당(當)ᄒ여시니 빅화(百花)ᄂ 산(山)을 덥헛고 쳥뉴(靑柳)ᄂ 실 드리
온 ᄃᆺᄒ여시니 승샹(丞相)이 듁쟝망혜(竹杖芒鞋)316)로 세 낫 셔동(書
童)과 냥ᄌ(兩子)를 닛그러 뫼히 올으니 고봉만학(高峯萬壑)317)은 운
소(雲霄)318)에 소삿고 층암폭포(層巖瀑布)319)ᄂ 잔잔(潺潺)320)이 흐
ᄅ며 오ᄉᆡᆨ(五色) 곳치 울 션 ᄃᆺᄒ여시니 부마(駙馬) 형뎨(兄弟) 쳥시
(淸詩)를 지어 음영(吟詠)ᄒ며 부친(父親)을 뫼셔 깁히 드러가며 귀경
ᄒ니 날이 져무ᄂ 줄 ᄭᆡ닷지 못ᄒ야 뫼 속에셔 나지 못ᄒ엿더니 홀연
(忽然) 머지 아닌 솔솝히셔 ᄂᆡ 나거ᄂᆯ 츠ᄌ가니 열아믄 협긱(俠客)

71면

이 군ᄉ(軍士) 슈빅(數百)을 다리고 바야흐로 소 잡고 돗 다히며 술
걸으거ᄂᆯ 부매(駙馬ㅣ) 님목(林木) ᄉ이로 보고 고왈(告曰),

"무심(無心)코 져 뉴(類)의 갓다가 욕(辱) 볼 거시니 나가샤이다."

승샹(丞相)이 소왈(笑曰),

---

315) 소항쥐(蘇杭州): 소항주. 소주(蘇州)와 항주(杭州). 소주는 중국 강소성(江蘇省) 동
　　남부 태호(太湖)의 동쪽 기슭에 있는 도시이고, 항주는 중국 절강성(浙江省) 북부
　　전당강(錢塘江) 어귀에 있는 도시로 남송의 도읍이었으며, 예로부터 무역항·경승
　　지로 유명함.

316) 듁쟝망혜(竹杖芒鞋): 죽장망혜. 대지팡이와 짚신이란 뜻으로, 먼 길을 떠날 때의 아
　　주 간편한 차림새를 이르는 말.

317) 고봉만학(高峯萬壑): 높은 봉우리와 수많은 골짜기.

318) 운소(雲霄): 구름 낀 하늘.

319) 층암폭포(層巖瀑布): 층을 이루어 쌓인 바위에서 내려오는 폭포.

320) 잔잔(潺潺): 흐르는 물소리가 가늘고 나지막함.

"져 뉘(類ㅣ) 쏘 사름이니 남을 간딕로 욕(辱)ᄒ랴. 너희ᄂ 내 ᄒᄂ 양을 보라."

드딕여 냥ᄌ(兩子)를 믈니치고 압히셔 완완(緩緩)이 나아가 팔을 드러 글오딕,

"존젼(尊前)에 흑싱(學生)이 뵈ᄂ이다."

졔인(諸人)이 눈을 드러 보니 ᄒ 쟝뷔(丈夫ㅣ) 갈건(葛巾)을 쓰고 몸의 빅포도의(白袍道衣)[321]를 닙고 손에 쥭쟝(竹杖)을 집고 서시니 냥미(兩眉) 와잠(臥蠶)[322]을 샹(象)ᄒ야 강산(江山)에 졍긔(精氣)를 아오로고 냥목(兩目)에 안광(眼光)이 명명(明明)ᄒ야 두우(斗宇)[323]를 쎄칠 ᄃᆺᄒ고 두 귀밋히 됴흔 옥(玉)과 묽은 둘 갓고 검은 슈염(鬚髥)이 복하(腹下)에 ᄂ리고 홍슌호치(紅脣晧齒)[324] 표연(表然)ᄒ고 쇄락(灑落)[325]ᄒ 골격(骨格)이 옥쳥(玉淸)[326] 신인(神人)이 ᄂ

· · ·

72면

리나 밋지 못홀지라. 뎌 무리 산듕(山中) 무된 눈이 크게 놀나 밧비 답빅(答拜)ᄒ고 왈(曰),

"존션(尊仙)은 어딕로조추 강님(降臨)ᄒ시ᄂ뇨?"

승샹(丞相)이 웃고 붓드러 왈(曰),

"노뷔(老夫ㅣ) 엇지 신션(神仙)이리오? 위연(偶然)이 유산(遊山)ᄒ

---

321) 빅포도의(白袍道衣): 백포도의. 흰 도포로 된 도사의 옷.

322) 와잠(臥蠶): 누워 있는 누에 같다는 뜻으로, 길고 굽은 눈썹을 이르는 말.

323) 두우(斗宇): 온 세상.

324) 홍슌호치(紅脣晧齒): 홍순호치. 붉은 입술과 흰 이.

325) 쇄락(灑落): 인품이 깨끗하고 속된 기운이 없음.

326) 옥쳥(玉淸): 옥청. 도교에서, 신선이 산다는 삼청의 하나로, 상제가 있는 곳.

다가 길이 녈위(列位) 잇는 곳을 범(犯)ᄒ니 젼혀(專-) 죄(罪)를 쳥(請)코져 ᄒᄂ니 엇지 이러틋 의심(疑心)ᄒ시ᄂ뇨? 밋지 아니커든 쳔(賤)ᄒᆫ ᄌᆞ식(子息)과 세 낫 셔동(書童)을 보소셔."

언미필(言未畢)에 냥(兩) 개(個) 쇼년(少年)이 갈건초혜(葛巾草鞋)327)로 나아오니 표표(表表)328)ᄒᆫ 풍치(風采) 학우신션(鶴羽神仙)329)이라. 졔인(諸人)이 연망(連忙)이 마ᄌᆞ 진즁(陣中)에 드러가 샹좌(上座)에 안치고 왈(曰),

"아등(我等)이 평싱(平生)의 의긔(義氣)를 ᄉᆞ모(思慕)ᄒ되 텬하(天下)에 알 니 적고 본현(本縣) 태슈(太守ㅣ) 학졍(虐政)330)이 심(甚)ᄒ니 분격(憤激)331)ᄒ기로 인(因)ᄒ야 산듕(山中)에 드러 노략(擄掠)ᄒ기로 일삼더니이다."

인(因)ᄒ야 져의 셩명(姓名)을 닐오니 웃듬은 젼신

· ·

73면

이오 기ᄎ(其次)ᄂ 등공이오 삼(三)은 마룡이오 ᄉ(四)ᄂ 왕픠오 오(五)ᄂ 엄핑이오 뉵(六)은 셩한이오 칠(七)은 비안이오 팔(八)은 뇨뫼오 구(九)ᄂ 셕즁이니 일ᄃᆡ(一代) 늠늠(凜凜) 쥰슈(俊秀)ᄒᆫ 영웅(英雄)이라.

승샹(丞相)이 쳥필(聽畢)에 치경(致敬)332) 왈(曰),

---

327) 갈건초혜(葛巾草鞋): 거친 베로 만든 두건과 짚신.
328) 표표(表表): 사람의 생김새나 풍채, 옷차림 따위가 눈에 띄게 두드러짐.
329) 학우신선(鶴羽神仙): 학우신선. 학을 탄 신선.
330) 학정(虐政): 학정. 포학한 정치.
331) 분격(憤激): 분하고 노여운 감정이 복받쳐 오름.
332) 치경(致敬): 존경하는 뜻을 표함.

"금일(今日) 하힝(何幸)으로 녈위(列位) 영쥰(英俊)을 만나니 평싱(平生) 희싀(喜事ㅣ)어니와 아지 못게라, 녈위(列位) 당당(堂堂) 수유(士類)로 과거(科擧)룰 보지 아니ᄒ고 이러틋 표박(漂泊)333) ᄒᄂᆫ뇨?"

젼신 왈(曰),

"아등(我等)이 용녈(庸劣)ᄒ야 문ᄌ(文字)룰 희몽(解蒙)334)치 못ᄒ야 칠(七) 년(年) 젼(前) 과거(科擧) 보라 셔울 가니 승샹(丞相) 니(李) 공(公)이 니빅(李白)335)의 시(詩)로 제(題)룰 ᄂᆡ여 시긱(時刻)이 겨유 두어 시(時)ᄂᆫ ᄒ니 가(可)히 지을 의싀(意思ㅣ) 업셔 나와 니(李) 공(公)의 산두즁망(山斗重望)336)을 드르며 임의 문과(文科)ᄂᆫ 못ᄒ게 되여시니 무과(武科)나 ᄒ야 니(李) 공(公)의 붉히 다스리ᄂᆫ 죠뎡(朝廷)에 단녀보고져 ᄒ야 도라와 무예(武藝)룰 닉여 다 닐

⋯●●

74면

워시나 이제 고군(孤君)이 북새(北塞)에 계시고 니(李) 공(公)이 고향(故鄕)에 도라가믹 금황(今皇)이 데 형(兄)을 닉치고 스스로 셔 정시(政事ㅣ) 혼암(昏闇)337)ᄒ야 원현신친쇼인(遠賢臣親小人)338)ᄒ니 텬하(天下) 쥐군(州郡)339)이 다 그 ᄯᅳᆺ을 밧아 탐남(貪濫)340)ᄒ기만 일

---

333) 표박(漂泊): 일정한 주거나 생업이 없이 떠돌아다니며 지냄.

334) 희몽(解蒙): 해몽. 어리석음을 일깨워 줌.

335) 니빅(李白): 이백(李白, 701~762). 중국 당(唐)나라의 시인으로서 본명은 이태백(李太白)이며 호는 청련거사(靑蓮居士).

336) 산두즁망(山斗重望): 산두중망. 태산, 북두칠성과 같은 대단한 명망.

337) 혼암(昏闇): 어리석고 못나서 사리에 어두움.

338) 원현신친쇼인(遠賢臣親小人): 원현신친소인. 어진 신하를 멀리하고 소인을 가까이함.

339) 쥐군(州郡): 주군. 고을.

습으니 복등(僕等)이 그런 어즈러온 죠뎡(朝廷)에 과거(科擧) 보와 부졀업고 본현(本縣) 거동(擧動)을 보미 분한(憤恨)341)이 츙격(充格)342)ᄒ야 향즁(鄕中) 의ᄉ(義士)를 모화 고을을 치고져 ᄒᄂ이다.”

승샹(丞相)이 츠언(此言)을 듯고 크게 깃거 젼신의 손을 잡고 왈(曰),

“나ᄂ 과연(果然) 젼죠(前朝) 승샹(丞相) 니관셩이라. 방금(方今)에 고군(孤君)에 북새(北塞)에셔 호가(胡家)로 벗ᄒ시믈 듯고 신즈(臣子)의 방심(放心)치 못홀 배니 텬하(天下)를 도라 의긔(義氣)에 호걸(豪傑)을 어더 야션(也先)을 치고 님군을 구(救)코져 ᄒ더니 엇지 녈위(列位) 됴흔 의긔(義氣)를 만날 줄 알니오?”

ᄒ니 졔인(諸人)이 대경(大驚)ᄒ야 일시(一時)에 비왈(拜曰),

· ● ●

75면

“복등(僕等)이 눈이 이시나 태산(泰山)을 몰나 승샹(丞相) 노야(老爺)긔 만홀(漫忽)343)ᄒ니 용셔(容恕)ᄒ소셔. 복등(僕等)이 역시(亦是) 이 ᄆᄋᆷ을 두언 지 오라나 능(能)히 더브러 대ᄉ(大事)를 의논(議論)치 못ᄒᆷ믈 한(恨)ᄒ더니 노애(老爺ㅣ) 이 ᄯᅳᆺ이 계실진디 복등(僕等)이 죽으믈 바려 도으리이다.”

승샹(丞相)이 칭션(稱善) 왈(曰),

“현ᄉ(賢士ㅣ)라! 공(公) 등(等)이 ᄯᅳᆺ이 이러ᄒ니 이ᄂ 셩샹(聖上) 홍344)복(洪福)345)인가 ᄒ노라.”

---

340) 탐남(貪濫): 탐람. 탐욕이 넘침.

341) 분한(憤恨): 분노와 원한.

342) 츙격(充格): 충격. 가득함.

343) 만홀(漫忽): 한만하고 소홀함.

젼신 등(等)이 평싱(平生) ᄉ모(思慕)ᄒ던 니(李) 공(公)을 만나미 크게 깃거 쥬육(酒肉)을 나와 권(勸)ᄒ니 승샹(丞相)이 흔연(欣然)이 통음(痛飮)ᄒ고 ᄎ야(此夜)를 그곳에서 지ᄂ고 명일(明日) 갈ᄉᆡ 졔인(諸人)이 ᄇᆡ별(拜別) 왈(曰),

"가(可)히 어ᄂᆡ �ᄯᅵ 긔병(起兵)346)ᄒ시며 어ᄂᆡ 곳으로조ᄎ 싸로리잇고?"

승샹(丞相) 왈(曰),

"명츈(明春)에 금쥐(錦州) 화록347)촌으로 니ᄅ라. ᄌ연(自然) 계교(計巧) 이시리라."

졔인(諸人)이 응낙(應諾)ᄒ더라.

승샹(丞相)이 젼신 등(等)을 니

● ● ●

76면

별(離別)ᄒ고 항쥐(杭州)를 ᄯᅥ나 두로 귀경ᄒ야 쟝ᄉ(長沙)348)에 니ᄅ러ᄂᆞᆫ 바로 악양누(岳陽樓)349)에 올나 ᄉᄒᆡ(四海)를 편350)관(遍觀)351)ᄒ니 초국(楚國) 뫼히 일쳔(一千) 쳑(尺)이오, 오회(五湖ㅣ)352)

---

344) 흥: [교] 원문에는 '흥'으로 되어 있으나 문맥을 고려하여 이와 같이 수정함.

345) 홍복(洪福): 큰 복.

346) 긔병(起兵): 기병. 군사를 일으킴.

347) 화록: [교] 원문에는 '뉴화'로 되어 있으나 앞의 예를 따라 이와 같이 수정함.

348) 쟝ᄉ(長沙): 장사. 중국 동정호(洞庭湖) 남쪽 상강(湘江) 하류의 동쪽 기슭에 있는 도시로 호남성(湖南省)의 성도(省都)임.

349) 악양누(岳陽樓): 악양루. 중국(中國) 호남성(湖南省) 악주성에 있는 누각.

350) 편: [교] 원문에는 '폄'으로 되어 있으나 오기로 보임.

351) 편관(遍觀): 두루 봄.

352) 오회(五湖ㅣ): 곧 동정호를 이름.

일만(一萬) 구뷔라. 강쉬(江水ㅣ) 파랑(波浪)에 미만(彌滿)353)ᄒ야 빅깁(白-)을 편 ᄃᆞᆺᄒ니 경믈(景物)이 극(極)히 소쇄(瀟灑)354)ᄒ더라.

승샹(丞相)이 구버 텬하(天下)ᄅᆞᆯ 보고 홀연(忽然) 톄루(涕淚) 탄왈(嘆曰),

"굴원(屈原)355)은 님군을 위(爲)ᄒ야 멱356)나(汨羅)357)의 ᄲᅡᆫ지믈 달게 너엿거ᄂᆞᆯ 나ᄂᆞᆫ 평일(平日) 님군의 은혜(恩惠) 닙으미 등한(等閑)치 아니ᄒᆞᄃᆡ 이졔 쥬샹(主上)으로 ᄒ야금 칠(七) 년(年) 븍디(北地)에 고쵸(苦楚)ᄅᆞᆯ 보시게 ᄒ니 낫드러 텬일(天日) 보미 븟그럽거ᄂᆞᆯ 즉금(卽今) 됴흔 경(景)을 ᄃᆡ(對)ᄒ야시니 블튱(不忠)ᄒ미 심(甚)ᄒ도다."

부마(駙馬) 형뎨(兄弟) 챵감(悵憾)358)ᄒ야 위로(慰勞) 왈(曰),

"금샹(今上) 칠(七) 년(年) 간괴(艱苦ㅣ)359) 다 텬뎡(天定)ᄒᆞᆫ 긔쉬(氣數ㅣ)360)니 어이 인녁(人力)으로 ᄒ리잇가? 대인(大人)은 부졀업시 심ᄉᆞ(心思)ᄅᆞᆯ

---

353) 미만(彌滿): 널리 가득 참.
354) 소쇄(瀟灑): 맑고 깨끗함.
355) 굴원(屈原): 중국 전국(戰國)시대 초(楚)나라의 인물(B.C.340~B.C.278). 초나라 회왕(懷王) 밑에서 좌도(左徒)의 벼슬을 맡아 국사를 보좌하였는데, 회왕이 진나라 소왕의 방문 요청을 받았을 적에 굴원은 방문을 반대하였으나 회왕이 막내아들 자란의 권유에 따라 방문하였다가 억류되어 병사함. 이후 굴원은 회왕의 큰아들 경양왕이 자란과 상관대부의 모략으로 자신을 강남으로 추방하자 돌을 안고 멱라수에 빠져 죽음.
356) 멱: [교] 원문에는 '멱'으로 되어 있으나 오기로 보임.
357) 멱나(汨羅): 멱라. 멱라수. 굴원이 나라의 장래를 근심하다 빠져 죽은 강의 이름.
358) 챵감(悵憾): 슬퍼하고 근심함.
359) 간괴(艱苦ㅣ): 힘들고 어려움.
360) 긔쉬(氣數ㅣ): 기수. 길흉화복의 운수.

샹회(傷懷)361)치 마르소셔."

승샹(丞相)이 참연(慘然) 부답(不答)이러니 홀연(忽然) 누하(樓下)로조ᄎ 슈오(數五) 개(個) 쇼년(少年)이 칼등362)을 타고 쥬호(酒壺)를 메여 노ᄅᆡᄅᆞᆯ 브ᄅᆞ고 나오거ᄂᆞᆯ 승샹(丞相)이 밧비 나아가 읍(揖)ᄒᆞ니 그 쇼년(少年)이 눈을 흘니 ᄡᅥ 보고 답녜(答禮)도 아니ᄒᆞ고 방약무인(傍若無人)363)이 느러 안즈니 부마(駙馬) 형뎨(兄弟) 블승통한(不勝痛恨)364)ᄒᆞ되 나죵을 보려 잠잠(潛潛)ᄒᆞ고 승샹(丞相)은 다시 읍왈(揖曰),

"위연(偶然)이 유산(遊山)하ᄂᆞᆫ 긱(客)으로 이곳에 니르럿더니 녈위(列位)ᄂᆞᆫ 엇던 사ᄅᆞᆷ이뇨?"

그즁(-中) 일(一) 인(人)이 넓더셔 즐왈(叱曰),

"우리 모든 노야(老爺)ᄅᆞᆯ 뉘라 ᄒᆞ고 과공(過恭)치 아닛ᄂᆞᆫ다? 너 ᄀᆞ튼 한ᄉᆞ(寒士)365)ᄅᆞᆯ 죽여든 관겨(關係)ᄒᆞ냐?"

ᄒᆞ고 달녀들거ᄂᆞᆯ 문휘 밧비 니다라 발노 ᄎᆞ 것구로치니 그즁(-中) 일(一) 인(人)이 대로(大怒)ᄒᆞ야 다라들며 왈(曰),

"우리 용밍(勇猛)이 텬하(天下)에 결우리 업거ᄂᆞᆯ 금일(今日) 슈즈(豎子)366)의

---

361) 샹회(傷懷): 상회. 마음속으로 애통히 여김.

362) 칼등: '언덕이나 산의 능선이 칼의 등처럼 뾰족하게 된 모양'의 의미로 보이나 미상임.

363) 방약무인(傍若無人): 옆에 사람이 없는 것처럼 교만하게 행동함.

364) 블승통한(不勝痛恨): 불승통한. 한스러움을 이기지 못함.

365) 한ᄉᆞ(寒士): 한사. 가난하거나 권력이 없는 선비.

366) 슈즈(豎子): 수자. '풋내기'라는 뜻으로, 남을 낮잡아 이르는 말.

78면

알픠 욕(辱)을 볼 줄 엇지 알니오?”

상셰(尚書]) 대믜(大罵)367) 왈(曰),

“너히 쥐무리 ᄀᆞᆺ튼 거시 니(李) 승샹(丞相) 운혜 션싱(先生)과 부마도위(駙馬都尉) 일쳥 션싱(先生)과 병부샹셔(兵部尙書) 문졍후 죽쳥 션싱(先生)을 아ᄂᆞᆫ다?”

쳐음 맛고 것구러젓던 재(者]) 니러나며 왈(曰),

“네 그 말 쏘 ᄒᆞ라. 그 사ᄅᆞᆷ의 닐홈들을 엇지 아ᄂᆞᆫ다?”

샹셰(尚書]) 답왈(答曰),

“네 쏘 아ᄂᆞᆫ다?”

기인(其人) 왈(曰),

“이 곳 젼죠(前朝) 대샹(大相)으로 덕틱(德澤)이 텬하(天下)에 유명(有名)ᄒᆞ니 어이 모로리오?”

샹셰(尚書]) 왈(曰),

“연(然)즉 니(李) 승샹(丞相)이 너히 져러틋 무례(無禮)ᄒᆞ믈 알오시관ᄃᆡ 그 닐홈을 흠모(欽慕)ᄒᆞᄂᆞᆫ다?”

기인(其人) 왈(曰),

“아등(我等)이 쳐음븟터 엇지 이러ᄒᆞ리오? 칠(七) 년(年) 후(後)븟터 님군이 블명(不明)ᄒᆞ고 현관(縣官)이 학졍(虐政)368)ᄒᆞ니 게 ᄡᆞ로여 ᄉᆞ오나오믈 면(免)치 못ᄒᆞ엿거니와 니(李) 승샹(丞相)이 죠뎡(朝廷)에 이신즉 우리 그 덕(德)을 쓸와 션도(善道)의 들니라.”

---

367) 대믜(大罵): 대매. 크게 꾸짖음.
368) 학졍(虐政): 학정. 포학하게 정치함.

샹셰(尚書 l) 우왈(又曰),

"니(李) 승샹(丞相)을 너희 뵈오면 엇질다?"

답왈(答曰),

"니(李) 승샹(丞相)이 금쥐(錦州) 고향(故鄕)의 가시다 ᄒ᠂ᄂᄃᆡ 어ᄃᆡ 가 어더 뵈오리오?"

샹셰(尚書 l) 가르쳐 왈(曰),

"제 안ᄌ시니 니(李) 승샹(丞相)이시니라."

기인(其人)이 닝소(冷笑) 왈(曰),

"니(李) 승샹(丞相)이 금쥐(錦州)셔 이곳에 무엇ᄒ라 오시리오? 네 거줏 닐홈을 가칭(假稱)ᄒ야 닐오미라. 내 일즉 드르니 셩샹(聖上)이 승샹(丞相)을 대승샹(大丞相) 황태부(皇太傅)라 ᄒ고 써 옥도셔(玉圖 書)369)와 어인(御印)을 쳐 ᄂ리오시니 니(李) 승샹(丞相)이 몸속에 감초와 써나지 아닛ᄂ다 ᄒ던 거시니 네게 잇ᄂ냐?"

샹셰(尚書 l) 밧비 부친(父親) 낭듕(囊中)370)을 열고 ᄂ여 뵈니 댱 싱뎐(長生殿)371) 어인(御印) 친 거시 분명(分明)ᄒ야 홍광(紅光)이 낫 치 보이더라. 제인(諸人)이 대경(大驚)ᄒ야 밧비 머리를 두다려 왈(曰),

"우리 등(等)이 눈이 이셔도 망울이 업셔 대인(大人)긔 득죄(得罪) ᄒ미 심상(尋常)

---

369) 옥도셔(玉圖書): 옥도서. 옥책(玉冊)을 가리키는 듯하나 미상임. 옥책은 존호(尊號) 를 올릴 때에, 송덕문(頌德文)을 쓴 간책(簡策)임.

370) 낭듕(囊中): 낭중. 주머니 속.

371) 댱싱뎐(長生殿): 장생전. 원래 당나라 궁중의 침전(寢殿)을 가리키는데 여기에서는 일반적인 궁중의 의미로 쓰임.

치 아니ᄒ니 죽기를 청(請)ᄒᄂ이다."

승상(丞相)이 ᄌ약(自若)히 웃고 친(親)히 붓드러 왈(曰),

"앗가 천(賤)ᄒ 자식(子息)이 만히 녈위(列位) 뜻을 어긔오니 정(正)히 참괴(慙愧)ᄒ믈 니긔지 못ᄒ거늘 녈위(列位) 어이 청죄(請罪)ᄒᄂ다? 혹싱(學生)이 사죠(仕朝)[372]ᄒ미 조곰도 닐ᄏ람 즉ᄒ 힝사(行事ㅣ) 업고 도금(到今)ᄒ야 님군으로써 북새(北塞)에 바리고 붓드러 도라오시게 못 ᄒ니 블튱(不忠)ᄒ미 천고(千古)의 업거늘 녈위(列位) 어ᄃ 가 헛닐홈을 듯고 이ᄃ도록 닐ᄏᄂ뇨? 원(願)컨ᄃ 성명(姓名)을 닐오라."

제인(諸人)이 그 화열(和悅)[373]ᄒ 말ᄉᆞᆷ과 쥰슈(俊秀)ᄒ 얼골을 ᄃ(對)ᄒ니 흠복(欽服)[374]ᄒ미 ᄲᅢ 녹ᄂ 듯ᄒ야 다시 지ᄇᆡ(再拜) 청죄(請罪)ᄒ고 각각(各各) 닐홈을 고(告)ᄒ니 위슈자(位首者)[375]ᄂ 댱성님이오 둘지ᄂ 최슈현이오 셋지ᄂ 쇼공뵈오 넷지ᄂ 셔관남이오 다섯지 슌슈환이니 다 ᄒ

갈ᄀᆞᆺ치 얼골이 분 발은 듯ᄒ고 눈이 새별 ᄀᆞᆺ고 닙은 단사(丹沙) 직은 듯ᄒ더라.

---

372) 사죠(仕朝): 사조. 조정에서 벼슬함.

373) 화열(和悅): 마음이 화평하여 기쁨.

374) 흠복(欽服): 마음속 깊이 존경하여 복종함.

375) 위슈자(位首者): 위수자. 수령의 위치에 있는 자.

승샹(丞相)이 그 닐홈을 듯고 샤례(謝禮) 왈(曰),

"혹싱(學生)이 오날 므슴 복(福)으로 현ᄉ(賢士) 등(等)을 만나뇨? 제공(諸公)이 져러틋 출즁(出衆)ᄒᆫ 인ᄌᆡ(人材)로 엇지 초목(草木)과 ᄀᆞᆺ치 늙으리오? 타일(他日) 쳥ᄉ(靑紗)376)를 씌고 현달(顯達)ᄒ리니 혹싱(學生)이 본 바 처음이로다."

제인(諸人)이 샤례(謝禮) 왈(曰),

"아등(我等)이 ᄒᆞ낫 협긱(俠客)으로 무뢰(無賴)377) 도박(賭博)ᄒᄂᆞ 뉴(類)라 어이 감(敢)이 발신(發身)378)ᄒ야 나믈 바라리잇고? 금일(今日) 대승샹(大丞相)긔 뵈옴도 평싱(平生) 영ᄒᆡᆼ(榮幸)이로소이다."

승샹(丞相)이 흔연(欣然) 소왈(笑曰),

"녯날 댱비(張飛)379)는 돗 ᄶᆞ다ᄒᆞ던 쟝ᄉ로 위거공후(位居公侯)380)ᄒ니 이제 녈위(列位)의 의ᄉᆡ(意思ㅣ) 쾌활(快活)ᄒ야 고고(高古)381)히 빅운(白雲) ᄀᆞᆺᄐᄆ로써 쟝ᄂᆡ(將來) 현달(顯達)치 못ᄒ리오? 제공(諸公)의 긔샹(氣像)이 동탕(動蕩)382)ᄒ야 결연(決然)이 님하(林下)에 골몰(汩沒)383)치

---

376) 쳥ᄉ(靑紗): 청사. 푸른색의 관복.

377) 무뢰(無賴): 성품이 막되어 예의와 염치를 모르며 함부로 행동하는 사람.

378) 발신(發身): 천하거나 가난한 처지를 벗어나 앞길이 훤히 트임.

379) 댱비(張飛): 장비. 중국 삼국시대 촉한의 무장(?~221). 자는 익덕(益德). 유비, 관우와 함께 도원(桃園)에서 결의하고 왕인 유비를 섬김.

380) 위거공후(位居公侯): 지위가 공후에 거함. 장비가 파서(巴西) 태수가 된 것을 이름.

381) 고고(高古): 세속을 초월하여 고상하고 고풍스러움.

382) 동탕(動蕩): 활달하고 호탕함.

383) 골몰(汩沒): 파묻힘.

아니리니 힝(幸)혀 흑싱(學生)의 말을 광망(狂妄)[384]이 넉이지 말나.”

제인(諸人)이 샤례(謝禮)ᄒ고 문후를 향(向)ᄒ여 샤죄(謝罪)ᄒ니 샹셰(尚書ㅣ) ᄌ약(自若)히 웃고 왈(曰),

“앗가는 희롱(戲弄)ᄒ미라. 이러틋 샤죄(謝罪)ᄒ야 화긔(和氣)를 상(傷)히올 배 아니로다.”

모다 더옥 감샤(感謝)ᄒ야 가져온 쥬호(酒壺)로 권(勸)ᄒ니 승샹(丞相)이 흔연(欣然) 음쥬(飲酒)ᄒ야 조곰도 ᄉ양(辭讓)치 아냐 반일(半日)을 슈작(酬酌)ᄒ미 승샹(丞相)의 말ᄉᆷ이 다 의리(義理)에 마ᄌ니 제인(諸人)이 더옥 칭복(稱服) 공경(恭敬)ᄒ야 서로 ᄉ랑ᄒᆷ을 마지아니ᄒ더라.

쥬감(酒酣)[385]에 승샹(丞相)이 홀연(忽然) 눈믈을 흘녀 슬허ᄒᆫ딕 댱셩닙이 소왈(笑曰),

“노얘(老爺ㅣ) 엇진 고(故)로 이런 됴흔 경(景)을 딕(對)ᄒ야 슬허ᄒ시ᄂᆞ니잇가?”

승샹(丞相)이 탄왈(嘆曰),

“흑싱(學生)이 님군이 사막(沙漠)의 고초(苦楚)를 밧으시딕 구(救)ᄒ야 회복(回復)ᄒ올 길이 업스믈 슬

---

384) 광망(狂妄): 미친 사람처럼 아주 망령됨.
385) 쥬감(酒酣): 주감. 술자리가 한창 무르익음.

허호노라."

셩닙이 뒤왈(對曰),

"노애(老爺ㅣ) 엇진 고(故)로 의병(義兵)을 모화 야션(也先)을 치고 황샹(皇上)을 회복(回復)지 못호시느니잇고?"

승샹(丞相)이 답왈(答曰),

"이 쯧이 잇건마는 텬하(天下)의 님군을 붓드러 녯 좌(座)에 회복(回復)고져 하는 튱신(忠臣)이 업스니 홀노 엇지 대ᄉ(大事)를 닐우리오?"

셩닙이 강개(慷慨) 왈(曰),

"아등(我等)이 비록 지죄(才操ㅣ) 업고 쏘혼 빅보천양지직(百步穿楊之才)[386] 업스나 병셔(兵書)를 잠간(暫間) 보와시니 노애(老爺ㅣ) 대ᄉ(大事)를 닐우고져 호실진딕 죽으믈 바려 돕고져 호ᄂ이다."

승샹(丞相)이 크게 깃거 졀호야 굴오딕,

"흑싱(學生)이 오던 길희 여러 호걸(豪傑)을 만나 추ᄉ(此事)를 약속(約束)호엿더니 쏘 엇지 이런 튱의(忠義) 영걸(英傑)을 만날 줄 알니오? 제공(諸公) 등(等)이 님군 위(爲)혼 쯧이 잇거든 가(可)히 명년(明年) 츈(春)에 금쥐(錦州)로 와 날을 추ᄌ미 엇더뇨?"

---

386) 빅보천양지직(百步穿楊之才): 백보천양지재. 백 걸음 밖에서 버들잎을 겨누어 뚫는 재주. 중국 초(楚)나라 양유기(養由基)가 활을 잘 쏘아 백 걸음 밖에서 버들잎을 겨누어 뚫었다 함. 『사기(史記)』, 「주본기(周本紀)」.

제인(諸人)이 일시(一時)에 고두(叩頭) 왈(曰),

"님군을 ᄉᆞ랑ᄒᆞ고 의(義)를 조ᄎᆞ믄 쟝부(丈夫)의 녜ᄉᆞ(例事ㅣ)라 노애(老爺ㅣ) 엇지 이런 과(過)ᄒᆞᆫ 녜(禮)를 ᄒᆞ시ᄂᆞ니잇고?"

승샹(丞相)이 ᄌᆡ삼(再三) 샤례(謝禮)ᄒᆞ야 언약(言約)을 굿게 뎡(定)ᄒᆞᆫ 후(後) 서로 손을 난화 군산(君山)387)에 올으니 경개(景槪) 더옥 졀승(絶勝)ᄒᆞ여 이로 응관(應觀)388)치 못ᄒᆞᆯ너라.

회사뎡(懷沙亭)389)에 올으믜 승샹(丞相)이 ᄆᆞᄋᆞᆷ이 강개(慷慨)ᄒᆞ믈 니긔지 못ᄒᆞ야 필연(筆硯)390)을 나와 칠언졀구(七言絶句)391) 디엿 슈(數)를 지어 벽샹(壁上)에 븟치니 글 ᄯᅳᆺ이 님군을 앗기고 굴원(屈原)의 튱심(忠心)을 항복(降服)ᄒᆞ여시니 격됴(格調ㅣ)392) 고샹(高尙)ᄒᆞ고 귀법(句法)이 호샹(豪爽)393)ᄒᆞ야 ᄆᆞᆨ광(墨光)이 강슈(江水)에 됴요(照耀)394)ᄒᆞ니 진실(眞實)노 긔ᄌᆡ(奇才)러라. 부마(駙馬)와 샹셰(尙書ㅣ) 잇ᄯᅳᆯ 니어 ᄯᅩᄒᆞᆫ 글을 지어 부벽(付壁)395)ᄒᆞ고 뎡뎐(亭前)으로

---

387) 군산(君山): 동정호 안에 있는 섬.

388) 응관(應觀): 응당 봄.

389) 회사뎡(懷沙亭): 회사정. 중국 호남성(湖南省) 상음현(湘陰縣)의 북쪽에 있는 강인 멱라수(汨羅水) 변에 있는 정자. 초(楚)나라 굴원(屈原)이 나라의 장래를 근심하고 회왕(懷王)을 사모하여 노심초사한 끝에 <회사부(懷沙賦)>를 짓고 멱라수에 빠져 죽은 것으로부터 정자 이름이 유래함.

390) 필연(筆硯): 붓과 벼루.

391) 칠언졀구(七言絶句): 칠언절구. 한시(漢詩)에서, 한 구가 칠언으로 된 절구. 모두 4구로 이루어져 있음.

392) 격됴(格調ㅣ): 격조. 격식과 운치에 어울리는 가락.

393) 호샹(豪爽): 호상. 호탕하고 시원시원함.

394) 됴요(照耀): 조요. 빛남.

395) 부벽(付壁): 벽에 붙임.

올나가더니 날이 져믈거늘 샹셰(尚書ㅣ) 고왈(告曰),

"예셔 옥농관이 머지 아니니 게 가

밤을 지닉고 셕식(夕食)을 어더 ᄒ미 엇더ᄒ리잇고?"

승샹(丞相)이 좃ᄎ 옥농관에 니르니 산뎐(山川)이 더옥 명녀(明麗)396)ᄒ되 프른 지왜397) 반공(半空)의 다핫고 븕은 기동이 싸흘 의지(依支)ᄒ야 크기 뉴(類)다르더라.

샹셰(尚書ㅣ) 동ᄌ(童子)로 문을 두다리니 져믄 도시(道士ㅣ) 나왓거늘 샹셰(尚書ㅣ) 문왈(問曰),

"네 스싱 운시 잇ᄂᆞ냐?"

도시(道士ㅣ) 대왈(對曰),

"안히 계시거니와 엇던 힝치(行次ㅣ) 산ᄉ(山寺)에 니르러 계시뇨?"

샹셰(尚書ㅣ) 왈(曰),

"운ᄉ다려 니(李) 샹셔(尚書) 와 계시다 닐오라."

도시(道士ㅣ) 드러가더니 이윽고 운시 학발(鶴髮)을 붓치고 빅의소관(白衣素冠)398)으로 나와 합쟝(合掌) 녜비(禮拜)ᄒ고 왈(曰),

"노야(老爺)를 비별(拜別)ᄒ연 지 하마 십(十) 지(載) 거의라. 오날 엇진 고(故)로 니르러 계시며 냥위(兩位) 노야(老爺)ᄂ 뉘시니잇고?"

샹셰(尚書ㅣ) 왈(曰),

---

396) 명녀(明麗): 명려. 맑고 고움.

397) 지왜: 기와.

398) 빅의소관(白衣素冠): 백의소관. 흰 옷과 흰 관.

"셕년(昔年)의 도스(道士)의 후의(厚意)를 닙어 지싱(再生)ᄒ니 은 혜(恩惠) ᄌ못 즁(重)ᄒ되 진토(塵土) 금빅(金帛)으로써

● ● ●

86면

감(敢)이 샤례(謝禮)치 못ᄒ고 ᄒ 번(番) 도라가미 산쳔(山川)이 슈조 (脩阻)399)ᄒ고 익각(涯角)400)이 가리여 능(能)히 션풍(仙風)을 우러 라 보기를 밋지 아냣더니 금일(今日) 가친(家親)과 가형(家兄)을 뫼 셔 유관(遊觀)401)의 길이 맛춤 이곳을 말믹암으니 만히 다힝(多幸)ᄒ 도다."

운시 놀나 승샹(丞相)과 부마(駙馬)를 향(向)ᄒ야 녜빅(禮拜) 왈(曰), "산듕(山中) 우밍(愚氓)402)이 일즉 아지 못ᄒ야 맛ᄂ 녜(禮)를 일 ᄒ니 샤죄(謝罪)ᄒᄂ이다."

드듸여 쳥(請)ᄒ야 긱실(客室)에 드리고 셕반(夕飯)을 졍(淨)히 ᄒ 야 올니니 승샹(丞相)이 소 시(氏)와 샹셔(尚書) 구(救)ᄒᆫ 은혜(恩惠) 를 칭샤(稱謝)ᄒ되 운시 고두(叩頭) 왈(曰),

"소 부인(夫人)과 샹셰(尚書ㅣ) 복녹(福祿)이 둣거온 탓스로 냥위 (兩位) 다 믈에 써러져 지싱(再生)ᄒ시미어늘 엇지 쇼도(小道)의 공 (公)이리잇고?"

승샹(丞相)이 지삼(再三) 샤례(謝禮)ᄒ더라.

ᄎ야(此夜)를 이곳의셔 지닉고 명일(明日) 갈시 운시

---

399) 슈조(脩阻): 수조. 멀고 험함.
400) 익각(涯角): 애각. 아주 먼 궁벽한 곳.
401) 유관(遊觀): 두루 돌아다니며 구경함.
402) 우밍(愚氓): 우맹. 어리석은 백성.

승상(丞相)이 집 써는 지 오란 줄 알고 긔이(奇異)혼 실과(實果) 두어 가지와 찬믈(饌物)403)을 궃초와 드리고 샹셔(尙書)를 향(向)ᄒ야 각별(各別)이 말을 붓쳐 왈(曰),

"쇼되(小道ㅣ) 소 부인(夫人)으로 더브러 이(二) 년(年)을 혼디 잇다가 써나니 졍(情)이 의의(依依)404)ᄒ미 슉야블미(夙夜不寐)405)ᄒ되 시러금 옥안(玉顔)을 뵈올 길이 업ᄉ니 쳔심(賤心)406)의 경경(耿耿)407)ᄒ믈 능(能)히 니긔지 못ᄒᄂ이다."

샹셰(尙書ㅣ) 의긔(義氣)를 칭샤(稱謝)ᄒ고 그곳을 써나 군산(君山)을 져무도록 둘너보니 날이 져무럿고 인개(人家ㅣ) 업ᄉ며 좌우(左右)에 즁즁(重重)408)혼 졀이 무궁(無窮)ᄒ니 부매(駙馬ㅣ) 고왈(告曰),

"졀에 드러가 잠간(暫間) 쉬여 가샤이다."

승샹(丞相)이 왈(曰),

"내 당당(堂堂)혼 대신(大臣)으로 부득이(不得已) 미힝(微行)ᄒ나 블가(佛家)에 드러ᄀ리오? 가(可)히 소나모 그늘에셔 밤을 지니리라."

드디여 냥ᄌ(兩子)를 붓드

---

403) 찬믈(饌物): 찬물. 반찬거리가 되는 것.
404) 의의(依依): 헤어지기가 서운함.
405) 슉야블미(夙夜不寐): 숙야불매. 이른 아침과 깊은 밤에 잠을 못 잠.
406) 쳔심(賤心): 천심. 자기의 마음을 겸손하게 이르는 말.
407) 경경(耿耿): 마음에 잊히지 않고 염려됨.
408) 즁즁(重重): 중중. 겹쳐져 있음.

러 소나모 아리 바회에 안주시니 둘이 발셔 산두(山頭)에 올으고 찬 니술이 잔잔(潺潺)[409]이 느리며 만뇌(萬籟)[410] 고젹(孤寂)[411] 호야 호표(虎豹) 싀랑(豺狼)의 무리 어주러이 왕닉(往來) 호니 사름으로 하야금 머리털이 숫그러홀 거시로딕 승샹(丞相)이 안연(晏然) 단좌(端坐) 호야 닙으로 시귀(詩句)를 잠송(潛誦)[412] 호고 부마(駙馬) 형뎨(兄弟) 주약(自若)히 시립(侍立) 호야 동(動)치 아니터라.

이윽고 흔 쟝뷔(丈夫ㅣ) 머리에 복건(幅巾)[413]을 쓰고 옷슬 벗고 범을 죽여 싀을고 오다가 승샹(丞相)을 보고 대경(大驚) 왈(曰),

"녈위(列位) 귀신(鬼神)인다? 엇지 이런 심산(深山) 험디(險地)의 밤의 안줏는다?"

승샹(丞相)이 니러 읍왈(揖曰),

"맛춤 유산(遊山)하는 긱(客)이러니 날이 져믈고 인개(人家ㅣ) 업셔 이곳에 안줏거니와 쟝수(壯士)는 엇던 사름이완딕 혼야(昏夜)의 범을 죽여 가지고 오나뇨?"

기인(其人) 왈(曰),

"위틱(危殆)홀샤

---

409) 잔잔(潺潺): 가늘고 조용히 내리는 모양.
410) 만뇌(萬籟): 만뢰. 자연 속에서 나는 온갖 소리.
411) 고젹(孤寂): 고적. 외롭고 쓸쓸함.
412) 잠송(潛誦): 조용히 외움.
413) 복건(幅巾): 예전에, 유생들이 도포에 갖추어서 머리에 쓰던 건(巾). 검은 헝겊으로 위는 둥글고 뾰죽하게 만들었으며, 뒤에는 넓고 긴 자락을 늘어지게 대고 양옆에는 끈이 있어서 뒤로 돌려 매게 되어 있음.

이곳이 호랑이 모다 종힝(縱行)414)ᄒ니 사룸이 히 곳 지면 나단니지
못ᄒ거ᄂ 그딕네 야심(夜深)토록 이시딕 히(害)ᄅ 닙지 아냐시니 긔특
(奇特)도다. 내 집이 머지 아니ᄒ니 잠간(暫間) 가미 엇더ᄒ니잇고?"

승샹(丞相)이 흔연(欣然)이 기인(其人)을 쫄와 슈오(數五) 리(里)ᄂ
가니 여라믄 간(間) 초옥(草屋)이 졍결(淨潔)ᄒ고 화최(花草ㅣ) 무셩
(茂盛)ᄒ더라. 기인(其人)이 승샹(丞相) 등(等)을 쳥(請)ᄒ야 초당(草
堂)에 안치고 가동(家童)을 블너 쥬식(酒食)을 나오고 은근(慇懃) 졉
딕(接待) 왈(曰),

"내 비록 일개(一介) 용부(庸夫)415)나 사룸 ᄉ랑ᄒᄂ 쯧은 엿지 아
니ᄒ니 금일(今日) 귀긱(貴客)이 산듕(山中)에 고초(苦楚)ᄒ믈 어엿
비 넉엿ᄂ니 셩명(姓名)을 알고ᄌ ᄒᄂ이다."

승샹(丞相)이 뎌 무식(無識)ᄒ 거시 말을 듯고 잠간(暫間) 희미(稀
微)히 우어 왈(曰),

"쥬인(主人)의 익딕(愛戴)416)ᄒ믈 닙으니 알욀 바ᄅ 아지 못하ᄂ
니 귀(貴)한 셩(姓)을

알고ᄌ ᄒ노라."

---

414) 종힝(縱行): 종행. 멋대로 돌아다님.
415) 용부(庸夫): 용렬한 남자.
416) 익딕(愛戴): 애대. 웃어른으로 인정하고 소중하게 떠받듦.

쟝시(壯士ㅣ) 왈(曰),

"셩명(姓名)이 남궁 념이니 우리 조상(祖上)이 송국(宋國) 명쟝(名將)이러니 여러 딕(代) 되미 문회(門戶ㅣ) 쇠미(衰微)[417]ᄒᆞ믈 면(免)치 못ᄒᆞ야 여러 딕(代) 촌한(村漢)[418]으로 ᄂᆞ려와 복(僕)의게 니ᄅᆞ러ᄂᆞᆫ 쁠 딕 업슨 용녁(勇力)으로 무예(武藝)를 통(通)ᄒᆞ되 방금(方今)에 국시(國事ㅣ) 어즈럽고 고군(孤君)이 파쳔(播遷)ᄒᆞ샤 사막(沙漠)에 계시니 심분(甚憤)[419]ᄒᆞ야 과거(科擧)를 아니 보고 산듕(山中)에 드러 범[420] 잡기로 위업(爲業)[421]ᄒᆞᄂᆞ이다."

승샹(丞相)이 탄식(歎息) 왈(曰),

"녜[422] 님군이 비록 파쳔(播遷)ᄒᆞ나 벼슬 아닌 젼(前)은 신군(新君)인들 못 셤기리오?"

남궁 념이 분연(憤然) 왈(曰),

"새 님군이 환관(宦官)의 말을 듯고 학졍(虐政)[423]을 힝(行)ᄒᆞ니 엇지 이런 님군을 셤기리오?"

승샹(丞相)이 크게 긔특(奇特)이 넉여 이에 나아 안ᄌᆞ 글오디,

"나ᄂᆞᆫ 과연(果然) 젼임(前任) 승샹(丞相) 니관셩이러니 고향(故鄕)에 슈상(守喪)[424]ᄒᆞ야 ᄂᆞ려

---

417) 쇠미(衰微): 쇠퇴하고 미약해짐.

418) 촌한(村漢): 촌사람.

419) 심분(甚憤): 심히 분함.

420) 범: [교] 원문에는 '법'으로 되어 있으나 오기로 보임.

421) 위업(爲業): 생업으로 삼음.

422) 녜: [교] 원문에는 '네'로 되어 있으나 맥락을 고려하여 국도본(16:106)을 따름.

423) 학졍(虐政): 학정. 포학한 정치.

424) 슈상(守喪): 수상. 상을 치름.

간 ᄉ이 어개(御駕ㅣ)425) 북(北)으로 올무시니 하ᄂᆞᆯ을 우러라 통곡
(慟哭)ᄒᆞ나 베플 계괴(計巧ㅣ) 업더니 의ᄉᆞ(意思ㅣ) 궁진(窮盡)426)ᄒᆞ
야 텬하(天下)ᄅᆞᆯ 다 도라 튱의(忠義)에 호걸(豪傑)을 모화 님군을 구
(救)코져 ᄒᆞ야 이 길을 낫더니 오던 길히 여러 호걸(豪傑)을 만나 대
ᄉᆞ(大事)ᄅᆞᆯ 면약(面約)427)ᄒᆞ엿ᄂᆞ니 쟝ᄉᆞ(壯士ㅣ) ᄯᅩᄒᆞᆫ ᄒᆞᆫ 팔 힘을 도
을소냐?"

넘이 놀나 연망(連忙)이 졀하고 ᄀᆞᆯ오ᄃᆡ,

"젼일(前日) 승샹(丞相) 현명(賢名)이 심산궁곡(深山窮谷)에 들니
되 내 시러금 ᄇᆡ견(拜見)ᄒᆞᆯ 길이 업ᄉᆞ믈 한(恨)ᄒᆞ더니 금일(今日) 뵈
오믈 어이 ᄯᅳᆺᄒᆞ여시리오? 닐오시ᄂᆞᆫ 말ᄉᆞᆷ은 의긔(義氣) 잇ᄂᆞᆫ 쟈(者)로
ᄒᆞ야금 힘쓸지라 엇지 좃지 아니리잇가?"

승샹(丞相)이 크게 깃거 금쥐(錦州)로 좃ᄎᆞ 오믈 당부ᄒᆞ고 ᄎᆞ야(此
夜)ᄅᆞᆯ 지ᄂᆡ고 이튼날 도라올ᄉᆡ 마샹(馬上)의셔 텬디(天地)긔 샤례(謝
禮) 왈(曰),

"이

제 요힝(僥倖) 여러 쟝ᄉᆞ(壯士)ᄅᆞᆯ 어더시니 이졔ᄂᆞᆫ 회복(回復)이 의

---

425) 어개(御駕ㅣ): 임금이 타는 수레.

426) 궁진(窮盡): 다하여 없어짐.

427) 면약(面約): 대면하여 약속함.

심(疑心)ᄒᄆᆡ 업ᄉᆞᆯ지라."

치ᄅᆞᆯ 바야 금쥐(錦州) 니ᄅᆞ니 발셔 츄팔월(秋八月)이 되엿더라.

뉴 부인(夫人)이 승샹(丞相)을 보ᄂᆡ연 지 훌훌(欻欻)이 반년(半年)이 되니 쥬야(晝夜)로 침식(寢食)이 경경(耿耿)[428]ᄒᆞ여 근심ᄒᆞᄆᆞᆯ 마지아니ᄒᆞ더니 이에 무ᄉᆞ(無事)히 도라오믈 보고 일개(一家ㅣ) 크게 깃거 일시(一時)에 마ᄌᆞ ᄂᆡ당(內堂)에 니ᄅᆞ러ᄂᆞᆫ 승샹(丞相)이 밧비 드러와 모친(母親) 무릅 아ᄅᆡ 졀ᄒᆞ고 그 ᄉᆞ이 영모(永慕)ᄒᆞ던 회포(懷抱)ᄅᆞᆯ 고(告)ᄒᆞ고 졔슈(諸嫂)와 녜(禮)ᄅᆞᆯ 맛ᄎᆞᄆᆡ 쇼부(少傅) 등(等)과 시랑(侍郎) 등(等) 졔인(諸人)이 일시(一時)에 나와 녜필(禮畢) 후(後) 뉴 부인(夫人)이 승샹(丞相)을 어로만ᄌᆞ 슬허 왈(曰),

"너히 튱셩(忠誠)이 집을 도라보지 아니ᄒᆞ니 가(可)히 일을 닐우랴?"

승샹(丞相)이 ᄃᆡ왈(對曰),

"하ᄂᆞᆯ이 도으시믈 힘닙어 슈십(數十) 호걸(豪傑)

· · ·

93면

을 만나 약속(約束)ᄒᆞ니 그 무ᄌᆡ(武才)[429] 한핑(韓彭)[430]의 지지 아닌지라. ᄒᆡ이(孩兒ㅣ) 션졔(先帝) 부탁(付託)을 져바리지 아닐가 잠간(暫間) 방심(放心)ᄒᆞᄂᆞ이다."

인(因)ᄒᆞ여 유산(遊山)ᄒᆞ며 젼신 등(等) 만나던 슈말(首末)을 자시

---

428) 경경(耿耿): 마음에 잊히지 않고 염려됨.

429) 무ᄌᆡ(武才): 무재. 무예에 관한 재주.

430) 한핑(韓彭): 한팽. 중국 한(漢)나라 때의 명장인 한신(韓信)과 팽월(彭越)로, 이들은 모두 유방(劉邦)이 한나라를 세우는 데 큰 공을 세웠음.

슬온딕 뉴 부인(夫人)이 탄왈(嘆曰),

"이는 오ᄋᆞ(吾兒)의 튱셩(忠誠)을 하늘이 감동(感動)ᄒᆞ도다."

쇼부(少傅) 등(等)이 탄식(歎息)ᄒᆞ믈 마지아니ᄒᆞ더라.

일개(一家ㅣ) 흔 당(堂)에 모다 별회(別懷)를 닐오더니 승상(丞相)이 다시 골오딕,

"이제 셜ᄉᆞ(設使) 의병(義兵)을 닐위혀고ᄌᆞ ᄒᆞ나 ᄌᆞ힝(恣行)⁴³¹⁾치 못ᄒᆞ리니 다ᄉᆞᆺ ᄋᆞ히(兒孩) 즁(中) 뉘 황뎨(皇帝) 계신 곳에 가 이 일을 취품(取稟)⁴³²⁾ᄒᆞ고 오리오? 이제 가도 명년(明年) 봄이야 올 거시니 요ᄉᆞ이 보닉고ᄌᆞ ᄒᆞ노라."

샹셰(尚書ㅣ) 응셩(應聲) 딕왈(對曰),

"쇼ᄌᆡ(小子ㅣ) 약년(弱年)⁴³³⁾의 국은(國恩)을 뫼ᄀᆞ치 닙어 미셰(微細)흔 일도 갑습지 못ᄒᆞ여ᄉᆞ오니 븍새(北塞) 이곳의셔 오쳔여(五千餘) 리(里)라

⁜

94면

능(能)히 히ᄋᆞ(孩兒)곳 아니면 가지 못ᄒᆞ리이다."

승상(丞相)이 허락(許諾)ᄒᆞ니 모다 샹셔(尚書)의 몸을 위(爲)ᄒᆞ야 위틴(危殆)이 넉이더라.

ᄎᆞ일(此日) 샹셰(尙書ㅣ) ᄉᆞ실(私室)에 도라와 부인(夫人)으로 더브러 손을 니어 반기미 교극(交極)⁴³⁴⁾ᄒᆞ니 부인(夫人)이 ᄯᅩ흔 조용이

---

431) ᄌᆞ힝(恣行): 자행. 마음대로 행동함.

432) 취품(取稟): 취품. 웃어른께 여쭈어서 그 의견을 기다림.

433) 약년(弱年): 스무 살. 약관(弱冠).

434) 교극(交極): 서로 지극함.

화답(和答)ᄒ더라.

슈일(數日) 후(後) 상셰(尙書ㅣ) 북(北)으로 갈ᄉᆡ 천금(千金)을 낭듕(囊中)에 너코 시노(侍奴) 소연과 초복을 다리고 쳔니마(千里馬)ᄅᆞᆯ ᄀᆞ초와 길 나니 뉴 부인(夫人)이 우러 보듕(保重)ᄒᆞᆷ믈 닐오니 샹셰(尙書ㅣ) 지ᄇᆡ(再拜) 왈(曰),

"신ᄌᆡ(臣子ㅣ) 님군을 위(爲)ᄒᆞ야 죽ᄂᆞ니도 이시니 현마 엇지ᄒᆞ리잇가?"

승샹(丞相)과 뎡 부인(夫人)이 대의(大義)로 경계(警戒)ᄒ고 표문(表文)을 뼈 약간(若干) 진샹(進上)435) 홀 거슬 ᄀᆞ초와 맛지니 샹셰(尙書ㅣ) 밧아 ᄉᆞ민에 너코 표연(飄然)이 북(北)으로 향(向)ᄒ니,

길이 경ᄉᆞ(京師)로 지나ᄂᆞᆫ지라 명공거436)경(名公巨卿)437)이 슈릭 씨를 ᄭᅳ으러 분분(紛紛)

• •

95면

이 왕ᄂᆡ(往來)ᄒᆞᆷ믈 보고 가만이 ᄭᅮ지져 왈(曰),

"져것들이 평일(平日) 고쥬(故主)에 녹(祿)을 먹다가 이제 묘연(杳然)438)이 니져바리고 새 님군의게 아당(阿黨)439) ᄒ니 가(可)히 통ᄒᆡ(痛駭)ᄒ도다."

ᄒ고 ᄎᆞ탄(嗟歎)ᄒ더라.

---

435) 진상(進上): 진상. 진귀한 물품이나 지방의 토산물 따위를 임금이나 고관 따위에게 바침.

436) 거: [교] 원문에는 '긔'로 되어 있으나 오기로 보임.

437) 명공거경(名公巨卿): 이름난 재상과 높은 벼슬아치.

438) 묘연(杳然): 오래되어 기억이 흐림.

439) 아당(阿黨): 남의 비위를 맞추거나 환심을 사려고 아첨함.

점점(漸漸) 길을 녜여 가니 날이 점점(漸漸) 치워 눈이 가득이 뜻히고 삭풍(朔風)[440]이 늠녈(凜烈)[441]ᄒ고 지나ᄂᆞᆫ 길이 험조(險阻)[442]ᄒᆞ미 가히 업스되 샹셰(尙書 ㅣ) 조곰도 괴로와 아니ᄒ고 만일(萬一) 적환(賊患)을 만나나 잘 방비(防備)ᄒ야 버서나니 비록 대셜(大雪)이 오나 쉬지 아니코 ᄒᆡᆼ(行)ᄒ니 ᄒᆞᆷ들며 븍녁(北-)히 녀름이라도 치우미 남방(南方)과 닉도(乃倒)[443]ᄒ니 ᄒᆞᆷ들며 엄동(嚴冬)을 당(當)ᄒ야 칩기를 닐오리오마ᄂᆞᆫ 샹셰(尙書 ㅣ) 괴로오믈 몰나 츄팔월(秋八月) 념오(念五)[444] 일(日)에 발ᄒᆡᆼ(發行)ᄒᆫ 거시 동(冬) 십이(十二) 월(月) 념간(念間)[445]에 븍새(北塞)에 니ᄅᆞ니 그 가온ᄃᆡ 고초(苦楚) 격거믄

• • •

96면

니로 긔록(記錄)지 못ᄒᆞᆯ너라.
  샹셰(尙書 ㅣ) 유벽(幽僻)[446]ᄒᆫ 촌샤(村舍)ᄅᆞᆯ 어더 ᄒᆡᆼ니(行李)[447]ᄅᆞᆯ 안둔(安屯)[448]ᄒ고 명일(明日) 대궐(大闕) 근쳐(近處)에 가 보니 야션(也先)이 뇽상(龍床)에 안져 모든 오랑캐의게 됴회(朝會) 밧거ᄂᆞᆯ 무ᄅᆞᆯ 길이 업셔 도라와 뎜쥬(店主) 호인(胡人)을 은금(銀金)을 주고 무ᄅᆞ되,

---

440) 삭풍(朔風): 겨울철에 북쪽에서 불어오는 찬바람.
441) 늠녈(凜烈): 늠렬. 추위가 살을 엘 듯이 심함.
442) 험조(險阻): 지세가 가파르거나 험하여 막히거나 끊어져 있음.
443) 닉도(乃倒): 내도. 차이가 큼.
444) 념오(念五): 염오. 25. 염(念)은 20을 가리킴.
445) 념간(念間): 염간. 이십 일 전후.
446) 유벽(幽僻): 한적하고 외짐.
447) ᄒᆡᆼ니(行李): 행리. 여행할 때 쓰는 물건과 차림. 행장(行裝).
448) 안둔(安屯): 사물이나 주변 따위가 잘 정돈됨. 또는 그렇게 되게 함.

"너히 쥬군(主君)이 텬됴(天朝) 황뎨(皇帝)를 이곳에 가도왓다 ᄒ
니 어듸 계시뇨?"

호인(胡人) 왈(曰),

"이리로셔 오십(五十) 니(里)만 가면 그곳에 마을이 잇고 그 겻희
젹은 집을 지어 가도왓ᄂᆞ니라."

샹셰(尙書ㅣ) 듯고 즉시(卽時) 소연 등(等)으로 더브러 ᄎᆞᄌᆞ가니
과연(果然) 큰 마을 겻희 젹은 집이 이시ᄃᆡ ᄉᆞ면(四面)으로 쟝원(牆
垣)449)을 하늘ᄀᆞᆺ치 ᄡᅡ코 가시를 둘넛거ᄂᆞᆯ 샹셰(尙書ㅣ) 이를 보고
눈믈이 비 ᄀᆞᆺᄐᆞ야 반향(半晌)이나 머리를 숙이고 셧다가 겨유 눈믈
을 거두고 문(門) 직흰 오랑캐의게

* *

97면

졀ᄒᆞ고 ᄀᆞᆯ오ᄃᆡ,

"나ᄂᆞᆫ 븍경(北京) 사ᄅᆞᆷ이러니 황후(皇后) 글월을 맛타 텬ᄌᆞ(天子)
긔 젼(傳)ᄒᆞ고ᄌᆞ ᄒᆞᄂᆞ니 가(可)히 어엿비 넉여 문(門)을 열나."

그 오랑캐 ᄀᆞᆯ오ᄃᆡ,

"우리 쥬군(主君)이 엄(嚴)히 직희라 ᄒᆞ시니 어이 열니오마ᄂᆞᆫ 네
진실(眞實)노 황후(皇后) 글월만 가져왓ᄂᆞᆫ다?"

샹셰(尙書ㅣ) 낭듕(囊中)으로조ᄎᆞ 황금(黃金) 일(一) 뎡(錠)450)을
ᄂᆡ여 주고 승샹(丞相) 표(表)를 뵈고 왈(曰),

"이 글월 흔 쟝(張)ᄲᅮᆫ이니 원(願)컨ᄃᆡ 그ᄃᆡᄂᆞᆫ 어엿비 넉이라."

오랑캐 금(金)을 보고 대희(大喜)ᄒᆞ고 원ᄂᆡ(元來) 븍경(北京) 글을

---

449) 쟝원(牆垣): 장원. 담.
450) 뎡(錠): 정. 황금을 세는 단위.

모로므로 샹셰(尚書ㅣ) 승샹(丞相) 표(表)를 쾌(快)히 뵈엿ᄂᆞ지라 의심(疑心)치 아니코 문(門)을 여러 주거ᄂᆞᆯ 샹셰(尚書ㅣ) 소연으로 가져온 거ᄉᆞᆯ 지우고 드러가니 적은 방(房)이 황냥(荒涼)[451]하고 누츄(陋醜)ᄒᆞ기 가이 업ᄉᆞᆫ디 문(門)을 적연(寂然)[452]이 다닷거ᄂᆞᆯ 샹셰(尚書ㅣ) 나아가 문(門)을 두다린디 적은 환쟈(宦者)

·••

98면

일(一) 인(人)이 나와 닐오디,

"내 황샹(皇上)을 뫼셔 이곳에 이션 지 뉵(六) 년(年)이로디 아모도 와 므로리 업더니 엇던 사름이 요란(擾亂)이 문을 두다리ᄂᆞᆫ다?"

샹셰(尚書ㅣ) 눈을 드러 보니 녯날 경ᄉᆞ(京師)의 잇던 ᄂᆡ시(內侍) 됴승이어ᄂᆞᆯ 밧비 손을 잡고 닐오디,

"태감(太監)이 날을 모로ᄂᆞᆫ다?"

됴승이 눈을 ᄲᅥ셔 ᄌᆞ시 보고 대경(大驚)ᄒᆞ야 글오디,

"군휘(君侯ㅣ) 어디로조ᄎᆞ 이곳에 니르러 계시니잇고?"

샹셰(尚書ㅣ) 왈(曰),

"호인(胡人)이 드를가 져허ᄒᆞᄂᆞ니 다만 폐하(陛下)ᄭᅴ 알외라."

됴승이 드러가 샹(上)ᄭᅴ 고(告)ᄒᆞ니 이ᄯᅥ 텬ᄌᆞ(天子ㅣ) 왕진(王振)[453]의 말을 드ᄅᆞ시고 야션(也先)을 치시다가 경영군(京營軍)[454]

---

451) 황냥(荒涼): 황폐하여 거칠고 쓸쓸함.

452) 적연(寂然): 적연. 매우 감감함.

453) 왕진(王振): ?~1449. 중국 명나라 영종(英宗), 즉 정통제(正統帝, 1436~1449) 때의 환관. 왕진이 정통제에게 당시 몽골계 부족으로 에센의 지휘 아래 세력을 확장하던 오이라트 족을 친히 정벌하라고 권하자 정통제가 장군들의 충고를 무시하고 친정하였으나 토목보(土木堡)에서 오이라트 족의 매복에 걸려 정통제는 붙잡히고 왕진 자신은 전사함.

이십만(二十萬)을 함몰(陷沒)ᄒ고 왕진(王振)이 ᄯᅩᄒᆫ 죽으니 야션(也先)이 ᄌᆞ가(自家)ᄅᆞᆯ 잡아 이곳에 가도고 닉시(內侍) 됴승이 죽기로써 ᄒᆞᆫ가지로 가쳐 복ᄉᆞ(服事)455)하나 츈하츄동(春夏秋冬)에 두 ᄶᅵ 식

•••

99면

반(食飯)이 빅ᄅᆞᆯ 치오지 못ᄒ고 의관(衣冠)을 어더 닙지 못ᄒ시니 경ᄉᆡᆨ(景色)이 슈참(愁慘)456)ᄒ나 ᄉᆞ긔(辭氣)457)에 이런 곡졀(曲折)을 아녓ᄂᆞᆫ지라. 샹(上)이 이러ᄐᆞᆺ 고초(苦楚)에 지닉시니 홀니 삼츄(三秋) ᄀᆞᆺᄐᆞ야 왕ᄉᆞ(往事)458)ᄅᆞᆯ 뉘웃ᄎᆞ시고 태후(太后)ᄅᆞᆯ ᄉᆞ렴(思念)ᄒᆞ시며 황후(皇后)와 태ᄌᆞ(太子)ᄅᆞᆯ 닛디 못ᄒᆞ샤 팔칙(八彩)459) 뇽안(龍顔)에 눈믈이 아니 흐를 적이 업셔 탄왈(嘆曰),

"니관셩이 됴뎡(朝廷)에 잇더면 이러ᄒ리오?"

ᄒᆞ시며 간쟝(肝腸)을 틱와 여류(如流)ᄒᆞᆫ 셰월(歲月)을 보닉연 지 팔(八) 년(年)이 되니 즉금(卽今) 겨울을 당(當)ᄒᆞ야 옷시 더옥 써러져 칩기ᄅᆞᆯ 춤아 니기지 못ᄒᆞ야 ᄒᆞ시더니 금일(今日) 쳔만의외(千萬意外)에 니몽창의 와시믈 드ᄅᆞ시믹 심신(心神)이 비월(飛越)460)ᄒᆞ샤 밧비 드러오라 ᄒᆞ시니 샹셰(尚書ㅣ) 젼닙(氈笠)461)을 쓰고 드러와 ᄉᆞ

---

454) 경영군(京營軍): 임금이 거느리는 군대.

455) 복ᄉᆞ(服事): 복사. 좇아서 섬김.

456) 슈참(愁慘): 수참. 을씨년스럽고 구슬픔.

457) ᄉᆞ긔(辭氣): 사기. 말과 얼굴빛.

458) 왕ᄉᆞ(往事): 왕사. 지난 일.

459) 팔칙(八彩): 팔채. 여덟 빛깔의 눈썹이라는 뜻으로, 제왕의 얼굴을 찬미하는 말. 중국 고대 순임금의 눈썹에 여덟 가지 색채가 있었다는 데서 유래함.

460) 비월(飛越): 정신이 아뜩하도록 낢.

461) 젼닙(氈笠): 전립. 모직물로 만든 삿갓.

빅(四拜)ᄒ고 눈을 드러 보미 샹(上)의 안ᄌ신 ᄌ

리 혈기에 니ᄅ고 옷시 살을 가리오지 못ᄒ며 농안(龍顔)에 눈믈 ᄌ
최 쳐량(凄凉)ᄒ고 늉쥰(隆準)462)이 소삭(蕭索)463)ᄒ야 형각(形殼)464)
만 남아시니 샹셰(尚書ㅣ) 연망(連忙)이 나아가 무릅흘 붓들고 탄셩
톄읍(呑聲涕泣)465)하니 눈믈이 강쉬(江水ㅣ) 흐롬 ᄀᆞᆺ튼지라 샹(上)이
역시(亦是) 뉴톄(流涕)ᄒ시고 ᄀᆞᆯᄋᆞ샤ᄃᆡ,

"딤(朕)이 무샹(無狀)466)ᄒ야 샹부(相府)의 붉은 말을 듯지 못ᄒ기
로 부졀업시 졍벌(征伐)을 ᄒ다가 몸이 이에 니ᄅ니 사라셔 샹부(相
府)를 볼 낫치 업고 죽어 디하(地下)에 도라가 조종(祖宗) 신녕(神靈)
긔 뵈오믈 붓그리며 븍녁(北-) 풍샹(風霜)을 무릅뻐 고초(苦楚)를 격
건 지 칠팔(七八) 년(年)이라. 금일(今日) 경(卿)이 쳔(千) 니(里)를 먼
니 아니 넉여 니ᄅ럿ᄂᆞ뇨?"

샹셰(尚書ㅣ) 울며 머리를 두다려 ᄀᆞᆯ오ᄃᆡ,

"폐하(陛下ㅣ) 이러ᄒ시믄 다 신(臣) 등(等)의 죄(罪)라 다시 주(奏)
홀 말ᄉᆞᆷ이 이시리

---

462) 늉쥰(隆準): 융준. 우뚝한 코.
463) 소삭(蕭索): 고요하고 쓸쓸함.
464) 형각(形殼): 겉으로 드러나 보이는 형상.
465) 탄셩톄읍(呑聲涕泣): 탄셩쳬읍. 소리를 삼켜 눈물을 흘림.
466) 무샹(無狀): 무상. 사리에 밝지 못함.

잇가? 금일(今日) 아뷔 명(命)을 밧아 이에 니르러습더니 셩샹(聖上)의 욕(辱) 보시미 이 지경(地境)에 계시니 신(臣)의 간담(肝膽)이 촌졀(寸絶)467)ᄒᆞᄂᆞ이다."

이에 소연을 블너 밧비 힝즁(行中)을 열고 두어 벌 새 의복(衣服)을 ᄂᆡ여 드려 치우시믈 진졍(鎭靜)468)ᄒᆞ시게 ᄒᆞ고 마른 고기와 과픔(果品)469)을 ᄂᆡ여 드리니 샹(上)이 눈믈을 흘니시고 ᄀᆞᆯ오샤ᄃᆡ,

"샹부(相府)의 튱셩(忠誠)과 경(卿)이 블원쳔니(不遠千里)470)ᄒᆞ야 이런 풍셜(風雪)을 무릅뻐 니르러 딤(朕)을 보호(保護)ᄒᆞ니 가(可)히 금셕(金石)에 박아 후셰(後世)에 젼(傳)ᄒᆞ염 즉ᄒᆞ도다."

ᄯᅩ 승샹(丞相)의 표문(表文)을 보시니 ᄀᆞᆯ와시ᄃᆡ,

'죄신(罪臣) 니관셩은 머리를 두다리고 혈누(血淚)를 흘녀 셩황셩공(誠惶誠恐)471) 빅ᄇᆡ(百拜)ᄒᆞ와 쥬샹폐하(主上陛下)긔 쥬(奏)ᄒᆞᄂᆞ이다. 신(臣)이 블민(不敏)

ᄒᆞᆫ 위인(爲人)으로 션됴(先朝)472)에 간발(簡拔)473)ᄒᆞ샤믈 닙ᄉᆞ와 촌

---

467) 촌졀(寸絶): 촌절. 마디마디 끊어짐.

468) 진졍(鎭靜): 진정. 몹시 소란스럽고 어지러운 일을 가라앉힘.

469) 과픔(果品): 과품. 여러 가지 과실.

470) 블원쳔니(不遠千里): 천 리를 멀게 여기지 않음.

471) 셩황셩공(誠惶誠恐): 성황성공. 진실로 황공하다는 뜻으로, 임금에게 올리는 글의 첫머리에 쓰는 표현.

472) 션됴(先朝): 선조. 선대의 왕조.

공(寸功)474)도 업시 벼슬이 삼공(三公)475)에 니르오니 쥬야(晝夜) 우
구(憂懼)476)ᄒ믈 니기지 못ᄒ옵더니 블힝(不幸)ᄒ야 션뎨(先帝) 일즉
셰샹(世上)을 바리시며 국가(國家) 대소ᄉ(大小事)를 다 신(臣)을 맛
지시니 신(臣)이 그 명(命)을 맛ᄌ와 스ᄉ로 블초(不肖)ᄒ믈 아라 폐
하(陛下)를 보젼(保全)치 못ᄒ믈 근심ᄒ오나 몸을 바려 폐하(陛下) 은
혜(恩惠)를 갑습고져 ᄒ미 신(臣)의 평싱(平生) 졍심(貞心)이러니 블힝
(不幸)ᄒ야 신(臣)이 텬상(天喪)477)을 만나 남(南)으로 간 후(後) 환관
(宦官)의 뉴(類ㅣ) 폐하(陛下)로 써 ᄒ샤 븍디(北地)에 누인(陋人)478)이
되시게 ᄒ니 신(臣)이 남녁(南-) ᄒ 가에셔 이 소식(消息)을 바람으로
조ᄎ 듯고 하늘을 우러라 통곡(慟哭)ᄒ 밧 이 도시(都是) 신(臣)이 샹
위(相位)예 이셔 사름을 아라 쓰지 못ᄒ 죄(罪)라 일만(一萬) 번(番)
죽어도 죄(罪)를

- - -

103면

속(贖)지 못ᄒᆯ소이다.
  신ᄌ(臣子ㅣ) 되여 님군으로 ᄒ야금 새븍(塞北) 고초(苦楚) 겪그시

---

473) 간발(簡拔): 여러 사람 가운데 골라 뽑음.
474) 촌공(寸功): 매우 작은 공로.
475) 삼공(三公): 중국에서, 최고의 관직에 있으면서 천자를 보좌하던 세 벼슬. 주나라
    때는 태사(太師)・태부(太傅)・태보(太保)가 있었고 진(秦)나라, 전한(前漢) 때는 승
    상(丞相)・태위(太尉)・어사대부(御史大夫), 또는 대사마(大司馬)・대사공(大司空)・
    대사도(大司徒)가 있었으며 후한(後漢), 당나라, 송나라 때는 태위(太尉)・사도(司
    徒)・사공(司空)이 있었음. 통상 재상을 가리킴.
476) 우구(憂懼): 근심함.
477) 텬상(天喪): 천상. 부모의 상.
478) 누인(陋人): 비루한 사람.

믈 안도(安堵)479)히미 아니로딕 신(臣)이 최복(衰服)480) 가온딕 이서
인뉴(人類)의 단니지 못하는 죄인(罪人)이 되여시미 감(敢)히 큰 계
교(計巧)를 닉지 못하고 삼상(三喪)을 지닌 후(後)는 쎠 다닷지 못하
고 텬명(天命)이 뎡(定)한 쎠 이시미 신(臣)의 약(弱)한 힘이 홀일업
셔 손을 밋고 평안(平安)이 화당(華堂)에 누어 십(十) 직(載) 거의로
딕 신(臣)이 안연(晏然)이 안즈시니 터럭을 쎈혀도 남을 거시오 하늘
이 앙화(殃禍)481)를 노리오시미 반닷홀지라. 쳔심(賤心)이 쥬야(晝
夜) 송뉼(悚慄)482)하믈 니긔지 못하야 어린 계교(計巧)를 닉여 열아
믄 의수(義士)를 어더 군(軍)을 모화 야션(也先)을 치고 폐하(陛下)를
구(救)코져 하딕 웃명(-命)이 업수므로 주뎌(趑趄)483)하야 삼가 표주
(表奏)484)하옵ᄂᆞ니 셩샹(聖上)은 복유(伏惟)485)

* ●● *

104면

됴감(照鑑)486)하소셔. 필연(筆硯)을 님(臨)하야 피눈믈이 눈을 가리
오니 황공대죄(惶恐待罪) 부지소운(不知所云)487)이로소이다.'

하엿더라.

샹(上)이 보시기를 맛고 슬허 글ᄋ샤딕,

---

479) 안도(安堵): 사는 곳에서 평안히 지냄. 마음을 놓음.

480) 최복(衰服): 상복(喪服).

481) 앙화(殃禍): 지은 죄의 앙갚음으로 받는 재앙.

482) 송뉼(悚慄): 송률. 두려워함.

483) 주뎌(趑趄): 자저. 주저함.

484) 표주(表奏): 임금에게 신하가 글을 올려 아룀.

485) 복유(伏惟): 삼가 엎드려 생각하옵건대.

486) 됴감(照鑑): 조감. 밝히 살핌.

487) 부지소운(不知所云): 아뢸 바를 알지 못함.

"션싱(先生)의 날 ᄉ랑ᄒ미 여ᄎ(如此)ᄒ거늘 딤(朕)이 무샹(無狀)
ᄒ야 그 ᄯᆺ을 져바리니 타일(他日) 므슴 낫ᄎ로 서로 보리오? 야션
(也先)을 치믈 딤(朕)의게 픔(稟)ᄒ야시니 딤(朕)이 고초(苦楚) 격그
미 셰월(歲月)이 오랄ᄉ록 심(甚)ᄒ니 만일(萬一) 날노ᄣᅥ 뎐일(天日)
을 보게 홀진ᄃᆡ 딤(朕)이 큰 위(位)를 ᄉ양(辭讓)ᄒ리니 어이 무러
알니오? 경부(卿父)의 공(公)은 가(可)히 금셕(金石)에 박아 후셰(後
世)에 뎐(傳)ᄒ노다."

샹셰(尙書ㅣ) 톄읍(涕泣) 돈슈(頓首) 왈(曰),

"신ᄌᆡ(臣子ㅣ) 되여 이거시 녜ᄉᆡ(例事ㅣ)어늘 폐해(陛下ㅣ) 엇진
고(故)로 이런 블감(不堪)488)ᄒᆞᆫ 말ᄉᆞᆷ을 ᄒᆞ시ᄂᆞ니잇고?"

샹(上)이 타루(墮淚) 왈(曰),

"딤(朕)이 무샹(無狀)ᄒ야 동긔(同氣) ᄉ이

• ● ●

105면

이변(異變)이 니러나 경왕(景王)489)이 셜ᄉ(設使) 대위(大位)를 니으
나 딤(朕)을 도라 관념(觀念)치 아니ᄒ고 태ᄒᆞᆨᄉ(太學士) 우겸(于
謙)490) 등(等)이 딤(朕)을 업슨 것ᄀᆞ치 ᄒ니 엇지 통히(痛駭)치 아니

---

488) 블감(不堪): 불감. 감당하지 못함.

489) 경왕(景王): 중국 명나라의 제7대 황제인 대종(代宗) 경태제(景泰帝, 1449~1457)
를 이름.

490) 우겸(于謙): 중국 명나라 절강 항주부 전당 사람으로 자는 정익(廷益)이고, 호는 절
암(節庵). 선종(宣宗) 때 한왕 주고후의 반란을 진압하고 영종(英宗) 때 토목의 변
으로 황제가 에센에게 잡히자 주도적으로 북경을 사수하고 성왕을 황제로 옹립하
니 그가 곧 대종(代宗) 경태(景泰) 황제임. 에센이 쳐들어오자 우겸이 전투를 지휘
하여 에센의 동생 패라 등을 죽이고 영종이 1450년에 돌아오자 영종을 상왕으로
추대하는 한편, 반란군들을 진압하는 공을 세움. 경태제가 병중에 있는 동안 영종
이 복위하자 모함을 받아 투옥되었다가 태학사 왕문과 함께 처형됨. 우국충절의

리오? 황태후(皇太后) 긔톄(氣體) 엇더호시며 태즈(太子)는 어딕 잇다 호더뇨?"

샹셰(尙書ㅣ) 빈주(拜奏) 왈(曰),

"냥뎐(兩殿) 태후(太后)는 아직 옥톄(玉體) 무양(無恙)호시고 황후(皇后) 낭낭(娘娘)과 태즈(太子)는 심궁(深宮)에 곤돈(困頓)491)호시나 몸은 겨유 보젼(保全)호여 계신가 시브더이다."

샹(上)이 뉴톄(流涕)호야 글오샤딕,

"딤(朕)이 늣게야 태즈(太子)를 어더 스랑을 치 펴지 못호고 니별(離別)호연 지 팔(八) 년(年)이 되니 엇지 슬프지 아니리오? 황슉(皇叔)이 쏘흔 무양(無恙)호시냐?"

샹셰(尙書ㅣ) 딕왈(對曰),

"공쥬(公主ㅣ) 아직 평안(平安)호셔이다."

샹(上)이 왕스(往事)를 무릭시며 눈믈을 감(減)치 못호시니 샹셰(尙書ㅣ) 간왈((諫曰),

"폐하(陛下)의 이러호시미 다

• • •

106면

텬슈(天數)의 믹인 배니 인녁(人力)으로 버셔나리잇가? 이러므로 팔(八) 년(年) 고쵸(苦楚)를 격거 계시니 과도(過度)히 뇽톄(龍體)를 샹(傷)히오지 마릭소셔."

샹(上)이 슬피 탄식(歎息)고 글오샤딕,

"젼일(前日)에 딤(朕)이 참언(讒言)492)을 듯고 무고(無故)히 경(卿)

___

표상으로 꼽히는 인물로 악비, 장황언과 함께 '서호삼걸(西湖三杰)'로 불림.
491) 곤돈(困頓): 아무것도 할 기력이 없을 만큼 지쳐 몹시 고단함.

으로 ᄒᆞ야금 새외(塞外)에 닉쳣더니 도금(到今)ᄒᆞ야 경(卿)이 이런 엄한(嚴寒)에 블원천니(不遠千里)[493]ᄒᆞ야 니ᄅᆞ러 딤(朕)의 한고(寒苦)[494]와 긔갈(飢渴)을 구(救)ᄒᆞ니 튱셩(忠誠)은 감격(感激)ᄒᆞ나 왕ᄉᆞ(往事)ᄅᆞᆯ 싱각ᄒᆞ야 붓그러오미 교집(交集)[495]ᄒᆞ도다.”

샹셰(尚書ㅣ) 밧비 돈슈(頓首) 고두(叩頭) 왈(曰),

“ᄌᆞ고(自古) 이릭(以來)로 군신(君臣)이 되여 님군이 죄(罪) 주시믈 한(恨)ᄒᆞ리잇고? ᄒᆞ믈며 그ᄯᅥ 신(臣)이 황이(皇姨)ᄅᆞᆯ 박ᄃᆡ(薄待)ᄒᆞᆫ 죄목(罪目)이 반듯ᄒᆞ고 ᄒᆞᆫ 히 츄동(秋冬)과 ᄒᆞᆫ 히 봄을 뎍거(謫居)ᄒᆞ엿다가 온 거슬 이ᄶᅥ 닐ᄏᆞ라실 배 아니로소이다.”

샹(上)이 탄식(歎息)ᄒᆞ시더

··•

107면

라.

이러틋 말ᄒᆞ야 져녁이 되믹 호인(胡人)이 ᄒᆞᆫ 그릇 조밥이 그릇슬 치오지 못ᄒᆞ고 찬품(饌品)[496]이 아모 것도 업고 견육(犬肉) 살믄 국을 타 드리니 샹셰(尚書ㅣ) 이를 보고 눈믈이 여천(如川)하야 글오ᄃᆡ,

“폐해(陛下ㅣ) 엇지 이 지경(地境)에 니ᄅᆞ실 줄 알니오? 진실(眞實)노 싱각지 못ᄒᆞᆫ 배로소이다.”

샹(上)이 탄식(歎息)ᄒᆞ시더라.

---

492) 참언(讒言): 남을 헐뜯어서 죄가 있는 것처럼 꾸며 윗사람에게 고하여 바치는 말.

493) 블원천니(不遠千里): 불원천리. 천 리를 멀다고 여기지 않음.

494) 한고(寒苦): 추위와 괴로움.

495) 교집(交集): 이런저런 생각이 뒤얽히어 서림.

496) 찬품(饌品): 찬품. 반찬거리가 되는 것.

샹셰(尚書ㅣ) 가져온 바 마른 고기를 닉여 진어(進御)[497]ᄒ시게
ᄒ니 샹(上)이 탄왈(嘆曰),

"팔(八) 년(年) 만에 이 고기를 먹어 보니 인싱(人生)이 질긘 줄 알
니로다."

ᄒ시더라.

샹셰(尚書ㅣ) 두어 날 믁어 갈ᄉᆡ 샹(上)이 울며 ᄀᆞᆯᄋ샤ᄃᆡ,

"경(卿)은 도라가 샹국(相國)ᄃᆞ려 닐오라. 딤(朕)이 무샹(無狀)ᄒ야
이에 니ᄅᆞ니 눌을 탓ᄒ리오? 모든 신뇨(臣僚ㅣ) ᄒ나토 딤(朕)을 도라
보리 업거늘 션싱(先生)이 슈고를 싱각지 아니ᄒ야 의병(義兵)을 니

∴

108면

ᄅᆞ혀 딤(朕)을 구(救)ᄒ려 ᄒ니 튱셩(忠誠)이 빗나고 공(功)이 크니
다시 무어시라 ᄒ리오? 비답(批答)[498]을 ᄒ고져 ᄒ나 경(卿)이 보다
시 필연(筆硯)이 업스니 엇지 쓰리오? 슈이 긔병(起兵)ᄒ라."

인(因)ᄒ야 슬피 울오시니 샹셰(尚書ㅣ) 크게 울고 ᄎᆞ마 ᄯ여나지 못
ᄒ야 ᄒ다가 겨유 ᄯ여나 길을 녜여 븍디(北地) 지경(地境)을 ᄯ여나 종
일(終日)토록 마샹(馬上)의셔 하늘을 우러라 통곡(慟哭)ᄒ니 소ᄅᆡ 강
개(慷慨)ᄒ고 쳐창(悽愴)[499]하야 구소(九霄)[500]에 ᄉᆞ못ᄂᆞᆫ지라 도로
(道路) 힝인(行人)이 거름을 멈츄어 눈믈 아니 흘니리 업더라.

샹셰(尚書ㅣ) 쥬야(晝夜)로 달녀 금쥐(錦州)로 오니 발셔 봄이 되

---

497) 진어(進御): 임금이 먹고 입는 일을 높여 이르는 말.

498) 비답(批答): 임금이 상주문의 말미에 적는 가부의 대답.

499) 쳐창(悽愴): 처창. 몹시 구슬프고 애달픔.

500) 구소(九霄): 높은 하늘.

엿는지라.

이 에 승샹(丞相)이 샹셔(尙書)를 보닉고 금쥐(錦州) 태슈(太守) 님 소철을 보고,

"이제 고군(孤君)이 먼니 침폐(沈廢)⁵⁰¹⁾ᄒ여시니 신지(臣子ㅣ) 방심(放心)치 못홀지라 의병(義兵)을 니르혀고져

●●●

109면

ᄒᄂ니 군(君)이 쏘 튱심(忠心)을 품엇거든 병(兵)을 빌니라."

님 태쉬(太守ㅣ) 글오딕,

"쇼싱(小生)이 엇지 튱(忠)이 헐(歇)ᄒ리잇고? 당당(堂堂)이 몸을 바려 고쥬(孤主)를 갑흐리라."

드듸여 군ᄉ(軍士) 삼천(三千)을 됴발(調發)⁵⁰²⁾ᄒ야 두고 젼신, 댱 셩닙, 뉴잠, 남궁 렴 등(等)이 날을 년(連)ᄒ야 니르니 승샹(丞相)이 대희(大喜)ᄒ야 각각(各各) 신(信)이 굿으믈 칭샤(稱謝)ᄒ고 샹셔(尙書)를 기다리더니,

츈(春) 이월(二月)에 샹셰(尙書ㅣ) 니르러 승샹(丞相)긔 뵈고 눈믈을 흘녀 샹(上)의 고쵸(苦楚)ᄒ시믈 고(告)ᄒ니 승샹(丞相)이 듯기를 맛ᄎ미 븍(北)을 바라 실셩대곡(失聲大哭)⁵⁰³⁾ᄒ고 이에 드러와 뉴 부인(夫人)긔 고(告)ᄒ딕,

"ᄒ익(孩兒ㅣ) 임의 몸을 국가(國家)에 허(許)ᄒ 배 되여 ᄉ졍(私情)을 도라 뉴렴(留念)치 못ᄒ야 금일(今日) ᄌ안(慈顔)을 떠나ᄂᆫ ᄆ

---

501) 침폐(沈廢): 가라앉음.

502) 됴발(調發): 조발. 군사로 쓸 사람을 강제로 뽑아 모음.

503) 실셩대곡(失聲大哭): 실성대곡. 목이 쉬도록 통곡함.

음이 버히읍는 듯ᄒᆞ거니와 현마 엇지ᄒᆞ리잇가?"

도라 냥뎨(兩弟)를

* * *

110면

경계(警戒) 왈(曰),

"내 이제 북(北)으로 ᄒᆡᆼ(行)ᄒᆞᄆᆡ ᄉᆞᄉᆡᆼ(死生)을 뎡(定)치 못ᄒᆞ니 더옥 지속(遲速)을 닐오리오? 모로미 태태(太太)를 뫼와 효봉(孝奉)504)을 다ᄒᆞ고 우형(愚兄)을 념녀(念慮)치 말나."

무평505)빅과 쇼뷔(少傅ㅣ) 졀ᄒᆞ야 경계(警戒)를 밧고 뉴 부인(夫人)이 어로만져 보듕(保重)ᄒᆞ믈 닐오고 눈믈을 드리워 니별(離別)ᄒᆞ더라.

승샹(丞相)이 부마(駙馬) 등 삼(三) 인(人)을 다리고 ᄉᆞ민를 썰쳐 나와 젼신 등(等) 열 사ᄅᆞᆷ으로 젼군(前軍)을 숨고 뉴잠으로 삼군듕(三軍中) 셔긔(書記)를 숨고 자개(自家ㅣ) 듕군(中軍)이 되고 댱셩닙 등(等)으로 후군(後軍)을 숨고 남궁 념으로 션봉(先鋒)을 숨고 부마(駙馬)와 시랑(侍郞)으로 좌우호위쟝군(左右護衛將軍)을 숨고 샹셔(尙書)로 참모(參謀)를 ᄒᆞ이여 즉일(卽日) 츌ᄉᆞ(出師)506)하야 북(北)으로 ᄒᆡᆼ(行)ᄒᆞ니 지나는 바에 군현(郡縣)이 니(李) 군(君)의 튱의(忠義)를 다 감동(感動)ᄒᆞ고 군냥(軍糧)을 돕고 극진(極盡)이 공

---

504) 효봉(孝奉): 효성으로 받듦.

505) 평: [교] 원문에는 '령'이라 되어 있으나 앞의 예를 따라 이와 같이 수정함.

506) 츌ᄉᆞ(出師): 출사. 군대를 싸움터로 내보내는 일.

경(恭敬)ᄒ더라.

븍디(北地)에 니ᄅ러 셩(城) 밧긔 진(陣)치고 격셔(檄書)ᄅᆯ 보ᄂᆡ니 글와시ᄃᆡ,

'텬됴(天朝) 승샹(丞相) 니(李) 모(某)ᄂᆞ 각별(各別)이 호왕(胡王)의 게 글을 보ᄂᆡ고 젼일(前日) 텬ᄌᆞ(天子ㅣ) 군(軍)을 거ᄂᆞ려 너희ᄅᆯ 치시나 본ᄯᅳᆺ(本-)이 아니어ᄂᆞᆯ 너희 망녕(妄靈)도히 텬ᄌᆞ(天子)ᄅᆯ 팔(八)년(年)을 가도와 곤욕(困辱)[507]ᄒ니 내 이제 의병(義兵)을 닐위혀 문죄(問罪)ᄒᆞᄂᆞ니 일즉 항복(降伏)ᄒᆞ야 뉘웃ᄎᆞ미 업게 ᄒ라.'

ᄒᆞ엿더라.

야션(也先)이 보기ᄅᆯ 맛고 크게 놀나 대원슈(大元帥) 가야츌노 더브러 의논(議論)ᄒ니 원ᄂᆡ(元來) 야션(也先)이 가야츌노 원슈(元帥)ᄅᆯ 숨아 ᄉᆞ흘 길을 나가 우두셩에 진(陣)쳐시니 샹셔(尙書ㅣ) 쳐음 와실 제 이ᄅᆯ 보고 부친(父親)긔 고(告)ᄒ고 친(親)히 일쳔(一千) 군(軍)을 거ᄂᆞ려 길을 막아시니

야션(也先)의 부린 ᄉᆞ재(使者ㅣ) 가다가 도라와 고(告)ᄒ니 야션(也先)이 대경(大驚)ᄒᆞ야 아모리 ᄒᆞᆯ 줄 모로더니 승샹(丞相) 됴가격이 계교(計巧)ᄅᆯ 닐너 글오ᄃᆡ,

"일이 이에 니ᄅ러시니 흘일업ᄉᆞ니 출하리 텬ᄌᆞ(天子)ᄅᆯ 슌(順)히

---

507) 곤욕(困辱): 욕을 치르게 함.

보니고 다시 군亽(軍士)를 닐위혀 텬됴(天朝)를 범(犯)호미 늣지 아니호이다."

야션(也先)이 그 말을 올히 넉여 난가(鑾駕)[508]를 ᄀᆞᆺ초와 텬즈(天子)를 마즈 젼일(前日)을 샤죄(謝罪)호고 셩(城)을 여러 항(降)호니 승샹(丞相)이 대궐(大闕)에 드러가 텬즈(天子)를 뵈옵고 고두(叩頭) 뉴혈(流血)호야 쳥죄(請罪)호니 샹(上)이 붓들고 읍왈(泣曰),

"금일(今日) 경(卿)의 튱셩(忠誠)은 고금(古今)에 방블(髣髴)호니 업亽니 딤(朕)이 무어亽로써 갑흐리오?"

승샹(丞相)이 톄읍(涕泣) 왈(曰),

"폐하(陛下)로 호야금 팔(八) 년(年) 고쵸(苦楚)를 겻그시게 호믄 다 신(臣)의 죄(罪)라 죽기를 원(願)호

· ·

113면

ᄂᆞᆫ이다."

샹(上)이 더옥 위로(慰勞)호시고 승샹(丞相)이 야션(也先)을 죽이믈 쳥(請)호ᄃᆡ 샹(上) 왈(曰),

"임의 젼일(前日)을 뉘웃ᄎᆞ니 ᄯᅩ 엇지 살싱(殺生)호리오?"

승샹(丞相)이 발셔 텬뎡(天定)호 긔쉬(奇數ㅣ)[509] 잇ᄂᆞᆫ 줄 알고 야션(也先)을 죽이지 아니호고 결쟝(決杖)[510]호야 그 죄(罪)를 다亽리고 십여(十餘) 일(日) 머므러 왕화(王化)[511]를 붉히고,

---

508) 난가(鑾駕): 천자가 타는 가마.
509) 긔쉬(奇數ㅣ): 기수. 길흉화복의 운수.
510) 결쟝(決杖): 결장. 죄인에게 곤장을 치는 형벌을 집행하던 일.
511) 왕화(王化): 임금의 교화.

어가(御駕)를 뫼셔 경ᄉᆞ(京師)로 도라와 븍문(北門) 밧긔 결진(結陣)[512] ᄒᆞ고 글을 경태(景泰)의게 보ᄂᆡ여 ᄀᆞᆯ오ᄃᆡ,

'왕(王)이 일즉 녯글을 닑어 오륜(五倫)이 듕(重)ᄒᆞ믈 알니니 형(兄)을 븍녁(北-)히 가도고 스ᄉᆞ로 참위(僭位)[513] 를 니어시미 가(可) ᄒᆞ냐? 이제 황뎨(皇帝) 니ᄅᆞ러 계시니 엇지ᄒᆞ려 하ᄂᆞ뇨?'

쏘 ᄇᆡᆨ관(百官)의게 글을 날녀 ᄀᆞᆯ오ᄃᆡ,

114면

'슬프다. 뉘 샹황(上皇)[514]의 녹(祿)을 아니 먹어시리오마ᄂᆞᆫ 위급지시(危急之時)를 당(當)ᄒᆞ야 샹[515]황(上皇)을 밧들니 업ᄉᆞ니 의ᄉᆞ(義士)로 ᄒᆞ야금 입시욹을 ᄭᅦ무러 강개(慷慨)홀지라. 이제 어개(御駕ㅣ) 븍문(北門) 밧긔 와 계시니 쟝ᄎᆞᆺ(將次ㅅ) 엇지코져 ᄒᆞᄂᆞ뇨? 군(軍)을 발(發)ᄒᆞ야 칠진ᄃᆡ ᄌᆞ웅(雌雄)을 결(決)[516] ᄒᆞ리라.'

ᄒᆞ엿더라.

태(泰)[517] 이 글을 보고 크게 븟그리고 분(憤)ᄒᆞ야 아모리 홀 줄 모로더라. ᄇᆡᆨ관(百官)이 니(李) 승샹(丞相) 글을 보고 크게 감동(感動)ᄒᆞ야 서로 의논(議論)ᄒᆞ야 경태(景泰)를 별궁(別宮)의 ᄂᆡ치고 난가(鑾駕)를 ᄀᆞᆺ초와 븍문(北門) 밧긔 가 어가(御街)를 마ᄌᆞ니 ᄉᆡᆼ가(笙

---

512) 결진(結陣): 전투에서, 진(陣)을 침.

513) 참위(僭位): 분수에 넘치는 군주의 자리에 앉음. 또는 그 자리.

514) 샹황(上皇): 상황. 자리를 물려주고 들어앉은 황제를 이르던 말.

515) 샹: [교] 원문에는 이 앞에 '굼'이 있으나 부연으로 보아 국도본(16:132)을 따라 삭제함.

516) 결(決): 승부를 냄.

517) 태(泰): 경태(景泰).

歌) 소릭 뇨랑(嘹喨)518)ᄒ고 졔ᄇᆡᆨ관(諸百官)이 관복(冠服)을 졍(正)히
ᄒ고 황픽(璜珮)519) 쟝쟝(鏘鏘)520)ᄒ야 난가(鑾駕) 알픽 국궁(鞠躬)521)
ᄉᆞᄇᆡ(四拜)ᄒ고 일시(一時)에 쳥죄(請罪)ᄒ니 샹(上)이 답(答)지 아니
시고,

　니(李)

• • •

115면

승샹(丞相)으로 더브러 대궐(大闕)노 드릭샤 종묘(宗廟)의 ᄇᆡ알(拜謁)
ᄒ시고 즉위(卽位)ᄒ샤 개원(改元)을 쳔슌(天順)522)이라 ᄒ시고 드러
가 냥뎐(兩殿) 태후(太后)긔 머리를 두다려 샤죄(謝罪)ᄒ시니 냥뎐
(兩殿) 태휘(太后ㅣ) 울고 글ᄋᆞ샤ᄃᆡ,

"샹(上)이 팔(八) 년(年) 고초(苦楚)를 겻그시ᄃᆡ 경태(景泰)의 무샹
(無狀)ᄒ미 어미를 아지 못ᄒ므로 입을 잠가 텬시(天時)를 기다리더
니 이졔 니관셩의 큰 ᄯᅳᆺ과 고금(古今)에 업순 튱셩(忠誠)을 힘닙어
녜ᄀᆞᆺ치 모드니 엇지 의희(宜喜)523)치 아니리오?"

샹(上)이 눈믈을 흘녀 ᄃᆡ왈(對曰),

"븍새(北塞)에 고초(苦楚)를 보믄 다 신(臣)의 죄(罪)라 엇지 사ᄅᆞᆷ

---

518) 뇨랑(嘹喨): 요량. 소리가 맑고 낭랑함.

519) 황픽(璜珮): 황패. 패옥(佩玉). 문무백관의 조복(朝服)과 제복의 좌우에 늘이어 차
　　던 옥.

520) 쟝쟝(鏘鏘): 장장. 옥이나 쇠붙이 따위가 맑게 울리는 소리.

521) 국궁(鞠躬): 윗사람이나 위패(位牌) 앞에서 존경하는 뜻으로 몸을 굽힘.

522) 쳔슌(天順): 천순. 중국 명나라 영종(英宗) 때의 연호(1457~1464). 정통(正統) 연
　　호를 쓰던 영종이 토목의 변으로 오이라트 족의 에센에게 잡혀 있다가 복위한 후
　　에 정한 연호.

523) 의희(宜喜): 마땅히 기쁨.

을 한(恨)ᄒ리잇고?"

인(因)ᄒ야 황후(皇后)와 태ᄌ(太子)를 별퇴(別宅)의 가 마ᄌ 와 왕
ᄉ(往事)를 닐너 감회(感懷)홈과 반기믈 마지아니시고,

명일(明日) 됴회(朝會)를 베프샤 경태(景泰)의 당뉴(黨類) 괴슈(魁
首)ᄂ 쳐참(處斬)[524]ᄒ

• • •

116면

고 더러ᄂ 먼니 닉치시고 경태(景泰)ᄂ 뭇지 아니시니 경태(景泰) 우
분(憂憤)[525]ᄒ믈 니긔지 못ᄒ야 ᄌ분필ᄉ(自分必死)[526]ᄒ니 샹(上)이
왕녜(王禮)로 장(葬)ᄒ라 ᄒ시다.

샹(上)이 이날 조셔(詔書)ᄒ야 골오샤ᄃ,

'딤(朕)이 환관(宦官)의 참녕(讒佞)[527]을 곳이드러 즁디(重地)[528]에
ᄲ다가 군ᄉ(軍士)를 함몰(陷沒)ᄒ고 팔(八) 년(年) 고초(苦楚)를 격
그니 평일(平日)에 녹(祿)을 먹던 재(者ㅣ) 그 뉘 딤(朕)이 이시믈 알
니오마ᄂ 승샹(丞相) 니(李) 뫼(某ㅣ) 남녁(南-)희 이셔 큰 튱셩(忠誠)
과 긔특(奇特)ᄒ 계교(計巧)를 베퍼 의병(義兵)을 닐위혀 딤(朕)으로
뻐 텬일(天日)을 보게 ᄒ고 기ᄌ(其子) 몽챵이 도로(道路) 풍셜(風雪)
과 험디(險地)를 혜지 아냐 딤(朕)의 곳에 니ᄅ러 간고(艱苦)와 긔갈
(飢渴)을 근노(勤勞)[529]ᄒ니 ᄎ(此) 냥인(兩人)의 공(功)은 녁ᄃ(歷代)

---

524) 쳐참(處斬): 처참. 목 베어 죽이는 형벌에 처함. 또는 그 형벌.
525) 우분(憂憤): 근심하고 분노함.
526) ᄌ분필ᄉ(自分必死): 자분필사. 반드시 죽겠다고 스스로 마음먹음.
527) 참녕(讒佞): 교묘한 변설로 아첨하며 남을 모함함.
528) 즁디(重地): 중지. 중요한 땅. 여기서는 '위험한 땅'의 의미임.
529) 근노(勤勞): 근로. 힘써 일함.

룰 기우려도 방블(彷佛)ᄒ니 업ᄉ니 특별(特別)이 즁(重)이 갑하 후인(後人)으로 ᄒ야금 알게 ᄒ리라.'

ᄒ시고

· ·

117면

승상(丞相)으로 ᄒ야금 텬하병마절졔ᄉ(天下兵馬節制使) 대승상(大丞相) 황태부(皇太傅) 튱현왕(忠賢王)을 봉(封)ᄒ시고 샹셔(尙書)로 우승상(右丞相) 문졍공을 봉(封)ᄒ시니 승상(丞相) 부ᄌ(父子ㅣ) 대경(大驚)ᄒ야 고두(叩頭) 읍주(泣奏) 왈(曰),

"신(臣) 등(等)이 폐하(陛下)를 뫼서 고토(故土)의 도라오믄 신ᄌ(臣子)의 도리(道理) 당당(堂堂)ᄒ옵거ᄂ 엇진 고(故)로 이런 봉작(封爵)을 당(當)ᄒ리잇고? 어하(御下)에 몸을 바아도 이런 즁작(重爵)530)은 밧지 못ᄒ올소이다."

샹(上)이 급(急)히 닉시(內侍)로 붓들나 ᄒ시고 면유(勉諭)531)ᄒ야 ᄀ른샤ᄃᆡ,

"딤(朕)이 호디(胡地)에 욕(辱)을 볼 제 허다(許多) 관뇌532)(官僚ㅣ) ᄒ나토 도라 념(念)ᄒ리 업ᄉ되 경(卿)이 님군 앗기는 ᄠᅳᆺ이 철셕(鐵石) ᄀ튼야 슈고로이 텬하(天下) 호걸(豪傑)을 어더 딤(朕)을 고국(故國)에 오게 ᄒ 은혜(恩惠)를 만(萬)의 ᄒ나히나 갑고ᄌ ᄒ미오, 경ᄌ(卿子) 몽챵이 쳔(千) 니(里)를 멀게 아니 넉여 딤(朕)을 ᄎ즈니 공덕(功德)이 쏘

---

530) 즁작(重爵): 중작. 큰 벼슬.

531) 면유(勉諭): 힘써 타이름.

532) 뇌: [교] 원문에는 '뉘'로 되어 있으나 오기로 보임.

흔 적지 아니커늘 경(卿)이 엇지 적은 벼슬을 이러툿 고수(固辭)[533]
ᄒᄂ뇨?"

승샹(丞相)이 관(冠)을 벗고 머리 조아 우러 굴오디,

"폐하(陛下)룰 팔(八) 년(年) 간고(艱苦) 즁(中)에 농톄(龍體)룰 잇
부시게 ᄒ미 다 신(臣)의 죄(罪)라 후셰인(後世人)으로 ᄒ야금 블튱
(不忠)ᄒ믈 츰 밧타 ᄭᅮ지즐 거시어늘 더옥 왕작(王爵)을 츰 밧잡지
못할지라. 셩샹(聖上)이 만일(萬一) 신(臣)의 ᄯᅳ슬 아ᄉ실진딕 이곳
의셔 죽어 신(臣)의 ᄯᅳ슬 붉힐 거시오, 몽챵은 ᄒ믈며 년쇼(年少) 부
직(不才)로 촌공(寸功)이 업ᄉ니 샹위(相位)[534]룰 밧으리잇고? 션시
(先時)에 효소[535](孝昭)[536] 황뎨(皇帝) 붕(崩)ᄒ시고 됴뎡(朝廷)을 가
음알 니 업스므로 신(臣)이 무고(無故)히 쳥츈(靑春)에 샹작(相爵)[537]
을 감슈(敢受)[538]ᄒ여ᄉ거니와 금(今)에 몽챵이 미셰(微細)흔 몸으로
진실(眞實)노 졍승(政丞) 직목(材木)이 아니니 타일(他日) 공(功)이
이ᄉ거든 샹(賞)을 표쟝(表章)[539]ᄒ

---

533) 고수(固辭): 고사. 굳이 사양함.

534) 샹위(相位): 상위. 재상의 자리.

535) 소: [교] 원문에는 '인'으로 되어 있으나 오기로 보임.

536) 효소(孝昭): 중국 명나라 제4대 황제 인종(仁宗)의 시호. 이름은 주고치(朱高熾,
1378~1425)이고 연호는 홍희(洪熙, 1424~1425)임. 약 1년간의 짧은 재위 기간
이었지만 선정을 베풀고 대내 안정을 확고히 하여 다음 황제인 선덕제(宣德帝)의
치세에도 큰 영향을 끼쳐 초기 명나라의 기틀을 잡았으므로 홍희제와 아들 선덕제
의 치세를 인선지치(仁宣之治)라 부름. 이관성은 앞에서 인종이 죽은 후 다음 황제
선종(宣宗) 때 좌승상에 임명된 바 있음.

537) 샹작(相爵): 상작. 재상의 벼슬.

538) 감슈(敢受): 감수. 감히 받음.

539) 표쟝(表章): 표장. 어떤 일에 좋은 성과를 내었거나 훌륭한 행실을 한 데 대하여 세

샤도 늣지 아니니이다."

샹(上)이 니(李) 공(公)의 말솜이 亽리(事理)에 당당(堂堂)ᄒᆞ믈 보시고 더옥 항복(降伏)ᄒᆞ샤 젼지(傳旨)를 환슈(還收)540)ᄒᆞ시고 골ᄋ샤딕,

"경(卿)이 이러틋 딤(朕)의 졍(情)을 막으니 다시 무어스로뼈 딤(朕)의 ᄆᆞ음을 표(表)ᄒᆞ리오?"

ᄒᆞ시고 쏘 골ᄋ샤딕,

"교방(敎坊) 악공(樂工)을 보닉여 경모(卿母)의 ᄌᆞ식(子息) 잘 나흐믈 표(表)코져 ᄒᆞ니 쏘 가(可)히 이를 ᄉᆞ양(辭讓)ᄒᆞᆯ소냐?"

승샹(丞相)이 눈믈을 먹음고 딕왈(對曰),

"셩은(聖恩)이 이러틋 ᄒᆞ시고 신(臣)이 열친(悅親)541)의 다ᄃᆞ라 ᄉᆞ양(辭讓)ᄒᆞ리잇가마는 늙은 어미 호텬(呼天)의 통(痛)을 만나므로붓터 머리를 닉와다 텬일(天日)을 보지 아니ᄒᆞ오니 엇지 셩은(聖恩)을 당(當)코져 ᄒᆞ리잇가?"

샹(上)이 위로(慰勞)ᄒᆞ시고 부마(駙馬)를 각별(各別)이 탑하(榻下)에 블너 공쥬(公主) 평부(平否)를 무르시고 먼니 근노(勤勞)ᄒᆞ믈 관유(寬諭)542)ᄒᆞ시니 부매(駙馬ㅣ) 샤은(謝恩)ᄒᆞ고 믈너나 태후(太后)

상에 널리 알려 칭찬함.

540) 환슈(還收): 환수. 도로 거두어들임.

541) 열친(悅親): 어버이를 기쁘게 함.

542) 관유(寬諭): 너그러이 위로함.

긔 문안(問安)ᄒ니 휘(后ㅣ) 밧비 인견(引見)ᄒ샤 슬퍼 울고 ᄀᆞᄅᆞ샤ᄃᆡ,

"계양을 삼(三) 년(年) 후(後) 즉시(卽是) 만나리라 ᄒᆞᆫ 거시 이제 팔(八) 년(年)이 되도록 보지 못ᄒ니 엇지 셟지 아니리오? 딤(朕)이 금일(今日) 경(卿)을 보니 무슴 한(恨)이 이시리오?"

부매(駙馬ㅣ) 역시(亦是) 감창(感愴)543) ᄒ야 ᄒ더라.

샹(上)이 조셔(詔書)ᄒ샤 쇼부(少傅), 한님(翰林) 등(等)을 녯 벼슬노 부르시고 남방(南方) 제군(諸郡)으로 ᄒ야금 뉴 부인(夫人) 일ᄒᆡᆼ(一行)을 호송(護送)ᄒ라 ᄒ시고 젼신 등(等), 댱셩닙, 뉴잠 등(等)을 다 쟝군(將軍)을 봉(封)ᄒ야 ᄂᆡ외군(內外軍)을 다 총독(總督)544)게 ᄒ시다.

승샹(丞相)이 본부(本府)에 도라오믹 믈싴(物色)이 녯날노 더브러 다ᄅᆞ지 아니되 임의 인싀(人事ㅣ) 변(變)ᄒ엿더라. 부친(父親)의 거쳐(居處)ᄒ시던 곳을 둘너보아 실셩뉴톄(失聲流涕)ᄒ야 영모지졍(永慕之情)545)을 니긔지 못ᄒ더니 뎡 각노(閣老)와 뎡 샹셔(尙書) 등(等)이 협문(夾門)

으로조ᄎ 니르러 일시(一時)에 붓드러 됴샹(弔喪)ᄒ고 각뇌(閣老ㅣ)

---

543) 감창(感愴): 감창. 느끼어 슬퍼함.

544) 총독(總督): 총괄하여 지휘함.

545) 영모지정(永慕之情): 영모지정. 어버이를 잊지 못하는 정.

승샹(丞相)을 어로만져 탄왈(嘆曰),

"노뷔(老夫ㅣ) 이쎄가지 셰샹(世上)의 잇거니와 녕대인(令大人)이 발셔 텬하인(泉下人)546)이 되여 계시니 셕ᄉ(昔事)를 싱각ᄒᆞ미 심ᄉᆞ(心思ㅣ) 붕졀(崩絶)547)ᄒᆞᄆᆞᆯ 니긔지 못ᄒᆞ고 군(君)의 효의(孝義)로 상텩(喪慽)548)에 몸을 보젼(保全)치 못ᄒᆞᆯ가 쥬야(晝夜) 우려(憂慮)ᄒᆞ더니 이제 삼상(三喪)을 무ᄉᆞ(無事)히 맛고 고금(古今)에 드문 공(功)을 닐워 고군(孤君)으로 ᄒᆞ야금 도라오시게 ᄒᆞ니 그 튱심(忠心)이 만ᄃᆡ(萬代)에 민멸(泯滅)549)치 못ᄒᆞ리로다."

승샹(丞相)이 명 공(公)의 빅발(白髮)이 소소(昭昭)550)ᄒᆞ나 긔뷔(肌膚ㅣ)551) 눈 ᄀᆞᆺ트야 평셕(平昔) ᄀᆞᆺ틈믈 보니 샹셔(尚書) 등(等)의 유복(有福)ᄒᆞ믈 블워 봉안(鳳眼)에 눈믈이 ᄆᆡ줄 ᄉᆞ이 업셔 반향(半晌) 후(後) 빅샤(拜謝) 왈(曰),

"쇼셰(小壻ㅣ) 죄역(罪逆)552)이 심듕(深重)553)ᄒᆞ야 가친(家親)이 즁도(中途)의 도라가시믈 보ᄃᆡ 좃지 못ᄒᆞ고 의구(依舊)히 사라 님군의 파월(播越)554)ᄒᆞ시

---

546) 텬하인(泉下人): 천하인. 황천(黃泉)에 있는 사람, 곧 죽은 사람을 이름.

547) 붕졀(崩絶): 붕절. 무너지고 끊어짐.

548) 상텩(喪慽): 상척. 초상을 당해 슬퍼함.

549) 민멸(泯滅): 자취나 흔적이 아주 없어짐.

550) 소소(昭昭): 뚜렷함.

551) 긔뷔(肌膚ㅣ): 기부. 살갗.

552) 죄역(罪逆): 마땅한 이치에 거슬리는 큰 죄.

553) 심듕(深重): 심중. 매우 무거움.

554) 파월(播越): 임금이 도성을 떠나 다른 곳으로 피란하던 일. 파천(播遷).

믈 진시(眞是)555) 구(救)치 못ᄒ니 블튱블효(不忠不孝)ᄒ미 소셔(小
壻) ᄀᆺᄐ니 업거늘 금일(今日) 이러틋 과(過)ᄒ 말ᄉᆷ을 ᄒ시ᄂ니잇
고? 슬젼(膝前)을 ᄯ혀난 지 팔(八) 지(載) 츈취(春秋ㅣ) 지나시ᄃᆡ 긔력
(氣力)에 평셕(平昔)ᄒ시미 완연(宛然)ᄒ시니 다복(多福)ᄒ시믈 우러
라 흠앙(欽仰)556)ᄒᄂ이다."

뎡 샹셰(尚書ㅣ) ᄯ또ᄒᆫ 승샹(丞相)의 손을 잡고 샤례(謝禮) 왈(曰),

"혹싱(學生)이 팔십(八十) 부모(父母)를 바리옵지 못ᄒ야 화(禍)를
두려 형(兄)의 계교(計巧)로 두문샤긱(杜門謝客)557)ᄒ야 몸을 보젼
(保全)ᄒ나 님군을 구(救)치 못ᄒ니 죽어 구쳔(九泉)에 도라가 션뎨
(先帝)를 볼 낫치 업셔 ᄒ더니 이졔 그ᄃᆡ 대계(大計)를 베퍼 쥬샹(主
上)으로 ᄒ야곰 녯 위(位)를 니으시게 ᄒ니 혹싱(學生) 등(等)이 엇지
븟그럽지 아니리오?"

승샹(丞相)이 기리 탄왈(嘆曰),

"형(兄)이 엇지 이런 말을 ᄒᄂ뇨? 쇼뎨(小弟) 병(兵)을 닐위혀 황
샹(皇上)을 뫼와 도라오미 신ᄌ(臣子)의 당당(堂堂)

ᄒᆫ 녜ᄉ(例事ㅣ)니 형(兄)의 튱심(忠心)이 엇지 관셩만 못ᄒ리오ᄆᄂ

---

555) 진시(眞是): 참으로.

556) 흠앙(欽仰): 공경하여 우러러봄.

557) 두문샤긱(杜門謝客): 두문사객. 문을 닫고 손님을 사절함.

황샹(皇上)의 운익(運厄)이 텬슈(天數)의 뎡(定)흔 배라 형(兄)은 다시 이런 말을 드노치 마르소셔. 연(然)이나 악쟝(岳丈)이 년셰(年歲) 고심(高深)ᄒ시되 긔골(氣骨)이 강건(剛健)ᄒ시니 형(兄) 등(等)의 유복(有福)ᄒ믈 블워ᄒᄂ이다.”

셜파(說罷)에 눈믈이 낫츨 가리오니 뎡 공(公)이 역시(亦是) 누슈(淚水ㅣ) 년낙(連落)ᄒ야 글오디,

“셕일(昔日) 태ᄉ(太師) 형(兄)으로 더브러 관포(管鮑)558)의 지긔(知己)를 엿게 넉이더니 이제 노부(老夫)ᄂ 나히 만흐디 사랏거ᄂᆞᆯ 니형(李兄)은 아직 인가(人家) 빅(百) 년(年)이 머럿거ᄂᆞᆯ 속졀업시 유명(幽明)이 가리이니 엇지 슬푸지 아니리오마ᄂ 이 다 텬슈(天數ㅣ)오 ᄯᅩ흔 녕ᄌ당(令慈堂)559)이 지당(在堂)하시니 현셔(賢壻)ᄂ 모로미 스스로 몸을 조심(操心)ᄒ야 녕당(令堂) 부인(夫人)긔 블효(不孝)를 닐위지 말나.”

승샹(丞相)이 거슈(擧手) 칭샤(稱謝)ᄒ고 인(因)

· ·

124면

ᄒ야 별회(別懷)를 펴 믄득 빈킥(賓客)이 모드미 뎡 각노(閣老)와 승샹(丞相)이 니러 녜파(禮罷)에 졔빅관(諸百官)이 승샹(丞相)을 향(向)ᄒ야 칙칙(嘖嘖)560)이 튱셩(忠誠)을 닐ᄏ라 하례(賀禮)ᄒ디 승샹(丞

---

558) 관포(管鮑): 관중(管仲)과 포숙아(鮑叔牙). 관중(管仲, ?~B.C. 645)은 중국 춘추시대 제(齊)나라의 재상으로 이름은 이오(夷吾). 환공(桓公)이 즉위할 무렵 환공의 형인 규(糾)의 편에 섰다가 패전하여 노(魯)나라로 망명하였는데, 포숙아의 진언(進言)으로 환공에게 기용되어 환공(桓公)을 중원(中原)의 패자(霸者)로 만드는 데 일조함. 관중과 포숙아는 잇속을 차리지 않은 사귐으로 유명하여 이로부터 관포지교(管鮑之交)라는 말이 나옴.

559) 녕ᄌ당(令慈堂): 영자당. 상대방의 어머니를 높여 이르는 말.

相)이 블열(不悅)ᄒ야 다만 샤례(謝禮)홀 ᄯᆞᆫ이러라.

승샹(丞相)이 부마(駙馬)를 금쥐(錦州) 보ᄂᆡ여 이 소식(消息)을 고
(告)ᄒ고 모친(母親)을 뫼서 오라 ᄒ다.

---

560) 칙칙(嘖嘖): 책책. 떠들썩함.

빵쳔긔봉(雙釧奇逢) 권지십뉵(卷之十六)

°●●

1면

선시(先時)에 소인(小人) 등(等)이 명 공(公)을 히(害)코져 ᄒ더니 샹셰(尚書ㅣ) 니 승샹(丞相) 말슴을 드른 후(後) 됴병(調病)1)ᄒ믈 닐ᄏ라 문(門)을 잠으고 졔ᄌ(諸子)의 츌입(出入)도 못 ᄒ게 ᄒ고 고요히 드러시므로 드듸여 소인(小人)의 히(害)를 버셔나시믈 ᄎ야(此夜)의 승샹(丞相)으로 더브러 이 말을 닐오고 신명(神明)ᄒ믈 만구칭샤(滿口稱謝)2)ᄒ며 조초 뇨ᄉᆞᆼ(-生)의 말을 닐오니 승샹(丞相)이 잠소(暫笑) 무언(無言)이러라.

명일(明日) 됴됴(早朝)3)의 ᄂᆡ각(內閣)에 드러가 녀 부인(夫人)긔 뵈온듸 부인(夫人)이 승샹(丞相)을 보고 반가오미 극(極)ᄒ야 태ᄉ공(太師公)의 기셰(棄世)4)ᄒ시믈 치위(致慰)5)홀ᄉᆡ 말노조ᄎ 누쉬(淚水ㅣ) 년낙(連落)6)ᄒ야 녀ᄋᆞ(女兒)의 안부(安否)를 무르니 승샹(丞相)이 감ᄉ(感謝)ᄒ믈 니긔지 못ᄒ야 몸을 굽혀 그ᄉᆞ히 평부(平否)7)

---

1) 됴병(調病): 조병. 병을 조리함.
2) 만구칭샤(滿口稱謝): 만구칭사. 입 안 가득히 사례함.
3) 됴됴(早朝): 조조. 이른 아침.
4) 기셰(棄世): 기세. 세상을 버린다는 뜻으로, 웃어른이 돌아가심을 이르는 말.
5) 치위(致慰): 상중(喪中)에 있는 사람을 위로함.
6) 년낙(連落): 연락. 연이어 떨어짐.
7) 평부(平否): 어떤 사람이 편안하게 잘 지내고 있는지 그렇지 아니한지에 대한 소식. 또는 인사로 그것을 전하거나 묻는 일. 안부.

룰 뭇줍고 뭇는 말슴을 슌슌(順順) 응답(應答)ᄒ야 반ᄌ지의(半子之
義)8) 지극(至極)ᄒ더라.

문후 등(等)이 뇨 태상(太常)의 힝ᄉ(行事)룰 통완(痛惋)9)이 넉이
나 문후는 년쇼비(年少輩)와 달나 호승(好勝)10)과 희희(戱諧)11) 업ᄉ
나 시랑(侍郞)은 나히 아직 졈고 본(本)듸 호화(豪華)이 싱장(生長)ᄒ
야 이런 일을 블승통완(不勝痛惋)12)ᄒ야 ᄎ므기 어려온지라. 이날 즉
시(卽時) 뇨부(-府)에 니룰러 통명(通名)ᄒ니,

ᄎ시(此時), 태상(太常)이 니(李) 시(氏)룰 닉치고 조금도 그 의믜
ᄒ믈 싱각지 아니니 뇨싱(-生)은 쥬야(晝夜) 심ᄉᆯ(心思ㅣ) 초젼(焦
煎)13)ᄒ야 강잉(强仍)ᄒ야 셰월(歲月)을 니진 다시 지닉나 쥬쥬야야
(晝晝夜夜)14)의 긴 한숨과 져른 탄식(歎息)으로 셰월(歲月)을 보닉더
니 홀연(忽然) 니(李) 승상(丞相)이 어가(御駕)15)룰 뫼셔 궐중(闕中)
에 안거(安居)ᄒ시게 ᄒ고 작위(爵位) 녜 ᄀᆞᆺᄐ믈 드릭니 뇨 공(公)이
대경(大驚)ᄒ야 아

8) 반ᄌ지의(半子之義): 반자지의. 사위의 의리. 반자(半子)는 '반자식'의 뜻으로 사위를
   말함.
9) 통완(痛惋): 애통해하고 안타까워함.
10) 호승(好勝): 남 이기기를 좋아하는 마음.
11) 희희(戱諧): 희해. 실없는 말로 농지거리를 함. 또는 그 농지거리. 희학(戱謔).
12) 블승통완(不勝痛惋): 불승통완. 애통함과 안타까움을 이기지 못함.
13) 초젼(焦煎): 초전. 마음을 졸이고 애를 태움.
14) 쥬쥬야야(晝晝夜夜): 주주야야. 매일 낮과 매일 밤.
15) 어가(御駕): 임금이 타던 수레.

3면

모리 홀 줄 모로더니, 이날 니(李) 시랑(侍郞)이 니르러 통명(通名)ᄒ
믈 듯고 낫치 달호이나16) 겨유 슈졍안식(修整顔色)17)ᄒ고 쳥(請)ᄒ
여 녜필한훤(禮畢寒暄)18) 후(後) 시랑(侍郞)이 글오디,

"혹싱(學生) 등(等)이 고향(故鄕)의 나려가오며 오라지 아냐셔 조
부(祖父) 샹스(喪事)를 맛나고 쏘 나라히 그릇되여 님군이 북디(北
地)에 파쳔(播遷)19)ᄒ시니 츠(此)는 식녹신즈(食祿臣子)20)의 망극(罔
極)ᄒ미 먹음은 음식(飮食)을 목에 편(便)히 나리오지 못홀 쎠라 스
스(私私) 념녀(念慮)를 도라 싱각지 못ᄒ야 그ᄉ이 누의 평부(平否)
를 뭇지 못ᄒ여ᅀᅳ더니 이졔야 환경(還京)ᄒ여시미 니르러ᅀᅳᄂᆞ니 누
의 무양(無恙)ᄒ니잇가?"

태샹(太常)이 니(李) 시랑(侍郞)의 ᄲᅦ혀난 긔샹(氣像)의 관복(冠服)
을 졍(正)히 ᄒ야 엄졍(嚴正)이 무르믈 보니 국츅(跼縮)21) 져샹(沮
喪)22)ᄒ야 능(能)히

---

16) 달호이나: 달아오르나.

17) 슈졍안식(修整顔色): 수정안색. 안색을 바로 함.

18) 녜필한훤(禮畢寒暄): 예필한훤. 날씨의 춥고 따뜻함을 묻는 등의 인사를 마침.

19) 파쳔(播遷): 파천. 임금이 도성을 떠나 다른 곳으로 옮겨가던 일.

20) 식녹신즈(食祿臣子): 식록신자. 나라의 녹을 먹는 신하.

21) 국츅(跼縮): 몸을 구부리고 조심조심 걷는다는 뜻으로, 두려워하거나 삼가고 조심하
는 모양.

22) 져샹(沮喪): 저상. 시무룩함.

두로 다힐 말이 업셔 낫츨 븕히고 입맛 다시며 무슴 말을 훌 듯 훌 듯 ㅎ며 아모 말도 아니ㅎ거늘 시랑(侍郞)이 쏘 닐오듸,

"쇼싱(小生)이 존부(尊府)에 니르믄 젼혀(專-)²³⁾ 누의룰 보고ㅈ ㅎ 옵ᄂ니 대인(大人)은 밧비 블너 뵈시믈 바라ᄂ이다."

태샹(太常)이 훌일업셔 이에 답왈(答曰),

"과연(果然) 녕미(令妹) 소실(所失)²⁴⁾이 여ᄎ여ᄎ(如此如此) 잇ᄂ 고(故)로 노뷔(老夫ㅣ) 마지못ㅎ야 늬쳣ᄂ니 녕미(令妹) 규각(閨閣) 녀ᄌ(女子)로셔 어듸룰 가리오? 금쥬(錦州)로 간 줄노 아랏ᄂ니 엇지 거쳐(去處)룰 노부(老夫)다려 뭇ᄂ뇨?"

시랑(侍郞)이 쳥파(聽罷)에 신쇡(神色)이 경희(驚駭)ㅎ야 굴오듸,

"누의 죄목(罪目)이 그러ㅎ면 츌거(黜去)ㅎ시미 가(可)야니 쇼싱 (小生)이 무슴 말을 ㅎ리잇가? 연(然)이나 누의룰 금쥬(錦州)로 보늬 엿노라 ㅎ시나 누의 오지 아냐시니

쇼싱(小生)은 실(實)노 아지 못ㅎ옵ᄂ니 붉히 닐오시믈 바라ᄂ이다."

태샹(太常) 왈(曰),

"뎡 공(公)이 족하(足下)의 고향(故鄕)으로 보늬다 ㅎ니 노뷔(老夫 ㅣ) 어이 알니오?"

---

23) 젼혀(專-): 전혀. 오로지.
24) 소실(所失): 흉, 허물.

시랑(侍郞)이 츠게 웃고 뇨싱(-生)을 도라보아 ᄯᅥ지져 왈(曰),

"ᄌᆞ평25)이 당년(當年)에 쇼미(小妹)를 발분망식(發憤忘食)26)ᄒᆞ야 취(娶)ᄒᆞᆫ 후(後) 필경(畢竟)은 그 몸을 보젼(保全)치 못ᄒᆞ게 ᄒᆞᆷ 엇지오? 안히 죄(罪) 이시미 뉼(律)을 샹고(詳考)ᄒᆞ야 쳔(千) 니(里)나 만(萬) 니(里)나 그 부모(父母) 동싱(同生)을 츠ᄌᆞ 주미 올커ᄂᆞᆯ 네 집 법(法)은 유죄무죄(有罪無罪) 간(間) 허실(虛實)을 샤ᄒᆡᆨ(查覈)27)지 아니ᄒᆞ고 ᄉᆞ족(士族) 부녀(婦女)를 빅쥬(白晝)에 구박(驅迫)ᄒᆞ야 ᄂᆞᆯ치니 네 집 법뉼(法律)은 고금(古今)에 업고 듯ᄂᆞ니 쳐엄이라. 혈혈(孑孑) ᄋᆞ녀직(兒女子ㅣ) 슈쳔(數千) 니(里) 길을 힝(行)치 못ᄒᆞ야 길가 흙이 되엿도다. 당당(堂堂)이 등문고(登聞鼓)28)를 쳐 쇼미(小妹)를 신원(伸冤)29)ᄒᆞ

• • •

6면

야 구쳔(九泉)에 망혼(亡魂)을 위로(慰勞)ᄒᆞ리니 그ᄰᅵ 네 므슴 말을 ᄒᆞ려 ᄒᆞᄂᆞᆫ다? 젼일(前日) 우리 블명(不明)ᄒᆞ야 너를 그릇 ᄉᆞ괴여 쳔금(千金) ᄀᆞᄐᆞᆫ 미ᄌᆞ(妹子)를 결혼(結婚)ᄒᆞ야 이 지경(地境)에 니를 줄 ᄯᅳᆺᄒᆞ여시리오? ᄎᆞ시(此時)를 당(當)ᄒᆞ여ᄂᆞᆫ 원쉬(怨讎ㅣ)라."

셜파(說罷)에 ᄉᆞ미를 썰쳐 니러나니 태샹(太常) 부직(父子ㅣ) 입이 이시나 므슴 말을 ᄒᆞ리오. 시랑(侍郞)이 고관(告官)30)ᄒᆞ려 ᄒᆞᆷ을 듯고

---

25) ᄌᆞ평: 요익의 자(字).

26) 발분망식(發憤忘食): 어떤 일에 열중하여 끼니까지 잊고 힘씀.

27) 샤ᄒᆡᆨ(查覈): 사핵. 실제 사정을 자세히 조사하여 밝힘.

28) 등문고(登聞鼓): 중국에서 제왕이 신하들의 충간(忠諫)이나 원통함을 듣기 위하여 매달아 놓았던 북. 진(晉)나라에서 시작하여 당나라, 송나라, 명나라 때도 두었음.

29) 신원(伸冤): 원통한 일을 풂.

태상(太常)이 눈이 둥그러ᄒᆞ야 입을 벙긋도 못 ᄒᆞ고 안ᄌᆞ 고개ᄅᆞᆯ 쓰덕일 ᄲᅮᆫ이러라.

시랑(侍郞)이 도라와 샹셔(尙書)ᄅᆞᆯ 딕(對)ᄒᆞ야 슈말(首末)을 닐오고 박쟝대소(拍掌大笑)ᄒᆞ니 샹셰(尙書 l) 소왈(笑曰),

"쇼미(小妹)ᄅᆞᆯ 임의 우리게 두고ᄂᆞᆫ 태샹(太常)을 면ᄎᆡᆨ(面責)31)ᄒᆞ미 가(可)치 아니토다."

ᄒᆞ더라.

ᄎᆞ셜(且說). 부매(駙馬 l) 빅도(倍道)32)ᄒᆞ야 금쥐(錦州) 니ᄅᆞ러 소식(消息)을 고(告)ᄒᆞ

고 ᄒᆡᆼ도(行道)ᄅᆞᆯ 빈야니33) 뉴 부인(夫人)이 승샹(丞相)을 보ᄂᆡ고 쥬야(晝夜) 하ᄂᆞᆯ긔 비러 무ᄉᆞ(無事)히 도라오믈 바라더니 이 소식(消息)을 듯고 경희(驚喜)34)ᄒᆞ미 극(極)ᄒᆞ야 태식(太師 l) 보지 못ᄒᆞ믈 새로이 통샹(痛傷)35)ᄒᆞ야 슈ᄒᆡᆼ(數行) 누슈(淚水)ᄅᆞᆯ 허비(虛費)ᄒᆞ고 이ᄌᆞ(二子)와 졔부(諸婦)와 모든 손부(孫婦)ᄅᆞᆯ 거ᄂᆞ려 태ᄉᆞ(太師)와 진 부인(夫人) 묘젼(墓前)에 호곡(號哭)ᄒᆞ야 하직(下直)ᄒᆞ고 길희 올ᄒᆞ니 무평36)빅 등(等)이 임의 녯 벼슬노 승ᄎᆡ(陞差)37)ᄒᆞ야 올나가니

---

30) 고관(告官): 관아에 고함.

31) 면ᄎᆡᆨ(面責): 면책. 대면한 자리에서 책망함.

32) 빅도(倍道): 배도. 이틀 갈 길을 하루에 감.

33) 빈야니: 재촉하니.

34) 경희(驚喜): 놀라고 기뻐함.

35) 통샹(痛傷): 몹시 슬퍼함.

36) 평: [교] 원문에는 '령'으로 되어 있으나 앞의 예를 따라 이와 같이 수정함.

그저라도 지나는 바에 영홰(榮華]) 호성(豪盛)38)홀 씨 흐믈며 텬지
(天子]) 됴셰(詔書]) 호송(護送)호라 호시니 지나는 지현(知縣)39)
군목(郡牧) 등(等)이 위의(威儀)를 거느려 디경(地境)가지 보닉니 치
거쥬륜(彩車朱輪)40)이 십(十) 니(里)에 버럿고 부마(駙馬), 경 시랑
(侍郎), 쳘 샹셔(尚書), 초왕 등(等)이 뒤흘 좃고 무평41)빅 등(等)이
호힝(護行)42)호니 그 위의(威儀) 부셩(富盛)43)홈과

8면

영요(榮耀)흔 광치(光彩) 쳔고(千古)에 쌍(雙)이 업더라.

경스(京師)에 니르러는 승샹(丞相)이 이즈(二子)로 더브러 십(十)
니(里)에 가 마즈 흔가지로 뫼서 부즁(府中)에 니르러는 승샹(丞相)
이 친(親)이 모친(母親)을 붓드러 덩의 나신 후(後) 졀호고 별후(別
後) 존문(尊門)을 뭇즈오믹 화(和)흔 안식(顔色)과 반겨호는 스식(辭
色)이 낫 우히 넘지니 부인(夫人)이 밧비 손을 잡고 어로만져 슬허
왈(曰),

"네 나라흘 위(爲)호야 블모디지(不毛之地)44)를 향(向)호니 노뫼
(老母]) 쥬야(晝夜) 하늘긔 너희 무스(無事)히 도라오믈 축원(祝願)

---

37) 승치(陞差): 승차. 윗자리의 벼슬로 오름.

38) 호셩(豪盛): 호성. 크고 번성함.

39) 지현(知縣): 현의 으뜸 벼슬아치.

40) 치거쥬륜(彩車朱輪): 채거주륜. 붉은 칠을 한 바퀴가 달린 수레로 높은 지위에 있는
사람이 탐.

41) 평: [교] 원문에는 '령'으로 되어 있으나 앞의 예를 따라 이와 같이 수정함.

42) 호힝(護行): 호행. 보호하며 따라감.

43) 부셩(富盛): 부성. 넉넉하고 많음.

44) 블모디지(不毛之地): 불모지지. 아무 식물도 자라지 못하는 거칠고 메마른 땅.

ᄒᆞ더니 네 이제 큰 공(公)을 세우고 노모(老母)를 녯 집에 니르게 ᄒᆞ니 경ᄉᆡᆨ(景色)은 감(減)치 아냐시나 그ᄉᆞ이 네 부친(父親) 형영(形影)이 어ᄃᆡ 가다 ᄒᆞ리오?"

셜파(說罷)에 실셩톄읍(失聲涕泣)[45] ᄒᆞ고 무평[46]ᄇᆡᆨ 등(等)이 눈믈이 안진 ᄌᆞ리

9면

에 고이ᄃᆡ 승샹(丞相)이 안ᄉᆡᆨ(顔色)이 더옥 화(和)ᄒᆞ야 간왈(諫曰),

"왕ᄉᆡ(往事ㅣ)[47] 임의 믈 업침 ᄀᆞᆺᄐᆞ니 이제 더옥 원노(遠路)의 구치(驅馳)[48] ᄒᆞ야 오샤 심ᄉᆞ(心思)를 ᄉᆞᆯ오지 말으시고 관심(寬心)[49] ᄒᆞ시믈 바라ᄂᆞ이다."

부인(夫人)이 강잉(强仍)ᄒᆞ야 지는 말을 믓고 두굿기고 긔특(奇特)이 넉이믈 금(禁)치 못ᄒᆞ더라.

뎡 부인(夫人)이 바로 부즁(府中)에 가 부모(父母)를 뵈옵고 반기미 과(過)ᄒᆞ니 도로혀 눈믈 나믈 참지 못ᄒᆞ고 각노(閣老) 부뷔(夫婦ㅣ) 붓드러 슬허ᄒᆞ니 부인(夫人)이 냥구(良久) 후(後) 슬푸믈 진졍(鎭靜)ᄒᆞ야 부모(父母)를 우러라보ᄆᆡ 강건(剛健)ᄒᆞ미 셕시(昔時)로 감(減)ᄒᆞ미 업ᄉᆞ니 다ᄒᆡᆼ(多幸)ᄒᆞ믈 니긔지 못ᄒᆞ야 죵일(終日)토록 뫼셔 그리던 말을 셜파(說破)ᄒᆞ고 졔뷔(諸婦ㅣ) 각각(各各) 친당(親堂)에

---

45) 실셩톄읍(失聲涕泣): 실성체읍. 목이 쉴 정도로 슬프게 욺.

46) 평: [교] 원문에는 '령'으로 되어 있으나 앞의 예를 따라 이와 같이 수정함.

47) 왕ᄉᆡ(往事ㅣ): 왕사. 지나간 일.

48) 구치(驅馳): 말이나 수레를 타고 달림.

49) 관심(寬心): 마음을 놓음.

도라가디,

소 샹셔(尙書)는 벼슬을 바리

고 동경(東京)으로 갓더니 텬직(天子ㅣ) 새로 즉위(卽位)ᄒ샤 녯 벼
슬노 블너 계시나 미쳐 오지 못ᄒ엿더라.

최 슉인(淑人)이 태ᄉ(太師) 삼년(三年) 닉(內) 감(敢)이 가지 못ᄒ
고 샹셔(尙書)로 더브러 고향(故鄕)에 갓더니 고군(故君)이 즉위(卽
位)ᄒ샤 젼(前) 신뇨(臣僚)를 ᄎᄌ시믈 인(因)ᄒ야 갓 경ᄉ(京師)에
왓ᄂ지라 슉인(淑人)이 바로 니부(李府)에 니르러 승샹(丞相)을 보고
하 우니 눈의 피 나더라.

계양 공쥐(公主ㅣ) 궐닉(闕內)에 드러가 태후(太后)긔 뵈오미 학발
(鶴髮)이 표표(表表)ᄒ야 노쇠(老衰)ᄒ미 심(甚)ᄒ야 계시니 공쥐(公
主ㅣ) 붓들고 실셩뉴톄(失聲流涕)[50]ᄒ야 말을 못 ᄒ고 태휘(太后ㅣ)
공쥬(公主)의 손을 잡고 우러 ᄀ로샤디

"딤(朕)이 너를 삼년(三年) 후(後) 오리라 ᄒ 거시니 그ᄉ이 인시
(人事ㅣ) 그릇되여 금샹(今上)이 븍(北)으로 가시고 혼군(昏君)[51]이
졍ᄉ(政事)를 니으며 쇼인(小人)이 국권(國權)을 잡

으니 딤(朕)이 일명(一命)을 지녀 너를 다시 보니 텬힝(天幸)이로다."

---

50) 실셩뉴톄(失聲流涕): 실성유체. 소리를 내지 못할 정도로 눈물을 흘림.
51) 혼군(昏君): 사리에 어둡고 어리석은 임금.

공쥬(公主ㅣ) 울며 주(奏)ᄒᆞᄃᆡ,

"블초신(不肖臣)이 텬안(天顔)을 칠팔(七八) 년(年)을 써나 영모지졍(永慕之情)52)이 일일여삼츄(一日如三秋ㅣ)53)러니 금일(今日) 뇽뎐(龍殿)에 죠회(朝會)ᄒᆞ니 셕ᄉᆞ(夕死ㅣ)라도 무한(無恨)이로소이다."

태휘(太后ㅣ) 위로(慰勞)ᄒᆞ시고 샹(上)이 이윽고 드러와 공쥬(公主)를 보시니 공쥬(公主ㅣ) ᄉᆞ비(四拜)를 맛고 호가(胡家)의 욕(辱)보시믈 닐ᄏᆞ른ᄃᆡ 샹(上)이 츄연(惆然) 왈(曰),

"이 다 딤(朕)이 무샹(無狀)54)ᄒᆞ야 션뎨(先帝) 유교(遺敎)를 져바려 몸이 죽을 싸히 ᄲᅡ져 니(李) 공(公)의 힘으로 녯 위(位)를 니어시나 황슉(皇叔)긔 뵈오믈 붓그리ᄂᆞ이다."

공쥬(公主ㅣ) ᄉᆞ샤(謝辭)ᄒᆞ고 태휘(太后ㅣ) 밧비 홍문 등(等)을 보고ᄌᆞ ᄒᆞ시니 공쥬(公主ㅣ) 임의 오ᄌᆞ이녜(五子二女ㅣ)라. 다 블너드려와 태후(太后)긔 죠현(朝見)55)ᄒᆞ민 ᄒᆞᆫ갈ᄀᆞᆺ치 ᄲᅢ혀나 곤산(崑山)56)의

• •

12면

보벽(寶璧) ᄀᆞᆺᄐᆞᄃᆡ 홍문이 신쟝(身長)과 톄뫼(體貌ㅣ)57) 대인(大人) 긔샹(氣像)이러라. 얼골이 츄텬(秋天) ᄀᆞᆺ고 셩되(性度)58) 침후(沈

---

52) 영모지졍(永慕之情): 영모지정. 부모를 길이 그리워하는 마음.

53) 일일여삼츄(一日如三秋ㅣ): 일일여삼추. 하루가 삼 년 같다는 뜻으로, 매우 애태우며 기다림을 이르는 말.

54) 무샹(無狀): 무상. 사리에 밝지 못함.

55) 죠현(朝見): 조현. 신하가 조정에 나아가 임금을 뵙던 일.

56) 곤산(崑山): 중국의 전설상의 높은 산. 곤륜산.

57) 톄뫼(體貌ㅣ): 체모. 몸.

58) 셩되(性度ㅣ): 성도. 성품(性品)과 도량(度量)을 아울러 이르는 말

厚)59)ㅎ니 태후(太后ㅣ) 혹이(惑愛)60)ㅎ믈 니긔지 못ㅎ시더라.

공쥬(公主ㅣ) 일(一) 삭(朔)을 머무러 별회(別懷)를 펴고 도라오고 댱 부인(夫人)도 친졍(親庭)에 도라가 부모(父母)를 맛나 즐기나 삼녀(三女) 필쥬 쇼졔(小姐ㅣ) 오(五) 셰(歲)러니 오던 길히 일코 큰 우환(憂患)을 숨앗더라. 이 ᄉ적(事跡)이 본젼(本傳)에 ᄌ시 이시니 이 젼(傳)에ᄂ 긔록(記錄)지 아니타.

슈일(數日) 후(後) 소 공(公)이 녯 집에 도라오니 샹셰(尚書ㅣ) 빅(百) 니(里)에 가 마ᄌ 반기믈 니긔지 못ㅎ고 바로 니부(李府)로 와 니(李) 공(公)을 보고 태ᄉ(太師) 상ᄉ(喪事)를 됴문(弔問)ㅎ고 튱셩(忠誠)을 칭하(稱賀)ㅎ니 승샹(丞相)이 눈믈을 드리워 말이 업더라. 소 부인(夫人)이 본부(本府)에 도라와 부모(父母)를 맛나 반기믈 금(禁)치 못ㅎ고

· ·

13면

쇼졔(小姐ㅣ) 그ᄉ이 삼ᄌ이녜(三子二女ㅣ)라 쇼 공(公) 부뷔(夫婦ㅣ) 두굿기믈 마지아니ㅎ더라.

이� 샹(上)이 날을 갈히여 뉴 부인(夫人)긔 ᄉ연(賜宴)61)ㅎ라 ㅎ시니 승샹(丞相)이 비록 즐겁지 아니나 열친(悅親)62)에 다ᄃ라ᄂ ᄉ양(辭讓)치 못ㅎ야 조용이 부인(夫人)긔 고(告)ㅎᄃ 부인(夫人)이 대경(大驚) 왈(曰),

---

59) 침후(沈厚): 점잖고 인정이 많음.

60) 혹이(惑愛): 혹애. 몹시 사랑함.

61) ᄉ연(賜宴): 사연. 나라에서 잔치를 베풀어 줌.

62) 열친(悅親): 부모의 마음을 기쁘게 함.

"미망인(未亡人)이 쇼텬(所天)⁶³⁾을 똘와 죽지 못ᄒ믄 님죵(臨終) 탁ᄉ(託辭)⁶⁴⁾를 ᄎ마 져바리지 못ᄒ야 완명(頑命)⁶⁵⁾이 ᄉ라 이제 경셩(京城)에 니ᄅ러 화당(華堂)에 거(居)ᄒ여신들 너의 부친(父親)을 싱각ᄒ야 쵹ᄉ(觸事)⁶⁶⁾의 심ᄉ(心思ㅣ) 붕절(崩絶)ᄒ되 여등(汝等)을 관념(關念)⁶⁷⁾ᄒ야 됴흔 다시 이시나 네 어미 실졍(實情)이 아니오, ᄒ믈며 네 부친(父親) 분묘(墳墓) 마ᄅ지 아녓고 삼년(三年)이 지난 지 오라지 아니커늘 네 인ᄌ(人子ㅣ) 되여 경하연(慶賀宴)을 베퍼 날을 즐기과져 ᄒ니 여뫼(汝母ㅣ) 쟝ᄎ(將次ㅅ) 엇던 사ᄅ이

⋯

14면

완ᄃ 슈연(壽宴)⁶⁸⁾을 당(當)ᄒ리오? 네 ᄯ 님군을 구(救)ᄒ 공(功)으로 스스로 착홀와⁶⁹⁾ ᄒ야 풍뉴(風流)를 놉히고 육츅(肉畜)⁷⁰⁾을 솖여 먹으믄 만만(萬萬) 가(可)치 아니ᄒ니 님군을 구(救)ᄒ미 신ᄌ(臣子)의 도리(道理) 당당(堂堂)ᄒ니 님군 마ᄌ온 공(功)으로 잔치ᄒ미 삼쳑동(三尺童)을 ᄃ(對)ᄒ나 븟그러올 거시오, 네 ᄯ 아비를 싱각홀진ᄃ 도라간 지 십(十) 년(年)이 못ᄒ거늘 ᄎ마 잔치를 베퍼 즐기고 십분 념(念)이 나ᄂ뇨? 너의 힝ᄉ(行事ㅣ) ᄌ못 도(道)를 일허시니 이

---

63) 쇼텬(所天): 소천. 아내가 남편을 이르는 말.

64) 탁ᄉ(託辭): 탁사. 부탁한 말. 여기에서는 유언(遺言)을 뜻함.

65) 완명(頑命): 죽지 않고 모질게 살아 있는 목숨.

66) 쵹ᄉ(觸事): 촉사. 일을 겪음.

67) 관념(關念): 어떤 것에 마음이 끌려 주의를 기울임.

68) 슈연(壽宴): 수연. 장수를 축하하는 잔치.

69) 착홀와: 착하도다. 착하노라. '-ㄹ와'는 '-도다', '-노라'의 의미임.

70) 육츅(肉畜): 육축. 고기.

또 너의 부친(父親) 붉은 교훈(教訓)이 업스미라."

셜파(說罷)에 단엄(端嚴)ᄒᆞᆫ 긔운이 셜샹가샹(雪上加霜) ᄀᆞᆺ투니 승샹(丞相)이 싱닉(生來)에 모친(母親) 낫빗츨 곳쳐 말솜ᄒᆞ믈 듯지 아녓다가 금일(今日) 쥰엄(峻嚴)ᄒᆞᆫ 칙언(責言)을 듯ᄌᆞ오니 황공(惶恐)ᄒᆞ믄 날회고 ᄉᆞ리(事理) 진실(眞實)노 당

· · ·

15면

연(當然)ᄒᆞ니 ᄌᆞ개(自家丨) 미쳐 싱각지 못ᄒᆞ미 블초(不肖)ᄒᆞᆫ지라 이에 씨닷다라 면관돈슈(免冠頓首)[71]ᄒᆞ고 쳥죄(請罪) 왈(曰),

"셩은(聖恩)이 신하(臣下)의 집의 간권(懇勸)[72]ᄒᆞ시미 여러 번(番) ᄉᆞ양(辭讓)치 못ᄒᆞ오미라 히ᄋᆞ(孩兒)의 즐겨 ᄒᆞ미 아니러니 ᄌᆞ괴(慈教丨) 여ᄎᆞ(如此)ᄒᆞ시니 엇지 두 번(番) 그르미 이시리잇고?"

부인(夫人)이 졍ᄉᆡᆨ(正色) 무언(無言)이니 승샹(丞相)이 ᄌᆡ삼(再三) 샤죄(謝罪)ᄒᆞ고 이 쯧으로 ᄉᆞ연(事緣)을 고(告)ᄒᆞ고 ᄉᆞ양(辭讓)ᄒᆞ오니 샹(上)이 탄왈(嘆曰),

"션싱(先生)의 어질미 ᄌᆞ부인(慈夫人) 태교(胎教)ᄒᆞ시미로다. 경(卿)의 모시(母氏) 이러틋 믈외(物外)에 낙낙(落落)[73]ᄒᆞ니 딤(朕)이 무어스로 갑흐리오?"

ᄒᆞ시더라.

뉴 부인(夫人)이 치가(治家)ᄒᆞ미 법녕(法令)의 엄슉(嚴肅)ᄒᆞ미 녜도곤 더으며 승샹(丞相)을 엄(嚴)히 경계(警戒)ᄒᆞ미 젼일(前日)과 ᄂᆞᆯ

---

71) 면관돈슈(免冠頓首): 면관돈수. 관을 벗고 이마가 땅에 닿도록 절을 함.

72) 간권(懇勸): 간절히 권함.

73) 낙낙(落落): 낙락. 작은 일에 얽매이지 않고 대범함.

도(乃倒)[74]호니 쳘 부인(夫人)이 일일(一日)은 뭇즈오딕,

"모친(母親)이 엇진

고(故)로 거거(哥哥)[75]의 오롯흔 힝스(行事)를 그르다 호시느니잇고?"

부인(夫人)이 탄왈(嘆曰),

"녀익(女兒 l) 아지 못호느냐? 전일(前日)은 션군(先君)이 계샤 붉은 말노 어하(御下)[76]호미 제직(諸子 l) 기다리지 아냐도 힝스(行事)의 그르미 업더니 도금(到今)호여 네 부친(父親)이 아니 계시고 내 흔굿 즈모(慈母)의 스랑만 과도(過度)홀진딕 즈못 힝실(行實)이 프러지리니 엇지 션태스(先太師) 쳥덕(淸德)을 써러바리미 아니리오?"

부인(夫人)이 복슈칭복(伏首稱服)[77]호더라.

승상(丞相)이 모친(母親)의 이 굿튼신 경계(警戒)를 밧즈와 정대(正大)흔 힝식(行事 l) 더옥 옥셕(玉石) 굿튼야 겸공(謙恭) 근실(勤實)호미 젼(前)도곤 빅(倍)호니 뉴 부인(夫人)이 깃거호며 즈긔(自己) 비록 고당(高堂)에 이셔 제즈(諸子)의 효양(孝養)을 밧으나 방즁(房中)에 딕즈리와 딕상(-牀)을 노흐며 츄호(秋毫)도 화미(華美)[78]

---

74) 닉도(乃倒): 내도. 판이함. 차이가 큼.

75) 거거(哥哥): 오빠.

76) 어하(御下): 아랫사람을 통솔하고 지도함.

77) 복슈칭복(伏首稱服): 복수칭복. 머리를 숙이고 칭찬하여 탄복함.

78) 화미(華美): 화려하고 아름다움.

흔 거슬 몸에 갓가이 아니ᄒᆞ며 됴흔 거슬 눈에 보지 아니ᄒᆞ고 졔ᄌᆡ(諸子 ㅣ) 문안(問安)ᄒᆞᆯ 젹은 시녀(侍女)로 ᄒᆞ야금 비단(緋緞) 방셕(方席)을 노하 안게 ᄒᆞ니 승샹(丞相)이 모친(母親)의 화ᄉᆡᆨ(華色)을 갓가이 아니ᄒᆞ시믈 인(因)ᄒᆞ야 믈니친즉 부인(夫人) 왈(曰),

"나ᄂᆞᆫ 가(可)히 갓가이 못 ᄒᆞ려니와 너희ᄂᆞᆫ 어미를 쫄와 ᄀᆞᆺ치 ᄒᆞ미 블가(不可)ᄒᆞ다."

ᄒᆞ니 승샹(丞相)이 씨다라 그 명(命)을 밧더라.

ᄉᆞ시(四時) 문안(問安)에 ᄌᆞ손(子孫)이 슈(數)업ᄉᆞ니 ᄌᆞ연(自然) 홍샹ᄎᆡ의(紅裳彩衣)[79] 분분(紛紛)ᄒᆞ나 쥬옥(珠玉) 보벽(寶璧)을 더으게 못 ᄒᆞ며 ᄌᆞ개(自家 ㅣ) 내외[80](內外) 친척(親戚)을 다 무샹(無常)이 보지 아니ᄒᆞ고 ᄉᆞ졀경(四節景)[81]을 니미러 보지 아니ᄒᆞ니 그 녜법(禮法)이 엄슉(嚴肅)ᄒᆞ미 여ᄎᆞ(如此)ᄒᆞ니 시졀(時節) 부녜(婦女 ㅣ) 과거(寡居)[82]흔 재(者 ㅣ) 뉴 부인(夫人)을 법밧더라.

승샹(丞相)이 모친(母親)

의 이러ᄒᆞ시믈 보고 더욱 ᄆᆞᄋᆞᆷ을 가다듬고 ᄯᅳᆺ을 낫초와 ᄉᆞ졀(四節) 옷시 검지 아니믈 취(取)ᄒᆞ고 셔헌(書軒)에 두 낫 동ᄌᆞ(童子)를 ᄉᆞ후

---

79) 홍샹ᄎᆡ의(紅裳彩衣): 홍상채의. 붉은 치마와 문채 나는 옷.

80) 외: [교] 원문에는 '와'로 되어 있으나 오기로 보임.

81) ᄉᆞ졀경(四節景): 사절경. 사계절의 경치.

82) 과거(寡居): 과부로 지냄.

(ᄉᆞ후(伺候))83)케 ᄒᆞ고 공ᄉᆞ(公事ㅣ) 번다(繁多)ᄒᆞ야 손이 구름 ᄀᆞᆺᄐᆞ나 간략(簡略)기ᄅᆞᆯ 쥬(主)ᄒᆞ고 조금도 번화(繁華) 부귀(富貴)로 사ᄅᆞᆷ의게 ᄌᆞ랑치 아니니 가즁(家中) 부녜(婦女ㅣ) ᄯᅩ 그러ᄒᆞ더라.

승샹(丞相)이 다시 묘당(廟堂)84)에 졍ᄉᆞ(政事)ᄅᆞᆯ 잡으ᄆᆡ 다ᄉᆞ리ᄆᆡ 신명(神明)ᄒᆞ고 결단(決斷)ᄒᆞᄆᆡ 귀신(鬼神) ᄀᆞᆺᄐᆞ여 믈이 동(東)으로 흘음 ᄀᆞᆺᄐᆞ니 죠뎡(朝廷)이 슉연(肅然)ᄒᆞ고 텬해(天下ㅣ) 머리ᄅᆞᆯ 북(北)으로 두어 덕틱(德澤)을 칭숑(稱頌)ᄒᆞ더라.

션시(先時)에 승샹(丞相) 뉴영걸이 경틱(景泰)85)ᄅᆞᆯ 도와 블명(不明)ᄒᆞᆫ 옥사(獄事) 결(決)ᄒᆞᆫ 거시 무궁(無窮)ᄒᆞ여시나 승샹(丞相)이 ᄌᆞ시 살펴보고 그 함ᄒᆡ(陷害)86)ᄒᆞᆫ 쟈(者)ᄅᆞᆯ 탁용(擢用)87)ᄒᆞ고 십삼(十三) 도(道) 어ᄉᆡ(御使ㅣ) 뉴 공(公)을 논ᄒᆡᆨ(論劾)88)ᄒᆞ며

19면

승샹(丞相)이 탑젼(榻前)89)에 그 죄(罪)ᄅᆞᆯ 샤ᄒᆡᆨ(査覈)90)ᄒᆞ야 고(告)ᄒᆞ

---

83) ᄉᆞ후(伺候): 사후. 웃어른의 분부를 기다림.

84) 묘당(廟堂): 종묘와 명당(明堂)의 뜻으로, 나라의 정치를 하던 곳. 즉 조정.

85) 경틱(景泰): 경태. 중국 명나라 제7대 황제인 대종(代宗)의 연호(1449~1457). 이름은 주기옥(朱祁鈺). 제5대 황제인 선종(宣宗) 선덕제(宣德帝, 1425~1435)의 아들이며 제6대 황제인 영종(英宗) 정통제(正統帝, 1435~1449)의 이복아우임. 1449년에 오이라트 족의 침략으로 정통제가 직접 친정을 나가 포로로 잡힌, 이른바 토목(土木)의 변(變)으로, 황제로 추대됨. 정통제가 풀려나 돌아온 뒤에도 황위를 물려주지 않다가 정통제를 옹립하려는 세력이 일으킨 정변으로 폐위되고 폐위된 지 한 달 후에 급사함.

86) 함ᄒᆡ(陷害): 함해. 남을 모함하여 해를 입힘.

87) 탁용(擢用): 많은 사람 가운데 뽑아 씀.

88) 논ᄒᆡᆨ(論劾): 논핵. 잘못을 따지고 꾸짖음.

89) 탑젼(榻前): 탑전. 임금의 자리 앞.

90) 샤ᄒᆡᆨ(査覈): 사핵. 실제 사정을 자세히 조사하여 밝힘.

니 샹(上)이 금의위(錦衣衛)91)로 나릐(拿來)92)ᄒ샤 실샹(實相)을 츄문(推問)93)ᄒ시고 유ᄉᆡ(攸司ㅣ)94)ᄒ 죽이기ᄅᆞᆯ 의논(議論)ᄒ더니, 그 ᄋ ᄌᆞ(兒子) 현명이 십(十) 셰(歲)라 등문고(登聞鼓)ᄅᆞᆯ 쳐 아뷔 죄(罪)ᄅᆞᆯ ᄃᆡ(代)ᄒ여지라 ᄒ니 승샹(丞相)이 그 효의(孝義)ᄅᆞᆯ 크게 감동(感動) ᄒ야 공(公)을 변새(邊塞)에 젹거(謫居)ᄒ니 현명은 ᄀᆞᆯ온 경문이니 이 ᄉᆞ연(事緣)이 다 셰ᄃᆡ록(世代錄)의 잇ᄂᆞ니라.

이젹에 뇨ᄉᆡᆼ(-生)이 니(李) 시랑(侍郎)의 칙언(責言)을 듯고 붓그리 며 니(李) 시(氏)의 종젹(蹤迹)이 칠(七) 년(年)이 되도록 듯지 못ᄒ니 ᄉᆞ모지심(思慕之心)이 병(病)이 일고ᄌᆞ ᄒ고 ᄯᅩ 승샹(丞相)을 볼 낫 치 업셔 가지 못ᄒ엿더니,

츄칠월(秋七月)에 알셩(謁聖)95)이 이셔 텬하(天下) 긔ᄌᆡ(奇才)ᄅᆞᆯ ᄲᅢᆯ실ᄉᆡ 뇨ᄉᆡᆼ(-生)이 젼일(前日) 경태(景泰)의게 벼ᄉᆞᆯᄒᄆᆞᆯ 아쳐ᄒᆞ야96) 칠(七) 년(年) ᄂᆡ(內)에 과

••

20면

거(科擧)ᄅᆞᆯ 아니 보앗다가 바야흐로 과옥(科屋)에 나아가 뎨이(第二) 에 ᄲᅡᆯ히니97) 즉일(卽日) 챵방(唱榜)98)ᄒ야 ᄲᅡᆼ개텬동(雙蓋天童)99)으

---

91) 금의위(錦衣衛): 금위군(禁衛軍)에 딸린 감옥. 금위군은 천자의 궁성을 지키던 군대임.

92) 나릐(拿來): 나래. 죄인을 잡아 옴.

93) 츄문(推問): 추문. 어떠한 사실을 자세하게 캐며 꾸짖어 물음.

94) 유ᄉᆡ(攸司ㅣ): 유사. 담당 관청.

95) 알셩(謁聖): 알성. 임금이 문묘의 공자 신위에 참배하던 일. 여기서는 알성이 있을 때 치르던 과거인 알성과(謁聖科)를 뜻함.

96) 아쳐ᄒᆞ야: 싫어하여.

97) ᄲᅡᆯ히니: 뽑히니.

98) 챵방(唱榜): 창방. 과거 급제자의 이름을 부름.

로 부즁(府中)에 니르니 태샹(太常)이 경희(驚喜)ᄒ믈 니긔지 못ᄒ야 친쳑(親戚)을 모화 경하(慶賀)ᄒ고,

이튿날 노싱(-生)이 위의(威儀)를 거ᄂ려 졔각노(諸閣老) 부즁(府中)으로 도더니 길히셔 니(李) 시랑(侍郞)을 맛나니 시랑(侍郞)이 문연각(文淵閣)100) 공ᄉ(公事)의 참예(叅預)ᄒ고 사뎨101)(四弟) 한님(翰林) 몽샹으로 더브러 술위를 쳔쳔이 모라 부즁(府中)으로 오다가 노싱(-生)을 보고 ᄆᄋᆷ에 쾌심이 넉여 하리(下吏)로 신ᄂᆡ(新來)102)를 부르니 노싱(-生)이 마지못ᄒ야 ᄆᆞᆯ을 ᄂ려 알ᄑᆡ 니르러 보니 시랑(侍郞)이 다른 말 아니ᄒ고 잡아 압셰우고 챵부(倡夫),103) 지인(才人)104)을 뒤셰워 감(敢)히 부즁(府中)으로ᄂ 가지 못ᄒ고 공쥬궁(公主宮)에 니르러

* ● ●

21면

노싱(-生)을 문밧(門-)긔 셰우고 드러가 공쥬(公主)긔 픔(稟)ᄒᄃᆡ,

"쇼싱(小生)이 호흥(豪興)105)을 춤지 못ᄒ야 ᄒᆞᆫ 낫 신ᄂᆡ(新來)를 잡아 놀녀 ᄒᆞᆸᄂ니 옥쥬(玉主ㅣ) 막지 아니시리잇가?"

공쥬(公主ㅣ) 졍금(整襟)106) 칭ᄉ(稱辭) 왈(曰),

---

99) ᄲᅡᆼ개텬동(雙蓋天童): 쌍개천동. 좌우에서 일산을 받드는, 임금이 하사한 소년들.

100) 문연각(文淵閣): 내각(內閣)의 하나로, 명나라 때 성조(成祖)가 도읍을 남경(南京)에서 북경(北京)으로 옮기면서 서적을 보관하고 천자가 강독(講讀)하는 장소로 이용됨.

101) 사뎨: [교] 원문에는 '삼뎨'로 되어 있으나 몽상은 오형제 중 넷째이므로 이와 같이 수정함.

102) 신ᄂᆡ(新來): 신래. 과거에 급제한 사람을 뜻하는 말. 여기에서는 요익을 이름.

103) 챵부(倡夫): 창부. 남자 광대.

104) 지인(才人): 재인. 재주 부리는 사람.

105) 호흥(豪興): 호방한 흥취.

"슉슉(叔叔)의 ᄒ시ᄂ 일을 첩(妾)이 엇지 막으리잇가?"

시랑(侍郎)이 샤례(謝禮)ᄒ고 나와 셔동(書童)으로 부마(駙馬)와 샹셔(尙書)ᄅ 청(請)ᄒ니 오지 아니코 시독(侍讀)만 왓거ᄂ ᄒ가지로 좌(坐)ᄒ고 시독(侍讀)을 명(命)ᄒ야 괴롭도록 보쳐라 ᄒ니 시독(侍讀)이 슈명(受命)ᄒ야 난간(欄干) 가에 안ᄌ 진인(才人)과 챵부(倡夫)ᄅ 호령(號令)ᄒ야 노싱(-生)을 진퇴(進退)[107]ᄒ며 낫치 먹을 발으니 시랑(侍郎)은 서로 보며 웃고 시독(侍讀)은 입을 가리오고 다함[108] 보쳐니 노싱(-生)이 듯지 아니ᄒ고 ᄒ 곳에 서시니 시독(侍讀)이 대로(大怒)ᄒ

22면

야 챵부(倡夫)ᄅ 크게 호령(號令) 왈(曰),

"인륜(人倫) 모로ᄂ 금쉬(禽獸 ㅣ) 참방(叅榜)[109]ᄒ미 블가(不可)ᄒ거ᄂ ᄉ관(史官)에 보쳐믈 거ᄉᄂ뇨?"

노싱(-生)이 심하(心下)에 분노(忿怒)ᄒ야 년못가(蓮--)에 나아가 셰슈(洗手)ᄅ 졍(淨)히 ᄒ고 당(堂)의 치다ᄅ니 부마(駙馬)와 샹셔(尙書)ᄂ 업고 시랑(侍郎) 등(等) 삼(三) 인(人)만 잇더라. 시독(侍讀)이 노싱(-生)의 거동(擧動)을 보고 양노(佯怒)[110] 왈(曰),

"황구소ᄋ(黃口小兒 ㅣ)[111] 어룬의 명(命)을 거ᄉ려 이러틋 당돌

---

106) 졍금(整襟): 정금. 옷깃을 여미어 모양을 단정히 함.

107) 진퇴(進退): 과거에 급제한 사람을 축하하는 뜻으로 그 선진(先進)이 찾아와서 과거 급제자에게 세 번 앞으로 나오고 세 번 뒤로 물러나게 했던 일.

108) 다함: 다만.

109) 참방(叅榜): 참방. 과거에서 뽑혀 과거의 방목에 자기 성명이 오름.

110) 양노(佯怒): 거짓으로 화난 체함.

(唐突)ᄒᆞ리오?"

탐홰(探花ㅣ)[112] 정식(正色) 왈(曰),

"형(兄) 등(等)이 혼곳 말 됴흐믈 ᄌᆞ득(自得)[113]ᄒᆞ야 쇼뎨(小弟)를 욕(辱)ᄒᆞᄂᆞ뇨?"

한님(翰林) 몽샹이 닐오ᄃᆡ,

"우리 비록 용녈(庸劣)ᄒᆞ나 몬져 계지(桂枝)를 썩거시니 후(後)에 급뎨(及第)ᄒᆞ니를 보ᄎᆡ믄 도금(到今)[114] 샹ᄉᆞ(常事ㅣ)니 너를 언졔 아더라 ᄒᆞ고 용셔(容恕)ᄒᆞ리오?"

탐홰(探花ㅣ) 변식(變色) 왈(曰),

"그ᄃᆡ 등(等)의 말이 글을 닑지 아닌 사ᄅᆞᆷ이로다."

시랑(侍郞)이 발

· ● ●

23면

연대로(勃然大怒)[115]ᄒᆞ야 노목(怒目)을 빗기 ᄯᅥ 왈(曰),

"네 엇지 글 못ᄒᆞᄂᆞᆫ 사ᄅᆞᆷ이라 ᄒᆞᄂᆞᆫ다? 네 눈으로 글을 보며 졍실(正室)을 ᄇᆡᆨ쥬(白晝)에 구박(驅迫)[116]ᄒᆞ야 ᄂᆡ치니 죄뉼(罪律)이 이실 듯ᄒᆞᄃᆡ 우리 대인(大人)이 사ᄅᆞᆷ으로 더브러 결원(結怨)[117]키를 아니

---

111) 황구소ᄋᆞ(黃口小兒ㅣ): 황구소아. 부리가 누런 새 새끼처럼 어린 아이.

112) 탐홰(探花ㅣ): 원래 과거 시험에서 갑과에 셋째로 급제한 사람을 뜻하나 여기에서는 두 번째로 급제한 요익을 지칭함.

113) ᄌᆞ득(自得): 자득. 스스로 만족하게 여겨 뽐내며 우쭐거림.

114) 도금(到今): 지금에 이름.

115) 발연대로(勃然大怒): 갑자기 크게 화를 냄.

116) 구박(驅迫): 못 견디게 괴롭힘.

117) 결원(結怨): 원한을 맺음.

라 ᄒᆞ샤 아등(我等)을 근심ᄒᆞ시므로 너를 고이 두어신들 누의 죽인 원슈(怨讐)를 닛고 급뎨(及第)ᄒᆞᆫ 듸 나아가 하례(賀禮)ᄒᆞ며 너를 뫼서다가 쥬찬(酒饌)으로 듸졉(待接)ᄒᆞ랴? 너를 가만이 두미 은덕(恩德)인 줄 닛고 이런 범남(汎濫)[118]ᄒᆞᆫ 말을 ᄒᆞᄂᆞ뇨?"

탐홰(探花ㅣ) 작식(作色)[119] 왈(曰),

"ᄌᆞ고(自古)로 안히 니친 죄(罪) 닙ᄂᆞᆫ 뉼문(律文)이 어듸 잇ᄂᆞ뇨? 그듸 당일(當日)에 부즁(府中)에 와 날노뻐 야야(爺爺)를 비우(誹尤)[120]ᄒᆞ야 곤칙(困責)[121]ᄒᆞ니 내 무상(無狀)[122]ᄒᆞ야 샹문(相門)[123] 녀ᄌᆞ(女子)를 어더 욕(辱)이 부모(父母)긔 밋츠믈 뉘웃노라."

시

••

24면

독(侍讀)이 노왈(怒曰),

"네 당하쇼관(堂下小官)[124]으로 감히(敢-) 우리 형(兄)을 면욕(面辱)[125]ᄒᆞᄂᆞ뇨? 누의를 당초(當初) 우리 미러 맛지지 아녓거늘 뉘웃노라 말이 어듸로셔 나리오?"

한님(翰林) 왈(曰),

---

118) 범남(汎濫): 범람. 제 분수에 넘침.
119) 작식(作色): 작색. 불쾌한 느낌을 얼굴빛에 드러냄.
120) 비우(誹尤): 비방하고 허물함.
121) 곤칙(困責): 곤책. 매우 꾸짖음.
122) 무샹(無狀): 무상. 사리에 밝지 않음.
123) 샹문(相門): 상문. 재상의 집안.
124) 당하쇼관(堂下小官): 당하소관. 당 아래의 낮은 관직.
125) 면욕(面辱): 면전에서 욕을 하거나 욕을 당하게 함.

"남의 규슈(閨秀)를 샹ᄉ(相思)ᄒ야 비속에 괴(痼ㅣ) 니러 죽어가니 부뫼(父母ㅣ) 관인지덕(寬仁之德)126)을 펴시고 ᄎ형(次兄)이 ᄌᆡᄉᆡᆼ지은(再生之恩)127)을 펴샤 부모(父母)긔 조언(助言)ᄒ야 쳔금(千金) 민ᄌ(妹子)를 너를 주어 네 병(病)이 하려시니128) 네 젹으나 사ᄅᆞᆷ의 념통129)이 이실진ᄃᆡ 그 은혜(恩惠)를 닛고 민ᄌ(妹子)를 구츅(驅逐)130)ᄒ야 니치며 네 우리를 ᄃᆡ(對)ᄒ야 ᄒᆞᆫ 말 샤죄(謝罪)도 아니ᄒ고 이졔 말을 이러틋 닉도(乃倒)히131) ᄒ니 속이 ᄲᆡᆫ진 거시로다."

탐홰(探花ㅣ) 쟉ᄉᆡᆨ(作色) 왈(曰),

"그ᄃᆡ 등(等)이 셰력(勢力)을 밋고 져러틋 날을 업슈이 넉여 말을 나ᄂᆞ 디로 ᄒ

25면

ᄂᆞ냐? ᄌᆞ뷔(子婦ㅣ) 그ᄅᆞ니 부형(父兄)이 쳐치(處置)ᄒ신 거슬 인지(人子ㅣ) 되여 무어시라 ᄒ며 그ᄃᆡ 등(等)을 ᄃᆡ(對)ᄒ야 샤죄(謝罪)ᄒ리오? 가친(家親)이 비록 쟉위(爵位) 놉지 못ᄒ신들 그ᄃᆡ 등(等)이 그리 ᄒ미 가(可)ᄒ냐?"

니(李) 시랑(侍郞)이 다시 ᄭᅮ지져 왈(曰),

"네 부형(父兄)을 팔아 죄(罪)를 면(免)코져 ᄒ니 더옥 슈심견ᄒᆡᆼ(獸心犬行)132)이로다. 연(然)이나 네 집 부ᄌ(父子)를 사ᄅᆞᆷ이라 칙망

---

126) 관인지덕(寬仁之德): 너그럽고 어진 덕.
127) ᄌᆡᄉᆡᆼ지은(再生之恩): 재생지은. 거의 죽게 된 목숨을 다시 살려 준 은혜.
128) 하려시니: 나았으니. 기본형은 'ᄒ리다'로 '낫다'의 의미임.
129) 념통: 염통. 심장.
130) 구츅(驅逐): 구축. 내쫓음.
131) 닉도(乃倒)히: 내도히. 차이나게.

(責望)ㅎ랴?"

탐홰(探花ㅣ) 추언(此言)을 듯고 대로(大怒)ㅎ야 눈을 놉히 쓰고 말을 ㅎ고져 ㅎ더니 믄득 냥위(兩位) 귀인(貴人)이 금관(金冠)을 빗기고 빅의(白衣)를 븟치며 손에 빅[133]옥쥬미(白玉麈尾)[134]를 쥐고 당(堂)에 올으며 시랑(侍郞) 등(等)을 칙왈(責曰),

"너히 등(等)이 눌노 더브러 요란(擾亂)이 구느뇨?"

시랑(侍郞) 등(等)이 황망(慌忙)이 니러서고 뇨싱(-生)이 쏘흔 병부(兵部)와 부맨(駙馬ㅣ) 줄 알고 인스(人事)의

26면

마지못ㅎ야 니러 녜(禮)ㅎ니 냥인(兩人)이 답녜(答禮)ㅎ고 부매(駙馬ㅣ) 놀나 왈(曰),

"그ᄃᆡ 엇지 금일(今日) 니르럿느뇨?"

탐홰(探花ㅣ) 강잉(强仍) ᄃᆡ왈(對曰),

"위연(偶然)[135]이 참방(叅榜)ㅎ야 앗가 빅운 형(兄)의게 잡혀 왓더니이다."

샹셰(尙書ㅣ) 닐오ᄃᆡ,

"셕일(昔日)에 군(君)으로 더브러 붕우(朋友)에 교되(交道ㅣ)[136]

---

132) 슈심견힝(獸心犬行): 수심견행. 짐승의 마음에 개의 행실.

133) 빅: [교] 원문에는 '빅'로 되어 있으나 오기로 보임.

134) 빅옥쥬미(白玉麈尾): 백옥주미. 사슴꼬리에 백옥으로 장식한 자루를 단 것으로, 남북조(南北朝) 시대에 청담(淸淡)을 하는 선비들이 백옥주미(白玉麈尾)를 손에 들고 담론(談論)을 했던 것으로 알려져 있음.

135) 위연(偶然): 우연.

136) 교되(交道ㅣ): 서로 사귀는 도리.

문경(刎頸)의 소괴미137) 잇고 버거 누의로써 의탁(依託)ᄒ야 동긔지
의(同氣之義)138) 업지 못ᄒ너니 칠(七) 년(年)을 고향(故鄕)에 갓다가
도라오니 그ᄉ이 인ᄉ(人事ㅣ) 변(變)ᄒ야 군(君)이 망연(茫然)139)이
긋쳐 춧지 아니ᄒ니 마양 선풍(仙風)을 싱각ᄒ디 시러곰 우러라 바
라지 못ᄒ더니 금일(今日) 군(君)을 보니 반가온 정(情)을 니긔지 못
ᄒ노다."

노 탐홰(探花ㅣ) 더옥 참괴(慙愧)140)ᄒ고 니(李) 시(氏)ᄅᆞᆯ 싱각ᄒ니
슬푼 ᄆᆞ음이 뉴동(流動)141)ᄒ야 넘슬위좌(斂膝危坐)142) 되왈(對曰),

"쇼뎨(小弟) 엇지 군

- -

27면

후(君侯)143)로 더브러 셕일(昔日) 정(情)을 니ᄌ리오마ᄂᆞ는 지은 죄(罪)
등한(等閑)치 아닌지라 ᄌᆞ괴(自愧)144)ᄒ고 낫치 둣거오믈 혜아려 일

---

137) 문경(刎頸)의 ᄉ괴미: 문경의 사귐이. '문경의 사귐'은 문경지교(刎頸之交)를 이름.
    친구를 위해 자기의 목을 베어 줄 정도의 사귐. 중국 전국시대 조(趙)나라 염파(廉
    頗)와 인상여(藺相如)의 고사. 인상여(藺相如)가 진(秦)나라에 가 화씨벽(和氏璧)
    문제를 잘 처리하고 돌아와 상경(上卿)이 되자, 장군 염파(廉頗)는 자신이 인상여
    보다 오랫동안 큰 공을 세웠으나 인상여가 자기보다 높은 지위에 앉았다 하며 인
    상여를 욕하고 다님. 인상여가 이에 대응하지 않자 제자들이 그 까닭을 물으니, 두
    사람이 다투면 국가가 위태로워지고 진(秦)나라에만 유리하게 되므로 대응하지 않
    은 것이었다 하니 염파가 그 말을 전해 듣고 가시나무로 만든 매를 지고 인상여의
    집에 찾아가 사과하고 문경지교를 맺음. 『사기(史記)』, 「염파인상여열전(廉頗藺相
    如列傳)」.
138) 동긔지의(同氣之義): 동기지의. 형제 사이의 의리.
139) 망연(茫然): 아득한 모양.
140) 참괴(慙愧): 부끄러워함.
141) 뉴동(流動): 유동. 흘러나옴.
142) 넘슬위좌(斂膝危坐): 염슬위좌. 무릎을 모으고 옷자락을 바로 하여 단정히 앉음.
143) 군후(君侯): 제후를 높여 부르는 말.

즉 니르러 뵈옵지 못ᄒ엿더니이다."

샹셰(尚書ㅣ) 왈(曰),

"우리 일즉 군(君)을 유감(遺憾)ᄒ미 업스니 죄(罪)ᄂ 므슴 말고?"

뇨싱(-生)이 더옥 늬괴(內愧)¹⁴⁵⁾ᄒ야 믁연(默然) 냥구(良久) 왈(曰),

"현미(賢妹)로 ᄒ야금 칠(七) 년(年)이 되도록 거쳐(居處)를 모로니 엇지 형(兄)을 디(對)ᄒ미 죄(罪) 업스리오?"

샹셰(尚書ㅣ) 소리를 화(和)이 ᄒ야 왈(曰),

"쇼미(小妹)의 뉴리(流離)¹⁴⁶⁾ᄂ 도시(都是) 져의 팔직(八字ㅣ)오, 유죄무죄(有罪無罪) 간(間) 녕존(令尊)¹⁴⁷⁾이 죄(罪)를 뎡(定)ᄒ시니 그딕 죄(罪) 아니오, ᄌ가(自家)의셔 은노¹⁴⁸⁾ᄒ 일이 아니니 군(君)이 우리 등(等)을 이러툿 알믈 참괴(慙愧)ᄒ야 ᄒ노라."

부매(駙馬ㅣ) 왈(曰),

"녀직(女子ㅣ) ᄒ 번(番) 집문(-門)을 나미 ᄉ싱(死生)이 구가(舅家)의 달녀시니 존문(尊門)의셔 소미(小妹)

· ● ●

28면

를 죽인들 엇지ᄒ리오마ᄂ 녕대인(令大人)이 산은ᄒ덕(山恩海德)¹⁴⁹⁾으로 큰 죄(罪)를 샤(赦)ᄒ시고 살와 본집(本-)에 닉쳐 계시거늘 소미(小妹) 운익(運厄)이 긔구(崎嶇)ᄒ야 즁도(中途)의 실산(失散)ᄒ미 그

---

144) ᄌ괴(自愧): 자괴. 스스로 부끄러워함.

145) 늬괴(內愧): 내괴. 마음속으로 부끄러워함.

146) 뉴리(流離): 유리. 떠돌아다님.

147) 녕존(令尊): 영존. 남의 아버지를 높여 부르는 말.

148) 은노: 미상. 국도본(17:33-34)에도 이와 같음.

149) 산은ᄒ덕(山恩海德): 산은해덕. 산처럼 높고 바다처럼 넓은 은덕.

되 탓시리오? 이후(以後) 이런 고이(怪異)흔 뜻을 먹지 말고 녜굿치 왕ᄂᆡ(往來)ᄒ야 교도(交道)를 니으믈 바라노라."

뇨싱(-生)이 부마(駙馬) 냥인(兩人)의 말을 듯고 감격(感激)ᄒ미 극(極)ᄒ야 눈믈을 흘니고 몸을 니러 ᄇᆡ샤(拜謝) 왈(曰),

"쇼뎨(小弟) 녕형(令兄)의 지우(知遇)150)를 닙어 녕ᄆᆡ(令妹)로 동상(東床)151)의 결승(結繩)152)을 ᄆᆡᄌᆞᆫ 후(後) 하로도 화락(和樂)지 못ᄒ고 니별(離別)ᄒ연 지 칠팔(七八) 년(年)에 니르러시ᄃᆡ 시러곰 소식(消息)도 듯지 못ᄒ니 이 ᄆᆞᄋᆞᆷ을 뉘게 빗최리오? 냥형(兩兄)의 말ᄉᆞᆷ은 쇼뎨(小弟)로 ᄒ야금 감격(感激)게 ᄒ시나 븩운 등(等)이 곤ᄎᆡᆨ(困責)ᄒ

ᅠᅠᅠᅠᅠ

29면

믈 남은 ᄯᅡ히 업게 ᄒ니 쇼뎨(小弟) 괴로오믈 니ᄭ지 못ᄒᆞᆯ소이다."

니(李) 시랑(侍郞)이 졍ᄉᆡᆨ(正色) 왈(曰),

"네 말이 어ᄃᆡ로셔 나ᄂᆞ뇨? 븩형(伯兄)과 ᄎᆞ형(次兄)이 관인대덕(寬仁大德)ᄒ샤 너를 용샤(容赦)ᄒ신들 내 말이 다 올흔 말이어든 엇지 곤ᄎᆡᆨ(困責)이리오?"

부마(駙馬ㅣ) 도라 시랑(侍郞)을 ᄭᅮ짓고 ᄯᅩ 뇨싱(-生)의 눈믈 ᄂᆡᆷ과 그 말을 우이 넉여 잠소(暫笑) 왈(曰),

---

150) 지우(知遇): 남이 자신의 인격이나 재능을 알고 잘 대우함.

151) 동상(東床): 동상. 동쪽 평상이라는 뜻으로 사위를 달리 이르는 말. 중국 진(晉)나라의 극감이 사위를 고르는데, 왕도의 아들 가운데 동쪽 평상 위에서 배를 드러내고 누워 있는 왕희지를 골랐다는 고사에서 유래함.

152) 결승(結繩): 끈을 묶는다는 뜻으로 혼인을 이름. 월하노인(月下老人)이 혼인할 운명인 남녀의 발에 붉은 끈을 묶으면, 남녀는 후에 반드시 혼인하게 된다고 하는 데서 유래함. 『속유괴록(續幽怪錄)』.

"형상(形象) 업슨 우히(兒孩)들 그러툿 ᄒ니 그듸는 족가(足可)153) 말지어다."

샹셰(尙書ㅣ) 역소(亦笑) 왈(曰),

"우리 ᄆᆞ음원들 그듸를 고마와ᄒ리오마는 믈 업침 ᄀᆞᆺ트니 한(恨)치 아닛노라."

뇨싱(-生)이 샤례(謝禮) 왈(曰),

"악장(岳丈)긔 뵈옵고ᄌᆞ ᄒ나 날이 임의 져무러시니 후일(後日) 니ᄅᆞ러 ᄇᆡ견(拜見)ᄒ리이다."

인(因)ᄒ야 하직(下直)ᄒ니 부마(駙馬) 등(等)이 후일(後日) 보믈 언약(言約)ᄒ야 손을 난호니라.

뇨싱(-生)이 도

• • •

30면

라오미 태샹(太相)이 져믈게야 온 연고(緣故)를 무ᄅᆞ니 싱(生)이 ᄃᆡ왈(對曰),

"녜부(禮部) 니몽원이 그 누의 ᄂᆡ친 한(恨)을 인(因)ᄒ야 쇼ᄌᆞ(小子)를 잡아다가 보치니 겨유 면(免)ᄒ야 왓ᄂᆞ이다."

태샹(太相)이 당초(當初) 니(李) 시랑(侍郞) 면척(面責)을 드른 후(後) ᄒᆡᆼ(幸)혀 졍관(呈官)154)홀가 좌ᄉᆞ우샹(左思右想)155)ᄒ다가 그 후(後) 긔쳑이 업고 니(李) 승샹(丞相)이 탑젼(榻前)에 졍탈(定奪)156)

---

153) 족가(足可): 신경 씀.

154) 졍관(呈官): 정관. 관청에 진정함.

155) 좌ᄉᆞ우샹(左思右想): 좌사우상. 이리저리 생각하고 헤아림.

156) 졍탈(定奪): 정탈. 신하들이 올린 논의나 계책 가운데 임금이 가부를 결정하여 그 가운데 한 가지만 택함.

ㅎ야 뇨 급ᄉ(給事) 형뎨(兄弟)를 탁용(擢用)ㅎ야 녯 벼슬에 두믈 보
니 감격(感激)ㅎ믈 니긔지 못ㅎ야 니(李) 시(氏) 닉치믈 뉘웃고 서로
볼 안면(顔面)이 업셔 니(李) 승샹(丞相)을 가 보지 못ㅎ엿더니 싱
(生)의 말을 듯고 왈(曰),

"당년(當年)의 니(李) 시(氏) 비록 죄(罪) 이시나 내 쳐치(處置)를
너모 급(急)히 ㅎ야 ᄌ최 묘연(杳然)ㅎ니 져 집에셔 한(恨)ㅎ미 그ᄅ
지 아니ᄒ지라. 네 가(可)히 니부(李府)의 왕닉(往來)ㅎ야 ᄌ

● ● ●

31면

셔(子壻)의 도(道)를 츌히라."

탐홰(探花ㅣ) 빅샤(拜謝) 슈명(受命)ㅎ고 명일(明日)에 승샹부(丞
相府)에 니ᄅ러 명쳡(名帖)을 통(通)ㅎ민 승샹(丞相)이 흔연(欣然)이
쳥(請)ㅎ니 뇨싱(-生)이 드러와 보민 승샹(丞相)이 교의[157](交椅)에
의지(依持)ㅎ야 안졋고 좌우(左右)로 무평[158]빅, 쇼부(少傅) 등(等)이
좌(坐)ㅎ고 아릭로 부마(駙馬) 등(等) 오(五) 인(人)이 시립(侍立)ㅎ엿
더라.

뇨싱(-生)이 당(堂)에 올나 직빈(再拜)ㅎ민 승샹(丞相)이 거슈(擧
手)ㅎ야 답(答)ㅎ고 교의[159](交椅)에 ᄂ려 좌(坐)ㅎ니 뇨싱(-生)이 말
을 ㅎ고ᄌ ㅎ민 낫치 달호이고 니(李) 시(氏)를 싱각ㅎ야 슬푼 ᄆ음
이 요동(搖動)ㅎ니 미위(眉宇ㅣ) 몬져 슈싴(愁色)[160]ㅎ고 목이 메여

---

157) 의: [교] 원문에는 '위'로 되어 있으나 오기로 보임.
158) 평: [교] 원문에는 '령'으로 되어 있으나 앞의 예를 따라 이와 같이 수정함.
159) 의: [교] 원문에는 '위'로 되어 있으나 오기로 보임.
160) 슈싴(愁色): 수색. 얼굴빛이 근심스러움.

냥목(兩目)을 낮초고 단슌(丹脣)을 무러 믹믹(脈脈)[161]이 흔 말을 아니ᄒᆞ니 제ᄉᆡᆼ(諸生)이 그윽이 웃고 승상(丞相)이 그 긔ᄉᆡᆨ(氣色)을 ᄉᆞᆯ피믹 본(本)ᄃᆡ 관대(寬大)흔 도량(度量)이 적은 일을 ᄶᅥ리믹 업ᄂᆞᆫ지

라 흔연(欣然)이 닐오ᄃᆡ,

"서로 분슈(分手)ᄒᆞ연 지 칠(七) 년(年) 만에 노뷔(老夫ㅣ) 경ᄉᆞ(京師)의 도라완 지 여러 날이라 졍(正)이 그ᄃᆡ를 ᄎᆞᆺ고ᄌᆞ ᄒᆞᄃᆡ 호텬(呼天)의 통(慟)[162]을 지닌 후(後)로 신질(身疾)이 ᄯᆞ로 발(發)ᄒᆞ고 공ᄉᆞ(公事ㅣ) 번다(煩多)ᄒᆞ야 ᄎᆞ지 못ᄒᆞ엿더니 금일(今日)은 그ᄃᆡ 이에 니르러 노부(老夫)를 ᄎᆞᆺᄂᆞ뇨?"

노ᄉᆡᆼ(-生)이 더욱 붓그러옴과 슬푸믹 교집(交集)ᄒᆞ야 셩안(星眼)에 안슈(眼水ㅣ) ᄯᅥ러지고 니러 ᄌᆡ빅(再拜) 왈(曰),

"쇼셰(小壻ㅣ) 블인(不仁)ᄒᆞ온 위인(爲人)으로 외람(猥濫)흔 ᄯᅳᆺ을 닉여 악쟝(岳丈)의 대덕(大德)을 힘닙어 쳔금(千金) 쇼져(小姐)를 허(許)ᄒᆞ시니 몰신(沒身)[163]토록 은혜(恩惠)를 잇지 아닐가 ᄒᆞ더니 시운(時運)이 블힝(不幸)ᄒᆞ고 쇼셰(小壻ㅣ) 부명(賦命)[164]이 긔구(崎嶇)ᄒᆞ와 녕아쇼졔(令兒小姐ㅣ) 노문(-門)을 하직(下直)ᄒᆞ연 지 칠(七) ᄌᆡ(載)에 음신(音信)[165]이 단절(斷切)ᄒᆞ니 쇼셰(小壻ㅣ) 므ᄉᆞᆷ 낫ᄎᆞ로 악

---

161) 믹믹(脈脈): 맥맥. 오랫동안 가만히 있음.

162) 호텬(呼天)의 통(慟): 호천의 통. 하늘을 우러러 부르짖을 만한 고통이라는 뜻으로 부모나 조부모, 임금의 상사에 주로 쓰이는 말.

163) 몰신(沒身): 몸을 마침.

164) 부명(賦命): 타고난 운명.

165) 음신(音信): 먼 곳에서 전하는 소식이나 편지.

제2부 | 주석 및 교감 307

쟝(岳丈)긔 뵈

•••

33면

옵고져 ᄆᆞ음이 이시리잇가? 심즁(心中)의 ᄌᆞ참(自慙)[166]ᄒᆞ야 샹경(上
京)ᄒᆞ연 지 오릭되 니ᄅᆞ러 빈견(拜見)치 못ᄒᆞ여숩더니 금일(今日) 쳔
(賤)ᄒᆞᆫ 몸이 금방(金榜)[167]의 올나 빅뇨(百僚)[168]의 츙슈(充數)[169]ᄒᆞ
여 당돌(唐突)이 니르러 죄(罪)를 쳥(請)ᄒᆞᄂᆞ이다."

셜파(說罷)에 눈믈이 방방(滂滂)[170]ᄒᆞ니 승샹(丞相)이 츄슈(秋水)
졍신(精神)을 기우려 그 거지(擧止)를 시죵(始終)이 보다가 말이 긋
치민 완이(莞爾)[171]히 웃고 날호여 왈(曰),

"녀ᄋᆞ(女兒)의 분니(奔離)[172]ᄒᆞᆷ은 져희 팔ᄌᆞ(八字ㅣ)오 운익(運厄)
이라. 사라실진듸 쟝ᄂᆡ(將來) 못지 못홀가 근심이 업고 녕존(令尊)이
죄(罪)를 쳐치(處置)ᄒᆞ시믈 네 인ᄌᆞ(人子ㅣ) 되여 쳐부(妻父)를 딕
(對)ᄒᆞ야 구구(區區)히 샤죄(謝罪)ᄒᆞᆷ믈 이러틋 ᄒᆞ니 도리(道理)를 어
긔윗고 당당(堂堂)ᄒᆞᆫ 남ᄌᆞ(男子ㅣ) 쳐ᄌᆞ(妻子)를 싱각ᄒᆞ야 누쉬(淚水
ㅣ) 년낙(連落)ᄒᆞᆷ은 더옥 가(可)치 아니니

---

166) ᄌᆞ참(自慙): 자참. 스스로 부끄러워함.
167) 금방(金榜): 과거에 급제한 사람의 이름을 쓴 방.
168) 빅뇨(百僚): 백료. 백관.
169) 츙슈(充數): 충수. 일정한 수요를 채움. 아무런 역할을 하지 못하고 수요만 채우는
사람을 일컫는 말로 사용하기도 함.
170) 방방(滂滂): 눈물을 줄줄 흘림.
171) 완이(莞爾): 빙그레 웃는 모양.
172) 분니(奔離): 분리. 헤어져 돌아다님.

내 비록 심즁(心中)이 조비야오나173) 즈식(子息)을 위(爲)ᄒ야 너를 유감(遺憾)ᄒ리오? 모로미 몸을 옥(玉) ᄀᆞ치 가지고 녀ᄋ(女兒ㅣ) 진실(眞實)노 유죄(有罪)ᄒ면 말녀니와 무죄(無罪)ᄒᆞᆯ진ᄃᆡ 그 ᄋᆡᄆᆡᄒᆞᆯ 벗ᄂᆞᆫ 날 부뷔(夫婦ㅣ) 서로 모드리니 힝(幸)혀 나의 우직(愚直)ᄒᆞᆷᄋᆞᆯ 고이(怪異)히 넉이지 말나.”

뇨싱(-生)이 승샹(丞相) 말ᄉᆞᆷ을 듯고 감격(感激)ᄒᆞ미 극(極)ᄒᆞᆯ ᄲᅢᆫ 아냐 붓그러오미 극(極)ᄒ야 붉은 말ᄉᆞᆷ의 크게 씌다라 다시 니러 ᄇᆡᄉᆞ(拜謝) 왈(曰),

“쇼셰(小壻ㅣ) 블초(不肖) 무상(無狀)ᄒ와 죄(罪)를 ᄉᆞ림(士林)의 어더ᄉᆞᆸ더니 악쟝(岳丈)의 붉히 교훈(敎訓)ᄒ시믈 폐간(肺肝)에 삭이려니와 형인(荊人)174)의 ᄋᆡᄆᆡᄒᆞ미 옥셕(玉石) ᄀᆞᄉᆞ오ᄃᆡ 가간(家間)에 여러 쳐쳡(妻妾)이 셩총(盛聰)을 가리오미라 엇지 유죄(有罪)ᄒ리잇가?”

승샹(丞相)이 즘간(暫間) 웃고 쇼뷔(少傅ㅣ) 닐오ᄃᆡ,

“그ᄃᆡ 질녀(姪女)의게 졍(情)이 취(醉)ᄒ

야 져러틋 ᄋᆡᄆᆡᄒᆞ믈 벗기거니와 진실(眞實)노 그러틴 동 엇지 아ᄂᆞ뇨?”

탐홰(探花ㅣ) 졍ᄉᆡᆨ(正色) 왈(曰),

---

173) 조비야오나: 좁으나.

174) 형인(荊人): 나무비녀를 한 사람이라는 뜻으로 자신의 아내를 이르는 말.

"부부(夫婦)는 일일(一日)에 그 뜻을 안다 ᄒ니 쇼싱(小生)이 셜ᄉ(設使) 블민(不敏)ᄒ오나 니(李) 시(氏)에 심지(心地)를 모로리잇고? 다만 악쟝(岳丈) 말ᄉᆷ이 죄(罪)를 벗ᄂ 날이면 못ᄋ리라 ᄒ시니 니(李) 시(氏)의 거쳐(居處)를 아ᄅ시ᄂ니잇가?"

승샹(丞相)이 잠소(暫笑) 왈(曰),

"운쉬(運數ㅣ) 흥(興)ᄒ면 만시(萬事ㅣ) 다 뜻 ᄀ트니 ᄋ녜(阿女ㅣ) 죄(罪)를 벗ᄂ 날이면 그 길(吉)ᄒᆷ믈 알지라 ᄯᅩ 엇지 어버이를 ᄎᄌ미 더디리오? 이합(離合)175)이 ᄶᅥ 잇ᄂ니 현셔(賢壻)ᄂ 다만 기다리고 번거이 뭇지 말나."

뇨싱(-生)이 샤례(謝禮)ᄒ고 졔싱(諸生)으로 더브러 셔당(書堂)으로 가니 쇼뷔(少傅ㅣ) 웃고 승샹(丞相)긔 고왈(告曰),

"ᄌ평이 져러틋 질녀(姪女)를 위(爲)ᄒ야 분심갈망(焚心渴望)176)ᄒ니 권도(權道)로 이시믈

36면

닐오미 엇더ᄒ니잇고?"

승샹(丞相)이 소왈(笑曰),

"ᄌ평의 뜻은 어엿브나 져의 죄(罪)를 벗지 아닌 젼(前)에 그 아비를 히(害)ᄒ다 ᄒᄂ 죄(罪)를 가지고 그 ᄌ식(子息)을 다려 동거(同居)ᄒᆷ믄 금슈(禽獸)도 아니홀지라. 자평은 년쇼(年少)ᄒ 남ᄌ(男子)로 싱각지 못ᄒ나 어룬이 임의 그르믈 알며 녀ᄋ(女兒)로 ᄒ야금 그릇 인도(引導)ᄒ리오? 이곳에 이시믈 안ᄌ ᄌ평이 춤지 못ᄒ리니 여등

---

175) 이합(離合): 헤어지고 만남.

176) 분심갈망(焚心渴望): 마음을 태우고 갈망함.

(汝等)은 슈구여병(守口如瓶)[177]ᄒ라."

쇼부(少傅ㅣ) 미미(微微)히 우어 왈(曰),

"쇼뎨(小弟) ᄯᆺ도 이러케 넉이더니이다."

ᄒ더라.

부마(駙馬) 등(等)이 노ᄉᆡᆼ(-生)으로 더브러 셔당(書堂)의셔 말ᄉᆞᆷ홀
ᄉᆡ 좌우(左右)로 쇼년(少年) ᄋᆞ동(兒童)이 가득ᄒᆞ엿고 빙셩 쇼져(小
姐) ᄋᆞᄌᆞ(兒子) 형벽이 뉵(六) 셰(歲)니 ᄯᅩ흔 좌(座)의 잇더니 완연(宛
然)이 노ᄉᆡᆼ(-生)으로 더브러 다ᄅᆞ미 업ᄉᆞ니 노ᄉᆡᆼ(-生)이 졔ᄋᆞ(諸兒)를
보와 칭찬(稱讚)ᄒᆞ다

. . .

37면

가 형벽을 보고 믄득 놀나 왈(曰),

"이 ᄋᆞ히(兒孩) 엇지 날 ᄀᆞᆮᄐᆞ뇨?"

원ᄂᆡ(元來) 졔ᄉᆡᆼ(諸生)의 ᄯᆺ이 승샹(丞相) ᄯᆺ과 ᄒᆞᆫ가지므로 니(李)
시독(侍讀)이 웃고 답왈(答曰),

"텬하(天下)의 혹(或) ᄀᆞᆮᄐᆞᆫ 사ᄅᆞᆷ이 업ᄉᆞ리오?"

노ᄉᆡᆼ(-生) 왈(曰),

"비록 갓다 ᄒᆞᆫᄃᆞᆯ 그딕도록 ᄀᆞᆮᄐᆞ여 웃ᄂᆞᆫ 양(樣)과 소ᄅᆡ지이 ᄀᆞᆮᄐᆞ리
오? 아모커나 어ᄂᆡ 형(兄)의 ᄋᆞ들이뇨?"

한님(翰林) 왈(曰),

"나의 ᄎᆞᄌᆞ(次子ㅣ)라."

졔인(諸人)이 쳥파(聽罷)에 셔로 보며 우으니 노ᄉᆡᆼ(-生)이 슈샹(殊

---

177) 슈구여병(守口如瓶): 수구여병. 입을 병마개 막듯이 꼭 막는다는 뜻으로, 비밀을 다
른 사람이 알지 못하도록 함을 이르는 말.

常)이 넉여 왈(曰),

"엇지들 웃느뇨?"

문휘 왈(曰),

"질ᄋ(姪兒)를 너 ᄀᆞ다 ᄒᆞ미 ᄌᆞ연(自然) 우음이 나미라."

한님(翰林) 왈(曰),

"ᄎᆞ이(此兒ㅣ) 너를 달마 무어시 쓰리오? 무셥고 슴즉ᄒᆞᆫ 말 말나."

뇨ᄉᆡᆼ(-生)이 소왈(笑曰),

"쇼뎨(小弟) 므슴 허믈이 잇관ᄃᆡ 이러틋 논박(論駁)ᄒᆞ느뇨?"

한님(翰林)이 ᄇᆡᆨ안(白眼)[178]으로 ᄂᆡᆼ소(冷笑) 왈(曰),

"허믈이 업ᄉᆞ미 안히 일흔 거시 되엿느냐?"

탐

• • •

38면

홰(探花ㅣ) 탄왈(嘆曰),

"쇼뎨(小弟) 즐겨 ᄒᆞ미 아니로ᄃᆡ 이에 니ᄅᆞ러시니 졔형(諸兄) 등
(等)은 너모 유감(遺憾)치 말지어다."

시독(侍讀) 왈(曰),

"유감(遺憾)치 말고져 ᄒᆞ다가도 ᄯᅩ 소ᄆᆡ(小妹)를 ᄉᆡᆼ각ᄒᆞ면 심담(心
膽)이 지 ᄀᆞᆮᄐᆞ니 닛고져 ᄒᆞ여도 못 ᄒᆞ노라."

셜파(說罷)에 졔인(諸人)이 믁믁(默默) 탄식(歎息)ᄒᆞ니 탐홰(探花
ㅣ) ᄯᅩᄒᆞᆫ 슬허 눈믈을 먹음고 형벽을 갓가이 안쳐 쓰다듬아 ᄋᆡ련(愛
憐)ᄒᆞ다가 도라간 후(後),

---

178) ᄇᆡᆨ안(白眼): 백안. 업신여기거나 냉대하여 흘겨보는 눈.

형벽이 한님(翰林)다려 왈(曰),

"슉뷔(叔父丨) 엇지 그 손을 딕(對)ᄒ야 쇼질(小姪)을 ᄋ들이라 ᄒ시니잇고?"

한님(翰林) 왈(曰),

"네 내 ᄋ들이나 다르리오?"

형벽 왈(曰),

"슈연(雖然)이나 인륜(人倫)을 난(亂)ᄒ미 가(可)치 아니ᄒ고 금쥐(錦州) 이실 적 졔슉(諸叔)179)이 경ᄉ(京師)의 가면 내 부친(父親)을 맛나리라 ᄒ시더니 지금 긔쳑이 업ᄂ니잇고?"

졔

· ● ●

39면

슉(諸叔)이 그 영오(穎悟)180)ᄒ믈 ᄉ랑ᄒ여 왈(曰),

"앗가 그 사름이 네 아비를 희(害)ᄒ야 먼니 외임(外任)181)으로 닉쳐시니 그러므로 그리 닐넛거니와 이후(以後) 그 손이 와든 보지 말나."

벽이 슈명(受命)ᄒ더라.

ᄎ후(此後)는 싱(生)이 왕닉(往來)ᄒ야 졔싱(諸生)으로 샹슈(相隨)182)ᄒ야 교도(交道)를 닛고 피ᄎ(彼此) 이모(愛慕)ᄒ미 이젼(以前)에 지지 아니ᄒ더라.

---

179) 졔슉(諸叔): 제숙. 뭇 숙부.

180) 영오(穎悟): 남보다 뛰어나게 영리하고 슬기로움.

181) 외임(外任): 외직.

182) 샹슈(相隨): 상수. 앞서거니 뒤서거니 함께 함을 이름.

이쩌 야션(也先)이 니(李) 승상(丞相)의 결장(決杖)[183]ᄒᆞᄂᆞᆫ 욕(辱)을 보고 ᄆᆞ옴에 분(憤)ᄒᆞᆷᄅᆞᆯ 니긔지 못ᄒᆞ야 대원슈(大元帥) 개야놀을 블너 병마(兵馬)ᄅᆞᆯ 됴련(調練)ᄒᆞ고 방(榜) 븟쳐 닐홈난 쟝ᄉᆞ(壯士)ᄅᆞᆯ 모흐니 십여(十餘) 일(日)이 못ᄒᆞ야 최튱셕, 셜한눈, 야률, 태혼, 필녈 등(等)을 모화 무직(武才)ᄅᆞᆯ 닉여 보슈(報讐)[184]ᄒᆞᆷᄅᆞᆯ 쇠ᄒᆞ더니 셜한눈 왈(曰),

"니관성은 지뫼(智謀ㅣ) 가진 쟝샹(將相)이니 가(可)히 ᄀᆞ비야히 범(犯)

40면

치 못ᄒᆞ리니 내 일쯕 동오(東吳) 사름이라 그 나라 일을 닉이 아ᄂᆞ니 동오왕(東吳王) 쥬챵은 태조(太祖)의 봉(封)ᄒᆞ신 배라 이제 큰 ᄯᅳᆺ을 품어 군량(軍糧)과 무장(武裝)을 모흐ᄂᆞ니 대왕(大王)이 만일(萬一) 글노뻐 격동(激動)ᄒᆞᆯ진ᄃᆡ 오왕(吳王)이 병(兵)을 니ᄅᆞ혀 경ᄉᆞ(京師)ᄅᆞᆯ 범(犯)ᄒᆞ리니 그 쎄ᄅᆞᆯ 타 합병(合兵)ᄒᆞ야 황셩(皇城)을 치미 묘(妙)치 아니리잇고?"

야션(也先)이 크게 깃거 이에 글을 닷가 한눈으로 동오(東吳)의 보ᄂᆡ니 한눈이 쥬야(晝夜)로 오국(吳國)에 니ᄅᆞ러 글월을 오왕(吳王)긔 젼(傳)ᄒᆞ고 폐빅(幣帛)을 드린ᄃᆡ 오왕(吳王)이 쩌혀 보니 글와시ᄃᆡ,

'북한왕 야션(也先)은 두 번(番) 졀ᄒᆞ고 돈슈(頓首)ᄒᆞ야 동오왕(東吳王) 뎐하(殿下)긔 글을 밧드ᄂᆞ니 우리 등(等)이 ᄉᆞ히(四海) 안이 형뎨지국(兄弟之國)이라 하ᄂᆞᆯ ᄯᅳᆺ을 밧ᄌᆞ오미 ᄉᆞ싀(私事ㅣ) 이시리오.

183) 결장(決杖): 결장. 죄인에게 곤장을 치는 형벌을 집행하던 일.
184) 보슈(報讐): 보수. 앙갚음함.

녯날 쥬공185)(周公)186)이

● ● ●

41면

텬하(天下)를 다亽려 치미 교홰(敎化ㅣ) 흘너 亽히(四海) 밧기 응(應)
ᄒᆞ야 월상국(越裳國)187)이 빅치(白雉)를 됴공(朝貢)ᄒᆞ니 아등(我等)
이 또흔 녯 풍속(風俗)을 흠앙(欽仰)188)ᄒᆞ야 텬죠(天朝)에 귀슌(歸順)
ᄒᆞ야 다른 뜻이 업더니 셕년(昔年)에 황뎨(皇帝), 무고(無故)히 졍벌
(征伐)ᄒᆞ야 외국(外國)을 핍박(逼迫)ᄒᆞ고 거년(去年)에 승상(丞相) 니
관셩이 니른러 과인(寡人)을 결장(決杖)ᄒᆞ니 포악(暴惡)ᄒᆞ미 걸쥬(桀
紂)189)에 지나고 텬해(天下ㅣ) 다 원심(怨心)을 품는지라 대왕(大王)
은 태조(太祖) 즈손(子孫)이시고 신명(神明)ᄒᆞ시미 쮜여나시다 ᄒᆞ니
의병(義兵)을 니른혀 텬죠(天朝)를 치실진디 과인(寡人)이 또흔 흔 팔
힘을 도으리라.'

ᄒᆞ엿더라.

오왕(吳王)이 보기를 맛고 크게 깃거 셜한뉸을 관디(款待)190)ᄒᆞ고

---

185) 공: [교] 원문에는 '졍왕'으로 되어 있고, 국도본(17:49)에도 그렇게 되어 있으나 오
    류로 보이므로 이와 같이 수정함.

186) 쥬공(周公): 주공. 중국 주(周)나라 문왕(文王)의 아들이자 무왕(武王)의 동생이며
    성왕(成王)의 숙부인 주공단(周公旦)을 이름. 성은 희(姬)이고 이름은 단(旦). 무왕
    이 죽은 후 조카인 성왕을 잘 보필하며 7년 섭정을 통해 주나라를 흥성시킴.

187) 월샹국(越裳國): 월상국. 구체적인 지역은 알려져 있지 않음.『한서(漢書)』,「평제
    기(平帝紀)」에 주공이 섭정하던 시기에 월상씨(越裳氏)가 흰 꿩 한 마리와 검은 꿩
    2마리를 바친 기록이 있음.

188) 흠앙(欽仰): 공경해 우러러봄.

189) 걸쥬(桀紂): 걸주. 중국 하나라의 마지막 왕인 걸(桀)과 은나라의 마지막 왕인 주
    (紂)로, 모두 포악한 임금으로 알려져 있음.

190) 관디(款待): 관대. 정성껏 대접함.

녜믈(禮物)을 거록이 ᄒ며 답셔(答書)ᄒ야 주니 한눈이 도라간 후
(後) 오

왕(吳王)이 군신(群臣)을 모화 의논(議論)ᄒ야 왈(曰),

"이제 과인(寡人)은 고황뎨(高皇帝) 뎍파손(嫡派孫)[191]이오, 텬지
(天子ㅣ) 황음무도(荒淫無道)[192]ᄒ야 덕(德)을 일흐니 ᄀ만이 안ᄌ셔
태조(太祖)의 평텬하(平天下)[193]ᄒ신 공(功)을 져바리지 못홀지라 의
병(義兵)을 니ᄅ혀려 ᄒ니 제공(諸公)의 ᄯᆺ은 엇더ᄒ뇨?"

제신(諸臣)이 고두(叩頭) 배[194]무(背舞)[195]ᄒ야 맛당ᄒᆯ믈 칭(稱)ᄒ
니 오왕(吳王)이 크게 깃거 즉시(卽時) 군ᄉ(軍士)를 됴련(調練)[196]ᄒ
야 츌ᄉ(出師)[197]ᄒ려 홀ᄉᆡ 대쟝군(大將軍) 쥬빈으로 슈군도독(水軍
都督)을 ᄒ이여 명쟝(名將) 삼뵉(三百)과 슈군(水軍) 칠만(七萬)을 발
(發)ᄒ야 오강(吳江)으로조ᄎ 슈로(水路)로 나아가고 승샹(丞相) 오
셰영으로 텬하병마ᄉ(天下兵馬使) 평븍대원슈(平北大元帥)를 삼아
명쟝(名將) 일쳔(一千)과 뉵군(陸軍) 일만(一萬)을 거ᄂ려 젼군(前軍)
이 되고 병부샹셔(兵部尚書) 셔유문으로 군ᄉ(軍士) 이만(二萬)을 거

---

191) 뎍파손(嫡派孫): 적파손. 적통(嫡統)의 자손.
192) 황음무도(荒淫無道): 주색에 빠져 사람으로서 마땅히 할 도리를 돌아보지 않는 면
    이 있음.
193) 평텬하(平天下): 평천하. 천하를 고르게 함. 『대학(大學)』에 나오는 말.
194) 배: [교] 원문에는 '교'로 되어 있으나 오기로 보임.
195) 배무(背舞): 임금에게 절하는 예식을 행할 때 추는 춤.
196) 됴련(調練): 조련. 전투를 할 수 있도록 병사를 훈련함.
197) 츌ᄉ(出師): 출사. 군대를 냄.

ᄂ려 후군(後軍)이 되고 녜부샹셔(禮部尚書) 우

문으로 군ᄉ(軍士) 이만(二萬)을 거ᄂ려 우익(羽翼)을 되게 ᄒ고 스
스로 쟝슈(將帥) 팔쳔(八千)과 군ᄉ(軍士) 칠만(七萬)을 거ᄂ려 즁군
(中軍)이 되여 경ᄉ(京師)ᄅ 바라보고 나아오니 그 셰(勢) 풍우(風雨)
ᄀᄐ야 졀강(浙江)을 건넛더니,

이 소식(消息)이 눈 날니ᄃ ᄒ야 경ᄉ(京師)에 니ᄅ니 황뎨(皇帝)
대경(大驚)ᄒ샤 문덕뎐(文德殿)198)에 죠회(朝會)ᄅ 베프시고 빅관(百
官)을 모ᄒ샤 의논(議論)ᄒ실ᄉ 맛ᄎ 니(李) 승샹(丞相)이 모부인(母
夫人) 샹한(傷寒)199)으로 시약(侍藥)200)ᄒ기 밋쳐 죠회(朝會)치 못ᄒ
고 졔빅관(諸百官)이 졔졔(齊齊)201)히 항녈(行列)을 ᄀ초ᄆ 샹(上)이
손으로 뇽샹(龍床)을 쳐 왈(曰),

"역직(逆者ㅣ)202) 이졔 즁원(中原)을 범(犯)ᄒ야 슈륙(水陸)으로
나아오니 그 셰(勢) 누란(累卵)203)의 급(急)ᄒᆷ ᄀᄐ지라 경(卿) 등(等)
은 엇지코져 ᄒᄂ뇨?"

졔신(諸臣)이 오왕(吳王)의 군셰(軍勢) 대진(大振)204)ᄒᄆᆯ 드릿ᄂ

---

198) 문덕뎐(文德殿): 문덕전. 원래 송나라 때의 궁전 이름이나 여기에서는 일반적인 궁
전 이름으로 쓰임.
199) 샹한(傷寒): 밖으로부터 오는 한(寒), 열(熱), 습(濕), 조(燥) 따위의 사기(邪氣)로 인
하여 생기는 병을 통틀어 이르는 말.
200) 시약(侍藥): 곁에서 모시며 약을 바침.
201) 졔졔(齊齊): 제제. 가지런함.
202) 역직(逆者ㅣ): 역자. 반역자(叛逆者).
203) 누란(累卵): 계란을 쌓아 놓음.
204) 대진(大振): 크게 떨침.

고(故)로 다 슈족(手足)을 써러 디답(對答)지 못하니 기여(其餘) 튱

심(忠心)을 품은 재(者ㅣ) 이신들 대신(大臣)이 말을 못 밋쳐 ᄒ야셔
발셜(發說)치 못ᄒ니 샹(上)이 대로(大怒)ᄒ샤 니러서시며 왈(曰),

"경(卿) 등(等)이 평일(平日)에 국녹(國祿)을 먹다가 금일(今日) 위
급지시(危急之時)ᄅᆞᆯ 당(當)ᄒ야 이러틋 블튱(不忠)ᄒ뇨? 딤(朕)이 맛
당히 친(親)히 정토(征討)205)ᄒ리라."

드듸여 한님흑ᄉ(翰林學士) 니몽샹을 탑하(榻下)에 부르샤 칙(勅)
을 초(草)ᄒ라 ᄒ시니 한님(翰林)이 계하(階下)에 복디(伏地)206)ᄒ야
블응(不應)ᄒᆞᆫ딕 샹(上)이 직촉ᄒ시니 한님(翰林)이 고두(叩頭) 왈(曰),

"감(敢)히 칙(勅)을 초(草)치 못홀소이다."

샹(上)이 대로(大怒)ᄒ샤 닐오샤딕,

"경(卿)이 엇지 딤(朕)의 명(命)을 거역(拒逆)ᄒᄂ뇨?"

한님(翰林)이 돈슈(頓首) 주왈(奏曰),

"방금(方今)에 미친 도적(盜賊)이 창궐(猖獗)207)ᄒ나 습개(拾芥)208)
ᄀᆞᆺᄐᆫ지라 당당(堂堂)이 대신(大臣)을 부르샤 지용(智勇)의 냥쟝(良
將)209)을 보ᄂᆡ여 정벌(征伐)ᄒ샤도 미구(未久)210)에 개가(凱歌)211)ᄅᆞᆯ 블

---

205) 정토(征討): 정토. 정벌함.
206) 복디(伏地): 복지. 땅에 엎드림.
207) 창궐(猖獗): 세력 따위가 걷잡을 수 없이 퍼짐.
208) 습개(拾芥): 지푸라기라는 뜻으로, 보잘것없고 하찮은 것을 비유하는 말.
209) 냥쟝(良將): 양장. 훌륭한 장수.
210) 미구(未久): 오래 되지 않음.
211) 개가(凱歌): 싸움에서 이기고 돌아올 때에 부르는 노래.

45면

너 도라올 거시어늘 친뎡(親征)[212]ᄒᆞ시믄 만만(萬萬) 가(可)치 아니ᄒᆞ니이다."

샹(上)이 잠간(暫間) ᄭᅵ다라 침음(沈吟)ᄒᆞ실 ᄉᆞ이에 니(李) 승샹(丞相)이 츄진(趨進)[213]ᄒᆞ야 탑하(榻下)에 ᄉᆞᄇᆡ(四拜)ᄅᆞᆯ 맛ᄎᆞ니 샹(上)이 그 졍돈(整頓)ᄒᆞᆫ ᄉᆞᄉᆡᆨ(辭色)과 슈용(收容)[214]ᄒᆞᆫ 녜뫼(禮貌ㅣ) ᄉᆡᆨᄉᆡᆨᄒᆞ야 어ᄌᆞ로온 긔운을 다 ᄉᆞᆯ와 바리니 샹(上)이 돈연(惇然)[215]이 공경(恭敬)ᄒᆞ샤 이에 각쳐(各處) 표주(表奏)[216]ᄒᆞᆫ 문셔(文書)ᄅᆞᆯ ᄂᆞ리오시고 ᄀᆞᆯᄋᆞ샤ᄃᆡ,

"오왕(吳王)이 황실(皇室) 지친(至親)으로 이러ᄐᆞᆺ 무상(無狀)ᄒᆞ니 쟝ᄎᆞᆺ(將次ㅅ) 엇지 쳐치(處置)ᄒᆞ리오?"

승샹(丞相)이 손으로 문셔(文書)ᄅᆞᆯ 잡아 보기ᄅᆞᆯ 맛고 믈너 ᄇᆡ주(拜奏) 왈(曰),

"금ᄌᆞ(今者)[217] 오왕(吳王)이 챵궐(猖獗)ᄒᆞ미 일죠일셕지괴(一朝一夕之巧ㅣ)[218] 아니라 ᄯᅳᆺ이 크고 군량(軍糧)을 모환 지 오릴 거시오, ᄒᆞ믈며 동오(東吳)ᄂᆞᆫ 호걸(豪傑)이 못ᄂᆞᆫ 곳이니 어진 인믈(人物)이 젹지 아닐지라 큰 근심이오 등한(等閑)이 볼 ᄇᆡ 아니로ᄃᆡ 국개(國駕)

---

212) 친뎡(親征): 친정. 왕이 친히 정벌함.

213) 츄진(趨進): 추진. 잰걸음으로 빨리 나아옴.

214) 슈용(收容): 수용. 용모를 가다듬음.

215) 돈연(惇然): 도타운 모양.

216) 표주(表奏): 임금에게 신하가 글을 올려 아룀. 또는 그 글.

217) 금ᄌᆞ(今者): 금자. 지금.

218) 일죠일셕지괴(一朝一夕之巧ㅣ): 일조일석지교. 하루아침에 이루어진 꾀.

])²¹⁹⁾ 여러 희

...

46면

파월(播越)²²⁰⁾ᄒ시고 간신(奸臣)이 탁난(濁亂)²²¹⁾ᄒ야 인ᄌᆡ(人材) 죠
당(朝堂)²²²⁾에 믈너나고 창괴(倉庫]) 븨여시니 승젼(勝戰)ᄒ리라 ᄒ
미 만만무거(萬萬無據)²²³⁾ᄒ오나 텬의(天意) 미친 도적(盜賊)을 용납
(容納)지 아닐 거시니 신(臣)이 정승(政丞) 인슈(印綬)ᄅᆞᆯ 드리고 오ᄌᆞ
(五子)와 당년(當年)에 븍정(北征)ᄒ던 쟝셩닙 등(等)을 거ᄂᆞ려 도적
(盜賊)을 치고져 ᄒᆞᄂᆞ이다.”

상(上)이 ᄀᆞᆯᄋᆞ샤ᄃᆡ

“션싱(先生)의 긔모비계(奇謀秘計)²²⁴⁾ᄂᆞᆫ 딤(朕)이 아란 지 오라고
몽창의 영ᄌᆡ(英才) 츌인(出人)²²⁵⁾ᄒᆞᆷ믈 붉히 아ᄂᆞ니 ᄒᆞᆫ 번(番) 가믹
분명(分明)이 개가(凱歌)ᄅᆞᆯ 부르고 도라오리니 아지 못게라 국정(國
政)을 눌을 맛지리오?”

승상(丞相)이 ᄃᆡ왈(對曰),

“녜 샹셔(尚書) 명문한을 탁용(擢用)²²⁶⁾ᄒᆞ시니 문한이 슉질(宿疾)²²⁷⁾

---

219) 국개(國駕]): 임금의 가마.
220) 파월(播越): 임금이 도성을 떠나 다른 곳으로 피란하던 일. 여기에서는 영종이 오
    이라트 족에게 붙잡혀 있던 일을 말함.
221) 탁난(濁亂): 탁란. 혼탁하고 어지럽게 함.
222) 죠당(朝堂): 조당. 조정.
223) 만만무거(萬萬無據): 절대로 근거가 없음.
224) 긔모비계(奇謀秘計): 기모비계. 기이한 꾀와 신비한 계책.
225) 츌인(出人): 출인. 남보다 뛰어남.
226) 탁용(擢用): 사람을 뽑아 씀.
227) 슉질(宿疾): 숙질. 오래된 병.

이 미류(彌留)228)ᄒᆞ야 군명(君命)을 봉승(奉承)치 못ᄒᆞ여ᅀᆞᆸ거니와 문한의 진튱보국(盡忠報國)229)ᄒᆞ미 급암(汲黯)230)을 낫게 넉이니 ᄂᆡ권(內眷)231)을 엇지 근심

• •

47면

ᄒᆞ시리잇가?"

상(上)이 크게 깃그샤 즉시(卽時) 칙지(勅旨)232)ᄒᆞ샤 승샹(丞相)으로 텬하졀도총병병마ᄉᆞ(天下節度摠兵兵馬使) 졍동대원슈(征東大元帥)를 ᄒᆞ이시고 부마(駙馬) 니몽현으로 부원슈(副元帥)를 ᄒᆞ이시고 문졍후 니몽챵으로 슈군도독(水軍都督)을 ᄒᆞ이샤 슈군(水軍)을 막으라 ᄒᆞ시고 몽원으로 호위쟝군(護衛將軍)을 ᄒᆞ이시고 몽샹으로 몽챵의 막하(幕下) 부도독(副都督)을 ᄒᆞ이시고 몽필은 승샹(丞相) 막하(幕下) 편쟝(偏將)233)을 ᄒᆞ이시니,

승샹(丞相)이 샤은(謝恩)ᄒᆞ고 믈너 집에 도라오니 부인(夫人)의 소환(所患)이 대단치 아니터니 졔부(諸婦)로 박혁(博奕)을 식이고 보니 승샹(丞相)이 드러와 시좌(侍坐)ᄒᆞ야 모친(母親)을 뫼셔 근심ᄒᆞᄂᆞᆫ 거동(擧動)이 ᄀᆞ득ᄒᆞ고 슬푸미 흉격(胸膈)에 막혀 관(冠)을 숙이고 믁믁(默默)이 말을 아니니 뉴 부인(夫人)이 눈을 드러 그 거동(擧動)을

---

228) 미류(彌留): 병이 오랫동안 낫지 않음.

229) 진튱보국(盡忠報國): 진충보국. 충성을 다해 나라의 은혜를 갚음.

230) 급암(汲黯): 중국 전한(前漢) 무제 때의 간신(諫臣)(?~B.C.112). 자는 장유(長孺). 성정이 엄격하고 직간을 잘하여 무제로부터 '사직(社稷)의 신하'라는 말을 들음.

231) ᄂᆡ권(內眷): 내권. 안을 돌아봄.

232) 칙지(勅旨): 임금이 명령을 내림.

233) 편쟝(偏將): 편장. 대장을 돕는 한 방면의 장수.

보고 날호

여 무르딕,

"내 으히(兒孩) 앗가 승픽(承牌)234)ㅎ야 드러가미 므슴 연괴(緣故
ㅣ) 잇더뇨?"

승샹(丞相)이 므르시믈 놀나 쑤러 딕왈(對曰),

"동오왕(東吳王) 쥬챵이 군亽(軍士) 십만(十萬)을 니르혀 슈륙(水
陸)으로 쟝구(長驅)235)ㅎ야 나아오니 국가(國家)에 큰 근심이라 힉익
(孩兒ㅣ) 亽조(四朝)의 은혜(恩惠) 닙亽오미 등한(等閑)치 아니ㅎ오
딕 촌공(寸功)도 업亽오믈 송구(悚懼)ㅎ야 제으(諸兒)로 더브러 동
(東)으로 나아가 도적(盜賊)을 치고져 ㅎ오나 즈안(慈顔)을 써나오믈
슬허 쥬져(躊躇)ㅎㄴ이다."

부인(夫人)이 쳥파(聽罷)에 졍식(正色) 왈(曰),

"오익(吾兒ㅣ) 이제 동치(童穉)236)에 으동(兒童)이 아니니 어믜 품
써나믈 구구(區區)237)ㅎ며 신직(臣子ㅣ) 되여 국은(國恩)을 이써 아
니 갑고 어닉 씨를 기다리려 유유(儒儒)238)ㅎㄴ뇨? 네 부친(父親)이
상쳑(喪慼)239)에 슬허ㅎ미 왼몸을 바리기에 니르되 님망(臨亡)의 네

---

234) 승픽(承牌): 승패. 명패(命牌)를 받듦. 명패는 임금이 벼슬아치를 부를 때 보내던
   나무패. '命' 자를 쓰고 붉은 칠을 한 것으로, 여기에 부르는 벼슬아치의 이름을 써
   서 돌림.
235) 쟝구(長驅): 장구. 싸움에 이긴 여세를 타서 계속 몰아침. 승승장구(乘勝長驅).
236) 동치(童穉): 어린아이.
237) 구구(區區): 잘고 많아서 일일이 언급하기가 구차스러움.
238) 유유(儒儒): 모든 일에 딱 잘라 결정을 내리지 못하고 어물어물한 데가 있음.
239) 상쳑(喪慼): 상척. 초상을 당해 슬퍼함.

게 국가(國家)를 의탁(依託)ᄒ야 계시거늘 금일(今日) 엇

지 이런 녹녹(錄錄)ᄒᆫ 말을 ᄒᄂᆨ?"

승샹(丞相)이 황연(晃然)²⁴⁰⁾이 칭샤(稱謝) 슈명(受命) 왈(曰),

"태태(太太)의 금옥(金玉) ᄀᆺᄐ신 경계(警戒) ᄒ♀(孩兒)의 아득ᄒ
던 흉금(胸襟)이 훤츨ᄒᆷ믈 니ᄭ지 못ᄒ옵ᄂ니 엇지 어그릇ᄎ미 이시
리잇고?"

ᄒ더라.

평명(平明)에 부인(夫人)이 쇼작(小酌)²⁴¹⁾을 베퍼 승샹(丞相) 뉵
(六) 부ᄌ(父子)를 젼송(餞送)ᄒ니 니졍(離情)²⁴²⁾의 슬프미 극(極)ᄒ
나 조금도 ᄉ싴(辭色)지 아니ᄒ고 흔연(欣然)이 경계(警戒)ᄒ여 보즁
(保重)ᄒᆷ믈 당부(當付)ᄒ 뿐이라. 승샹(丞相)이 모친(母親)의 이 ᄀᆺᄐ
시믈 보고 감(敢)히 슬픈 말ᄉ믈 못 ᄒ야 슌슌(順順) 비샤(拜謝)ᄒ
뿐이러라.

일쟝(一場) 니별(離別)을 맛고 믈너나 즁당(中堂)에 니ᄅ러 부인
(夫人)을 쳥(請)ᄒ야 안셔(安舒)히 닐오ᄃ,

"ᄒᆨ싱(學生)이 군명(君命)을 밧ᄌ와 블모디지(不毛之地)²⁴³⁾를 향
(向)ᄒ니 ᄉ싱(死生)을 긔필(期必)²⁴⁴⁾치 못ᄒᄂ니 부인(夫人)

---

240) 황연(晃然): 환하게 깨닫는 모양.
241) 쇼작(小酌): 소작. 작은 규모의 잔치.
242) 니졍(離情): 이정. 헤어지는 정.
243) 블모디지(不毛之地): 불모지지. 식물이 자라지 못하는 거칠고 메마른 땅.
244) 긔필(期必): 기필. 꼭 이루어지기를 기약함.

은 존당(尊堂)을 뫼와 기리 무양(無恙)ᄒ소셔.”

부인(夫人)이 옷깃슬 녑의고 ᄀᆞᆯ오ᄃᆡ,

“군(君)은 모로미 미친 도적(盜賊)을 슈히 평정(平定)ᄒ고 도라와 존고(尊姑)긔 깃그시믈 바라ᄂᆞ이다.”

승샹(丞相)이 청파(聽罷)에 읍(揖)ᄒ고 나가더라.

부마(駙馬) 등(等) 오(五) 인(人)이 모친(母親)긔 하직(下直)홀ᄉᆡ ᄌᆞ연(自然) ᄯᅥ나ᄂᆞᆫ 심ᄉᆡ(心思ㅣ) 비황(悲遑)245)ᄒ야 누쉬(淚水ㅣ) 옷 알픠 ᄯᅥ러지믈 면(免)치 못ᄒ니 부인(夫人)이 졍ᄉᆡᆨ(正色)고 ᄎᆡᆨ(責)ᄒ야 ᄀᆞᆯ오ᄃᆡ,

“네 부친(父親)이 빅발(白髮) 노친(老親)을 ᄯᅥ나ᄃᆡ 비ᄉᆡᆨ(悲色)을 뵈옵지 아니믄 졍(情)이 업ᄉᆞ미 아니로ᄃᆡ 국은(國恩)을 듕(重)이 넉이시미어늘 너히 엇지 원융(元戎)246) 샹쟝(上將)이 되여 이런 녹녹(錄錄)ᄒ 경ᄉᆡᆨ(景色)을 ᄒᄂᆞᆫ다?”

바야흐로 부마(駙馬)와 문후ᄂᆞᆫ 눈믈을 먹음엇더니 ᄎᆞ언(此言)을 듯ᄌᆞᆸ고 피셕(避席) 샤죄(謝罪)ᄒ고 모든 아ᄋᆞᆯ 닛그러 총총(悤悤)247)이

나가니 그 쳐ᄌᆞ(妻子)야 얼골인들 어더 보리오? 각각(各各) 옥안(玉

---

245) 비황(悲遑): 슬프고 경황이 없음.

246) 원융(元戎): 군사의 우두머리.

247) 총총(悤悤): 급하고 바쁜 모양.

顔)에 누쉬(淚水ㅣ) 방방(滂滂)ᄒ나 홀노 공쥬(公主)와 쇼 부인(夫人)이 화긔(和氣) 조금도 변(變)치 아니ᄒ더라.

각설(却說). 니 승상(丞相) 부ᄌ(父子) 뉵(六) 인(人)이 교쟝(敎場)에 니ᄅ러 군ᄉ(軍士)를 됴련(調練)ᄒ실ᄉ 쟝셩닙으로 션봉(先鋒)을 ᄒ이고 젼신248)으로 부션봉(副先鋒)을 ᄒ이고 마룡 등(等) 구(九) 인(人)은 어영군(御營軍)을 거ᄂ려 경ᄉ(京師)에 두고 젼임(前任) 하람 졀도ᄉ(河南節度使) 조귀인으로 후군(後軍) 구응ᄉ(救應使)249)를 ᄒ이고 몽원으로 호위쟝군(護衛將軍)을 ᄉᆞ마 대오(隊伍) 긔치(旗幟)를 ᄌᆞ옥이 출혀 뎜고(點考)ᄒ기를 맛고 어막(御幕)에 가 하직(下直)ᄒ올ᄉ 샹(上)이 동문(東門) 밧긔 가 승상(丞相)을 젼별(餞別)ᄒ시믜 친(親)이 샹방검(尙方劍)250)을 ᄂ리와 ᄀᆞᆯᄋᆞ샤되,

"부원슈(副元帥) 이하(以下)를 친소귀쳔(親疏貴賤)251)을 혜지 말고 위령재(違令者ㅣ)252)어든 션참후계(先斬後啓)253)ᄒ라. 경(卿)

52면

의 지용(智勇)은 딤(朕)이 닐너 알 배 아니어니와 그러나 병(兵)은 흉디(凶地)니 젹(敵)을 경이(輕易)히 녁이지 말며 위풍(威風)을 최찰

---

248) 신: [교] 원문에는 '션'으로 되어 있으나 앞의 예를 따라 이와 같이 수정함.

249) 구응ᄉ(救應使): 구응사. 전쟁에서 아군에 호응하여 구원하는 역할을 하는 관리.

250) 샹방검(尙方劍): 상방검. 상방서(尙方署)에서 특별히 제작한, 황제가 쓰는 보검. 천자가 대신을 파견하여 중대한 안건을 처리하도록 할 때 늘 상방검을 하사함으로써 전권을 주었다는 표시를 하였고, 군법을 어긴 자가 있을 때 상방검으로 먼저 목을 베고 후에 임금에게 아뢰도록 하였음.

251) 친소귀쳔(親疏貴賤): 친소귀천. 자신과 사이가 친하고 멀고, 귀하고 천함.

252) 위령재(違令者ㅣ): 위령자. 명령을 어기는 자.

253) 션참후계(先斬後啓): 선참후계. 먼저 목을 베고 후에 임금에게 아룀.

(摧撐)254)ᄒ야 텬죠(天朝) 위엄(威嚴)을 츄락(墜落)지 말나."

또 향온(香醞)255)을 가득 부어 ᄉ쥬(賜酒)ᄒ시고 ᄀᆞᆯᄋᆞ샤ᄃᆡ,

"경(卿)은 원노(遠路)의 보듕(保重)ᄒ야 왕ᄉ(王師)를 어그릇지 말
믈 바라노라."

승샹(丞相)이 돈슈(頓首) 빅샤(拜謝) 왈(曰),

"신(臣)이 간뇌도지(肝腦塗地)256)ᄒ오나 금일(今日) 셩은(聖恩)을
다 갑습지 못ᄒᆞᆯ소이다. 미친 도적(盜賊)을 가(可)히 념녜(念慮)ᄒᆞᆯ 배
아니오니 셩샹(聖上)은 믈우(勿憂)ᄒ시고 뇽톄(龍體) 만복(萬福)ᄒ샤
믈 바라ᄂᆞ이다."

샹(上)이 흔연(欣然) 위로(慰勞)ᄒ시고 부원슈(副元帥) 몽현과 슈
군대도독(水軍大都督) 니몽챵과 부도독(副都督) 니몽샹이 융복(戎服)
을 ᄀᆞ초고 어젼(御殿)에 하직(下直)ᄒ오니 샹이 부마(駙馬)를 각별
(各別) 위유(慰諭)257) 왈(曰),

"경(卿)은 대원슈(大元帥) 막하(幕下)에 이시니 심우(心憂)ᄂᆞᆫ 덜거
니와 황

∙∙∙

53면

슉(皇叔)과 흥문 등(等)의 고혈(孤子)258)ᄒᆞᆷ믈 념녀(念慮)ᄒ노라. 딤

---

254) 최찰(摧撐): 꺾임.

255) 향온(香醞): 멥쌀, 찹쌀 식힌 것에 보리와 녹두를 넣고 빚은 술. 내국법온(內局法
醞)이라고도 함.

256) 간뇌도지(肝腦塗地): 참혹한 죽임을 당하여 간장(肝臟)과 뇌수(腦髓)가 땅에 널려
있다는 뜻으로, 나라를 위하여 목숨을 돌보지 않고 애를 씀을 이르는 말.

257) 위유(慰諭): 위로하며 타이름.

258) 고혈(孤子): 외로움.

(朕)이 당당(堂堂)이 주뢰(藉賴)259)를 두터이 ᄒᆞ리니 경(卿)은 안심(安心)ᄒᆞ고 무ᄉᆞ(無事)히 셩공(成功)ᄒᆞ믈 바라노라.”

부매(駙馬ㅣ) 계슈(稽首)260) 빈샤(拜謝) 왈(曰),

“신(臣)이 션뎨(先帝)에 간발(簡拔)261)ᄒᆞ시믈 닙어 쟉위(爵位) 슝고(崇高)ᄒᆞ며 부귀(富貴) 극(極)ᄒᆞ되 촌공(寸功)도 국가(國家)를 위(爲)ᄒᆞ야 갑ᄉᆞ오미 업ᄉᆞ온지라 금일(今日) 츌졍(出征)ᄒᆞ믈 족(足)히 개렴(介念)262)ᄒᆞ며 공쥬(公主ㅣ) 여러 쳔(賤)ᄒᆞᆫ 히ᄋᆞ(孩兒)와 ᄌᆞ뫼(慈母ㅣ) 집의 이시니 외로오미 업ᄉᆞᆯ가 ᄒᆞᄂᆞ이다.”

샹(上)이 ᄯᅩ 슈군도독(水軍都督) 니몽챵을 위로(慰勞)ᄒᆞ며 ᄀᆞᆯᄋᆞ샤되

“경(卿)이 이에 슈젼(水戰)을 독당(獨當)263)하미 위틱(危殆)ᄒᆞ미 태산(泰山)으로써 알을 지즈름 ᄀᆞᆺ거니와 경(卿)의 웅ᄌᆡ(雄才) 대략(大略)을 아ᄂᆞ니 근심치 아닛노라.”

도독(都督)이 츄진(趨進) ᄉᆞ빈(四拜)ᄒᆞ고 일시(一時)에 하직(下直)ᄒᆞ고 군(軍)을 ᄂᆞ니 만죄(萬朝ㅣ) 뒤흘 ᄯᆞᆯ와 믈가에 니르러 손을 난홀

• •

54면

시 각노(閣老) 뎡문한이 승상(丞相)의 손을 잡고 ᄀᆞᆯ오되,

“형(兄)의 ᄌᆡ조(才操)ᄂᆞᆫ 본(本)되 알거니와 모로미 슈이 회뎡(回征)264)ᄒᆞ야 쥬샹(主上)의 근심을 더ᄅᆞ시게 ᄒᆞ라.”

---

259) ᄌᆞ뢰(藉賴): 자뢰. 무엇을 빙자하여 의지함.
260) 계슈(稽首): 계수. 고개를 조아림.
261) 간발(簡拔): 여러 사람 가운데 뽑음.
262) 개렴(介念): 개념. 어떤 일 따위를 마음에 두고 생각하거나 신경을 씀. 개회(介懷).
263) 독당(獨當): 홀로 감당함.
264) 회뎡(回征): 회정. 군대를 돌려 돌아옴.

승샹(丞相)이 칭샤(稱謝) 왈(曰),

"쇼뎨(小弟) 비록 블학무식(不學無識)265)ᄒ오나 ᄂᆡ뎐(內殿)은 형(兄)을 밋어 근심이 업고 몸이 무ᄉᆞ(無事)ᄒ며 삼군(三軍) 졔장(諸將)이 다 용녁(勇力)이 졀뉸(絶倫)266)ᄒ니 젹봉(敵鋒)267)을 유여(裕餘)ᄃᆡ젹(對敵)ᄒ지라. 기리 졔형(諸兄)의 권권(拳拳)268)ᄒ신 ᄯᅳᆺ을 져ᄇᆞ리지 아니ᄒ리이다."

샹셰(尙書ㅣ) 지삼(再三) 년년(戀戀)ᄒ고 쇼부(少傅)와 무평269)빅이 울며 승샹(丞相)을 붓들고 졀ᄒᆞ야 ᄂᆡ별(離別)ᄒ니 쇼부(少傅)ᄂᆞᆫ ᄌᆞ약(自若)ᄒᆞᄃᆡ 무평270)빅이 굴오ᄃᆡ,

"금일(今日) 형장(兄丈)이 먼니 젼진(戰塵)을 향(向)ᄒ시니 쇼뎨(小弟) 심ᄉᆞ(心思ㅣ) 촌단(寸斷)271)ᄒᆞ지라 금일(今日) ᄂᆡ별(離別)이 가(可)히 지속(遲速)이 이시리잇가?"

승샹(丞相)이 경계(警戒) 왈(曰),

"내 나라흘 위(爲)

· · ·

55면

ᄒᆞ야 ᄉᆞ디(死地)를 향(向)ᄒᆞᄆᆡ 모친(母親) 감지(甘旨)와 가ᄉᆞ(家事)를 젼혀(專-) 현뎨(賢弟)를 밋거늘 엇지 이러툿 조빈야히 구ᄂᆞᆫ다?"

---

265) 블학무식(不學無識): 불학무식. 배우지 못해 무식함.
266) 졀뉸(絶倫): 절륜. 무리 중에서 매우 뛰어남.
267) 젹봉(敵鋒): 적의 예봉.
268) 권권(拳拳): 살뜰하게 보살피고 사랑해 주는 모양.
269) 평: [교] 원문에는 '령'으로 되어 있으나 앞의 예를 따라 이와 같이 수정함.
270) 평: [교] 원문에는 '령'으로 되어 있으나 앞의 예를 따라 이와 같이 수정함.
271) 촌단(寸斷): 마디마디 끊어짐.

빅(伯)이 슬피 울어 눈믈을 금(禁)치 못ᄒ니 승샹(丞相)이 홀연(忽然) 의심(疑心)ᄒ야 쇼부(少傅)ᄅᆞᆯ 경계(警戒) 왈(曰),

"ᄌ희[272] 요ᄉᆞ이 졍신(精神)이 소모(消耗)ᄒ고 신ᄉᆡᆨ(神色)이 됴치 아니ᄒ니 블길(不吉)ᄒ미 만흔지라 네 모로미 그 좌와(坐臥)에 ᄹᅥ나디 말고 붓드러 보호(保護)ᄒ야 그ᄅᆞᆷ이 업게 ᄒ라."

쇼뷔(少傅ㅣ) 졀ᄒ야 명(命)을 밧고 가연이 도라와 졔질(諸姪)을 관유(寬諭)[273]ᄒ고 거름을 도로혀딘 무평[274]빅은 참아 승샹(丞相)을 ᄯᅥ나지 못ᄒ니 승샹(丞相)이 크게 고이(怪異)히 넉이고 역시(亦是) ᄆᆞ음에 쳑연(戚然)ᄒ야 ᄀᆞᆯ오딘,

"현뎨(賢弟) 젼일(前日) 비록 본심(本心)이 약(弱)ᄒ나 ᄆᆡᄉᆞ(每事ㅣ) 단엄(端嚴)ᄒ더니 엇지 이러틋 ᄋᆞ녀ᄌᆞ(兒女子)의 ᄐᆡ(態)ᄅᆞᆯ ᄒᆞᄂᆞᆫ다?

· ·

56면

내 오라지 아냐 도라오리니 근심 말나."

빅(伯)이 더옥 슬피 울고 니별(離別)ᄒ니 승샹(丞相)이 ᄆᆞ음의 쳐창(悽愴)[275]ᄒᄆᆞᆯ 니긔지 못ᄒ나 ᄌᆞ긔(自己) 큰 소임(所任)을 맛타시니 셩ᄉᆡᆨ(聲色)[276]을 동(動)ᄒᆞᆯ 배 아닌 고(故)로 빅을 타 동벽(東壁) 언덕에 니ᄅᆞ러ᄂᆞᆫ 샹셰(尚書ㅣ) 슈군(水軍)을 거ᄂᆞ려 강변(江邊)에셔 하직(下直)ᄒ니 승샹(丞相)이 경계(警戒) 왈(曰),

---

272) ᄌ희: 이한성의 자(字).

273) 관유(寬諭): 너그러이 타이름.

274) 평: [교] 원문에는 '령'으로 되어 있으나 앞의 예를 따라 이와 같이 수정함.

275) 쳐창(悽愴): 처창. 슬퍼함.

276) 셩ᄉᆡᆨ(聲色): 성색. 말소리와 얼굴빛.

"네 졈은 나히 이런 위틱(危殆)혼 싸히 즁임(重任)을 맛타시니 ㅅ
싱(死生)을 긔필(期必)치 못ㅎ나 조심(操心)ㅎ고 삼가 군은(君恩)과
네 아뷔 쓷을 기리 져바리지 말나."

샹셰(尚書ㅣ) 직비(再拜) 슈명(受命)ㅎ고 ㅈ약(自若)히 빈머리를
두로혀 븍을 울니고 긔치(旗幟)를 가죽이 쏘ㅈ 슌풍(順風)을 조ㅊ 젼
션(戰船) 팔빅(八百) 쳑(隻)을 거ᄂ려 믈결 ㅅ이로 은은(殷殷)이 동
(東)으로 향(向)ㅎ니 대외(隊伍ㅣ) 졍졔(整齊)ㅎ고 규귀(規矩ㅣ)[277]
착난(錯亂)[278]치 아

＊＊＊

57면

냐 위풍(威風)이 규규(赳赳)[279]ㅎ니 금일(今日) 승샹(丞相) 부ㅈ(父子
ㅣ) 슈륙(水陸)으로 험디(險地)를 향(向)ㅎ민 ㅅ싱(死生)을 아지 못ㅎ
니 부ㅈ(父子)의 텬뎡(天定)의 효(孝)로써 그 무음이 엇더ㅎ리오마는
아비는 화열(和悅)ㅎ고 오들은 ㅈ약(自若)ㅎ야 됴흔 듸 나아가닷 ㅎ
니 이 엇지 쳔고(千古)에 긔특(奇特)혼 일이 아니리오.

승샹(丞相)이 대군(大軍)을 거ᄂ려 강(江)을 건너 쥬야(晝夜)로 힝
(行)ㅎ야 형쥐(荊州) 니르러는 오왕(吳王)의 대군(大軍)이 셩(城)을
임의 앗고 결진(結陣)[280]ㅎ엿거늘 승샹(丞相)이 셩(城) 밧 십(十) 니
(里)에 진(陣)치고 격셔(檄書)[281]를 보ᄂ니 졔쟝(諸將)이 다 오국(吳

---

277) 규귀(規矩ㅣ): 법도.
278) 착난(錯亂): 착란. 어지럽고 어수선함.
279) 규규(赳赳): 씩씩하고 헌걸참.
280) 결진(結陣): 전투에서, 진(陣)을 침.
281) 격셔(檄書): 격서. 적군을 달래거나 꾸짖기 위한 글.

國) 위엄(威嚴)을 두려 가기를 져허ᄒ거늘 호위장군(護衛將軍) 몽원이 분연(憤然)이 니러나 군복(軍服)을 졍(正)히 ᄒ고 오군(吳軍) 즁(中)에 니ᄅ러 와시믈 통(通)ᄒ니,

  오왕(吳王)이 이쎠 텬죠(天朝) 군(軍)이 니ᄅ러시믈 듯고 졔쟝(諸將)을 모화 의논(議論)ᄒ더니

∴

58면

ᄉ재(使者ㅣ) 와시믈 듯고 위엄(威嚴)을 ᄌ랑코ᄌ ᄒ야 좌(座)를 곳치고 검극(劍劇)을 삼녈(森列)²⁸²)이 베프고 좌우(左右)로 블너드리니 시랑(侍郞)이 쳔쳔이 거러 쟝즁(帳中)에 드러가니 좌우(左右)로 옹위(擁衛)²⁸³)ᄒ 쟝ᄉ(將士ㅣ) 금슈(錦繡) 투고와 황금갑(黃金甲)²⁸⁴)을 닙고 쟝창(長槍)과 대검(大劍)을 잡아 시위(侍衛)ᄒ고 오왕(吳王) 쥬챵이 황농포(黃龍袍)²⁸⁵)를 닙고 구룡관(九龍冠)²⁸⁶)을 쓰고 황옥(黃玉) 교의²⁸⁷)(交椅)²⁸⁸)에 의지(依支)ᄒ야 안ᄌ시며 젼후(前後)에 군병(軍兵)이 슘 버듯 ᄒ여시니 진실(眞實)노 머리털이 숫그러홀 거시로ᄃᆡ 시랑(侍郞)이 안ᄉᆡᆨ(顔色)이 ᄌ약(自若)ᄒ야 조금도 두려ᄒᄂᆞᆫ 쯧이 업고 쥬챵의 참남(僭濫)²⁸⁹)ᄒ 위의(威儀)를 블승통한(不勝痛恨)²⁹⁰)ᄒ

---

282) 삼녈(森列): 삼렬. 촘촘하게 늘어서 있음.

283) 옹위(擁衛): 좌우에서 부축하며 지키고 보호함.

284) 황금갑(黃金甲): 황금으로 만든 갑옷.

285) 황농포(黃龍袍): 황룡포. 누런빛의 비단으로 지은, 황제가 입던 정복. 가슴, 등, 어깨에 용무늬를 수놓았음.

286) 구룡관(九龍冠): 아홉 마리의 용이 새겨진 관.

287) 의: [교] 원문에는 '위'로 되어 있으나 오기로 보임.

288) 교의(交椅): 의자.

289) 참남(僭濫): 참람. 분수에 넘쳐 너무 지나침.

야 눈을 낫초고 쟝젼(帳前)291)의 서서 말을 아니ᄒ니 단엄(端嚴)ᄒ
긔운이 일진(一陣) 엄쥰(嚴峻)292)ᄒ 경ᄉ(景色)을 압두(壓頭)ᄒ니 오
왕(吳王)이 그 풍ᄎ(風采)와 긔골(氣骨)을 보고 대경(大驚)ᄒ야 눈을

벗고 ᄌ시 보ᄆ 니(李) 시랑(侍郎)이 간은 몸에 홍금갑(紅錦甲)을 가
(加)ᄒ고 머리에 ᄌ금소유건(紫金逍遙巾)293)을 뼈시니 옥(玉) ᄀᄐ 긔
골(氣骨)이 풍뉴(風流ㅣ) 동인(動人)294)ᄒ야 태양(太陽)을 ᄀ리오니
왕(王)이 경탄(驚歎)ᄒ야 이에 문왈(問曰),

"군(君)은 엇던 사ᄅ이며 격셔(檄書)ᄅ 가져와실진ᄃ 엇지 밧치지
아닛ᄂ뇨?"

시랑(侍郎)이 졍ᄉ(正色) 왈(曰),

"나ᄂ 텬죠(天朝) 대원슈(大元帥) 휘하(麾下) 호위쟝군(護衛將軍)
니몽원이라. 금(今)에 왕(王)이 엇진 고(故)로 녜모(禮貌)ᄅ 출히지
아니ᄒ고 격셔(檄書)ᄅ 몬져 ᄎᄂ뇨?"

오왕(吳王)이 ᄀ오ᄃ,

"냥국(兩國)이 교병(交兵)ᄒᄆ ᄉᄌ(使者)ᄅ 쓸히 세워 ᄃ졉(待接)
ᄒᄆ 녜ᄉ(例事ㅣ)라 그ᄃ 엇지 녜모(禮貌)ᄅ 아지 못ᄒ다 ᄒᄂ뇨?"

---

290) 불승통한(不勝痛恨): 불승통한. 한스러움을 이기지 못함.

291) 쟝젼(帳前): 장전. 장막의 앞.

292) 엄쥰(嚴峻): 엄준. 매우 엄하고 세참.

293) ᄌ금소유건(紫金逍遙巾): 자금소요건. 자금으로 만든 소요건. 자금은 적동(赤銅)의
다른 이름으로, 적동은 구리에 금을 더한 합금이고, 소요건(逍遙巾)은 죽림칠현 등
의 청담파(淸談派)들이 유흥할 때에 쓰던 두건임.

294) 동인(動人): 사람의 시선을 움직임.

시랑(侍郞)이 노왈(怒曰),

"왕(王)은 하방(下邦) 번왕(藩王)[295]이오 나는 텬죠(天朝) 대쟝(大將)이라 엇지 당하(堂下)의 세우며 냥국(兩國)이 교병(交兵)혼다 ᄒᆞ믄 더옥 블가(不可)혼 말이라 왕(王)은 쇼국(小國) 제

휘(諸侯ㅣ)오 니(李) 원쉬(元帥ㅣ) 텬명(天命)을 밧ᄌᆞ와 이에 니르니 왕(王)은 비쥬역신(背主逆臣)[296]이라 이런 무례(無禮)혼 말을 ᄒᆞᄂᆞ뇨?"

오왕(吳王)이 쳥파(聽罷)에 ᄭᅮ지져 왈(曰),

"텬ᄌᆡ(天子ㅣ) 혼암무도(昏闇無道)[297]ᄒᆞ야 학졍(虐政)[298]을 힝(行)ᄒᆞ니 내 텬명(天命)을 밧ᄌᆞ와 졍토(征討)ᄒᆞ거늘 너 쇼ᄋᆞ(小兒ㅣ) 방ᄌᆞ(放恣)혼 말을 ᄒᆞᄂᆞ냐?"

시랑(侍郞)이 ᄎᆞ게 웃고 글오딕,

"ᄌᆞ고(自古)로 님군이 ᄉᆞ오나오나 신해(臣下ㅣ) 치믄 희귀(稀貴)ᄒᆞ야 무왕(武王)은 셩인(聖人)이샤딕 쥬(紂)[299]를 치실 제 빅이(伯夷),[300]

---

295) 번왕(藩王): 작위와 봉지를 받은 왕.

296) 비쥬역신(背主逆臣): 배주역신. 임금을 배신하고 반역한 신하.

297) 혼암무도(昏闇無道): 어리석어 인간으로서의 도리를 알지 못함.

298) 학정(虐政): 학정. 포학한 정사.

299) 쥬(紂): 주. 중국 은나라의 마지막 천자로, 이름은 제신(帝辛)이고 주(紂)는 시호(諡號)임. 제후인 주나라 무왕(武王)에게 살해당하고 이로 인해 은나라는 망하게 됨.

300) 빅이(伯夷): 백이. 숙제(叔齊)와 함께 고죽군(孤竹君)의 아들이었는데 고죽군이 나라를 숙제에게 물려주려고 하자 숙제가 그것이 예법에 어긋나는 것이라고 사양하고 백이 역시 사양함. 결국 두 사람은 나라를 떠나 문왕을 섬기러 주(周)나라로 갔으나, 이미 문왕은 죽고 그의 아들인 무왕이 왕위에 올라 있었으니 무왕이 당시 천자국인 은(殷)나라를 정벌하려 하자, 이에 백이와 숙제가 제후로서 천자를 정벌하는 것이 적절치 못함을 간하였으나 무왕이 듣지 않음. 이에 두 사람은 주나라의 녹을 받은 것을 부끄럽게 여겨 수양산에 들어가 고사리만 뜯어 먹다가 굶어 죽었

숙제(叔齊) 고마이간(叩馬而諫)301)ᄒ야 포역푀(暴易暴ㅣ)302)라 ᄒ니 방금(方今)에 왕(王)이 무왕(武王)의 셩덕(盛德)이 업고 텬직(天子ㅣ) 셩명(聖明)303)ᄒ샤 샹쥬(商紂)304)의 잔획(殘獲)305)이 업스니 내 비록 황구소익(黃口小兒ㅣ)306)나 고ᄉ(古史)를 닑어 군신지의(君臣之義)307) 즁(重)ᄒ믈 아ᄂ니 왕(王)이 쳔승(千乘)308) 국군(國君)으로 동오(東吳)ᄂ 녜악(禮樂)이 가진 나라히라 이를 모로던다?"

왕(王)이 대로(大怒)ᄒ야 글오딕,

"너 소익(小兒ㅣ)

• • •

61면

과인(寡人)을 이딕도록 능만(凌漫)309)ᄒ리오? 아모커나 격셔(檄書)를 닉라. 보아 결(決)ᄒ리라."

시랑(侍郎)이 웃고 왈(曰),

"ᄎ(此)ᄂ 대죠(大朝) 대신(大臣)의 글월이니 왕(王)이 졉딕(接

다 함. 『사기』, 「백이열전(伯夷列傳)」.

301) 고마이간(叩馬而諫): 말굴레를 잡고 간함. 백이와 숙제가 주나라 무왕이 천자인 은나라 주(紂)를 치려 하자 이를 말리기 위해 했던 행위. 『사기』, 「백이열전(伯夷列傳)」.

302) 포역푀(暴易暴ㅣ): 포악함으로써 포악함을 다스림. 이포이포(以暴易暴). 백이와 숙제가 수양산에서 굶주려 죽기 전에 지은 노래에 나오는 가사. 무왕이 주왕을 친 것이 이에 해당한다는 말임. 『사기』, 「백이열전(伯夷列傳)」.

303) 셩명(聖明): 성명. 거룩하고 현명함.

304) 샹쥬(商紂): 상주. 상(商)나라의 주왕. 상나라는 중국 은(殷)나라의 처음 이름이었음.

305) 잔획(殘獲): 잔인하고 포학함.

306) 황구소익(黃口小兒ㅣ): 황구소아. 부리가 누런 새 새끼처럼 어린 아이.

307) 군신지의(君臣之義): 임금과 신하 사이의 의리.

308) 쳔승(千乘): 천승. 천 대의 병거라는 뜻으로, 제후를 이르는 말. 제후는 천 대의 병거를 낼 만한 나라를 소유하였음.

309) 능만(凌漫): 업신여겨 만만하게 봄.

對)310)치 아니면 내 머리를 버혀도 글월을 못 닉리라."

왕(王)이 더옥 노(怒)ᄒ거늘 원슈(元帥) 오셰영이 주왈(奏曰),

"듕국(中國) 션비 본(本)되 교만(驕慢)ᄒ니 제 원(願)되로 좌(座)를 주샤 격셔(檄書)를 보실 거시니이다."

왕(王)이 드되여 시랑(侍郎)을 당(堂)에 올녀 방셕(方席)을 주어 되좌(對坐)311)ᄒ니 시랑(侍郎)이 바야흐로 ᄉ미로조ᄎ 격셔(檄書)를 닉여 주니 오왕(吳王)이 소황문(小黃門)312)으로 ᄒ야금 밧아 펴 보니 ᄒ여시되,

'텬죠(天朝) 대원슈(大元帥) 니관셩은 글을 오국(吳國) 뎐하(殿下)긔 밧드ᄂ니 대왕(大王)이 일즉 뎨실(帝室) 지친(至親)으로 션죠(先朝)의 대은(大恩)을 닙ᄉ

· ●

62면

와 왕(王)을 봉(封)ᄒ엿거늘 무어시 부족(不足)ᄒ야 군ᄉ(軍士)를 니ᄅ혀 텬죠(天朝)를 범(犯)ᄒ야 스스로 대역(大逆)에 ᄲ지ᄂ뇨? 텬지(天子ㅣ) ᄀ장 통히(痛駭)313)ᄒ샤 혹ᄉ(學生)으로 졍토(征討)314)ᄒ라 ᄒ시니 만일(萬一) 안병(按兵)315) 손갑(損甲)316)ᄒ고 귀항(歸降)317)

---

310) 졉되(接對): 접대. 맞아들여 대면함.

311) 되좌(對坐): 대좌. 마주 대하여 앉음.

312) 소황문(小黃門): 어린 내시.

313) 통히(痛駭): 통해. 몹시 이상스러워 놀람.

314) 졍토(征討): 정토. 적이나 죄 있는 무리를 무력으로 침.

315) 안병(按兵): 진군하던 군대를 한곳에 멈추어 둠.

316) 손갑(損甲): '갑옷을 버림'의 뜻으로 보이나 미상.

317) 귀항(歸降): 싸움에 져서 적에 항복함.

홀진딕 왕(王)의 뎐가(全家) 냥쳑(兩戚)이 무ᄉᆞ(無事)ᄒᆞ려니와 블연(不然)즉 대군(大軍)이 ᄒᆞᆫ 번(番) 움죽이ᄆᆡ 옥셕(玉石)을 굴히지 못ᄒᆞ리니 그 스ᄉᆞ로 싱각홀지어다.'

ᄒᆞ엿더라.

왕(王)이 보기ᄅᆞᆯ 맛고 그 녜뫼(禮貌ㅣ) 온공(溫恭)ᄒᆞ고 말ᄉᆞᆷ이 졀당(切當)318)ᄒᆞ야 문ᄎᆡ(文彩) 쟝강(長江)과 대ᄒᆡ(大海) 가온딕 금슈(錦繡)ᄅᆞᆯ 흣튼 듯ᄒᆞᄆᆞᆯ 보고 ᄆᆞ음에 항복(降服)ᄒᆞ며 경탄(敬歎)ᄒᆞ야 이윽이 말이 업다가 붓슬 드러 답셔(答書)ᄅᆞᆯ 닐워 주고 시랑(侍郞)을 쥬찬(酒饌)319)을 관딕(款待)320)ᄒᆞ야

63면

보ᄂᆞ니 시랑(侍郞)이 년쇼(年少) 약관(弱冠) 빅면셔싱(白面書生)321)으로 오왕(吳王) ᄀᆞᆺᄐᆞᆫ 흉(凶)ᄒᆞᆫ 위인(爲人)을 관속322)(管束)323)ᄒᆞ니 그 위인(爲人)을 이에 붉히 알니러라.

시랑(侍郞)이 도라가 답셔(答書)ᄅᆞᆯ 부친(父親)긔 드리니 승샹(丞相)이 펴 보니 글와시딕,

'동오왕(東吳王)은 ᄌᆡᄇᆡ(再拜)ᄒᆞ고 니(李) 원슈(元帥) 막하(幕下)에 글을 밧드ᄂᆞ니 션쟈(先者)의 합하(閤下)의 예명(譽名)324)이 먼니 아

---

318) 졀당(切當): 절당. 사리에 맞음.

319) 쥬찬(酒饌): 주찬. 술과 안주.

320) 관딕(款待): 관대. 정성껏 대접함.

321) 빅면셔싱(白面書生): 백면서생. 글만 읽고 세상일에는 경험이 없는 사람.

322) 속: [교] 원문에는 '슈'로 되어 있으나 오기로 보이므로 국도본(17:74)을 따름.

323) 관속(管束): 행동을 제어함.

324) 예명(譽名): 기리는 이름.

국(我國)에 진동(振動)호니 마양 우러라 흠션(欽羨)325)호되 시러곰 얼골 보기를 엇지 못호엿더니 금일(今日) 텬셔(天書)를 밧으니 진실(眞實)노 닐홈 아릭 헛사룸이 아니믈 씨닷노라. 과인(寡人)이 비록 오국(吳國) 번왕(藩王)이나 아릭로 우흘 범(犯)치 못호믄 즈못 알오 딕 이제 텬직(天子ㅣ) 블인학정(不仁虐政)326)호시니 춤지 못호야 군(軍)을 니릭혀 정벌(征伐)

64면

호닋니 군(君)은 고이(怪異)히 넉이지 말고 즈웅(雌雄)을 결(決)호라.' 호엿더라.

승샹(丞相)이 견파(見罷)에 소왈(笑曰),

"오왕(吳王)이 쏘흔 대톄(大體)를 알 거시로딕 필연(必然) 아모나 그 쯧을 낫고와 도도니 잇도다. 져의 원(願)딕로 쾌(快)히 결젼(決戰)호야 승픽(勝敗)를 보리라."

호고 대소(大小) 삼군(三軍) 쟝수(將士)로 더브러 위의(威儀)를 정(正)히 호고 청젼(請戰)호믈 기다리더니 오왕(吳王)이 쏘흔 군병(軍兵) 쟝수(將士)를 엄(嚴)히 호야 진젼(陣前)에 나와 승샹(丞相)을 청(請)호니 명군(明軍) 진즁(陣中)에서 큰 북이 세 번(番) 울고 방포(放砲) 소릭 하늘을 움죽이더니 진문(陣門)을 크게 열고 가온딕로조초 빅모황월(白旄黃鉞)327)과 황금부월(黃金斧鉞)328)이며 도창검극(刀槍

---

325) 흠션(欽羨): 흠선. 공경하고 부러워함.
326) 블인학정(不仁虐政): 불인학정. 어질지 못하고 포학한 정치를 행함.
327) 빅모황월(白旄黃鉞): 백모황월. 털이 긴 쇠꼬리를 장대 끝에 매달아 놓은 기와 누런 도끼.
328) 황금부월(黃金斧鉞): 황금 도끼.

劍戟)329)이 층층밀밀(層層密密)330)이 별 흐르듯 나와 좌우(左右)로 숨 버듯 느러서

고 죵고(鍾鼓) 소리 요량(嘹喨)331)ᄒ더니 흔 쎄 호쟝(護將) 슈십(數十)이 슈리를 미러 나오니 ᄉ면(四面) 쥬렴(珠簾)332)을 반(半)만 것고 거샹(車上)의 일(一) 인(人)이 ᄌ금통텬관(紫金通天冠)333)을 쓰고 몸의 빅능의(白綾衣)334)를 붓치고 우희 홍금슈라젼(紅錦繡羅氈)335)을 쎠닙고 손에 산호치(珊瑚-)를 드러시니 냥목(兩目)에 묽은 긔운이 먼니 적국(敵國)에 쏘이고 긔샹(氣像)이 호호탕탕(浩浩蕩蕩)ᄒ야 늠연(凜然)336)이 ᄀ을 믈결 ᄀᆺᄐ디 두 편(偏)에 냥개(兩個) 명쟝(名將)이 쇄ᄌ갑(鎖子甲)337)을 닙고 황금(黃金) 투고를 쓰고 셔리 ᄀᆺᄐᆫ 보검(寶劍)을 들고 비룡(飛龍) ᄀᆺᄐᆫ 말을 타 좌우(左右)에 서시니 옥골풍광(玉骨風光)이 졀듸미인(絕對美人)이 단쟝(丹粧)ᄒ고 서심 ᄀᆺᄐ니

---

329) 도챵검극(刀槍劍戟): 온갖 칼과 창.

330) 층층밀밀(層層密密): 빽빽함.

331) 요량(嘹喨): 소리가 맑고 낭랑함.

332) 쥬렴(珠簾): 주렴. 구슬을 꿰어 만든 발.

333) ᄌ금통텬관(紫金通天冠): 자금통천관. 자금으로 만든 통천관. 자금은 적동(赤銅)의 다른 이름으로, 적동은 구리에 금을 더한 합금임. 통천관은 원래 황제가 정무(政務)를 보거나 조칙을 내릴 때 쓰던 관으로, 검은 깁으로 만들었는데 앞뒤에 각각 열두 솔기가 있고 옥잠(玉簪)과 옥영(玉纓)을 갖추었음.

334) 빅능의(白綾衣): 백릉의. 희고 얇은 비단으로 만든 옷.

335) 홍금슈라젼(紅錦繡羅氈): 홍금수라전. 붉은 비단으로 된 털옷.

336) 늠연(凜然): 위엄이 있고 당당함.

337) 쇄ᄌ갑(鎖子甲): 쇄자갑. 갑옷의 하나. 사방 두 치 정도 되는 돼지가죽으로 된 미늘을 작은 고리로 꿰어 만듦.

오왕(吳王)이 니(李) 승샹(丞相)의 위풍(威風)과 군법(軍法)에 삼엄(森嚴)ᄒ믈 보고 놀나고 그 안칙(眼彩)를 흠앙(欽仰)[338]ᄒ야 이에 몸을 굽혀 굴오ᄃᆡ,

"과인(寡人)이 텬명(天命)을 밧ᄌᆞ와 응

⋯

텬슌인(應天順人)[339]ᄒ거늘 원쉬(元帥ㅣ) 엇진 고(故)로 슈만(數萬) 니(里)에 부졀업슨 군(軍)을 니ᄅᆞ혀 과인(寡人)을 막ᄂᆞ뇨?"

승샹(丞相)이 졍ᄉᆡᆨ(正色) 왈(曰),

"왕(王)의 말이 ᄉᆞ톄(事體)[340]를 아지 못ᄒᆞ미라. 당금(當今)에 쥬샹(主上)이 대위(大位)를 니으샤 걸쥬(桀紂)[341]의 졍ᄉᆞ(政事ㅣ) 업스며 ᄉᆞ방(四方) 제후(諸侯)를 무휼(撫恤)[342]ᄒ시믈 못 밋출 다시 ᄒᆞ시거늘 왕(王)이 방ᄌᆞ(放恣)히 대병(大兵)을 니ᄅᆞ혀 샹국(上國) 지계(地界)를 범(犯)ᄒᆞ고 칭왈(稱曰) '응텬슌인(應天順人)ᄒ노라.' ᄒᆞ니 이ᄂᆞᆫ 식쟈(識者)의 아닐 말이라. 왕(王)이 므슴 덕(德)이 문무셩탕(文武成湯)[343]을 ᄯᆞᆯ오ᄂᆞ뇨?"

---

338) 흠앙(欽仰): 공경하여 우러러 사모함.

339) 응텬슌인(應天順人): 응천순인. 하늘에 응하고 사람을 따름.

340) ᄉᆞ톄(事體): 사체. 사리와 체면. 혹은 사태.

341) 걸쥬(桀紂): 걸주. 중국 하나라의 걸왕과 은나라의 주왕. 곧 천하의 폭군을 비유하는 말.

342) 무휼(撫恤): 사랑하여 어루만지고 위로함.

343) 문무셩탕(文武成湯): 문무성탕. 주(周)나라의 문왕(文王)과 무왕(武王), 은(殷)나라의 탕왕(湯王)을 이름. 성탕(成湯: 탕왕의 다른 이름)은 제후로서 하(夏)나라의 천자 걸왕(桀王)을 치고서 상(商)나라의 첫 황제가 되었고, 무왕은 제후로서 은나라의 천자 주왕(紂王)을 치고서 주나라의 첫 황제가 되었음. 문왕은 무왕의 아버지로서 성인으로 추앙받음.

왕(王)이 구연(懼然)[344] ᄒᆞ야 잠잠(潛潛) ᄒᆞ고 말을 아니ᄒᆞ더니 원슈
(元帥) 오세영이 분연(憤然)이 ᄆᆞᆯ을 ᄯᅱ여 니다라 왈(曰),

"아군(我君)이 임의 텬명(天命)을 밧은 재(者ㅣ)어늘 너희 엇지 잡
말(雜-)을 ᄒᆞᄂᆞᆫ다?"

텬죠(天朝) 션봉(先鋒) 쟝셩닙이 니다라 마ᄌ 왈(曰),

"너희ᄂᆞᆫ 반적(叛賊)[345]

＊＊

67면

역신(逆臣)이라 일검(一劍)의 오왕(吳王)의 머리ᄅᆞᆯ 버히리라."

셜파(說罷)에 냥쟝(兩將)이 어우러져 십여(十餘) 합(合)이나 ᄡᅡ호
니 셩닙의 긔운은 빅승(倍勝) ᄒᆞ고 셰영은 점점(漸漸) 손이 푸러져 창
(槍) ᄡᅳᄂᆞᆫ 법이 어ᄌᆞ럽거늘 오(吳) 진듕(陣中)의셔 부쟝(副將) 오환이
니다라 셰영을 도으니 셩닙이 대로(大怒)ᄒᆞ야 크게 소ᄅᆡᄒᆞ고 ᄒᆞᆫ 칼노
오환을 질너 ᄂᆞ리치니 셰영이 더옥 넉시 업셔 ᄆᆞᆯ을 도로혀 다라ᄂᆞ니
셩닙이 승승(乘勝)ᄒᆞ야 츄살(追殺)[346]ᄒᆞ니 오왕(吳王)이 분긔튱텬(憤
氣衝天)[347]ᄒᆞ야 대쟝군(大將軍) 셕츙과 부쟝군(副將軍) 셕명을 명
(命)ᄒᆞ야 ᄡᅡ호라 ᄒᆞ니 이(二) 쟝(將)이 쳔니마(千里馬)ᄅᆞᆯ 타고 방천극
(方天戟)[348]을 들고 니다라 댱셩닙을 에워ᄡᅡ고 치니 그 흉녕(凶獰)[349]
ᄒᆞ미 태산(泰山)에 밍회(猛虎ㅣ) 톱[350]을 허위고[351] 낡ᄯᅱᄂᆞᆫ 듯ᄒᆞ니

---

344) 구연(懼然): 두려워하는 모양.

345) 반적(叛賊): 자기 나라를 배반한 역적.

346) 츄살(追殺): 추살. 쫓아가 죽임.

347) 분긔튱텬(憤氣衝天): 분기충천. 분하거나 의로운 기개, 기세 따위가 북받쳐 오름.

348) 방천극(方天戟): 방천극. 언월도(偃月刀)나 창 모양으로 만든 옛날 중국 무기의 하나.

349) 흉녕(凶獰): 성질이 흉악하고 사나움.

성님이 좌ᄎ우응(左遮右應)352)ᄒ야 능(能)히 제어(制御)치 못ᄒ거ᄂᆞᆯ 부원슈(副元帥) 니몽현이 진샹(陣上)의셔 바라보고 분긔(憤氣) 돌관(突冠)353)ᄒ야 쟝속(裝束)354)을 졍(正)히 ᄒ고 손의 삼(三) 쳑(尺) 냥잉도(兩刃刀)355)를 들고 ᄆᆞᆯ을 달녀 나가 셕명을 마ᄌ 두어 합(合)을 ᄡᅡ호다가 잉도(刃刀)를 드러 투고를 쳐 나리치니 셕츙이 대로(大怒)ᄒ야 부마(駙馬)의게 다라드니 부매(駙馬ㅣ) ᄯᅩ 두어 합(合)을 ᄡᅡ호다가 버혀 ᄂᆞ리치니 옥안영풍(玉顔英風)356)이 츌즁(出衆)ᄒᆞᆫᄃᆡ ᄀᆞᄂᆞᆫ 허리 바름에 붓치이고 초옥(楚玉)357) ᄀᆞᄐᆞᆫ 셤쉬(纖手ㅣ) 칼을 니긔지 못홀 ᄃᆞᆺᄒᆞᄃᆡ 진샹(陣上)의셔 이(二) 쟝(將)을 버히ᄃᆡ 조금도 구겁(懼怯)358)지 아니ᄒ니 오왕(吳王)이 대경(大驚)ᄒ야 사ᄅᆞᆷ으로 웨여 왈(曰),

"이ᄂᆞᆫ 엇던 사ᄅᆞᆷ인다?"

부매(駙馬ㅣ) 크게 웨여 ᄀᆞᆯ오ᄃᆡ,

---

350) 톱: 손톱과 발톱을 통틀어 이르는 말.

351) 허위고: 허비고. 손톱이나 날카로운 물건 따위로 긁어 파고.

352) 좌ᄎ우응(左遮右應): 좌차우응. 왼쪽을 막고 오른쪽을 응함.

353) 돌관(突冠): 화가 나서 머리털이 솟아 관에 부딪힘.

354) 쟝속(裝束): 장속. 차림새.

355) 냥잉도(兩刃刀): 양인도. 양쪽에 날이 있는 검.

356) 옥안영풍(玉顔英風): 옥 같은 얼굴과 영걸스러운 풍채.

357) 초옥(楚玉): 초나라의 옥. 중국 춘추시대 초(楚)나라 형산(荊山)에서 난 화씨벽(和氏璧)을 이름. 초나라의 변화(卞和)라는 이가 박옥(璞玉)을 발견하여 초나라 왕인 여왕(厲王)과 그 후의 무왕(武王)에게 바쳤으나 왕들이 그것을 돌멩이로 간주하여 각각 변화의 왼쪽 발과 오른쪽 발을 자름. 이후 문왕(文王)이 즉위하자 변화는 왕에게 갈 수 없어 통곡하니, 문왕이 그 소문을 듣고 옥공(玉工)을 시켜 박옥을 반으로 가르게 해 진귀한 옥을 얻고 이를 화씨벽(和氏璧)이라 칭함. 『한비자(韓非子)』에 이 이야기가 실려 있음.

358) 구겁(懼怯): 두려워하고 겁먹음.

"나는 텬죠(天朝) 부원슈(副元帥) 니몽현이어니와 역쟈(逆者)를

••

69면

이쎄에 아니 죽이고 어느 쌔를 기다리리오?"

셜파(說罷)에 군(軍)을 모라 즛치니 오왕(吳王)이 밋쳐 슈족(手足)을 놀니지 못ᄒ고 갑옷(甲-)과 투고를 벗셔 셩즁(城中)으로 드러가니 부매(駙馬ㅣ) 쟝셩닙으로 더브러 일진(一陣)을 엄살(掩殺)[359]ᄒ고 개가(凱歌)[360]를 블너 도라가니라.

오왕(吳王)이 셩(城)에 드러가 군ᄉ(軍士)를 뎜고(點考)[361]ᄒ니 밍쟝(猛將) 셋과 군ᄉ(軍士) 슈쳔(數千)이 죽어시니 비분(悲憤)ᄒ믈 니긔지 못ᄒ야 글오듸,

"내 발군(發軍)ᄒ므로붓터 이듸도록 픽군(敗軍)ᄒᆫ 적이 업더니 오날ᄂᆯ 슈쟈(豎子)[362]의 쇠에 속을 줄 알니오? 당당(堂堂)이 원슈(怨讐)를 갑흐리라."

오셰영 왈(曰),

"져 슈지(豎子ㅣ) 비록 용밍(勇猛)이 이시나 지뫼(智謀ㅣ) 업슬 거시니 오날 밤에 그 진(陣)을 겁칙(劫勑)[363]ᄒᆫ즉 가(可)히 니관셩을 잡으리이다."

왕(王)이 깃거 ᄎᆞ야(此夜)에 군ᄉ(軍士) 오쳔(五千)을 거ᄂᆞ려 ᄀ만

---

359) 엄살(掩殺): 갑자기 습격해 죽임.

360) 개가(凱歌): 싸움에서 이기고 돌아올 때에 부르는 노래. 개선가(凱旋歌).

361) 뎜고(點考): 점고. 명부에 일일이 점을 찍어가며 사람의 수효를 조사함.

362) 슈쟈(豎子): 수자. 풋내기라는 뜻으로 남을 업신여기는 말.

363) 겁칙(劫勑): 겁박하여 탈취함.

이 셩문(城門)

을 열고 명진(明陣)으로 나아가다.

이쩍 쟝셩닙이 도라가 공(功)을 밧치니 승샹(丞相) 왈(曰),

"이제 잠간(暫間) 져의 예긔(銳氣) 최찰(摧撮)364)ᄒ여시나 오셰영은 경(輕)이 볼 거시 아니라 그 쯧이 깁허 측냥(測量)치 못홀 거시니 여등(汝等)은 일시(一時) 니긔믈 깃거 말고 쟝ᄂᆡ(將來) 원녀(遠慮)365)를 홀지어다."

셩닙 등(等)이 븨샤(拜謝)ᄒ야 맛당ᄒ믈 닐쿳고 부매(駙馬ㅣ) 쏘흔 지긔(知機)366)ᄒ미 이셔 고(告)ᄒ야 왈(曰),

"ᄒᆡ이(孩兒ㅣ) 건샹(乾象)을 보건ᄃᆡ 적(敵)이 당당(堂堂)이 금야(今夜)에 오리니 방비(防備)ᄒ믈 굿게 홀지라 ᄒᆡ이(孩兒ㅣ) 여ᄎᆞ여ᄎᆞ(如此如此) ᄒ여지이다."

승샹(丞相)이 허락(許諾)ᄒ고 쏘 제쟝(諸將)을 블너 일일(一一)이 계교(計巧)를 갈ᄋᆞ치니 쳥녕(聽令)ᄒ고 퇴(退)ᄒ다.

ᄎᆞ야(此夜) 삼경(三更)에 오왕(吳王)이 과연(果然) 군ᄉᆞ(軍士)를 거ᄂᆞ려 치쥼(-中)에 다라드니 일(一) 인(人)도 업고 다만 등쵹(燈燭)이 휘황(輝煌)홀 ᄯ쑨

---

364) 최찰(摧撮): '최절(摧折)'과 같은 뜻으로 '꺾다', '위축시키다'라는 뜻.

365) 원녀(遠慮): 원려. 앞으로 올 일을 헤아리는 깊은 생각.

366) 지긔(知機): 지기. 기미를 앎.

이오 영즁(營中)이 뷔엿거늘 오왕(吳王)이 대경(大驚)ᄒ야 급(急)히
군(軍)을 믈녀 슈십(數十) 보(步)ᄂ 가셔 믄득 일위(一位) 대쟝(大將)
이 슈쳔(數千) 군(軍)을 거ᄂ려 길을 막으며 대호(大呼) 왈(曰),

"오왕(吳王)은 닷지 말나. 텬죠(天朝) 대션봉(大先鋒) 댱셩닙이 이
에 잇노라."

오왕(吳王)이 대로(大怒)ᄒ야 다라드러 ᄡᆞ호더니 댱셩닙이 두어
합(合)을 ᄡᆞ호다가 믄득 다라나니 왕(王)이 분노(忿怒)ᄒ여 ᄯᆞᆯ오고져
ᄒ거늘 오셰영이 말녀 왈(曰),

"ᄎ인(此人)의 도라가미 진짓 못 니긔미 아니라 쇠 이시미라 경이
(輕易)히 ᄯᆞᆯ오지 마ᄅ소셔."

왕(王)이 올히 넉여 말을 도로혀거늘 셩닙이 도라셔셔 무궁(無窮)
이 슈욕(羞辱)[367]ᄒᆞᆫ딕 왕(王)이 대로(大怒)ᄒ야 ᄯᆞ라 좃더니 슈리(數
里)ᄂ 가셔 젼군(前軍) 슈쳔(數千)이 디함(地陷)[368]에 ᄲᆞ지니 왕(王)
이 대경(大驚)ᄒ야 급(急)히 다라나 슈십(數十) 니(里)

ᄂ 가셔 인매(人馬ㅣ) 곤핍(困乏)[369]ᄒᆞᆫ지라. 잠간(暫間) 쉬더니 홀연
(忽然) 슈플 ᄉᆞ이로셔 슈쳔(數千) 초롱(-籠)[370]과 일만(一萬) 홰블이

---

367) 슈욕(羞辱): 수욕. 모욕함.

368) 디함(地陷): 지함. 땅이 움푹 가라앉아 꺼짐.

369) 곤핍(困乏): 몹시 지쳐 고단함.

370) 초롱(-籠): 촛불이 바람에 꺼지지 않도록 겉에 천 따위를 씌운 등. 주로 촛불을 켜

일시(一時)에 니러나니 일식(日色)을 우이 넉이고 흔 쟝쉬(將帥ㅣ) 청총마(靑驄馬)371)를 빗기 타고 셔리 갓튼 보검(寶劍)을 드러 길을 막고 쑤지져 왈(曰),

"역직(逆者ㅣ) 어딕로 가느뇨?"

오왕(吳王)이 넉시 몸의 붓지 아니ᄒᆞ야 눈을 졍(正)ᄒᆞ야 주시 보니 이 곳 부원슈(副元帥) 니몽현이라. 왕(王)이 분한(憤恨)이 츙텬(衝天)ᄒᆞ야 니를 갈고 왈(曰),

"슈직(豎子ㅣ) 딤(朕)을 엇지 이딕도록 업슈이 넉이느뇨?"

셜파(說罷)에 서로 싸화 부매(駙馬ㅣ) 군(軍)을 지휘(指揮)ᄒᆞ야 오병(吳兵)을 틱반(太半)이나 죽이고 오왕(吳王)이 대픽(大敗)ᄒᆞ야 다라나거늘 부매(駙馬ㅣ) 쏠오지 아니ᄒᆞ고 도라오니라.

년(連)ᄒᆞ야 큰 공(功)을 닐운지라 삼군(三軍) 대쇼(大小) 군졸(軍卒)이 크게 즐겨 환성(歡聲)

· ●●

73면

이 열열(熱烈)ᄒᆞ더라. 승샹(丞相)이 제쟝(諸將)을 크게 샹ᄉᆞ(賞賜)ᄒᆞ고 잔치ᄒᆞ야 호군(犒軍)372)ᄒᆞ니 모든 인심(人心)이 더욱 깃거ᄒᆞ더라.

댱셩닙이 고(告)ᄒᆞ되,

"이제 역젹(逆賊)이 예긔(銳氣)를 일허시니 이ᄢᅢ를 타 셩(城)을 치지 아니ᄒᆞ고 어니 ᄢᅢ를 기다리리잇고?"

승샹(丞相)이 딕왈(對曰),

기 때문에 붙여진 이름.

371) 청총마(靑驄馬): 청총마. 갈기와 꼬리가 파르스름한 백마.

372) 호군(犒軍): 군사들에게 음식을 주어 위로함.

"므릇 니합(離合)이 찌 잇느니 내 즈연(自然) 계교(計巧) 이시리라."

ᄒ고 슈십(數十) 일(日)을 안병(按兵) 부동(不動)ᄒ야 나지 아니ᄒ니 오왕(吳王)이 ᄯ흔 두 번(番) 싸홈에 군ᄉ(軍士)를 여러 쳔(千)을 죽이고 므음이 편(便)치 아냐 셩(城)을 굿이 직희고 나지 아냣더니,

십여(十餘) 일(日)이 지나미 이쩌 대쟝군(大將軍) 셔유문이 셩(城) 동문(東門) 밧 오(五) 리(里)에서 군ᄉ(軍士)를 됴련(調練)ᄒ더니 오왕(吳王)이 두 번(番) 픽(敗)ᄒ야 나지 아니믈 듯고 즉시(卽時) 드러와 고(告)ᄒ디,

"승픽(勝敗)ᄂ 병가(兵家)의 샹

• •

74면

시(常事ㅣ)라. 대왕(大王)이 이제 두 번(番) 픽(敗)ᄒ믈 인(因)ᄒ야 군(軍)을 ᄂ지 아니시니 어ᄂ 찌 대업(大業)을 일우려 ᄒ시ᄂ니잇가?"

왕(王) 왈(曰),

"내 이 ᄯᆺ이 업슨 거시 아니라 명진(明陣)에 긔특(奇特)ᄒ 쟝쉬(將帥ㅣ) 만ᄒ니 경적(輕敵)373)지 못ᄒ미라."

유문이 분연(憤然)ᄒ야 왈(曰),

"내 일즉 드릇니 텬죠(天朝) 대원슈(大元帥)ᄂ 승샹(丞相) 니관셩이오, 부원슈(副元帥)ᄂ 부마(駙馬) 니몽현이라 ᄒ니 니관셩은 블과(不過) 챵하(窓下) 셔싱(書生)이오, 니몽현은 더옥 향규(香閨)374)의 아리ᄯ온 손이라 져희 엇지 진법(陣法)을 알니오마ᄂ 대왕(大王)이 일을 소리(率爾)375)히 ᄒ시고 져 소이(小兒ㅣ) 맛춤 운(運)이 됴화

---

373) 경적(輕敵): 경적. 가볍게 대적함.
374) 향규(香閨): 향기로운 규방.

두어 번(番)을 니긔여시나 뉘 유문의 용녁(勇力)을 당(當)ᄒ리오? 대왕(大王)은 쾌(快)히 쳥젼(請戰)ᄒ쇼셔.”

오왕(吳王)이 올히 넉여 ᄉ쟈(使者)를 명진(明陣)에 보닉여 싸

∙ ∙ ∙

75면

홈을 쳥(請)ᄒ딕 승샹(丞相)이 회답(回答) 왈(曰),

“금일(今日) 맛춤 ᄉ괴(事故ㅣ) 이시니 쳥(請)컨딕 일일(一日)을 허(許)ᄒ야 명일(明日)을 기다리라.”

ᄉ재(使者ㅣ) 도라와 이딕로 고(告)ᄒ니 셔유문이 소왈(笑曰),

“발셔 겁(怯)ᄒ미로다. 져희 원(願)딕로 ᄒ리라.”

ᄒ더라.

ᄎ시(此時), 삼군(三軍) 제쟝(諸將)이 여러 날 싸홈 긋치믈 민망(憫憫)ᄒ야 ᄒ다가 싸호ᄌ ᄒ믈 듯고 크게 깃거ᄒ더니 승샹(丞相)이 블허(不許)ᄒ믈 보고 아연(訝然)376)ᄒ야 굴오딕,

“원쉬(元帥ㅣ) 군즁(軍中)에 연괴(緣故ㅣ) 업거늘 하고(何故)로 탈(脫)ᄒ시ᄂᆞ뇨?”

원쉬(元帥ㅣ) 소왈(笑曰),

“금일(今日)은 아군(我軍)에 유익(有益)지 아니니 ᄡᅪ화 무익(無益)ᄒ고 명일(明日)은 대길(大吉)ᄒ니 계교(計巧)를 닐우고 셩(城)을 아ᄉ리니 제쟝(諸將)은 안심(安心)ᄒ라.”

모다 무언(無言)ᄒ고 퇴(退)ᄒ다.

이튼날 제쟝(諸將)이 융복(戎服)을 ᄀᆞ초고 쟝젼(帳前)377)에 드러와

---

375) 소리(率爾): 솔이. 성질이나 언행이 신중하지 않고 소홀함.
376) 아연(訝然): 이상하게 생각함.

청녕(聽令)홀시 승상(丞相)이 닐오

딕,

"내 일죽 드르니 셔유문은 오국(吳國) 명쟝(名將)이라 가(可)히 일시(一時)에 제어(制御)치 못ᄒ리니 선봉(先鋒) 댱성납과 부선봉(副先鋒) 젼신이 마ᄌ 밧호딕 여ᄎ여ᄎ(如此如此)ᄒ여 굿ᄒ여 니긔려 말고 그 긔운을 진(盡)케 ᄒ라."

ᄯᅩ 부마(駙馬)를 블너,

"이리이리 ᄒ라."

ᄒ고 ᄯᅩ 호위쟝군(護衛將軍) 몽원을 블너 굴오딕,

"이리로셔 십(十) 니(里)만 가면 형산(衡山)이 이시니 게 가 믹복(埋伏)ᄒ엿다가 여ᄎ여ᄎ(如此如此) ᄒ라. 오왕(吳王)이 픽(敗)ᄒ야 필연(必然) 그곳에 가리라."

드듸여 ᄌ가(自家) 대쇼(大小) 쟝ᄉ(將士)를 거ᄂ려 계교(計巧)를 힝(行)ᄒ고 편쟝군(偏將軍)378) 니한을 명(命)ᄒ야 진(陣)을 믈녀 도라가ᄂᆫ 계교(計巧)를 ᄒ라 ᄒ니 제쟝(諸將)이 각각(各各) 계교(計巧)를 듯고 각진(各陣)으로 도라오니라.

ᄎ시(此時), 셔유문이 명군(明軍)의 청젼(請戰)ᄒᆞ믈 기다리더니 초탐군(哨探軍)379)이 보(報)ᄒ딕,

---

377) 쟝젼(帳前): 장전. 임금이 들어가 있는 장막의 앞. 여기서는 이관성이 있는 장막의 앞을 뜻함.

378) 편쟝군(偏將軍): 편장군. 동한 삼국시대에 설치된 잡호장군(雜號將軍)의 명칭. 정벌 전쟁을 주관함.

379) 초탐군(哨探軍): 염탐꾼.

"명군(明軍)이 진(陣)을 믈

녀 도라가ᄂ이다."

유문이 소왈(笑曰),

"이 필연(必然) 군량(軍糧)이 핍절(乏絶)[380]ᄒᆞ미라 ᄎ시(此時)를 타 ᄶᅩᆯ올 거시라."

오세영 왈(曰),

"니관셩은 지뫼(智謀ㅣ) ᄀᆞᆺ진 쟝슈(將帥ㅣ)라 그 가온ᄃᆡ 쇠 이시미라."

문 왈(曰),

"쇠 잇다 관계(關係)ᄒᆞ며 ᄒᆞᆯ며 십만(十萬) 군(軍)이 여러 만(萬) 니(里)에 군량(軍糧)이 핍절(乏絶)ᄒᆞ미니 이ᄢᅦ를 바리고 어니 ᄢᅦ를 기다리리오?"

오왕(吳王)이 올히 넉여 크게 대군(大軍)을 닐우혀 명진(明陣)을 향(向)ᄒᆞ니 그 셰(勢) 풍우(風雨) ᄀᆞᆺ더라.

한이 승샹(丞相) 계교(計巧)ᄃᆡ로 진샹(陣上)의 긔치(旗幟)를 엄졍(嚴正)이 ᄒᆞ고 완완(緩緩)이 군(軍)을 믈니더니 오군(吳軍))을 맛나 창황(倉黃)[381] ᄑᆡ주(敗走)여ᄂᆞᆯ 셔유문이 크게 군(軍)을 모라 ᄶᅩᆯ오니 니한이 나ᄂᆞᆫ 듯 다라나니 믈블의 ᄐᆞᆺ글이 니지 아닛ᄂᆞᆫ지라. 유문이 졈졈[382](漸漸) 먼니 ᄶᅩᆯ오더니 ᄒᆞᆫ 뫼 모롱이를 돌

---

380) 핍졀(乏絶): 핍졀. 공급이 끊어져 아주 없어짐.

381) 창황(倉黃): 허둥지둥 당황하는 모양.

382) 졈: [교] 원문에는 없으나 문맥을 고려하여 국도본(17:88)을 따라 추가함.

치며 니한이 간 되 업고 후군(後軍)이 대란(大亂)ᄒ며 범 ᄀᆺ튼 쟝슈(將帥)이(二) 인(人)이 슈만(數萬) 군(軍)을 거ᄂ려 적군(敵軍)을 즛치니 유문이 대경(大驚)ᄒ야 ᄆᆯ을 도로혀 냥진(兩陣)이 되(對)ᄒ야 ᄌᆞ시 보니 그 쟝슈(將帥)의 눈이 모나고 나룻시 길며 위풍(威風)이 규규(赳赳)383)ᄒ고 알픠 큰 긔(旗)에 금ᄌᆞ(金字)로 '텬죠(天朝) 대션봉(大先鋒) 댱셩닙이라.' ᄒ엿더라. 유문이 대미(大罵)384) ᄋᆞᆯ(曰),

"쇼지(少者ㅣ) 엇지 내 군졍(軍情)385)을 요란(搖亂)케 ᄒᄂ뇨?"

셩닙이 칼을 드러 크게 웃고 ᄋᆞᆯ(曰),

"내 우리 대원슈(大元帥) 명(命)을 밧ᄌᆞ와 너희 쥐무리ᄅᆯ 즛치려 ᄒᄂ니 역직(逆者ㅣ) 엇지 잡부리(雜--)386)ᄅᆯ 놀니ᄂ다?"

유문이 대로(大怒)ᄒ야 ᄆᆯ을 달녀 나아가 마ᄌᆞ 젼블슈합(戰不數合)387)에 셩닙이 픠(敗)ᄒ여 다라나니 유문이 십여(十餘) 리(理)ᄅᆯ ᄯᆯ오다가 오왕(吳王)이 즁군(中軍)의셔 대호(大呼) ᄋᆞᆯ(曰),

"슈

ᄌᆞ(豎子)의 픠(敗)ᄒ미 계교(計巧) 이시미니 쟝군(將軍)은 ᄯᆯ오지 말나."

---

383) 규규(赳赳): 용맹스러움.

384) 대미(大罵): 대매. 몹시 욕하여 크게 꾸짖음.

385) 군졍(軍情): 군정. 군대 내의 정세나 형편.

386) 잡부리(雜--): '잡된 부리'라는 뜻으로 '부리'는 새나 짐승의 주둥이를 뜻하므로 여기서는 '입'을 낮추어 부르는 말로 쓰임.

387) 젼블슈합(戰不數合): 전불수합. 싸운 지 몇 합이 되지 않음.

유문이 긋치고 도라가거늘 셩닙이 도라서셔 눈을 부릅쓰고 니를 갈아 왈(曰),

"금일(今日) 적ᄌᆞ(賊子) 쥬챵을 잡지 아니ᄒᆞ고 어늬 ᄯᅢ를 기다리리오?"

젼신이 ᄯᅩᄒᆞᆫ 츌마(出馬)ᄒᆞ야 크게 슈욕(羞辱)ᄒᆞ니 오왕(吳王)이 대로(大怒)ᄒᆞ야 유문을 명(命)ᄒᆞ야 ᄡᅩ호라 ᄒᆞ니 유문이 칼을 들고 ᄡᅩ화 십여(十餘) 합(合)이나 ᄒᆞ야셔 셩닙이 ᄯᅩ 픽(敗)ᄒᆞ야셔 다라ᄂᆞ니 오왕(吳王)이 분노(忿怒)ᄒᆞᆷ믈 니긔지 못ᄒᆞ야 ᄶᅩᆯ와가더니 오(五) 리(里)ᄂᆞᆫ 가셔 믄득 일(一) 쟝(將)이 슈쳔(數千) 군(軍)을 거ᄂᆞ려 뒤흘 막고 셩닙이 ᄯᅩ 니다라 유문을 ᄃᆡ적(對敵)ᄒᆞ고 젼신이 군마(軍馬)를 모라 크게 즛치니 유문이 졍(正)히 당(當)치 못ᄒᆞᄂᆞᄃᆡ 뒤흘 막던 쟝슈(將帥)ᄂᆞᆫ 구응ᄉᆞ군(救應使軍)[388] 구익이라 날ᄂᆡ미 비됴(飛鳥) ᄀᆞᆺ튼

. . .

80면

야 군ᄉᆞ(軍士)를 플 베히듯 ᄒᆞ니,

오왕(吳王)이 크게 픽(敗)ᄒᆞ야 겨유 ᄲᅡᆫ ᄃᆡ를 헷치고 니다라 셩하(城下)에 니르러 문(門)을 열나 ᄒᆞ니 셩샹(城上)의 방포(放砲) 소ᄅᆡ 니러나며 큰 북을 울니고 텬죠(天朝) 긔치(旗幟)와 황뇽긔(黃龍旗)를 ᄌᆞ옥이 ᄭᅩᆺ고 일(一) 쟝(將)이 머리에 ᄌᆞ금ᄉᆞ지(紫金獅子ㅣ)[389] 그린 투고를 쓰고 몸에 홍금슈젼포(紅錦繡氈袍)를 닙고 홀(笏)[390]을 밧고

---

388) 구응ᄉᆞ군(救應使軍): 구응사군. 뒤에서 구원하고 호응하는 군대.

389) ᄌᆞ금ᄉᆞ지(紫金獅子ㅣ): 자금사자. 자금으로 그려진 사자. 자금은 적동(赤銅)의 다른 이름으로, 적동은 구리에 금을 더한 합금임.

390) 홀(笏): 벼슬아치가 임금을 만날 때에 손에 쥐던 물건.

승상(乘上)에 거러안ㅈ 대즐(大叱) 왈(曰),

"역ㅈ(逆者ㅣ) 이제도 항복(降服)ㅈ 아니ᄒᆞᆯ다?"

오왕(吳王)이 이 거동(擧動)을 보고 분(憤)이 츙쇠(充塞)391)ᄒᆞ야 니ᄅᆞᆯ 갈며 ㅈᆞ시 보니 이 곳 부원슈(副元帥) 니몽현이라. 옥안영풍(玉顔英風)이 먼니 셩하(城下)에 뽀이니 오왕(吳王)이 업슈이 넉여 솔군(率軍)392)ᄒᆞ여 셩(城)의 올흐려 ᄒᆞ거ᄂᆞᆯ 셩샹(城上)의셔 시셕(矢石)393)이 비 오ᄃᆞᆺ ᄒᆞ니 군식(軍士ㅣ) 만히 죽으니 ᄒᆞᆯ일업셔 퇴군(退軍)ᄒᆞ고 유문다려 왈(曰),

"임의

• ● ●

81면

셩(城)을 아여시니 다라나 쇼쥐(蘇州)394)로 가 다시 의논(議論)ᄒᆞ리라."

ᄒᆞ고 픽잔병(敗殘兵)을 거두어 쇼쥐(蘇州)로 가다가 십여(十餘) 리(里)ᄂᆞᆫ 힝(行)ᄒᆞ야 ᄒᆞᆫ 곳에 니ᄅᆞ니 바야흐로 압뒤히 군매(軍馬ㅣ) 업고 산쳔(山川)이 명낭(明朗)ᄒᆞ거ᄂᆞᆯ 군ㅅ(軍士)를 쉬워 뎜고(點考)395)ᄒᆞ니 겨유 일쳔(一千)이 남앗ᄂᆞᆫ지라. 왕(王)이 통곡(慟哭) 왈(曰),

"무죄(無罪)ᄒᆞᆫ 군식(軍士ㅣ) 속졀업시 과인(寡人)을 위(爲)ᄒᆞ야 사쟝(沙場)에 몸을 바리고 혼빅(魂魄)이 운무(雲霧)에 고혼(孤魂)이 되도다."

---

391) 츙쇠(充塞): 충색. 가득 차서 막힘.

392) 솔군(率軍): 군대를 거느림.

393) 시셕(矢石): 시석. 예전에 전쟁에서 무기로 쓰던 화살과 돌.

394) 쇼쥐(蘇州ㅣ): 소주. 중국의 강소성 남동부에 위치한 호반(湖畔) 도시.

395) 뎜고(點考): 점고. 명부에 일일이 점을 찍어 가며 사람의 수를 조사함.

ᄒ고 슬프믈 니긔지 못ᄒ더니 언미필(言未畢)에 슈플 ᄉ이로셔 방
포(放砲) 소ᄅㅣ 나며 슈십(數十) 군ᄉㅣ(軍士ㅣ) ᄒᆞᆫ 쎼 슐위를 미러 나오
니 거샹(車上)의 원슈(元首) 니(李) 공(公)이 ᄌ건빅의(紫巾白衣)396)로
안ᄌᆞ 금션(錦扇)을 드러 왕(王)을 갈ᄋ치며 닐오ᄃㆈ,

"왕(王)이 텬명(天命)을 밧은 님군이로라 ᄒ더니 어이 금일(今日)
져러틋 픽(敗)ᄒ며

82면

대쟝뷔(大丈夫ㅣ) ᄋ녀ᄌ(兒女子)의 우름은 므슴 일이뇨?"

ᄒᆞᆫ딕 왕(王)이 대로(大怒)ᄒ야 좌우(左右)를 명(命)ᄒ야 슐위를 겁
칙(劫敕)ᄒ라 ᄒ니 오국(吳國) 원슈(元帥) 오셰영이 분연(憤然)이 믈
을 노화 닉다라 니(李) 승샹(丞相)을 취(取)ᄒ니 승샹(丞相)이 붓치로
ᄒᆞᆫ 번(番) 붓치믹 슈만(數萬) 군ᄉㅣ(軍士ㅣ) 일시(一時)에 닉다라 적군
(敵軍)을 시긱(時刻)397) ᄉ이에 믈미둣 즛치니 왕(王)이 셰(勢) 급(急)
ᄒ니 황망(慌忙)이 제쟝(諸將)을 블너 웨ᄃㆈ,

"엇지 ᄒ나토 도적(盜賊)을 잡지 못ᄒᆞᄂㆉ?"

셜파(說罷)에 분긔(憤氣) 막혀 것구러지니 셔유문이 위로(慰勞)ᄒ
야 왈(曰),

"승픽(勝敗)ᄂ 병가(兵家)의 샹ᄉ(常事ㅣ)라. ᄒᆞᆫ 번(番) 픽(敗)ᄒ믈
이딕도록 노(怒)ᄒ시ᄂㆉ? 쇼쥐(蘇州) 도라가 구병(救兵)을 브르고
회복(回復)ᄒ미 어렵지 아니리이다."

왕(王)이 겨유 인ᄉ(人事)를 출혀 니러 안ᄌ 하ᄂᆯ을 우러ᄅ 탄왈

---

396) ᄌ건빅의(紫巾白衣): 자건백의. 자줏빛 두건에 흰 옷.

397) 시긱(時刻): 시객. 시각의 옛말로 짧은 시간을 이름.

(嘆曰),

"하늘이

날을 망(亡)케 ᄒ시미로다."

ᄒ고 픽잔(敗殘) 여병(餘兵)을 거ᄂ려 촌촌(寸寸)이 힝(行)ᄒ야 형산(衡山)에 니ᄅ니 이곳이 다른 길이 업고 적은 길이 이셔 험(險)ᄒ미 극(極)ᄒ니 오왕(吳王)이 마샹(馬上)의셔 탄왈(嘆曰),

"니관셩이 신긔묘산(神機妙算)398)이 긔특(奇特)ᄒ나 극진(極盡)치 못ᄒ도다. 이곳에 만일(萬一) 믹복(埋伏)ᄒ엿더면 우리 목슘이 엇지 남으리오?"

말이 맛지 못ᄒ야셔 슈플 ᄉ이로셔 고각(鼓角)399)이 졔명(齊鳴)400)ᄒ며 흰 긔(旗) 붓치이고 크게 금ᄌ(金字)로 뼈시딕 '텬죠(天朝) 호위쟝군(護衛將軍) 니몽원이라.' ᄒ엿더라. 긔하(旗下)에 일(一)쟝(將)이 금갑홍금포(金甲紅錦袍)401)를 졍(正)히 ᄒ고 셔리 ᄀᆺ튼 보검(寶劍)을 들고 물을 완완(緩緩)이 모라 나오니 츄파셩안(秋波星眼)402)과 잉슌호치(櫻脣晧齒)403) 졀딕미인(絶對美人) ᄀᆺ고 간은 허리 바롬의 붓치더라. 슈쳔(數千) 비호쟝(庇護將)404)을 거ᄂ려 길을

---

398) 신긔묘산(神機妙算): 신기묘산. 귀신같은 재주와 묘책이라는 뜻으로, 평범한 사람은 짐작하기 어려운 뛰어난 지략이나 계략을 이르는 말.

399) 고각(鼓角): 군중(軍中)에서 호령할 때 쓰던 북과 나발.

400) 졔명(齊鳴): 제명. 일제히 울림.

401) 금갑홍금포(金甲紅錦袍): 금으로 만든 갑옷에 붉은 비단 도포.

402) 츄파셩안(秋波星眼): 추파성안. 가을 물결 같고 별 같은 눈.

403) 잉슌호치(櫻脣晧齒): 앵순호치. 앵두같이 붉은 입술과 흰 이.

막고 싸지져 왈(曰),

"니(李) 원슈(元帥) 신긔묘산(神機妙算)이 엇지 긔특(奇特)지 못ᄒ 뇨?"

제인(諸人)이 실ᄉᆡᆨ상담(失色喪膽)[405]ᄒ야 각각(各各) 죽을힘을 다 ᄒ야 ᄡᆞ호니 몽원이 제쟝(諸將)을 지휘(指揮)ᄒ야 모든 군ᄉ(軍士)를 ᄉᆡᆼ금(生擒)[406]ᄒ고 거의 오왕(吳王)과 셔유문 등(等)을 잡게 되엿더 니 홀연(忽然) 후군(後軍)이 어ᄌᆞ러오며 슈오만(數五萬) 군(軍)이 오 국(吳國) 긔치(旗幟)[407]를 ᄀᆞ초와 드러오니 오왕(吳王)이 쟝ᄎᆞ(將次 ㅅ) 위급(危急)ᄒ엿더니 이를 보고 대희(大喜)ᄒ야 ᄆᆞ릭미 이 곳 태ᄌᆡ (太子ㅣ) 부왕(父王)이 셩쥐(城周ㅣ)[408] ᄡᆞ혀시믈 듯고 구(救)ᄒ라 오 미러니 이 ᄯᅡ희 와 맛나니 왕(王)이 크게 깃거 합병(合兵)ᄒ야 니몽원 을 치니 시랑(侍郞)이 당초(當初) 부명(父命)으로 이곳에 ᄆᆡ복(埋伏) ᄒ야 오왕(吳王)이 픽(敗)ᄒ야 이 길노 올 줄 알고 군ᄉ(軍士) 슈쳔(數 千)에 넘지 못ᄒᆞ므로 적군(敵軍)의 만흔 거슬 당(當)치 못ᄒ야 군(軍)

을 거두어 형쥐(荊州)로 도라오니,

---

404) 비호쟝(庇護將): 비호장. 비호를 하는 장수.

405) 실ᄉᆡᆨ상담(失色喪膽): 실색상담. 낯빛이 바뀌고 간담이 서늘함.

406) ᄉᆡᆼ금(生擒): 생금. 생포함.

407) 긔치(旗幟): 기치. 예전에, 군대에서 쓰던 깃발.

408) 셩쥐(城周ㅣ): 성주. 성의 주위.

이쩌 승샹(丞相)이 형쥐셩(荊州城)에 드러가 녀민(黎民)[409]을 무휼(撫恤)ᄒ고 츄호(秋毫)를 블범(不犯)ᄒ며 모든 군ᄉ(軍士)를 호샹(犒賞)[410]ᄒ더니 이윽고 시랑(侍郞)이 드러와 슈말(首末)을 ᄌ시 고(告)ᄒ고 오왕(吳王) 잡지 못ᄒ믈 쳥죄(請罪)ᄒ니, 승샹(丞相)이 믁연(默然)ᄒ다가 왈(曰),

"내 당초(當初) 너를 그곳에 믹복(埋伏)케 ᄒ믹 오왕(吳王)이 결단(決斷)코 잡힐 줄 아랏더니 공교(工巧)히 구병(救兵)을 맛나믄 아직 텬쉬(天數 ㅣ) 다ᄃ지 못ᄒ미니 그 ᄣᅵ를 기다리려니와 그러나 너의 죄(罪) 업지 아니타."

ᄒ고 인(因)ᄒ야 쟝군(將軍) 인슈(印綬)[411]를 거두고 빅의(白衣)로 종군(從軍)ᄒ게 ᄒ니 이거시 그 죄(罪) 아니로ᄃ 법녕(法令)이 이러ᄐᆺ ᄒ니 졔쟝(諸將)이 한츌쳠빅(汗出沾背)[412]ᄒ고 무죄(無罪)ᄒ믈 간걸(懇乞)[413]ᄒᄃ 승샹(丞相)이 종시(終是) 듯지 아니ᄒ고 슈일(數日)을 머무러 군ᄉ(軍士)를 쉬워 뉴잠을 머

***

86면

믈워 직희오고 쥬야(晝夜)로 셩(城)을 치니,

이쩌 오왕(吳王)이 ᄋ들에 구(救)ᄒ믈 닙어 쇼쥐셩(蘇州城)에 드러와 원슈(怨讐) 갑흐믈 의논(議論)ᄒ더니 슈일(數日)이 못ᄒ야 명군

---

409) 녀민(黎民): 여민. 백성이나 민중.
410) 호샹(犒賞): 군사들에게 음식을 차려 먹이고 상을 주어 위로함.
411) 인슈(印綬): 인수. 병권(兵權)을 가진 무관이 발병부(發兵符) 주머니를 매어 차던, 길고 넓적한 녹비 끈.
412) 한츌쳠빅(汗出沾背): 한출첨배. 땀이 등에 밴다는 뜻으로 몹시 두려워함을 이르는 말.
413) 간걸(懇乞): 바람이나 용서 따위를 간절히 빎.

(명군(明軍)이 셩(城) 치믈 듯고 실싴(失色)ᄒᆞ야 말을 못 ᄒᆞ더니 셔유문 왈(曰),

"형쥐(荊州)ᄂᆞᆫ 오국(吳國)에 인후(咽喉) ᄀᆞᆺ튼 ᄯᅡ히어늘 이졔 져의게 아여시니 쇼신(小臣)이 태ᄌᆞ(太子)로 더브러 셩(城)을 굿게 직희리니 대왕(大王)은 오 원슈(元帥)로 더브러 즈럼길노 형쥐(荊州) 니르러 셩(城)을 치소셔."

오왕(吳王)이 올히 넉여 즉시(卽時) 이만(二萬) 군(軍)을 거ᄂᆞ려 즈럼길노 형쥐(荊州)의 가 셩(城)을 급(急)히 치니 뉴잠이 챵황(倉黃)이 군녀(軍旅)[414]를 ᄀᆞᆺ초와 죽기로써 막더니,

이ᄯᅢ 승샹(丞相)이 오왕(吳王)이 오릭 나지 아니믈 고이(怪異)히 넉여 가만이 혜아리다가 크게 놀나 졔쟝(諸將)을 블너

‥•

87면

왈(曰),

"이졔 오왕(吳王)이 오릭 나지 아니니 이 반다시 형쥐(荊州)를 엄습(掩襲)[415]ᄒᆞ미라. 가(可)히 이ᄯᅢ를 타 계교(計巧)를 ᄒᆡᆼ(行)ᄒᆞ리라."

ᄒᆞ고 호위쟝군(護衛將軍) 니몽원을 블너 닐오ᄃᆡ,

"네 가(可)히 오쳔(五千) 군(軍)을 거ᄂᆞ려 이곳에 잇다가 슈일(數日)이 지난 후(後) 큰 안개 질 거시니 여ᄎᆞ여ᄎᆞ(如此如此) ᄒᆞ라."

드듸여 군ᄉᆞ(軍士)를 거ᄂᆞ려 형쥐(荊州) 니르니 과연(果然) 오왕(吳王)이 셩(城)을 쳘통(鐵桶) ᄀᆞᆺ치 ᄲ고 치기를 급(急)히 ᄒᆞ니 졍(正)히 위급(危急)ᄒᆞ엿더니 승샹(丞相)이 대군(大軍)을 거ᄂᆞ려 일시(一時)

---

414) 군녀(軍旅): 군려. 전쟁터에 나와 있는 군대.
415) 엄습(掩襲): 갑자기 습격함.

에 엄살(掩殺)[416]ᄒᆞ니 오군(吳軍)이 무심즁(無心中) 이 변(變)을 맛나 미처 슈미(首尾)를 서로 응(應)치 못ᄒᆞ야 반(半) 남아 명군(明軍)에 죽인 배 되니 피 흘너 니히 되고 죽엄이 뫼ᄀᆞ치 ᄡᅡ히니 오왕(吳王) 이 대픽(大敗)ᄒᆞ야 픽잔(敗殘) 여병(餘兵)을 거ᄂᆞ려 쇼쥐(蘇州)로 도라오니,

승샹(丞相)이 ᄯᅩᆯ와 쇼쥐(蘇州) 니ᄅᆞ러

···

88면

ᄂᆞᆫ 호위쟝군(護衛將軍) 몽원이 부친(父親) 계교(計巧)로 안개 닐믈 타 군ᄉᆞ(軍士)로 운졔(雲梯)[417]를 노코 일시(一時)에 셩(城)에 블을 노흐니 오국(吳國) 태ᄌᆞ(太子ㅣ) 셔유문으로 더브러 겨유 ᄃᆞ라나 졀강(浙江)에 니ᄅᆞ러 션쳑(船隻)을 겨유 쥰비(準備)ᄒᆞ야 부왕(父王)을 기다리더니 오왕(吳王)이 소쥐(蘇州) 아이믈 듯고 더옥 졍신(精神)을 일허 급급(急急)히 강을 건너더니,

승샹(丞相)이 ᄯᅩᆯ와 밋지 못ᄒᆞ고 쇼쥐셩(蘇州城)에 드러와 삼군(三軍)을 크게 샹(賞)ᄒᆞ고 잔치ᄒᆞ야 대쇼(大小) 쟝ᄉᆞ(壯士)를 먹이니 제쟝(諸將)이 그 덕(德)을 칭숑(稱頌)ᄒᆞ며 고(告)ᄒᆞ되,

"젼일(前日) 호위쟝군(護衛將軍)이 조고만 죄(罪)도 업시 벼슬을 일흐니 아등(我等)의 ᄆᆞᄋᆞᆷ이 편(便)치 아니터니 이제 큰 공(公)을 닐워시니 복직(復職)ᄒᆞᆷ이 맛당ᄒᆞ이다."

승샹(丞相)이 허락(許諾)ᄒᆞ야 인슈(印綬)를 도로 주고 슈십(數十)일(日) 쉬워 쳡

---

416) 엄살(掩殺): 갑자기 습격해 죽임.

417) 운졔(雲梯): 운제. 예전에 성(城)을 공격할 때 썼던 높은 사다리.

음(捷音)⁴¹⁸⁾을 경亽(京師)에 주(奏)ᄒ고 졀강(浙江)을 건너는 쯧을 베
퍼 亽신(使臣)을 보뉘고 젼션(戰船)을 졍졔(整齊)ᄒ고 대쇼(大小) 삼
군(三軍) 쟝亽(壯士)룰 거ᄂ려 믈을 건너려 ᄒ더니,

이쩍 츄칠월(秋七月) 망시(望時)⁴¹⁹⁾라. 느진 매⁴²⁰⁾위(梅雨ㅣ)⁴²¹⁾
슈십여(數十餘) 일(日)을 창대(槍-)ᄀᄎ치 흘너 긋치지 아니ᄒ니 승상
(丞相)이 감(敢)히 믈을 건너지 못ᄒ고 비 기기룰 기다리노라 강구
(江口)⁴²²⁾에 결진(結陣)ᄒ엿더라.

각셜(却說). 슈군대도독(水軍大都督) 니몽챵이 황금부월(黃金斧鉞)
을 밧亽와 기뎨(其弟) 한닙흑亽(翰林學士) 몽샹으로 더브러 부도독
(副都督)을 ᄒ이고 명쟝(名將) 최슈현으로 슈군션봉(水軍先鋒)을 ᄒ
야 어영즁군(御營中軍) 셔광남으로 부션봉(副先鋒)을 ᄒ이고 남궁
념으로 편쟝군(偏將軍)을 습고 병부쥬亽(兵部主事) 호함으로 독냥관
(督糧官)⁴²³⁾을 뎡(定)ᄒ야 슈군(水軍) 칠만(七萬)을 뎜고(點考)ᄒ고
젼션(戰船) 팔빅(八百) 쳑(隻)을

---

418) 쳡음(捷音): 첩음. 전쟁에 이겼다는 소식.

419) 망시(望時): 보름.

420) 매: [교] 원문에는 '마'로 되어 있으나 오기로 보임.

421) 매위(梅雨ㅣ): 매실이 익을 무렵에 내리는 비라는 뜻으로, 해마다 초여름인 유월
상순부터 칠월 상순에 걸쳐 계속되는 장마를 이르는 말.

422) 강구(江口): 강어귀. 나루.

423) 독냥관(督糧官): 독량관. 양식을 총괄하는 관리.

됴발(調發)424) 호야 대오(隊伍)와 긔치(旗幟)를 졍졔(整齊) 호고 어젼(御殿)에 하직(下直) 호야 샹방검(尙方劍)425)과 션참후계(先斬後啓)426) 젼지(傳旨)를 밧주와,

비를 동(東)으로 노호미 부젼(父前)에 기리 하직(下直) 호고 슌풍(順風)을 조추 힝(行) 호니 바룸이 슌(順) 호고 믈결이 고요 호야 슈오(數五) 일(日)을 션유(船流)427) 호야 가더니 젼당강구(錢塘江口)428)에 다429) 드라는 홀연(忽然) 큰 바룸이 가온되로조추 소수나며 비사쥬셕(飛沙走石)430) 호고 히쉬(海水ㅣ) 뒤스러 여러 척(隻) 비 쟝추(將次ㅅ) 뒤눕게 되니 삼군(三軍) 스졸(士卒)이 창황(倉黃) 호야 아모리 홀 줄 모로니 샹셰(尙書ㅣ) 지긔(知機) 호미 잇더니 즉시(卽時) 좌우(左右)를 명(命) 호야 우양(牛羊)과 돗431)를 잡아 믈에 너코 군복(軍服)을 벗고 학챵의(鶴氅衣)432) 뉸건(綸巾)433)으로 비머리에 안주 졔문(祭文) 지

---

424) 됴발(調發): 조발. 군사로 쓸 사람을 강제로 뽑아 모음.

425) 샹방검(尙方劍): 상방검. 상방서(尙方署)에서 특별히 제작한, 황제가 쓰는 보검. 중국 고대에 천자가 대신을 파견하여 중대한 안건을 처리하도록 할 때 늘 상방검을 하사함으로써 전권을 주었다는 표시를 하였고, 군법을 어긴 자가 있을 때 상방검으로 먼저 목을 베고 후에 임금에게 아뢰도록 하였음.

426) 션참후계(先斬後啓): 선참후계. 먼저 목을 베고 후에 임금에게 아룀.

427) 션유(船流): 선유. 배를 띄움.

428) 젼당강구(錢塘江口): 전당강구. 전당강의 어귀. 전당강은 중국 절강성(浙江省)에 있는 강.

429) 다: [교] 원문에는 이 뒤에 '다'가 있으나 부연으로 보아 삭제함.

430) 비사쥬셕(飛沙走石): 비사주석. 모래가 날리고 돌멩이가 구른다는 뜻으로, 바람이 세차게 붊을 이르는 말.

431) 돗: 돼지의 옛말.

432) 학챵의(鶴氅衣): 학창의. 소매가 넓고 뒤 솔기가 갈라진 흰옷의 가를 검은 천으로 넓게 댄 웃옷.

어 제(祭)ᄒ니 기문(其文)의 왈(曰),

'유셰ᄎ(維歲次) 텬슌(天順)⁴³⁴⁾ 원년(元年) 츄칠월(秋七月)에 텬죠(天朝) 병부샹셔(兵部尙書) 츄

· ● ●

91면

병흠채(追兵欽差)⁴³⁵⁾ 동오(東吳) 슈군대도독(水軍大都督) 니몽챵은 일(一) 쳑(尺) 깁을 너허 뇽신(龍神)의게 더지ᄂ니, 아국(我國) 태조(太祖)⁴³⁶⁾ 고황뎨(高皇帝)⁴³⁷⁾ 텬명(天命)을 밧ᄌ와 쳑검(尺劍)⁴³⁸⁾을 집흐시고 호쥬(濠州)⁴³⁹⁾셔 니러나샤 군웅(群雄)⁴⁴⁰⁾을 감의(感愛)⁴⁴¹⁾ᄒ시고 더러온 오랑키를 쓰러 바리샤 구이⁴⁴²⁾(九夷)⁴⁴³⁾를 통일(統一)

---

433) 뉸건(綸巾): 윤건. 윤자(綸子)로 만든 두건의 하나.

434) 텬슌(天順): 천순. 중국 명나라 영종(英宗) 때의 연호(1457~1464). 정통(正統) 연호를 쓰던 영종이 토목의 변으로 오이라트 족의 에센에게 잡혀 있다가 복위한 후에 정한 연호.

435) 츄병흠채(追兵欽差): 추병흠차. 황제의 명령으로 군대를 뒤따라 보내던 파견인.

436) 태조(太祖): 중국 명나라를 건국한 주원장(朱元璋, 1328~1398)의 묘호(廟號).

437) 고황뎨(高皇帝): 고황제. 중국 명나라 태조 주원장의 시호(諡號)를 줄여 부른 말. 원래의 시호는 '개천행도조기입극대성지신인문의무준덕성공고황제(開天行道肇紀立極大聖至神仁文義武俊德成功高皇帝)'임.

438) 쳑검(尺劍): 척검. 한 척의 검.

439) 호쥬(濠州): 호주. 주원장(朱元璋)의 고향. 주원장은 원나라 말기(元末) 천력(天曆) 원년(元年)인 1328년에 호주(濠州) 안휘성(安徽省) 봉양현(鳳陽縣)에서 가난한 농부 주세진과 진 씨의 넷째 아들로 태어남.

440) 군웅(群雄): 같은 시대에 여기저기에서 일어난 영웅들.

441) 감의(感愛): 감애. 감동시킴. 주원장이 고아가 되어 탁발승으로 있다가 1351년, 홍건적의 우두머리 중 한 명인 곽자흥(郭子興)의 휘하에 들어가 세력을 키운 것을 이름. 주원장은 이후 곽자흥이 죽자 반군의 지도자가 되어 남경(南京)을 중심으로 활동하면서 진우량, 장사성 등의 군웅을 무찌름.

442) 이: [교] 원문에는 '오'로 되어 있으나 오기로 보임.

443) 구이(九夷): 중국에서 이르던 동쪽의 아홉 오랑캐. 견이(畎夷), 우이(于夷), 방이(方

ᄒᆞ시니 텬해(天下ㅣ) 북면(北面) 칭동(稱動)444)ᄒᆞ야 셩덕(盛德)이 양
양(洋洋)445)ᄒᆞ샤 치텬하(治天下)446)ᄒᆞ시미 초목(草木)에 니르히 즐겨
우슌풍됴(雨順風調)447)ᄒᆞ고 금황뎨(今皇帝)448)긔 니르히 대명(大命)449)
녁쉬(曆數ㅣ)450) 잇거ᄂᆞᆯ 이제 적은 도적(盜賊)이 참남(僭濫)451)이 대
군(大軍)을 니르혀 대국(大國)을 범(犯)ᄒᆞ니 텬ᄌᆞ(天子ㅣ) 분히(憤駭)
ᄒᆞ샤 블초(不肖)ᄒᆞᆫ 몸으로써 큰 소임(所任)을 맛지시니 쟝ᄎᆞᆺ(將次ㅅ)
돗글 놉히 들고 풍범(風帆)452)을 ᄭᅴ여 여러 겹 대희(大海)를 지나ᄃᆡ
일(一) 졈(點) 바ᄅᆞᆷ이 업더니 금일(今日) 너 농신(龍神)이 젼소셩(戰
騷聲)453)을

92면

발(發)ᄒᆞ야 삼군(三軍) 대쇼(大小) 군졸(軍卒)을 소요(騷擾)ᄒᆞ니 네
만일(萬一) 오왕(吳王) 역신(逆臣)을 텬명(天命) 밧은 님군이라 ᄒᆞ거

夷), 황이(黃夷), 백이(白夷), 적이(赤夷), 현이(玄夷), 풍이(風夷), 양이(陽夷)를 이
름. 여기에서는 중국 전역을 지칭함.
444) 칭동(稱動): 거행함.
445) 양양(洋洋): 한없이 넓음.
446) 치텬하(治天下): 치천하. 천하를 다스림.
447) 우슌풍됴(雨順風調): 우순풍조. 비가 때맞추어 알맞게 내리고 바람이 고르게 분다
는 뜻으로, 농사에 알맞게 기후가 순조로움을 이르는 말.
448) 금황뎨(今皇帝): 금황제. 원래 제6대 황제였으나 오이라트 족에게 붙잡혀 있다가
복위한 제8대 황제 영종(英宗)을 이름.
449) 대명(大命): 천명(天命).
450) 녁쉬(曆數ㅣ): 역수. 자연히 돌아오는 운수.
451) 참남(僭濫): 참람. 분수에 넘쳐 지나침.
452) 풍범(風帆): 돛단배.
453) 젼소셩(戰騷聲): 전소성. '요란한 소리'의 뜻으로 보이나 미상임.

든 금일(今日) 칠만(七萬) 군亽(軍士)와 삼쳔(三千) 대쟝(大將)을 목숨을 앗고 텬됴(天朝) 긔쉬(氣數ㅣ)454) 머러실진딕 이 믈을 슈히 건네여 보닉라. 도적(盜賊)을 멸(滅)ᄒ고 도라가ᄂ 날 ᄒᆫ 잔(盞) 술노 샤례(謝禮)ᄒ리라.'

부도독(副都督) 몽샹이 닑기를 맛츠니 소릭 쳥열(淸烈)455)ᄒ야 형산(荊山)에 옥(玉)을 울니며 구소(九霄)의 봉(鳳)이 우ᄂ 듯ᄒ니 삼군(三軍)이 격졀탄샹(擊節歎賞)456)ᄒ더라.

이윽고 바룸이 즈고 믈결이 고요ᄒ고 비 오기를 긋치니 샹셰(尙書ㅣ) 대희(大喜)ᄒ야 다시 젼션(戰船)을 모도고 징(錚)을 울녀 쥬야(晝夜)로 ᄒᆡᆼ(行)ᄒ야 삼강구(三江口)에 니르러,

쥬빈의 군(軍)을 맛나니 쥬빈이 노흘 져어 졈졈 븍(北)으로 향(向)ᄒ

• • •

93면

다가 이날 먼니셔븟터 징븍(錚-)457)과 함셩(喊聲)이 대긔(大起)458)ᄒ며 무슈(無數)ᄒᆫ 대션(大船)이 바다히 갈닙 셔둧 ᄒ여 나아오니 빈이 대경(大驚)ᄒ야 갓가이 오믈 기다려 ᄌ시 보니 빅마다 창검(槍劍)과 긔치(旗幟) 거록ᄒ고 딕외(隊伍ㅣ) 졍졔(整齊)ᄒ야 군융(軍戎)459)이 싁싁ᄒ고 개갑(介甲)460)이 졍돈(整頓)ᄒ니 빈이 크게 놀나 오(五) 리

---

454) 긔쉬(氣數ㅣ): 기수. 저절로 오고 가고 한다는 길흉화복의 운수.

455) 쳥열(淸烈): 청열. 맑고 열렬함.

456) 격졀탄샹(擊節歎賞): 격절탄상. 무릎을 치며 감탄함.

457) 징븍(錚-): 쟁북. 꽹과리와 북.

458) 대긔(大起): 대기. 크게 일어남.

459) 군융(軍戎): 군대. 군사(軍事).

460) 개갑(介甲): 예전에, 싸움을 할 때 적의 창검이나 화살을 막기 위하여 입던 옷. 동

(里)를 믈녀 군소(軍士)를 정졔(整齊)ᄒᆞ더니,

이튼날 명군(明軍)의셔 일위(一位) 쟝슈(將帥ㅣ) 쳥건(靑巾)[461]을 쓰고 젼포(戰袍)[462]를 닙어 일엽(一葉) 소션(小船)을 타고 니르러 격셔(檄書)를 올니니 빈이 ᄊᆞ혀 보니 글와시ᄃᆡ,

'텬죠(天朝) 흠채(欽差)[463] 대도독(大都督) 니(李) 모(某)ᄂᆞᆫ 글을 ᄡᅥ 오국(吳國) 쟝군(將軍) 휘하(麾下)에 올니ᄂᆞ니 방금(方今)의 텬지(天子ㅣ) 셩명(聖明)[464]ᄒᆞ샤 번국(藩國)[465]에 교홰(敎化ㅣ) 호호(浩浩)[466]히 흐르거ᄂᆞᆯ 역신(逆臣) 쥬챵이 망녕(妄靈)도히 텬명(天命)을

・・

94면

항거(抗拒)ᄒᆞ야 죄(罪)를 텬하(天下)에 어드니 그윽이 드르니 쟝군(將軍)은 튱의지ᄉᆡ(忠義之士ㅣ)[467]라 ᄒᆞ니 모로미 남글 직희여 톳기를 기다리고[468] 화(禍)를 취(取)치 말지어다. 복(僕)[469]이 이제 대군(大軍) 칠만(七萬)을 거ᄂᆞ려 니르ᄆᆡ 삼군(三軍) 대소(大小) 쟝ᄉᆡ(壯士ㅣ) 다 한핑(韓彭)[470]의 지략(智略)이 이시니 습개(拾芥)[471] ᄀᆞᄐᆞᆫ 도

양에서는 쇠나 가죽으로 된 미늘을 붙여 만들기도 하였음. 갑옷.

461) 쳥건(靑巾): 청건. 푸른색 두건.

462) 젼포(戰袍): 전포. 장수가 입던 긴 웃옷.

463) 흠채(欽差): 황제의 명령으로 보내던 파견인.

464) 셩명(聖明): 성명. 거룩하고 현명함.

465) 번국(藩國): 제후의 나라.

466) 호호(浩浩): 한없이 넓고 큼.

467) 튱의지ᄉᆡ(忠義之士ㅣ): 충의지사. 충성스럽고 절의가 곧은 선비.

468) 남글~기다리고: 나무를 지켜 토끼를 기다리고. 수주대토(守株待兔). 한 가지 일에만 얽매여 발전을 모르는 어리석은 사람을 비유적으로 이르는 말.

469) 복(僕): 자신의 겸칭.

470) 한핑(韓彭): 한팽. 한신(韓信)과 팽월(彭越). 두 사람 모두 한(漢)나라 고조(高祖) 휘

적(盜賊)을 미구(未久)에 파(破)ᄒᆞ미 옥셕(玉石)을 블분(不分)ᄒᆞᆯ지라 널니 싱각ᄒᆞᆯ지어다.'

ᄒᆞ엿더라.

쥬빈이 보기를 맛고 대로(大怒)ᄒᆞ야 무러 ᄀᆞᆯ오ᄃᆡ,

"그ᄃᆡ 엇던 사름이뇨?"

기인(其人)이 ᄃᆡ왈(對曰),

"쇼쟝(小將)은 니(李) 도독(都督) 막하(幕下) 호위쟝군(護衛將軍) 쇼공뵈472)로라."

쥬빈이 노왈(怒曰),

"샹말(常-)473)에 닐오ᄃᆡ, '황뎨(皇帝)ᄂᆞ 슈릐 삐 도ᄃᆞᆺ ᄒᆞᆫ다.' ᄒᆞ니 금텬ᄌᆞ(今天子ㅣ) 포학블민(暴虐不敏)474)ᄒᆞ야 우리 쥬샹(主上)이 인효대덕(仁孝大德)475)ᄒᆞ샤 텬명(天命)을 밧아 계시거늘 니몽챵은

• • •

95면

엇던 적ᄌᆞ(賊子ㅣ)476)완ᄃᆡ 대쟝군(大將軍) 능욕(凌辱)477)ᄒᆞ믈 태심(太甚)이 ᄒᆞᄂᆞ뇨? 너를 버혀 위엄(威嚴)을 뵈리라."

쇼공뵈478)(工部ㅣ) 고셩(高聲) 즐왈(叱曰),

　　하의 명쟝(名將)으로 수훈을 세웠으나, 뒤에 의심을 사 잡혀 죽었음.

471) 습개(拾芥): 지푸라기라는 뜻으로, 보잘것없고 하찮은 것을 비유하는 말.

472) 뵈: [교] 원문에는 '이'로 되어 있으나 앞에서 '소공보'라는 이름이 이미 나온 바 있으므로 이와 같이 수정함.

473) 샹말(常-): 상말. 항간에 떠도는 속된 말.

474) 포학블민(暴虐不敏): 포학불민. 포학하고 어리석음.

475) 인효대덕(仁孝大德): 어질고 효성스러우며 큰 덕이 있음.

476) 적ᄌᆞ(賊子ㅣ): 적자. 불충하거나 불효한 사람.

477) 능욕(凌辱): 남을 업신여겨 욕보임.

"너는 빅쥬역신(背主逆臣)[479]의 죵뉘(種類ㅣ)라 감(敢)히 텬죠(天朝) 대도독(大都督)을 즐미(叱罵)[480]ᄒᆞᄂᆞ뇨? 대쟝뷔(大丈夫ㅣ) 셥세(涉世)[481] 쳐신(處身)에 죽기를 두려 발(發)치 아닛ᄂᆞᆫ 쟤(者)ᄂᆞᆫ 내 웃나니 금황뎨(今皇帝) 태조(太祖) 고황뎨(高皇帝) 법(法)을 니으신지라 요슌지풍(堯舜之風)[482]이 계시니 가(可)히 남훈곡(南薰曲)[483]을 부를 거시오, 승샹(丞相) 니(李) 공(公)의 빅ᄉᆞ(百事ㅣ) 슉연(肅然)ᄒᆞ미 일목(一沐)에 삼악(三握)ᄒᆞ고 일반(一飯)에 삼토(三吐)ᄒᆞᄂᆞᆫ 경ᄉᆡᆨ(景色)[484]이 이실 거시니 금(今)에 망군(妄君)[485]에 남이 여ᄎᆞ(如此)ᄒᆞ랴. 금(今)에 니(李) 도독(都督)이 와룡션ᄉᆡᆼ(臥龍先生)[486]의 신츌긔믈(神出鬼沒)[487]ᄒᆞᄂᆞᆫ 지조(才操)로 니긔리니 너히 젹ᄌᆞ(賊子)를 희슈

---

478) 뵈: [교] 원문에는 '뷔'로 되어 있으나 앞의 예를 따라 이와 같이 수정함.

479) 빅쥬역신(背主逆臣): 배주역신. 임금을 배반한 반역의 신하.

480) 즐미(叱罵): 질매. 꾸짖고 욕함.

481) 셥세(涉世): 섭세. 세상을 살아감.

482) 요슌지풍(堯舜之風): 요순지풍. 요(堯)임금과 순(舜)임금의 풍모. 요임금과 순임금은 모두 중국 고대의 성군(聖君)으로 일컬어짐.

483) 남훈곡(南薰曲): 순(舜)임금이 오현금(五弦琴)을 타며 불렀다는 <남풍가(南風歌)>를 이름. 그 노래에 "따사로운 남풍이여, 우리 백성 불만을 풀어 줄 만하여라. 南風之薰兮, 可以解吾民之慍兮."라고 하였으니, 곧 성군이 정치하여 국가가 태평성대를 누리는 것을 노래한 것임. 『공자가어(孔子家語)』, 「변악해(辯樂解)」.

484) 일목(一沐)에~경ᄉᆡᆨ(景色): 한 번 머리를 감을 때 세 번 머리를 움켜잡고, 한 번 밥을 먹을 때 세 번 밥을 뱉어냄. 중국 주(周)나라의 주공(周公)이 아들 백금(伯禽)에게 한 말로, 그가 일찍이 성왕(成王)을 도와 섭정(攝政)할 때 현사(賢士)를 만나는 것을 중시해 이렇게 하며 손님을 맞았다는 것임. 원문에는 "한 번 머리 감을 때 세 번 머리카락을 움켜잡았고, 한 번 밥 먹을 때 세 번 밥을 뱉어냈다. 一沐三捉髮, 一飯三吐哺."라 되어 있음. 『사기정의(史記正義)』, 「노주공세가(魯周公世家)」.

485) 망군(妄君): 어리석은 임금.

486) 와룡션ᄉᆡᆼ(臥龍先生): 와룡 선생. 중국 삼국시대 촉한 유비의 책사인 제갈량(諸葛亮, 181~234)을 이름. 와룡은 별호이고 자(字)는 공명(孔明). 유비를 도와 오(吳)나라와 연합하여 조조(曹操)의 위(魏)나라 군사를 대파하고 파촉(巴蜀)을 얻어 촉한을 세웠음. 유비가 죽은 후에 무향후(武鄕侯)로서 남방의 만족(蠻族)을 정벌하고, 위나라 사마의와 대전 중에 오장원(五丈原)에서 병사함.

(海水)를 보틸 뿐이로다."

쥬빈이 대로(大怒)ᄒ야 좌우(左右)를 꾸지져 버히고ᄌ ᄒ더니 빈의 참모(叅謀)

• • •

96면

셩훈은 지식(知識)이 고명(高明)ᄒ 재(者ㅣ)오, 텬슈(天數)를 슬펴 오왕(吳王)이 니(利)치 아니믈 아ᄂ 고(故)로 명(明)의 항복(降服)ᄒ 뜻이 이셔 이에 말녀 왈(曰),

"ᄌ고(自古)로 냥국(兩國)이 교병(交兵)ᄒᄆ ᄉ쟈(使者)를 죽이미 업ᄂ니 쟝군(將軍)은 져 쇼쟝(少將)의 말을 족슈(足數)⁴⁸⁸⁾치 마르시고 도라보ᄂ쇼셔. 인심(人心)이 변(變)ᄒᆯ가 두리ᄂ이다."

빈이 그 말을 올히 넉여 이에 샤(赦)ᄒ야 도라보ᄂ니 셩훈이 빈머리에 나와 손을 잡고 위로(慰勞)ᄒᄆ믈 지극(至極)히 ᄒ니 공뵈⁴⁸⁹⁾ 손을 드러 샤례(謝禮)ᄒ고 도라와 도독(都督)을 ᄃ(對)ᄒ야 슈말(首末)을 ᄌ시 고(告)ᄒ니 도독(都督)이 쇼왈(笑曰),

"제 ᄯᅩ 그 님ᄌ를 위(爲)ᄒᄆ니 졸와 칙망(責望)치 못ᄒ리라."

이튼날 냥군(兩軍)이 서로 ᄃ(對)ᄒᄆ 쥬빈이 바라보니 좌우(左右)로 무슈(無數)ᄒ 빈 니로 혜지 못ᄒᆯ 거시오, 가온ᄃ

---

487) 신츌귀믈(神出鬼沒): 신출귀몰. 귀신같이 나타났다가 사라진다는 뜻으로, 그 움직임을 쉽게 알 수 없을 만큼 자유자재로 나타나고 사라짐을 비유적으로 이르는 말.

488) 족슈(足數): 족수. 꾸짖음.

489) 뵈: [교] 원문에는 '뷔'로 되어 있으나 앞의 예를 따라 이와 같이 수정함.

흔 척(隻) 대션(大船)이 숨인 거시 스치(奢侈)치 아니나 청활(淸豁)⁴⁹⁰⁾
ᄒ미 표연(飄然)이 등운(騰雲)⁴⁹¹⁾홀 듯ᄒ고 좌우(左右)에 범 ᄀ튼 쟝
슈(將帥) 오십여(五十餘) 인(人)이 쟝속(裝束)을 견고(堅固)히 ᄒ고 긴
창(槍)과 큰 칼을 잡아 둘너 서고 가온ᄃ 흔 사룸이 ᄌ금봉시투고(紫
金鳳翅--)⁴⁹²⁾를 쓰고 몸에 빅포은갑(白袍銀甲)⁴⁹³⁾에 홍금슈화의(紅錦
繡畵衣)⁴⁹⁴⁾를 쩌닙어시니 풍치(風采) 츄공(秋空) 명월(明月)과 오초
(吳楚) 강산(江山) 졍긔(精氣)를 아올낫ᄂ지라. 흔 번(番) 보미 ᄆᄋᆷ
이 샹쾌(爽快)ᄒ야 묽은 긔운이 만진(滿陣)⁴⁹⁵⁾ 즁(中)에 쏘이고 도창
검극(刀槍劍戟)⁴⁹⁶⁾에 엄슉(嚴肅)ᄒ미 니ᄅᆯ 듯ᄒ니 쥬빈이 심하(心下)
에 항복(降服)ᄒ야 이에 웨여 무러 왈(曰),

　“너ᄂᆫ 엇던 쇼ᄋᆡ(小兒ㅣ)완ᄃ 방ᄌ(放恣)히 슈군도독(水軍都督)인
체ᄒ고 나의 대군(大軍)을 막ᄂ다?”

　샹셰(尙書ㅣ) 젼어(傳語) 왈(曰),

　“나ᄂᆫ 텬ᄌ(天子) 명(命)을 밧ᄌ와 무지(無知)흔 도적(盜賊)을 치ᄂ
니 너의 엇

---

490) 청활(淸豁): 청활. 맑고 시원함.

491) 등운(騰雲): 구름을 탐.

492) ᄌ금봉시투고(紫金鳳翅--): 자금봉시투구. 자금으로 만들고 봉의 깃 모양으로 꾸민
　　투구. 자금은 적동(赤銅)의 다른 이름으로, 적동은 구리에 금을 더한 합금임.

493) 빅포은갑(白袍銀甲): 백포은갑. 흰 도포로 덮인 은 갑옷.

494) 홍금슈화의(紅錦繡畵衣): 홍금수화의. 붉은 비단에 수를 놓은 옷.

495) 만진(滿陣): 진에 가득함.

496) 도창검극(刀槍劍戟): 온갖 칼과 창.

지 아지 못ᄒ노라 ᄒᄂᆫ다?"

쥬빈이 녀셩(厲聲)[497] 즐왈(叱曰),

"녜븟터 텬하(天下)ᄂᆫ 일(一) 인(人)의 텬해(天下ㅣ) 아니오, 흥망(興亡)이 ᄌ고(自古)로 덧덧ᄒᄆᆡ 금(今)에 우리 대왕(大王)이 옥데(玉帝) 명(命)ᄒ신 태평텬ᄌ(太平天子)로 웅병(雄兵)과 밍쟝(猛將)을 니ᄅ혀 정토(征討)ᄒ시니 너 쇼ᄋᆡ(小兒ㅣ) 나진 ᄌ조(才操)ᄅᆞᆯ 스ᄉ로 아라 피(避)ᄒᄆᆡ 맛당ᄒ거늘 망녕(妄靈)도히 너 황구소ᄋ(黃口小兒)ᄅᆞᆯ 칭명(稱名) 대도독(大都督)이라 ᄒ야 나의 범 ᄀᆞᆺᄐᆫ 위엄(威嚴)을 범(犯)ᄒ니 네 ᄯᅩ 텬의(天意)ᄅᆞᆯ 아라 항복(降服)ᄒᄆᆡ 올커늘 엇지 결오고져 의ᄉᆡ(意思ㅣ) 나리오?"

샹셰(尙書ㅣ) 소왈(笑曰),

"네 말이 당돌(唐突)ᄒ야 ᄉ리(事理)ᄅᆞᆯ 모로니 뉘 닐오ᄃᆡ 동오(東吳)의 인ᄌᆡ(人材) 만타 ᄒ더뇨? 이 진짓 헛위엄(-威嚴)이로다. 여언(汝言)에 쥬창 역ᄌᆡ(逆者ㅣ) 텬명(天命)을 밧앗다 ᄒ니 네 날노 더브러 ᄌᆞ웅(雌雄)을 결(決)ᄒ야 만일(萬一)

니긔지 못ᄒᆞᆯ진ᄃᆡ 그ᄶᅵ도 텬명(天命) 밧앗노라 ᄒ려 ᄒᄂᆫ다?"

빈이 대로(大怒) 왈(曰),

"우리 쥬샹(主上)은 인명지덕(仁明智德) 셩쥐(聖主ㅣ)어늘 네 엇지

---

497) 녀셩(厲聲): 여성. 성이 나서 큰 소리를 지름.

져러툿 무례(無禮)ᄒᆞ뇨?"

샹셰(尙書ㅣ) 눈을 드러 몽샹을 본디 몽샹이 부하(部下) 군ᄉᆞ(軍士)를 거ᄂᆞ려 빈를 움즉여 나아가니 쥬빈이 쏘ᄒᆞᆫ 부쟝(副將) 쥬돈을 닉여 냥편(兩便) 빈 어우러져 빵호더니 샹셰(尙書ㅣ) 져의 허실(虛實)을 알고ᄌᆞ 전후(前後) 호위(護衛)ᄒᆞᆫ 전션(戰船)을 다 발(發)ᄒᆞ니 쥬빈이 쏘ᄒᆞᆫ 져희 군ᄉᆞ(軍士)를 다 닉여 냥편(兩便)이 대진(對陣)⁴⁹⁸⁾ ᄒᆞ니 징븍(鉦-)이 진동(震動)ᄒᆞ고 함셩(喊聲)이 대긔(大起)ᄒᆞ니 진실(眞實)노 텬하(天下)의 드믄 쟝관(壯觀)이러라. 냥편(兩便)이 슈빅(數百) 합(合)을 빵호디 승부(勝負)를 결(決)치 못ᄒᆞ거늘 샹셰(尙書ㅣ) 징(鉦) 쳐 군(軍)을 거두어 오(五) 리(里)나 믈녀 슈취(收採)⁴⁹⁹⁾ᄒᆞ니 몽샹이 분연(忿然) 왈(曰),

"쇼뎨(小弟) 죽

• • •

100면

기로뼈 쥬돈 필부(匹夫)를 죽이고ᄌᆞ ᄒᆞ거늘 형(兄)이 엇지 군(軍)을 거두시ᄂᆞ뇨?"

샹셰(尙書ㅣ) 왈(曰),

"병가(兵家)ᄂᆞᆫ 흉디(凶地)라. 범ᄉᆡ(凡事ㅣ) 계교(計巧)를 쓰리니 블과(不過) 일시(一時) 용녁(勇力)을 비양(飛揚)⁵⁰⁰⁾ᄒᆞᆫ ᄒᆞᆫ 쐬 업슨 용뷔(庸夫ㅣ)라. 셕일(昔日) 관위(關羽ㅣ) 쳔(千) 니(里) 독힝(獨行)의 오관참쟝(五關斬將)⁵⁰¹⁾ᄒᆞᄂᆞᆫ 용(勇)이 이시디 텬셩(天性)이 됴급(躁

---

498) 대진(對陣): 적의 진과 마주하여 진을 침.

499) 슈취(收採): 수채. 거두어 모아들임.

500) 비양(飛揚): 잘난 체하고 거드럭거림.

急)ᄒ고 쇠 업셔 맛참닉 보신(保身)치 못ᄒ니 금(今)에 우형(愚兄)이 슈즁(水中)에 이셔 픽(敗)ᄒ믈 맛나면 에워날 길이 업스니 죠용이 샹냥(商量)502)ᄒ야 용계(用計)ᄒᆯ 거시오, ᄒᆞ믈며 쥬빈은 심샹(尋常)ᄒᆞᆫ 무뷔(武夫ㅣ)아니라 경적(輕敵)503)지 못ᄒ리니 현뎨(賢弟)ᄂᆞᆫ 적은 분(憤)을 ᄎᆞᆷ고 일마다 우형(愚兄)의 뜻을 조ᄎᆞ라.”

몽샹이 황연(晃然)504)이 비샤(拜謝)ᄒ고 믈너나다.

샹셰(尙書ㅣ) 고요히 영즁(營中)에 이셔 침ᄉ(沈思) 샹냥(商量)ᄒ야 계교(計巧)ᄅᆞᆯ 뎡(定)ᄒ니 뉘 감(敢)이 여어보

• • •

101면

리오. 쥬빈이 날마다 사ᄅᆞᆷ을 식여 ᄡᆞ호쟈 ᄒᆞᄃᆡ 샹셰(尙書ㅣ) 드른 체 아니ᄒ고 시시(時時)로 소졸(小卒)을 보닉여 슈욕(羞辱)505)ᄒ나 샹셰(尙書ㅣ) 블응(不應)ᄒ니 제쟝(諸將)이 분노(忿怒)ᄒ야 ᄡᆞ호기ᄅᆞᆯ 쳥(請)ᄒᆞᄃᆡ 샹셰(尙書ㅣ) ᄀᆞᆯ오ᄃᆡ,

---

501) 오관참쟝(五關斬將): 오관참장. 다섯 관문을 지나며 여섯 장수를 목 벰. 과오관육참장(過五關斬六將). 관우(關羽)의 고사. 조조(曹操)에게 항복했던 관우(關羽)가 유비(劉備)가 원소(袁紹)에게 의탁하고 있다는 소식을 듣고 조조에게 하직 인사를 하러 찾아갔으나 조조가 번번이 회피패를 걸어 두고 관우를 만나 주지 않자, 관우가 부득이하게 인수를 걸어 두고 그동안 조조에게서 받은 금은보화를 봉해 놓고 떠나 동령관(東嶺關)에 이르러 공수(孔秀)를 베고, 낙양관(洛陽關)에 가서는 태수 한복(韓福)과 그의 아장(牙將) 맹탄(孟坦)을 베었으며, 사수관(氾水關)에서는 변희(卞喜)를, 형양관(滎陽關)에서는 왕식(王植)을, 황하를 건너는 관문에서는 진기(秦琪)를 베고 유비가 있는 원소의 영토로 들어감. 정사『삼국지』에는 기록되어 있지 않고 나관중의 <삼국지연의>에 나오는 내용임.

502) 샹냥(商量): 상량. 헤아려서 잘 생각함.

503) 경적(輕敵): 경적. 가볍게 대적함.

504) 황연(晃然): 환히 깨닫는 모양.

505) 슈욕(羞辱): 수욕. 모욕을 줌.

"므릇 빠홈에 경(輕)ᄒᆞᆷ은 병법(兵法)의 경계(警戒)ᄒᆞᆫ 배라 졔군(諸君)은 내 뜻을 어즈러이지 말나. 즈연(自然) 계교(計巧) 이시리라."

졔쟝(諸將)이 홀일업서 퇴(退)ᄒᆞ다.

슈일(數日) 후(後) 샹셰(尙書ㅣ) 졔쟝(諸將)으로 더브러 쥬빈과 대진(對陣)506)ᄒᆞ야 각각(各各) 쟝슈(將帥) 일(一) 인(人)식 ᄂᆡ여 빠호니 오쟝(吳將)은 궁시(弓矢)를 가져시ᄃᆡ 명쟝(明將)은 다만 칼과 챵(槍)을 가져 ᄃᆡ젹(對敵)ᄒᆞ니 빈이 소왈(笑曰),

"네 일즉 텬죠(天朝) 흠채(欽差) 대쟝(大將)이로라 ᄒᆞᄃᆡ 궁시(弓矢) ᄀᆞᆽ지 못ᄒᆞᄂᆈ?"

샹셰(尙書ㅣ) ᄃᆡ왈(對曰),

"맛춤 됴비(造備)치 못ᄒᆞ야 가져오지 못ᄒᆞ엿거니와

• ••

102면

금일(今日)노셔 이십만(二十萬) 살을 믿드다 어려오리오?"

빈이 대소(大笑) 왈(曰),

"너 소ᄋᆞᆯ(小兒ㅣ) 진실(眞實)노 열큰507) 쳬하ᄂᆞᆫ도다. 네 진실(眞實)노 금일(今日) 십만(十萬) 살을 아국(我國) 살 모양으로 믿들진ᄃᆡ 당당(堂堂)이 네게 항(降)ᄒᆞ리라."

샹셰(尙書ㅣ) 왈(曰),

"대쟝뷔(大丈夫ㅣ) 말을 ᄂᆡᄆᆡ 스믜 쓸오기 어려오니 만일(萬一) 내 살을 믿드라 네게 뵈지 못홀진ᄃᆡ 당당(堂堂)이 머리를 버혀 네게 샤죄(謝罪)ᄒᆞ리라."

---

506) 대진(對陣): 적과 마주하여 진을 침.

507) 열큰: 담찬. 겁이 없이 대담하고 여무진.

쥬빈이 깃거 지삼(再三) 언약(言約)ᄒ고 도라가거늘 샹셰(尙書ㅣ) ᄯᅩᄒᆞᆫ 치즁(寨中)508)에 니르니 제쟝(諸將)이 근심ᄒᆞ야 ᄀᆞᆯ오ᄃᆡ,

"도독(都督)이 평일(平日) 계괴(計巧ㅣ) 너모 눅으시더니509) 금일(今日) 일이 언경(言輕)ᄒᆞ시뇨? 도독(都督)이 능(能)히 십만(十萬) 살을 금일(今日) ᄂᆡ(內)로셔 민들가 시브니잇가?"

샹셰(尙書ㅣ) 소왈(笑曰),

"내 엇지 이룰 못 ᄒᆞ리오? ᄆᆞ음에 싱각ᄂᆞᆫ 배 이시니 ᄒᆡᆼ(幸)혀 웃지 말나."

••

103면

제쟝(諸將)이 아니 근심ᄒᆞ리 업ᄉᆞᄃᆡ 샹셔(尙書)의 쒸룰 아지 못ᄒᆞᄂᆞᆫ 고(故)로 믁믁(默默)이 믈너낫더니,

ᄎᆞ야(此夜)의 큰 안개 바다흘 덥허 지쳑(咫尺)을 분변(分辨)치 못ᄒᆞ니 샹셰(尙書ㅣ) 바야흐로 소션(小船)을 타고 비 안에 플을 ᄌᆞ옥이 븨여 ᄡᅡ코 두어 편쟝(偏將)으로 더브러 비룰 져허 오군(吳軍) 슈치(守寨)510) 갓가이 가 북을 치고 함셩(喊聲)ᄒᆞ야 겁치(劫寨)511)홀 형샹(形狀)을 ᄒᆞ니 쥬빈이 이 소릭룰 듯고 크게 놀나ᄃᆡ 안개 ᄌᆞ옥이 알플 가리와시니 아모리 홀 줄 몰나 첫 계교(計巧)룰 닛고 제쟝(諸將)을 명(命)ᄒᆞ야 일시(一時)에 ᄡᅩ라 ᄒᆞ니 비 안희 시셕(矢石)이 비 오듯 ᄒᆞ야 슌식간(瞬息間)에 십만(十萬)이 찻더라.

---

508) 치즁(寨中): 채중. 진중(陣中).

509) 눅으시더니: '신중하시더니'의 의미로 보이나 미상임.

510) 슈치(守寨): 수채. 지키고 있는 진(陣).

511) 겁치(劫寨): 겁채. 적의 소굴을 위협하거나 힘으로 빼앗음.

샹셰(尙書ㅣ) 바야흐로 환희(歡喜)ᄒ야 표연(飄然)이 노롤 져허 도
라오니 대쇼(大小) 쟝ᄉ(將士ㅣ) 아니 놀나리 업셔 일시(一時)에 비

왈(拜曰),

"도독(都督)의 신긔묘산(神機妙算)512)은 귀신(鬼神)이라도 측냥(測
量)치 못ᄒ올쇼이다. 연(然)이나 금야(今夜)에 안개 ᄭ이일 줄 엇지 아ᄅ
시더뇨?"

샹셰(尙書ㅣ) 소왈(笑曰),

"므릇 쟝쉬(將帥ㅣ) 텬문(天文)513)을 모로고 어이 쥬쟝(主將)이 되
리오? 내 발셔붓터 혜아린 배라."

드듸여 살을 등하(燈下)에 ᄌ시 보니 셩녕(成令)이 긔묘(奇妙)ᄒ고
부리에 못슬 하야 박아시니 사름이 마ᄌ면 직ᄉ(卽死)할 거시오 무
게 가비압지 아니ᄒ되 날ᄂ기 새 ᄀᆺᄐ니 샹셰(尙書ㅣ) 탄왈(嘆曰),

"동오(東吳)의 인ᄌ(人材) 셩(盛)ᄒ믈 드럿더니 과연(果然) 허언(虛
言)이 아니로다. 아국(我國) 살이 젹지 아니나 ᄎ(此)ᄂ 본 바 쳐엄이
니 ᄒ 팔 힘을 도으미로다."

ᄒ더라.

익일(翌日)에 쥬빈으로 딕진(對陣)ᄒ야 샹셰(尙書ㅣ) 왈(曰),

"내 금일(今日) 오국(吳國) 살 모양(模樣)으로 살을 민ᄃ라시니 네
이제ᄂ 항복(降服)ᄒ리

---

512) 신긔묘산(神機妙算): 신기묘산. 귀신같은 재주와 묘책이라는 뜻으로, 평범한 사람
은 짐작하기 어려운 뛰어난 지략이나 계략을 이르는 말.

513) 텬문(天文): 천문. 천체의 현상.

로다."

셜파(說罷)에 무슈(無數)훈 살을 빗싸에 빠흐니 빈이 바야흐로 계교(計巧)에 쌘진 줄 알고 분긔(憤氣) 츙쉭(充塞)514)ᄒ야 졀치(切齒)515)왈(曰),

"슈ᄌᆡ(豎子 |)516) 엇지 이딕도록 날을 속이리오? 내 엇지 너의게 머리를 굽혀 항복(降服)ᄒ리오?"

샹셰(尙書 |) 완이(莞爾)517)히 소왈(笑曰),

"네 항복(降服)지 아니면 내 굿ᄒ야 강박(强迫)지 아니려니와 네 ᄎᆞ후(此後) 텬하(天下)에 무신(無信)훈 무뷔(武夫 |) 되리로다."

빈이 붓그리ᄂᆞᆫ 빗치 낫ᄎᆡ 가득ᄒ야 치즁(寨中)에 드러가니 샹셰(尙書 |) 대쇼(大小) 쟝ᄉᆞ(將士)를 지휘(指揮)ᄒ야 쓸와 치니 편쟝군(偏將軍) 남궁 념의 용(勇)이 삼군(三軍)의 웃듬이로딕 쥬빈이 즁군(中軍)의셔 북을 울녀 ᄡᅡ홈을 돕고 오국(吳國) 명쟝(名將)이 쳘통(鐵桶)ᄀᆞ치 막아 슈치(守寨) 파(破)ᄒᄆᆞᆫ 멀고 여어보도 못 ᄒ니 그 굿으미 태산(泰山) ᄀᆞᆺᄐᆞᆫ지라.

남궁 념, 최슈현 ᄀᆞᆺᄐᆞᆫ 명

---

514) 츙쉭(充塞): 충색. 가득함.
515) 졀치(切齒): 절치. 이를 갊.
516) 슈ᄌᆡ(豎子 |): 수자. '풋내기'라는 뜻으로, 남을 낮잡아 이르는 말.
517) 완이(莞爾): 빙그레 웃는 모양.

쟝(名將)이 감(敢)히 쎄치지 못ᄒ거늘 샹셰(尙書ㅣ) 믄득 군(軍)을 거
ᄂ려 치즁(寨中)에 와 졔쟝(諸將)을 디(對)ᄒ야 글오디,

"이졔 쥬빈이 슈젼(水戰)에 닉으미 녯날 조조(曹操)518)의 뉴(類ㅣ)
아니니 가(可)히 계교(計巧)를 쓰고ᄌ ᄒ나 황개(黃蓋)519)의 고520)육
계(苦肉計)521)를 당(當)ᄒ리 업ᄉᄆᆯ 탄(嘆)ᄒ노라."

평셔쟝군(平西將軍) 슌슈환이 나아와 글오디,

"쇼쟝(小將)이 비록 튱(忠)이 업ᄉ나 능(能)히 고522)육계(苦肉計)
를 당(當)ᄒ리니 도독(都督)은 엇덧케 넉이시ᄂ뇨?"

샹셰(尙書ㅣ) 슈환의 손을 잡고 칭샤(稱謝) 왈(曰),

"쟝군(將軍)의 튱심(忠心)이 여ᄎ(如此)ᄒ니 내 므ᄉᆷ 일 근심ᄒ리오?"
인(因)ᄒ야 계교(計巧)를 ᄌ시 가ᄅ치고 눈믈을 흘녀 탄왈(嘆曰),

"내 대ᄉ(大事)를 위(爲)ᄒ야 사름에 살을 헐워 부모(父母) 유톄

---

518) 조조(曹操): 중국 삼국시대 위나라의 시조(始祖)(155~220)로, 자는 맹덕(孟德). 황
    건의 난을 평정하여 공을 세우고 동탁(董卓)을 벤 후 실권을 장악함. 208년에 적벽
    대전(赤壁大戰)에서 유비와 손권의 연합군에게 크게 패하여 중국이 삼분된 후 216
    년에 위왕(魏王)이 됨.

519) 황개(黃蓋): 중국 삼국시대 동오(東吳)의 대장. 자는 공복(公覆)이며 천릉(泉陵, 지
    금의 호남성 영릉) 사람. 손견을 따라 군사를 일으키고 후에는 손책을 수행하여 강
    남을 경영하며 손씨 집안의 숙장(宿將)으로서 여러 차례 전공을 세움. 건안 13년
    (208), 적벽대전 중에는 화공을 실행하자는 건의를 한 후, 고육계를 써서 조조에게
    거짓 항복을 하고 기회를 틈타 불을 질러 조조 군을 크게 무찌름.

520) 고: [교] 원문에는 '골'로 되어 있으나 오기로 보임.

521) 고육계(苦肉計): 자기 몸을 괴롭게 해 적을 속이는 계책. 삼국시대 동오의 노장 황
    개가 조조를 속이기 위해 썼던 수법. 황개가 주유와 짜고 일부러 주유의 의견에
    반대 의사를 표명해 주유에게 곤장 50대를 맞고 조조에게 항복 편지를 쓰자 조조
    가 황개에게 속음. <삼국지연의(三國志演義)>.

522) 고: [교] 원문에는 '골'로 되어 있으나 오기로 보임.

(遺體)롤 상(傷)케 ᄒ니 엇지 슬프지 아니ᄒ리오?"

제쟝(諸將)이 이 거동(擧動)을 보고 다 감격(感激)ᄒ미 골

• ●●

107면

돌ᄒ야 죽기로 갑흘 ᄯᅳᆺ이 잇더라.

샹셰(尚書ㅣ) 추후(此後) 쥬야(晝夜) 션즁(船中)에셔 풍뉴(風流)ᄒ고 술 먹어 일일(日日) 연낙(宴樂)523)ᄒ고 군녀(軍旅)524)를 폐(廢)ᄒ니 이 계교(計巧)를 심복(心腹) 쟝ᄉ(將士) 밧근 기여(其餘) 졔쟝(諸將)은 모로ᄂ 고(故)로 근심ᄒ야 대쟝군(大將軍) 남궁 념 등(等)을 ᄎ자 보와 ᄀᆯ오딕,

"아등(我等)이 구만(九萬) 니(里) 슈로(水路)로 이에 니ᄅᆷ믄 원슈(元帥)의 신긔묘산(神機妙算)을 힘닙어 도적(盜賊)을 파(破)홀가 ᄒ더니 이졔 도독(都督)의 ᄯᅳᆺ이 젼일(前日)과 다ᄅ니 쟝ᄎᆺ(將次ㅅ) 엇지ᄒ리오? 우리ᄂ 미말쇼쟝(微末小將)이니 감(敢)이 간(諫)치 못ᄒ거니와 쟝군(將軍)네ᄂ 엇지 간(諫)치 아닛ᄂ다?"

남궁 념 등(等)이 믁연(默然)타가 왈(曰),

"우리 ᄯᅩᆫ 모로지 아니ᄒ딕 도독(都督)의 위풍(威風)이 남과 다ᄅ니 감(敢)히 ᄯᅳᆺ을 거ᄉ리지 못ᄒ노라."

슌슈환이 분연(憤然) 츌왈(出曰),

"대쟝뷔(大丈夫ㅣ) 되여 말을 품고 쥬쟝(主將)의 그르믈

---

523) 연낙(宴樂): 연락. 잔치하며 즐김.
524) 군녀(軍旅): 군려. 군대의 일.

간(諫)치 아니ᄒᆞ리오?"

이에 몸이 쒸노라 드러가니 샹셰(尚書ㅣ) 바야흐로 풍뉴(風流)를 치우고 음쥬(飲酒)ᄒᆞ거늘 슈환이 글오ᄃᆡ,

"텬ᄌᆞ(天子ㅣ) 도독(都督)을 명(命)ᄒᆞ야 역신(逆臣)을 치라 ᄒᆞ야 계시거늘 이제 음쥬(飲酒) 풍악(風樂)은 므슴 일이니잇고?"

샹셰(尚書ㅣ) 글오ᄃᆡ,

"년일(連日) 싸홈에 니긔지 못ᄒᆞ니 ᄯᅩ 싸화 무익(無益)ᄒᆞᆫ 고(故)로 쾌(快)히 통음(痛飲)ᄒᆞ노라."

슈환이 노왈(怒曰),

"도독(都督)이 비록 년쇼(年少)ᄒᆞ나 국가(國家) 듕임(重任)을 밧ᄌᆞ와 ᄒᆡ듕(海中)에 결진(結陣)ᄒᆞ니 당당(堂堂)이 쥬야(晝夜) 우구(憂懼)ᄒᆞ야 도적(盜賊)을 칠 거시어늘 엇지 풍악(風樂)을 낭ᄌᆞ(狼藉)히 ᄒᆞ고 술을 진취(盡醉)ᄒᆞ야 도적(盜賊) 치믈 방비(防備)치 아닛ᄂᆞ뇨? 슬푸다, 칠만(七萬) 군ᄉᆡ(軍士ㅣ) 하로아ᄎᆞᆷ에 어육(魚肉)이 되리로다."

샹셰(尚書ㅣ) 대로(大怒)ᄒᆞ야 녀셩(厲聲)525) 즐지(叱之) 왈(曰),

"텬ᄌᆞ(天子ㅣ) 샹방검(尚方劍)을 주샤 부도독(副都督) 이해(以下ㅣ) 녕(令)을 어그릇ᄂᆞᆫ 쟈(者)를

다 버히라 ᄒᆞ시니 네 금일(今日) 나의 막하(幕下) 쇼쟝(小將)이 되여

---

525) 녀셩(厲聲): 여성. 사나운 소리.

이러틋 쥬쟝(主將)을 슈욕(羞辱)ᄒ니 이 죄(罪) 용샤(容赦)치 못ᄒ리라.”

무ᄉ(武士)를 ᄭ우지져 미러 ᄂᆡ여 버히라 ᄒ니 좌우(左右) 제쟝(諸將)이 일시(一時)에 ᄭ우러 ᄋᆡ걸(哀乞) 왈(曰),

“슌 쟝군(將軍)의 실언(失言)ᄒᆫ 죄(罪) 대단ᄒ나 목숨이 즁(重)ᄒᄆᆞᆯ 싱각ᄒ야 관뎐(寬典)526)을 쓰소셔.”

샹셰(尙書ㅣ) 노(怒)를 긋치지 아니ᄒ거ᄂᆞᆯ 모다 일시(一時)에 ᄋᆡ걸(哀乞)ᄒ니 샹셰(尙書ㅣ) 명(命)ᄒ야 죽이기를 긋치고 압히 나오여 결박(結縛)ᄒ고 힘센 무ᄉ(武士)를 명(命)ᄒ야 오십(五十) 곤(棍)을 결쟝(決杖)ᄒ니 슈환이 입으로조ᄎᆞ 독(毒)ᄒᆫ 말이 긋지 아냐 샹셔(尙書)의 노(怒)를 도도니 샹셰(尙書ㅣ) 익노(益怒)ᄒ야 ᄯᅩ 십여(十餘) 곤(棍)을 더 쳐 ᄂᆡ치니 셩혈(腥血)이 ᄊᆞ히 고이고 인ᄉ(人事)를 모로니 막하(幕下) 제쟝(諸將)이 붓드러 본영(本營)에 도라와 구호(救護)

· · ·

110면

ᄒ며 삼군(三軍) 쟝ᄉᆡ(將士ㅣ) 원심(怨心)을 품더라.

슈환이 괴로이 말ᄒ며 막하(幕下) 편쟝(偏將) 능환을 블너 왈(曰),

“신톄발부(身體髮膚)ᄂᆞᆫ 슈지부뫼(受之父母ㅣ)527)라 셩인(聖人)이 운(云)ᄒ시미니 내 니(李) 도독(都督)을 ᄯᆞᆯ와 셩공(成功)ᄒ기를 바라다가 이러틋 살을 혈워 부모(父母) 유톄(遺體)를 상(傷)ᄒ이오니 이제 니(李) 도독(都督)이 포악(暴惡)이 극(極)ᄒ야 탐음(貪淫)ᄒ야 만ᄉ

---

526) 관뎐(寬典): 관전. 관대한 은혜.

527) 신톄발부(身體髮膚)ᄂᆞᆫ 슈지부뫼(受之父母ㅣ): 신체발부는 수지부모. 몸과 머리카락과 피부는 부모에게서 받음. 『효경(孝經)』에 나오는 말.

(萬事)를 니즈니 군식(軍士ㅣ) 함몰(陷沒)ᄒᆞ미 반둧홀지라 내 엇지 남글 직희여 톳기를 기다리는528) 환(患)을 취ᄒᆞ리오? 너는 모로미 항셔(降書)를 가지고 오영(吳營)에 가 내 말을 닐오고 드리라.”

능환이 이 말을 듯고 이윽이 말을 아니타가 굴오ᄃᆡ,

“니(李) 도독(都督)이 셜ᄉᆞ(設使) 일을 그릇ᄒᆞ나 인신(人臣)이 되여 ᄎᆞ마 엇지 반신(叛臣)의게 항(降)ᄒᆞ리오? 젼일(前日) 쟝군(將軍)의 튱의(忠義)로써 내 ᄀᆞ쟝 고

이(怪異)히 넉이ᄂᆞ니 만일(萬一) 황개(黃蓋)의 고529) 육계(苦肉計)를 효측(效則)홀진ᄃᆡ 내 ᄯᅩ 감퇵(咸澤)530)의 ᄉᆞ항셔(詐降書)531) 드리믈 효측(效則)ᄒᆞ려니와 쟝군(將軍)의 실졍(實情)이 진실(眞實)노 항(降)코져 ᄒᆞ면 환의 머리는 비록 버히려니와 ᄎᆞᄉᆞ(此事)는 좃지 못ᄒᆞ리라.”

슌슈환이 믄득 니러 안쟈 능환의 손을 잡아 굴오ᄃᆡ,

“내 엇지 반신(叛臣)의게 항복(降服)홀 ᄯᅳᆺ이 이시리오? 과연(果然) 황개(黃蓋)를 효측(效則)ᄒᆞ미라. 네 만일(萬一) 말을 잘ᄒᆞ야 ᄎᆞ시(此事ㅣ) 될진ᄃᆡ 읏듬 공(功)을 숨으리라.”

능환이 바야흐로 셕연(釋然)532) 돈오(頓悟)ᄒᆞ야 굴오ᄃᆡ,

“쇼쟝(小將)이 비록 용녈(庸劣)ᄒᆞ나 감퇵(咸澤)을 츄모(追慕)ᄒᆞ야

---

528) 남글~기다리는: 나무를 지켜 토끼를 기다리는. 어리석음의 비유. 수주대토(守株待兎).

529) 고: [교] 원문에는 '골'로 되어 있으나 오기로 보임.

530) 감퇵(咸澤): 감택. 중국 삼국시대 오(吳)의 장군. 적벽대전 직전에 주유(周瑜)의 명으로 조조에게 사항서(詐降書)를 바쳐 조조를 속임. <삼국지연의(三國志演義)>.

531) ᄉᆞ항셔(詐降書): 사항서. 거짓 항복 문서.

532) 셕연(釋然): 석연. 의혹이나 꺼림칙한 마음이 없이 환함.

일을 닐우리라."

호고 즉일(卽日)에 항셔(降書)를 가지고 쇼션(小船)을 져어 오영(吳營)에 니르니, 젼후좌우(前後左右)에 군병(軍兵) 긔갑(機甲) 검극(劍戟)이 과연(果然) 엄슉(嚴肅)호

* * *

112면

더라.

군시(軍士ㅣ) 능환을 인도(引導)호야 쥬빈의 알픠 니르니, 추시(此時) 빈이 셰작(細作)[533]으로 초탐(哨探)[534]호미 명영(明營)에 풍뉴(風流) 소릐 진동(震動)호고 군무(軍務)를 닉이지 아니믈 의혹(疑惑)호더니 또 슌슈환이 결장(決杖)호고 삼군(三軍) 무시(武士ㅣ) 원망(怨望)호믈 드르미 믄득 깃거 왈(曰),

"내 이졔야 니몽챵을 파(破)호리로다. 졈은 명시(名士ㅣ) 적은 지식(知識)이 이신들 화당옥누(華堂玉樓)[535]에 부귀(富貴)를 누리며 미녀교ᄋ(美女嬌兒)[536]를 겻지어 교앙(驕昂)[537]이 놉핫다가 엇지 젼진(戰塵) 구치(驅馳)[538]를 잘 견듸리오?"

호더니 능환을 보고 무러 왈(曰),

"너는 엇던 사름인다?"

환이 ᄃᆡ왈(對曰),

---

533) 셰작(細作): 세작. 간첩.

534) 초탐(哨探): 정탐.

535) 화당옥누(華堂玉樓): 화당옥루. 화려하고 부유한 집.

536) 미녀교ᄋ(美女嬌兒): 미녀교아. 아름다운 여자.

537) 교앙(驕昂): 잘난 체하며 뽐내고 건방짐.

538) 구치(驅馳): 말이나 수레를 타고 달림.

"쇼쟝(小將)은 졍셔쟝군(征西將軍) 슌 공(公)의 블인 사룸이로소이다."

언미필(言未畢)에 품으로조ᄎ 일(一) 봉셔(封書)ᄅᆞᆯ 닉여 드리거ᄂᆞᆯ 빈이 ᄶᆞ혀 보니 글와시ᄃᆡ,

∙∙∙

113면

'졍셔쟝군(征西將軍) 슌슈환은 읍혈돈슈(泣血頓首)[539]ᄒᆞ고 삼가 오국(吳國) 슈군대도독(水軍大都督) 쥬 쟝군(將軍)긔 알외ᄂᆞ니 ᄌᆞ고(自古)로 대쟝뷔(大丈夫ㅣ) 튱(忠)이 읏듬이라 ᄒᆞ나 이 여러 가지라. 셕일(昔日) 한신(韓信)[540]이 초(楚)ᄅᆞᆯ 바리고 한(漢)에 도라가ᄃᆡ 후인(後人)이 블튱(不忠)이라 ᄒᆞ지 아녀시니 금(今)에 도독(都督) 니몽챵이 셰업(世業)[541]을 밋고 ᄌᆞ쳥(自請)ᄒᆞ야 슈군도독(水軍都督)을 ᄒᆞ야시나 본(本)ᄃᆡ 고량(膏粱)[542] ᄌᆞ뎨(子弟)로 지뫼(智謀ㅣ) 업고 ᄒᆞ믈며 요ᄉᆞ이 젼진(戰塵)의 구치(驅馳)ᄒᆞᄆᆞᆯ 울울(鬱鬱)ᄒᆞ야 풍악(風樂) 가무(歌舞)ᄅᆞᆯ 일ᄉᆞᆷ으니 ᄌᆞ고(自古)로 어진 새ᄂᆞᆫ 남글 갈히여 깃드린다 ᄒᆞ니 쇼쟝(小將)이 이ᄅᆞᆯ 효측(效則)고져 ᄒᆞᄃᆡ ᄎᆞ마 블튱(不忠) 두 ᄌᆞ(字)ᄅᆞᆯ 듯지 못ᄒᆞ야 두어 말노 간(諫)ᄒᆞ니 피육(皮肉)이 낭ᄌᆞ(狼藉)토

---

539) 읍혈돈슈(泣血頓首): 읍혈돈수. 피눈물을 흘리고 머리가 땅에 닿도록 절을 함.

540) 한신(韓信): 중국 진(秦)나라 말에 초(楚)나라의 항량(項梁)과 항우(項羽)를 섬겼으나 중용되지 않자 유방(劉邦)의 군에 들어감. 유방에게서도 인정을 받지 못하던 중 승상 소하(蕭何)에게 발탁되어 해하(垓下)의 싸움까지 한나라 군을 이끌어 큰 공을 세우고 초왕(楚王)까지 되었으나 이후 권력에서 밀려나 회음후(淮陰侯)로 격하되고, B.C. 196년, 진희(陳豨)의 난에 공모했다 하여 여후(呂后)의 부하에게 죽임을 당함.

541) 셰업(世業): 세업. 대대로 내려오는 집안의 명망.

542) 고량(膏粱): 부귀한 집안과 그 후사.

록 결곤(決棍)ᄒ야 닉치니 명지죠셕(命在朝夕)543)ᄒ나 그윽

• • •

114면

이 싱각건딕 ᄉᄉᆼ(死生)이 하늘에 이시니 쟝독(杖毒)으로 ᄌ레 죽을
배 아니라. 원(願)컨딕 도독(都督)은 거두어 말쟝(末將)의 두어 쓰시
믈 바라ᄂᆞ이다.'

ᄒ엿더라.

빈이 간필(看畢)에 반신반의(半信半疑)ᄒ야 ᄀᆞᆯ오딕,

"슌 쟝군(將軍)이 진실(眞實)노 동오(東吳)를 붓들고져 ᄒ면 내 당
당(堂堂)히 ᄌᆞ리를 ᄉ양(辭讓)하려니와 아니 셕일(昔日) 황개(黃蓋)
의 고544)육계(苦肉計)를 ᄒᆡᆼ(行)코져 ᄒᄂᆞ냐?"

능환이 돈슈(頓首)ᄒ야 혈누(血淚)를 흘녀 ᄀᆞᆯ오딕,

"셕일(昔日) 황개(黃蓋) 나라흘 위(爲)ᄒ야 몸을 혈우믈 녁딕(歷代)
의 ᄒ나히니 ᄒᄆᆞᆯ며 금텬하(今天下)에 ᄯᅩ 엇지 이시리오? 슌 쟝군(將
軍)이 튱(忠)이 별(別)노 녈녈(烈烈)ᄒ나 피육(皮肉)이 후란(朽爛)545)
토록 마잣ᄂᆞᆫ지라 도독(都督)은 ᄉᆞᆯ피소셔. 셕일(昔日) 쥬위(周瑜ㅣ)546)
지용(智勇)이 가진 냥쟝(良將)이어니

---

543) 명지죠셕(命在朝夕): 명재조석. 거의 죽게 되어 곧 숨이 끊어질 지경에 이름.

544) 고: [교] 원문에는 '골'로 되어 있으나 오기로 보임.

545) 후란(朽爛): 썩어 문드러짐.

546) 쥬위(周瑜ㅣ): 주유. 중국 삼국시대 오(吳)나라의 인물. 자는 공근(公瑾). 문무(文武)
에 능하였으며, 유비의 청으로 제갈공명과 함께 조조의 위나라 군사를 적벽(赤壁)
에서 크게 무찔렀음.

와 니몽챵은 문무(文武) 젼지(全才)⁵⁴⁷⁾ 바히 업스디 편쟝군(偏將軍)
남궁 념이 지용(智勇)이 가즈 군녀(軍旅)⁵⁴⁸⁾의 긔률(紀律)⁵⁴⁹⁾이 이시
미오, 젼일(前日) 살을 아스믄 니(李) 도독(都督)이 그날 안개 질 줄
알기 다 념의 지뫼(智謀ㅣ)라. 니(李) 도독(都督)이 실은 기름 빗속과
옥낫(玉-)치니이다."

쥬빈이 침음(沈吟) 후(後) 글오디,

"네 도라가 슌 쟝군(將軍)긔 고(告)ᄒ라. 후(厚)히 므르시미 다감
(多感)ᄒ나 그러나 허실(虛失)을 알기 어려오니 쟝군(將軍)을 의심
(疑心)ᄒ미 아니로디 일을 소리(率爾)⁵⁵⁰⁾히 못ᄒ리니 힝(幸)혀 노(怒)
ᄒ지 말고 니르러 쟝쳐(杖處)를 날을 뵈라."

ᄒ니 능환이 심하(心下)에 그 어려오믈 츠탄(嗟歎)ᄒ고 도라와 슈
환을 보와 주시 니르니 슈환이 구만이 웃고 쏘흔 닐굿기를 마지아니
ᄒ더라.

즉시(卽時) 져의 영즁군스(營中軍士)⁵⁵¹⁾를 거느려 오영(吳營)에 니
르니 쥬빈이 마즈 샹좌(上座)에

547) 젼지(全才): 전재. 자기가 가진 전 재능.
548) 군녀(軍旅): 군려. 군대의 일.
549) 긔률(紀律): 기율. 사람에게 행위의 표준이 될 만한 질서.
550) 소리(率爾): 솔이. 말이나 행동이 신중하지 못하고 가벼움.
551) 영즁군스(營中軍士): 영중군사. 진영의 군사.

안치고 글오딕,

"금일(今日) 쟝군(將軍)의 텬신(天神) ᄀᆺᄐ 용모(容貌)를 보니 가(可)히 한신(韓信),[552] 경포(黥布)[553]의 위풍(威風)이라 공경(恭敬)ᄒ거니와 능(能)히 ᄉ항(詐降)[554]ᄒᄂᆫ 쯧이 업셔 오(吳)를 붓들고져 ᄒᄂ냐?"

순슈환이 몸을 굽혀 글오딕,

"복(僕)이 일즉 강동(江東)의 인ᄌᆡ(人材) 만흐믈 드럿더니 도독(都督)을 보오민 쥬랑(周郞)[555]의 나약(懦弱)ᄒ믈 압두(壓頭)ᄒ실지라 우러라 항복(降服)ᄒᄂ이다. 당금(當今)에 텬ᄌᆞ(天子ㅣ) 실덕(失德)ᄒ시고 뎌ᄉᆡ(儲嗣ㅣ)[556] 나히 어리며 텬해(天下ㅣ) 대란(大亂)ᄒ니 만

---

552) 한신(韓信): 중국 진(秦)나라 말에 초(楚)나라의 항량(項梁)과 항우(項羽)를 섬겼으나 중용되지 않자 유방(劉邦)의 군에 들어감. 유방에게서도 인정을 받지 못하던 중 승상 소하(蕭何)에게 발탁되어 해하(垓下)의 싸움까지 한나라 군을 이끌어 큰 공을 세우고 초왕(楚王)까지 되었으나 이후 권력에서 밀려나 회음후(淮陰侯)로 격하되고, B.C. 196년, 진희(陳豨)의 난을 공모했다 하여 여후(呂后)의 부하에게 죽임을 당함.

553) 경포(黥布): 원래 이름은 영포(英布)로 중국 한나라의 개국공신임. 진나라 말에 평민 집안에서 나 법에 연좌되어 경형(黥刑)를 받아 경포로 불림. 초나라의 항량(項梁)을 섬기다가 항량이 죽은 후 항우(項羽) 밑에서 큰 공을 세워 제후인 구강왕(九江王)이 되어 육(六)에 도읍을 세움. 후에 한왕(漢王) 유방(劉邦)의 부하인 수하(隨何)에게 설득당해 유방의 휘하로 들어가 회남왕(淮南王)이 되어 항우를 공격해 해하(垓下)에서 초나라 군을 무찌르는 데 큰 공을 세움. 경포는 개국공신 팽월과 한신이 죽임을 당하는 것을 보고 두려움을 느끼고 황제로부터 자신이 반란을 일으킬 것이라는 의심을 받자 실제로 반란을 일으켰으나 살해당함. 『사기(史記)』, 「경포열전(黥布列傳)」.

554) ᄉ항(詐降): 사항. 거짓으로 항복함.

555) 쥬랑(周郞): 주랑. 주유(周瑜).

556) 뎌ᄉᆡ(儲嗣ㅣ): 저사. 태자.

민(萬民)이 도탄(塗炭)557)호야 쓸는 가마의 고기 ズ거늘 오왕(吳王) 뎐해(殿下]) 인(仁)호고 대덕(大德)호샤 태조(太祖) 고황뎨(高皇帝) 쳑검(尺劍)을 집고 구이(九夷)룰 통일(統一)호믈 효측(效則)호시거늘 승샹(丞相) 니관성이 시무(時務)룰 모로고 참남(僭濫)이 군(軍)을 닐 위혀 뉵지(陸地)로 나아가시나 엇지 오왕(吳王) 뎐하(殿下)의 영무 (英武)룰 당(當)

••••

117면

호리오? 호믈며 니몽챵이 태평(泰平) 승시(勝時)의 호낫 옥당(玉堂) 혹시(學士])어늘 망녕(妄靈)도히 슈군(水軍)을 거느려 도독(都督)을 막으나 져의게는 본(本)딕 지뫼(智謀]) 업거늘 허다(許多) 제장(諸 將)이 도와 슈치(守寨)룰 온젼(穩全)이 호여시나 이 엇지 져의 공(功) 이리오? 호믈며 고루궐각(高樓闕閣)558)에 음쥬(飮酒)호던 버릇시 업 지 못호야 군무(軍務)룰 날노 폐(廢)호고 방즈(放恣)히 미녀(美女) 풍 악(風樂)으로 즐기니 쇼장(小將)이 격분(激奮)호믈 니긔지 못호야 두 어 말노 간(諫)호미 이러툿 피육(皮肉)이 후란(朽爛)559)호도록 형벌 (刑罰)을 호니 이제 셜亽(設使) 쥬랑(周郞)의 쇠 이시나 쇼장(小將)이 황개(黃蓋)의 치룰 못 잡을 거시어늘 호믈며 무식(無識) 틱만(怠慢) 호미니잇가? 젹심(赤心)560)으로 도독(都督)을 도오리니 원(願)컨딕 막하(幕下)에 용납(容納)호시믈 바라누이다."

---

557) 도탄(塗炭): 진구렁에 빠지고 숯불에 탄다는 뜻으로, 몹시 곤궁하여 고통스러운 지 경을 이르는 말.

558) 고루궐각(高樓闕閣): 화려한 집.

559) 후란(朽爛): 썩고 문드러짐.

560) 젹심(赤心): 적심. 거짓 없는 참된 마음.

셜파(說罷)에 상쳐(傷處)를 닉여 뵈고

혈뉘(血淚ㅣ) 가득ᄒ니 쥬빈이 그 ᄉ리(事理)에 졀당(切當)ᄒᆫ 말을 듯고 샹쳐(傷處)를 보민 혈육(血肉)이 다 문허지고 쪠 은연(隱然)이 비최여시니 다시 의심(疑心)치 아니ᄒ고 추악(嗟愕)ᄒ야 글오디,

"쟝군(將軍)의 고의(高意)ᄂ 한신(韓信)의 지지 아니ᄒ도다. 우리 대왕(大王)이 영명(英明)ᄒ고 통쳘(洞徹)ᄒ시니 쟝군(將軍)이 만일(萬一) 날을 도와 공(功)을 닐울진디 봉후(封侯)를 어이 근심ᄒ리오?"

환이 샤례(謝禮)ᄒ고 슈십(數十) 일(日) 침좌(寢坐)ᄒ야 됴리(調理)홀시 쥬빈이 친(親)히 붓드러 구호(救護)ᄒ미 혈심소ᄌ(血心所在)561)로 나타나니 환이 그 의긔(義氣)를 깁히 감오(感悟)562)ᄒ미 잇더라.

십여(十餘) 일(日) 됴리(調理)ᄒ여 니러나니 슌슈환이 쥬빈다려 왈(曰),

"쇼쟝(小將)이 이리 온 후(後) 쥬 도독(都督) 대은(大恩)을 만히 닙어시니 원(願)컨디 군(軍)을 거ᄂ려 명진(明陣)을 엄살(掩殺)563)코ᄌ ᄒᄂ이

다."

---

561) 혈심소ᄌ(血心所在): 혈심소재. 진심이 있는 바.
562) 감오(感悟): 느끼어 깨달음.
563) 엄살(掩殺): 갑자기 습격해 죽임.

쥬빈이 쏘 그 허실(虛實)을 알고ᄌ ᄒ야 허락(許諾)ᄒ니 환이 군ᄉ(軍士)를 거ᄂ려 명진(明陣)에 나아가 블의(不意)에 엄습(掩襲)564)ᄒ니 샹셰(尙書ㅣ) 짐짓 대오(隊伍)를 일허 황황(遑遑)565)이 다라나고 독566)냥관(督糧官)567) 호암이 젼면(前面) 빈에 잇다가 ᄉ로잡히이니 환이 군냥(軍糧) 슈빅(數百) 셕(石)을 어더 도라와 공(功)을 헌(獻)ᄒ며 ᄀᆯ오ᄃᆡ,

"니몽챵이 바야흐로 음쥬(飮酒) 환낙(歡樂)ᄒ거ᄂᆯ 엄습(掩襲)ᄒ니 황황(遑遑) 난주(亂走)568)ᄒ고 ᄎ장(此將)을 잡아와시니 도독(都督)이 쳐치(處置)ᄒ소셔."

빈이 크게 깃거 호암을 버히고자 ᄒ니 암이 슬피 울며 살거지라 ᄒ거ᄂᆯ 슈환 왈(曰),

"져 모긔 ᄀᆺᄐᆫ 미말쇼장(微末小將)을 죽여 부졀업ᄉ니 쇼장(小將)을 주셔든 쇼졸(小卒) 항녈(行列)에나 두어지이다."

빈이 허락(許諾)ᄒ고 크게 잔치를 베퍼 슈환의 공(功)을 하례(賀禮)ᄒ더라.

두어 날 후(後) 마

··

120면

위(梅雨ㅣ)569) 크게 와 대쉬(大水ㅣ) 표류(漂流)ᄒ니 감(敢)이 비를

---

564) 엄습(掩襲): 갑자기 습격함.

565) 황황(遑遑): 갈팡질팡 어쩔 줄 모르게 급함.

566) 독: [교] 원문에는 '동'으로 되어 있으나 오기로 보임.

567) 독냥관(督糧官): 독량관. 군량을 총괄하는 관리.

568) 난주(亂走): 어지럽게 도망함.

569) 마위(梅雨ㅣ): 매우. 매실이 익을 무렵에 내리는 비라는 뜻으로, 해마다 초여름인

노치 못ᄒ야 냥진(兩陣)이 고요히 드럿더니, 슈환이 슬펴보니 션봉(先鋒) 쥬돈과 부도독(副都督) 최강이 슈젼(水戰)에 ᄀ장 닉어 슈치(守寨) 젼면(前面)을 직히여 굿으미 쳘통(鐵桶) ᄀ튼지라 샹셔(尙書)의 계교(計巧)ᄃ로 반쳡계(反諜計)570)롤 힝(行)ᄒ니 일이 비밀(秘密)ᄒ야 아모도 모로더라.

빈이 일일(一日)은 밤에 칼을 집고 두로 단니다가 최강의 진(陣)의 니르니 대쇼(大小) 쟝ᄉ(將士ㅣ) 좀을 깁히 들고 ᄒᆫ 적은 군ᄉ(軍士ㅣ) 손에 무어슬 들고 오거늘 빈이 무론ᄃ 그 군ᄉ(軍士ㅣ) ᄆ득 몸을 도로혀 닷거늘 빈이 노(怒)ᄒ야 나아가 아ᄉ니 그 군ᄉ(軍士ㅣ) 경겁(驚怯)571)ᄒ야 셔간(書簡)을 노코 돌쳐 다ᄅ니 아몬 줄 몰올너라.

빈이 영즁(營中)에 도라와 ᄶ텨 보니 션봉(先鋒) 쥬돈이 최강으로 더브러 의논(議論)

⋯ •

121면

ᄒ야 져롤 죽이고 권(權)을 앗ᄌ ᄒᆫ 말이라. 빈이 크게 놀나고 의심(疑心)ᄒ야 아모리 ᄒᆯ 줄 모로더니 ᄎ야(此夜)의 쟝(帳) 밧긔셔 ᄀ마니 닐오ᄃ,

"최 쟝군(將軍) 준 금(金)을 지금(只今) 난호지 아니ᄒᄂ다?"

일(一) 인(人)이 답왈(答曰),

"아직 닐우도 못ᄒ고 난호랴? 금야(今夜)의 힝ᄉ(行事)ᄒ리라."

―――――――――――
유월 상순부터 칠월 상순에 걸쳐 계속되는 장마를 이르는 말.
570) 반쳡계(反諜計): 반첩계. 두 사람이나 나라 따위의 중간에서 서로를 멀어지게 하는 술책. 반간계(反間計).
571) 경겁(驚怯): 놀라고 겁을 냄.

ᄒ거늘 빈이 ᄆᆞᆷ에 대로(大怒)ᄒ야 그 말ᄒ던 쟈(者)ᄅᆞᆯ ᄎᆞᄌᆞ믹 임
의 간 곳이 업고 여러 군ᄉᆞ(軍士ㅣ) 두로 슌나(巡邏)ᄒ니 엇지 알니오.

노긔(怒氣) 급(急)ᄒ야 급(急)히 북 쳐 군ᄉᆞ(軍士)ᄅᆞᆯ 모호고 최강과
쥬돈을 결박(結縛)ᄒ야 쓸니고 ᄭᅮ지져 굴오ᄃᆡ,

"내 왕샹(王上)의 명(命)을 밧아 너희 등(等)으로 더브러 대ᄉᆞ(大
事)ᄅᆞᆯ 닐우고ᄌᆞ ᄒ거늘 엇지 내 목슘을 도모(圖謀)ᄒ야 무샹(無狀)ᄒᆞᆫ
ᄯᆞ슬 품엇ᄂᆞ뇨?"

이(二) 쟝(將)이 쳔만몽ᄆᆡ(千萬夢寐) 밧 이 말을 듯고 크게

• • •

122면

놀나 서로 도라보고 고이(怪異)히 넉이니 쥬빈이 더옥 곳이드러 이
(二) 쟝(將)을 결곤(決棍) ᄉᆞ십(四十)식 밍타(猛打)ᄒ야 각각(各各) 공
치(公差)ᄅᆞᆯ 주어 먼니 츙군(充軍)572)ᄒ니 이(二) 인(人)이 ᄒᆞᆫ 말도 못
ᄒ고 죄(罪)ᄅᆞᆯ 밧아 도라가믹 슌슈환이 쾌희(快喜)ᄒ믈 니긔지 못ᄒ
야 알픽 나아가 굴오ᄃᆡ,

"쇼쟝(小將)이 비록 ᄌᆡ죄(才操ㅣ) 업ᄉᆞ나 슈치(守寨) 젼면(前面)을
직희여 그ᄅᆞ미 업ᄉᆞ리이다."

빈이 허락(許諾)ᄒ니 슈환이 두 소임(所任)을 ᄭᅵ믹 크게 깃거 ᄀᆞ마
니 사ᄅᆞᆷ으로 ᄒ야금 명영(明營)의 통(通)ᄒ니 샹셰(尙書ㅣ) 대희(大
喜)ᄒ야 제쟝(諸將)을 약속(約束)ᄒ야 군무(軍務)ᄅᆞᆯ 새로이 정제(整
齊)ᄒ고 퇵일(擇日)ᄒ야 발군(發軍)ᄒ랴 ᄒ니,

ᄎᆞ야(此夜)의 샹셰(尙書ㅣ) 머리 플고 보검(寶劍) 집고 단(壇) 무은

---

572) 츙군(充軍): 충군. 죄를 범한 자를 벌로서 군역에 복무하게 함.

곳에 나아가 오쉭(五色) 긔(旗)를 좌우(左右)로 솟고 하늘긔 셔븍풍(西北風)을 빌고 영즁(營中)에 도

· ●●

123면

라오니 미긔(未幾)573)에 대풍(大風)이 니러나 긔발이 동(東)으로 가르치니 제쟝(諸將)이 탄왈(嘆曰),

"도독(都督)의 지모(智謀)ᄂᆞᆫ 셕일(昔日) 제갈공명(諸葛孔明)574)의 칠셩단(七星壇)575)의셔 동남풍(東南風) 비ᄂᆞᆫ 직조(才操)의 지지 아니타."

ᄒᆞ더라.

텬슌(天順) 원년(元年) 츄팔월(秋八月) 경인(庚寅) 삭(朔) 갑인일(甲寅日)에 흠채(欽差) 슈군대도독(水軍大都督) 니몽챵이 크게 군(軍)을 닐위혀 오영(吳營)을 칠시 부도독(副都督) 니몽상이 몬져 삼쳔(三千) 군(軍)을 거느려 쥬영(-營) 전면(前面)에 니르니 슌슈환이 발셔 방비(防備)ᄒᆞᆫ 일이라 치(寨)를 여러 마ᄌᆞ니 몽상이 손에 쟝창(長槍)을 들고 쮜여올나 슈치(守寨) 노를 쓴코 션봉(先鋒) 최슈현이 방픠를 들고 미쳐 올나 철환(鐵丸)을 발(發)코져 ᄒᆞ거늘 슌슈환이 크게 웨여 왈(曰),

"쥬 도독(都督)은 금셰(今世) 영웅(英雄)이니 가(可)히 ᄉᆞ로잡아 도

---

573) 미긔(未幾): 미기. 얼마 지나지 않음.

574) 제갈공명(諸葛孔明): 제갈공명. 중국 삼국시대 촉한 유비의 책사인 제갈량(諸葛亮, 181~234)을 이름. 공명은 그의 자(字)이고 별호는 와룡(臥龍) 또는 복룡(伏龍). 유비를 도와 오(吳)나라와 연합하여 조조(曹操)의 위(魏)나라 군사를 대파하고 파촉(巴蜀)을 얻어 촉한을 세웠음. 유비가 죽은 후에 무향후(武鄕侯)로서 남방의 만족(蠻族)을 정벌하고, 위나라 사마의와 대전 중에 오장원(五丈原)에서 병사함.

575) 칠셩단(七星壇): 칠성단. 적벽대전 당시 오나라와 동맹을 맺은 촉나라의 제갈공명이 위나라를 무찌르려고 천지에 기원하기 위해 쌓은 단의 이름.

독(都督)의 쳐분(處分)을 기다리라."

남궁 념이 조초 큰 도치를 들고 션두(先頭)에 올나가며 골오디,
"다만 쥬빈을 히(害)치 아닐지언졍 기여(其餘) 만흔 군졸(軍卒)을
엇지 디젹(對敵)ᄒ리오?"
드듸여 삼(三) 쟝(將)이 일시(一時)에 용(勇)을 발(發)ᄒ야 젹군(敵
軍)을 버혀 믈에 줌으고 몽샹이 대치(大寨)에 드러가 쥬빈을 잡으니
빈이 방비(防備)치 아냣다가 이 환(患)을 맛나 혼ᄌ 앙텬(仰天)홀 쌴
이러라. 몽샹이 ᄌ가(自家) 비에 남궁 념 등(等)을 ᄂ리오고 큰 비에
블을 노흐며 겻히 호위(護衛)ᄒ엿던 비에셔 쥬쟝(主將)의 잡히믈 모
로고 일시(一時)에 군긔(軍紀)를 ᄀ초와 디젹(對敵)ᄒ거늘 샹셰(尙書
ㅣ) 젼션(戰船)을 다 거ᄂ려 북을 울녀 ᄡᅩ홈을 도으며 비마다 디령
(待令)ᄒ엿던 셥흘 가져 블을 노흐니 오국(吳國) 비에 블이 다 당긔
여 홍광(紅光)과 년

염(煙焰)이 텬디(天地)에 ᄌ옥ᄒ니 군즁(軍中)에 우름 소리 구소(九
霄)576)에 ᄉ못ᄎ며 징북(錚-)과 함셩(喊聲)이 바다히 터지ᄂ 듯ᄒ며
시셕(矢石)이 비발치ᄃᆺ ᄒ니 동오(東吳) 칠만(七萬) 군ᄉ(軍士ㅣ) 도
망(逃亡)ᄒ야 면(免)ᄒ니 혹 비를 쩌혀 다라나ᄂ니 만흐나 셔븍풍(西

---

576) 구소(九霄): 높은 하늘.

北風)이 급(急)히 부러 사룸이 쯸오다시 블이 다 당긔니 누린니 십
(十) 니(里)에 쏘이눈지라 츠야(此夜) 동히(東海) 큰 빗홈이 고금(古
今)에 업더라.

　새도록 빗화 오군(吳軍)이 팔구(八九) 분(分)이나 죽고 여당(餘黨)은
부도독(副都督) 몽상이 비 타고 슌힝(巡行)호야 낫낫치 잡아 대치577)
(大寨)에 도라와 각각(各各) 공(功)을 밧칠싀 샹셰(尚書ㅣ) 교의578)
(交椅)에 좌(坐)호고 제장(諸將)이 장하(帳下)에 고두(叩頭) 왈(曰),

　"만일(萬一) 도독(都督)의 지혜(智慧)곳 아니면 쥬빈 곳튼 어려온
장슈(將帥)를 잡으리오?"

　샹셰(尚書ㅣ) 왈(曰),

　"이 다

126면

슌 쟝군(將軍)의 긔특(奇特)호미라. 만일(萬一) 슈치(守寨) 젼면(前面)
을 헷치지 못호면 맛춤니 공(功)을 닐우지 못호리라."

　이에 슈환의 손을 잡고 만만(萬萬) 치샤(致辭)호고,

　오국(吳國) 노약(老弱)을 잡아드리미 샹셰(尚書ㅣ) 탄왈(嘆曰),

　"내 비록 공(功)을 닐우나 오국(吳國) 빅셩(百姓)을 만히 잔히(殘
害)579)호여시니 앙화(殃禍)580)를 두리노라. 너희는 됴히 도라가 양
민(良民)이 되고 반적(叛賊)581) 쥬챵을 돕지 말나."

---

577) 치: [교] 원문에는 '칙'으로 되어 있으나 오기로 보임.

578) 의: [교] 원문에는 '위'로 되어 있으나 오기로 보임.

579) 잔히(殘害): 잔해. 잔인하게 해침.

580) 앙화(殃禍): 어떤 일로 인하여 생기는 재앙.

제인(諸人)이 빅비(百拜) 샤례(謝禮)ᄒ고 도라가니 샹셰(尙書ㅣ) 이에 쥬빈을 블너드려 므로ᄃᆡ,

"내 일즉 너의 용녁(勇力)을 흠앙(欽仰)582)ᄒᄂ니 가(可)히 항복(降服)ᄒ야 부귀(富貴)를 일치 말나."

빈이 눈을 감아 울고 왈(曰),

"내 본(本)ᄃᆡ 오왕(吳王)의 흥병(興兵)583)ᄒᄆᆡ 졍되(正道ㅣ) 아닌 줄 알오ᄃᆡ 신ᄌᆡ(臣子ㅣ) 되여 임의 그 녹(祿)을 먹어시므로 요힝(僥倖) 공(功)을 닐울가 ᄒ더니 하

◦••

127면

늘이 돕지 아니샤 슈ᄌᆞ(豎子)584)의 쇠에 ᄲᅡ지니 죽을 ᄯᆞ름이라."

샹셰(尙書ㅣ) 즐왈(叱曰),

"네 셜ᄉᆞ(設使) 반적(叛賊)의 녹(祿)을 먹으나 그 ᄒᄂᆫ 졍되(正道ㅣ) 아니어든 도라갈지니 그를 도와 날을 항거(抗拒)ᄒᄆᆡ 죄(罪) 업ᄂ냐?"

빈 왈(曰),

"당초(當初) 그릇ᄒ여시나 슈ᄌᆞ(豎子)의게ᄂᆫ 맛ᄎᆷᄂᆡ 항(降)치 아니리라."

샹셰(尙書ㅣ) 졔쟝(諸將)을 보아 왈(曰),

"ᄎ인(此人)이 본심(本心)이 아니나 슈군도독(水軍都督)이 되여 텬병(天兵)을 막은 죄(罪) 이시니 가(可)히 샤(赦)치 못ᄒ리라."

---

581) 반적(叛賊): 자기 나라를 배반한 역적.

582) 흠앙(欽仰): 공경하여 우러러봄.

583) 흥병(興兵): 군대를 일으킴.

584) 슈ᄌᆞ(豎子): 수자. '풋내기'라는 뜻으로, 남을 낮잡아 이르는 말.

ᄒ고 무ᄉ(武士)를 명(命)ᄒ야 원문(轅門)585) 밧긔 가 버혀 효시
(梟示)586)ᄒ니 슬푸다, 니(李) 샹셔(尙書)의 젼싱(前生) 원개(怨家ㅣ)
를 갑흐미라. 슌슈환이 쥬빈의 후딕(厚待)ᄒ던 은혜(恩惠)로 쥬빈의
신톄(身體)를 거두어 념습(殮襲)587)ᄒ야 됴흔 싸ᄒ히 뭇으니라.

샹셰(尙書ㅣ) 임의 오초(吳楚)를 평졍(平定)ᄒ믹 쳡셔(捷書)588)를
올니고 쏘 희보(喜報)589)를 부친(父親)긔 고(告)ᄒ

• • •

128면

고 미조ᄎ 나아가 합병(合兵)ᄒ야 치믈 알외니라.

부도독(副都督) 몽샹이 쥬빈의 막하(幕下) 편쟝(偏將) 됴양의 진
(陣)을 함몰(陷沒)ᄒ고 흔 녀ᄌ(女子)를 어드니 이 곳 됴양의 ᄯ올니
일홈은 영셜이니 영셜이 곳치 웃는 듯ᄒ고 망월(望月)이 초산(楚山)
에 오른 듯ᄒ며590) 시부(詩賦)와 가ᄉ(歌詞ㅣ) 졀셰(絶世)ᄒ고 용녁
(勇力)이 졀뉸(絶倫)ᄒ니 됴양이 군즁(軍中)에 다려왓더라. 몽샹이
군즁(軍中)에 다려 도라와 침셕(寢席)에 은익(恩愛)를 미ᄌ 은익(恩
愛) 교칠(膠漆) ᄀᄐ딕 져의 잇는 빅 다 각각(各各)인 고(故)로 샹셰
(尙書ㅣ) 망연(茫然)이 아지 못ᄒ엿더니,

---

585) 원문(轅門): 군문(軍門).
586) 효시(梟示): 목을 베어 높은 곳에 매달아 놓아 뭇사람에게 보임.
587) 념습(殮襲): 염습. 시신을 씻긴 뒤 수의를 갈아입히고 염포로 묶는 일.
588) 쳡셔(捷書): 첩서. 싸움에서 승리한 것을 보고하는 글.
589) 희보(喜報): 기쁜 소식.
590) 망월(望月)이~듯ᄒ며: 보름달이 초산(楚山)에 오른 듯하며. 당대(唐代)의 시인 대
　　숙륜(戴叔倫, 732~789)의 <등루망월기봉상이소윤(登樓望月寄鳳翔李少尹)>에 나오
　　는 구절을 원용한 것임. 원래 구절은 '망월루에 오르니 초산이 멀고 登楼望月楚山
　　迴'임.

일(一) 삭(朔)이나 된 후(後) 대쟝군(大將軍) 념591)이 알고 샹셔(尙書)긔 고(告)ᄒ고 어히업시 넉이거늘 샹셰(尙書ㅣ) 놀나고 통히(痛駭)592)ᄒᄆᆞᆯ 니긔지 못ᄒ고 ᄯᅩ흔 붓그려 이에 샤례(謝禮) 왈(曰),

"복(僕)이 무샹(無狀)ᄒ야 동ᄉᆡᆼ(同生)의 블쵸(不肖)ᄒ

• • •

129면

미 여ᄎᆞ(如此)ᄒ니 므슴 ᄂᆞᆺᄎᆞ로 대쟝(大將)이로라 ᄒ리오? 동긔지졍(同氣之情)의 죽이든 못ᄒ나 엄(嚴)히 다ᄉᆞ리라."

념593)이 샤왈(辭曰),

"이제 비록 쥬빈을 파(破)ᄒ여시나 동외(東吳ㅣ) 미졍(未定)ᄒ엿거늘 부도독(副都督)이 미녀셩ᄉᆡᆨ(美女聲色)으로 군무(軍務)ᄅᆞᆯ 게얼니ᄒ시니 춤지 못ᄒ야 됴용이 경계(警戒)ᄒ샤 개과(改過)ᄒᄆᆞᆯ 닐오시고 과도(過度)ᄒᆫ 거됴(擧措)ᄅᆞᆯ 마ᄅᆞ소셔."

샹셰(尙書ㅣ) 답(答)지 아니ᄒ고 명일(明日) 졔쟝(諸將)이 문안(問安)ᄒᄂᆞᆫ ᄶᆞᄅᆞᆯ 당(當)ᄒ야 흔연(欣然)이 좌(座)ᄅᆞᆯ 주고 안ᄉᆡᆨ(顔色)이 싁싁ᄒ야 좌우(左右) 무ᄉᆞ(武士)ᄅᆞᆯ 명(命)ᄒ야 부도독(副都督)을 미여 쟝젼(帳前)에 ᄭᅮᆯ니니 졔쟝(諸將)이 놀나 왈(曰),

"부도독(副都督)이 므슴 죄(罪)ᄅᆞᆯ 어덧ᄂᆞ니잇고?"

샹셰(尙書ㅣ) 부답(不答)ᄒ고 ᄎᆞᄉᆞ(差使)ᄅᆞᆯ 발(發)ᄒ야 본칙(本寨)에 가 영셜을 잡아오라 ᄒ야 흔가지로 결박(結縛)ᄒ야 ᄭᅮᆯ니니 ᄎᆞ시(此時)

---

591) 념: [교] 원문에는 '궁념'이라 되어 있으나 앞의 예를 따라 이와 같이 수정함.
592) 통히(痛駭): 통해. 몹시 이상스러워 놀람.
593) 념: [교] 원문에는 '궁념'이라 되어 있으나 앞의 예를 따라 이와 같이 수정함.

샹셰(尙書ㅣ) 노긔(怒氣) 대발(大發)ᄒ니 슈려(秀麗)ᄒᆫ 미우(眉宇)에 한 풍(寒風)이 빙셜(氷雪)에 더음 ᄀᆺᄐ야 이에 몽샹을 대칙(大責) 왈(曰),

"니시(李氏) 삼ᄃᆡ(三代)에 니ᄅ히 국은(國恩)을 닙ᄉ와 촌공(寸功)도 갑ᄉ온 배 업더니 국개(國家ㅣ) 블힝(不幸)ᄒ야 오왕(吳王)의 반(叛)ᄒᆞᆯ 맛나 대인(大人)이 빅시(伯氏)와 냥뎨(兩弟)로 더브러 뉵노(陸路)로 나아가시니 ᄉᆡᆼ(死生)을 긔필(期必)594)치 못ᄒ고 고당(高堂)에 학발(鶴髮) 죠모(祖母)와 ᄌᆞ모(慈母)ᄅᆞᆯ ᄲᅥ나 만(萬) 쟝(丈) 바다 가온ᄃᆡ 형뎨(兄弟) 인군(引軍)ᄒ야 흉젹(凶賊)을 요힝(僥倖) 소멸(掃滅)ᄒ니 맛당이 ᄆᆞ음이 군친(君親)을 ᄉᆞ렵(思念)ᄒ야 겨ᄅᆞᆯ치 못ᄒᆞᆯ 거시오, 젼진(戰塵)에 구치(驅馳)ᄒ시ᄂᆞᆫ 야야(爺爺)ᄅᆞᆯ 싱각ᄒᆞ오ᄆᆡ 분슈(分手) ᄉᆞ오(四五) 삭(朔)에 음신(音信)이 요원(遙遠)ᄒ니 존문(尊問)을 아지 못ᄒ야 나의 ᄆᆞ음이 버히ᄂᆞᆫ 듯ᄒ니 너의 ᄆᆞ음도 그런가 ᄒ엿더니 네 엇지 ᄎᆞᆷ

아 부모(父母)ᄅᆞᆯ 망연(茫然)이 닛고 일의 픠려(悖戾)595)ᄒᆞᆯ 싱각지 못ᄒ고 도젹(盜賊)을 치고 그 아비ᄅᆞᆯ 죽이고 그 ᄯᅩᆯ을 가츅(家畜)ᄒ야 일일(日日) 연낙(宴樂)ᄒ니 이ᄂᆞᆫ 나라흘 욕(辱)ᄒ고 부모(父母)ᄅᆞᆯ 니진 블효지인(不孝之人)이라. 군법(軍法)은 ᄉᆞᄉᆡ(私私ㅣ) 업ᄉ니 조곰

---

594) 긔필(期必): 기필. 꼭 이루어지기를 기약함.

595) 픠려(悖戾): 패려. 언행이나 성질이 도리에 어그러지고 사나움.

이나 요딕(饒貸)596)ᄒ리오?"

또 영셜을 슈죄(數罪)597) 왈(曰),

"네 조금이나 념치(廉恥) 이실진딕 아비 죽인 원슈(怨讎)로 부뷔(夫婦ㅣ) 되고 교언녕식(巧言令色)598)으로 남ᄌ(男子)를 즙으니 너의 죄(罪) 엇지 경(輕)ᄒ리오?"

무ᄉ(武士)를 쑤지져 미러닉여 원문(轅門)599) 밧긔 가 그 머리를 버혀 죄(罪)를 정(正)히 ᄒ라 ᄒ니 영셜이 익익(哀哀)이 울고 샤죄(赦罪)600)를 청(請)ᄒᄂ 거동(擧動)이 남ᄌ(男子)의 간장(肝腸)을 촌단(寸斷)ᄒ 거시로딕 샹셰(尚書ㅣ) 눈을 드지 아니ᄒ고 ᄌ촉ᄒ야 버혀 몽상의 알픽 노코 틱장(笞杖)ᄒ싀 제장(諸將)이 황망(遑忙)이 쑤러

· ● ●

132면

비러 왈(曰),

"도독(都督)의 죄(罪) 비록 이시나 엇지 듕벌(重罰)을 당(當)ᄒ시리오? 영셜을 참(斬)ᄒ여시니 관셔(寬恕)601)ᄒ시믈 바라ᄂ이다."

샹셰(尚書ㅣ) 드른 체 아니ᄒ고 삼십여(三十餘) 쟝(杖)을 친 후(後) 부도독(副都督) 인(印)을 앗고 본영(本營)으로 씌어 닉치고 스스로 인슈(印綬)와 관복(冠服)을 벗고 쯀 아릭 나려 제쟝(諸將)을 딕(對)ᄒ야 글오딕,

---

596) 요딕(饒貸): 요대. 너그러이 용서함.
597) 슈죄(數罪): 수죄. 죄를 하나하나 따짐.
598) 교언녕식(巧言令色): 교언영색. 아첨하는 말과 알랑거리는 태도.
599) 원문(轅門): 군문(軍門).
600) 샤죄(赦罪): 사죄. 죄를 용서해서 죄인을 석방함.
601) 관셔(寬恕): 관서. 너그러이 용서함.

"복(僕)이 샹명(上命)을 밧ᄌ와 대장(大將)이 되믹 군하(軍下)를 교화(教化)치 못ᄒᆞ야 거죄(擧措ㅣ) 한심(寒心)ᄒᆞ니 어늬 낫츠로 감(敢)이 대도독(大都督)이라 ᄒᆞ리오? 최 쟝군(將軍)과 슌 쟝군(將軍)이 ᄀᆞ쟝 지뫼(智謀ㅣ) 가ᄌᆞ니 인슈(印綬)를 스스로 가져 나의 죄(罪)를 다ᄉᆞ리라."

셜파(說罷)의 제쟝(諸將)이 황망(遑忙)이 돈슈(頓首) 왈(曰),

"이제 부도독(副都督)이 쇼년(少年) 호심(豪心)이라 영셜을 갓가이 ᄒᆞ시미 그르지 아니ᄒᆞ시거늘 도독(都督)이 다ᄉᆞ리시미 과도(過度)ᄒᆞ시고 ᄯᅩ 이러ᄒᆞ시믄 만만(萬萬) 가(可)치

133면

아니ᄒᆞ시니 만일(萬一) 고집(固執)ᄒᆞ신즉 아등(我等)이 다 군(軍)을 파(罷)ᄒᆞ고 도라가리이다."

샹셰(尚書ㅣ) 탄왈(嘆曰),

"샤뎨(舍弟)의 허믈이 엇지 크지 아니리오? 몸이 텬죠(天朝) 대쟝(大將)이 되야 도적(盜賊)을 치믹 그 아비를 죽이고 그 ᄌᆞ식(子息)을 탈취(奪取)ᄒᆞ니 져의 무식(無識)홈도 즁(重)ᄒᆞ나 나의 교화(教化)치 못ᄒᆞ미니 내 죄(罪) 더 크거늘 공(公) 등(等)이 엇지 이런 말을 ᄒᆞᄂᆞ뇨?"

제쟝(諸將)이 다시 간왈(諫曰),

"이제 도독(都督)의 ᄒᆞ시ᄂᆞᆫ 일이 그르지 아니ᄒᆞ나 뉘 참남(僭濫)이 도독(都督)의 좌(座)에 안ᄌᆞ 도독(都督)을 ᄃᆡ(代)홀 재(者ㅣ) 이시리오? 텬ᄌᆞ(天子) 죠셰(詔書ㅣ) 이셔도 아니ᄒᆞ리니 직삼(再三) 싱각ᄒᆞ소셔."

샹셰(尚書ㅣ) 눈믈을 흘녀 왈(曰),

"공(公) 등(等)의 말을 드르니 더옥 내 블초(不肖)ᄒᆞ믈 씨닷고 공(公) 등(等)의 날 알미 여ᄎᆞ(如此)ᄒᆞ고 위(爲)ᄒᆞᆫ 졍(情)이 이러툿 극진(極盡)ᄒᆞ거늘 내 무샹(無狀)ᄒᆞ야 그 ᄯᅳᆺ을

져바리니 엇지 한심(寒心)치 아니리오?"

드듸여 관(冠)을 벗고 경ᄉᆞ(京師)를 향(向)ᄒᆞ야 돈슈(頓首) ᄉᆞ비(四拜) 왈(曰),

"신(臣)이 본(本)듸 ᄌᆡ죄(才操ㅣ) 대쟝(大將)의 ᄌᆡ목(材木)이 업거늘 셩샹(聖上)이 신(臣)을 아지 못ᄒᆞ샤 특명(特命)으로 대도독(大都督) 인(印)을 주어 군하(軍下)를 졍(正)히 교화(敎化)ᄒᆞ야 도적(盜賊)을 치라 ᄒᆞ야 계시거늘 이제 부도독(副都督) 몽샹의 죄샹(罪狀)이 여ᄎᆞ(如此)ᄒᆞ니 죄당쥬(罪當誅)[602]ᄒᆞ미 올흐듸 신(臣)이 동긔지졍(同氣之情)을 인(因)ᄒᆞ야 법(法)듸로 ᄒᆞ지 못ᄒᆞ니 신(臣)의 죄(罪) 만ᄉᆞ유경(萬死猶輕)[603]이로소이다."

셜파(說罷)에 더러온 믈 ᄒᆞᆫ 그릇슬 가져오라 ᄒᆞ야 먹기를 다ᄒᆞ고 다시 동(東)으로 향(向)ᄒᆞ야 ᄭᅮ러 ᄌᆡ비(再拜)ᄒᆞ고 울며 글오듸,

"대인(大人)이 님ᄒᆡᆼ(臨行)의 쇼ᄌᆞ(小子)를 ᄌᆡ삼(再三) 조심(操心)ᄒᆞ고 범법(犯法)치 말믈 당부(當付)ᄒᆞ시더니 ᄒᆡ이(孩兒ㅣ) 블초(不肖) 혼암(昏闇)ᄒᆞ야 니즈미

---

602) 죄당쥬(罪當誅): 죄당주. 죄가 목을 베어 죽여야 마땅함.
603) 만ᄉᆞ유경(萬死猶輕): 만사유경. 만 번 죽어도 오히려 가벼움.

되고 봉승(奉承)치 못ᄒ니 엇지 감(敢)이 안연(晏然)ᄒ야 죄(罪) 업스
롸 ᄒ리잇고?"

말을 맛ᄎ믹 쏘 ᄒᆫ 그릇슬 먹으니 제장(諸將)이 막블경히(莫不驚
駭)604)ᄒ야 붓잡고 말니되 듯지 아니ᄒ고 먹기를 맛고 다시 머리를
두다려 샤죄(謝罪)ᄒᆫ 후(後) 쟝(帳)의 올나 의관(衣冠)을 ᄀᆞ초고 두어
쟝ᄉ(將士)를 블너 약뉴(藥類)를 ᄀᆞ초와 몽샹의게 보닉니 제장(諸將)
이 그 법(法)이 숙연(肅然)흠과 ᄉ정(私情)을 긋쳐 대의(大義)를 세우
믈 아니 탄(歎)ᄒ리 업고 군해(軍下ㅣ) ᄎ후(此後) 더옥 두려 조심(操
心)ᄒ미 젼일(前日)에 더으러라.

샹셰(尙書ㅣ) 제장(諸將)으로 말ᄉᆞᆷᄒ야 종일(終日)ᄒ고 셕양(夕陽)
의 친(親)이 몽샹을 가 볼ᄉᆡ 그 샹쳐(傷處)를 어로만져 참연(慘然)
타루(墮淚) 왈(曰),

"현뎨(賢弟)를 치믹 내 몸이 알픈 줄 모로미 아니오, 인졍(人情)의
박졀(迫切)605)ᄒ미 심(甚)ᄒ나 대체(大體)를

도라보미오, 이에 와 구(救)ᄒᆞᆫ 형뎨지졍(兄弟之情)이라. 현뎨(賢弟)
엇지 그딕도록 야야(爺爺) 경계(警戒)를 닛고 그런 히괴(駭怪)ᄒᆫ 거
조(擧措)를 ᄒᆯ 줄 알니오? 네 이제 빅의(白衣)로 종군(從軍)ᄒ야 만일

---

604) 막블경히(莫不驚駭): 막불경해. 놀라지 않는 이가 없음.
605) 박졀(迫切): 박절. 인정이 없고 쌀쌀함.

(萬一) 공(功)을 세울진디 녯 벼슬을 주려니와 그러치 아닌 젼(前)은 가(可)히 주지 못호리니 내 엇지 ᄉ정(私情)으로 벼슬을 파라 도리(道理)를 일흐리오?"

부도독(副都督)이 참괴(慙愧)호미 욕ᄉ무지(欲死無地)[606]호야 눈믈을 무슈(無數)히 흘니고 ᄀᆞ로오디,

"쇼뎨(小弟) 무상(無狀)호야 부형(父兄)의 경계(警戒)를 져바리니 죽어 족(足)호지라 엇지 형장(兄丈)의 법(法)디로 쳐치(處置)ᄒ시믈 원(怨)ᄒ리잇고? 당당(堂堂)이 ᄎ후(此後)나 개과(改過)ᄒ야 그릇미 업ᄉ리이다."

샹셰(尚書ㅣ) 지삼(再三) 어로만ᄌ 슬허ᄒ야 친(親)히 붓드러 밤낫 구호(救護)ᄒ야 십여(十餘) 일(日) 후(後) ᄎ되(差度ㅣ) 이시니 샹셰(尚書ㅣ) 깃거ᄒ나 벼슬을 주

지 아니ᄒ니 졔쟝(諸將)이 간걸(懇乞)[607]ᄒ되 샹셰(尚書ㅣ) 그 죄(罪) 즁(重)ᄒ믈 닐너 듯지 아니ᄒ고 대쇼(大小) 젼션(戰船)을 거ᄂᆞ려 졀강(浙江)에 니ᄅᆞ러 부친(父親)과 모도려 ᄒ더라.

---

606) 욕ᄉ무지(欲死無地): 욕사무지. 죽으려 해도 죽을 땅이 없음.
607) 간걸(懇乞): 간절히 애걸함.

역자 해제

1. 머리말

<쌍천기봉>은 18세기에 창작된 것으로 추정되는 작가 미상의 국문 대하소설로, 중국 명나라 초기를 배경으로 남경, 개봉, 소흥, 북경 등 다양한 공간에서 벌어지는 사건을 그려낸 작품이다. '쌍천기봉(雙釧奇逢)'은 '두 팔찌의 기이한 만남'이라는 뜻으로, 호방형 남주인공 이몽창과 여주인공 소월혜가 팔찌로 인연을 맺는다는 작품 속 서사를 제목으로 정한 것이다. 이현, 이관성, 이몽현 및 이몽창 등 이씨 집안의 3대에 걸친 이야기로, 역사적 사건을 작품의 앞과 뒤에 배치하고, 중간에 이들 인물들의 혼인담 및 부부 갈등, 부자 갈등, 처첩 갈등 등 한 가문에서 벌어질 수 있는 다양한 갈등을 소재로 서사를 구성하였다. 유교 이념인 충과 효가 전면에 부각되고 사대부 위주의 신분의식이 드러나 있으면서도, 이러한 이데올로기에 저항하는 인물들이 등장함으로써 작품에는 봉건과 반봉건의 팽팽한 길항 관계가 형성될 수 있었다.

2. 창작 시기 및 작가

<쌍천기봉>의 창작 연도는 정확히 알 수 없고, 다만 18세기에 창작되었을 것으로 추정할 뿐이다. 온양 정씨가 필사한 규장각 소장

<옥원재합기연>은 정조 10년(1786)에서 정조 14년(1790) 사이에 단계적으로 필사되었는데, 이 <옥원재합기연> 권14의 표지 안쪽에는 온양 정씨와 그 시가인 전주 이씨 집안에서 읽었을 것으로 보이는 소설의 목록이 적혀 있다. 그중에 <쌍천기봉>의 후편인 <이씨세대록>의 제명이 보인다.[1] 이 기록을 토대로 보면 <쌍천기봉>은 적어도 1786년 이전에 창작된 것으로 짐작할 수 있다.

또, 대하소설 가운데 초기본인 <소현성록> 연작(15권 15책, 이화여대 소장본)이 17세기 말 이전에 창작된바,[2] 그보다 분량과 등장인물의 수가 훨씬 많은 <쌍천기봉>은 <소현성록> 연작보다 후대의 작품일 가능성이 높다.

<쌍천기봉>의 작가를 확정할 만한 자료는 아직 발견되지 않았다. 작품 말미에 이씨 집안의 기록을 담당한 유문한이 <이부일기>를 지었고 그 6대손 유형이 기이한 사적만 빼어 <쌍천기봉>을 지었다고 나와 있으나 이는 이 작품이 허구가 아니라 사실임을 부각하기 위한 가탁(假託)일 가능성이 크다.

<쌍천기봉>의 작가는 확인할 수 없으나 작품의 수준과 서술시각을 고려하면 경서와 역사서, 소설을 두루 섭렵한 지식인이며, 신분의식이 강한 인물로 추정할 수 있다. <쌍천기봉>은 비록 국문으로 되어 있으나 문장이 조사나 어미를 제외하면 대개 한자어로 구성되어 있고, 전고(典故)의 인용이 빈번하다. 비록 대하소설 <완월회맹연>(180권 180책)에는 미치지 못하지만, 다른 유형의 고전소설에 비

---

1) 심경호, 「樂善齋本 小說의 先行本에 관한 一考察 - 온양정씨 필사본 <옥원재합기연>과 낙선재본 <옥원중회연>의 관계를 중심으로-」, 『정신문화연구』 38, 한국정신문화연구원, 1990.

2) 박영희, 「소현성록 연작 연구」, 이화여대 박사논문, 1994 참조.

하면 작가의 지식 수준이 매우 높은 편이다. <쌍천기봉>에는 또한 집안 내에서 처와 첩의 위계가 강조되고, 주인과 종의 차이가 부각되어 있으며, 사대부 집안이 환관 집안과 혼인할 수 없다는 인식도 드러나 있다. 이처럼 <쌍천기봉>의 작가는 학문적 소양을 갖추고 강한 신분의식을 지닌 사대부가의 일원으로 추정된다.

3. 이본 현황

<쌍천기봉>의 이본은 현재 국내에 2종, 해외에 3종이 있는 것으로 확인된다.[3] 국내에는 한국학중앙연구원(이하 한중연본)과 국립중앙도서관(이하 국도본)에 1종씩 소장되어 있고, 해외에는 러시아, 북한, 중국에 각각 소장되어 있는 것으로 알려져 있다.

한중연본은 예전 낙선재(樂善齋)에 소장되어 있던 국문 필사본으로 18권 18책, 매권 140면 내외, 총 2,406면이고 궁체로 되어 있다. 국도본은 국문 필사본으로 19권 19책, 매권 120면 내외, 총 2,347면이며 대개 궁체로 되어 있으나 군데군데 거친 여항체가 보인다. 두 이본을 비교한 결과 어느 본이 선본(善本) 혹은 선본(先本)이라고 말할 수는 없을 것 같다.[4] 축약이나 생략, 변개가 특정한 이본에서만 이루어져 있지 않기 때문이다.

러시아의 경우 상트페테르부르크레닌그라드 아시아민족연구소 아세톤(Aseton) 문고에 22권 22책의 필사본 1종이 소장되어 있고,[5] 북

---

[3] 이하 이본 관련 논의는 장시광, 「쌍천기봉 연작 연구」, 서울대 석사논문, 1996, 6∼21면을 참조하였다.

[4] 기존 연구에서는 국도본을 선본(善本)이라 하였으나(위의 논문, 21면) 더욱 면밀한 검토가 필요하다.

[5] О.П.Петрова, Описание Письменых Памятников Корейской Культуры, Москва: Издальство Асадемий Наук СССР, Выпуск1:1956, Выпуск2:1963.

한의 경우 일찍이 <쌍천기봉>을 두 권의 번역본으로 출간하며 22권의 판각본으로 소개한 바 있다.[6] 권1을 비교한 결과 아세톤 문고본과 북한본은 거의 동일한 본으로 보인다. 다만 북한에서 판각본이라 소개한 것은 필사본의 오기로 보인다. 한편, 중국에서 윤색한 <쌍천기봉>은 현재 미국 하버드대학교의 하버드-옌칭 연구소에서 확인할 수 있다고 한다.

필자가 직접 확인하지 못한 중국본을 제외한 4종의 이본을 검토해 보면, 국도본과 러시아본(북한본)은 친연성이 있는 반면, 한중연본은 다른 이본과의 친연성이 떨어진다.

4. 서사의 구성

<쌍천기봉>의 주인공은 두 팔찌를 인연으로 맺어지는 이몽창과 소월혜다. 특히 이몽창이 핵심인데, 작가는 그의 이야기를 작품의 한가운데에 절묘하게 배치해 놓았다. 전체 18권 중, 권7 중반부터 권14 초반까지가 이몽창 위주의 서사이다. 이몽창이 그 아내들인 상씨, 소월혜, 조제염과 혼인하고 갈등하는 이야기가 중심을 이루고 있다. 이몽창 서사의 앞에는 그의 형 이몽현이 효성 공주와 늑혼하고 정혼자였던 장옥경을 재실로 들이는 내용이 전개되고, 이몽창 서사의 뒤에는 이몽창의 여동생인 이빙성이 요익과 혼인하는 이야기가 이어진다.

작가는 이처럼 허구적 인물들의 서사를 작품의 전면에 내세우는 한편, 역사적 사건담으로 이들 서사를 둘러싸는 구성 방식을 취하고 있다. 즉, 작품의 전반부에는 명나라 초기 연왕(燕王)의 정난(靖難)

---

6) 오희복 윤색, <쌍천기봉>(상)(하), 민족출판사, 1983.

의 변을, 후반부에는 영종(英宗)이 에센에게 붙잡히는 토목(土木)의 변을 배치하였다. 그리고 이들 역사적 사건을 허구적 인물의 성격 내지 행위와 연관지음으로써 이들 사건이 서사에 자연스럽게 녹아들도록 하였다. 즉, 정난의 변은 이몽창의 조부 이현이 지닌 의리와 그 어머니 진 부인에 대한 효성을 보이는 수단으로 활용되었고, 토목의 변은 이몽창의 아버지인 이관성의 신명함과 충성심을 보이는 수단으로 제시되어 있다.

물론 작품의 말미에는 이한성의 죽음, 그리고 그 자식인 이몽한의 일탈과 회과가 등장하며 열린 결말을 보여주고 있지만, 전체적으로 보았을 때 역사적 사건이 허구적 사건을 감싸는 형식은 <쌍천기봉>이 지니는 구성상의 특징이라 할 수 있다.

5. 유교 이념과 신분의식의 표출

<쌍천기봉>에는 유교 이념인 충과 효가 강하게 드러나 있고, 아울러 사대부 위주의 신분의식 또한 두드러지게 나타나 있다. 이러한 면에서 <쌍천기봉>은 상하층이 두루 향유할 수 있는 작품이라기보다는 상층민이자 기득권층을 위한 작품임을 알 수 있다.

충과 효는 조선시대를 지탱하는 국가 이념으로, 이 둘은 원래 임금과 신하, 부모와 자식 사이에 상호적인 의리를 기반으로 배태된 이념이었으나, 점차 지배와 종속 관계로 변질된다. 두 가지는 또 유비적 속성을 지녔다. 곧 집안에서 부모에 대한 자식의 효도는 국가에서 임금에 대한 신하의 충성과 직결되도록 구조화한 것이다.

<쌍천기봉>에는 충과 효가 이데올로기화한 모습이 적나라하게 나타나 있다. 예컨대, 늑혼(勒婚) 삽화는 이데올로기화한 충의 대표적

사례이다. 이몽현은 장옥경과 이미 정혼한 상태였으나 태후가 위력으로 이몽현을 효성 공주와 혼인시키려 한다. 이 여파로 장옥경은 수절을 결심하고 이몽현의 아버지 이관성은 늑혼을 거절하다가 투옥된다. 끝내 태후의 위력으로 이몽현은 효성 공주와 혼인하고 장옥경은 출거된다. 태후로 대표되는 황실이 개인의 혼인을 지배하고 있다. 그리고 그 지배 논리를 충(忠)에서 찾고 있다.

효가 인물 행위의 동기와 방향을 결정하는 경우도 나타난다. 부모가 특정한 사안에 대해 자식의 선택권을 저지하고 자신의 뜻을 관철시키려 한다면 그것은 인지상정의 관계를 권력 관계로 변질시켜 버린 것이다. 예를 들어 이현이 자기의 절개를 굽히는 것은 모두 어머니 진 부인에 대한 효성 때문이다. 이현이 처음에 정난의 변을 일으키려 하는 연왕을 돕지 않겠다고 하였으나 결국 어머니 때문에 연왕을 돕는다. 또 연왕이 황위를 찬탈해 성조가 되었을 때 이현은 한사코 벼슬하기를 거부하지만 자기의 뜻을 굽히고 벼슬하게 되는 것도 어머니 진 부인이 설득했기 때문이다. 이외에도 자식은 부모의 뜻에 무조건 순종해야 한다는 논리는 작품 전편에 두드러진다.

<쌍천기봉>은 또 사대부 위주의 신분의식을 드러내고 있다. 이를 선민의식이라 해도 무방하다. 예를 들면, 이몽창이 어렸을 때 집안의 시동 소연을 활로 쏘아 눈을 맞히자 삼촌인 이한성과 이연성이 웃는 장면이라든가, 이연성이 그의 아내 정혜아가 괴팍하게 군다며 마구 때리자 정혜아의 할아버지가 이연성을 옹호하며 웃으니 좌중이 함께 웃는 장면 등은 신분이 낮은 사람, 여자 등의 약자에 대한 인식과 배려가 부족함을 보여주는 대목으로, 신분 차에 따른 뚜렷한 위계를 사대부 남성 위주의 시각에서 형상화한 것이다.

이외에 이현이 자신의 첩인 주 씨가 어머니의 헌수 자리에 나와

앉아 있는 것을 보고 나중에 꾸짖는 장면도 처와 첩의 분별을 분명하게 드러내는 부분이다. 또 이씨 집안에서 이몽창이 소월혜와 불고이취(不告而娶: 아버지의 허락을 받지 않고 혼인한 것)한 것을 알았는데 소월혜의 숙부가 환관 노 태감이라는 오해를 하고 혼인을 좋지 않게 생각하는 장면 또한 그러하다. 후에 이씨 집안에서는 노 태감이 소월혜의 숙부가 아니라 소월혜 조모의 얼제라는 사실을 알고 안도한다. 첩이나 환관에 대한 신분적 차별 의식을 엿볼 수 있다.

6. 발랄한 인물과 주체적 인물

<쌍천기봉>에 만일 유교 이념과 신분의식만 강하게 노정되어 있다면 이 작품은 독자들에게 이념 교과서 이상의 큰 매력을 주지 못했을 것이다. 소설에 교훈이 있다면 흥미도 있을 터인데 작품에서 그러한 역할을 하는 이는 남성인물인 이몽창과 이연성, 주체적 여성인물인 소월혜와 이빙성, 그리고 자신의 욕망을 가감 없이 드러내는 반동인물 조제염 등이다.

이연성과 그 조카 이몽창은 작품에서 미색을 밝히며 여자에 관한 자신의 의지를 밀어붙여서 끝내 관철시키는 인물이다. 그러한 과정에서 독자에게 웃음을 제공하기도 한다. 이연성은 미색을 밝히는 인물이지만 조카로부터 박색 여자를 소개받고 또 혼인도 박색 여자와 함으로써 집안사람들의 기롱을 받고 웃음을 자아내게 한다. 이연성은 자신의 마음에 든 정혜아를 쟁취하기 위해 이몽창을 시켜 연애편지를 전달하기도 해 물의를 일으키는데 우여곡절 끝에 정혜아와 혼인한다. 이몽창의 경우, 분량이나 강도 면에서 이연성의 서사보다 더 강력한 모습을 보인다. 호광 땅에 갔다가 소월혜를 보고 반하는

데 소월혜와 혼인하려면 소월혜가 갖고 있는 팔찌의 한 짝이 있어야 한다는 말을 듣고, 할머니 유요란 방에서 우연히 팔찌를 발견해 그 팔찌를 가지고 마음대로 혼인한다. 이른바 아버지에게 고하지 않고 자기 마음대로 아내를 얻은, 불고이취를 한 것이다.

　이연성이 마음에 든 여자에게 연애 편지를 보낸 행위나, 이몽창이 중매 없이 자기 마음대로 혼인한 행위는 현대 사회에서는 얼마든지 있을 수 있는 일이었으나, 18세기 조선의 사대부 집안에서는 있으면 안 되는 일이었다. 이것은 가부장의 권한을 침해하는 매우 심각한 일이었기 때문이다. 집안의 질서가 어그러지는 문제인 것이다. 가부장인 이현이나 이관성이 이들을 심하게 때린 것은 그러한 연유에서이다.

　이연성이나 이몽창은 가부장의 권한을 침해하면서까지 중매를 거부하고 자유 연애를 추구하려 한 인물이다. 그리고 결국 그것을 관철시켰다. 작가는 경직된 이념을 보여주면서 한편으로는 이처럼 자유의지를 가진 인물을 등장시킴으로써 서사의 흥미를 제고하고 있다.

　이몽창의 아내 소월혜와 요익의 아내이자, 이몽창의 여동생인 이빙성은 남편에 대한 절대적 순종을 강요하는 이념에 맞서 자신의 주체적 면모를 드러내려 시도한 인물들이다. 결국에는 가부장적 이념에 굴복하기는 하지만 이들의 시도는 그 자체로 신선하다. 소월혜는 이몽창이 자신과 중매 없이 혼인했다가 이후에 또 마음대로 파혼 서간을 보내자 탄식하고, 결국 이몽창과 우여곡절 끝에 혼인하기는 하였으나 그 경박함을 싫어해 이몽창에게 상당 기간 동안 냉랭하게 대한다. 이빙성 역시 남편 요익이 빙성 자신을 그린 미인도를 매개로 자신과 혼인했다는 점에서 그 음란함을 싫어해 요익을 냉대한다. 소월혜와 이빙성의 논리가 비록 예법에 근거한 것이기는 하지만, 남편에 대해 무조건 순종하는 대신 자신의 감정과 호오의 판단을 적극적으로 드러냈다는 점에서 이들의 행위는 의미가 있다.

<쌍천기봉>에는 여느 대하소설에서와 마찬가지로 욕망을 추구하는 여성반동인물이 등장하는데 이 작품에서 그러한 역할을 하는 인물은 이몽창의 세 번째 아내 조제염이다. 이몽창은 일단 조제염이 늦혼으로 들어왔다는 점에서 싫었는데, 혼인한 후 그 눈빛에서 보이는 살기 때문에 조제염을 더욱 싫어하게 된다. 이에 반해 조제염은 이몽창에 대한 애정이 지극하다. 그러나 조제염의 애정은 결국 동렬인 소월혜를 시기하고 소월혜의 자식을 살해하는 데까지 연결된다. 조제염의 살해 행위는 물론 어느 사회에서든지 용납될 수 없는 것이다. 그러나 그녀가 그렇게까지 행동하게 된 원인을 짚어 보면, 그것은 처첩을 용인한 가부장제 사회에서 비롯되었음을 알 수 있다. 또한 남성의 애정이나 성욕은 용인하면서 여성의 그것은 용인하지 않는 차별적 시각도 한 몫 하고 있다. 조제염의 존재는 이처럼 가부장제의 질곡을 드러내는 기제이면서, 한편으로는 갈등을 심각하게 부각시킴으로써 서사를 흥미로운 방향으로 이끌어가는 역할을 한다.

7. 맺음말

<쌍천기봉>은 일찍이 북한에서 번역본이 나왔고, 러시아에서도 관심을 가지고 소설 목록에 포함시킨 바 있다. 사회주의 국가에서 이처럼 <쌍천기봉>을 주목한 것은 '자유로운 사랑에 대한 열렬한 지향과 인간의 개성을 억압하는 봉건적 도덕관념에 대한 반항의 정신이 구현되어 있기'[7] 때문일 것이다. <쌍천기봉>에 비록 유교 이념이

---

7) 오희복 윤색, 앞의 책, 3면.

부각되어 있지만, 또한 주인공 이몽창의 행위로 대표되는 반봉건적 성격이 내재되어 있음을 주목한 것이다. 일리 있는 해석이다.

<쌍천기봉>에는 여성주동인물의 수난과 여성반동인물의 욕망이 부각되어 있는데, 이것들은 당대의 여성 독자에게 정서적 감응을 충분히 불러일으킬 수 있는 소재들이다. 아울러 명나라 역사적 사건의 배치, <삼국지연의>와 같은 연의류 소설의 내용 차용 등은 남성 독자에게도 매력적으로 보이는 소재였을 것이다. 그리고 이 소설이 지닌 이러한 매력은 당대의 독자에게뿐만 아니라 현대의 독자에게도 충분히 흥미로울 것이라 기대한다.

장시광

전북 진안에서 출생하여 서울대학교에서 고전소설에 관한 연구로 문학박사 학위를 받았다. 서울대 강사, 아주대 강의교수 등을 거쳐 현재 경상대학교 국어국문학과 교수로 재직 중이며, 경상대학교 여성연구소 부소장을 맡고 있다.
논문으로「대하소설의 여성반동인물 연구」(박사학위논문), 「여성영웅소설에 나타난 여화위남의 의미」, 「대하소설 갈등담의 구조 시론」, 「운명과 초월의 서사」, 「대하소설의 호방형 남성주동인물 연구」 등이 있고, 저서로『한국 고전소설과 여성인물』이 있으며, 번역서로『조선시대 동성혼 이야기:방한림전』, 『홍계월전:여성영웅소설』, 『심청전: 눈먼 아비 홀로 두고 어딜 간단 말이냐』 등이 있다.
현재 고전 대하소설의 현대화 작업에 주력하고 있으며, 고전 대하소설의 인물과 사건 등에 대한 연구를 진행 중이다. 이후 고전 대하소설의 현대화 작업을 완료하는 것을 목표로 하고 있다. 아울러 고전 대하소설의 창작 방법 및 대하소설 사이의 층위를 분석하려 한다.

(팔찌의 인연) 쌍천기봉 8

초판인쇄 2019년 11월 29일
초판발행 2019년 11월 29일

지은이 장시광
펴낸이 채종준
펴낸곳 한국학술정보㈜
주소 경기도 파주시 회동길 230(문발동)
전화 031) 908-3181(대표)
팩스 031) 908-3189
홈페이지 http://ebook.kstudy.com
전자우편 출판사업부 publish@kstudy.com
등록 제일산-115호(2000. 6. 19)

ISBN 978-89-268-8222-1 04810
      978-89-268-8226-9 (전9권)